성과 속, 그 사이에서의 문학 연구

정진홍 양병현 이준학 현길언 서명수 윤원준 나윤숙
김용성 정정호 남금희 송인화 기애도 김명석 김희선
차봉준 김명주 장인수 정경량 이경화 허선화 신은희
최인순 이은아 김희근 장인식 정혜옥 김영희 임창건

국학자료원

발간사

한국문학과종교학회는 학회지『문학과 종교』를 창간한지 올해로 20년을 맞이하게 되었다. 돌아 보건데, 1992년 12월에 창립된 학회가 처음으로 정기간행물인 학회지를 발간하게 된 것은 그로부터 3년이 지난 1995년 9월이었다. 그 후, 해마다 한 권의 학회지를 출간하다가 2000년에 년 2회 발간하기 시작하였고, 이어 2008년에 년 3회, 그리고 2014년부터 년 4회를 발간하고 있다. 2015년도 전반기에 간행된 학회지를 포함하여 창간 20주년을 맞이하는 이 시점까지 발간된 학회지의 수는 총 44권여에 이르고 있다.

한국문학과종교학회는 2005년 창간 10주년을 기념하기 위해 7월 충남대에서 "한국문학과종교 국제학술대회"(6월 30일~7월 1일, 주제:「고통의 자유」("Freedom of Suffering"))를 성공적으로 개최하였다. 본 학회는 창간 10주년을 기념사업의 일환으로 단행본 발간을 기획하여 2008년 12월 『문학과 종교 총서 1』발간을 성공적으로 마친바 있다. 이 단행본은 문학과 종교 간의 학제 간 연구 업적을 주제별 영역으로 대별하여 10년 간 학회가 축적해온 괄목할만한 논문을 엄정하게 선별하여 일반 독자에게도 읽혀질 수 있도록 수정하고 보완하여 발행한 것이다.

문학과 종교의 학제 연구는 본 학회의 목적에 따라 초월적 신에 대한 단순한 믿음이 아닌 인간 의식의 심층적 차원에서 이루어지는 "궁극적 관심"(ultimate concern)을 종교라고 정의한 폴 틸리히(Paul Tillich)를 인유하며, 문학 작품을 인간의 "궁극적 관심"에 대한 예술적 형상화의 산물로 보고 있다. 이에 다양한 언어로 쓰인 문학 작품들 속에서 궁극적 관심의 내용을 탐색하는 일을 연구의 목표로 삼고 1992년 이래로 많은 학문적 성과를 쌓아왔다. 이 성과를 인정받아 본 학회의 학술지『문학과 종교』는 2003년도 상반기 학술진흥재단에서 실시한 학술지 평가에서 등재후보로 선정되었고, 2005년도에는 한국연구재단에서 등재지로 선정되었다. 미래의 문학 연구는 아방가르드 문학과 비평이론에 대한 단순한 섭렵의 차원을 뛰어넘어 보다 본질적으로 현실을 직시하고 진술할 수 있는 방향으로 전환되어야 하겠다. 실존적 문제에 대한 탐색이야말로 인간의 "궁극적 관심"이라면, 본 학회의 관심은 해외 유관 단체의 관심과도 학문 연구의 맥을 함께 하고 있다. 미국에서는 1997년부터 MLA 산하에『문학과 종교』(Literature and Religion) 분과가 본격적으로 활동하고 있다. 영국에서도 1987년 이후 옥스포드사에서 연 4회 출판하는 저널『문학과 신학』(Literature and Theology)을 중심으로 문학, 종교, 문화에 대한 연구가 활발하게 이루어지고 있다.

　　이러한 국내외의 학문적 성과에 대하여 미국의 저명 학술지『기독교와 문학』(Christianity and Literature)의 편집자인 로버트 스나이더(Robert Snyder) 교수와 영국 글라스고우 대학교(Glasgow U)의 "문학, 신학, 예술 연구소"(Center for the Study of Literature, Theology, and the Art)의 소장인 데이비드 재스퍼(David Jasper) 교수 등으로부터 많은 관심을 받았다. 한국문학과종교학회의 구성원은 영문학자, 국문학자, 그리고 다양한 세계문학 연구가뿐만 아니라, 문학에 관심이 있는 신학자, 종교학자, 성직자, 현역 작가들을 포함하고 있다. 우리 학회는 주전공 분야의 정체성을 유지하면서 학제간의 공통 주제를 함께 탐구해 나갈 수 있는 학술단체이다. 학회에서는 "문학과 종교" 관련 연구활동에 있어서 다양한 관점을 적극 수용해 왔다. 향후 우리 학회의 학술지『문학과 종교』는 좀 더 내실 있는 국제 저널로 도약할 것이며, 그간 학문의 뜻을 함께 하는 연구자들의 적극적인 참여를 지속적으로 확대해 왔다. 문학과 종교의 학제 연구는 문학의 장르나 공적 영역에서의 종교 주제에만 한정된 것은 아니다. 인접 학문인 철학, 역사, 문화, 순수과학, 제도 종교 경전, 종교문학, 종교사상, 종교철학, 종교현상학, 종교심리학, 종교사회학, 토속 신앙, 샤머니즘, 전설, 신화, 신비주의, 영성주의 등 동서양의 고전에서부터 우리 시대의 철학, 정치, 사회, 문화에 그 나름의 다양한 사상까지 포함하고 있다.

  학회지 발간 20주년을 맞이하는 2015년 올해, 한국문학과종교학회는 창간 20주년 기념사업으로 "한국문학과종교학회 국제학술대회" 개최와 총서 2권 및 단행본을 발간하고자 한다. 국제학술대회는 7월 8일(수)에서 9일(목)까지 서강대학교에서 「젠더 스토리와 종교」("The Story of Gender and Religion") 주제로 발표 논문 30편에 이른다. 전체적으로 해외 초청 석학 14편(9개국), 국내 해외 석학 3편(3개국), 국내 학자 13편으로, 직접 참여 인원은 발표자 30명과, 토론자 60명, 사회자 33명으로 총 123명에 이른다. 이번 "젠더 스토리와 종교"라는 주제의 학술대회는 점점 더 중요한 문화사회적 이슈로 거론되는 젠더의 문제를 스토리와 종교라는 매우 인문학적인 틀에서 살펴보는 것을 주제로 선정하여 전문층에게만 전유되던 무거운 인문학적 주제를 보다 보편적이고 대중적인 키워드로 확장하려고 한다. 그리하여 서구 중심의 기독교나 가톨릭과 같은 개별적으로 국한된 종교의 범위가 아니라 전 종교적 차원에서 문화와 종교적 배경, 언어를 불문하고 다양한 배경의 학자들과의 학문적 소통의 장을 마련하고자 한다.
  그리고 단행본 발행의 경우 지난 20년에 걸쳐 학회지에 게재된 논문 중에서 문학과 종교 간의 학제간 연구를 다루었던 독특하고도 독창적인 글들을 우선적으로 선정하였다. 그리하여 여러 차례의 토론을 거쳐 총서 제1권을 토대로 총서 제2권에 이어, 단행본에 수록할 논문에 대한 선정기준을 마련하였다. 첫째, 선정대상 글은 창간호부터 2015년 3월 31일까지 학회지에 발간된 논문으로 한정한다. 둘째, 각 필자의 글은 한 편을 초과하지 않는다. 셋째, 독특한 자료 발굴, 접근방법이나 해석의 독창성과 특별한 논의를 우선한다. 넷째, 게재 글의 자구수정을 허용하되 글의 책임은 전적으로 필자가 진다.

위의 선정에 입각하여 2015년 1월에 최종적으로 단행본에 수록될 논문 28편이 선정되었다. 단행본은 『성과 속, 그 사이에서의 문학 연구』 타이틀로 모두 3부로 나누어져 있다. 제1부는 「성과 속을 가로지르는 지성사의 모험」 부제로 8편의 글이 수록되어 있다. 이 부제는 멀치아 엘리아데의 문학적 상상의 구원론적 함의에 관한 글에서부터 종교는 환상의 산물인가 사회적 실체인가에 대한 논쟁 등을 포함해 포스트모더니즘과 종교, 인류 구원의 플롯으로서의 분리와 통합, 노스럽 프라이의 원형예표론적 성서해석의 대한 고찰, 아케다와 자크 데리다의 윤리적 종교성, 레비나스의 윤리학과 예술론, 조르조 아감벤의 종교적 사유 연구를 실어 성과 속의 주제에 관한 지성인들의 다양한 관점을 실었다. 제2부는 7편의 글이 수록되어 있고, 각 글은 「성과 속, 그 사이에서의 한국 문학」 부제로 국문학 관련 논문을 수록하고 있다. 제2부는 한용운, 김춘수, 정연희, 서사 구조의 신화 원형, 황석영, 단편소설 「벌레 이야기」, 영화 <밀양> 등 한국 현대시와 소설에 나타난 종교적 독창성을 다양한 측면에서 다루고 있다. 마지막으로 제3부는 13편의 글을 수록하고 있으며, 각 글은 「성과 속, 그 사이에서의 세계 문학」 부제로 영국문학, 미국문학, 중동문학, 유럽문학, 중앙아시아 문학 관련 주제에 걸쳐 있다. 제3부는 움베르토 에코, 헨리 본, 헤르만 헤세, 에밀리 디킨슨, 윌리엄 포크너, 도스토예프스키, 네오샤머니즘, 펠릭스 쿨파, 존 키츠, 하인리히 하이네, 나사니엘 호손, 조지 리파드, 월트 휘트먼, 솔 벨로우 등에 관한 글로 세계적 작품에 나타난 성과 속 등 종교현상의 특징을 밝히는데 초점을 두고 있다.

이번 단행본이 발간되기까지 문학과 종교 연구의 발전과 학회발전을 위한 일념으로 옥고를 써 주신 필자님들께 이 자리를 빌어 깊이 감사를 드립니다. 또 단행본 발간을 위해 많은 시간과 정력을 아낌없이 쏟아주신 발간위원님들에게도 심심한 사의를 표합니다. 특히 오랜 산고 끝에 단행본이 나오기까지 애써 주신 김용성 부회장님과 김주언 연구이사님, 그리고 실무 작업을 맡아주신 김영희 이사님에게 고마움을 표합니다. 끝으로 본 학회의 학회지 발간 20주년 기념사업으로 단행본을 발간해 주신 국학자료원 관계자에 깊은 고마움을 표합니다.

2015년 3월
한국문학과종교학회장 양병현

독자에게

    현대 기술과 과학의 급속한 발달은 인간에게 물질적 풍요를 불러왔지만, 기계문명에 밀려나는 인간존재에 관한 위기의식과 문제점들을 우리들에게 과제로 남긴다. 최근 대니얼 벨(Daniel Bell)을 포함한 여러 학자들은 문화적 위기를 느끼는 현대인들을 위하여 문학과 종교로부터 새로운 동기를 찾기도 한다. 그들은 문학이나 종교가 서로 대체할 수 없는 고유의 영역을 지니고 있음에도 불구하고, 문학이 사회에서 약화된 종교의 기능과 역할을 보조해왔다고 믿는다. 즉 문학이 문화에서 종교와 더불어 상호 긍정적 의미를 가질 수 있고, 문학이 종교를 통해 훨씬 더 삶의 세계에 접근할 뿐만 아니라, 종교는 문학을 통해 구체적인 표현 양식을 제공받을 수 있기 때문이다. 따라서 문학과 종교에 관한 논의는 현대인의 인격적인 삶을 모색하고 인간의 상상력을 통한 종교성을 새로운 이슈로 만드는 새로운 문화의 시작점이 될 수 있다.

    한국문학과종교학회는 문학에 나타난 종교성과, 종교에 나타난 문학성에 대한 관심을 학문적으로 탐구할 목적에서 1992년 창립된 국내유일의 학회이다. 인간의 삶과 정신에 대하여 연구자들이 문학에 나타난 종교적, 근원적 물음을 탐구하는 동시에, 종교텍스트의 문학성에 주목하며 종교텍스트와 문학텍스트의 소통 가능성을 탐구한다. 또한 이를 통해 문학과 종교를 교차하는 통섭적 연구를 시도하며, 양자 학문 '사이'에서 혹은 문학과 종교를 통합하는 문제들을 학문적 성과로 산출하는 학회지로써 도약하고 있다. 최근 한국문학과종교학회의 연구 성과는 국내학계를 넘어 세계학계와 적극적으로 공유하는 단계를 추구한다. 유관 국제학회와의 지속적인 학문적 연대를 강화하면서 홈페이지를 통한 해외 DB 네트워크를 하고 있다. 특히 한국학, 중국학, 일본학, 영문학, 불문학, 독문학, 스페인학, 인도학, 중앙아시아학 등 세계문학과 종교학, 종교현상학, 종교심리학, 종교사회학, 인류학, 민속학, 샤머니즘 등에 걸쳐 문학의 종교적 체험에 대한 학제 간 연구를 통합할 전문학술지의 성격을 갖추었기에, 단순히 해외 문학비평이론, 작가들, 작품들을 분석하고 연구하는 차원을 넘어, 세계인들의 모든 문학과 그들의 문화에 기초한 종교성을 공감하고 공유하고, 재현과 분석으로 발전시키는 과제를 적극 수용하고 있다.

학술지 1년 4회 발행, 매월 연구회개최, 한국영어영문학회와 종교학회 학술대회 세션구성으로 관련학회와의 연계강화, MLA 논문 작성법과 영문표기법의 통용으로 국제화에 앞장서는 학회가 되었고, 한국을 대표하는 학회지가 되도록 부단한 노력을 경주하고 있다. 이를 위해 불철주야 애쓰신 양병현 회장님과 김용성 부회장님께 감사를 드리며, 한국문학과종교학회 단행본 『성과 속』이 여러분의 삶에 환한 빛을 비추는 책이 되기를 소망한다.

한국문학과종교학회 단행본간행위원회
김용성 김영희 김치헌 김주언 올림

차 례

제2부 성과 속, 그 사이에서의 한국 문학

제1부 / 성과 속을 가로지르는 지성사의 모험

문학적 상상의 구원론적 함의

— 멀치아 엘리아데의 『만툴리사 거리』를 중심으로

정 진 홍

I

이야기 짓기, 그것을 말하기, 그리고 듣기를 우리는 일상적인 것으로 여긴다. 하지만 이러한 이야기 문화란 오히려 비일상적인 삶의 한 모습으로 여겨도 좋을 듯 하다. 왜냐하면 만약 이야기 문화를 현존하게 하는 근원적인 것으로 인간의 상상력을 지칭할 수 있다면, 그리고 상상이란 가장 소박한 의미에서 없음의 있음화라고 한다면(Scruton 97, 107-20), 그러한 의도적인 행위를 인간으로 하여금 감행하도록 하는 것은 쓸쓸함이나 헛헛함으로 개념화할 수 있는 현실적인 경험에 대한 존재론적 되물음에서 비롯한 것이라 말할 수 있을 것이기 때문이다. 그렇다면 바로 그러한 의미에서 우리는 이야기 문화란 실은 가난 채우기라고 해도 좋을 듯 하다[1].

---

* 이 논문은 『문학과 종교』 제4권 1호(1999)에 「문학적 상상의 구원론적 함의 — 멀치아 엘리아데의 『만툴리사 거리』를 중심으로」로 게재되었음.

1) 뒤낭은 상상력을 '균형 잡기'로 묘사하고 있다(뒤낭 127).

그것은 인간이 스스로 자신의 삶이 만족스러운 것이 아니라는 사실을 확인하는 일과 떨어져 있지 않을 뿐만 아니라 지금 여기에 있는 자신의 현존을 부정하는 발언, 그리고 예상하는 결과가 불투명함에도 불구하고 지니는 분명한 자기 변모에의 희구와 더불어 있는 것이기 때문이다.

그런데 그러한 희구가 비단 이야기 문화에만 담겨 있는 것은 아니다. 그것은 구체적인 행위를 통해 드러나기도 한다. 제의문화가 그것이다. 제의는, 그것이 지닌 다양성을 간과하고 개념적으로 묘사한다면, 현존하는 시간과 공간에서 바로 그 시공을 단절하고 넘어서기 위한 틀 지어진 일정한 행위양식의 연희로 이루어진다. 그 때 그곳에서 이루어지는 행위는 대체로 비일상적이다. 사람들은 그 연희를 위한 특정한 때와 특정한 자리가 선택되고, 정형화되어 전승되는 특정한 몸짓으로 자신의 희구를 드러낸다. 그러한 의례가 주기성을 가지고 반복된다든지 위기라고 불리는 독특한 계기에서 이루어지는 것은 퇴색하는 삶, 또는 벼랑에 선 삶에 대한 저린 아픔에서 비롯하는 것이다. 그러므로 제의는 흐르는 시간을 단절하고 공간의 질적 변화를 의도하면서 시간의 재생, 공간의 성화(聖化)를 확인한다. 그리고 그로부터 이루어지는 자의식의 존재론적 변화를 확인하는 계기를 삶 속에 마련한다(Turner 참조). 인간은 그렇게 자신의 가난 채우기를 살아간다. 그러므로 제의는 자신의 존재양태가 변화되기를 의도하는 구체적인 행위규범이라고 말할 수 있다.

흥미로운 것은 이러한 제의문화가 이야기문화를 반드시 자신 안에 담고 있다는 사실이다. 제의에 수반되는 신화의 음송이 그러한 사실의 가장 원초적인 모습이다. 제의가 연희하는 몸짓은 삶을 서술하는 근원적인 이야기의 구현이고, 그러한 연희를 통하여 확인하는 이를테면 감동은 이야기를 통하여 다시 서술된다(Seboek 122-35). 그러므로 제의문화는 이야기 문화와 더불어 인간의 존재양태의 변화를 지향하는 두 축이다. 이러한 사실을 유념한다면 이야기 문화는 구조적으로 이른바 구원론(존재양태의 긍정적 변화 [soteriology])를 함축한다고 말할 수 있다. 이야기 짓기, 말하기, 듣기는 구원에의 몸짓과 다르지 않은 것이다.

그러나 문자문화의 출현은 이러한 상황에 상당한 구조적 변화를 야기했으리라는 예상을 가능하게 한다. 이야기문화를 내장한 제의문화, 또는 몸짓(dromena: what is said)—말짓(legomena: what is done)의 복합문화와 더불어 문자화된 이야기가 또 다른 실재로 등장하는 것이다. 쓰고 읽는 이야기문화를 만약 앞의 문화들과 구분하기 위하여 글짓(literamena: what is written)이라고 한다면 오늘 일컫는 문학을 우리는 그렇게 범주화해 볼 수 있을 듯 하다. 그리고 주목할 것은 그러한 문화는 그 나름의 자율성을 지니고 자기 충족성을 운위하고 있다는 사실이다.[2] 문학의 문학성에 대한 논의를 우리는 그러한 자기다움의 진술을 가능하게 하는 기반이라고 해도 좋을 것이다. 그렇다면 이 계기에서 우리가 제시할 수 있는 물음은 그러한 글짓문화도 본래의 이야기다움을 유지하고 있는가 하는 것, 곧 전통적인 제의적 기능을 수행하고 있는가 하는 것이다. 이러한 물음을 우리는 문학의 제의성에 대한 논의라고 할 수 있다. 우리의 현실에서 문학은 구원론으로 기능할 수 있는 것인가 하는 것을 묻고 싶은 것이다.

이 논의를 위한 여러 가지 접근이 가능하지만 이곳에서는 그 하나의 작업으로 루마니아(Romania) 태생의 종교학자이면서 문학가인 멀치아 엘리아데(Mircea Eliade, 1907-86)의 소설을 읽어보고자 한다. 그 소설이 담고 있는 문학적 상상(글짓문화)이 과연 제의(구원론 또는 몸짓—말짓의 복합문화)를 충동하는 기제(機制)일 수 있을 것인가 하는 것을 살펴보고 싶은 것이다.

---

2) 이곳에서 필자가 주장하는 것은 문학을 정의하고자 하는 것이 아니다. 이론적인 것이기 보다 문학하는 사람들에 의하여 글짓이 어떻게 경험되고 있는가 하는 것을 묘사하고자 하는 것이다. 바르트(Roland Barthes)에 관하여 손탁(Susan Sontag)이 언급한 다음과 같은 진술들을 유념하고 싶은 것은 그 때문이다. "마찬가지로 바르트도 문학을 과대평가—문학을 모든 것으로 여기면서—한 것 같다. 하지만 그는 그렇게 과장함으로써 적어도 적합한 사실을 드러내주고 있다. 왜냐하면 바르트는 문학이란 우선, 그리고 종국적으로, 언어라고 이해하고 있기(싸르트르는 그렇게 이해하지 않았다) 때문이다. 그가 말한 모든 것이란 언어이다. 그가 말하고자 하는 것은 모든 실재란 언어의 모습으로 현존한다는 것이다. . . . "(xx).

II

엘리아데의 소설 『만툴리사 거리』(Pe strada Mântuleasa)도 그의 이전 작품들, 예를 들면 1930년에 출판된 『이사벨과 악마의 물』(Isabel and the Devil's Water)을 비롯하여 1955년에 발표한 『금지된 숲』(The Forbidden Forest)들과 기본적으로 다르지 않다.3) 현저하게 신화적인 모티브가 줄거리를 형성하고 있기 때문이다. 그러나 몇 가지 점에서 이 소설은 그의 다른 작품과 구별되는 특징이 있다. 첫째, 설정된 장면이 정치적 정황이다. 따라서 그가 선호하는 루마니아의 민속적 신화의 분위기나 인도의 신비주의적 주제와 달리 배경이 지극히 구체적이고 현실적이다. 둘째, 이 작품의 주인공들은 한결같이 자신의 정체를 상실한 사람들이다. 역사적인

---

3) 엘리아데의 대표적인 소설로는

  Isabel Şi Apele Diavolului(Isabel and the Devil's Waters) 1930
  Soliloquii(Soliloquies) 1932
  Maitreyi(Maitreyi) 1933
  Intoarcerea din Rai(The Return from Paradise) 1934
  Lumina ce se stinge(The Light which Fails) 1934
  Hulligani(The Hooligans) 2 vols. 1935
  Domni şoara Christina(Mademoiselle Christina) 1936
  Şarpele(The Snake) 1937
  Nunt ă în Cer(Marriage in Heaven) 1938
  Secretul Doctorului Honigberger(The Secret of Dr. Honigberger) 1940
  Insula lui Euthanasius(The Island of Euthanasius) 1943
  The Forbidden Forest 1955
  Pe strada Mântuleasa(Mâtuleasa Street) 1968 등이 있고
  단편소설집으로
  Nuvele(Short Stories) 1963
  희곡집으로
  Iphigenia(A Play) 1951 등이 있다.
  이 논문을 위해 사용한 텍스트는 루마니아어로 된 *Pe strada Mântuleasa* 를 스티븐슨 (M. P. Stevenson)이 영역한 *The Old Man and the Bureaucrats* (London: U of Notre Dame P, 1979)와 홍숙영 역, 『만투리사 거리』 (서울: 전망사, 1981)이다.

상황에 의하여 변질되었거나 은폐되고 있는 것이다. 그리고 이들의 정체는 끝내 드러나지 않는다. 그럼에도 불구하고 이야기는 그들의 정체를 추적하는 것으로 이루어지고 있다. 따라서 셋째, 이 소설은 그 자체가 하나의 미로신화(迷路神話)이다.[4]

이러한 사실을 통해 우리는 이 소설이 정치 · 사회적 현실 속에서 잃어가고 있는 인간의 본연을 신화적으로 구조화한 이야기 틀을 통하여 재발견하고자 하고 있음을 짐작하게 한다.[5] 그런데 만약 이와 같은 예상이 적합성을 갖는다면 우리는 이 소설을 통하여 이른바 문학적 상상력이 어떻게 인간의 구제에의 동기(soteriological motive)를 자극하거나 그러한 동기와 연결될 수 있는가 하는 것을 살펴볼 수 있으리라고 기대한다. 곧 그러한 상상력과 종교적 상징과의 연계를 확인할 수도 있을 것이다. 따라서 이 작품을 읽으면서 떠오르는 몇 가지 주제, 곧 작가의 문학적 상상력이 수립하고 설정한 테마로 여길만한 것으로 시간 · 사랑 · 죽음 · 말썽꾸러기를 선택하고 이 네 주제들이 어떻게 종교적 상징으로 기능 하는지를 살펴보고자 한다.[6]

---

4) 필자가 특별히 이 작품을 선택한 것은 이 작품이 그의 다른 작품들보다 가장 두드러지게 그의 문학세계를 보여줄 수 있을지도 모른다는 필자의 독후감에 의한 것만은 아니다. 인디애나(Indiana) 대학의 비교문학 교수인 칼리네스쿠(Matei Calinescu)는 "The Function of the Unreal"(Girardot 153-58)이라는 자신의 논문에서 이 작품이 엘리아데의 소설 중에서 가장 걸작이라고 말하면서 그 이유를 이 소설이 "신화자체에 대한 신화학(a mythology of myth itself)"이기 때문이라고 한다. 이 작품에 대한 필자의 평가가 그와 일치하는 것은 아니지만 적어도 이 작품의 중요성이 널리 공감되고 있음은 확인할 수 있다.

5) 이에 관하여 칼리네스쿠는 이 소설을 근원적으로 정치소설이라고 단정한다. 그러나 그가 그렇게 말하는 것은 이 소설이 정치적인 소재를 다루고 있다는 것을 뜻하는 것은 아니다. 오히려 그가 지적하려는 것은 힘으로 표상화되는 정치적인, 또는 세속적인, 현실 속에서 어떻게 실재하지 않는 것으로 이해되는 신화적 담론이 현존하느냐 하는 것에 대한 관심이 이 소설의 주제를 이루고 있다는 의미에서 그렇게 말하고 있는 것이다. 이를 칼리네스쿠는 신화의 논리와 힘의 논리의 진정한 갈등을 다루고 있다고 설명하고 있다(Girardot 155).

6) 이 소설을 읽으면서 이러한 4가지 주제를 선택한다는 것은 대단히 무리한 일이다.

시간

이 작품의 줄거리는 은퇴한 초등학교 교장 파라마(Farama)의 회상을 추적하는 관리들의 첨예한 관심으로 이루어져 있다. 출세한 옛 제자들을 만나 궁금한 다른 제자들의 소식을 알아보려던 파라마는 자기는 제자가 아니라고 하는 비밀 경찰 소령인 보르자(Borza)의 주장 때문에 결국 이상스러운 사람이라는 혐의를 받고 끝없는 심문을 당한다. 심문관은 파라마에게 그가 기억하는 제자들에 관하여 묻는다. 파라마는 그 물음에 대한 성실한 답변을 하기 위하여 자신이 기억하는 모든 것을 회상하면서 그 물음에 대한 답변을 진술한다. 그러나 파라마는 자신의 답변이 불충분하다는 것을 곧 스스로 깨닫는다. 그리하여 "이 일을 이해하기 위해서는 그 전에 있던 다음과 같은 이야기를 알고 있어야 한다"고 말하면서 진술에 대한 진술을 다시 시작한다. 하나의 답변을 하기 위하여 그 답변에 대한 불가피한 또 다른 답변을 진술하지 않으면 안되는 것이다. 그래서 하나의 진술은 그 진술에 대한 진술로 이어지고, 그 진술에 대한 또 다른 진술이 거듭 거듭 이어지면서 이 소설은 처음부터 끝까지 이러한 심문에 대한 파라마의 한없는 이야기로 이루어지고 있다.

왜냐하면 이 소설의 플롯의 펼침이 그렇게 단락지어지는 것이 아니기 때문이다. 실제로 이 소설의 이야기하기는 하나의 이야기가 또 다른 이야기를 낳고, 그 이야기가 다시 또 다른 이야기를 낳으면서 끝없이 처음으로 되 거슬러 흐르는 형식으로 되어 있다. 이러한 이야기하기 방식은 새로운 이야기로 이어지는 매 계기가 실은 인지적 계기를 이루고 있기 때문에 비록 이러한 4주제를 말한다 할지라도 그것들은 총체적으로 용해되어 있는 것이다. 그러므로 별개의 주제를 선택하여 이를 주목하면서 이 작품을 읽는 태도는 적절하지 못하다. 그러나 중요한 것은 그러한 인지적 계기들이 함축하는 사건의 상징성이 분명하게 읽혀진다는 사실이다. 이야기를 이야기하기 위한 더 거슬러 올라가는 이야기의 발언계기는 독특한 사건의 상징성을 통해 매개되고 있기 때문이다. 따라서 그러한 주제를 찾아 읽는 것은 작가가 현실적으로 직면하고 있는 인지적 난점이 무엇인지 짐작하게 하는 것이기도 하다. 따라서 이 4가지 주제를 근거로 하여 작품의 상상력이 지닌 구원론적 표상을 가늠하는 일은 불가능한 작업이 아니다(Gunn 1).

그런데 바로 이 심문과정에서 나타나는 파라마의 이러한 진술에서 우리는 이 작품이 끊임없는 회귀를 펼치고 있음을 확인한다. 그러나 그것이 반드시 원인론의 탐구는 아니다. 그러한 회귀는 지금 여기의 실재가 비롯한 원인을 찾아 그 원인으로부터 비롯하는 논리적 귀결로 그 실재를 확인하고자 하는 것은 아니다. 오히려 지금 여기의 실재를 시간이 역류한다고 말할 수 있는 어떤 구조 안에 들여놓고, 비롯함의 때에도 그 실재가 있었다는 사실과 이어지지 않으면 그 실재는 지금 여기에 있는 것으로 경험할 수 없다고 하는 절박감에서 비롯하는 것이다. 그러나 시간의 역류란 현실적으로 불가능하다. 가능하다면 그것은 다만 지금 여기의 현실에 대한 부정을, 또는 소멸을, 매개로 하지 않으면 안된다. 그러므로 시간의 역류는 상상의 영역에서만 현실화될 수 있는 것이다. 다시 말하면 되돌아감은 불가능하지만 되돌아가 생각하기는 가능하다. 따라서 실재의 확인을 위해 회상은 불가피하다. 현존하는 자아의 정체는 그렇게 회상을 통하여 이루어지는 비롯함에 대한 확인을 통해 가능해지는 것이다. 엘리아데가 이야기를 펼치고 있는 기본적인 것은 바로 이러한 회상의 논리이다. 자기 정체의 파악이란 근원에의 회귀를 통해서 이루어지는 것이라는 기본적인 논리가 이야기 펼침의 축을 이루고 있는 것이다.

은퇴한 노교장의 회고담에 담겨있는 인물들은 적어도 2.30년 전의 아이들이다. 그런데 그 동안의 세월은 이미 아이들을 아이이지 않게 하고 있다. 그들은 어른이다. 그들은 아이의 세계에 속해있지 않다. 그들은 어른의 세계에 살고 있는 분명한 어른들이다. 그런데 이들이 노교장의 회고담에 담기면 어른으로서의 정체를 상실한다. 그러나 그렇다고 해서 그러한 상실이 실재자체를 없음이게 하는 것은 아니다. 오히려 바로 그러한 회고를 통한 지금 여기의 상실이라는 사실 때문에 어른들은 자신들이 지금 여기에서 이러한 어른으로 있다는 데 대한 인식을 할 수 있는 것이다. 따라서 이 같은 인식은 어른으로 하여금 스스로 자신의 정체성을 유지하기 위해서는 회상에 의하여 시간을 역류해 살아야 함을 규범적인 것으로 지니게 한다.

그러나 바로 이 곳에서 심각한 문제가 제기된다. 이미 어른은 지금 이 곳의 코스모스를 구축하고 있기 때문에 회상에 의하여 그 때 거기에 있던 나, 곧 어린아이로 회귀하는 것이 그에게 감당하기 어려운 갈등을 일으키는 것이다. 어린이였던 세계와 지금 어른이 되어있는 세계가 단순히 어렸을 적의 지속이나 그것을 유지하는 성숙이 아니고 상황적 변천을 좇아 정체성의 변화마저 겪은 것이라면 회상자체가 오히려 지금 여기의 자아를 위해 위험한 것일 수도 있다. 그럼에도 불구하고 어른은 어린이를 회상하면서 시간을 거슬러 살아야 한다는 역설적인 강박관념을 지니고 살아갈 수밖에 없다. 엘리아데의 문학이 보여주는 최초의 종교적 상징은 바로 이 역설 속에서 나타난다. 흐르는 시간을 따라 살며 현재를 확인하는 것이 여느 삶이면서도 시간을 역류하여 근원을 되사는 역설을 현실화하지 않으면 정체성의 위기에 직면할 수밖에 없음을 보여주는 것이다 (Kitagawa 365-85) 다시 말하면 그것은 실존적인 문제와 존재론적인 문제의 갈등이라고 할 수 있는 것인데 만약 회상이 참으로 존재론적인 물음과 연계된 것이라면 그것은 자연스럽게 궁극성의 속성을 가지게 마련이다. 그렇다면 그러한 존재론적 물음 곧 어린아이를 회상하는 일은 종교적인 물음의 속성으로 전이되어질 수밖에 없는 것이다. 지금 여기에서 그 때 거기를 지니고자 하는 것이기 때문이다.

이 작품은 이 같은 사실을 일관성 없는 시간 묘사를 통해 극화(劇化)하고 있다.7) 파라마는 릭산드루(Lixandru)에 관해서 알고자 하는 관리들의 심문에 답변하면서 이른바 연대기적 시간, 곧 역사적 시간이 지시하는 어

---

7) 엘리아데가 그의 작품들을 통하여 시간의 상징을 축으로 하고 있는 것은 널리 알려진 일이다. 예룬카(V. Ierunca)는 그것이 곧 엘리아데 문학의 특징이라고 말하고 있다(Kitagawa 348 재인용)

느 과거의 시점으로 되돌아간다. 릭산드루가 갑자기 사라진 것은 1915년 10월 4일이나 5일이라고 분명히 진술하는 것이다. 그러나 그러한 역사적 시간에 대한 파라마의 인식은 곧 이어 랍비의 아들과 그 일과의 관계를 서술하면서 압둘(Abdul)에 관한 이야기로 옮겨가는데 그 이야기는 역사적 시간을 넘어 이른바 환상적 시간의 의식 속에서 펼쳐진다. 파리떼를 소멸시켜버리는 사실을 서술하는 일은 그것이 역사적인 사실이기보다 환상적인 사실이라고 해야 옳을 그러한 시간의 전개를 맥락으로 하여 이루어지고 있는 것이다. 그러나 다르바리(Darvari)와 릭산드루가 지하실에 있는 물웅덩이로 뛰어든 일을 서술하는 대목에서는 갑자기 시간의 서술이 지극히 심리적인 것으로 바뀐다. 분명한 연대기적 과거를 지칭하는 역사적 시간, 그러한 역사적 시간을 넘어서는 환상적인 시간, 그리고 분명한 의식을 가지고 분별하면서도 역사적 시간에 예속되지 않는 심리적인 시간 등이 동일한 삶의 경험 속에서 다양하게, 그러나 복합적인 단일한 체계를 이루면서 이야기를 이끌어 나아가고 있는 것이다.

이러한 사실을 더 구체적으로 다듬어보면 이것은 환상적 시간과 심리적 시간의 등장에 의하여 역사적 시간이 불가피하게 파괴되거나 소멸될 수밖에 없음을 시사하는 것이기도 하다. 예를 들면 작품 8장에서 마리나(Marina)는 자기보다 200년 전에 있던 잠피라(Zamfira)와 자기를 동일시한다. 그러한 사실로 말미암아 사람들은 마리나를 때로는 20대 여인으로, 때로는 50대 여인으로 여기는 혼란을 겪는다. 마리나의 진정한 정체는 그녀를 다르바리가 누구로 인식하는가 하는데 따라 달라지고 있다. 결국 역사적 시간은 환상적인 시간 경험과 인식에 의하여 비참할 정도로 무력하게 되고 마는 것이다. 그렇지만 그것이 그렇다고 하는 사실을 진술하는 것은 구체적인 역사적 실존이다.[8]

---

8) 리꾀르(Paul Ricoeur)는 이같은 사실을 역사와 허구(문학)의 교직(交織)이라고 말한다. 더 구체적으로 그는 이를 역사의 허구(문학)화(the fictionalization)이면서 동시에 허구

역사적 시간의 소멸이라고 할 이러한 사실에서 우리는 엘리아데가 의도하는 종교적 구원의 의도를 읽어볼 수 있다. 중요한 것은 그가 이 작품 속에서 추구하고자 하는 것은 옛날을 회상하는 일을 통하여 상실된 시간을 회복하려는 것이 아니라는 사실이다. 파라마의 회상을 통하여 나타나는 작가의 의도는 오히려 회상을 통하여 시간의 흐름 자체를 소멸시켜버리려는 것이다. 그리고 그렇게 함으로써 자신의 정체를 확인하려는 것이다.

사라진 채 돌아오지 않는 릭산드루의 현존에 대한 심문관과 파라마의 대화(10장)는 엘리아데가 의도하는 진정한 문제가 무엇인가 하는 것을 잘 보여준다. 심문관은 릭산드루가 그 본디의 모습을 위장하고 지금의 현실 속에 스며들어왔을 것이라고 짐작한다. 그러나 지금 여기에 있는 사람들 중의 누가 그인지는 아무도 모른다. 그리하여 그가 누구로 변신해 있는지 모르는 초조함 속에서 심문관은 파라마에게 이렇게 다그친다.

> "자, 내가 꼭 한가지만 묻겠소. 아주 간단한 질문이요. 하지만 당신이 대답을 하지 않아도 좋소. 아무튼 우리는 찾아내고야 말테니까. . . . 만약 릭산드루를 누구도 알아내지 못한다면, 그는 이 나라의 어떤 사람이라도 될 수 있다는 이야기요. . . . 내 질문은 바로 이것이요. 도대체 누가 릭산드루요? 지금, 이곳, 이 도시, 혹은 이 건물 안에서 말이요. 당신은 알고 있지 않소? 말하시오. 누가 릭산드루냐 말이요?"

이 물음은 자기를 상실한 채 위장된 기능 속에서 살아가는 모든 인간의 정체 곧 본래적인 자아를 발견하고 그러한 모습으로 서려는 절규를 나타

(문학)의 역사화(the historization)라고 말하는데, 이를 다시 설명하여 역사는 의사(擬似)—허구적(quasi-fictive)인 것이고 허구(문학)는 의사(擬似)—역사적(quasi-historical)인 것이라고 주장한다. 필자는 이러한 설명에서 주목해야 할 가장 중요한 것은 바로 이 교직의 현실성 속에서 지금 여기를 지양하는 하나의 틈새, 또는 출구가 마련되리라고 기대하는 어떤 경험의 현실성이고, 이를 구원론적 출구를 시사하는 것으로 간주할 수 있으리라는 예감이다(Ricoeur, *Time and Narrative* 180-92).

낸다. 그런데 그 절규에 대한 메아리를 심문관은 파라마의 회상, 곧 시간의 소거를 통해 기대하고 있는 것이다.

그러나 그러한 의도조차 시간 안에서 이루어지지 않으면 안된다. 그런데 이와 같은 갈등과 딜레마는 벗어나야 할 함정이기 보다 수용해야 할 당위이기도 하다. 역사의 수용과 거절 바로 그것 안에서 인간은 자기 정체를 확인하는 통로를 마련하기 때문이다. 문학적 상상력이 펼치는 이러한 진술은 종교적 구원에의 모티브에서 발견하는 것과 다르지 않다. 인간의 존재론적 위기는 시간을 좇아 흘러온 삶이 빚은 지금 여기의 자기에 대한 정체 회의에서 비롯한다. 그 때 물음은 "왜 살고 있는가?"이기 보다 "왜 이렇게 이러한 인간이 되어 살고 있는가?"하는 것이다. 그리고 이러한 물음은 당연히 시간에 대한 공포를 수반한다. 그리고 그로부터 벗어나겠다는 희구는 시간의 소멸, 또는 시간의 역류를 현실화하고 싶은 희구로 채워진다. 태초의 사건을 음송하는 것으로 구체화하는 신화와 그것을 몸짓으로 연희하는 제의의 의미론은 그러한 맥락에서 비로소 읽혀지는 것이다.9)

따라서 파라마의 회상은 한 노인의 애틋한 추억이 아니다. 만약 그렇다면 이 작품이 기술하고 있는 시제(時制)의 혼란스러움은 불필요하고 무의미한 것에 지나지 않았을 것이다. 그러나 작품의 흐름에서 볼 때 그의 회상은 이른바 종교적 구원에서 일컫는 비롯함의 원초적 시간, 곧 오롯한 처음 그 원형적인 시간인 그 때(illud tempus)를 회상하는 것이라고 할 수 있다.10) 그리고 이처럼 그러한 회상이 종교적인 구원일 수 있는 것은 그

---

9) 자칫 이러한 주장은 문학에 대한 신화비평이론을 연상케 한다. 그러나 필자가 의도하는 것은 엘리아데의 이 작품에 대한 신화비평이론의 적용이 아니라 오히려 작품에 담긴 작가의 의도를 그러한 것이리라고 확인하고 싶은 것이다. 지올코프스키 (Eric J. Ziolkowski)는 신화비평의 기여는 문학구조의 발견이 아니라고 말하면서 예를 들어 "세르반테스(Cervantes)와 괴테(Goethe)가 『돈 키호테』(Don Quixote)와 『파우스트』(Faust)를 만들어 낸 것이 아니라 그 역이라는 사실을 밝혀낸 것"이라고 주장한다. 그는 융(Jung)과 우나무노(Unamuno)의 이론들을 자기 주장을 지지하는 논거로 들고 있다(Patton 247-99). 필자는 이러한 의견에 공감한다.
10) 물론 작품에서의 파라마의 회상은 역사적인 것이다. 그것은 연대기를 좇아 거슬러

원초의 시간에 다시 설 때 지금 이곳에 있는 나의 정체가 비로소 드러나기 때문이다. 삶의 무의미는 자기가 무엇인지 모를 때 생기는 질병이다. 자기를 인식할 때면 무의미한 삶은 경험되지 않는다.

사랑

살아온 시간을 소거하면서 원초의 비롯함의 시간에 서서 자신과 자기가 만나는 타인의 정체를 인식하려는 노력은 일종의 형이상학적인 모험이다.[11] 그것은 달리 말하면 시간 안에 있는 존재에 대하여 근원적인 아니오를 발언하는 것이기 때문이다. 그런데 그것을 실제적으로 경험하는 삶의 현실성을 우리는 어떤 모습으로 묘사할 수 있을 것인가? 다시 말하면 이러한 형이상학적인 모험이 우리의 현실 속에서 구체화할 수 있다면 그것을 우리는 무엇이라고 지칭할 수 있을 것인가? 시간경험이라는 맥락에서 본다면 이 모험이 빚을 현실은 환상적이고 심리적이고 역사적인 시간이 공

올라가고 있기 때문이다. 그러나 실제로 파라마의 이야기는 작품 전체를 통해 전혀 멈추지 않는다. 어느 사건의 계기에서 중단하지 않는 것이다. 회상하는 이야기가 최종의 결미에 이르렀다고 느껴지는 순간 갑작스런 물음을 독자로 하여금 되묻게 하고 있다. 그렇다면 그것은 단순한 추억이나 회상이 아니다. 그것은 역사적 기억의 반추가 아니라 근원적인 기억에 도달하려는 몸짓이라고 해야 옳다. 그리고 이것은 다시 말하면 망각의 존재론이라고 할 수 있는 것이기도 하다. 회상은 망각을 전제한 것이기 때문이다.

그런데 이러한 회상이 구원론적인 것으로 여겨지는 것은 그 회상이 가지리라고 기대되는 새로운 현실의 펼침 때문인데 이를테면 카세이(Edward S. Cassay)가 주장하는 회상이 가능케 하는 두 가지 자유, 곧 자기 자신이기 위한 자유와 자기 안에 모든 것을 통합하는 자유 때문이다(288-95).

시간에 대한 문학적 상상력과 관련된 이러한 논리를 더 정교화하여 그것이 원형적 상상(archetypal imagination)인가 아니면 은유적 상상(metaphorical imagination)인가 하는 문제에 대해서도 논의가 분분하다. 필자는 전자의 입장에 공감한다(Scott 77).

11) 타자와의 만남, 그리고 그것의 완성을 함축하는 사랑을 형이상학적인 모험 (metaphysical adventure)이라고 묘사한 것은 예룬카가 사용한 어휘를 그대로 따른 것이다(Kitagawa 352).

존하는 독특한 실재일 것임에 틀림없다. 그렇지 않으면 시간 안의 존재에 대하여 아니오를 발언할 수 있는 현실은 확보되지 않을 것이기 때문이다. 엘리아데의 문학적 상상력 속에서는 이러한 현실이 곧 사랑으로 묘사되고 있다. 결국 시간의 소거를 경험하게 하는 실재가 곧 사랑으로 형상화되고 있는 것인데 그것은 형이상학적인 모험과 다르지 않은 것이다.

엘리아데는 이 작품 속에 두 개의 극적인 사랑 이야기를 담고 있다. 오아나(Oana)의 아프게 슬픈, 그러나 뜨겁게 격정적인 사랑 이야기가 그 하나이고, 마리나와 다르바리의 불가해한 사랑이 또 다른 하나이다.12) 이 두 사랑 이야기는 극단적인 다름을 보여주고 있으면서도 사랑이 형이상학적인 모험이라고 하는 사실은 모두 뚜렷하게 담고 있다. 오아나는 신의 저주 때문에 거인으로 태어난 여자이다. 따라서 자신의 배필이 이 세상에 없으리라는 것을 그녀는 잘 알고 있다. 자신과 어울릴 수 있는 거인인 남자가 없을 것이기 때문이다. 그러면서도 그녀는 그러한 남자를 만나야겠다는 비현실적인 꿈을 가진다. 형이상학적인 모험을 감행하는 것이다. 집을 떠나 산으로 들어가 달을 향해 자기의 소원을 빌지만 이루어지지 않는다. 그런데 그녀는 어떤 계기를 통해 스스로 원하지 않은 채 남성을 경험하게 된다. 그렇지만 그녀는 성(性)은 경험하지만 사랑은 경험하지 못한다. 그럼에도 불구하고 성은 사랑과 무관한 것일 수 없다. 마침내 그녀는 사랑 없는 성과 성 없는 사랑의 갈등 속에서 사랑 없는 성이 사랑 있는 성의 배신임을 터득하고 철저하게 모든 남성들을 성적으로 유린함으로써 스스로 당한 배신을 복수하면서 사랑에 도달하려는 형이상학적인 모험을 계속해 나아간다. 그러한 복수는 황소와 관계하는 행위에서 그 극에 달한

---

12) 이 두 이야기는 모두 심문과정에서 파라마에 의하여 진술된 것이다. 실상 이 사랑 이야기는 심문에 대한 답변의 내용이 될 수 없는 것이다. 그럼에도 불구하고 그 답변 속에서 이 사랑 이야기 및 그 주역인 오아나와 마리나는 갑작스럽게 가장 중요한 인물로 등장한다. 이러한 이야기 펼침의 기법이 엘리아데 소설의 특징일 수도 있는데 그것이 가지는 효과는 역시 회상의 논리를 통한 시간의 소거라고 짐작된다.

다. 그 행위는 성을 배신당하고 사랑을 배신당한 여성이 할 수 있는 남성에 대한 저주의 극치이기도 하다.13) 그러나 그러한 오아나의 비인간적 행위마저 사랑에 이르려는 그녀의 형이상학적 모험의 연속으로 묘사하고 있는 것이 바로 이 작가가 보여주려는 사랑의 실상이다. 그런데 바로 그 복수의 절정에서 그녀는 배필을 만난다. 그리고 그의 품에 안기어 비로소 하나의 여인, 사랑하고 사랑 받는 여인이 되었음을 스스로 확인한다. 이제 여느 사람이 된 것이다.

마리나와 다르바리의 사랑은 오아나의 사랑과 정반대의 구조를 이루고 있다. 마리나는 끝없이 자신을 변모해가면서 다르바리의 자기에 대한 사랑을 확인해 간다. 다르바리는 그녀의 잦은 변신 때문에 그녀에 대한 자신의 사랑을 스스로 확인하지 못한 채 당혹하리만큼 흔들린다. 그는 무엇 때문에 그녀를 자신이 사랑하는지 알 수 없는 회의의 소용돌이에 늘 빠진다. 그녀가 가장 아름다운 젊은 여인이라는 인식 때문에 그녀를 사랑하고 함께 잠자리를 한 이튿날 새벽, 그는 50대의 중년이 넘은 여인이 자기 옆자리에서 잠을 자고 있다는 사실 때문에 달콤한 밤의 경험이 참혹하게 깨져버린다. 무엇 때문에, 무슨 까닭으로 자기가 그녀를 사랑했는지 알 수 없는 회의의 소용돌이에 빠지고 마는 것이다. 그러나 그는 마침내 마리나의 어떤 특정한 모습이 자기의 사랑의 조건일 수 없다는 강한 자의식을 지니면서 끝내 그녀를 포기하지 못한다. 마리나는 다르바리의 이러한 갈등을 하나도 빠짐없이 읽으면서도 그의 사랑이 더 투명해질 것을 다르바리에게 강요한다. 순수한 사랑을 향한 형이상학적 모험을 감행할 것을 강요하고 있는 것이다.

---

13) 이 작품에서뿐만 아니라 엘리아데의 많은 작품들은 강한 에로티즘을 포함하고 있다. 그의 다른 작품인 『이사벨과 악마의 물』에 나오는 다음과 같은 서술에서 우리는 그의 성에 대한 태도를 읽을 수 있다. "사실은 나는 관능주의자가 아니다. 나의 성적인 정복은 조잡하지 않다는 의미에서가 아니라 본질적인 것이라는 의미에서의 어떤 이념이나 관계에 의하여 유발된 원리를 정복하는 것이었다"(82-83).

작품에 나타나는 주인공들의 이러한 사랑, 곧 형이상학적 모험은 이렇게 하나의 과정을 거쳐 자기 정체의 확인에 이른다. 사랑자체의 이러한 구조적 차이에도 불구하고 이 두 사랑의 경우는 한결같이 사랑하는 당사자들의 자기 정체에 대한 탐구와 병존해서 전개된다. 달리 표현한다면 사랑은 자기정체의 파악을 위한 통로로 작용하고 있음을 보여주고 있는 것이다.

사랑을 아예 인식을 위한 통로라고 할 수도 있을 이러한 인식에의 도달은 이른바 인식론적 차원에서 이루어지는 것이 아니다. 주목할 것은 이때 이루어지는 자기인식이 주체와 객체를 전제하고 그 양자간의 거리 만들기를 통해 이루어지는 것은 아니라는 사실이다. 첫 번째 사랑의 경우에는 진정한 자기 정체에 대한 인식이 주체가 객체를 부정하면서 자기 안에 그 객체를 수용하거나 주체가 스스로 주체이기를 거절하고 그 주체를 소멸시킴으로써 비로소 이루어진다. 다시 말하면 사랑을 받는 객체도 사랑하는 주체도 둘의 만남을 통하여 아울러 사라지지만 바로 거기 빈자리에 남는 어떤 관계를 사랑이라 일컫고 있는 것이다. 사랑은 다른 것이 아니라 바로 그 주객의 역설 자체이다. 오아나는 복수의 절정에서 객체를 없음이게 해버리지만 그것은 동시에 오아나 자신의 소진, 곧 주체의 소진이기도 하다. 그러므로 이 사랑 이야기는 객체의 무화(無化)와 주체의 소진에서 이루어지는 것이 사랑의 신비임을 현실적으로 드러내 준다. 두 번째 사랑의 경우는 이와 다르다. 그러나 진정한 자기 정체에 대한 인식이 사랑을 현실화한다는 기본적인 이해는 다르지 않다. 마리나와 다르바리는 각기 자기의 변모와 상관없는 객체, 그리고 상대방의 변모와 상관없는 주체를 희구하는 자리에서 사랑을 이루고 아울러 자기의 정체를 확인한다. 끊임없이 변모하는 자아의 현실성을 부정하는 자리에 남은 자기를 지탱하면서 이루어지는 것이 이들의 사랑인 것이다.

사랑의 경험 속에서는 모든 시간 경험이 비롯함의 시간으로 환원되고, 지금 이 곳의 자아가 상실된다. 그것은 알 수 없는 근원적으로 다른 세계에의 유혹을 경험하는 것과 다르지 않다. 사랑은 그 유혹을 관통하는 행로(行路)를 따라 이루어진다. 지금 아님 · 여기 아님 · 나 아님으로부터 비롯하는 다름의 지평이 내 삶 안에서 펼쳐질 때 비로소 경험할 수 있는 신비로운 삶이 곧 사랑인 것이다. 엘리아데는 이를 오아나와 마리나의 경우를 들어 설명하고 있다. 이 사랑들이 모두 일상이 아닌 다른 분위기 또는 한결같이 상식의 피안에서 이루어지는 것으로 다뤄지고 있는 것은 이 때문이다. 다시 말하면 이 작품은 이 경우들을 신화적인 서술방법14)을 통하여 전해주고 있는 것이다.

사랑에 대한 엘리아데의 이 같은 문학적 상상의 구체화는 종교적 구원의 상징이 사랑으로 귀결하는 것과 다르지 않은 궤적을 보여준다. 종교적 구원이란 창조가 펼쳐지는 시공에 나를 봉헌하고, 그 처음이 비롯하는 무한자의 품속에서 나 자신의 존재양태가 변화하는 경험을 일컫는다. 우리의 일상에서 그러한 의미에서의 변화를 드러내줄 수 있는 경험은 사랑이외의 어느 것일 수도 없다. 바로 이러한 경험은 사랑은 본질적으로 사랑하는 주체이기를 주장하는 것 이외의 자기를 온전히 소멸시키는 것이기도 함을 보여준다. 사랑은 자기의 소멸을 통한 자기의 확인이라는 역설적인 구조를 통하여 마침내 그 역설 자체를 초극한다. 바로 이 때문에 사랑은 종교적 구원을 드러내는 상징일 수 있는 것이다. 그런데 이 초극은 동시에 비현실성을 함축한다. 다시 말하면 사랑을 갈구하는 규범적 당위성과 그것을 실현하는 현실적 상황은 일치하지 않는다. 진정한 의미에서의 사랑은 언제나 피안에서 이루어진다. 지금 여기에서 우리가 경험하는 사랑은 그렇다고 하는 사실의 다만 소박한 예시일 뿐이기도 하다.15)

---

14) 만약 올리버(Harold H. Oliver)가 주장한 대로 우리가 신화의 의도(inten- tionality)를 근원적으로 무엇을 이야기 하기 위한 준거(reference)가 아니라 이야기 정황을 빚는 관계적(relational)인 것을 이야기하는 것이라고 이해한다면 사랑에 대한 진술이 불가피하게 신화적일 수밖에 없다는 사실을 충분히 수용할 수 있다(Olson 77).
15) 엘리아데의 작품들은 대체로 사랑을 이루지 못한 주인공들로 가득 차있다. 그는 사

엘리아데는 이 작품 속에서 사랑 이야기를 대단히 비극적인 상황묘사로 끝낸다. 역설의 수용을 통하여 순수하게 이룬 사랑임에도 불구하고, 그래서 신화적 진술 이외의 어떤 이야기 틀에도 담길 수 없는 사랑을 이루었음에도 불구하고, 바로 그 순수성과 신비성 때문에 그 사랑은 현실성을 가지지 못한다. 오아나는 마침내 그녀가 만난 배필인 타르바스투 (Tarvastu)교수와 결혼하기를 간절히 바라지만 자기들의 결혼식장을 마련하지 못한다(6장). 사랑의 현장성을 확보하지 못하는 것이다. 마리나도 마침내 다르바리와 잠자리를 함께 하지만 바로 그 다음 날 아침에 그녀는 자신의 늙은 모습을 보고 놀라 그녀가 깰세라 옷을 입고 방을 빠져나가는 다르바리에게 무한한 비상(飛翔)을 빌어주면서 헤어진다(10장).

그러나 이러한 묘사가 진정한 의미에서 비극적인가 하는 것은 또 다른 성찰의 과제로 남는다. 사랑의 의례화(儀禮化)를 우리는 사랑의 현실적인 완성이라고 판단한다. 또한 사랑의 현실이란 지속적인 동거(同居)에서 그 의미가 충족되는 것이라고 우리는 믿고 있다. 그러나 이러한 판단이나 믿음은 실은 반(反) 사랑적인 것이기도 하다. 순수의 현실화, 신비의 사실화는 바로 순수와 신비에 대한 거절이거나 그러한 것들을 의도적으로 상실하는 것이기 때문이다.

사랑은 신비와 현실이 교차하는 역설의 한 복판에 있다. 그것은 분명히 불가능한 현실이면서도 가능한 신비이다. 그렇기 때문에 역으로 말한다면 가능한 신비이면서도 끝내 불가능한 현실이 곧 사랑이다. 중요한 것은 그렇다고 말하는 경험을 우리는 지니고 있다는 사실이다. 그리고 그렇다고 하는 이야기를 우리는 서술한다. 사랑은 분명한 경험적 실재인 것이

랑이란 자연스럽지 않은 것이라는 기본적인 이해를 가지고 있다. 사랑을 신적인 것으로 이해하기 때문이다. 빠리(Paris)에서 루마니아어로 출간한 편지글 형식의 정기 간행물 *Caete de Dor* 8 (1954)에 실린 그의 자전 연재물에 나타난 다음과 같은 말은 주목할 만한 것이다. "사랑은 결코 자연스러운 것이 아니다: 그것은 마법의 결과이거나 신의 변덕스러움의 결과이다. . . . 그것은 낙원의 선물이다."

다. 문학적 상상력은 그 이야기를 진술할 수 있는 가능성이고 종교적 경험은 그것을 그렇다고 진술하는 고백의 언어이고 몸짓이다.[16] 따라서 문학적 상상이 펼치고 있는 이러한 사랑 이야기는 종교적 경험이 보여주는 상징인 역의 합일(coincidentia oppositorum)을 그대로 시사한다. 구원은 봉헌만도 아니고 수용만도 아니다. 그것은 자기를 부정하면서 긍정하게 되고 긍정하면서 부정하게 되는 역설적인 정황에서 이루어지는 현실이고 신비이다. 그리스도교 신학에서 정형화되어 있는 이른바 인카네이션(Incarnation)은 비단 그리스도교의 경험을 교리화한 것이 아니라 모든 종교의 구조를 그대로 드러내주는 전형적인 구원 상황의 묘사이기도 하다.[17] 신의 인간 되심은 인간의 신 만남과 일치한다. 그것은 하늘 위의 현실도 아니고 이 땅위의 현실도 아니다. 하늘과 땅, 신과 인간이 만나 빚는 새로운 현실이다. 그러므로 그것은 지금 여기에서는 불가능하다. 그러나 그 신비의 현실성에 대한 고백을 통하여 우리는 불가능한 꿈을 현실적으로 지금 여기에서 호흡한다. 구원의 신비는 그 역설의 한 복판에서 그 역설을 살아가는데 있다.

사랑은 그 역설의 정황 자체에서 이루어지는 삶 바로 그것이다. 오아나와 마리나의 사랑 이야기는 그러한 사실을 전해준다.

---

16) 물론 문학적 상상력과 신앙적 고백을 소박하게 등가화하는 것은 무리이다. 그러나 만약 우리가 상상력을 경험을 비롯하게 하는 것으로 이해하고, 그 상상력의 분광(分光)으로 사물과의 종합(imagination as synthesis)과 사물과의 연대(連帶)(imagination as engagement)를 각기 가능하게 하는 상상력을 운위할 수 있다면 우리는 후자를 문학으로, 그리고 전자를 종교로 간주하면서 그 둘이 동일한 범주 안에 있음을 주장할 수 있을 것이다 (Neville 139-67, 267-83).

17) 종교사적인 시각에서 이를 통해 종교현상의 인식론을 전개하려고 노력한 가장 대표적인 사람은 반 드루 레우(der Leeuw)이다(Vol. 2. 마지막 장). 그가 주장하는 현상(phenomenon)은 주체와 객체가 만나 빚는 새로운 현실이다.

죽음

만약 사랑이 자신의 완성을 초월의 영역에서 이루면서 지금 여기의 현장성을 상실하고 직접적인 경험의 영역으로부터 끝없이 유리하고 만다면 그 사랑을 포함한 삶이 부닥치는 궁극적인 현실은 어떤 것일까? 흔히 우리는 이루지 못할 사랑을 저 세상에서 이루려는 꿈이 실현하는 사건을 목도한다. 그것은 죽음이다. 그 때 죽음은 지극히 역설적이지만 지금 여기에서 분명한 실재이기 위한 마지막 몸짓이다.

비록 직접적으로 이야기의 펼침이 이렇게 이어지는 것은 아니라 할지라도 우리가 이 계기에서 주목할 것은 엘리아데가 이 작품을 통해서 끊임없이 죽음이라는 주제를 부각시키고 있다는 사실이다. 중요한 것은 그가 작품 속에서 드러내려는 것은 죽음에 대한 동경이 실은 실재하려는 의지의 표상이라는데 있다.[18] 이를 엘리아데는 파라마가 회상하는 어린아이들의 놀이를 통해 묘사하고 있다.

정확히 말한다면 어린아이들의 놀이는 다만 놀이일 뿐이다. 그러나 그 놀이가 어떤 주제를 축으로 하여 선회하고 있는가 하는 것을 살펴보면 그 놀이는 단순한 놀이가 아니라 실은 죽음을 상징적으로 함축하고 있음을 알 수 있다. 예를 들면 어린아이들은 빈집의 지하실에 있는 물웅덩이를 찾아 헤맨다. 작품 속의 주인공들은 그 물웅덩이가 소멸 또는 죽음에 이르는 입구라는 사실을 잘 알고 있다. 그럼에도 불구하고 아이들은 한결같

---

18) 죽음에 대한 엘리아데의 이러한 이해가 어떤 것인지는 그가 무릇 해답이란 실재의 이원성(二元性)을 극복하는 것이라고 주장하고 있음을 유념하면 쉽게 짐작할 수 있다. 특별히 그의 다른 소설인『금지된 숲』에서 그러한 태도가 가장 선명하게 드러난다. 그곳에서 주인공인 스테판(Stephane)의 죽음은 "유일한 분에로의 영광스러운 회귀"로 묘사되고 있다. 그 작품에서의 이러한 죽음이해를 작가 자신은 그의 일기를 연재한 *Caete de Dor* 9 (1955)에서 다음과 같이 말하고 있다. "스테판은 모든 비밀을 꿰뚫고 있었다. 그의 그러한 터득은 성자의 최종적인 깨달음에 상응하는 것이었다. 그런데 그 깨달음은 동시에 그의 묘비이기도 하였다."

이 그 웅덩이로 뛰어들고 싶어한다. 아이들이 빈집에 있다고 전해진 지하실의 물웅덩이를 찾아다니고 있는 것이다.

아이들 중의 하나인 이오지(Iozi)가 마침내 그 웅덩이에 뛰어 든다. 그 뛰어듦은 어떤 징표를 발견하기 위해서라고 설명되고 있다. 그 아이는 무언지 측정하기 위한 긴 장대를 들고 있었다. 이오지는 다시 돌아오지 않는다.

이 이야기를 하는 파라마에게 두미트레스쿠(Dumitrescu)는 무슨 징표냐고 묻는다.

> "무슨 징표요?"
> "그걸 저도 모르겠습니다. 아이들이 전혀 이 이야기를 하려들지 않으니까요. 그런데 뭔지 재는 건지도 모르겠습니다. 긴 장대를 늘 가지고 다녔으니까요." (2장)

소멸이 이루어질 수 있는 어떤 미지의 사실, 곧 죽음을 인식하겠다고 하는 희구가 실재를 측정하는 몸짓을 동반한다는 것은 흥미로운 묘사이다. 죽음이란 지금 여기와는 다른 어떤 실재이고, 그렇기 때문에 그 다름을 측정하는 일이 죽음인식의 요체라는 사실을 이 묘사는 담고 있기 때문이다. 죽음이 삶과 견주어 무엇이 어떻게 다른지 알 수 없는 한, 죽음은 끝내 낯선 것일 수밖에 없다. 그러나 만약 측정이 가능하다면 우리는 죽음조차 편하게 삶의 울안에 들여올 수가 있는 것이다.

바로 이러한 계기에서 죽음이라는 실재를 측정하려는 의도는 역설적인 위기를 맞는다. 그러한 희구를 현실화하는 일은 그 희구자체를 넘어서는 비약을, 곧 재단하려는 의도를 포기하기를 강요하기 때문이다. 그래서 알데아(Aldea)도 이오네스쿠(Ionescu)도 이오지도 릭산드루도 웅덩이의 물로 뛰어들 때면 환상적인 기대와 현실로부터의 별리 사이에서 어떤 결단을 행하지 않으면 안된다. 마침내 이오지는 잣대를 들고 뛰어든다. 그 직전에 그는 다른 친구들과 작별의 의식(儀式)조차 치른다. 하지만 그는 흔적도 없이 사라지고 끝내 돌아오지 않는다. 남아있는 것은 그가 반드시 돌아와 웅덩이 속을 측정한 이야기를 들려주리라는 아이들의 기대이고, 그러한 기다림의 의식(意識) 속에서 이오지는 여전히 살아있는 친구로 남는다.

음산하고 긴장 어린 이러한 이야기 외에도 이 작품이 지니고 있는 지하세계에 대한 관심은 칼롬피르(Calomfir)의 경우에도 나타난다(7장). 그는 지하실에 연구실을 마련하고 아무도 근접하지 못하도록 금기를 설정하고는 왜 무엇을 어떻게 연구하는지 알 수 없는 연구를 수행한다. 그 은밀한 계획은 지하실에서 물이 터져 번번히 실패한다. 그럴 때마다 그는 이렇게 외치며 통곡한다. "신이 나를 도우시지 않는구나!"

그런데 레아나(Leana)는 칼롬피르가 왜 이러한 일을 하고 있는지 알고 있다. 그래서 그녀는 칼롬피르의 연구실이 있는 지하실로 들어가려는 파라마에게 제발 칼롬피르가 그 연구를 계속하지 않도록 타일러달라고 애원한다. 자기에게 닥칠 사태를 짐작하지 못할 만큼 그는 아직 젊다는 것이 레아나가 애원하는 까닭이다. 죽음을 탐구하는 일, 죽음을 기대하는 일, 죽음을 감행하는 일의 진지함, 그것이 가지는 당위에도 불구하고 현실은 그것을 저어해야 할 비극적 예감만을 진하게 드리우고 있다. 뿐만 아니라 이 역설적인 경계에서는 신의 도우심이라는 근원적인 긍정마저 현실화하지 않는다.

소재 자체로는 위의 이야기들과 좀 다른 맥락이라고 이해할 수 있지만 소멸과 귀환하지 않음을 주제로 한다면 또 다른 아이들의 놀이인 활쏘기도 이 범주에 포함할 수 있다. 파라마가 회상하는 한 어린아이들은 모두 활을 쏘았다(3장). 그렇지만 별로 높이 날아가지 않았다. 릭산드루의 화살만은 두 시간이 넘었는데도 돌아오지 않았다. 아이들은 돌아오지 않는 화살이 언제 어디로 떨어질지 몰라 돌덤이에 흩어져 몸을 숨겼다. 파라마의 이러한 회상의 이야기를 들은 두미트레스쿠가 이를 그 때 그 놀이 현장에 있었다고 짐작되는 이제는 어른인 보르자에게 말하자 그는 큰 소리로 그러한 있을 수 없는 일을 이야기하지 말라고 격하게 항변한다.

바로 여기에서 우리는 어른과 어린이의 죽음에 대한 자의식이 첨예하게 충돌하는 것을 확인하게 된다. 어렸을 적에 가지고 있던 죽음에 대한 궁금함, 그 속으로 뛰어들고 싶었던 희구, 그래서 영웅이었던 사라진 친구에의 그리움 등이 어른이 된 지금에는 생각조차 하기 싫은 일로 무섭게 다가오는 것을 견딜 수가 없는 것이다. 하지만 파라마는 자기를 심문하는 보르자의 명령에 어쩔 수 없이 이야기를 더 계속하지 못하지만 자기 안에서 솟는 그 회상을 스스로 중단하지는 못한다. 사라짐과 되돌아오지 않음의 주제는 이렇게 진술되고 있다. 강요되는 진술의 중단과 중단할 수 없음의 포기 불가능함 속에 담겨 죽음은 이야기되는 것이다.

죽음은 소멸이 이루어지는 미지의 현실이다. 그것이 미지의 현실이라는 사실을 알고 있다는 것은 풀어 설명하기가 불가능한 기묘한 일이다. 그런데 그것이 내 삶의 깊은 바탕에 있다는 것조차 안다. 그러나 그 심연의 깊이는 모른다. 우리의 현실적인 인식기능은 그것을 측정하려 한다. 징표를 발견하여 그 의미를 알고 싶고 그 깊이를 측정하여 삶의 현실 속에서 어떻게 얼마나 우리가 그것에 적응할 수 있을 것인가 하는 한계를 밝히고 싶은 것이다. 그렇지만 그것은 그렇게 하고 싶은 물음주체를 아예 삼켜버리고 만다. 그렇기 때문에 죽음을 알려는 태도는 언제나 지극한 두려움을 담은 채 감행하는 비약을 수반해야 한다. 그렇지 않으면 그것은 좌절과 절망에서 비탄만을 낳는다. 가끔 영웅만이 그것을 행할 뿐인데 그 영웅은 돌아오지 않는다. 하지만 범인(凡人)들은 그 영웅의 회귀를 안타깝게 기다린다. 그가 돌아오면 물웅덩이 속을 증언해줄 것이기 때문이다.

이 작품은 이 놀이들을 우울하고 음산하게 그리지 않는다. 어린아이들의 즐겁고 당연한, 어쩌면 가장 재미있는 놀이로 묘사한다. 겁이 나면서도 즐겁고, 무서우면서도 감행되는 놀이이다. 그 웅덩이 속에 있을 새로운 미지의 세계, 화살이 날아가 돌아오지 않는 미지의 세계는 지금 여기에서의 삶과 다른 삶을 우리로 하여금 누리게 할 것이라는 희구가 그 놀이를 그처럼 전율하는 즐거움이게 해주고 있는 것이다. 죽음에 대한 관심의 본연은 이처럼 순진하다. 조금도 복잡하지 않다. 그것은 미지의 세계에 이르는 틀림없는 관문일 뿐이다. 그것이 죽음에 대한 인간의 본연적인 모습이다. 어른들은 그렇지 않다. 죽음 놀이에 대한 회상은 어른의 강한 저항에 부닥친다. 레아나의 만류도 그러하고 보르자의 항변도 그러하다. 보르자는 어렸을 적에 누렸던 순수한 즐거움을 회상하기를 거절한다. 그는 아예 자신의 정체를 확인하기 위한 시간의 역류를 타지 않는다. 이 작품 속에서 구체적으로 죽음이 묘사되는 것은 보르자의 죽음뿐이다(11장). 시간을 소거하지 않으려는, 그래서 어린아이의 순수를 승인하지 않으려는, 마침내 죽음놀이를 즐기지 못하는 어른의 죽음이 드러나고 있는 것이다. 그것은 진정한 자기에의 귀환, 그로부터 비롯하는 또 다른 지금 여기에서의 진정한 자아에 도달하지 않으려는 저항이 도달할 비극의 실상을 보여준다. 그러므로 이오지의 소멸을 열려진 것이라고 한다면 보르자의 죽음은 닫쳐진 것이라고 할 수 있다(Perrett 67-71). 죽음의 신비와 죽음의 현실성을 엘리아데는 이렇게 묘사하고 있는 것이다.

따라서, 죽음에 대하여 종교가 지니고 있는 상징적 표상이 결국 죽음은 회피해야 하거나 극복해야 할 것이 아니라 오히려 직면해야 하고 수용해야 하는 것이라는 함축을 지니고 있다는 사실을, 다시 말하면 삶을 이루는 내재한 타자로 여겨 사랑해야 하는 것이라는 함축을 지니고 있다는 사실을, 서사적 구조를 통해 이야기하고자 한다면 이 소설이 담고 있는 이러한 일련의 이야기는 그러한 상징을 극적인 효과를 통해 드러내주고 있는 것이라고 말할 수 있다.

어른의 현실 속에는 수용되지 않는 놀이, 그러나 어린아이들에게는 더할 수 없이 즐겁고 절실한 놀이라는 죽음 서술의 준거는 엘리아데가 자신의 작품 속에서 형상화하는 또 하나의 주제로 우리의 관심을 자연스럽게 이끈다. 말썽꾸러기들, 또는 무뢰한(無賴漢)이라는 어린아이들에 대한 다른 이름이 그것이다.

말썽꾸러기들

이 작품 속의 주인공은 화자(話者)인 파라마이다. 그는 늙었고, 하릴없이 옛날을 회상할 뿐이다. 그 회상 자체가 말썽을 빚어 끝간데 없는 미로를 헤매는 것이 이 작품의 이야기이기도 하다. 말썽의 다른 한 쪽에는 이른바 기성세대인 관리들이 버티고 있다. 그들은 모두 어른들이다. 파라마를 심문하는 에미트레스쿠(Emitrescu), 에코노무(Economu), 그리고 보겔(Vogel)도 모두 어른이다. 그들은 파라마의 회상 속에서 드러날지도 모르는 자기들의 정체를 가리느라 전전긍긍하는 모습으로 묘사되는데 그렇다고 모두 그것을 두려워하는 것은 아니다. 몽롱한 미로의 분위기는 이 작품 전체를 관통한다.

사실상 파라마가 이야기하는 것은 어른이 아니다. 그것은 어린아이들이다. 물론 파라마가 어른을 지칭하는 이야기를 펼치지 않는 것은 아니다. 그렇지만 그럴 때마다 그 이야기는 반드시 미로를 더듬기 시작한다. 그리고 마침내 어린아이에 이르러 겨우 출구를 찾는다. 그러므로 이 작품은 철저하게 아이들에 대한 이야기라고 할 수 있다. 그런데 그 아이들은 무력하고 의존적이고 순종하며 길들여진 그러한 아이들이 아니다. 만툴리사 거리의 아이들은 대체로 버릇없고, 건방지고, 무서운 것이 없으며, 끼리끼리 모여 온갖 짓을 다한다. 전제된 가치도 없고, 아무도 존경하지 않는다. 분명한 사실조차 예사롭게 간과해버린다. 그저 먹고, 마시고, 부모와 함께 살고, 학교에 다니고, 몰려다니며 노는 것뿐으로 비치는 그러한 아이들이다. 하지만 그것은 그들이 다만 흘려보내는 삶일 뿐, 진정한 그들의 삶은 현실 저 편에 있는 다른 우주를 향해 있다. 그들은 일상을 견디지 못한다. 견디되 다른 출구를 만들면서 겨우 숨을 쉰다. 이들은 마치 세계가 자기들의 움직임이나 짓거리로부터 비롯한 것인 양 행동하고 사색한다. 이 어린아이들은 상상할 수도 없는 짓들을 마구 해댄다. 지하실

웅덩이 뛰어들기와 활쏘기는 이미 앞 절에서 이야기 한 것이지만 그밖에
도 이 작품은 마술사를 따라다니면서 며칠씩 집에 들어가지 않는 아이들,
오아나와 함께 어른들이 상상하지도 못한 일들을 저지르는 아이들, 난데
없이 히브리어를 공부하는 아이들, 스페인 시인의 시를 외우는 아이들,
어울리지 않는 연애를 하고, 억지 술을 마시고, 남의 집 문간에서 되지도
않는 시를 읊고, 이오지처럼 영영 돌아오지 않는 아이들을 그리고 있다.
이들이 이 소설의 주인공들인 것이다.

그러한 아이들, 고약하기 짝이 없는 말썽꾸러기들을 파라마는 다음과
같이 설명하고 있다.

> "보게, 벌써 30년이나 지난 옛날일세. 그러나 나는 생생하게 기억하
> 고 있네. 그렇게 기억나는 친구들이 학급마다 한 두 명씩 꼭 있었지.
> 우등생을 이야기하는 것이 아니야. 뭔가 특별한 아이들, 그 성장과정
> 을 끝까지 지켜보고 싶었던 그런 아이들 말일세". (1장)

파라마가 기억하고 있는 아이들이 모든 어린이가 아니라는 사실은 우
리를 긴장하도록 한다. 더구나 우등생이 아니라는 사실도 그러하다. 그가
묘사하는 말썽꾸러기들은 세상이 자기들과 더불어 비롯한다는 의식을 가
진 아이들이다. 그들이 가진 것은 피조물의 자의식이 아니다. 예측 가능
한 삶을 살아가는 우등생의 삶은 필연의 법칙을 좇아 사는 것일 뿐이다.
그러나 버릇없고 고약한 아이들의 순수한 진정은 언제나 새로운 우주를
마련한다. 그것은 마치 시간이 비롯하는 태초의 자리에서 무한하게 열려
진 가능성의 지평위로 활개 짓을 하며 나는 것과 다르지 않다.[19] 앞서 서

---

19) 엘리아데의 모든 소설에서 말썽꾸러기, 불한당 또는 무뢰한(hooligan)은 매우 중요
한 캐릭터로 등장한다. 그는 『말썽꾸러기들』(The Hooligans)이라는 작품도 쓰고 있
다. 그 소설에서 엘리아데는 말썽꾸러기들의 소명이라고 제할 다음과 같은 기술을
하고 있다. "아무 것도 존중하지 않음, 자신만을, 자신의 젊음만을, 자신의 생리만
을 신뢰함. 자기 자신이 존재하기 이전에, 그리고 세계가 현존하기 이전에 시작하

술했듯이 사랑을 형이상학적인 모험이라고 한다면 이 말썽꾸러기들이 세상을 자기네들과 더불어 비로소 시작하는 것으로 여기는 몸짓을 우리는 형이상학적인 반란이라고 해도 좋을 듯 하다. 그것은 새로운 본질의 추구 또는 새로운 신화 빚기와 다르지 않기 때문이다.

사실상 이 작품에서 나타나는 아이들의 무뢰한적인 장난들은 메마르고 각박한 일상의 현실 속에 신화적인 세계를 마련한다. 타타르(Tatar) 소년인 압둘(Abdul)이 주문을 외어 파리떼를 모두 잡아버리는 일(2장), 그 압둘이 암시했으리라고 짐작되는 지하세계의 징표(3장), 거인이고 거세면서도 남성들을 모두 사로잡는 조각같이 아름다운 오아나와의 두렵고 즐거운 사귐(4장), 온갖 마술로 사람들의 넋을 빼버리는 도프토르(Doftor)(4장), 오아나와 산의 양치기들과의 관계, 그리고 황소와의 사귐(5장) 등은 일상으로 설명할 수 없는 다른 현실을 낳는다. 신화적 우주라고 밖에 말할 수 없는 신비한 현실을 만들어 내는 것이다. 이 모든 짓들은 끝없는 형이상학적인 반란의 점철이다.

그러나 어른은 스스로 지녔던 형이상학적인 반란에 종지부를 찍는다. 그렇게 해야 비로소 어른이 된다고 하는 자의식조차 지닌다. 어른은 아예 그러한 반란에 대한 기억조차 하지 못한다. 말썽꾸러기의 삶을 지니지 못한 삶, 자신의 회상에 그러한 말썽꾸러기가 담기지 못하는 삶은 실은 회상할 것 없음을 뜻하는 것일 터인데 그것은 소거해야할 시간조차 가지지 못한 삶이다. 하지만 어른들이 비록 그렇게 말한다 할지라도 실제로 그러한 삶은 없다. 회상할 것 있음을 망각하고 있을 뿐이다. 7장에 나타나는 드라고미르(Dragomir)의 언급은 이를 잘 묘사하고 있다. 그는 이렇게 말한다.

> "내가 어렸을 때는 그렇게 희한한 모험을 해볼 수가 없었네. 참 불
> 지 않는 사람은 어떤 것도 창조하지 못함. 온갖 진실들을 잊을 수 있고, 온갖 진실들에 대하여 무감각하게 되어, 자신의 삶을 넉넉히 누림으로써 더 이상 협박당하지 않을 수 있도록 함—그것이 무뢰한의 소명이다." (235-36)

행했었지. 놀랍고, 엄청나고, 이루 말할 수 없는 엉뚱한 일들은 내가 태어나기 전에 이미 다 일어났었던가봐." (7장)

그러나 그렇게 말하는 드라고미르에게도 회상을 통한 시간의 소거를 이루며 처음 시간으로 되돌아가는 일이 가능해지자 갑자기 신화적인 세계가 자기의 어린 시절을 채색했었음을 느끼며 크게 놀란다.

> "병원에 입원을 하고 있을 때 간호원이 갖다주던 동화책을 나는 아직도 기억하고 있어. . . . 그 그림과 그 이야기의 몇 토막까지도 . . .흰 코끼리를 타고 가던 아름다운 소녀, 낡은 사원, 인도의 숲 . . . 오랫동안 나는 그 소녀가 왜 코끼리를 타고 있었고, 그 낡은 사원이 어떤 곳인지 확인해 보아야겠다고 생각했었지. 그러나 끝내 나는 확인하지 못했어. 병원을 나오고 나서는 다시 그 동화책을 볼 기회가 없었으니까"

드라고미르는 어른이다. 그래서 그는 이러한 회상에도 불구하고 릭산드루에게 자기가 지금 그 동화를 읽는다는 것이 무의미함을 설명한다. 신화의 세계, 무뢰한들의 형이상학적인 반란이 지금 이 곳을 위하여 아무런 뜻도 없음을 강변하는 것이다. 당연히 말썽꾸러기의 시간, 그것은 어쩌면 병원에서의 삶처럼 비정상적인 것일 수 있다. 그러나 그 시간은 열려진 우주를 살아가던 시간, 자신이 진정한 자아일 수 있었던 시간이기도 하다. 그리고 그 시간을 회상하는 일은, 그러한 회상이 가능할 수 있다고 하는 것은, 구원의 현실적인 구현이기도 하다. 구원이란 예측할 수 없는 새 하늘과 새 땅을 펴면서 거기에 이르려는 존재양태의 변화이기 때문이다.

엘리아데는 이 작품 속에서 이러한 버릇없고 고약한 아이들의 순수한 진정(authenticity)을 통하여 새로운 세계를 전망하는 종교적 구원의 상징화를 시도하고 있다.[20] 이들을 통하여 원초적인 시간에서 비롯하는 실재를 인식

---

20) 엘리아데는 말썽꾸러기적인 글쓰기(hooliganical writing)조차 언급하면서 그것이 진정함(authenticity)과 연계된 것임을 주장하고 있다. 『이사벨과 악마의 물』에서

하고 그것을 지금 여기에서 다시 갈망하도록 자극하고 있는 것이다.

더 주목할 것은 작가가 말썽꾸러기를 통한 형이상학적인 반란을 형상화하면서 그것을 어떠한 공리적인 기대에도 연계하지 않고 있다는 사실이다. 그 장난이 초래할 실제적인 효용에 관한 어떠한 관심도 바로 그 장난하는 의식(意識) 안에 있지 않은 것이다. 그러므로 말썽꾸러기들의 이러한 반역은 어떤 것을 파괴하는 것이 아니다. 이 작품 속에 나타나는 이 무뢰한들이 결코 마구잡이들이 아닌 것을 보면 이 반역의 속성이 더 명료해진다. 이들은 실제로 버릇없고, 건방지고, 무서운 것이 없으며, 끼리끼리 모여 온갖 짓을 다 하는 못된 아이들이다. 하지만 부모나 학교의 권위에 대해 이상하리만큼 순응적이다. 부모와 함께 살고, 학교에 부지런히 다닌다. 이 말썽꾸러기들이 가진 엘리아데가 말하는 말썽꾸러기다움은 결코 자신들이 순응하고 있는 세계에 함몰되지는 않는다는 사실이다. 그렇다고 해서 그들의 반역이 어떤 것을 이서(裏書)하려는 의도적인 우회를 감행하려는 것도 아니다. 그들의 장난은 수단이 아닌 것이다.[21] 말썽꾸러기를 통한 새로운 신화적 세계의 펼침은 순수한 진정이 빚는 새 누리이다.

종교적 구원이 보여주는 세계란 바로 그러한 새 하늘과 새 땅이다. 종교적 구원이 만약 무엇을 구체적으로 이루기 위한 효과적인 수단으로 여겨진다면 그것은 이미 순수한 진정을 가지지 못한 것이 된다. 종교적 구원은 다만 지금 여기의 존재를 다른 열려진 우주로 전이시키면서 그 존재 양태를 근원적으로 변화시키는 것이다. 그 때 비로소 한 인간은 세계가 자신과 더불어 비롯하는 원초의 시간자리에 서는 것이다. 그러한 조망에

그는 다음과 같이 말하고 있다. "소설은 그의 삶의 거울이 될 것이다. 어떤 젊음의 현실도 비쳐주는 거울일 것이다. 잔여(殘餘)는 문학이다. 그것은 참신함, 촉각, 직접적인 감각으로부터 솟아나지 않은 모든 것이다. 경험들, 진흙 또는 태양, 그러나 다만 경험들. 진정성(眞正性): 친숙한 일기(日記), 전적인 고백, 순식간에 쓰여진 것, 살(肉)과 분노를 드러내는 영화, 밤의 계시." (96)

21) 엘리아데는 그의 『독백』(Soliloquii)에서 자신의 책을 다음과 같이 말하고 있다. "그것은 아무 것도 실증하지 않고, 아무 것도 파괴하지 않는다"(83). 이를 그의 문학관이라고 이해해도 좋을 듯 하다.

서 보이는 새로운 누리가 결코 설계되어 있는 것은 아니다. 현실적으로 말한다면 종교적 구원을 위한 결단이란 언제나 그 내용을 예측할 수 없는 다만 순수하게 새 하늘과 새 땅일 뿐이다. 바로 그러한 봉헌의 계기를 확보할 때 인간은 그 자신이 된다. 그러한 계기의 마련을 엘리아데는 어린 아이들의 말썽꾸러기다움을 통하여 기술하고 있는 것이다. "어린아이와 같이 되지 않으면 하늘나라에 이를 수 없다"는 경전의 구절이 무흠한 순수에의 회귀를 요청하는 것으로 읽혀질 수 있다면 우리는 작가가 말썽꾸러기들의 삶의 우주를 통하여 상징화하는 문학적 상상력의 구원론적 의미를 충분히 수용할 수 있을 것이다.

III

위에서 살펴본 내용들을 통하여 우리는 앞서 서두에서 제기한 문제들과 관련된 다음과 같은 몇 가지 사실들을 정리할 수 있다.

첫째, 기존의 전통적인 종교적 주제가 등장하지 않더라도 문학은 그 상상력 속에서 종교적 상징을 충분히 수용하고 표출할 수 있다. 문학을 문학이게 하는 문학적 상상 자체가 종교적 상징으로 기능 할 수 있는 것이다.

물론 이러한 판단은 종교를 종교적인 것으로 재서술 하고 문학을 문학적 상상으로 재서술할 때 비로소 가능하며, 문학적 상상이 형상화하는 종교적 상징이 작품 속에서 신화적인 구조로 정착할 때 비로소 가능하다.[22]

---

22) 이와 관련하여 엘리아데 자신의 다음과 같은 언급을 유념할 필요가 있다. "오늘 우리는 입체파나 미래파가 풍미하던 시대와 마찬가지로 언어의 파괴만이 아니라 무엇보다도 기원의 절정에 도달하려는 모든 욕망의 파괴를 목도한다. 우주창생 이전을 설명하는 사람은 드물다 . . . 비록 고대의 신화나 낯선 신화에 대한 정열을 가지고 있음에도 불구하고 문학 비평가들이 자기 자신들의 그러한 열정의 의미를 설명하지 않는다거나 신화가 무엇보다도 이야기라는 것을 이해하지 않는 것은 이상한 일이다. . . . 현대인이 신화에 끌리는 것은 이야기를 듣고 싶은 자신의 숨겨진 욕망을 배신하는 것이다. . . . 문학비평의 혼란스러운 용어로 말한다면 이 사실이야말

둘째, 그렇다면 우리는 문학적 상상의 종교적 기능조차 직접적으로 운위할 수 있을 것인가 하는 물음과 만난다. 이를테면 시인이나 소설가가 그의 작품을 제단 삼아 사제의 역할을 수행할 수 있으리라는 예상을 정당화할 수 있을 것인가 하는 것이다. 만약 그럴 수 있다면 우리는 역사적으로 전승되고 있는 종교라는 구체적인 구원기능의 실체와 상관없이 문학이 자신을 통한 자기 나름의 구원을 의도할 수 있고 실현할 수 있다고 말할 수 있다. 이러한 물음에 대한 긍정적인 답변 가능성은 얼마든지 있다. 이 작품도 그러한 상징성을 충분히 드러내는 것으로 기능 할 수 있을 것이다. 문학적 상상력이 그대로 종교적 구원의 동기나 주제로 번역될 수 있는 지평을 전개하고 있기 때문이다.

하지만 글짓문화가 말짓문화와 몸짓문화를 대체할 수 있으리라는 기대는 비현실적이다. 글짓문화의 출현 이후의 역사가 이를 실증한다. 여전히 종교도 제의도 음송되는 신화도 문학이라는 독특한 글짓문화와 병존한다.

이와 아울러 또 다른 역사적 사실을 증언할 수 있다. 그것은 제의문화의 형해화 현상이다. 특히 제도종교의 한계는 이러한 맥락에서 뚜렷하다. 말짓과 몸짓을 교리에 담아 그 자유로운 영의 비상을 불가능하게 한 문자주의적 권위가 낳은 결과를 우리는 익히 알고 있다. 그것은 상징의 상실, 그리고 상상력의 고갈과 다르지 않다. 자유로운 의미의 창출이 불가능할 때 존재양태의 변화란 기대할 수 없다. 구원이 현실적이지 않게 되는 것이다. 남은 것은 다만 문자적 권위에 위탁하는 노예적 의존뿐이다. 그것은 새로운 창조와 아무런 연관이 없다.

그렇다면 그러한 종교문화의 현실을 위해 문학이 자신의 상상력을 통해 경화(硬化)된 종교적 상징의 재생을 위한 또 다른 제의적 기능을 수행할 수도 있으리라는 예상은 불가능할까? 만약 그것이 불가능하지 않다면 그것은 또한 종교적 상징을 충동하거나 담고 있지 않는 문학의 문학다움에 대한 비판의 가능성을 함축하는 것은 아닐까? 종교와 문학의 관계가

로 소설 – 소설이다" (Kitagawa 361).

단순한 역사적 공존이나 상호보완적인 기능적 병존이라는 기존의 이해를 넘어 그 둘이 오히려 중첩되어 있음에 대한 새로운 해석학이 요청되는 것은 바로 이러한 현실적인 물음들 때문이다.

이러한 논의자체가 이미 낡은 것일 수도 있다. 실재하지 않지만 그것을 경험할 수 있는 사이버 문화에서는 또 다른 제의문화(종교 [soteriology])를 운위하지 않으면 안될 새로운 사태를 빚고 있다. 사이버 문화는 몸짓 말짓 글짓에 봄짓(seeing)을 추가하면서 이제까지 있어온 신화의 음송과 제의의 수행과 문학의 현존에 대하여 새로운 의미를 추구하지 않을 수 없도록 우리를 강요하고 있기 때문이다. 그렇다면 우리는 우리가 익히 사용하고 있는 문화담론편제, 곧 종교라든가 문학이라든가 하는 범주설정 자체에 대하여 근원적으로 되묻지 않으면 안될 것이다.[23] 이 계기에서 분명한 것은 오늘 우리가 직면하고 있는 종교와 문학의 문화는 글짓문화가 지배적인 에토스를 형성하던 시대보다 더 구조적으로 말짓-몸짓 복합문화로써의 제의를 재연할 가능성이 있다는 사실이다. 그러나 이러한 논의는 이 글의 주제를 넘어서는 다른 접근을 통해 이루어져야 할 것이다. 이곳에서 살펴보려는 것은 다만 문학적 상상력과 종교적 상징의 중첩 가능성에 대한 확인일 뿐이다.[24]

---

23) 이러한 주장은 근원적으로 종교나 문학이 역사적 개념임을 전제한 것이다. 그런데 때로 우리는 우리의 문화를 논의하면서 실제 경험과 그것이 역사적인 사실로 기술되는 일 사이에서 일어나는 갈등을 간과하는 경우가 많다. 직접적인 경험보다 역사적 기술(historiography)의 제약 속에 갇히어 무의미한 이야기를 반복하는 경우가 적지 않은 것이다. 문학과 종교를 운위하는 우리의 의식 안에도 그러한 갈등이 내재하는지도 모른다. 리꾀르에 의하면 그것은 "Life is lived, history is recounted."사이의 갈등이라고 해도 좋을 듯 하다(Ricoeu, *Text to Action* 5).

24) 엘리아데는 이러한 문제를 무척 겸손하게 진술하고 있다. 그는 문학이 저 세계에 대한 앎의 도구일 수 있다는 사실을 강조하면서 "문학작품의 경우 의미 있고 범예가 되는 인간의 가치들은 구체적이고 역사적인, 그리고 그렇기 때문에 파편적인 주인공들과 삽화 안에 위장되어 있다. 문학적인 창작의 보편적이고 범예적인 의미를 탐구하고 이해하는 것은 종교현상의 의미를 회복하려는 것과 상응한다." (Apostolos-Cappadona 176)고 말하고 있다.

Works Cited

뒤낭, 질베르.『상징적 상상력』. 진형준 역. 서울: 문학과 지성사, 1983.
Print. Trans. of *L'imagination symbolique*. Paris: UP France, 1964.
Print.

엘리아데, 멀치아.『상징, 신성, 예술』. 박규태 역. 서울: 서광사, 1991.
Print. Trans of *Symbolism, the Sacred, & Arts*. Ed. Apostolos-Cappadona,
Diane. New York: Crossroad, 1986. Print.

Calinescu, Matei. "The Function of the Unreal." *Imagination and Meaning*.
Ed. Norman and Ricketts. New York: Seabury, 1982. Print.

Cassey, Edward S. *Remembering: A Phenomenological Study*. Bloomington:
Indiana UP, 1987. Print.

Girardot, Norman J. and Mac Linscott Ricketts, edd. *Imagination &
Meaning*. New York: Seabury, 1982. Print.

Gunn, Giles B., ed. *Literature & Religion*. London: SCM, 1971. Print.

Ierunca, V. "The Literary Work of Mircea Eliade." *Myth and Symbols*. Ed.
Kitagawa and Long. Chicago: U of Chicago P, 1969. Print.

Kitagawa, Joseph. and Charles Long, ed. *Myth and Symbols*. Chicago: U of
Chicago P, 1969. Print.

Leeuw, Gerardus van der. *Religion in Essence and Manifestation*: A Study in
Phenomenology. Vol. 2. London: Allen, 1963. Print.

Neville, Robert C. *Reconstruction of Thinking*. Albany: State U of New York
P, 1981. Print.

Oliver, Harold H. "Relational Ontology and Hermeneutics." *Myth, Symbol, and
Reality*. Ed. Olson. London: U of Notre Dame P, 1980. Print.

Olson, Alan M., ed. *Myth, Symbol, and Reality*. London: U of Notre Dame P,
1980. Print.

Patton, Laurie L. and Doniger Wendy, ed. *Myth and Method*. Charlottesville: UP of Virginia, 1996. Print.

Perret, Roy W. *Death and Immortality*. Boston: Martinus Nijhoff, 1987. Print.

Ricoeur, Paul. *Time and Narrative*. Vol. 3. Chicago: U of Chicago P, 1990. Print.

_____, *Text to Action; Essays in Hermeneutics*. Evanston: Northwestern UP, 1991. Print.

Scott, Nathan. *The Wild Prayer of Longing*. New Haven: Yale UP, 1971. Print.

Scruton, Roger. *Art and Imagination: A Study in the Philosophy of Mind*. London: Routledge, 1982. Print.

Sebeok, Thomas A., ed. *Myth: A Symposium*, Indianapolis: Indiana UP, 1968. Print.

Sontag, Susan, ed. A *Barthes Reader*. New York: Hill and Wang, 1982. Print.

Spaltmann, G. "Authenticity and Experience of Time-Remarks on Mircea Eliade's Literary Works." *Myths and Symbols*. Ed. Kitagawa and Long. Chicago: U of Chicago P, 1969. Print.

Turner, Victor. *The Anthropology of Performance*. New York: PAJ, 1986. Print.

Ziolkowski, Eric J. "Sancho Panza and Nemi's Priest; Reflections on the Relationship of Literature and Myth." *Myth and Method*. Ed. Patton and Doniger. Charlottesville: U of Virginia P, 1996. Print.

종교는 오이디푸스적 환상인가? 사회적 실체인가?

—S. 프로이트와 T. S. 엘리엇

양 병 현

I. 서론: 종교적 논점

T. S. 엘리엇(T. S. Eliot, 1888-1965)은 지그문트 프로이트(Sigmund Freud, 1856-1939)가 『환상의 미래』(*The Future of an Illusion*)를 1928년 영어 번역본으로 런던에서 출판하자 이에 대한 평론을 1929년 자신이 편집장으로 있던 『크라이테리언』(*The Criterion*)지에 실었다(350-53). 그의 반응은 한마디로 "이상한 책"(a strange book)이었다(58).

> 환상의 미래는 근래 나온 책으로는 가장 호기심이 가고 흥미롭다. 미래 종교에 대한 프로이트의 견해를 간략하면 그와 같다. 우리는 부정적인 것 말고는 달리 이를 규정하기가 어렵다. 이 책은 종교에 관해

---

* 이 논문은 『문학과 종교』 제20권 1호(2015)에 「프로이트의 『환상의 미래』에 대한 엘리엇의 논평 고찰: 종교는 오이디푸스적 환상인가? 사회적 실체인가?」로 게재되었음.

과거 혹은 현재와 관련지을 만한 것이 거의 없거나, 내가 보건대 미래와는 하나도 관련이 없다. 이 책은 이상하고 달리 어리석다.

This is undoubtedly one of the most curious and interesting books of the season: Dr. Freud's brief summary of his views on the future of Religion. We can hardly qualify it by anything but negatives: it has little to do with the past or the present of religion, and nothing, so far as I can see, with its future. It is shrewd and yet stupid. (Eliot, "FI" 56)

그 '이상하다'는 반응은 프로이트의 종교관에서 비롯된다.

종교는 현실 거부와 함께 바라고 있는 환상 체제이다. 우리가 희열에 찬 환각적 혼란 상태 말고는 달리 찾을 수 없는 그런 것이다. 종교의 11번째 계명은 "묻지 말라"이다.

Religion is a system of wishful illusions together with a disavowal of reality, such as we find nowhere else but in a state of blissful hallucinatory confusion. Religion's eleventh commandment is "Thou shalt not question." (Freud 64)

엘리엇이 이러한 프로이트의 종교관을 '이상한 책'이라고 반응한 배경은 당시 그의 삶과 작품과 관련이 깊다. 그의 전기적 배경을 보면 프로이트의 『환상의 미래』가 영역본으로 나오던 1928년 무렵은 엘리엇이 41세이던 1929년이다. 이때는 『크라이테리언』에 나온 프로이트에 대한 짧은 평론과 「작은 영혼」("Animula") 시가 중첩된 시기이다. 적어도 이 시기는 시인 그리고 평론가로서 엘리엇 일생에 비추어 후반부라 할 수가 있다. 프로이트는 따뜻하고 안락한 부모의 품을 떠나 삶의 현실과 현실의 냉혹함을 견딜 수 없기 때문에 사람이 종교에 의존하는 현상을 "유아적 증후군"(infantile neurosis)이라고 한 반면에, 엘리엇이 쓴 「작은 영혼」은 아동의 성장과정에 종교의 필요성을 강조하고 있어 주목된다. 이 두 사람의 차이를 볼 때, 소위 프로이트의 주요 개념인 오이디푸스 콤플렉스 증후군은 엘리엇의 종교 논란에서 또 다른 출발이 되고 있다.

프로이트의 문제작이 나오던 1928년 무렵에 나온 『에어리얼 시집』(Ariel Poems)은 엘리엇의 종교적 확신을 보여준 시라고 하겠다. 특히 1930년의 『재의 수요일』(Ash-Wednesday)은 이러한 신앙의 힘을 반영하는 시이기도 한다. 이러한 신앙적 성장은 1930년대 초 『코리올란』에서 셰익스피어(Shakespeare)의 『코리올라누스』(Coriolanus)의 비극적 영웅 코리올라누스의 생애를 십자가의 성 요한(St. John of the Cross)의 생애에 비추어 정치사회와 종교문제를 다루는 데까지 이어진다. 미완성 희곡 『반석』(The Rock)은 개인이나 사회가 지향해야 할 미래는 종교문화에 기반을 두어야 한다는 의미가 크다. 그 의미는 『에어리얼 시집』 이후 줄기차게 보여주고 있는 엘리엇의 종교적 관점이라고 하겠다. 그러므로 프로이트가 종교의 미래를 『환상의 미래』로 규정한 점을 '이상하다'고 한 엘리엇의 반응은 이미 그가 1927년 6월 29일 영국 성공회 교회에서 세례를 받고 영국국교로부터 미래의 종교를 찾았던 연유에서 비롯되고 있다.

'종교의 미래'에 대한 엘리엇의 낙관적 사고는 개인, 사회, 정치, 역사, 문화적인 관점에서 매우 확신에 차 있었기 때문에 종교가 그릇된 환상이라며 부정적 톤이 강한 프로이트 사고와는 확연한 대립을 보이고 있다. 더욱이 종교에 대한 입장은 문화에 대한 두 사람의 입장 차이에서 분명해진다. 종교가 문화의 일부인지 혹은 문화현상인지 분명하게 구분하기 어려우나 종교가 문화 속에 뿌리를 둔 역사적 사회현상이라는 시각을 가진 엘리엇에게 종교는 인간의 심리현상에서 비롯된 산물이라는 시각을 가진 프로이트를 그대로 받아들일 수가 없었다. 프로이트는 '종교의 미래'를 소위 '환상의 미래'라고 단언하고 있었다. 본 글은 프로이트가 종교를 일종의 그릇된 믿음체계에서 기원한 환상으로 규정한 것을 엘리엇이 문화사회적 실천 행위로 접근한 의미를 살펴보고자 한다. 그 의미가 적지 않은 것은 이러한 그의 노력이 실제로 오늘날 종교문화 간의 충돌과 국제사회의 분쟁 배경을 되돌아보게 한다.

II. 논점의 차이: 문화와 종교

엘리엇이 본 프로이트의 '어리석음'(엘리엇의 진단)은 세 가지로 압축된다. 첫째는 인간의 문화에 대한 관점이며, 두 번째는 종교에 대한 관점이며, 세 번째는 과학에 대한 관점이다. 우선, 엘리엇은 문화와 종교 문제에 대해 프로이트가 언어적 애매함과 불합리한 사고로 종교나 역사에 대해 무지하거나 공감이 부족하다고 지적한다.

> 어리석음은 언어적 애매함과 논하기가 불가능할 정도로 종교적 태도에 역사적으로 무지하거나 공감이 부족해서 나타난다. 이 책[『환상의 미래』]은 실험 과학의 천재가 논리의 천재 혹은 일반화 힘에 전혀 연결되고 있지 않다는 사실을 증언하고 있다.

> The stupidity appears not so much in historical ignorance or lack of sympathy with the religious attitude, as in verbal vagueness and inability to reason. The book testifies to the fact that the genius of experimental science is not necessarily joined with the genius of logic or the generalizing power. (Eliot, "FI" 56)

그 첫 번째로 다룬 주제가 '인간의 문화'에 대한 두 사람의 다른 관점에서 나타난다. 우선 엘리엇은 이에 대한 프로이트 견해를 '순수함'(innocence)으로 표현하기는 한다. 이로 보아 엘리엇은 프로이트의 지적 무지가 순수하다는 사실은 인정하였다.

인간의 문화-나는 모든 관점에서 인간의 삶은 동물의 조건보다 나은 상태로 성장해오고, 짐승과는 다르다고 생각한다. 그리고 나는 문화와 문명을 분리하는 것을 경멸한다. 인간의 문화는 잘 알려진 대로 관찰자에게 두 가지 관점을 제시한다. 이것은 한편으로 자연력을 정복하고자 그리고 인간의 필요를 충족하기 위해 자원을 얻고자 인간이 획득하였던 모든 지식과 힘을 포함한다. 다른 한편으로 이것은 인간들 사이의 관계, 특히 가용할 수 있는 부의 분배를 조정하기 위해 필요한 모든 법규까지 포함한다.

Human culture—I mean by that all those respects in which human life has raised itself above animal status and differs from the life of the beasts, and I scorn to distinguish culture and civilization—presents, as we know, two aspects to the observer. It includes, on the one hand, all the knowledge and capacity that men have acquired in order to control the forces of nature and extract its wealth for the satisfaction of human needs, and, on the other hand, all the regulations necessary in order to adjust the relations of men to one another and especially the distribution of the available wealth. (Freud 3)

엘리엇의 평론은 문화를 정의하는 방식에 의문을 제기하는데서 출발하고 있다.

아무튼 이것은[프로이트의 문화 정의] 우리가 얻는 '문화' 정의에 근접해 있다. 이것은 이상하게 부적절하며 심지어 순환적이다. 인간의 문화는 인간의 삶이 짐승의 삶과는 다른 '모든 점'이라고 우리는 듣고 있다. 하지만 인간의 문화를 정의하기 위해 확실하게 우리가 첫째 물어야하는 것은 인간이 동물과 <u>어떤 방식에서</u> 다른 가이다. 그 다음에 인간의 문화는 지식과 힘을 '포함한다.' 우리는 '포함한다'가 '동등하다'를 의미하는지 혹은 '의존한다'를 의미하는지 의심스럽다. 지식과 힘은 <u>인간의</u> 필요를 충족시키고자 자연으로부터 자원을 얻지만,

우리는 문화에 대해 많은 것을 알기 전에 <u>인간의</u> 필요가 무엇인지 정확하게 알고 싶다. 마지막으로, 인간의 문화는 정치적이며 경제적인 조직체를 대체로 의미하는 것을 또한 '포함한다.'

At any rate it is as near to a definition of 'culture' as we get. It is oddly inadequate and even circular. Human culture is 'all those respects' in which human life differs from brute life, we are told; but surely what we must first ask, to define human culture, is in what ways is the human different from the animal. Human culture then 'includes' knowledge and power; we are left in doubt as to whether 'includes' means 'equals' or perhaps means 'depends upon'. Knowledge and power win resources from nature for the satisfaction of human needs, but what we want to know is precisely what are human needs before we can know much about culture. Finally, human culture 'includes' again what seems to mean political and economic organization. (Eliot, "FI" 56-7)

달리 말해, 프로이트의 문화는 인간의 필요에 의해 자연력을 극복하는 과정에서 얻게 되는 지식과 힘을 의미한다면, 또한 인간관계에서 얻어지는 부를 분배하는 모든 규범을 문화와 문명으로 규정한다면, 엘리엇은 이러한 정의가 문화와 문명의 정의에 크게 미치지 못한다고 본 것이다. 프로이트가 종교의 미래에 대한 답을 환상의 미래로 간주한 반면에, 엘리엇은 종교는 인간의 문화와 함께 한 역사적 산물로서 종교가 미래의 환상이 아니라 미래의 문화와 문명이며 늘 정치사회와 함께 한 실체로 규정하고 있다. 따라서 종교가 문화의 산물이라는 지적은 옳지만, 엘리엇의 답은 종교와 문화가 함께 하기 때문에 미래도 이로부터 벗어날 수도 없으며, 새로운 문명을 위해서도 종교는 인간의 삶에 필요한 요건인 셈이다.

두 번째로 종교적 관점의 차이는 그처럼 자연과 문화를 대립된 관계로 보는 프로이트의 입장에서 비롯되고 있다. '자연을 상대로 한 인류 보존'이 우리의 '위대한 공통 과제'라는 명제를 따른 프로이트는 우선 자연에 사람이 저항한다는 의미에서 문화와 종교의 관점을 유사하게 보았다. 엘리엇의 말을 빌리면, 프로이트는 '문화/문명에 대한 적대감'(the hostility to culture/civilization)을 표현하기 위해 '화가 난 여신 <u>자연</u>'(angry goddess Nature)을 등장시킨다(Eliot, "FI" 57). 달리 말해 문화와 종교는 자연으로부터 자체를 방어하기 위해 자연의 욕구를 좌절시키는 기제를 발전시킨다고 볼 수가 있다. 사람의 자연적이고 본능적 소망으로는 근친혼(incest), 식인주의(cannibalism), 살인 충동(lust for killing) 등이 소개되며(Freud 10), 심리학적으로는 이러한 소망이 정당화되지만, 문화와 종교는 이를 억압한다(11).

여기에 프로이트는 '인간의 초자아'(man's super-ego)개념을 자연과 문화의 본질 논의에 포함시킨다. 즉, "특별한 정신 기능"(a special mental function)으로서, 소위 초자아는 또 다른 프로이트의 "초자연적 존재"(supernatural beings)의 하나이다. 이 초자연적인 존재에 대한 프로이트의 아이디어가 종교에 대한 주제이다. 이로 보아 프로이트가 말하는 문화 현상 혹은 그 본질, 이어 종교와 종교적 믿음 이면에는 감추어진 심리학적 동기들이 있다. 결국 자연, 초자연, 문화, 사회 현상, 신, 종교의 기원 등에 심리학적 동기들이 숨겨져 있다. 이로써 심리학적인 측면에서 "종교적 교리는 <u>환상</u>이다"(religious doctrines are *illusions*)는 명제에 이른다. 엘리엇에 따르면, 프로이트는 종교적 교리의 가치가 진실이라는 점에 별 관심을 보이지 않는다. 엘리엇은 이러한 경향을 시대적으로 문화, 종교, 과학, 더 나아가 역사, 문명 혹은 사회현상을 지나치게 "심리학적으로 접근하려는 지적 유행"(the wipings of psychology)으로 비판한다(Harding 396 재인용).

엘리엇의 종교에 대한 탐구는 여기에서 시작된다. 엘리엇은 "종교적 아이디어들의 진실"(the truth of religious ideas)과 "종교적 '대상'의 현실"(the reality of religious 'objects')을 논하고자 한다(Eliot, "FI" 58). 엘리엇은 순수하고 단순한 환상은 심리학적 의미에서 결코 환상일 수가 없다는 것이다. 반면에 프로이트는 사회란 그러한 환상을 버려야 하며, 심리학적 진실과 일반적 진실 사이에 깊은 상관관계가 있다고 본다. 따라서 프로이트는 평범한 현실도 이러한 심리학적 현상을 반영하고 있다고 주장한다. 엘리엇은 이러한 프로이트의 분별은 너무나 훌륭해서 자신의 이성으로 파악하기 힘들뿐 아니라, 심지어 프로이트 자신도 완벽하게 파악했는지 확신할 수 없다고 말한다. 왜냐하면 프로이트가 종교를 환상으로 취급하는 작업을 계속하고 있고, 환상으로서 종교를 계속해서 다루고 있기 때문이다. 실상 이러한 몰이해는 프로이트가 이후 일반적인 차원에까지 종교를 환상으로 다루고 있고, 심지어 사회가 버려야 할 것은 종교라는 논리를 지속 한데서 기인한다.

그래서 우리는 소망성취가 동기 측면에서 현저한 요인일 경우 환상을 신앙이라 부른다. 그렇게 함으로써 우리는 환상 자체가 증거로 할 것이 없듯이 현실과의 관련성을 무시한다.

Thus we call a belief an illusion when a wish-fulfillment is a prominent factor in its motivation, and in doing so we disregard its relations to reality, just as the illusion itself sets no store by verification. (Freud 43)

세상을 창조했던 신이 있고 호의적인 섭리가 있거나, 우주에 도덕적 질서가 있고 사후 삶이 있다면 정말 훌륭할 것이다. 하지만 이 모든 것이 정확하게 우리가 그렇게 되고 싶었으면 할 때라는 것이 정말 놀라운 사실이다.

It would be very nice if there were a God who created the world and was a benevolent providence, and if there were a moral order in the universe and an after-life; but it is a very striking fact that all this is exactly as we are bound to wish it to be. (Freud 47)

종교 차원에서 자연과 문화 혹은 문명 논의를 접근하였던 프로이트에게 엘리엇의 답은 훨씬 긍정적이고 미래 지향적이다. 엘리엇은 자연을 극복하며 이루어지고 있는 인간의 문화와 문명을 프로이트가 부정하고 거부했던 그 점에서 답을 근원적으로 찾고 있다.

종교는 현대 이교도와는 식별되는 것으로써 자연에 순응하는 삶을 포함한다. 아마도 자연적 삶과 초자연적 삶은 서로 순응한다고 여긴다. 신의 의지에 더욱 잘 따르는 것이 더 자연스러울 수가 있다. 우리는 사익을 따르는 혹은 공적 파괴를 일삼는 사회 조직은 규제되지 않는 산업주의에 의해 인성을 파괴할 것이며 동시에 자연 자원을 고갈시킬 것으로 확신한다. 또한 우리의 많은 물질적 성장은 차세대가 그 대가를 비싸게 지불할 성장일 수 있다.

[R]eligion, as distinguished from modern paganism, implies a life in conformity with nature. It may be observed that the natural life and the supernatural life have a conformity to each other . . . It would perhaps be more natural, as well as in better conformity with the Will of God, . . . We are being aware that the organization of society on the principle of private profit, as well as public destruction, is leading both to the deformation of humanity by unregulated industrialism, and to the exhaustion of natural resources, and that a good deal of our material progress is a progress for which succeeding generations may have to pay dearly. (*CC* 48)

엘리엇은 우리가 종교적 두려움을 극복할 필요가 있고, 그 두려움은 종교적 희망에 의해 극복될 수 있다고까지 주장한다(*CC* 49).

III. 종교는 오이디푸스적 환상인가? 사회 실체인가?

종교가 환상이라는 프로이트의 주장에 대해 종교는 희망이라는 엘리엇의 세부적인 반박 내용을 검토하기 위해 우리는 삶의 진실을 접근하는 엘리엇의 담론 형태와 설득력을 살펴보기로 하자. 프로이트 주장의 담론을 살펴보면 이러하다.

> 내가 종교적 아이디어가 환상이라고 말할 때, 그 말의 의미를 정의해야 한다. 환상이란 오류와 같은 말이 아니며, 정말 필수적으로 오류는 아니다. 무지한 사람들이 여전히 믿고 있지만 기생충이 똥으로부터 진화한다는 아리스토텔레스의 믿음은 오류였다. 이러한 오류를 환상이라 부르는 것은 부적절하다. 달리 콜럼부스가 인도로 가는 새로운 항해루트를 발견하였다는 것은 콜럼부스 입장에서 환상이었다.

> When I say that they (religious ideas) are illusions, I must define the meaning of the word. An illusion is not the same as an error, it is indeed not necessarily error. Aristotle's belief that vermin are evolved out of the dung, to which ignorant people still cling, was an error . . . It would be improper to call these errors illusions. On the other hand, it was an illusion on the part of Columbus that he had discovered a new sea-route to India. (Freud 42; Eliot, "FI" 58 재인용)

이에 대한 엘리엇의 논평은 프로이트의 논리적 오류를 지적하는 데서 출발한다. 엘리엇은 콜럼부스가 서인도를 동인도로 생각한 것은 오류이지만 새로운 항로를 발견하였다는 생각은 오류가 아니라고 한다. 엘리엇은 진실과 오류에 착오를 일으키는 생각을 환상이라 할 수가 없고, 이러한 착오를 환상이라고 부르는 프로이트가 환상에 빠져 있다고 지적한다. 정말 환상은 필연적으로 오류가 아니라는 것이다. 예를 들어, 채소호박은 호박과 똑 같지 않아 당연히 호박은 아니다. 이는 환상이 아니라 오류일 뿐이다. 오류와 환상을 구분하는 프로이트의 논리는 아리스토텔레스의 견해에도 적용이 된다. 이렇게 보면 기생충이 똥으로부터 진화한다는 아리스토텔레스의 생각은 오류라기보다 환상이다. 이처럼 엘리엇은 프로이트가 정의의 정의를 해야 함에도 환상이 마치 입증할 필요가 없는 것처럼 다룬다(Freud 42)고 지적한다. 더욱이 엘리엇은 프로이트가 종교적 교리를 '망상'(delusions)에 비교된다고(43-44)고 한 점에서 독자를 속이고 있다고 비난한다. 종교는 환상이고 종교적 교리는 망상일 수가 있다는 프로이트의 입장은 마음의 바라는 소망이 종교라는 전제에서 논리가 발전하고 있다. 프로이트는 망상은 꿈과 같은 것이어서 마음이 바라는 형상은 꿈에 나타나며, 두려움에 대한 해소와 그 소망은 종교임으로 오류라기보다 환상이라고 강조한다. 엘리엇의 경우 종교가 마음이 바라는 환상이라고 해도 그 정신은 오류나 망상이 아니다.

정신분석학적으로 프로이트는 종교가 아동이 '아버지' 인물을 필요로 한 소망 때문에 생긴 인간의 창조물이었다고 믿고 있었다. 프로이트는 이러한 오이디푸스 콤플렉스 개념을 적용해 종교의 정신기원에 대한 네 권의 책을 썼다. 그 첫 권은 『꿈의 해석』(*The Interpretation of Dreams*)이며 꿈은 소망 성취라는 프로이트의 명제를 논하고 있다. 그는 꿈이란 의식에 의해 억압된 소망을 위장한 성취라고 말한다. 두 번째는 『일상의 정신 병리학』(*The Psychopathology of Everyday Life*)이며, 억압된 소망이 일상의 삶으로 침입해 들어온다고 한다. 그는 특정한 신경성 증후, 꿈, 혹은 심지어 자그마한 말의 실수 혹은 글의 실수 등이 무의식 과정을 노출시키게 된다고 주장하였다. 세 번째는 『토템과 터부』(*Totem and Taboo*)이며, 그는 일반적으로 종교가 어떻게 사회로부터 기원하였는지를 살펴보고 있었다. 네 번째가 『환상의 미래』로, 프로이트는 전반적으로 한 개인의 심리 이면에 깔려 있는 오이디푸스 환상에서 종교의 기원을 적극 다루게 된다.

간략하게 프로이트는 종교의 기원을 두 단계로 고려하고 있다(MacGrath 178-81). 첫 단계는 그 기원을 인류 역사의 발전 차원에서, 두 번째 단계는 개인 차원에서 고려되고 있다. 프로이트에 따르면 모든 종교의 핵심 요소는 '아버지' 인물의 숭배와 그 고유 의식에 대한 관심에서 비롯된다고 한다. 이처럼 프로이트에게 종교의 기원은 오이디푸스 콤플렉스까지 거슬러 가고 있다. 오이디푸스 콤플렉스는 무의식 속에 간직하고 있는 감정과 사고를 가리키며, 그 대상은 자신의 어머니를 성적으로 소유하고 아버지를 살해하고자 한 아이의 욕망에 집중한다는 개념이다. 하지만 종교관에 있어서 이 개념은 서구사회에서 오래 된 "원죄의식"(original sin)에 두고 있다(S. KIM 528). 프로이트는 역사의 어떤 시점에서 '아버지'라는 인물이 자신의 종족에서 여성에 대한 배타적 성적 권리를 가졌다고 주장한다. 그래서 아들은 이 아버지 인물을 내던지고 그를 살해하게 된다. 프로이트에 따르면, 종교란 이러한 선사시대의 아버지 살해 사건에서 그 주요 기원을 갖는다는 것이다. 이로 보아 프로이트의 정신분석은 이러한 오이디푸스 환상에서 해방되는 것을 의미하고 있지만, 달리 그 자리에 "무의식이라는 새로운 족쇄"를 등장시킨다(김용성 19 재인용).

종교의 기원에 대한 프로이트의 견해는 그 '아버지' 인물이 개인의 무의식 심리상태는 물론 종교의 집단 무의식 현상을 적절하게 설명할 수 있다고 보고 있다. 이 정신분석학은 아버지 콤플렉스와 신의 믿음사이를 친숙한 관계로 설명해주고 있다. 이런 논리로 개인적인 신은 정신분석학적으로 찬양된 아버지 이상도 아니다. 그 증거는 어린 사람들이 자신의 아버지의 권위가 무너지는 순간 종교적 믿음을 잃는 일상에 있다고 한다. 그래서 종교의 필요에 대한 뿌리는 부모 콤플렉스에 있다고 인식한다(Freud 61). 프로이트는 『환상의 미래』에서 이점에 대한 자신의 입장을 적극 옹호한다. 결론적으로 프로이트는 종교란 단순하게 아버지의 보호를 받던 어린 시절의 경험까지 거슬러 올라가는, 즉 무력함을 깨닫던 미숙한 반응이라고 믿고 있었다. 그래서 개인적인 신의 믿음은 이상화된 종교를 포함해 '아버지' 인물을 투사한 유아적 망상 이상이 아니라는 것이다.

엘리엇은 그 비교 자체에 의문을 제기한다. 종교에 대한 환상과 오류를 말할 때 아리스토텔레스와 콜럼버스를 비교하는 자체가 잘못되었듯이, 프로이트가 처음 정의에서 잘못 출발하고 있다는 생각이다. 우리가 그 비교로 우선 알아야 할 것이 있다는 것이다. 『기독교 사회에 대한 사고』(*The Idea of a Christian Society*)의 서문에서 엘리엇은 자신의 지적 빚을 크리스토퍼 도슨(Christopher Dawson)과 미들턴 머리(Middleton Murry) 등에게 돌리고 있다. 그는 우선 종교적 느낌과 종교적 사고를 분리하며, 프로이트 유형의 후자를 받아들이지 않는다. 대신에 그는 "인간은 나름 사회의 정신적 제도에 의해, 또한 확실하게 정치적 제도 및 경제적 활동에 의해 살아왔다"(*CC* 4 재인용)고 주장하는 1939년 7월 13일자 『뉴 잉글리쉬 위클리』(*The New English Weekly*)지에 소개된 익명의 작가에 공감한다. 그러한 대표적 인물로 엘리엇은 도슨을 주저하지 않고 지목하며, 자신의 "문화의 통일성"(uniformity of culture) 사고는 도슨의 엘리트주의에 의존한바 크다고 인정한다.

> 『정치를 넘어서』에서 크리스토퍼 도슨은 한 "문화 체제"의 가능성을 논의한다. 그는 "철학적 혹은 과학적 독선" 혹은 "낡은 휴머니스트 학문으로" 돌아가 이를 논하는 것은 불가능하다고 인식하고 있다. . . 나는 도슨의 목적에 전적으로 공감하지만, 철학이 없는 (철학이 고대 특권을 잃었다고 말하기 때문에) 그리고 특정하게 종교적이지 않은 이러한 "문화"의 의미를 이해하기가 어렵다.

> [I]n *Beyond Politics* (23-31) Mr. Christopher Dawson discusses the possibility of an "organisation of culture." He recognises that it is impossible to do this "by any kind of philosophic or scientific dictatorship," or by a return "to the old humanist discipline of letters," . . . I am in close

sympathy with Mr. Dawson's aims, and yet I find it difficult to apprehend the meaning of this "culture" which will have no philosophy (for philosophy, he reminds us, has lost its ancient prestige) and which will not be specifically religious. (*CC* 59)

문화의 통일성은 엘리엇에 의하면 '유럽 문화의 통일성'(the unity of European culture)을 가리키며, 고대 특권을 잃어버린 철학과 특정한 종교를 복원하는 과제는 기독교 사회를 논하기 위한 엘리엇의 목표가 된다. 그 목표는 영국국교인 셈이다. 엘리엇에게 문화란 예술, 관습, 그리고 종교를 합한 것 이상이기 때문이다.

일찍이 엘리엇은 프로이트의『환상의 미래』에 대한 평론에서 당혹감에 빠진 자신을 발견하였고, 영국교회의 의미를 담았던『반석』희곡을 1934년 발간 공연하였고, 이후 5, 6년이 지나 이를 산문 형태로 체계적으로 정리할 시간을 가졌던 셈이다. 우선 1938년의『기독교 사회에 대한 사고』에 이어 1948년에『문화 정의에 관한 소고』(*Notes Towards the Definition of Culture*)를 내 놓았고, 1965년 사후 2년 만인 1967년에 이 두 권은『기독교와 문화』(*Christianity and Culture*)로 출간되었다. 엘리엇은 당혹감을 마무리하면서, 자신은 프로이트처럼 '마치 처럼'(as if)이라는 철학(Freud 39)을 결코 정복하지 못하였으며, 자신의 지식과 상식이 무너지는 경험을 하였다고 한다(Eliot, "FI" 58). 그 결론은 바로 우주와 인간을 해석하는 프로이트의 무모한 지적 도발에 있었다.

우주의 수수께끼는 우리의 탐구에, 즉 과학이 아직은 답을 줄 수 없는 수많은 질문에 천천히 그 자체를 드러낼 뿐이다. 하지만 과학적 업적은 외부 실체에 관한 지식을 향한 유일한 길에 불과하다.

The riddles of the universe only reveal themselves slowly to our

enquiry, to many questions science can as yet give no answer; but
scientific work is our only way to the knowledge of external reality.
(Eliot, "FI" 58)

세 번째, 과학에 대한 입장이 다른 엘리엇은 이 프로이트의 사고에서
무엇이 과학인지, 무엇이 우주의 수수께끼인지 전혀 듣지 못하였다고 한
다. 프로이트가 반복한 '과학은 환상이 아니다'라는 마지막 대목은 과학은
환상이 아니지만 종교는 환상이라는 역설이다. 달리 말해 마법사는 꿈 세
계에서 꿈을 꾸지만 과학자는 합리적인 사고를 통해 그 환상을 깨게 해준
다는 뜻이다. 엘리엇은 프로이트가 그렇게 확신하는 과학에 대해서도 수
학이나 물리학 같은 실제 과학을 하는 진짜 과학자들도 과학에 대해 종종
덜 확신하고 있다며 프로이트를 비판하고 있다. 결론적으로 엘리엇은 프
로이트의 사고와 과학을 그릇된 사고와 벼락출세한 과학의 달인들이라며
비꼬고 있다. 엘리엇에게 프로이트는 '과학'을 가장 과장되게 주장하는 사
람이어서 『환상의 미래』는 정말 이상한 책으로 비쳤다.

IV. 결론: 반프로이트 엘리엇

프로이트는 문화, 종교, 그리고 과학의 역사를 개인의 심리적 근원에서
탐색하였던 정신분석학자였다. 그에 따르면, 종교란 개인이나 사회의 신
경증후군의 형태이며, 오로지 내면에 숨겨져 있는 사람의 감정의 갈등과
허약함에 대한 반응에 따라 존재하게 된, 인간에 의해 창조된 사고이다.
그는 종교가 심리적으로 스트레스의 부산물일 수 있기 때문에 그 스트레
스를 처리하게 되면 종교를 제거할 수 있다고 한다. 이러한 사고는 인간
의 본성을 이해하는 데 사회의 중요성을 간과하는 면이 있다. 에밀 듀르
카임(Emile Durkheim)에 따르면, 사회는 사회 구조, 사회 관계, 그리고 사

회 제도 측면에서 발달한다고 한다. 이러한 그의 사고는 종교에서도 그대로 적용되고 있다("Emile Durkheim"). 그에게 종교는 통합된 믿음 체계이며, 분리된 그러면서도 금지된 신성과 관련된 실체라는 것이다.

카를 마르크스(K. Marx) 또한 종교를 비판한 지식인으로, 그에 따르면 종교는 주어진 사회에서 물질과 경제적 현실에 기반을 둔 사회제도 중의 하나이다("Karl Marx"). 생산력의 창조 개념에서 종교는 출발한다고 하겠다. 달리 말해, 종교 세계 또한 현 세계, 즉 뒤르카임처럼 사회 제도를 반영하고 있지만 마르크스에게 종교는 특히 경제 제도에 의존하는 형국으로 이해되고 있다. 마르크스 또한 '종교는 환상'이며(김명주 53), 그 주요 목적은 소위 신이라는 낯설고 미지의 존재에 우리의 높은 이상과 야망을 투사시켜 우리를 소외시키는 기능을 한다고 한다. 메르치아 엘리아데(Mercia Eliade)는 종교는 두 가지 근원적인 개념, 즉 신성한 것과 세속적인 것을 이해하는 열쇠라고 한다("Mercia Eliade"). 엘리아데는 종교는 그 첫째인 신성한 것에 두고 있다고 한다. 엘리아데는 종교가 사회 현실을 기반으로 한다고 말은 하지 않지만, 또한 엘리아데의 종교적 상상력을 프로이트의 심리학적 관점으로 논하기도 하지만(안신 117), 일찍이 엘리엇은 종교는 한 공동체가 총체적인 문화 현상으로 받아들이는 현실이고 인간의 삶 자체라고 믿고 있었다.

기독교 문화는 종교, 관습, 종교적 믿음을 합해 놓은 그 이상이라고 믿었던 엘리엇은 유럽에는 공통 특성이 있고, 이를 유럽 문화라고 말할 수 있다고 한다. 이는 아시아가 개종한다고 하여 유럽의 일부일 수가 없는 이치와 같다는 생각이 엘리엇에게 있었다. 달리 말해, 종교의 '아버지' 권위는 일종의 폭력 콤플렉스가 맞지만 이를 고의적으로 생략하거나 거부하기보다 그 상징적 의미를 사회 실체로 수용한 인물이 엘리엇이다. 이러한 진단이 프로이트가 말한 종교가 환상이라는 주장에 대한 답이며, 그는 『환상의 미래』가 나온 이후 10년에 걸쳐 작품과 두 산문인 『기독교 사회에 대한 사고』와『문화 정의에 관한 소고』에서 그 실체를 규명하였다고 보여 진다.

엘리엇은 나아가 도슨의 사고인 '문화의 통일성'과 그의 엘리트주의를 통해 '유럽 문화의 단일성'을 주창하게 되고, 서구 사회의 전통과 철학과 특정한 종교를 복원하는 과제를 논하였다. 그 목표가 영국국교였던 셈이다. 또한 엘리엇은 머리의 '민족주의 교회의 위험성'에 공감하지만, 모든 기독교 요소를 버리는 기독교가 더 위험하다고 보았다. 이처럼 엘리엇은 우리에게 공동체의 종교적 신념과 종교의 문화사회적 현실성을 되묻게 해주고 있다.

결과로서 엘리엇은 유럽문화와 영국국교 논의를 통해 종교문화는 역사적이고 사회적 실체라는 점을 적극 변증하였고, 이러한 그의 노력은 오늘날의 다양한 종교문화들 간의 충돌의 성격과 그 의미를 되돌아보게 하고 있다. 그에 따르면 종교는 종교공동체의 문화사회적 실천 행위에 해당된다. 결론적으로 프로이트의『환상의 미래』는 이상한 책이며, 오늘날 종교공동체에 기반을 둔 인종간의 갈등을 설명할 수 없게 된다. 역설적이게도 엘리엇은 참다운 종교의 미래를 영국국교도의 역사적 의미와 그 실천적 정신으로부터 찾고 있었다.

Works Cited

안신. 「엘리아데의 『젊음 없는 젊음』에 나타난 종교적 상상력 연구: 종교 심리학적 재평가」. 『문학과 종교』 17.1 (2012): 115-37.

[Ahn, Shin. "A Psychological Study on Eliade's Religious Imagination: Focusing on *Youth without Youth*." *Literature and Religion* 17.1 (2012): 115-37. Print.]

Eliot, T. S. *Christianity and Culture*. San Diego: Harvest, 1977. Print. (*CC*로 약기)

____, "The Future of Illusion, by Sigmund Freud." *The Criterion* 8.3 (1929): 350-53. *Sigmund Freud: Critical Assessments*. Ed. Laurence Spurling. 56-58. Print. ("FI"로 약기)

"Emile Durkheim." *The Free Encyclopaedia Wikipedia*. Web. 11 Nov. 2014.

Freud, Sigmund. *The Future of an Illusion*. Seattle: Pacific, 2010. Print.

Harding, Jason. "Keeping Critical Thought Alive: Eliot's Editorship of the Criterion." A Companion to T. S. Eliot. Ed. David E. Chinitz. Chichester: Wiley-Blackwell, 2009. 388-410. Print.

"Karl Marx." *The Free Encyclopaedia Wikipedia*. Web. 5 Nov. 2014.

김명주. 「테리 이글턴의 종교적 전회」. 『문학과 종교』 17.2 (2012): 51-73.

[Kim, Myung-Joo. "Terry Eagleton's Religious Turn." *Literature and Religion* 17.2 (2012): 51-73. Print.]

Kim, Sung-Hyun. "T. S. Eliot and Sigmund Freud." *Proceedings of 2014 ELLAK 60th Anniversary International Conference*. 20-22 Nov. 2014: *Traveling Contexts: Cosmopolitanisms Old & New, East & West*. Seoul: ELLAK, 2014. 525-34. Print.

김용성. 「사무엘 베케트의 『막판』에 나타난 종말론적 비전으로서의 파루시아」. 『문학과 종교』 18.3 (2013): 19-53.

[Kim, Yong-Sung. "The Eschatological Vision of Parousia in Samuel Beckett's *Endgame*." *Literature and Religion* 18.3 (2013): 19-53. Print]

McGrath, Alister E. "Chapter 23: The Psychology of Religion." *Science & Religion: An Introduction*. Oxford: Blackwell, 1999. 178-81. Print.

"Mercia Eliade." *The Free Encyclopaedia Wikipedia*. Web. 5 Nov. 2014.

포스트모더니즘과 종교: 서론

이 준 학

Ⅰ. 말씀(Word)의 권위가 사라진 시대

사회학자인 알랭 투렌느(Alain Touraine)는 후기산업사회의 계층간의 갈등과 문화를 다룬 그의 저서 『포스트모던 산업사회』(*The Postmodern Industrial Society*)에서 종교의 세 가지 용도를 지적하면서, 인간이 이전에 겪어보지 못했던 전적으로 새로운 삶의 조건에 이성적으로 적응하는 과정에서 이 용도들이 별 쓸모가 없게 되었다고 말한다. 첫번째 용도는 종교가 변하지 않는 자연의(natural) 또는 초자연의(supernatural) 삶의 리듬에 인간이 의지하거나 종속될 수 있게 돕는 것이었다. 그러나 이러한 리듬이 완전히 깨져버린 현대의 상황에서 종교가 도울 수 있는 일은 별로 남지 않게 되었다고 주장한다. 종교의 두 번째 용도는 사회의 여러 계층간의 구분을 분명하게 하는 계층 구분의 요소들을 영구화함으로 사회 구

---

* 이 논문은 『문학과 종교』 제5권 2호(2000)에 「포스트모더니즘과 종교: 서론」로 게재되었음.

조를 견고하게 구축하는 것이었으나, 보다 유연하고 생기 있으며 탈 중심적인 구조 변화의 과정에서 '신성한 존재의 사슬'의 메시지는 새로운 도전의 상황에는 어울리지 않는 것이 되었다. 세 번째 용도는 '인간의 운명과 실존 그리고 죽음에 대한 이해'를 종교가 돕는 것이다. 그러나 뚜렌느는 댄스(dance)나 그림 그리기 같이 사람들을 규제하지 않는 사적인 활동들처럼 종교는 현대에 와서 여가 활동의 일부가 되어버렸다고 말한다. 그는 이러한 현상을 종교의 고립화 또는 소외(isolation)라고 표현하면서, 일상의 더 중요하고 심각한 일들에 밀려 실존이나 죽음의 문제가 삶의 중심에서 쫓겨나 주변적인 충동밖에 주지 못하게 되었다고 말한다(213-14).

한편 언어학자인 쏘쉬르(Saussure)는 "언어기호는 한 사물과 한 이름 사이의 관계를 표시하는 것이 아니라 한 개념과 한 소리양식(sound pattern) 사이의 관계를 표시하는 것"(Saussure 66) 이라고 말하고, "언어의 기호와 그 기호가 지칭하는 사물 사이의 관계는 언어기호의 소리의 차이에 의존하는 임의적인 것"(67)이지 절대적인 관계는 아니라고 말한다. 다른 말로 하면, 각 사물이 가지고 있는 이름은 그 사물을 지칭하는 음성기호의 차이에 의해 구별되는 것이지, 어떤 이름과 그 이름에 해당하는 정확한 사물의 실질이 일대일의 관계로 정확히 존재하는 것은 아니라는 것이다. 이러한 논리의 연장선상에서 우리는 신이라는 초월적 기표에 해당하는 초월적 기의도 그 실질이 있는 것이 아니고 신이라는 기표가 진이나 선 등의 음성기호와의 다름에서 생기는 임의적인 것이라는 놀라운 사실에 직면하게 된다.

다른 한편 가장 중요한 포스트 구조주의자인 자크 데리다(Jacque Derrida)는 "텍스트 밖에는 아무 것도 없다"(Il n'y a pas dehors la texte)고 선언함으로써 모든 텍스트의 계층구조의 최상층에서 텍스트의 권위를 보장해주던 성스러운 언어(혹은 신의 말씀)의 권위를 가차없이 부정하고 있는데, 이 단호한 부정을 통하여 데리다는 또 다른 신의 죽음을 선고하고 있는 듯한 인상을 주고 있다.

그렇다면 여가 활동의 일부로 전락되었을 뿐 아니라, 신이라는 기표에 해당하는 신의 실질이 논리적으로 부정되고, 모든 텍스트의 권위를 말없이 담보해 주던 소위 말씀(Word)의 권위가 사라진 지금, 신의 존재의 실질과 그 실질로서의 존재의 말씀에 근거하여 성립된 종교는 무엇에 의지하여 그 존재의 권위와 힘의 근거를 획득할 수 있는 것인가? 이러한 질문은 종교를 곤혹스럽게 하고, 이러한 질문의 논리의 근거를 제공하는 포스트모더니즘과 종교는 서로 상충되는 상극의 관계에 빠질 수밖에 없다는 유추를 가능하게 한다. 그러나 정말 그런 것인가?

이러한 질문이 가능한 것은 포스트모더니즘의 회오리가 대학의 강단과 세계의 지성계를 강타하던 1960년대와 1970년대에도 종교는 사멸되지 않았으며, 이성의 보편구조에 근거한 모더니티의 확신은 분열되어 그 힘이 저하되었으며(Heelas 1), 포스트모더니즘이 그 중심에서부터 흔들리고 있는 것으로 평가되는 1990년대에 이르러서는, 포스트모더니즘의 신의 부정이 신의 존재에 대한 간절한 갈망의 역설적 표현이었거나 아니면 부정을 통하여 오히려 신의 존재를 긍정하는 부정의 신학(negative theology)의 측면을 초기에서부터 계속 지녀왔다는 주장(Caputo xxiv)이 조금씩 설득력을 얻어가고 있기 때문이다. 옥스퍼드 대학의 발렌타인 커닝함(Valentine Cunningham) 교수는 "해체론은 신의 식탁에서 사라져야할 어떤 무서운 망령이 아니라"(402)고 말한다.

II. 이성적 체제는 인간과 세계를 존재의 창조적 근원과 궁극적 신비로부터 절연시키는 세속화된 인본주의다.

먼저 우리는 신의 실질이나 신의 말씀의 권위를 부정하는 선언들이 모두 주로 추상적 이론이나 사회학적통계에 근거하고 있는 것이지, 종교가 그 존재의 근거를 가지고 있는 개별적 인간의 진지한 감정에 근거한 것은 아니라는 점에 주목할 필요가 있다. 파스칼은 그의 유명한 「팡세」("Pansée")에서 "우리가 진리를 아는 것은 이성 뿐 아니라 마음(heart)을 통하여서"라고 전제하고, "가장 중요한 원리들은 마음을 통하여 아는 것이며 이성은 헛되이 이 원리들을 논박할 뿐"(McGrath 18)이라고 말한다. 추상적이고 이성적인 사고의 지평에서 과학적 통계나 추리 또는 논리에 근거하여 우리는 가장 중요한 원리인 신의 존재를 부정하지만, 개별적 인간의 삶은 여전히 불안하고 불확실하며, 인간이 원하는 것과 실제로 얻는 것 사이, 당위(what ought to be)와 실제(what actually is) 사이의 차이 때문에 생기는 마음의 긴장은 여전히 존재하며, 이 긴장이야말로 종교의 발생의 근원이다(Hamilton 139). 문명의 발달로 더욱 복잡해진 이 긴장 속에서 인간이 겪는 고통은 더욱 깊고 해결하기 어려운 것이 되고 있다. 두 번의 세계 대전을 겪고 난 현대종교는 이제 과거의 권위주의적 태도를 버리고 점차 실존에서의 인간의 고통에 공감하는 방향으로 개선되고 있으며, 신학에서조차도 신은 고통받는 신이라는 신앙이 점차 강해지고 있다(Fiddes 16). 짜라투스트라의 입을 빌려 신의 죽음을 선고함으로써 포스트모더니즘의 효시가 된 니체는 "사실(Facts)이란 정확히 존재하지 않는 것이다. 단지 해석(interpretation)이 있을 뿐이다"(Nietzsche, *Will to Power* 481)라고 말했는데, 이 말을 우리가 수긍한다면 포스트모더니즘이 주장하는 신의 실질의 부정이나 권위의 부정은 일정한 한계를 지닌 그들의 자의적 해석일 뿐 일점의 오차나 반박의 여지가 없는 사실을 말한 것이 아니라는 것을 우리는 알 수 있다. 그들의 신의 부정은 논리적 유추의 결과일 뿐 인간의 진정한 감정 속에 신은 여전히 살아있으며 공개적으로 자신의 존재를 주장하지는 않으나 민중 속에서 엄청난 힘을 발휘하고 있다. 이성에 근거한 사고는 세계 제 일차 대전을 야기시킨, 유럽의 지식인들의 인간의 힘에 대한 자신감과 거기서 연유된 낙천주의 정신의 근거였으며, 또 다시 세계

제2차 대전을 불러일으키고, 세계를 동서의 양 진영으로 양분하여 싸늘한 냉전을 가능하게 한 이데올로기를 창안하였으며, 베트남 전쟁을 확산시키고 마침내 1968년 5월의 파리의 학생 폭동의 원인을 제공하는 보수적 당파의 발전과 권력의 논리적인 대의(大意)의 근거였다. 모더니즘은 어떤 의미에서, 이러한 논리적 대의를 뒷받침해 준 문화와 정신의 틀을 지칭하는 것으로 여겨지고 있다. 일차대전의 4년 동안 최전선에서 군목으로 일하면서 신 없어 보이는 세계의 참상을 절실하게 체험했던 폴 틸리히(Paul Tillich)는 그의 유명한『문화의 신학』(Theology of Culture)에서 다음과 같이 말하고 있다.

> 모든 실존주의 철학자들은 서구 산업 사회와 이러한 사회의 철학적 대변자들에 의하여 발달된 사상과 삶에 대한 "이성적"(rational) 체제에 반대한다. 이러한 체제가 의미하는 바는 지난 수 백년 동안에 점차 명백하여 졌다. 그것은 개인의 자유와 결정, 유기적 공동사회를 파괴하는 것으로 보이는 논리적, 자연주의적 구조이며 생(生)의 생기를 빨아먹고 인간 스스로를 포함한 모든 것을 치밀한 계산과 통제의 대상으로 변화시켜 버리는 분석적 합리주의이고, 인간과 세계를 존재의 창조적 근원과 궁극적 신비로부터 절연시키는 세속화된 인본주의이다. (106)

결과적으로 이성 중심의 합리주의적 사고는 개별적 인간의 존엄성에 근거한 공동사회를 파괴하고 인간을 통제의 대상으로 격하시키며, 인간의 창조적 신비를 훼손시키는 세속주의를 조장하였을 뿐 아니라 인간의 권력욕구를 충족시켜주는 교활한 이데올로기를 생산하였고, 이 이데올로기에 의지하여 개별적 인간의 존엄성을 억압하는 세속주의적 보수적 지배체제를 오랫동안 지탱시켜 준 힘의 근원을 제공하고만 셈이 되었다.

여기서 한 가지 우리가 간과해서는 안될 것은, 포스트모더니스트들이 부정한 신의 실질이나 권위는, 어떤 의미에서, 인간의 이성적 사고에 근거한 세속주의(secularism)를 지탱시킨 엄격한 보수적 사회지배 구조가 체제유지를 위해 떠받들어온 신과 신의 권위이지, 연약한 존재로서의 인간의 기도를 들어주던 신과 그 권위로서의 신은 아니라는 것이다. 다윈의 진화론을 통하여 더욱 막강해진 이성의 시대의 신은 이성의 시대의 모든 논리와 이 논리의 바탕을 제공하던 텍스트의 밖에서 또는 위에서 이 텍스트의 권위를 보장하는 초월적 힘이었고, 실질과 권위가 있는 것으로 오해된 이 이성적 신에 근거하여 세속의 보수체제는 그 막강한 세력을 지탱하였던 것이다.

III. 진리란 우리가 그것들이 환상이라는 것을 잊어버린 환상들

그렇다면 포스트모더니즘이 부정한, 이성의 시대의 텍스트의 권위를 보증하던 신의 종곡(綜曲) 뒤에 종교는 어떻게 되는 것인가? 이것은 우리에게 대단히 중요한 문제이다. 우선 우리는 사회의 보수체제가 그 권위를 유지하기 위하여 떠받들던 세속주의적 신의 부정 뒤에 종교는 이제 과학적 사고나 인간의 이성적 지혜의 한계를 넘어선, 불합리하지만 인간의 진실한 감정에 조응하는 신과 만나게 되었다고 말할 수 있을 것이다. 이 신은 인간의 과학적 사고의 한계로부터 해방된 자유로운 신이다.

「포스트모던 세계에 있어서 기독교 신앙」("Christian Belief in a Postmodern World")에서 알렌(Diogenes Allen)교수는 "현대정신에 의하여 구축된 기독교 신앙에 대한 장벽이 무너지고 있을 뿐 아니라 한 때 신에 대한 신앙을 잠식해 왔던 철학과 과학이 이제는 여러 가지 관점에서 실제로 신을 향하여 가고 있다"(2)고 말하고 있는데, 종교에 대한 이성적 사고의 보편화로 인하여 종교적 생명력을 상실했던 종교의 회복을 위하여, 20세기 후반의 신학은 해석학에서 페미니즘에 이르는 포스트모던 시대의 모든 문학의 비평이론을 자유로이 종교의 경전 해석에 적용하고 있다. 신학은 종교의 새로운 지평을 열기 위하여 이성에 의하여 억제되고 통제되던 신학의 문을 활짝 열어 개방하였으며, 세계 제 1차 대전 이후 전쟁 중 최전선에 종군했던 폴 틸리히나 피에르 샤르뎅(Pierre Teilhard de Chardin)등에 의하여 시작되어 서서히 진행되어 온 신학의 실존적 지평의 확장은 미국의 니버(Niebuhr)교수 형제—라이홀드 니버(Reinhold Niebuhr)와 리차드 니버(Richard Niebuhr)—의 공감을 얻으면서 신대륙에서 가속화되어 20세기 후반에는 남미에서 맹위를 떨친 해방신학을 탄생시키는 상황으로까지 다양화되는 양상을 보여왔다. 신학 분야에서의 이러한 활발한 개혁운동은, 진정한 종교의 진리가 인간들에게 진실로 무엇인지에 대한 진지한 물음의 결과였으며, 많은 시행착오에도 불구하고 억압적 이성의 굴레를 벗어 던지고 스스로를 진리를 향하여 내던진 현실 참여적 성직자들의 순교적 정신의 의미 있는 결실이었다.

역사적으로 포스트모더니즘의 정신적 선두주자이며 그 선구적 실천가로 알려진 니체의 "신은 죽었다"는 유명한 선언도 사실은 종교적인 신의 죽음을 의미하는 신학적 주장은 아니었다. 니체의 선언 속에서 신은 환유적으로 사용되었을 뿐이다. 니체는 무신론자들이 말하듯이 '신은 존재하지 않는다'고 말한 것이 아니다. 미국의 백악관(the White House)이 미국이라는 국가의 원수와 정부를 총괄적으로 대표하는 이름이듯이, 니체의 '신은 죽었다'는 선언에서의 신은 이성적으로 사고된 "절대적 진리"(absolute Truth), "절대적 선"(absolute Goodness), "절대적 실재"(absolute reality), "절대적 이성"(absolute reason) 등 모든 사물의 근원이나 척도에 대한 환유였다(Ward xxviii). 이러한 용어들은 인간의 이성적 사고가 만들어 낸 추상적 개념일 뿐 정신적 실질로서의 신은 아닌 실질 없는 기표들일 뿐이다. 니체는 "진리란 우리가 그것들이 환상이라는 것을 잊어버린 환상들"(Nietzsche, "On

Truth and Falsity in Their Ultramoral Sense 1911" 180) 이라고 말한다.

우리가 분명히 말할 수 있는 것은 "니체는 그의 신의 죽음의 선언을 통하여 (이성에 의하여 만들어지고 실재인 것처럼 착각된) 모더니즘의 신의 죽음을 선고했다"는 것이다. 그리고 이 선고를 통하여 "그는 모더니티의 기획 (modernity's project)의 최후를 선언함과 동시에 포스트모더니즘의 시작을 선언"(Ward xxix) 했던 것이다. 다른 말로 하면 그는 '절대적 진리'는 부정하였지만 '보편적 진리'에 대한 탐구의 문은 계속 개방해 두었다는 말이다. 이러한 의미에서 포스트모더니즘은 인간에 의해 만들어진 이성적 진리 대신 아직 인간의 언어로 정의될 수는 없으나 분명히 존재하리라고 우리가 믿는 진정한 진리를 탐구하려는 드러나지 않은 의지를 내면에 지니고 있는 셈이다. 그리고 이러한 의미에서 후에 "힘에의 의지"라고 불리게 되는 인간의 의지는, 니체가 그의 『도덕의 계보』(Genealogy of Morals)에서 말한, 진정으로 힘이 있는, "진리에의 의지"(will to truth) (Nietzsche, Genealogy of Morals 61)라고 말해볼 수도 있을 것이다.

사실 역사상 이성주의 철학에 대한 비판은 비록 이성철학의 기반을 흔들지는 못했지만 계속 이어져왔다. 니체를 비롯하여 아일랜드의 신학자였던 죠지 버클리(George Berkeley)의 미립자론(corpuscularianism)이나 18세기의 사상가였던 독일의 요한 죠지 하만(Johann George Hamann)의 언어 신비주의, 데이빗 흄(David Hume)의 회의주의나 쉘링(Schelling)이나 키르케고어(Kierkegaard)의 헤겔 비판 등이 그것들이지만, 이러한 비판적 목소리들은 료타르(Jean-Francois Lyotard)가 말한 정신(spirit)의 변증법이나 의미의 해석학, 이성적 혹은 당대에 의미를 지닌 주제의 자유로운 추구 아니면 부의 창조 등의 소위 "대서사"(grand narratives)에 밀려 묻혀버리고 말았다(Lyotard xxiii).

포스트모더니즘 시대의 종교는 종교의 경전에 대한 과거의 권위주의적 축어적 해석이나, 교단이 인정하는 유일한 해석에 대한 복종을 강요하던 편협한 보수적 태도를 버리고, 종교와 경전에 대한 다양한 해석을 수용하고 이러한 수용의 바탕 위에서 더 많은 신앙인들이 납득하고 믿을 수 있는 해석의 지평을 진지하게 탐구하고 있다. 모더니즘 문화의 이성적 전통의 권위의 맥락 속에서 모든 종교의 성립의 근원이 되는 인간의 실존의 고통에 대한 절실한 감각을 상실해버렸던 종교는, 이제 이성적 권위를 포기하고 인간의 실존의 고통과 삶의 구체적 상황에 스스로를 개방하고 몸을 낮춤으로써, 르네상스 시대 이후 점차적으로 상실해온 종교적 생명력을 되찾기 위한 노력을 부단히 계속하고 있다. 그 가장 긍정적 경향의 하나는, 종교가 인간의 실존의 고통의 상황을 생생하게 기록하여 보여주고 있는 문학작품과 예술에 지대한 관심을 보이고 있다는 것이다. 영국의 그래스고우 대학의「문학과 신학ㆍ예술연구소」의 설립자이며 소장인 데이빗 제스퍼(David Jasper) 교수는, 포스트모던 시대의 종교와 문학의 관계에 대한 연구에서 종교를 사회적이고 인류학적이며 심리학적인 한 현상으로 연구하려는, 과학적 이성에 근거한 미국학계의 연구 경향에 대하여 반대하고, "신학과 종교의 재생을 위하여 문학이 보여주는 통찰력의 판단 아래 신학자들이 서볼 필요가 있다"(219)는 데이빗 젠킨스(David Jenkins) 교수의 주장에 기꺼이 동의하며, 위대한 문학작품들이 보여주는 인간실존의 삶의 고통에 대한 깊은 이해와 이 고통으로부터 인간을 구하기 위한 구체적이고 진실한 탐구 속에 내재하고 있는 종교적 생명력의 회복이야말로 바로 신학과 종교의 재창조를 위한 강력한 도구를 마련하는 것이라고 주장한다(Jasper, *Acts of Literature* ix). 영국과 구라파 쪽에서는 영국의 그래스고우 대학을 중심으로 해마다 주최국을 바꾸어가며 종교의 생명력의 회복을 위한 포스트모던적 논의가 진지하게 진행되고 그것이「문학과 신학」(*Literature and Theology*)지에 계속 발표되고 있으며, 아메리카 대륙 쪽에는「종교와 문학」(*Religion and Literature*) 또는「기독교와 문학」(*Christianity and Literature*) 등의 학술지를 중심으로 이러한 논의가 활발하게 진행되고, 그 결과가 논문의 형식으로 또는 다양한 저술의 형식으로 속속 발표되고 있다. 이들의 이러한 진지한 연구의 기본적 태도는, 과학적 이성에 의하여 석고화된 종교를 회생시키기 위한 확실한 대안이 없는 지금, 종교가 취할 수 있는 최고의 방책은 인간의 '궁극의 문제'에 대하여 진지한 관심을 가진 모든 정신운동을 개방적으로 수용하여 자유롭게 토론하고 검토하는 과정을 통하여, 고통스러운 인간의 실존의 문제에 대한 궁극적 해답을 모색하고 그 과정에서 종교의 생명력을 점진적으로 회복시킨다는 것이다. 그러나 인간의 실존의 문제에 대한 궁극적 해답을 찾는 일은 쉬운 일이 아니다. 그리고 그러한 일은 인간이 사는 실존의 현실에서 어쩌면 불가능할지도 모르리라는 것을 포스트모던 시대의 신학이나 종교는 잘 알고 있다. 그들은 21세기의 종교가 르네상스 이전의 신중심의 종교로 되돌아갈 수 없다는 것을 잘 알고 있으며 또한 르네상스 이후의 인간 중심의 세속적 이성적 종교의 형태로 되돌아 갈 수 없다는 것도 잘 알고 있다. 그렇다면 해답은 어디에 있는가? 르네상스 이래의 온갖 학문과 이성의 노력으로도 찾아내지 못한 인간의 삶의 궁극의 해답을 찾는 일은 불가능한 것인가? 포스트모더니즘은 '텍스트의 밖에는 아무 것도 없다'는 선포 뒤에 마침내 아무 대안도 없이 역사의 뒤안으로 사라져버릴 것인가? 이러한 질문은 우리를 깊은 허무의 늪에 빠트린다.

IV. 해체론은 가능성의 지평을 깨뜨리는 열정

이러한 상황에서 견실한 포스트모던 계열의 비평가이며 학자인 존 D. 카푸토(John D. Caputo) 교수의 자크 데리다에 대한 저술은 폴 틸리히가 말한 인간의 '궁극의 관심'(ultimate concern)으로서의 종교와 관련하여 의미 있는 많은 시사점을 제공하고 있다. 『자크 데리다의 기도와 눈물: 종교 없는 종교』(*The Prayers and Tears of Jacques Derrida: Religion without Religio n*)[1]라는 다분히 자극적인 제목을 가진 이 책에서 저자는 '개연성이 없는 가정'이라는 전제하에 "데리다는 종교를 가지고 있다, 어떤 종교, 그의 종교, 데리다는 항상 신에 대하여 말한다"라고 쓰고 있다. 그는 "한 사람의 저자로서의 데리다의 작품의 시점은 종교적이다─그러나 종교 없는 그리고 종교의 신이 없는─아무도 이러한 관련에 대하여 이해하지 못한다"고 수수께끼처럼 말한다(xviii). 데리다는 할례(circumcision)를 받은 유태교도였지만, 후에 유태교와의 단절을 선언하였으며, 유태교 밖에서 결혼하였고 그의 아들은 할례를 받지 않았으며 무신론자이다.[2] 그런데 저자는 그가 종교적이라고 말하면서 그의 종교는, 아무도 이해하지 못하는, 종교가 없는 종교, 종교적 신이 없는 종교라고 말한다. 종교적 신이 없는 종교라는 말은 무슨 의미를 지니는 것인가?

카푸토는 데리다에 의하여 대표되는 해체론(deconstruction)을 '어긋짐에의 열정'(a passion for transgression)이며, '가능성의 지평을 깨트리는 열정'이고 '부정의 열정'(passion of the pas)이며 '열정의 부정'(the pas of passion)(Derrida, *Memories* 53)이라고 말한다. 그는 이어서

> 우리가 이해하지 못할 것은 해체론이 불가능한 것(the impossible)에 대한 열정으로 술렁이고 있다는 것이다. 어떤 불가능한 장소에 대한 열정, 정말 갈 수 없는 곳에 가려는 열정으로 흥분하고 있는 것이다. 해체론은 표현할 수 없는 것의 부름에 응답하고 있으며, 기대에 부풀어 있고, 과도함에 빠져 있으며, 약속에 의하여 자극되고 불가능한 것에 대한 갈망에 가득 차서, 어떤 메시아적 언약 속에서 불가능한 것을 희망하고 있다. (xix)

---

1) 카푸토의 글은 모두 이 책으로부터의 인용이며, 앞으로의 인용은 쪽수만 표시할 것임.
2) 물론 무신론이 전적으로 신의 부정이며, 신의 실체를 긍정하고 신의 존재를 드러내 보이려는 유신론(theism)과 정반대라고 말하는 것은 적절하지 못한 부분이 있는 것은 사실이다. 신에 대한 신앙은 계속 가지고 있으면서도 유신론은 거부하는 것이 요즈음의 신학에선 괴상한 일이 아니며, 신을 선전하고 합리적으로 신의 존재를 증명하는 것이 바람직하지 않다고 생각하는 유신론자들도 있고, 또 신의 부정이 모두 다 똑같은 성질의 것은 아니기 때문이다. (Nielsen 11-13)

고 말한다. 카푸토는 이것을 데리다의 종교, 유태교와의 유대를 깨트린 데리다의 새로운 유대(alliance)라고 말한다. 한편 데리다는 "아무도 해체론이 기교로서나 방법론으로서, 가능하다고 말한 적이 없다. 해체론은 단지 불가능의 차원에서 그리고 아직 생각할 수 없는 것의 차원에서 생각할 뿐"(Derrida, *Memories* 135)이라고 말한다.

만일 해체론이 암시하는 약속이 현재의 잘못된 구조를 해체하고, 현재가 붕괴되는 것을 막을 수 있는 어떤 메시아적 구조에의 가능성을 가지고 있기만 하다면 아무 것도 문제될 것이 없다. 그러나 그 약속은 실현이 불가능한 것의 언저리를 맴돌고 있다. 데리다의 종교 없는 종교 속에서 가능한 것과 약속을 맺는 것은 단순한 심미주의에 불과하며, 영원한 것과 약속을 맺는 것은 단순한 합리주의일 뿐이다. 불가능한 것을 기대하고, 불가능한 것과 거래를 하는 것 그리고 불가능한 것에 의하여 감동되는 것 (impassioned)만이 종교적 감정이다. 데리다의 종교에서 사고(思考)의 궁극적 열정은 생각될 수 없는 어떤 것을 생각하는 것이며, 불가능한 어떤 것, 사고와 욕망의 경계(frontier)에 있는 어떤 것, 모순되는 어떤 것을 생각하는 것이다(xx).

기존의 종교는 모두 실현이 가능 해 보이는 행복이나 평안을 약속하며 일시적이나 찰나적이 아닌 영원한 것을 약속하고 있다. 그러나 데리다의 종교 없는 종교에서 이러한 약속들은 모두 심미적인 범주나 합리적인 이성의 범주에 속하는 진부한 약속이다. 데리다의 종교 속에서 그러한 약속은 의미가 없다. 해체론은 구체적이고 역사적인 종교 없이 종교성만을 반복해서 강조하며, 종교의 도그마 없이 인간의 경험의 종교적 구조에 대하여 말하고, 종교적인 것의 범주에 대하여 되풀이해 말한다. 해체론은 메시아적 약속과 메시아적 기대에 대한 열정을 되풀이한다. 그러나 거기에는 끝없이 전쟁을 일으키고 다른 사람들의 피를 흘리게 하며 스스로를 선택받은 민족으로 높이며, 선택받지 않은 다른 모든 사람들에게는 종국적으로는 위험한, 실제의 종교가 주는 구체적인 메시아 사상(messianisms)은 없다(xxi). 그러나 여기서 중요한 것은, 해체론이 메시아 사상은 가지고 있지 않지만, 이러한 특정한 신앙의 도그마적인 것은 없는 채로 약속에 대한 어떤 경험으로부터 발생하였다는 것이다(Derrida, *Specters of Marx* 89).

데리다는 자신의 수 천년의 유태교와의 유대의 단절, 깨어진 성약을 독자들이 알게됨으로서 자신은 거의 20여 년 동안 점점 잘못 읽혀지는 결과를 가져왔다고 말하고 있는데(Derrida, *Circumfession* 154), 이 말은 그가 비록 제도로서의 기존의 종교와 단절하긴 하였으나, 유태교도로서 그가 가졌던 '약속에 대한 경험'과 정신의 심층에서 연결되는, 인간의 '궁극적 관심'으로서의 종교(Tillich 7-8)에 대한 신앙까지 스스로 소멸시킨 것으로 오해되어 독자에게 인식되어 왔다는 것을 의미하는 것으로 보이며, 카푸토가 해체론의 핵심이라고 말한 '표현할 수 없는 어떤 것에 대한 기대'로서의 '약속에의 열정'(Caputo xxi)은 인간의 내면의 깊이에서 인간이 느끼게 되는, 기존의 제도로서의 종교와 관계되지 않는, 인간의 궁극의 문제에 대한 어쩔 수 없는 관심 또는 이러한 관심에 대한 열정이라고 말해볼 수 있을 것이다.

그렇다면 그의 유태교와의 단절은 편협한 제도적 종교에 대한 부정을 통하여 더욱 진정한 종교에 대한 갈망을 표출한 역설적 행위로 해석될 소지를 충분히 가지고 있다. 더구나 그는 과거에 할례까지 받은 유태교도로서 메시아니즘의 약속을 믿은 경험을 가지고 있다. 이러한 믿음에 대한 경험은, 세월이 흐르는 동안, 제도화되고 관습화된 특정한 종교의 차원을 초월하여 그리고 그 종교가 가지고 있는 편협성이나 특수성을 개인적으로 극복한 차원에서 계속 지속될 수 있는 것이다. 그렇다면 아무도 알 수 없는 데리다의 내면의 종교에 대한 이러한 고려 없이, 삶의 외면에 드러난 유태교와의 단절이나 무신론적인 글들만을 참조하여, 그를 신이나 종교를 부정하는 철학자로 전제하고 그의 저서를 우리가 읽어왔다면 우리는 그의 말처럼 지난 20여 년 동안 점점 그를 잘못 읽어온 셈이 된다.

그렇다면 데리다의 종교는 앞에서 언급한 것처럼 '부정의 신학'(negative theology) —"신적인 것이 아닌 것(what God is not)을 말함으로서 신에 대하여 말하는 신학"(Borgman 104-05)— 다른 말로 하면 신을 부정함으로써 신의 존재를 강조하는 신학이라고 말해 볼 수 있을 것이다. 부정의 신학은 물론 신의 부재를 증명하는 신학은 아니다. 부정의 신학은 신의 숨어있음(hiddenness), 더 적절하게 말하면, 네덜란드의 신학자 미스코트(Kornelis Heiko Miskotte)가 표현한 것처럼, "부재의 현전으로서의 신의 현전"(God's presence as the 'presence of an absence')(48)에 대하여, '존재하지 않는 존재로서의 현전'에 대하여 말하는 신학이다. 그렇다면 포스트모더니즘은 신을 부재증명을 통하여서만 존재하는 존재로 간주하고 계속 신의 부재를 증명하고 있다고 말할 것인가?

그러나 카푸토는, 데리다와 '부정의 신학'에 대하여 논의하는 것도 중요하지만 그것에 관하여만 집중하다보면 데리다의 종교의 문제, 그가 "아무도 어떤 것도 이해하지 못하는 나의 종교"(Derrida, *Circumfession* 154)라고 말한 그의 종교의 핵심과, 그의 기도와 눈물은, 초점의 대상에서 벗어나고 만다고 말한다. 카푸토는 데리다의 종교가 반어적(apophatic)이기보다는 예언적(prophetic)이며 기독교 신플라톤주의자들보다 유태교의 예언자들과 더 가까우며, 신비적이기보다는 메시아적이고 더 종말론적(eschatological)이라는 것을 아는 것이 중요하다고 주장한다. 카푸토는 데리다가 마치 온다고 약속한 선지자 엘리아(Elijah)[3]를 기다리고 있는 것처럼, 초기 기독교인들이 곧 다가올 왕국을 기다리는 것처럼, '오라'(viens)라고 기도한다고 말한다. 해체론의 항해는 오고 있는 것을 향하고 있으며, 들어올 것(the in-coming)에 대한 약속을 향하여, '전적으로 다른 타자'(the wholly other)를 향하여 기울어져 있다는 것이다(xxiv).

---

3) 엘리아는 유태교의 모든 할례 의식에 참여하는 할례 의식의 수호신이다 (Cunningham 404).

카푸토는 용감하게 데리다를 유태교와 관련시키기까지 한다. 카푸토는 데리다가 자신의 사상의 모든 것을 드러낼 때까지는 해체론의 할례(circumcision)를 제거할 수도 덮어둘 수도 없지만, 해체론은 피를 흘리면서, 따뜻한 심장이 없는 세계 가운데서 잘려나간 심장의 아픔을 느끼며, 피를 흘리며 잘려나간 귀의 아픔을 느끼며, 다른 사람들을 위하여 귀와 심장을 가지고 쓰며, 아프게 잘려나간 말을 가지고 쓴다고 말한다. 카푸토는 비난받을 위험을 각오하고, '*데리다에게 있어 해체론은 할례*'라고 말하면서, 여기서 할례는 똑같은 절단의 아픔을 다른 사람의 아픔에 대하여도 느끼는 것을 말하며, 그렇게 함으로써 '전적으로 다른 타자'를 향한 길을 여는 틈새(breach)를 만든다고 말한다(xxv).

> . . . 타자가 오는데 필요한 틈새(a lz venue de l'autre), 우리가 항상 엘리아라고 부르는 어떤 타자가 오는 데 필요한 틈새, 만일 엘리아가 그가 올 어떤 장소를 남겨두어야 할 예측할 수 없는(unforeseeable) 다른 사람(other)에 대한 이름이라면. (Derrida, *Acts of Literature* 294-95)

카푸토는 해체론이 지식에 의해서가 아니라 신앙에 의해서 그리고 열정에 의해서, 믿을 수 없는 것에 감동된 신앙의 열정에 의하여 그리고 비밀이란 없다는 비밀에 의하여 전개될 것이라고 말한다. 그리고 해체론은 어둠 속에서, 지팡이로 길을 더듬어가는 장님처럼, 전망이나 실용적 지식도 없이, 비전도 없이, 오직 믿는 것만이 필요한 곳에서 그리고 신앙의 열정은 온통 우리가 계속 나아가야 한다는 것이 전부인 곳에서 전개된다고 말하고 있다(xxvi).

여기서 우리가 카푸토처럼 용기를 내어 한가지 유추해볼 수 있는 것은, '데리다와 계속 관계되지는 않으면서도 없어지지는 않는' 데리다의 유태교와의 유대는, 오래된 전통을 지닌 기존의 제도로서의 유태교에 대한 맹목적 복종의 관계로서의 유대가 아니라, 데리다가 어린 시절의 종교를 통하여 처음 순결한 정신으로 꿈꾸고 희망하고 갈망했던, 그러나 인간의 실존의 세계에서는 그 실체로서의 존재가 불가능한 종교 그러나 존재하기를 아직도 계속해서 갈망하고 기대하고 꿈꾸는, 어떻게 존재하게 해야 할지 전혀 알 수 없는 그러면서도 꼭 존재해야 한다고 믿어 의심하지 않는 '유태교를 초월한 유태교, 이 세상에 현실로 존재하지 않고 메시아적 약속 속에서만 존재하는 이상적 종교로서의 유태교와의 유대라는 것이다. 카푸토는 결국 데리다가 그리고 해체론이, 하나의 제도로서 현실 속에 존재하지 않는 이 '종교 없는 종교'를 위하여 비통해하고 눈물 흘리며 어둠 속에서 계속 기도하고 있다고 말하고 있는 셈이다. 그러나 데리다의 이러한 기도를 들을 수 있는 사람은 별로 많지 않을 것이다. 그의 눈물을 볼 수 있는 사람도 마찬가지로 극소수에 불과할 것이다. 데리다처럼 순결한 정신 속에서 겪었던 '약속에 대한 어떤 경험'을 소중히 간직하고, 그것이 인간의 실존의 현실 속에 실체로서 존재할 수 없음을 분명히 알면서도 그 불가능성에 대한 안타까움과 그리움 때문에 더욱 더 그 불가능한 약속으로부터 떠날 수 없는 사람들만이 그의 기도를 들을 수 있고 그의 눈물을 볼 수 있을 것이다. 그는 자신의 이러한 어리석음을 철저하게 아는 자이며 그래서 그의 눈물은 더욱 진하고 그의 기도는 더욱 간절하다. 그리고 카푸토는 확실한 증거는 없는 채로 이것을 느낀 자이다. 이러한 점에서 보면 데리다는 불가능한 것을 알면서도 그것에 끊임없이 도전하는 비극적 인간의 한 초상이다. 그는 기도와 눈물을 보이지 않는다. 누가 데리다의 단단하고 화려하며 난해한 글에서 그것들을 볼 수 있는가. 오직 유사한 비극을 살고 있는 자들만이 '느낄' 뿐이다. 하지만 근래에 와서 많은 사람들이 데리다의 글 속에서 종교적 관심과 공감을 느끼고 있는 것은 사실이며, 그것은 데리다 자신이 스스로 그의 새로운 저술 속에서 이러한 관심과 공감을 보이고 있기 때문이다(Hass 88).

V. 포스트모더니즘과 종교는 절망과 메시아니즘적 기대가 결혼하여 낳은 이란성 쌍둥이이다.

카푸토의 자신의 종교에 대한 해석에 대하여 자크 데리다 자신은 매우 부정적이다. 그는 카푸토가 자신을 신학자로 만들고 있다고 말한다(필자와의 대담에서 데이빗 제스퍼 교수). 인간과 세계의 문제를 해결함에 있어 합리성을 부정하며, 이러한 근거에서 인간의 실존의 문제에 대한 궁극적 해답의 부재를 단언해 온 그로서는 당연한 반응이다. 그러나 그가 스스로를 신학자가 아니라고 부정하면 부정할수록 그는 더욱더 신학자로 되어 가는 모순을 보여주고 있는 것도 사실이다. 신학자가 아니라고 주장하는 강도가 강하면 강할수록 스스로의 신학에 대한 그리고 인간의 궁극의 문제에 대한 그의 관심의 정도가 더욱 뚜렷이 부각되기 때문이다. 카푸토의 해석에 대한 데리다의 반응에 상관없이, 포스트모더니즘과 종교의 문제와 관련하여 카푸토의 데리다에 대한 해석이 의미가 있는 것은 데리다의 글 속에서 느껴지는 이 메시아성(messianicity)이 현재나 과거의 신학자나 종교인 그리고 철학자들에게, 그 성질이나 정도의 차이는 있을지라도, 계속 공감을 불러 일으켜 왔다는 것을 그가 확인해 주었다는 것이다. 그러나 20세기 후반과 21세기를 맞은 우리의 세계의 시점에서 느껴지는 공감이 과거의 관심이나 공감과 똑같지는 않을 것이다. 시대가 인간에게 주는 절망이나 고통, 꿈과 약속, 분노나 원망, 눈물과 기도의 명암이나 색채가 다르기 때문이다. 그러나 확실한 것은 포스트모던 시대의 절망이나 이 절망의 극복에 대한 메시아니즘적 기대가 모두 과거의 어느 시대보다 크고 다양할 뿐 아니라 지독하게 절실하다는 것이다. 포스트모더니즘이 르네상스 이후 400여 년 간 지속되어 온 이성 중심의 가치체계에 대하여 아무런 대안도 없으면서 감히 도전한 것도, 이 절망과 기대가 그만큼 컸기 때문일 것이다. 과학의 발달은 인간이 감당할 수 없을 만큼, 믿을 수 없을 만큼, 너무나 많은 가능성을 보여주고 있는데, 현실에서 우리가 얻는 것은 항상 너무 적으며, 많이 가진 자나 적게 가진 자나 자기의 것은 항상 다른 사람의 것보다 작거나 충실하지 못거나 이름답지 못하다. 과학의 발달 특히 과학기재를 이용한 매스컴의 발달은 과거보다 이러한 것들을 더 잘 알게 해주고 있다. 과거에 해결되었다고 생각했던 문제들은 사실은 전혀 해결되지 못한 채로 은폐되었거나 그 해결이 지연되어 있을 뿐이며, 그것은 집단의 삶 속에 또는 개인의 삶 속에 갑자기 튀어나와 모두를 당혹하게 하고 난감하게 만들며, 해결될 수 없이 축적되는 이러한 감정은, 갈수록 더욱 바쁘게 뛰어야 하는 우리의 삶을 어느 날 갑자기 가로막고 황당함 속에 우리를 질식시키고 절망시킨다. 이러한 견딜 수 없는 절망과 질식의 상황이, 1968년의 불란서 학생 폭동을 일으킨 정신의 배경이며 바로 포스트모더니즘의 발생의 정신의 근원이다. 그리고 아이러니컬하게도 이 시대가 겪고 있는 엄청난 절망이 바로 종교의 자산이다. 포스트모던 시대의 이 해결할 수 없을 것 같은 절망이 이 시대의 진정한 종교의 가능성을 담보해 준다. 왜냐하면 종교는 근본적으로 인간의 절망과 이 절망으로부터 탈출하고 싶은 욕망과, 절망으로부터의 구원에 대한 기대 속에서 발생하는 것이기 때문이다. 문제는 종교가 더할 수 없이 복잡한 얽힘 속에서 발생하고 존재하는 절망과 고통을 어떻게 종교의 의식과 구조 속에 용해하고 제련시켜, 아직은 다행히도 사라지지 않은 인간의 메시아니즘적 기대에 적절히 적용시킬 수 있는 빛깔과 향기를 지닌 이름으로 만들 수 있느냐이다.

지금은 과거에는 상상도 할 수 없었던 사이버스페이스(cyberspace) 시대이다. 과거의 시대와는 시간이나 공간, 창조와 질서의 개념이 달라진 시대이다. 신의 입김으로 인간이 만들어지던 에덴의 시대는 지났으며, 올림프스 산의 대장간에서 헤파이토스가 풀무와 망치로 모든 것을 만들어내던 시대는 지났다. 낫과 망치로 노동자들이 이룩하겠다던 유토피아의 실험도 실패로 끝이 났으며, 이성으로 인간의 왕국을 건설할 수 있다던 400여 년의 인본주의(humanism)의 꿈도 이제 허무하게 깨어져 가고 있다. 원래 "인본주의란 인간이 의지하는 것은 무엇이나 될 수 있다는 것에 대한 것이 아니라, 인간이 진정으로 될 수 있는 것이 되어보겠다는 것에 관한 것이었다"(Bauman 61). 그리고 지금은 절대적 가치가 부정되고 상대적 가치가 우리를 혼란스럽게 하는 시대이다. 어느 시간 어느 공간만이 우리에게 절대적 행복을 약속해 줄 수 없는 시대이다. 과거와 현재가 그리고 불확실한 미래가 사이버 공간의 현재 속에 공존하며, 한 번의 키 두드림으로 순식간에 그리고 너무도 간단하게 전혀 다른 공간과 시간 속으로 우리는 이동된다. 이러한 문명현상은 무한한 가능성을 우리에게 보여준다. 그러나 확정되지 않은 수많은 가치와 세계들의 순열과 조합으로 이루어지는, 결과를 예측할 수 없는 이 무한한 가능성은, 동시에 인간을 불확정의 혼란에 빠트림으로써 무력화시킬 수도 있다.

이러한 인간의 상황은, 다른 의미에서, 포스트모더니즘을 촉발시킨 문화의 상황이면서 동시에 종교의 생명력을 회복시킬 자극을 줄 수 있는 정신의 상황이다. 이러한 의미에서 보면 포스트모더니즘과 종교는 절망과 메시아니즘적 기대가 결혼하여 낳은 이란성 쌍둥이이다. 우리는 이 쌍둥이의 운명을 아직 모르고 있다. 아무도 확실하게 이 둘의 미래를 예측하지 못하고 있다. 정확한 자료가 아무 것도 없기 때문이다. 우리에게 희망을 주는 유일한 것은 온갖 당혹스러움과 절망과 고통 속에서도 아직 인간의 의식 속에 메시아니즘적 기대가 약하고 작으나, 그리고 약하고 작기 때문에 안타깝게 그것을 살리고 싶은 인간의 본능을 자극하며, 꺼지지 않는 불꽃으로 살아있다는 것이다.

인류의 역사 속에서 종교는 불꽃이 꺼질 것 같은 가장 큰 고통과 시련의 때에 스스로의 생명을 갱신하곤 하는 기적을 보여주었다. 이것은 모든 논리를 넘어서는 역사적 사실이다. 기독교는 고통을 통한 승리를 교리의 근간으로 하는 종교이다. 가장 약한 순간의 절정인 십자가상의 죽음 속에서 그리스도는 그의 약속대로 부활했던 것이다. 이러한 메시아니즘적 기대 속에서 독일의 신학자 파넨버그(Wolfhart Pannenberg)는 그의 『신학에 대한 기초적 질문들』(Basic Questions in Theology)속에서 "새로운 지평이 마련되었다"(A new horizon is formed)(Panneberg 117)[4]고 말한다. 그러나 우리는 아무도 그때를 정확히 알지 못한다. 최후의 죽음의 순간과 부활의 순간은 사이버 공간이 보여줄 수 있는 차원의 것이 아니기 때문이다.

VI

그러나 한 가지 분명한 것은 우리의 실존의 삶의 헤아릴 수 없는 절망과 이 절망에서 무의식적으로 우러나는 구원에의 메시아니즘적 기대가, 모든 진지한 인간들의 무의식의 세계 속에 '존재하지 않는 종교' '종교 없는 종교'를 만들며, 어떤 의미에서, 이 종교가 우리의 실존을 지탱시켜주고 있다는 사실이다. 이러한 의미의 종교는 폴 틸리히가 "가장 넓은 의미에서 그리고 가장 근본적으로" 인간의 정신의 심층의 차원에 존재하는 "궁극적 관심"(Tillich 7-8)이라고 말한 종교과 일치하는 것으로 보이며, 이 궁극적인 것에 대한 메시아니즘적 기대속에서 폴 틸리히와 자크 데리다는 예기치 않게 만난다. 틸리히는 일차 세계대전 중에 "신 없는 믿음(faith without God)"(Pauck 54)이라는 모순된 감정을 경험했음을 고백한 신학자이다. 카푸토가 데리다가 추구하는 것으로 언급한 '존재하지 않는 종교'나 '종교 없는 종교'는 '신 없는 믿음'과 얼마나 유사한가. 우리는 이러한 유사성을, 비록 양자간에 시점의 차이가 있다할지라도, 대표적 포스트모더니스트와 대표적 진보주의 신학자의 유사성으로 간주하고 더욱 나아가서 가장 진지한 의미의 포스트모더니즘과 가장 진정한 의미의 종교

---

4) Anthony C. Thiselton, *Interpreting God and The Postmodern Self* (Edinburg: T&T Clark, 1995), 152에서 재인용.

의 궁극적 유사성으로 유추하여 생각해 볼 수 있을 것이다. 우리가 간과해서는 안되는 것은 포스트모더니스트들의 모든 신의 부정과 중심 가치의 부정의 근저에, 인간의 궁극의 문제에 대한 끈질긴 탐구의 결과 마침내 해답은 없다는 결론에 도달한 인간의 절망이 깔려있다는 사실이다. 사실 '신은 죽었다'던가 '텍스트의 밖에는 아무것도 없다'는 마지막 같은 선언들의 밑바닥에는, "신의 은총에 의하여 창조되고 유지되는 것으로 알고 있는 세상에서, 그의 피조물에 부과되는 악과, 설명할수도 분명히 정당화 될 수도 없는 불안과 공포 앞에서, 우리는 어떻게 사랑의 신에 대한 믿음을 지탱할 수 있는가? 왜 수백만의 어린이들이 굶거나 병으로 죽어야하며, 왜 끔찍한 지진이 일어나며, 왜 전쟁과 잔혹한 일들이 일어나며, 왜 우리는 사도 바울의 말대로 '죄의 노예'가 되어야 하는가?"(Jasper, *Acts of Literature* 117) '정당화 될 수 없는 세력들이 세상을 지배하고 약하고 선량한 사람들을 억압하고 학대하고 있는 지금 신은 진정 어디에 있는가?'고 묻는 인간들의 간절한 기도가 깔려있는 것이다. 물질의 풍요에 반비례하여 증가하는 인간의 정신의 빈곤에 대한 절실한 인식과 더 갈 데 없이 막다른 골목에 몰린 지성의 절망이 그러한 허무주의적 선언 밑에 깔려 있는 것이다. 회복할 수 없는 생명과 소중한 것들의 놀라운 파멸 앞에서 상처받은 전통적 신에 대한 믿음을 간신히 껴안고, 참회 속에 죽은 자처럼 누워있던 서른 살의 종군 목사 틸리히에게 황홀한 존재의 확신을 안겨준 것은 「성경」이 아니라 니체의 시 「짜라투스트라」("Thus Spoke Zarathustra")였다(Pauck 52). 인간이 오랫동안 신뢰했던 것들에 대한 무서운 절망의 때에 포스트모더니즘의 비조(鼻祖)인 니체와 전통적 가치와 신앙의 보루인 종교를 담보해 주던 신이 한 인간 속에 동거하고 있었던 것이다.

Works Cited

Allen, Diogenes. *Christian Belief in a Postmodern World*. Louisville: Westminster. John Knox, 1989. Print.

Bauman, Zygmunt. "Postmodern Religion?" *Religion, Modernity and Postmodernity*. Ed. Paul Heelas. Oxford: Blackwell, 1998. Print.

Borgman, Eric. "Negative Theology as Postmodern Talk of God." *The Many Faces of the Divine. Concilium* Ed. Hermann Häring and Johann Baptist Metz. London: SCM, 1995. Print.

Caputo, John D. *The Prayers and Tears of Jacques Derrida: Religion without Religion*. Bloomington: Indiana UP, 1997. Print.

Cunningham, Valentine. *In the Reading Gaol: Postmodernity, Texts and History*. Oxford: Blackwell, 1994. Print.

Derrida, Jacques. *Acts of Literature*. Ed. Derek Attridge. New York: Routledge, 1992. Print.

_____. "Circumfession: Fifty-nine Periods and Periphrases." In Geoffrey Bennington and Jacques Derrida. *Jacques Derrida*. Chicago: U of Chicago P, 1993. Print.

_____. *Memories: For Paul de Man*. Trans. Cecile Lindsay, Jonathan Culler, and Eduardo Cadava. New York: Columbia UP, 1986. Print.

_____. *Specters of Marx: The State of the Debt, The Work of Mourning, and the New International*. Trans. Peggy Kamuf. New York: Routledge, 1994. Print.

Fiddes, Paul S. *The Creative Suffering of God*. Oxford: Clarendon, 1988. Print.

Hamilton, Malcolm B. "Religion and Rationality: Max Weber." *The Sociology of Religion*. London: Routledge, 1995. Print.

Hass Andrew. Review. *The Prayer and Tears of Jacques Derrida: Religion without Religion in Literature and Theology.* 13.1 (1999): 88-89. Print.

Heelas, Paul. Introduction. "On Differentiation and Dedifferentiation." *Religion, Modernity and Postmodernity.* Ed. Paul Heelas. Oxford: Blackwell, 1998. Print.

Jasper, David. *The Study of Literature and Religion: An Introduction.* London: MacMillan, 1992. Print.

_____. *Postmodernism, Literature and the Future of Theology.* Oxford: Macmillan, 1993. Print.

Jenkins, David. "Literature and the Theologian." *Theology and the University.* Ed. John Coulson. Baltimore: Longman, 1964. Print.

Lyotard, Jean-François. *The Postmodernism Condition: A Report on Knowledge.* Trans. Geoff Benington and Brian Massumi. Manchester: Manchester UP, 1984. Print.

McGrath, Alister E., ed. *The Christian Theology Reader.* Oxford: Blackwell, 1995. Print.

Miskotte, K. H. *Als de goden zwijgen.* Kampen: Kok, 1983. Trans. *When Gods are Silent.* London: Collins, 1967. Print.

Nielsen, Kai. *Philosophy & Atheism: In Defence of Atheism.* Buffalo: Prometheus, 1985. Print.

Nietzsche, Friedrich Wilhelm. *Genealogy of Morals.* Trans. Walter Kaufmann and R. J. Hollingdale. New York: Vintage, 1969. Print.

_____. "On Truth and Falsity in Their Ultramoral Sense." Ed. Oscar Levy. Vol. 2. London: T. N. Foulis, 1911. Print.

_____. *Will to Power.* Trans. Walter Kaufmann and R. J. Hollingdale. New York: Vintage, 1968. Print.

Pannenberg, Wolfhart. *Basic Questions in Theology*. Vol. 1. London: SCM, 1970. Print.

Pauck, Wilhelm and Marion Pauck. *Paul Tillich, His Life & Thought*. New York: Harper, 1976. Print.

Saussure, Ferdinand de. *Course in General Linguistics*. La Salle: Open Court, 1983. Print.

Thiselton, Anthony C. *Interpreting God and The Post-modern Self*. Edinburgh: T & T Clark, 1995. Print.

Tillich, Paul. *Theology of Culture*. New York: Oxford UP, 1959. Print.

Touraine, Alain. *The Postmodern Industrial Society: Tomorrow's Social History: Classes, Conflicts and Culture in the Programmed Society*. Trans. Leonard Mayhew. London: Willwood, 1974. Print.

Ward, Graham. *The Postmodern God: A Theological Reader*. Malden: Blackwell, 1997. Print.

인류 구원의 플롯으로서 분리와 통합

현 길 언

1. 성서의 권위와 그 문학성

(1) 하나님이 말씀하시기를 "우리가 우리의 형상을 따라서, 우리의 모양대로 사람을 만들자. 그리고 그가, 바다의 고기와 공중의 새와 땅 위에 사는 온갖 들짐승과 땅 위를 기어다니는 모든 길짐승을 다스리게 하자" 하시고, 하나님이 당신의 형상대로 사람을 창조하셨으니, 곧 하나님의 형상대로 사람을 창조하셨다. 하나님의 그들을 남자와 여자로 창조하셨다. (창 1:26-28)

(2) ─그래서 주 하나님은 그를 에덴 동산에서 내쫓으시고, 그가 흙에서 나왔으므로, 흙을 갈게 하셨다. 그를 쫓아내신 다음에, 에덴 동산의 동쪽에 그룹들을 세우시고, 빙빙 도는 불칼을 두셔서, 생명나무에 이르는 길을 지키게 하셨다. (창 3:23-24)

---

* 이 논문은 『문학과 종교』 제6권 2호(2001)에 「인류 구원의 플롯으로서 분리와 통합」으로 게재되었음.

(3) 하나님이 세상을 이처럼 사랑하셔서 독생자를 주셨으니, 누구든지 그를 믿으면 멸망하지 않고 영생을 얻을 것이다. (요 3:16)

위의 세 예문은, 원래 하나님의 분신으로 창조되어 하나님과 통합되어 있던 인간이(1), 범죄로 인하여 하나님과 관계가 파탄되었으나(2), 하나님의 사랑으로 다시 구원함을 받아 원래의 모습대로 하나님과 통합되는(3) 인류 구원의 역사적 과정을 밝혀주고 있는 성서 본문이다. 이렇듯이 성서 66권은 하나님과 인간의 본질적 관계와 그 관계가 파탄됨으로 인한 인간의 죄의 역사와 그 왜곡된 역사가 회복되는 미래의 비전까지 밝혀주고 있다.

이 글에서는 이러한 인간의 타락과 미래에 다가올 구원에 이르는 과정을 성서의 자족적인 문학성 즉 플롯 양식에서 찾아내어 논의하려 한다. 그것은 기독교의 복음적 사실로서 구원을 하나의 이데올로기로서가 아니라, 성서가 스스로 보유하고 있는 문학의 질서에 의해 구체화되고 있음을 밝히는 일이 될 것이다.1) 그런데 이러한 논의는 기독교의 교리를 강화하는데 그 의도가 있는 것이 아니라, 세계 현상과 인간의 문제에 대한 기독교적 인식과 문학적 형상화가 합일되는 광장을 찾아냄으로, 종교적 진실을 인간의 진실로 보편화시키고, 허구로서의 문학적 진실도 세계와 인간의 본질을 설명하는 중요한 단서가 됨을 확인하는 일이 될 것이다.

성서는 우주 만물처럼 그 구조가 정치하고 완벽한 작품이다. 이러한 완벽한 구조에서 그 문학성이 스스로 발현되는데, 그 문학성은 하나님의 말씀으로서의 권위를 스스로 획득하는 자생적 힘이 된다.2) 그래서 광대하

---

1) 성서의 권위에 대한 문제는, 이 책이 하나님에 의해서 쓰여졌는가, 또는 경건한 사람에 의하여 쓰여진 '인간의 말'인가 하는 문제의 한계에서 논의되어 왔다(Thidelton 660-61) 그러나 이것은 소모적 논쟁이다. 왜냐면 누가 썼느냐는 문제는 논쟁에 머물 것이고, 책의 권위는 작자에 의해 결정되는 아니라, 그 책 자체가 보유하고 있는 즉 자생적 가치에서 비롯되는 것인데, 그것은 일종의 문학성과 통한다. 그런데 문학성은 종교성, 즉 기독교의 신앙과 다른 자리에 있는 것이 아니라, 오히려 그것을 보완해주는 요소이다.

고 심오한 하나님의 존재성은 자연과 성서의 구조를 통해서 확인할 수 있다. 그 중에 성서의 플롯양식은 하나님이 의도하는 인류 구원의 미래 사실을 믿게 해 주는 단서가 된다. 이것은 성서가 지니는 자족적 구조에 의해서이다. 즉 성서의 권위는 추상적이고 획일적 개념이 아니라 과거의 상황이 현재 독자들에게 작용할 때 언어행동(speech action)으로 살아 움직이게 되는 것이기(Anthony 666) 때문이다.

성서의 가치는 성서의 구조가 미학적 의미로 객관화되는 자족적인 힘에 의해서 나타난다. 이것은 신학의 문제를 보편적인 문학성으로 전환시켜 이데올로기적 가치를 보편적 가치로 일반화시키는데 기여한다. 그래서 성서가 기독교 신앙의 차원을 넘어서 보편적인 하나님의 말씀이 되면서, 한편으로는 문학의 전범(典範)이 된다.

하나님의 원대한 뜻은 타락한 인류를 구원하는데 있다는 것이 성서의 요체이다. 성서는 그러한 하나님의 사역을 인간이 깨달아 믿게 하도록 쓰여졌다. 그런데 그것은 교술적 양식으로 쓰여지지 않고 구조적으로 형상화되었다. 즉 하나님과 인간의 존재성과 타락한 인간에 의하여 전개되는 왜곡된 역사의 실상과 그것을 구원의 역사로 전환시켜 미래의 사실로서 독자가 신뢰하도록 하는데, 66권을 합쳐서 된 성서의 중심 플롯이 기여한다.

성서에 일관하는 플롯 구조는 인류 역사 전개 양상을 설명하는 데 적절하다. 성서는 허구성과 역사성이 교묘하게 어울려 역사보다 더한 진실성을 확보하고 있다. 이것은 허구적 진실(fictional truth)의 리얼리티성이다.3) 이러한 점에서 성서는 역사서이면서 문학작품이다.

---

2) 성경은 만물을 통해서 하나님의 속성과 마음을 깨달을 수 있다고 했고(롬 1:19-20), 칼벵은 '하나님은 성경을 통해서만 자신에 대한 실제적인 지식을 주신다고' 했다 (51).

3) 사실적 진실과 허구적 진실의 관계는 수많은 자연 현상과 그것을 체계화시켜 어떤 일관된 의미를 찾아낸 자연 법칙의 관계와 같다. 이 두 관계는 문학적으로 사실과 허구의 관계성과 호응된다. 어떤 현상이나 사건은 일회적이고 개별적이어서 오직 1회의 진실만을 지닌다. 반면에 그러한 일회적 사실과 또 다른 일회적 사실 사이에

문학적 진실로서 허구적 진실은 삶의 현장에서 벌어지는 수많은 사실들을 통해서 인간과 사회와 자연 사이에 빚어질 개연성을 찾아내는 것이다. 그러므로 허구적 진실은 실제로 일어난 사실은 아니지만, 일어날 수 있는 개연적 진실, 또는 꼭 일어나야 할 당위적 진실, 인간이 소망하는 진실이 된다. 헤겔은 '진리는 전체이다'라고 했다. 즉 진리의 파악은 역사 속에서 이루어지기 때문에, 사람들은 과거와 현재의 결과에 만족하지 않고, 그것을 토대로 하나의 발전 과정으로서 진리에 이르려고 한다는 것이다. 그래서 궁극적인 진리는 미래에 대한 비전이다(헤겔 18-19). 훌륭한 문학작품일수록 작가의 체험과 세계에 대한 인식의 결과(과거의 사실)를 작품화함으로(현재) 미래의 독자에게 진실을 확인시켜 준다. 그래서 허구적 진실은 역사적 사실보다 미래에 대한 신뢰성을 더 많이 확보할 뿐만 아니라, 그 신뢰성은 객관적으로 검증될 수 있어야 한다. 성경이 그 한 예이다. 이 책의 신뢰성은 예언의 확증에 있다(칼벵 74). 이 확증은 역사적 사실에서 찾을 수도 있지만, 다가올 미래에 대한 신뢰를 갖게 한다. 허구적 진실이 개연적 진실로서 신뢰감을 갖게 하는데 필요한 것은 긴밀한 구조이고, 치열한 언어에 의한 리얼리티이다. 성서는 이 두 요건을 갖추었기 때문에 독자들은 그것을 믿게 되고, 그래서 성서가 하나님의 말씀으로 권위를 스스로 갖게 된다.

성서의 견고한 구조는 인간과 세계의 실체를 확인하는데 기여한다. 이것은 문학성의 힘인데, 그 한 예로 창세기 족장들의 생애에 나타난 '떠남과 돌아옴'의 플롯을 통해 구체화되고 있다. 그것은 인류 역사를 설명할 수 있는 코드인 '분리와 통합'이라는 발전된 의미생산(meaning produsing dimensions)에 기여하고 있다(김은규 · 김수남 238). 성서에 나타난 이러한

일관된 어떤 관계성을 찾아내는 것이 자연의 원리인데, 이것은 과학적 진실이면서 따져보면 허구적 진실과 통한다. 문학은 이러한 사실성을 바탕으로 해서 개연적 진실을 찾아내는 것이므로, 과학적 진실과 통한다.

구조는 단순한 하나의 사건의 해석이나 의미를 만들어내는데 그치지 않고 세계 현상을 설명하는 틀이 된다.

역사비평학자들이 히브리 성서를 세속적인 방법으로 연구한다 하여도, 성서의 고유한 종교적 의미나 특성이 훼손되거나 상실되지 않는다고 한다. 이것은 성서 자체가 지니고 있는 문학성 때문이다. 그러므로 성서에 대한 문학적 연구는 오히려 성서의 종교성이나 초월성에 보편적인 의미를 더하게 된다(노오만 39). 즉 이들은, 문학작품 연구에 적용된 방법들을 정확히 사용해서 히브리 성서를 주의 깊게 연구한다면, 통일된 초자연적 이야기로 해석되어오던 히브리성서라는 편집물 배후에 오래 동안 감추어져 있던 이스라엘 유대의 종교적 표상과 의식이 실제 기원과 발달을 밝혀낼 수 있었다(노오만 39).

하나님은 '문학이라는 양식'으로서 복음의 메시지를 인간에 전하였다. 성서는 그 당대 최초의 독자인 히브리인(구약) 혹은 유대인들이나 기독교인(신약)들을 그 수신자로 삼았다(헤이즈 19) 하더라도, 궁극적으로는 그러한 독자의 한계를 벗어나 영원히 모든 인류에게 읽힐 수 있도록 하는 문서로서의 언어 구조의 특징을 지니고 있다.

2. 하나님과 인간의 분리

아담과 하와는 하나님의 명령을 거역하여 에덴에서 떠남으로, 하나님과 분리되어 하나님의 동역자로서 본래의 모습을 상실하게 된다. 이 과정은 창세기에 좀더 자세하게 기술되었다.

> (4) 야훼 하나님께서 진흙으로 사람을 빚어 만드시고 코에 입김을
> 불어넣으시니, 사람이 되어 숨을 쉬었다. (창 2:7)

하나님과 인간의 일체성은 다음과 같은 사실에서 확인할 수 있다. 첫째는 (4)에서 보듯이 인간을 창조하는 과정에서 다른 피조물과는 다르게 '코에 입김을 불어넣어' 만들었다. 진흙에 '하나님의 입김'이 더해져서 인간이 된 것이다. 두 번째는 그렇게 만든 인간에게 하나님의 동역자로 세워 주었다. 하나님이 들짐승과 공중의 새를 하나하나 진흙으로 빚어 만들고 아담에게 데려다 주었다. 아담은 그들에게 이름을 붙여주자 그대로 되었다(창 2:18-19). 이 사건에서 인간은 하나님으로부터 자연을 부릴 권한을 부여받은 하나님의 동역자임을 알 수 있다. '이름을 붙인다'는 것은 대상을 다스리는 첫 일이다. 세 번째는 인간에게 "자식을 낳고 번성하여 온 땅에 퍼져서 땅을 정복하고 바다의 고기와 공중의 새와 땅 위를 돌아다니는 모든 짐승을 부리도록"(창 1:26-28) 복을 내려주었다. 그리고 그러한 인간을 하나님의 땅 에덴에 동거하도록 하였다. 이렇게 하나님과 인간은 특별한 관계를 맺어 분리될 수 없었다. 인간은 하나님의 분신이요 동역자이므로 하나님의 축복 속에 영원토록 동거하게 된 것이다. 이러한 하나님과의 통합성은 인간의 본질적 존재성이다.

이러한 인간은 선악과를 범함으로 에덴에서 추방되어 하나님과 동거하던 땅에서 분리된다. 하나님은 인간과의 관계를 유지하기 위하여 "선악과를 따먹지 말라"고 약속했는데(창 2:16-17), 인간은 그 약속을 지키지 않았다(창 3:3-7). "너희는 그 열매를 따먹어도 절대로 죽지 않는다"는 뱀의 유혹에 넘어가 결국 하나님의 명령을 거역하게 된다. 이렇게 되지 인간은 하나님과 동거할 수 없게 되었으며(아담을 쫓아낸 하나님은 동쪽에 거룹들을 세우고 불칼을 장치하여 생명나무에 이르는 길목을 지키게 하였다)(창세기 3:22-24), 축복은 제한되었고, 인간은 하나님의 질서로서가 아닌 자신의 욕망으로 자연을 다스려야 하였고, 땅을 갈아 농사를 지으면서 살아야 했지만, "땅은 가시덤불과 엉겅퀴를 내어"(창 3:18), 관계도 악화되었다. 이렇게 인간은 완전히 하나님과 분리된다.

이처럼 하나님과 분리된 이후로 인간은 수고와 고통과 죽음에서 피할 수 없었다(창 3:17-21). 선악을 알게 됨으로 자기 행위에 대해 값을 치러야 했고, 인간들과의 관계 파탄으로 고통이 심화되었다. 구체적으로 카인과 아벨을 피 흘리는 싸움을 해야 했고, 하늘의 아들들은 땅의 딸들 간에는 감각적 욕구에 의하여 성의 결합이 이루어졌고(창 6:1-2), 인간들은 육체의 욕망대로 살게 되면서 죄악이 만연하게 되었다(창 6:5). 이 후로 인간은 하나님과 통합하려고 애써왔지만, 아직까지도 실현되지 않고 있다. 그러면 영원히 낙원으로 복귀할 수 없을 것인가? 이 문제에 대해서 두 가지 해답을 얻을 수 있다. 하나는 (3)처럼 하나님의 약속의 말씀을 믿음으로 확신할 수 있다. 그런데, 믿음은 가치에 대한 주관적인 선택이기 때문에, 성서에 기록되었다고 믿어야 한다는 것은 일종의 이데올로기이다.

인간의 사유로는, 하나님과의 통합은 먼 미래의 사건일 뿐만 아니라, 전적으로 하나님 몫이기 때문에 확신할 수는 없다. 그런데 성서를 문학적으로 읽을 때에, (3)의 약속은 비록 불확실한 미래의 사건이지만 성서의 구조에서 확신할 수 있다. 창세기 족장들의 일생담에서 시작된 '떠남과 돌아옴'의 사례는 이스라엘 민족의 역사를 통해서, 그리고 예수님의 일생, 즉 성육신하여 세상에 오시고 다시 죽어 부활한 사건의 구조를 통해서, '분리와 통합'의 양식으로 나타나는데, 이러한 구조에서 인간이 하나님과 통합할 수 믿을 수 있다. 이 구조는 반복되어 점층되면서 성서 플롯의 기본 틀을 이루고 있기 때문에, 개연적 진실성을 확보하고 있다. 즉 하나님은 직접 그의 언어로, 선지자의 예언으로, 예수의 가르침으로 인간과의 통합을 약속했고, 또 성서의 구조를 통해서 확인시켜 주고 있는 것이다. 그래서 이 구조는 마치 자연의 정연한 질서처럼 독자에게 신뢰감을 갖게 한다.

족장시대 아브라함 야곱 요셉의 생애에 나타나 있는 한 개인의 '떠남과 돌아옴'의 일생담 양식은 또 민족 단위로 발전하여, 이스라엘의 민족해방사의 현장에도 그대로 나타난다. 뿐만 아니라, 개인의 삶의 과정에서, 그리고 자연 현상에서도 찾아볼 수 있다. 그러므로 이것은 인간과 세계의 실상을 설명하는 중요한 단서가 된다. 이제 인류 역사에 나타난 분리와 통합의 양상들을 통해서, 그것들이 보다 광범하게 인간과 자연 현상의 영역에 어떻게 구체화되고 있는지 살펴보기로 한다.

3. "떠남과 돌아옴"의 구조와 그 의미

(1) 족장들의 일생

아담과 하와가 범죄한 이후 인간의 역사는 왜곡되었으나, 인간은 낙원으로 돌아갈 것을 소망하고 떠나온 에덴으로 돌아가 하나님과 통합되기를 원하면서 고통스럽게 살아가고 있다. 이것은 인류가 구원에 이르는 피할 수 없는 과정이다. 아직도 '돌아감'으로서의 복락원은 이루어지지 않았지만, 돌아가기를 소원하는 사람들은 어떤 양식으로든지 언젠가는 절대자 하나님과 통합될 것을 믿거나 무의식적으로 꿈꾸며 살아가고 있다. 그러한 소망이 담겨진 '떠남과 돌아옴'의 플롯 구조는 족장들의 생애를 통해서 확인할 수 있다.

노아의 홍수 심판 이후에도 인간은 하나님과 하나될 수 없었다. 종족이 번성하고 생활이 차츰 발달하여 문명화에 이르면서 다시 하나님을 배반하게 된다. 그 예는 도시를 세우고 바벨탑을 만들어 하나님과 대결하려고 한 사건에서 나타난다(창 11:4-5). 아브람이 야훼 하나님으로부터 부름을 받을 당시의 여러 부족들은 모두 다신교적 신앙 환경에서 살았다. 인류의 신앙 변모 과정을 보면, 초기 주물숭배(fetishism) 단계에서, 작은 부족 단위 집단으로 이행되면서 기복신앙 형태의 다신론(polytheism) 신앙으로, 이에 좀더 큰 공동체인 초기 국가에 이르러 비로소 유일신 신앙을 갖게 된다(이원규 92-93).

이러한 종교 환경에서 인간이 하나님과 통합하기 위해서는 이 죄악의 땅에서 떠나야 했다. 하나님 나라와 땅의 차별성은 이미 에덴과 땅의 거리감에서 나타난 대로, 서로 이질적이다. 그래서 야훼 하나님은 아브람을 선택하면서 먼저 그 고향을 떠나라고 명령한다.

(4) 여호와께서 아브람에게 말씀하셨다. "네 고향과 친척과 아비의 집을 떠나 내가 장차 보여 줄 땅으로 가거라. 나는 너를 큰 민족이 되게 하리라. 너에게 복을 주어 네 이름을 떨치게 하리라. 네 이름은 남에게 복을 끼쳐 주는 이름이 될 것이다"(창 12:1-2).

아담과 하와 이후에 하나님이 선택한 사람으로 고향을 떠나게 되는 첫 사건이다. 아브라함은 하나님의 명령에 따라 아내 사래와 조카 롯과 함께 정든 고향을 버리고 야훼가 명하는 곳을 향하여 떠난다. 그 때 그의 나이 75세였다. 하나님은 왜 아브라함에게 정든 고향 땅을 떠나라고 했을까. 그가 살고 있는 하란 땅이 살기에 적합하지 않았기 때문인가. 아브라함은 하란에서 많은 재산을 모은 것을 보면 그렇지도 않다(창 12:5). 오히려 가나안에 가서 사는 일이 하란보다 평탄하지 않았다. 이미 그곳에는 다른 종족이 살고 있었다. 그래서 그 땅에서 터를 잡지 못하고 세겜을 거쳐 베델 동쪽 산악 지대에 머물었다가 다시 네겝 쪽으로 옮겼다(창 12:7-9). 이렇게 그는 고향을 떠난 이후 생활은 떠돌이로 순탄하지 못했다.

아브라함이 옮겨 다녔던 경로를 봐서도 그가 한곳에 정착할 수 없었던 나그네였음을 추측할 수 있다. 그는 흉년으로 이집트로 떠났다가 네겝으로 돌아온다. 이때 많은 재산을 모아 부자가 되었다. 그는 비록 한곳에 정착하지 못하는 떠돌이 나그네였으나, 고향을 떠남으로 복 받은 계기가 되었다(창 13:1-4). 아브라함은 비로소 한곳에 정착하여 이삭을 낳게 되고 주위 여러 부족과도 원만한 관계를 유지하여(창 21:22-34) 살았고, 외아들까지 바치는 진정한 신념의 신앙인이 된다(현길언 106-07). 만년에 아브라함은 가나안 땅 헤브론에 살다가 아내가 죽자 막벨라 밭 굴에 안장하고(창 23:19), 자신도 175세로 죽어 그 곁에 묻힌다. 그는 결국 고향에 돌아가지 못하고 영원한 나그네로 삶을 마친다.

이렇게 믿음의 조상 아브라함의 일생은 '고향 떠남'으로 시작하여 광야 나그네로 살다가 고향에 돌아가지 못하고 죽는 '미완의 삶'으로 나타난다. 이러한 생애는 선택받은 민족의 나그네성은 상징적으로 제시하는 것이다. 그것은 인류가 하나님과 통합하는 과정과 아직도 통합하지 못하였음을 의미하는 것이다. 아브라함 이후부터는 떠나온 고향으로 돌아가는 통합의 여정이 나타난다.

12지파의 조상이 된 야곱의 일생에서는 아브라함의 일생과는 달리 '떠남과 돌아옴'의 구조가 보다 분명하게 나타난다.

> (5) 에사오는 아버지가 야곱에게 복을 빌어준 일로 야곱을 미워하였다. 에사오는 속으로 "아버지 상을 입을 날도 멀지 않았으니, 그 때 동생 야곱을 없애버리리라"고 마음먹었다. 리브가는 큰아들 에사오가 한 말을 전해듣고는 작은아들 야곱을 불러놓고 일렀다. "큰일났다. 형 에사오가 너를 죽이지 않고는 속이 풀리지 않을 모양이다. 그러니 야곱아! 내가 시키는 대로 하여라. 곧 하란으로 몸을 피해 라반 아저씨를 찾아가거라. 네 형의 노여움이 풀려 네가 한 일을 잊을 만하면 네가 사람을 보내어 데려오마. 한꺼번에 너희 두 형제를 잃고서야 내가 어떻게 살겠느냐!"
> 리브가가 이사악에게 호소하였다. "헷 여자들이 보기 싫어 죽겠습니다. 만일 야곱이 이 땅에 사는 저 따위 헷 여자를 아내로 맞는다면 무슨 살 맛이 있겠습니까?" (창 27:41-46)

야곱은 어머니가 개입하여 부당하게 형의 장자권을 차지했을 뿐만 아니라, 아버지를 속여 장자의 축복까지 받게 되자 형의 미움을 사서 어쩔 수 없이 고향을 떠나게 되었다. 그 떠남을 합리화시키기 위해서 리브가는 남편 이삭에게 며느리 맞는 일을 구실로 내세운다. 이에 사정을 모른 이사악은 야곱에게 복을 빌어 주며 단단히 일렀다. "너는 아예 가나안 여자에게 장가들지 말아라. 너는 바딴아람의 브두엘 외할아버지 댁으로 가거라. 거기에서 라반 아저씨의 딸 하나를 아내로 삼아라. 전능하신 하나님께서 너에게 복을 주시어 네 후손이 불어나 아주 번성하게 해 주실 것이다. 그래서 너는 여러 민족의 집단으로 발전할 것이다"(창 28:1-3). 이처럼 야곱이 고향을 떠나게 된 것은 피치 못할 개인 사정 때문이었다. 그런데 하나님의 역사는 이러한 인간이 처한 사정을 통하여 구체화된다.

고향을 떠난 야곱은 외삼촌 집에서 열심히 일해 장가들고 재산을 이루어 고향으로 돌아온다. 그러나 그가 나그네로서 살아왔던 과정은 매우 어려웠다. 원하는 아내를 얻기 위해서 무려 14년을 일했고, 아내를 맞이하는 과정에서도 우여곡절이 많았다. 본의 아니게 자매를 아내로 맞이해야 했던 야곱은 두 여인 사이에서 갈등도 많았고, 재산을 마련하는 과정에서 외삼촌과 사이가 좋지 않았다. 그러나 그는 많은 재산을 모으고 자녀들과 시종들을 많이 거느린 부자가 되어 고향으로 돌아오게 된다. 그런데 그 귀향길이 순탄하지 않았다. 형의 분노가 아직도 풀리지 않았기 때문이다.

(6) 야곱은 애돔 벌 세일 지방에 있는 형 에사오에게 머슴들을 앞서 보내면서 형 에사오에게 다음과 같이 전하라고 시켰다. "이 못난 아우 야곱이 문안드립니다. 그간 라반에게 몸 붙여 살다가 보니 이렇게 늦었습니다. 지금 저는 황소와 나귀와 양떼가 생겼고 남종과 여종까지 거느리게 되었습니다. 이렇게 형님께 소식을 전해 드립니다. 아무쪼록 너그럽게 보아주십시오." 머슴들은 다녀 와서 야곱에게 고하였다. "주인님의 형님 에사오께 다녀왔습니다. 에사오께서는 지금 사백 명 부하를 거느리고 주인님을 만나러 오십니다."

야곱은 덜컥 겁이 나고 걱정이 되어 일행과 양떼와 소떼와 낙타떼를 두 패로 나누었다. 에사오가 한 패에 달려들어 쳐 죽이면 나머지 한 패라도 피하게 해야겠다는 속셈이었다. (창 32:3-9)

(7) 야곱이 고개를 들어보니 마침 에사오가 사 백 명 부하를 거느리

고 오는 것이었다. 그는 레아와 라헬과 두 여종에게 자녀들을 나누어 맡긴 다음, 두 여종과 그들에게서 난 자녀를 앞에 세우고 레아와 그에게서 난 자녀를 다음에, 그리고 라헬과 요셉을 맨 뒤에서 따라오게 하였다. 그리고 야곱은 앞장서서 걸어가다가 일곱 번 땅에 엎드려 절하면서 형에게로 나아갔다. (창 33:1-3)

(6)과 같이, 야곱은 고향으로 돌아오면서 형의 분노를 진정시키기 위해서 여러 방법을 강구한다. 재산과 일행을 두 패로 나누어 한 쪽이라도 살아남을 궁리를 했고, 많은 선물을 에사오에게 바쳐 환심을 사려고 했다 (창 32:13-21). 그가 형에게 저질렀던 일이 잘못임을 알았고, 형의 분노도 이해할 수 있었기 때문이다. 그래도 그는 불안했다. 그래서 고향을 떠나올 천사를 만났던 그 얍복강 가에서 야훼 하나님께 기도를 드렸다. "저를 형 에사오의 손에서 건져주십시오. 에사오가 와서 어미들과 자식들까지 우리 모두 죽여 버리지나 않을까 두렵습니다."하고 매달린다. 이러한 어려운 과정을 거쳐서 그는 "자기 아버지가 몸 붙여 살던 땅 곧 가나안 땅에서 살게"(창 37:1) 되면서 이스라엘의 중시조가 된다.[4]

이러한 야곱의 일생은 인간적인 문제로 야기된 일들 때문에 고향을 따나야 했고, 떠난 후에도 타향에서 어려움과 배신을 당해야 했고, 재산을 이루고 많은 자녀를 얻어 성공하여 고향으로 돌아오는 과정에서도 어려움이 많았다. 그의 일생은 인간이 세상을 살아가는 과정과 다르지 않다. 그 과정은 (1) 고향을 떠나, (2) 타향에서 어렵게 살면서도 성공해서, (3) 고향에 돌아와 정착하여 그의 기업을 이루게 되었다고 요약된다.

요셉도 나그네로 일생을 살았다. 그는 이스라엘 민족이 나그네 백성으로 살아가게 된 역사적 계기를 만든 인물이었다.

(7) 그래서 미디안 상인들이 지나갈 때에, 형제들이 요셉을 구덩이

---

4) 야곱의 일생에 대한 기록은 창세기 27-35장에 집중적으로 나타나 있다.

에서 꺼내어, 이스마엘 사람들에게 은 스무 냥에 팔았다. 그들은 그를 이집트로 데리고 갔다. (창 37:28)

야곱은 늙어서 얻은 요셉을 다른 아들들보다 특별히 사랑했다. 더구나 요셉은 형들과 함께 양을 치면서 형들의 허물을 아버지 야곱에게 일러바치곤 했다. 또한 그는 꿈을 자주 꾸고 그 해몽까지 하였다. 이러한 일 때문에 그는 형들에게 미움을 사서, 결국 이집트로 팔려가 총리대신 보디발의 집에서 시종으로 일하게 된다. 그런데 주인 아내의 성적 유혹을 물리친 것이 화근이 되어 그는 감옥에 갇히게 된다. 그곳에서 왕의 시종들의 꿈을 해몽한 인연으로 후에 바로의 꿈을 해몽하게 되어, 총리대신까지 된다. 그는 총리대신으로 일하면서 흉년에 대비하여 일을 잘 처리하여 왕의 신임을 얻게 된다. 이렇게 이집트로 팔려간 그는 하나님이 돌보셔서(창 49:2), 여러 난관을 극복하여 성공하게 된다.

흉년이 들자, 온 세상 사람들은 이집트로 곡식을 사러 몰려 들었고, 야곱도 아들들에게 명하여 곡식을 얻으려 이집트로 가게 된다(창세기 42:1-5). 이렇게 되어 요셉은 형제들과 만나게 되었고, 결국에는 야곱의 아들들이 모두 이집트로 이주하게 된다.

(8) 그 후 아버지의 집안과 함께 이집트에서 살다보니 요셉이 나이 백 십 세가 되었다. 그는 에브라임의 후손 삼대를 보았다. 그리고 므나쎄의 아들 마길이 낳은 아이들도 자기 무릎에 받아 아들 항렬에 들였다. 요셉이 일가 사람들에게 말하였다. "나는 이제 죽을 터이지만 하나님께서는 반드시 너희를 찾아오시어 이 땅에서 이끌어 내시고 아브라함과 이사악, 야곱에게 주시마고 맹세하신 땅으로 올라가게 하실 것이다." -요셉이 백 십 세에 죽자 사람들이 그를 썩지 않게 만들어 관에 넣어 이집트에 모셨다. (창 50:22-26)

요셉은 형들에게 미움을 받아 팔려감으로 이스라엘 백성이 이집트에 정착하여 대 민족을 이루게 되는 계기가 된다.5) 그 역시 아브라함과 같이 고향을 떠나 타향에서 성공하였으나, 고향으로 돌아가지 못하고 타향에서 나그네로 죽게 된다. 그의 생애에서 고향으로 돌아가는 일이 미완으로 남았으나, 그는 고향으로 돌아갈 것을 확실히 믿게 된다.

이처럼 창세기에서, 아브라함을 비롯한 그 후손들이 고향을 떠나 타향에서 성공해서, 고향으로 돌아가기도 하고, 돌아가지 못하기도 하는데, 이러한 플롯 구조는 창세기 족장들의 일생에서 반복된다. 이 반복성은 성서의 중심 틀이 되고 있는데, 이것은 고향 떠난 인간이 성공해서 고향으로 돌아갈 수 있음을 확인시켜 주는 것이다. 즉 하나님과의 통합이라는 구원의 예정이 실현될 수 있음을 의미하는 것이다.

이렇게 개인사에서 반복되는 이 구조는 인류 역사의 한 단면을 제시하는 것으로 개인사에서 민족 단위로 확산되어 인류 구원의 한 양식을 설명하게 된다. 즉 (1) 고향을 떠나 (2) 시험과 고난의 삶을 살다가 (3) 다시 고향으로 돌아가 복을 누리는 새로운 역사를 이룩하는 것으로 정리할 수 있다. 이러한 일생담 구조는 비단 이스라엘 족장들의 생애에서만 국한된 것은 아니라, 인간의 보편적 삶의 양식에도 적용된다. 대부분 사람들은 고향을 떠나 타향에서 열심히 살아 출세하여 고향에 돌아가는 것을 소원한다. 그래서 금의환향은 현세에서 인간의 아름다운 꿈이 된다.

설사 인간이 고향을 떠나 사는 경우가 아니더라도, 그 일생은 현재 여기에서 떠나 내일 다른 데 편입되는 과정의 연속이다. 어머니 태중에서 떠나 세상에 나온 후에, 어머니 품에서만 자라던 아기가 유아원, 유치원을 거쳐 초등학교에 들어가 학교 생활을 하고, 다시 중학교, 고등학교, 대학으로, 사회에 나가 직장 공동체에 편입되고―, 이렇게 인간은 한 집단에 떠나서 다른 집단에 편입되는 과정을 거치면서 살아간다. 또한 가족 구성원의 입장에서도 성인이 되면 부모의 슬하를 떠나 새로운 부부 공동체에

---

5) 요셉에 대한 기록은 창세기 37장 이후에 있다.

편입되어 살아가야 한다. 이렇게 인간은 이미 터잡았던 곳에서 떠나 새로운 체제로 편입 이동되는 과정을 되풀이하면서 살아간다. 이것은 한 인간의 사회화하는 탐색 모험의 과정이다. 죠셉 캄프벨(Joseph Campbell)은 신화학적 입장에서 소설 플롯은 주인공이 겪는 모험적 삶으로 분리(Separation) 통합(Limitation) 복귀(Return)라는 통과의례의 과정을 거쳐야 한다고 했는데(30), 이것은 족장들의 일생담의 '떠남과 돌아옴'의 플롯과 호응된다.

에덴에서 떠나온 인간들로서는 세상에서 살아가는 과정도 '떠남과 돌아감'의 반복이다. 그러다가 결국에 돌아갈 곳은 처음의 그 원초적인 인간 모태이다. 성서에 의하면 그 모태는 흙이라고 했다. 야훼 하나님은 욕망에 의해 살아가는 인간들에게 아담을 통하여, '너는 흙에서 난 몸이니 흙으로 돌아가기까지 이마에 땀을 흘려야 낟알을 얻어먹으리라'(창 3:19)고 말했다. 땅에서 땀을 흘리면서 사는 것이 나그네 인생이라면, 그 나그네 인생을 청산하고(육신이 죽어서) 돌아갈 곳은 떠나온 고향이다. 그런데 인간은 흙과 하나님의 입김으로 지음을 받았으므로 육신은 흙으로 돌아가고, 영혼은 원래의 집인 하나님에게로 돌아가게 되어있다. 이러한 구원의 논리성을 창세기에서 족장들의 일생담을 통하여 제시하고, 이 양식은 선민 이스라엘 백성의 역사를 통해 인류 구속사적 양식으로 발전되고 있다.

(2) 이스라엘 민족의 역사

(9) ―세월이 지나서, 요셉과 그의 모든 형제와 그 시대 사람들은 다 죽었다. 그러나 이스라엘 자손은 자녀를 많이 낳고 번성하여, 그 수가 불어나고 세력도 커졌으며, 마침내 그 땅에 가득 퍼졌다. 요셉을 알지 못하는 새 왕이 일어나서 이집트를 다스리게 되었다. 그 왕이 자기 백성들에게 말했다. "이 백성, 곧 이스라엘 자손이 우리보다 수가 많고,

힘도 강하다. 그러니 이제, 우리는 그들에게 신중히 대처하여야 한다. 그렇게 하지 않으면 그들의 수가 더욱 불어날 것이고, 또 전쟁이라도 일어나는 날에는, 그들이 우리의 원수와 합세하여 우리를 치고, 이땅에서 떠나갈 것이다. (출 1:6-10)

이스라엘 백성들은 이집트에 정착하여 약 400년 동안에 번성하여 그 세력이 커졌다. 이에 이집트 왕궁에서는 이를 적대시하여 탄압하기 시작하였다. 드디어 민족의 지도자 모세가 하나님의 명을 받고 이스라엘 민족을 바로의 통치로부터 해방시키는 역사가 시작된다.

아브라함과 이삭과 야곱 3대에 걸친 족장들은 하나님의 섭리에 의해 살았다. 그런데 왜 그 택함을 받은 민족이 자기 고향 땅에서 큰 종족을 이루지 못하고, 구태여 하나님을 대적하는 바로가 집권하는 이집트에서 종족을 번성토록 했을까. 그것은 인류 구속의 큰 틀을 이스라엘 역사를 통해 보여주기 위해서이다.

이스라엘 백성들은 오랜 세월을 민족의 정체성을 잃어버리고 타민족의 압제 속에 살면서도 그 고통을 인식하지 못하고 있었다. 그렇지만, 하나님의 섭리에 의해서 역사적인 출애굽을 단행한다. 하나님은 모세를 불러, "一이제 내려가서 그들을 이집트인들의 손아귀에서 빼내어 그 땅에서 이끌고 젖과 꿀이 흐르는 아름답고 넓은 땅으로 데려가고자 한다.一내가 이제 너를 파라오에게 보낼 터이니 너는 가서 내 백성 이스라엘 자손을 이집트에서 건져내어라"(출 3:8-10)고 명한다. 모세는 이 이 명령을 따라 이스라엘 백성을 이끌고 이집트 땅을 탈출해서 광야에서 하나님의 백성으로 관계를 맺으면서 귀향의 길에 오른다.

(10) 이와 같이 주께서, 이스라엘 백성이 조상에게 주시겠다고 맹세하신 모든 땅을 이스라엘 백성에게 주셨으므로, 그들은 그 땅을 차지하여 거기에 자리를 잡고 살았다. 주께서는 그들의 조상에게 맹세하

신 대로, 사방에 평화를 주셨다. 또한 주께서는 그들의 모든 원수를 그
들의 손에 넘기셨으므로, 그들의 원수 가운데서 어느 누구도 그들에
게 대항하지 못하였다. (수 21:43-44)

이렇게 그들은 야훼가 약속한 땅을 찾아 40년 동안 고통과 배신의 과정
을 겪으면서 비로소 가나안으로 돌아와 정착한다. 이 사실은 야훼 하나님
께서 이스라엘 조상과의 약속을 실현한 것으로서, 고향을 떠나 여러 곳을
방황하며 살다가도 하나님의 은혜로 모두 고향으로 다시 돌아올 수 있음
을 확인해 주는 한 예이다. 이러한 고향으로 귀환은 땅의 지배세력(바로
의 세력)에서 떠남으로 구원이 가능함을 의미한다. 이것은 인류에게 주신
하나님의 약속이기도 하다.

이러한 떠남과 귀향의 플롯은 기독교의 주변성을 말해주는 한 예가 된다.
신화시대에 선택을 받은 노아나 족장시대 선택받은 아브라함은 모두 당대의
지배 이데올로기와 땅의 중심 세력에서 일탈한 주변적 인물들이었다. 이들
이 고향을 떠났다는 것은 그러한 중심 세력으로부터 일탈했음을 의미한다.
그러므로 이들은 당대 사회에서는 주변적 존재들이다. 그 이후에도 하나님
의 계시는 예외적인 주변인이나 예언자와 선지자를 통해 땅에 전해졌다. 신
약시대에 와서는 하나님 아들인 예수를 통해 직접 전했는데, 그는 철저한 예
외자였다. 이러한 주변적 인물의 속성은 고향을 떠난 나그네의 속성과 다르
지 않다. 그들은 항상 땅을 떠나 새로운 세계를 추구하는 정신적인 나그네이
면서 새로운 고향으로 돌아가기 확신하는 이상주의자였다.

이스라엘 백성이 이집트의 지배에서 벗어나 약속한 땅 가나안으로 복
귀한 것은, 하나님께서 인류 구원의 한 양식으로서 '떠남과 돌아옴'을 민
족의 역사적 사건을 통하여 제시해준 것이다. 선택받은 족장들의 일생을
통해서 구체적으로 보여주었던 개인적 차원의 '떠남과 돌아옴'의 양식은
다시 이스라엘 백성의 출애굽 사건을 통해서 '민족의 구원'이라는 좀 더
넓은 범위로 확대한 것이다.

이집트에서 400년의 노예생활, 광야에서 40년의 유랑생활을 하면서, 의심과 두려움과 욕망과 싸움과 배신과 화해로 얼룩진 인간사의 고통을 겪은 다음에야 그들은 고향을 회복할 수 있었다. 이렇게 이스라엘 백성이 가나안을 떠났다가 다시 돌아오는 과정은, 아브라함과 야곱과 요셉이 고향을 떠나 타향에서 겪은 인고의 세월과 호응된다. 이 점에서 고향을 떠났다가 다시 돌아가기까지의 인간의 삶은 실락원의 삶 실상 그것이다. 이러한 족장들의 일생담의 바탕이 되는 '떠남과 돌아옴'은 하나의 심층구조 모형으로 인간의 거대한 경험세계를 체계화한 개념인 것이다(노오만 55).

(3) 未完의 인류 구속사로서 "떠남과 돌아옴"

이제 야훼 하나님은 인간을 구원하기 위한 구속사의 대 사건을 보여줄 차례가 되었다. 그런데 이것은 미완으로 남아 있다. 그러나 이미 논의한 대로 개인사와 민족사를 통해서 확인할 수 있다. 그래서 에덴에서 떠난 인간은 다시 고향 에덴으로 복귀할 수 있다는 믿음을 갖게 한다.

구약에서 하나님이 인간들에게 계시한 모든 말씀의 의도는, 자신은 야훼이고 인류 구속의 대 사역에 대한 약속(복음)을 이스라엘 백성의 역사를 통해 이해시키는 일이었다. 이를 위해서 믿음의 조상들의 삶과 선택한 백성의 역사를 통해서 확인시키고 있다. 그런데 이스라엘 백성까지도 야훼의 뜻을 이해하지 못하고 여전히 인간의 욕망과 땅의 질서에 갇혀 죄인의 모습을 벗어버리지 못하고 살았다. 그래서 이스라엘은 치욕적인 역사의 시련을 당하게 된다. 결국 하나님은 성육신되어 직접 인간들 앞에 나타났는데, 그가 예수이다.

> (11) 나는 아버지에게서 떠나서 세상에 나왔다. 나는 세상을 두고 아버지께로 간다. (요 16:28)

야훼 신은 자신(아들)을 통해서 이 인류 구속의 대 사건을 직접 몸으로 보이게 된다. 지금까지 언어에 의하여 계시했던 하나님은 사람들과 같은 육신의 몸으로 세상에서 살면서 구원의 사역을 감당하려고 직접 인류 앞에 나타났는데, 그가 곧 예수이다. 그는 (1) 본래 하나님의 아들로 '아버지께로 나와서'(2), 세상을 구원하기 위하여 하늘에서 떠나 땅에 왔으며, 땅에서 33년 동안 살면서 제자를 가르쳤고, 하나님 말씀을 언어로, 기적으로, 몸소 실천하면서 가르쳤다. 그래서 세상에서 인간이 당하는 그 모든 괴로움과 치욕과 배신과 배고픔과 시험을 다 겪으면서 살다가(3),인간의 구속 사역을 위해 고통스러운 십자가를 죽음을 감당하고 부활함으로 하늘나라를 세상에 증거하고 다시 복귀하게 된다. 이러한 그의 일생은 하나님의 구속 사역을 인간들 앞에 나타내 보이기 위해서 계획된 일이었다. 그는 자신의 몸으로의 일생을 통해서 구원의 양식으로서 '떠남과 돌아옴'을 증명해 보였다.

성서는 하나님에 의한 인간 구원을 믿도록 문서로 제시해 놓았다. 그것은 인류 역사에서 일어났던 사실을 바탕으로 한 플롯 양식을 통해 개연적 진실로 받아들이도록 형상화함으로써 독자의 신뢰성을 얻게 했다. 즉 독자는 반복되고 점층되는 '떠남과 돌아옴'의 구조에서, 그것이 인간 구원의 양식임을 믿게 된다. 이것은 성서 의 플롯 구조의 힘이다. 이 구조는 개인으로부터 민족으로, 다시 예수의 일생을 통해서 반복적이고 단계적으로 제시함으로 성서의 중심 틀이 되었다. 그래서 언어의 구조물로서의 성서의 문학성이 되었다. 이 문학성은 종교성과 만남으로 성서의 신뢰성을 제고되어 하나님 말씀으로서 권위를 지니게 되었다.

예수는 이러한 사실을 제자들에게 '아버지 집을 떠났다가 고생하는 가운데 자신을 뉘우치고 다시 아버지 집으로 돌아온' 탕자의 비유를 통해서, 인류의 구원의 양식으로서 "떠남과 돌아옴"의 일생을 설명했다(눅 15:11-32).

실제로 일어난 역사적인 사실은 하나의 사건일 뿐이지, 그것은 다시 미래에도 재현되지 않는다. 그것은 일회적 진실성만을 갖는다. 그런데 이러한 사실이 반복되고, 다시 발전하여 다른 사실과 공유되어 양식화될 때에, 통합적 양식(integrative pattern)으로서 의미를 갖게 되면서(스티븐 헤어네스 118) 그 진실성이 강화된다. 족장들의 생애와 이스라엘의 역사와 예수의 생애는 그러한 예이다. 이처럼 성서는 절대정신인 야훼 신의 섭리와 그 실현에 대한 비전을 구체적(육체적)인 삶의 현장에서 논의하고 있는(포이엘바하 19) 것이다.

4. 분리와 통합의 구조

인간의 삶의 현장에서 나타나는 '떠남과 돌아옴'의 플롯은 자연의 생성 원리인 '분리와 통합'의 구조와 호응되면서, 자연과 인간의 질서를 설명하는 하나의 틀이 된다.

첫째, 창세기에 나타난 자연 생성 과정에서도 분리와 통합의 구조가 적용된다.

> (12) 한 처음에 하나님께서 하늘과 땅을 지어 내셨다. 땅은 아직 모양을 갖추지 않고 아무 것도 생기지 않았는데, 어둠이 깊은 물위에 뒤덮고 있었고 그 물 위에 하나님의 기운이 휘돌고 있었다. 하나님께서는 "빛이 생겨라" 하시자 빛이 생겨났다. 그 빛이 하나님 보시기에 좋았다. 하나님께서는 빛과 어둠을 나누시고 빛을 낮이라 어둠을 밤이라 부르셨다. 이렇게 첫날이 밤 하루가 지났다. 하나님께서는 "물 한가운데 창공이 생겨 물과 물 사이가 갈라져라!"하시자 그대로 되었다. 하나님께서는 이렇게 창공을 만들어 창공 아래 있는 물과 창공 위에 있는 물을 갈라 놓으셨다. (창 1:1-8)

야훼 하나님의 창조의 첫 사역의 과정을 설명하는 성경 본문이다. 처음 우주는 혼돈이었다. '아무 모양도 갖추지 않았고, 아무 것도 생기지 않았는데, 어둠이 깊은 물위에 뒤덮고' 있었다. 하나님은 이러한 상태를 하나하나 나누면서 창조 작업을 시작한다. 빛을 통해서 어둠과 밝음을, 물을 통해서 창공과 땅을 나누었다. 다시 바다와 뭍으로 나누어 우주와 지구를 만들어 내었다. 그렇게 만들어진 터전 위에 생식할 식물을 만들고, 밤과 낮을 갈라놓고, 빛으로 하여금 각각 낮과 밤을 다스리게 하였다. 또 동물과 바다 고기를 만들고, 이러한 과정을 거쳐서 맨 나중에 인간을 창조하였다(창 1:9-27).

하나님은 혼돈의 상태에서 동류들끼리 분리시키면서 구체적인 형상을 띤 개별적인 존재들을 창조했다. 생물적인 속성이 다 포함되어 있는 상태에서 한 종씩 분리해 냄으로 생물 체계인 종(種)과 유(類)의 다양한 생물들을 창조하였다. 이러한 분리로서의 창조행위는 사람과 짐승을 만든 과정에서도 나타난다. "진흙으로 사람을 빚어 만드시고 코에 입김을 불어넣으시니 사람이 되어 숨을 쉬었다"(창 2:6-7)라고 사람을 창조하는 과정을 설명했다. 여기에서 인간의 원형은 육체적 속성으로서 '흙'과 영혼의 속성으로서 '하나님의 입김'의 결합임을 밝혀주고 있다. 그래서 죽으면 육체는 흙으로, 하나님의 속성인 영혼은 하나님과 통합되어 새로운 생명체로 존속한다. 그렇게 각각 제 고향을 찾아 돌아가는 것과 같다.

창세기(2장)에서 하나님은 들짐승과 새들을 하나하나 진흙으로 빚어 만들었다고 했다. 진흙은 동물들의 원질이다. 이렇게 하나님은 완전한 무의 상태에서 만물을 창조하는 것이 아니라, 그런 것들을 다 포함하고 있는 총체적 상태에서 하나하나 분리해서 새로운 자연 체계를 이루어 낸 것이다. 예수가 공생애 동안에 인간들에게 보였던 많은 기적도 그와 다르지 않다.[6] 서로 합쳐져 있는 것들은 각각 분리해내는 것이 인간의 눈과 인식

---

6) 보리떡 다섯 덩이와 물고기 두 마리로 5천 명을 먹이고도 남은 기적의 사건이나, 물

으로는 기적이었다. 그러므로 기적적 사건은 어떤 존재 상황을 변화시키는 즉 인간의 인식 세계의 저편에 숨어 있었던 것이 인식세계 안으로 나타나는 것에 불과하다. 이렇듯이 창조도 총체성 속에 잠재해 있었던 것을 분리해 내는 일이다.

둘째로 인간의 성(性)의 구조에서 분리와 통합에 의한 새로운 창조 과정을 확인할 수 있다. 인간의 성은 처음에 단일했는데, 하나님은 단성으로 존재하는 것을 좋지 않게 생각하고 함께 일할 짝을 만들어주기 위해, 사람의 갈비뼈를 하나 뽑아다가 여자를 만들고(창 2:18-23), 비로소 양성으로 분리하였고, 다시 이 양성이 서로 사랑하여 결합됨으로 새 생명이 탄생하도록 만들었다. 이러한 양성 관계를 이해할 때, 성의 의미가 확실해지며, 그에 따른 성의 바른 행사의 길로 마련된다. 즉 양성으로 분리된 성이 사랑을 통해 통합의 과정을 거쳐 창조에 이르게 된다. 이러한 성의 통합을 위하여 성의 쾌락이 허락되었으며, 그 쾌락은 남녀의 사랑으로 승화되어 부부애를 낳고, 그것이 바탕이 되어 부부 공동체가 가능하게 되었다.

셋째는 자연 현상도 분리와 통합의 질서에서 설명할 수 있다. 과학은 자연 현상의 내적 질서를 탐색하는 일이다. 그 결과로 얻어낸 근원적인 것이 자연의 원리가 된다. 그것들은 총체적 자연 현상에서 분리해 낸 하나의 질서 체계이다. 그러므로 자연 현상의 연구는 결국 자연을 해체하고 그것을 다시 체계화시키는 일이다. 학문으로서 연구는 분리하여 해체한 후에 다시 체계화하여 그 논리성을 찾아내는 일이다.

또한 그렇게 분리 과정을 거쳐 얻은 자연의 원리와 해체해낸 자연 인자들이 다시 다양한 결합의 과정을 거쳐서 새로운 질서 체계에 편입하게 된다. 즉 분리되어 밝혀진 자연의 질서인 원리와 인자가 다른 것과 연합하거나 화합하여 새로운 물질과 질서를 만들어낸다. 이렇게 세계 현상은 분리와 통합의 과정을 거치면서 끊임없이 새로운 의미체와 현상을 생산해

이 포도주가 된 가나안 혼인잔치의 예수의 기적들은, 모두 무의 상태에서 일어난 사건이 아니고, 기존의 상태에서 나타난 큰 변화의 한 양상이다.

낸다. 그래서 분리와 통합의 원리는 세계의 실체를 해명하는 통로일 뿐만 아니라, 방법이 된다.

분리와 통합의 구조로 세계 현상과 인간의 삶의 과정을 설명할 수 있다. 삶의 현장 원리인 '떠남과 돌아옴'의 양식은 추상화되어 인간 구원의 도정으로 의미를 갖게 되고, 이러한 인문학적 원리는 다시 자연현상을 탐색하는 방법적인 의미로 발전하면서 인간과 자연과 사회 현상을 설명하는 중요한 단서가 된다.

창세기는 인류 타락의 시발이고 왜곡된 인류 역사의 발단이면서 동시에 구원의 큰 일을 이루는 시작에 해당한다. 이러한 구조적 의미를 갖는 성서의 첫권 창세기에 분리와 통합의 양식을 제시한 것은, 이 구조가 인간과 자연의 구조를 설명하는 중요한 원리이면서 동시에 왜곡된 인간의 역사를 회복하는 양식이 되기 때문이다. 즉 실낙원 사건 이후에 인간에게 다가오는 인류 구원의 약속을 족장들의 생애에 나타난 '떠남과 돌아옴'의 구조를 통해 예견하고 있는 것이다. 큰 역사의 흐름에 대한 결말은 작은 단위로서 개인의 일생담에서, 민족의 역사에서 '떠남과 돌아옴'의 플롯과 그 발전 양식인 '분리와 통합'의 틀로서 점층적으로 시사하고 있다.

이러한 성서의 구조에 대한 이해는 신학적 논리성을 뒷받침해 준다. 신학자들은 성서가 하나의 신학적 개념으로 통합할 수 있다고 생각했다. 아이히로트(Walter Eichrodt)는 그 개념은 계약이었고, 쿨만(Oscar Cullman)에게는 시간에 대한 성서적 사고였으며, 폰 라트에게는 구원사였다. 그러나 이러한 입장은 벽에 부딪친다(헤어네스 191). 그런데 성서를 문학적 입장에서 이해한다면 가능할 것이다. '떠남'은 계약의 파기이고, '돌아옴'은 구원사라면 이 둘을 플롯화하면, 계약과 구원사를 설명할 수 있을 것이다.

5. 정 리

성경은 인간 존재를 올바르게 보게 하는 것, 즉 '존재를 폭로하는 것'이 목적이다(포이어바흐 17). 성서는 인간과 자연과 역사에 대한 추상적이고 다소 사변적인 문제를 구체적인 삶의 현장에서 나타나는 역사 풍습 제도 등을 통해서 구체적인 서사적 사건으로 제시해 주고 있다. 이 논의를 통하여, 족장들의 일생담에 나타난 '떠남과 돌아옴'의 구조는 개인사적인 범위에서 머무는 것이 아니라, 인류 구원의 대 역사의 플롯으로서 의미를 갖고 있음을 확인했다. 아브라함과 야곱과 이삭의 일생에 나타난 (1)고향 떠나서 (2)타향에서 고생을 겪으면서 성공해서 (3)고향으로 돌아오는 과정에서 '떠남과 돌아옴'의 삶의 양식을 발견하게 된 것이다.

이것은 다시 민족 단위로 발전하여, 이스라엘 백성이 (1)출애굽해서 (2)40년 동안 광야 생활을 거쳐 (3)가나안에 들어와 새 국가를 건설하는 역사적 사실과 일치한다. 이렇게 개인사에서 민족사에 두루 나타난 이 플롯은, 다시 예수의 일생을 통하여 역사적으로 증거를 갖고 인류에게 보여준다. 인류 역사에서, (1) 인간은 범죄로 인하여 낙원에서 추방되어 (2) 땅에서 고통스럽게 살아가고 있으며 (3) 언젠가는 구원에 이를 것이라는, 인류 구원사의 큰 역사 플롯과 호응된다. 단지 (3)인 인류 구원은 아직 실현되지 않는 미래 사실로 남아 있다.

그런데 족장의 일생담과 이스라엘 역사에 나타난 "떠남과 돌아옴'의 역사 전개 양식을 통해서 인류 구원도 실현될 것이라는 개연적 진실성을 확보할 수 있다. 또 이러한 '떠남과 돌아옴'의 플롯은 자연의 현상과 인간의 삶의 과정을 설명하는 분리와 통합의 양식으로 해석할 수 있다. 모든 만물의 창조(생성) 과정은 혼돈에서 분리됨으로 시작하여, 이 분리된 개체는 다시 다른 것과 통합함으로 새로운 것을 창조한다. 이 분리와 통합의 양식은 자연과 인간의 본질적인 문제를 설명해주고 있다.

성서의 서사성은 인류의 미래에 대한 비전의 '가능한 모델'을 제시하는 데 있다. 이것은 기독교 신앙의 본질인 역사적 계시의 명징성을 확인하는 데 있어서 성서의 문학적 해석과 신학적 주장의 일치에서(Hans 378) 신뢰할 수 있다. 창세기 족장들의 일생담과 이스라엘의 출애굽 역사, 그리고 예수의 탄생과 죽음과 부활의 서사적 사건들과 자연 현상에서 나타나는 분리와 통합의 양상들은 에덴에서 나온 인류가 다시 에덴을 복귀할 수 있는 구원의 복음에 대한 신뢰성을 마련해 주고 있다. 이 점에서 성서는 인류역사의 비전을 제시해 주는 문학으로, 모든 문학의 추구하는 것을 총체적으로 형상화하고 있다.

Works Cited

Thidelton, Anthony C.『두 지평』. 권성수 역. 서울: 총신대 출판부, 1990.
　　Print.

Calvin, John. 『기독교강요 1』. 로고스번역위원회. 서울: 로고스, 1991.
　　Print.

한스 W. 프라이.『성경의 서사성 상실』. 이종록 옮김. 서울: 대한장로교
　　출판사, 1996. Print.

G. W. F. 헤겔. 『예술 · 종교 · 철학』. 김영숙, 백금서, 김영현 공역. 서울:
　　기린문화사, 1982. Print.

Campbell, Joseph. *The Hero with a Thousand Faces*. New York: Pantheon,
　　1960. Print.

노오만, K.『히브리성서 1』. 김상기 역. 서울: 한국신학연구소, 1999.
　　Print.

포이어바흐, 루트비히.『기독교의 본질』. 박순경 옮김. 서울: 종로서적,
　　1991. 19. Print.

헤어네스, 스티븐 · 스티븐 매캔지.『성서비평 방법론과 그 적용』. 김은규
　　· 김수나 옮김. 서울: 대한기독교서회, 1998. Print.

헤이즈, J. H. · C. R. 할러데이.『성경주석학』. 김근수 역. 서울: 나단출판
　　사, 1988. Print.

이원규.『종교학의 이해』. 서울: 사회비평사, 1997. Print.

현길언.「복종의 신앙과 신념의 신앙『아브라함의 이야기』문학적 이해」.
　　『문학과 종교』 5.2 (2000): 93-116. Print.

노스럽 프라이의 원형예표론적
성서해석에 대한 고찰

서 명 수

I. 들어가는 말

문학과 종교 연구에서 결코 빼놓을 수 없는 인물 중의 하나가 바로 노
스럽 프라이(Northrop Frye)다. 아리스토텔레스 이후 최고의 문학비평가
라는 찬사는 다소 과장된 측면이 있지만 그가 20세기 최고의 문학비평가
라는 평가에 부정적인 입장을 취할 사람은 많지 않을 것이다. 그가 그 이
전 혹은 동시대의 다른 문학비평가에 비해 자기만의 위상과 내용을 갖는
근본 이유는 무엇인가? 여러 각도에서 다양한 설명이 가능하겠지만 공통
적인 것은 기존의 예표론(typology)과는 차이를 갖는 그의 원형비평
(archetypal criticism)이 갖는 의미와 중요성, 서구문학사에 성서가 끼친

---

* 이 논문은 『문학과 종교』 제18권 2호(1013)에 「노스럽 프라이의 원형예표론적 성서
해석에 대한 고찰」로 게재되었음.

영향의 폭과 깊이에 대한 발견, 그리고 성서 자체의 문학성에 주목하여 성서의 문학적 구조와 내용에 대한 분석을 직접 시도한 점 등을 들 수 있을 것이다. 그의 지적, 신앙적 여정 등에 비추어 볼 때 그의 이러한 관심들은 자연스럽고도 당연한 귀결이라 하겠다.

프라이의 문학과 종교에 대한 이해는 문학과 종교를 연구하기 위해 한 번쯤은 거쳐 가야 할 중요한 정거장과 같다. 그럼에도 불구하고 한국에서는 그에 대한 관심이 상대적으로 소홀했던 것이 사실이다. 순수문학이론 전공자들은 물론 '문학과 종교'에 관심을 갖고 있는 이들마저도 그에 관해 충분한 관심을 기울이지 않았고, 한국의 성서학계 역시 그의 성서해석이 갖는 의미와 시사성에도 불구하고 아무런 관심도 기울이지 않았다. 이것은 국내 주요 학술 검색 엔진을 통해 검색해볼 때 그를 부수적으로 취급하는 논문을 제외하고 보다 집중적으로 소개, 연구한 논문은 불과 몇 편에 지나지 않는다는 것이 이를 반증해준다.

따라서 본 소고는 이러한 관심의 미흡이 문학과 종교, 보다 구체적으로는 서구 문학의 걸작들이 성서의 문학세계에 깊이 뿌리를 내리고 있다는 사실에 대한 무관심 내지는 특정 종교에 대한 학계의 막연한 심리적 거부감이 낳은 결과가 아니기를 바라면서 그의 종교체험과 지적 여정, 그의 원형예표론적(archetypological) 성서해석의 내용과 성서학적인 관점에서 본 그의 성서해석의 문제점 등을 짚어보고자 한다.

II. 프라이의 종교적 체험과 지적 여정

문학도로서 그의 첫 번째 저서는 윌리엄 블레이크(William Blake)의 예술가적 비전에 대해 쓴 『무서운 균형』(Fearful Symmetry)으로 1947년 미국 프린스턴대학교 출판부에서 출간하였고, 이어 10년 후인 1957년에 그의 기념비적인 저서 『비평의 해부』(Anatomy of Criticism)를 역시 프린스턴대학교 출판부에서 출간하였다. 여기서 그는 네 개의 비평이론, 즉 양식이론을 다룬 역사비평, 상징이론을 다룬 윤리비평, 신화이론을 다룬 원형비평, 장르이론을 다룬 수사비평을 취급하는데, 그의 독특성은 원형비평에서 드러난다. 그는 문학에서 차지하는 신화적 사유와 구조의 중요성, 그리고 성서의 신화적 메타포에 주목하였다. 신화비평에서 가장 중요한 체계로 인식되는 봄, 여름, 가을, 겨울 혹은 아침, 낮, 오후, 저녁이라는 시간의 순환성과 상징성이 어떻게 원형적 이미지 구축에 토대 역할을 하는가에 주목하였다. 그는 신화비평적 해석을 수행하여 성서는 신화-문학적 상상력과 그것의 언어적 구현의 보고임을 도해적으로 보여준다. 이어 1963년에 『정체성의 설화들』(*Fables of Identity: Studies in Poetic Mythology*)을 출간하였고, 그의 생애 마지막 20 여 년 동안에 『대법전』(*The Great Code: The Bible and Literature*, 1980)과 『대법전』의 2부작에 해당하는 『권능의 말씀들』(*Words with Power: Being a Second Study of The Bible and Literature*, 1990), 그리고 『무서운 균형』을 새롭게 쓴(retelling) 『이중의 비전』(*The Double Vision: Language and Meaning in Religion*, 1991) 등을 출간하였다. 프라이는 『무서운 균형』에서 블레이크의 예술가적 비전(artistic vision)에 대해 썼고, 『이중의 비전』에서는 자기 자신의 종교적 견해를 보다 분명히 드러냈다(Velaidum 24). 그가 본격적으로 성서와 문학을 연구한 저서는 『대법전』인데, 이런 제목을 붙인 것 역시 시사하는 바가 크다. 블레이크는 라오콘(Laocoön)을 새긴 자신의 판화에 "구약과 신약은 예술의 대법전이다(The Old and New Testament are the Great Code of Art)"고 새겨 넣었는데(Blake 274), 이 말의 함축된 의미를 수년 동안 숙고한 끝에 그의 어구를 차용하여 자신의 저서의 제목으로 삼았다(*The Great Code* xvi).

그는 평생에 걸쳐 33권여의 저서를 남겼는데 그의 대표적인 저서를 중심으로 한 위의 간략히 스케치를 통해서도 파악할 수 있듯이 문학비평가로서 그의 주된 관심은 언어와 의미, 즉 문학적 상상력과 종교적 상상력,

문학적 언어와 종교적 언어의 단일성을 추구하는 것이었다. 그는 이 단일성(unity)을 신화적 패턴에서, 그리고 신화–문학적 성격이 농후한 성서문학에서 찾으려 하였다. 물론 그의 이러한 단일성의 추구에 대해 다양한 문학적 현상을 너무 단일화 하고 축소한다는 비판이 제기되는 것은 사실이지만 그가 추구했던 단일성은 축소주의라기보다는 "다양성 가운데의 단일성(unity in diversity)"으로 보아야 한다(김명주 296-97).

프라이는 토론토대학교 빅토리아 칼리지에서 영문학을 공부한 후 임마누엘 칼리지에서 다시 3년간 신학을 공부하여 캐나다 연합교회에서 안수 받은 목사이기도 하다. 그런 그는 십대 때 두 번, 이십대 초반에 한번 중요한 종교적 체험을 한 것으로 알려져 있다. 첫 번째 종교적 체험은 고등학교 학생일 때 일어났다. 그는 어느 날 학교를 가기 위해 길을 걷고 있었는데 갑자기 자기 옷에서 지독한 냄새가 나 도저히 견딜 수 없어서 옷을 벗어 하수도에 던져버리고 불안한 가운데 한참을 서 있었다. 그것은 일종의 죄의 짐을 벗어던지는 존 번연(John Bunyan)의 감정과도 같은 것이었다. 두 번째 체험은 14살 때 야간열차를 타고 시카고에 있는 누나한테 가는 중에 일어났다. 해가 지고 밤이 깊어지자 바깥이 점점 어두워져 기차의 창안과 바깥을 구분할 수 없는 모호한 순간이 왔고, 그는 모호한 순간에 깊이 빠져 바깥세계를 보지 못하고 자기 자신만을 깊이 응시하게 되었다. 그러다 새벽이 되자 이 과정은 역전되어 나타났다. 세 번째 종교적 체험은 학문적인 고뇌와 연결되어 있다. 그는 밤늦게까지 공부하며 글을 쓰기 위해 각성제를 복용하였는데 꿈속에서보다 더 여러 갈래의 생각들이 스쳐가면서 붙들고 있던 밀턴과 블레이크에 관한 어려운 주석 페이퍼의 후면에서 아직 발견되지 않은 원리를 보게 된다. 그 원리는 밀턴과 블레이크가 성경을 이용하고 있다는 점에서 밀접히 연관되어 있다는 것이었다. 새벽 세시 경 또 하나의 영감이 스쳐갔는데, 이 두 시인을 연결시키는 동일성은 신화적인 틀이며, 성경이 유럽 시인들에게 신화적인 틀을 제공하고 있다는 깨달음이었다(남송우 33-34). "성경에서 나오는 변화의 힘으로서의 에너지(energy)를" 활용한 블레이크가 『밀턴』(Milton)에서도 정체된 상태에서 벗어나 새롭게 정화된 눈으로 거듭날 것을 노래했던 것(강옥선 202)에 비추어 볼 때 이 꿈이 결코 헛된 것이 아니었음을 알 수 있다.

프라이의 이러한 체험은 종교학자 제임스(William James)의 『종교적 체험의 다양성』의 틀 안에서 해석될 수 있다(lecture VI-VIII). 첫 번째 체험은 불안과 죄의 짐을 벗어던지는 회심의 체험을, 두 번째 긴 밤 기차 여행의 체험은 순간적인 자기소멸을 통한 새로운 삶의 획득을, 세 번째 체험은 밀턴과 블레이크 사이의 동일성을 통한 통일성의 인식, 즉 모든 사물을 관통하는 다양성 속의 단일성, 우주의 유일성에 대한 자각을 의미한다. 프라이의 이러한 체험은 전통적인 종교적 체험에 가까우며 그것은 감리교 교육의 영향과 밀접한 관련을 맺고 있다. 존 웨슬리(John Wesley)의 신앙적 전통과 가르침을 계승하는 감리교는 회심의 체험이 신앙적 깊이의 차원을 형성한다고 본다. 이처럼 종교성이 예민했던 프라이는 토론토대학교 빅토리아 칼리지에 들어가 영문학을 공부하고, 이어 같은 대학교 임마누엘 칼리지에서 신학을 공부하여 목사 안수를 받고(1936), 영국 옥스퍼드대학교 머튼 칼리지 학사과정에 입학하여 1940년에 석사학위를 받고 귀국하여 생을 마감할 때(1991)까지 모교인 빅토리아 칼리지에서 교수로 재직하였다.

이처럼 영문학과 신학을 공부하고, 문학과 기독교의 경전인 성경 사이의 밀접한 영향관계와 성경의 문학성에 주목할 뿐만 아니라 그 자신이 학자로서 드물게 종교적 체험을 했고, 목사 안수를 받고 학원목회를 경험했다는 점에서 그는 문학과 종교 연구자들의 관심을 끌기에 충분한 인물이다.

III. 원형예표론적 성서해석의 토대와 내용

20세기 현대비평에서 매우 특이한 위치를 차지하는 『비평의 해부』에서 프라이는 네 개의 큰 비평 이론을 다룬다. 양식이론을 다룬 역사비평, 상징이론을 다룬 윤리비평, 신화이론을 다른 원형비평, 장르이론을 다른 수사비평이 그것이다. 프라이의 이런 비평적 성찰은 시기적으로 볼 때 1920년대에 대두하여 40-50년대를 거치면서 풍미하다 점차 쇠미해진 미국의 신비평과 60년대에 강력히 떠오른 프랑스의 구조주의 사이에 놓여 있다. 내용면에서도 프라이는 두 이론 사이에 있다. 신비평에서는 개별 텍스트의 통일성이 강조되었는데, 프라이는 문학의 자율적이고도 유기체적인 통일성, 즉 '자족적 우주'로서의 문학의 통일성에 주목하였다. 신비평 이론은 개별 텍스트들에 대한 '실제비평'을 통해 괄목할만한 결과물들을 양산해냈지만 그것들을 통일적으로 묶어낼 수 있는 이론을 제시하지 못한 탓에 '이론의 결핍'이라는 평가로부터 자유롭지 못했다. 이에 반해 프라이는 개별 작품들보다는 전체로서의 문학에서 일종의 보편적 규칙을 찾으려 하였다. 이로써 그는 구조주의의 핵심적 성찰을 예견한 셈이다.

커모드(Frank Kermode)는 『비평의 해부』를 '문학이 되어버린 비평'이라고 평가한 한 바 있는데, 여기에 들어있는 네 편의 에세이 중 세 번째 에세이인 신화비평이 그의 독창성을 잘 드러내준다(임철규 36). 그는 과학자가 대상의 세계 안에서 작동하는 일정한 반복적 원리에 주목하듯이 인간과 세계 관계 속에서 끊임없이 반복되는 스토리에 관심을 기울였다. 그의 견해에 의하면, 스토리는 본래 히스토리와 같은 것이었으나 현재는 분리되어 있으며, 히스토리에서 '판타지'로 확대되는 축을 따라 놓여있는 것이 바로 스토리이다(Frye, "The Koine of Myth" 3)이 스토리의 핵이 바로 신화(mythos)이다. 그러므로 신화는 곧 스토리이다. 신화가 신들의 활동에 관한 이야기라는 면에서 그것은 전설이나 민담처럼 문학이 될 수 있으며, 그것들은 항상 "은유 안에 설치되어"(built in metaphor)있다(Frye, *Words with Power* 22). 그에 의하면, 인간은 신화를 통해 낯설고 냉담한 자연을 관계적으로 이해하고, 그 신화는 인간과 자연의 관계를 조정해줄 뿐만이 아니라 모든 문학작품의 원형(archetype)으로 자리 잡게 된다. 그는 "신화의 세계를 친숙한 경험에 그럴듯한 적용의 규범을 적용하는 것에 의해 오염되지 않은, 허구적이며 주제중심적인 구도를 구비한 추상적이고 순수한 문학적인 세계"(a world of myth, an abstract or purely literary world of fictional and thematic design, unaffected by canons of plausible adaptation to familiar experience)로 보았다(*Anatomy* 136). 그에게 있어 신화는 단순히 초월적 존재에 관한 이야기가 아니라 현실 자체를 구성하는 우리의 사유의 저변에 놓여있는 의미구성체와 같은 것이며, 그 신화를 계승하고 변화시키고 풍성하게 하는 것이 바로 문학이다(임철규 33). 인간과 인류의 역사는 봄, 여름, 가을, 겨울이라는 사계절의 끊임없는 반복에 의해 지속되는데, 이 반복은 신화적 원형의 반복이자 변주(variations)에 해당한다.

신화에 대한 이러한 인식을 가진 프라이는 신화의 중요한 패턴인 반복적 순환을 문학작품에 적용하였다. 그는 신화적 문학세계를 희극, 로맨스, 비극, 아이러니와 풍자로 분류하고 여기에 봄, 여름, 가을, 겨울이라는 사계절의 이미지를 대응시켰다. 봄(희극)과 여름(로맨스)은 로맨스와 순진무구의 유비(analogy)를, 가을(비극)과 겨울(아이러니와 풍자)은 사실과 경험의 유비를 구성 한다. 그리고 로맨스와 순진무구의 영역은 "상위모방 영역"(high mimetic area)에 해당한다. 이 영역에서는 신적인 세계와 영적인 세계를 대표하는 인간적인 표본들을 이상화하려는 경향이 부각된다. 예를 들어, 인간들 중에서는 다른 사람들과 구별되는 신성한 왕과 그 왕이 사랑하는 궁중연애의 주인공이 여신의 위치로 승격되며, 인간을 신적인 세계와 영적인 세계로 합일시켜 천사의 불이 왕관과 여왕/귀부인의 눈에서 활활 타오르게 한다. 동물들 중에서는 기사도를 상징하는 말과 매, 불사조, 공작새와 백조 등이 등장하곤 한다. 공간적으로는 도시의 중심에 있는 궁정, 궁정에 이르는 일련의 높은 계단, 그 높은 곳 가장자리에 있는 옥좌에 초점이 모아진다(*Anatomy* 153-54).

반면 등장인물들의 행동 수준이 범인(凡人)의 차원에 머무는 "하위모방 영역"(low mimetic area)에서는 "경험의 유비"(analogy of experience)가 적용된다. 하위모방을 구성하는 개념은 발생과 작업이다. 이 영역에서 인간은 농지에서 멸시당하면서도 참고 견디는 소작농이나 풀고사리를 베고 자는 자들 정도로 제시된다. 동물로는 원숭이와 호랑이가 대표적이다. 원숭이는 진화가 덜 된 존재이며, 호랑이는 포악한 존재이다. 이 영역에서 인간은 원숭이와 호랑이의 결합으로 제시된다. 공간적으로는 육지의 거친 농지, 바다에서는 셸리(Shelley)가 좋아했던 '작은 배'(capsizable open boat), 랭보(Rimbaud)의 '만취한 배'(bateau ivre) 등이 이 이미지에 부합된다. 상위모방의 세계에서는 순진무구의 상징으로 시냇물이 흐르고, 하위모방의 세계에서는 파괴적인 요소로 거친 바다가 제시된다(*Anatomy* 153-55).

『비평의 해부』에서 원형으로서의 신화의 중요성을 강조한 프라이는 『대법전』에서는 보다 성서에 초점을 맞추어 네 개의 주제를 다루고 있다. 제1부에서는 언어, 신화, 은유, 예표론 순으로, 제2부에서는 반대로 예표론, 은유, 신화, 언어 순으로 다루고 있다. 제1부에는 "말의 질서"(Order of Words)라는 주제가, 제2부에는 "예표의 질서"(Order of Types)라는 주제가 설정되어 있다. 왜 이처럼 제1부와 제2부의 순서를 역순으로 배열하였을까? 거시적인 관점에서 볼 때 '말'과 '예표'의 상호적인 관계의 틀 안에 자신이 추구하는 사유의 질서를 담아내고 있는 데서 비롯된 것으로 보인다. 그는 성서를 레비-스트로스(Lévi-Strauss)가 언명한 바 있는 브리꼴라쥬(bricolage), 즉 수중에 들어오는 소품들(bits)과 조각들(pieces)을 ─그것들 각자는 유기적 통일성과는 무관하게 각기 자기만의 특성을 지닌 그 무엇들을— 이리저리 짜 맞추어 완성한 문학작품으로 보고 있다. 그가 성서를 브리꼴라쥬로 파악하게 된 배경에는 기독교적 세계관을 가진 위대한 시인들에 대한 성찰이 작용하고 있다. 단테는 자신의 수중에 들어온 여러 소품들과 조각들을 가지고 자신만의 브리꼴라쥬의 세계를 형성했고, 블레이크는 단테의 브리꼴라쥬를 폭넓게 수용하여 단테와 다르게 되었다(*The Great Code* xxi). 엘리엇(T. S. Eliot)은 블레이크가 잡다한 독서의 지식들을 가지고 하나의 사실적 체계를 이끌어내는 로빈슨 크루소(Robinson Crusoe) 방식을 택하여 자신의 브리꼴라쥬를 구축하였다고 보았다(321).

어쨌든 성서를 브리꼴라쥬로 파악한 프라이는 언어의 문제를 파고든다. 그는 일차적으로 성서 자체의 언어가 아닌, 사람들이 성서에 관해 말할 때 사용하는 언어와 하나님의 존재와 관련된 질문에서 사용하는 언어에 관심을 기울인다. 그는 성서의 글쓰기를 네 가지 방식, 즉 단순한 진술/묘사인 서술적 글쓰기, 환유를 통한 실존적 글쓰기, 은유를 통한 시적 또는 문학적 글쓰기, 계시를 통한 선포(kerygma)로 분류한다(*The Great Code* 26-27). 이러한 분류에서 프라이가 주목하는 것은 은유의 중요성과 선포이다. 성서의 전형적인 은유는 "A는 B이다"는 선언양식을 취하고 있다. 예를 들어 창세기 49장에 나오는 야곱의 열두 아들에 대한 유언/이스라엘 12지파에 대한 예언은 대체로 "A는 B이다"("잇사갈은 강한 나귀이다," "납달리는 풀어놓은 암사슴이다," "요셉은 열매가 많은 덩굴이다")라는 선언양식으로 되어있다(*The Koine of Myth* 7). 따라서 은유를 통한 선언과 케리그마를 통한 선포(proclamation) 양식에 주목한 프라이는 성서의 본질적 어법을 분명히 웅변적인(oratoric) 것으로 진단하고, 선포(케리그마)를 계시의 언어적 매개체(linguistic vehicle)로, 신화를 선포의 언어적 매개체로 파악한다. 그런 그의 관심은 자연스럽게 계시와 선포, 은유와 신화로 모아진다. 이것은 실존주의적 성서해석으로 많은 영향을 끼쳤던 불트만(R. Bultmann)의 비신화화와 주장과는 배치되는 입장이다. 그는 성서언어의 비신화화는 성서를 말살하려는 것과 같다고 단언한다(*The Great Code* 30).

이처럼 언어의 문제에 이어 신화와 은유의 문제를 다룬 프라이는 예표론의 문제로 넘어간다. 그는 데리다(Jacques Derrida)의 견해를 빌어(*Grammatology* 10-13) 우리에게 다가오는 성서를 "자기 뒤에 숨어 있는 역사적 존재를 불러내는 부재"(an absence invoking a historical presence 'behind' it)로 본다(*The Great Code* xxii). 뒤에 있는 존재를 앞으로 불러내는 방식이 바로 그의 예표론이다. 성서 예표론의 기본은 "구약 속에 신약이 감추어져 있고, 신약 속에는 구약이 드러나 있다"는 것이다. 구약에서 일어나고 있는 일들은 신약에서 일어나고 있는 일들의 예표나 예시(adumbration)이다. 예를 들어, 장작을 지고 희생제물이 되기 위해 모리아산으로 가는 이삭은 십자가를 지고 골고다 언덕을 오르는 예수의 예표이며, 출애굽 사건을 기념하는 유월절 희생양은 세상의 죄를 속하기 위해 희생되는 하나님의 어린 양 예수의 예표이다. 바울은 로마서 5장 14절에서 아담을 예수의 예표로 설정하였다. 이렇듯 예표론은 시간을 따라 움직이는 언표양태(figure of speech)인데, '원형'이 과거에 존재하면 '대형'(antitype)은 현재에 존재하고, 원형이 현재에 존재하면 대형은 미래에 존재한다.[1] 그러므로 예표론은 역사 과정의 이론을 지향한다. 예표론은 역사에는 어떤 의미나 시점이 있으며, 그런 의미와 시점이 무엇인가를 지시해줄 어떤 사건이 조만간 일어나서 이전에 일어났던 일(원형)의 대형이 된다는 가정 위에 서있다(*The Great Code* 80-81).

그렇다면 시간에 따라 말을 배열하는 또 다른 형식의 수사학인 인과율

---

1) 김영철은 'type'을 '예형'으로, 'typology'를 '예형론'으로, 'antitype'을 '본형'으로 번역하였으나 'archetype'에 대해서는 적절한 번역어를 제시하지 않았다. 추측컨대 'archetype' 역시 '예형'으로 번역될 것이다. 그러나 그의 번역어 선택은 'type'과 'archetype' 사이의 구분을 어렵게 하는 측면이 있다(『성서와 문학』 129~130). 따라서 본고에서는 'arche'와 'archetype'을 '원형'으로, 'type'를 '예표'로, 'typology'를 '예표론'으로, 'archetypology'를 '원형예표론'으로, 'antitype'을 '대형'의 의미로 번역하여 사용하고 있다.

(causality)과는 어떤 차이가 있는가? 인과율은 은유의 단계 이전인 서술적 단계와 환유의 단계에서 중요한 역할을 한다. 인과율의 기초는 귀납적인 예를 수집하는 것이다. 인과적인 사고를 하는 사람은 어떤 일의 결과로서 이해될 수 있는 많은 현상들을 대하고, 거기서 결과가 생겨나기 이전의 원인들을 찾는다. 그러므로 근본적으로 과거와 관련을 맺고 있는 인과율은 추론과 관찰과 지식에 바탕한다. 이에 반해 예표론은 과거와 현재, 현재와 미래를 발전적으로 연결시키므로 믿음, 희망, 전망과 관련을 맺는다. 예표론과 인과론의 또 다른 차이점은 인과적 사고는 동일한 시간의 차원을 벗어나지 않으려 한다는 점이다. 원인과 결과가 동일한 시간대에 있어야 한다. 반면 예표론은 시간을 초월하는 것으로 여겨지는 미래의 시간들을 지향한다. 예표론은 동일한 시간의 차원이 아니라 다른 시간의 차원으로의 발전적 전개를 지향하기 때문에 본질적으로 혁명적 사고의 형태이자 수사이다(*The Great Code* 81-83). 프라이는 과거지향적인 인과율과 미래지향적인 예표론 사이의 심리학적 대조를 다루고 있는 유일한 책으로 키에르케고르(S. Kierkegaard)의 『반복』(*Repetition*)을 들고 있다. 『대법전』의 제2부에서 프라이는 앞에서도 언급했듯이 제1부에서 다루었던 주제들을 역순으로 배열하는데, 이것은 그가 성서는 구약과 신약으로 구성되어 있고, 둘이 예표적 관계로 전개되는 것을 염두에 두고 "양면거울"(double mirror)의 패턴을 의식하여 배열한 데서 기인한 것으로 보인다. 그는 제2부에서 비평원리를 성서 구조에 보다 직접적으로 적용하는데, 계시의 양상을 다루는 예표론에서는 성서 이야기의 전개를 창조, 혁명/출애굽, 율법, 지혜, 예언, 복음, 묵시, 이 일곱 가지로 나누어 상세히 다루고, 은유에서는 이미저리의 문제를, 신화에서는 구속사의 설화적 패턴과 구조를, 언어에서는 수사법을 다룬다.

『대법전』의 후속편이라 할 수 있는 『권능의 말씀들』에서는 주제를 성서의 내적 구조에서 성서 언어와 사상, 신화의 언어와 사상 및 문학 그리고 일상생활과의 관계로 확대시켜 나간다. 제1부에는 시인 스티븐스(Wallace Stevens)의 싯구에서 차용하여 "라틴어역본 성서에 대한 횡설수설(Gibberish of the Vulgate)"이라는 제목을 붙였는데, 그 이유는 상식적인 일상어는 그 자체가 "일종의 모호한 헛소리"(a kind of obscure jargon)이며, 문학과 성서의 특화된 언어가 어떻게 평범한 언술(normal speech)로는 접근하기 어려운 경험의 진실들을 옮길 수 있는가를 다루는 네 개의 장에 대한 함의를 담아내기 위해서이다(Marx 165).

『권능의 말씀들』 제1부를 구성하는 네 개의 장은 맥락(sequence)과 양식(mode), 관심(concern)과 신화(myth), 정체성(identity)과 은유(metaphor), 영(spirit)과 상징(symbol)의 문제를 다루고 있다. 여기서 그는 문학의 독특한 사회적 기능과 시인의 권위의 토대에 대해 다루면서 시인의 권위는 시적 언어의 권위와 연계되어 있다는 것을 보여준다. 그것은 성서의 시인들과 세속의 시인들 모두에게 공통적이다. 제2부에서는 문학에서 매우 중요한 이미지인 대지의 축(Axis Mundi) 또는 우주의 수직적 차원에 대해 논하고 있다. 구체적으로 태고의 신화적인 산(mountain)과, 낙원의 이미지를 간직한 정원(garden), 탄생과 죽음의 공간적 이미지를 간직한 동굴(cave), 그리고 고난과 시련, 연단의 이미지를 간직한 화덕(furnace)을 논의의 대상으로 삼고 있다. 제2부에서 다루고 있는 네 개의 주제들의 배열은 『대법전』에서 시도했던 것과 같은 방식으로 제1부에서 다룬 네 개의 주제들에 대한 내용을 역순으로 보여준다. 요컨대, 그는 이 저서에서 성서의 세속화에서 세속적인 것의 영성화로 나아가고, 그 자신의 언어는 묘사적, 개념적, 수사적인 것에서 선포와 예언의 언어로 바뀐다. 이것은 그가 문학비평의 긴 여정을 통해 75세의 나이에 생애 초기에 느꼈던 설교자의 소명으로, 그리고 성서해석에 있어서 그가 선호했던 위대한 저자들에게로 회귀한 것을 의미한다(Marx 172).

IV. 프라이의 성서해석사적 위치

성서해석사에 있어서 획기적인 사건은 가블러(J. P. Gabler, 1753-1826)
가 1787년 독일 알트도르프(Altdorf)대학 신학부 교수로 취임하면서 행한
「성서신학과 교의신학 사이의 적절한 구별과 그들에게 있는 특수한 목표
들에 관한 강연」이라는 제목의 강연이다. 가블러는 강연에서 성서신학이
교의신학/조직신학으로부터 독립할 것을 주장하였다. 가톨릭 교회의 교
리체계와 현실적 타락을 지적하며 오직 성서의 가르침으로 돌아갈 것을
외친 개신교 종교개혁자들은 교회의 권위와 전통보다는 성서의 권위를
더 우선시 하였다. 그런 종교개혁자들의 주장을 뒷받침하기 위해 태동한
것이 개신교 스콜라 학파이다. 개신교 스콜라 학파는 성서는 초자연적인
책이며, 성서의 모든 부분은 문자 그대로 하나님의 말씀이며, 인간 저자
의 역할을 필사자 정도로 여겼다. 그들은 종교개혁자들의 가르침에 부합
하는 개신교 교리를 수립하기 위해 성서본문을 교리를 뒷받침 하는 "증거
본문"(proof-texts)로 활용하였다(프루스너 16-19). 다시 말해, 교리를 먼저
세우고 그것을 뒷받침하기 위해 성서본문을 증거본문으로 활용하였던 것
이다. 이 경우 교리가 성서본문에 선행하고 우선시 된다. 이러한 경향에
대해 문제제기를 한 사람이 바로 가블러이다. 가블러는 성서신학이 조직
신학의 굴레에서 벗어나 독자적인 방법론을 가지고 나아갈 것을 주장하
였는데, 그는 성서 본문의 원래적인 의미를 이해하려는 노력, 역사적 상
황과 문화적 조건이 성서 저자에게 끼친 영향, 성서 중 역사적 영향을 반
영하는 부분과 영구적으로 불변하는 진리를 나타내는 부분과의 구분, 성
서 안에 다양한 시기와 견해가 있다는 사실에 대한 인정, 성서 저자의 사
상과 이념을 체계적으로 정리하는 일, 그리고 그와 같은 체계와 조직신학
과의 관련성 등을 다루어야 한다고 보았다(708-21).

가블러의 이런 주장이 나온 이후 성서신학은 이성주의와 경건 낭만주

의의 영향을 받으며 발전하게 되었다. 이 두 사상은 개신교 스콜라 학파의 정통주의 체계의 권위로부터 탈피하여 자율성을 찾고자 하는 데서 비롯되었다. 이성주의는 "왜"와 "어떻게"라는 질문에 답하기 위해 역사의식과 역사기록에 대한 관심을 고조시켰고, 경건 낭만주의는 "감정"과 개인의 "체험"을 중시하였다. 이후 18-19세기의 성서신학은 이런 기조 속에서 다양하게 전개되었다. 그리고 20세기에 이르러서는 역사비평의 영향 하에 본문의 역사적 배경과 본문의 구성단위, 본문의 편집단위와 편집과정, 본문의 양식과 양식의 배후에 있는 삶의 자리(Sitz im Leben), 본문과 본문 안에 내재되어 있는 전승의 기원과 전승의 발전과정 등에 대해 현미경적인 연구를 진행하였다. 이러한 성서해석은 소위 '고등비평'(High Criticism)이라는 이름 하에 한 세기 가까이 진행되다 20세기 마지막 20여 년을 남겨둔 시점에서 본문의 배후와 시간의 축을 따라 과거로 파고드는 통시적 접근(diachronic approach)에 대한 한계를 극복하기 위해 본문의 최종형태의 문학적 차원을 강조하는 공시적 접근(synchronic approach)이 대안으로 제시되어 현재는 두 방법론이 길항(拮抗)하는 양상을 띠고 있다.

이와 같은 성서해석사에서 프라이가 취한 해석의 태도는 공시적 접근에 가깝다. 그러나 그는 전문 성서학자들의 연구 방법론과는 달리 나름의 독특한 문학적 해석을 시도하였는데, 그의 해석은 성서 텍스트로는 고전 영문학 작품에 지대한 영향을 끼친 흠정역(King James Version)에, 방법론으로는 신화비평에 바탕을 둔 원형비평을 토대로 삼았다 그는 전문 성서학자가 아닌 까닭에 히브리어와 헬라어 본문이 아닌 영어 공인본문(Textus Receptus)을 문학적 분석의 대상으로 삼은 것이다. 성서학적인 관점에서 볼 때는 이는 전문성이 약한 것으로 평가될 수 있으나 영문학사에 빛나는 수많은 작품들은 바로 이 공인본문의 수원지에서 발원하고 있기 때문에 그의 성서해석이 전적으로 「KJV」에 의존하고 있다는 것은 단점이자 또 다른 장점이라 할 수 있다. 게다가 20세기 실존주의의 영향을 받은 성서학자들의 성서 언어의 비신화화 주장이 제기된 상황 속에서 성서의 신화적인 요소와 성격에 대한 재발견과 배후에 있는 것의 전면화를 위한 원형예표론적 해석, 언어의 메타포와 메타포적 언어, 언어의 신화적 사용과 신화적 언어에 대한 그의 폭넓은 성찰은 전문 성서학자들과는 달리 문학비평가인 그의 공로이자 그의 독특성이라 할 수 있다. 그가 생애 후반부에 쓴 세 권의 저서 『대법전』, 『권능의 말씀들』, 『이중의 비전』에서 제시한 성찰은 어느 면에서 과거 두 세기 동안 성서학계가 천착해온 소위 역사비평적 방법론보다 더 도량이 넓은 것이라는 평가를 받기도 한다(Kee 75).

V. 보완되어야 할 프라이의 성서해석

문학비평가로서 문학 텍스트뿐만 아니라 성서에 대해서도 남다른 관심을 기울였던 프라이에게 있어 성서는 그 자체가 하나의 거대한 문학 텍스트이다. 그는 성서에서 보다 큰 비평의 원리들을 발견하였는데, 그가 가장 독창적으로 착안한 것이 바로 원형비평이다. 그의 원형비평의 구조는 전형적인 혹은 재현하는 이미지(recurring image) 또는 우리의 문학적 경험을 통합하고 통일하도록 도와주고 시를 다른 것과 연결시키는 상징으로서 원형과 그것에 대응하는 현실적 상징체계 또는 의미구성체인 대형을 두 축으로 한다(Burgess 103). 선재적 원형/원질(arche)과 그것의 드러남의 양태인 유형(type)의 결합인 원형(archetype)은 시간적으로는 과거, 공간적으로는 천상적인 것을 표상하는 반면 그것에 대응하는 대형은 시간적으로는 현재나 미래의 사건을, 공간적으로는 지상적인 것을 표상한다. 프라이의 원형비평의 기본구조는 바로 이러한 대응(correspondence)에 기초하고 있다. 그는 성서의 이야기에서 이러한 대응방식을 통해 과거를 현재와 현재를 미래와 연결시켜나가는 신화 우주적 연계성을 읽어낸다. 프라이의 이러한 원형예표론적 성서해석은 구약성서와 신약성서의 유기적 연관과 통일성, 그리고 신화의 현실적 재현과 재구성을 통한 우주적 일치, 그리고 신의 자기 현현의 방식을 새롭게 이해하는데 많은 도움을 준다.

그러나 이러한 예표론을 전개함에 있어 그는 시간을 축으로 하는 수평적 예표론(horizontal typology)만을 중시한다. 물론 그는 다음과 같이 언급한 바 있기는 하다. "예표론은 흔히 시간을 초월하는 것으로 여겨지는 미래의 사건들을 가리킨다. 그러므로 수평적 움직임뿐 아니라 수직적인 상승을 포함하고 있다"(*The Great Code* 82). 그가 말한 "수직적 상승(vertical lift)"은 수직적 예표론(vertical typology)을 암시한다. 그는 제1부 예표론에서 단 한번 "수직적 상승"을 스쳐지나가듯이 언급할 뿐인데, 브리꼴라쥬적 글쓰기를 통해 보여준 그의 해박한 지식과 방대한 정보의 조합에 비추어 볼 때 의아해 하지 않을 수 없다. 성서와 고대 신화에는 수직적 예표론으로 설명할 수 있는 중요한 예들이 상당수 들어있다. 예를 들어 고대 이스라엘의 하나님은 천군천사로 조직된 하늘군대(Heavenly Army)의 사령관으로 나타난다. 그에 대한 호칭이 바로 "만군의 야웨/여호와(Yahweh Ṣebaoth)"이다. 이 하늘군대가 원형이 되고 지상의 이스라엘 군대는 그 대형이 된다. 이스라엘 군대가 싸우며 전진할 때 육안(肉眼)으로는 볼 수 없는 하늘군대도 동시에 따라 움직인다(왕하 6:15-17). 가나안 정복 당시 여호수아가 여리고 지역에 이르렀을 때 큰 칼을 빼어든 사람이 나타나 앞을 가로막자 여호수아는 그의 신분에 대해 묻고, 그는 "야웨 군대의 사령관"이라고 대답하며, "네가 서 있는 곳은 거룩한 곳이니 네 신발을 벗으라"고 요구한다(수 5:13-15). 가나안 정복전쟁을 눈앞에 두고 하늘군대의 사령관이 지상군대의 사령관인 여호수아 앞에 나타난 것이다. 고대 이스라엘의 매우 중요한 전쟁이념인 '거룩한 전쟁'(Holy War)의 이념은 바로 이와 같은 수직적 예표론을 매개로 형성된 이념이다. 하늘군대와 더불어 싸우는 전쟁은 단순한 전쟁이 아니라 '거룩한 전쟁'이며, '정당한 전쟁'(Just War)이라는 이념으로 무장하고 전쟁을 수행하였던 것이다. 전쟁 시 살아있는 것은 다 죽이라는 진멸법은 바로 이러한 전쟁이념의 부산물이다.

프라이는『대법전』제2부「신화II」에서 성서의 여러 설화들이 기초하고 있는, 그리고 여러 설화들을 엮어가는 성서 전체가 기초하고 있는 기본 패턴인 U자형 패턴을 설명하면서 아브라함을 축복한 제사장이자 왕인 살렘 왕 멜기세덱을 예수의 예표로 설명하지만(*The Great Code* 178-79) 그것이 수평적인 차원뿐만 아니라 수직적 차원을 겸한 독특한 형태라는 것에 대해서는 주목하지 않는다. 히브리서 저자는 예수를 멜기세덱의 반차(班次)를 따르는 하늘성전의 대제사장으로 묘사하고 있다. 이것은 수평적 예표와 수직적 예표가 절묘하게 결합된 형태이다. 수평적 차원에서 멜기세덱과 예수, 수직적 차원에서 하늘성전과 지상성전은 원형과 대형의 관계인데 이 둘이 예표론에 의해 결합된 형태이다.

고대 국가의 신화들에서는 신들의 '거룩한 결혼'(Hieros Gamos) 이념이 종교와 정치 영역에서 매우 중요한 신화적 이념으로 자리 잡고 있었다. 천상의 영역에서 이루어지는 남신과 여신의 거룩한 결혼/결합을 원형으로 삼아 지상의 왕들이나 중세 봉건시대 귀족들은 자신들의 근친혼을 신성한 행위로 격상시키고자 했으며, 다산종교(fertile religion)에서는 신들의 결합을 제의적으로 구현하여 지상의 풍요를 도모하곤 하였다. 이러한 '거룩한 결혼'의 이념은 성서에는 배제되어 있으나 충분히 언급될만한 예라 할 수 있는데 프라이는 이에 대해 침묵하고 있다.

이렇듯 프라이는 구약성서와 신약성서를 연결하는 예표론에 집중한 나머지 구약성서에서 발견되는, 다시 말해 신약 이전의 고대 히브리인들의 세계관을 보여주는 수직적 예표론에 대해서는 관심을 기울이지 못했다. 그래서 그는 히브리 성서(Hebrew Scriptures)를 에워싸고 있는 당시의 특별한 현실에서 구약을 떼어내어 "기독교적 대체주의의 형태"(a form of Christian supersessionism)로 포장한다는 비판을 받기도 한다(Alter 9). 레벤틀로우(H. G. Reventlow)는 예표론에 관한 기존의 성서학계의 수많은 연구문헌들을 총정리한 바 있는데, 프라이는 예표론에 관한 성서학자들의 논문들은 거의 참고하지 않았다.

구약성서와 신약성서 사이에는 연속성과 불연속성이 놓여 있는데 프라이가 둘을 예표론으로 과도하게 연결시키고자 했던 해석의 예를 하나 들어 보자. 그는 요셉이 형제들에 의해 구덩이에 던져진 것은 예수의 성육신(incarnation)에 대한 예표이며, 아버지 야곱의 편애를 받았던 그가 입은 채색옷(coat of many colors)은 "풍요의 신의 이미지"(fertility-god imagery)를 나타낸다고 해석한다(The Great Code 176). 요셉이 집안에서 편애 받는 아들의 위치에 있다 그것을 상징하는 채색옷이 벗겨진 상태로 구덩이에 던져지고, 이집트로 팔려간 후 보디발 장군의 집에서 상대적으로 우월한 지위인 집사(butler)의 자리에까지 올라갔다가 모함을 받아 감옥에 투옥되고, 탁월한 꿈 해몽을 통해 총리의 지위에 오르는 이야기 전개를 U자형 패턴으로 설명한 것은 타당하다. 그러나 요셉이 구덩이에 던져진 것을 성육신의 예표로, 채색옷이 벗겨진 것을 벗어버려야 할 이방 종교의 상징으로 본 것은 지나친 비약이자 자의적인 해석이라 아니 할 수 없다. 학자들은 채색옷을 줄무늬가 있는(striped) 옷으로 해석하기도 하는데, 이 옷이 벗겨진(stripped) 것을 예표론적으로 연결시킨다면 가나안 풍요의 신의 이미지보다는 로마 군병들이 예수의 옷을 벗기는 행위(마 27:28)와 연결시키는 것이 더 적절할 것이다(Habershon 169). 이 이야기에서 분명한 것은 채색옷은 단지 요셉에 대한 야곱의 편애를 나타낼 뿐이며, 요셉의 신분 변화를 옷의 변화(채색옷→집사복→죄수복→총리복)를 통해 나타내고 있을 뿐이다.

VI. 끝맺는 말

서구 문학사에서 위대한 시인으로 평가받는 시인들 중에는 성서의 사상과 언어로부터 사유의 실마리와 영감을 이끌어내 자신의 시세계를 구축한 시인들이 있다. 대표적으로 단테와 허버트, 던, 밀턴, 블레이크, 엘리엇, 오든 등을 들 수 있다. 이외에도 수많은 문학가들이 성서에 깊이 빚지고 있는 것 또한 부인할 수 없는 사실이다. 그런데 20세기 최고의 문학비평가로 평가되는 프라이는 작품 창작이 아닌 비평 활동을 통해 그들의 계보를 이어간 유일한 비평가이며, 그의 비평은 "이미 문학이 되어버린 비평"으로 평가받고 있다. 그가 보여준 독특한 문학적 성서해석과 문학 전반에 대한 폭넓은 종교적 감수성은 문학과 종교 연구에 있어서 매우 중요한 지표를 제공해준다.

무엇보다도 성서언어의 본질을 은유에서 찾고, 그 은유 속에 내장되어 있는 신화와 신화적 언어의 중요성, 그리고 그 신화가 어떻게 새로운 차원에서 삶과 우주의 의미를 암축하고 있는 케리그마(선포)로 이어질 수 있는가를 보여준 그의 비평과 사유는 많은 시사점을 남기고 있다. 특별히 성서의 문학적 특징을 '브리꼴라쥬'로 보고 브리꼴라쥬적인 방식으로 글을 쓰는 그의 태도는 단순한 모방이 아니라 고금을 막론하고 주제와 관련된 방대한 자료와 문헌들을 섭렵하고 그것들에서 가장 적합하고도 영감에 찬 부분들을 끌어 모아 논증과 예증의 증거로 삼는 학문적 역량과 자신감에서 비롯된 것인데, 이점은 문학과 종교 연구자들에게 많은 시사점을 안겨주고 있다.

그의 성서해석이 성서학적인 관점에서 볼 때는 비전문적이며, 문학적인 관점에서 볼 때는 그의 비평의 구도가 너무 도식적이라는 평가는 내용과 형태에 대한 부분적인 낯섦에서 비롯된 견해로 보인다. 그의 비평문학과 사유의 구조에 대한 평가는 여전히 계속되어야 한다. 이제는 프라이가 문학과 종교 연구에서 하나의 원형이 되었다면 이 시대의 연구자로서 그의 대형이 된다 하여 밑질 것은 없을 것이다. 그가 『대법전』의 서문에서 도미니크 수도회의 수사로 있다가 코페르니쿠스의 지동설에 감명을 받고 수도생활을 포기하고 방랑하면서 우주의 무한과 지동설을 주장하며 단자

론을 논하다 이단으로 몰려 화형에 처해진 브루노(G. Bruno)의 경구 인용
이 말해주듯이 프라이가 "그 정도까지 앞서 나갔다는 것은 위대한 것이다
(Est aliquid prodisse tenus)."

Works Cited

가블러, 요한 P. 「성서신학과 교의신학 사이의 적절한 구별과 그들에게 있는 특수한 목표들에 관한 강연」.『20세기 구약신학의 주요 인물들』. 벤 C. 올렌버거 외 엮음. 강성열 옮김. 고양: 크리스찬다이제스트, 2000. 708-21. Print.

강옥선. 「블레이크의 예언 시에서 불의 이미지 읽기」.『문학과 종교』 14.3 (2009): 193-211. Print.

김명주. 「문학의 위기와 노드롭 프라이의 문학적 상상력 옹호」.『영어영문학』 45.2 (1999): 295-308. Print.

남송우. 「노드롭 프라이의 종교적 체험과 신성」.『오늘의 문예비평』 22 (1996): 28-46. Print.

임철규. 「문학이 되어버린 비평」.『비평의 해부』. 서울: 한길사, 2000. 21-37. Print.

프라이, 노드롭.『성서와 문학』. 김영철 옮김. 서울: 숭실대학교출판부, 2000. Print.

프루스너, 프레드릭 C.『구약성서신학사』. 장일선 옮김. 서울: 나눔사, 1991. Print.

Alter, R. "Northrop Frye between Archetype and Typology." *Semeia* 89 (2002): 9-21. Print.

Blake, William. *The Complete Poetry & Prose of William Blake*. Ed. Erdman and Bloom. Rev. ed. New York: Anchor, 1988. Print.

Burgess, M. "From Archetype to Antitype: A Look at Frygian Archetypology." *Semeia* 89 (2002): 103-24. Print.

Derrida, Jacques. *Of Grammatology*. Trans. Gayatri Chakravorty Spivak. Baltimore: Johns Hopkins UP, 1976. Print.

Eliot, T. S. *Selected Essays*. London: Faber, 1951. Print.

Frye, N. *Anatomy of Criticism*. London: Penguin, 1957. Print.

_____. *The Great Code: The Bible and Literature*. New York: Harcourt, 1982. Print.

_____. "The Koine of Myth: Myth as a Universally Intelligible Language." *Northrop Frye: Myth and Metaphor Selected Essays 1974-1988*. Ed. Robert D. Denham. Charlottesville: UP of Virginia, 2000. 3-17. Print.

_____. *Words with Power*. New York: Harvest, 1990. Print.

Habershon, Ada R. *The Study of the Types*. Grand Rapids: Kregel, 1974. Print.

James, William. *The Varieties of Religious Experience: A Study in Human Nature*. New York: New American Lib. of World Lit., 1958. Print.

Kee, James M. "Northrop Frye and the Poetry in Biblical Hermeneutics." *Semeia* 89 (2002): 75-87. Print.

Marx, S. "Northrop Frye's Bible." *Journal of the American Academy of Religion* LXII.1 (1994): 163-71. Print.

Reventlow, H. G. *Problems of Biblical Theology in the Twentieth Century*. Philadelphia: Fortress, 1986. Print.

Velaidum, J. "Towards Reconciling the Solitudes." *Semeia* 89 (2002): 23-37. Print.

아케다와 자크 데리다의 종교성

윤 원 준

1. 들어가는 글

성경 속에서 신에 대한 믿음 행위의 대표적인 모습으로 언급되는 사건들 중에 하나가 아케다(*Akedah*, 이삭을 제물로 바치기 위해서 묶음) 사건이다. 아브라함이 자신의 아들을 신에게 바치려고 시도한 이 유명한 이야기는 종교에서 말하는 믿음이라는 것이 무엇인가라는 질문을 유발시킨다. 특별히 신에 대한 믿음이라는 것과 인간의 윤리적 행동 사이에는 어떠한 관계가 있는가? 그리고 인간에게 어떠한 믿음의 행위를 요구하는 신은 어떠한 속성을 가진 신인가? 역사적으로 아케다 사건에 대한 다양한 해석과 이해들이 있었던 것이 사실이다. 근래에 들어 자신의 해체적이고 종교적인 관심을 아케다 사건과 관련시켜 해석을 시도한 사람이 쟈크 데리다(Jacques Derrida)이다. 데리다의 아케다 해석은 두 명의 다른 사상가

---

* 이 논문은 『문학과 종교』 제15권 3호(2010)에 「아케다와 자크 데리다의 윤리적 종교성」로 게재되었음.

의 아케다 해석들에 대한 해체적 반응이요 응답이라고 할 수 있다. 데리다가 자신의 해석을 위해서 대화의 상대로서 다루는 두 명의 사람들은 쇠렌 키에르케고르(Søren Kierkegaard)와 엠마누엘 레비나스(Emmanuel Levinas)이다. 기독교인 키에르케고르와 유대인 레비나스 역시 데리다 이전에 이미 아케다 사건에 관심을 가지고 해석을 시도했던 사람들이다. 데리다는 그의 저서 『죽음의 선물』(The Gift of Death)에서, 키에르케고르가 『공포와 전율』에서 시도했던 아케다 해석과, 타자의 윤리에 기초한 레비나스의 아케다 해석에 대해서 반응하면서 자신의 종교성과 윤리에 대한 생각을 전개한다. 아케다 해석을 둘러싼 종교성과 윤리에 대한 데리다의 생각을 살펴보려는 목적을 가진 본 논문은 크게 두 부분으로 나누어진다. 첫 번째 부분은 키에르케고르의 아케다 해석에 대한 데리다의 응답이고, 두 번째 부분은 레비나스의 아케다 해석에 대한 데리다의 응답이다.

2. 데리다와 키에르케고르의 아케다

아브라함이 아들 이삭을 제물로 바치려 했던 아케다 사건에 관한 내용은 구약성경 창세기 22장 1절에서 19절까지 다음과 같이 기록되었다.

1. 그 일 후에 하나님이 아브라함을 시험하시려고 그를 부르시되 아브라함아 하시니 그가 이르되 내가 여기 있나이다
2. 여호와께서 이르시되 네 아들 네 사랑하는 독자 이삭을 데리고 모리아 땅으로 가서 내가 네게 일러 준 한 산 거기서 그를 번제로 드리라
3. 아브라함이 아침에 일찍이 일어나 나귀에 안장을 지우고 두 종과 그의 아들 이삭을 데리고 번제에 쓸 나무를 쪼개어 가지고 떠나 하나님이 자기에게 일러 주신 곳으로 가더니
4. 제삼일에 아브라함이 눈을 들어 그 곳을 멀리 바라본지라
5. 이에 아브라함이 종들에게 이르되 너희는 나귀와 함께 여기서

기다리라 내가 아이와 함께 저기 가서 예배하고 우리가 너희에
게로 돌아오리라 하고

6. 아브라함이 이에 번제 나무를 가져다가 그의 아들 이삭에게 지
   우고 자기는 불과 칼을 손에 들고 두 사람이 동행하더니

7. 이삭이 그 아버지 아브라함에게 말하여 이르되 내 아버지여 하
   니 그가 이르되 내 아들아 내가 여기 있노라 이삭이 이르되 불과
   나무는 있거니와 번제할 어린 양은 어디 있나이까

8. 아브라함이 이르되 내 아들아 번제할 어린 양은 하나님이 자기
   를 위하여 친히 준비하시리라 하고 두 사람이 함께 나아가서

9. 하나님이 그에게 일러 주신 곳에 이른지라 이에 아브라함이 그
   곳에 제단을 쌓고 나무를 벌여 놓고 그의 아들 이삭을 결박하여
   제단 나무 위에 놓고

10. 손을 내밀어 칼을 잡고 그 아들을 잡으려 하니

11. 여호와의 사자가 하늘에서부터 그를 불러 이르시되 아브라함
    아 아브라함아 하시는지라 아브라함이 이르되 내가 여기 있나
    이다 하매

12. 사자가 이르시되 그 아이에게 네 손을 대지 말라 그에게 아무
    일도 하지 말라 네가 네 아들 네 독자까지도 내게 아끼지 아니
    하였으니 내가 이제야 네가 하나님을 경외하는 줄을 아노라

13. 아브라함이 눈을 들어 살펴본즉 한 숫양이 뒤에 있는데 뿔이 수
    풀에 걸려 있는지라 아브라함이 가서 그 숫양을 가져다가 아들
    을 대신하여 번제로 드렸더라

14. 아브라함이 그 땅 이름을 여호와 이레라 하였으므로 오늘날까
    지 사람들이 이르기를 여호와의 산에서 준비되리라 하더라

15. 여호와의 사자가 하늘에서부터 두 번째 아브라함을 불러

16. 이르시되 여호와께서 이르시기를 내가 나를 가리켜 맹세하노
    니 네가 이같이 행하여 네 아들 네 독자도 아끼지 아니하였은즉

17. 내가 네게 큰 복을 주고 네 씨가 크게 번성하여 하늘의 별과 같
    고 바닷가의 모래와 같게 하리니 네 씨가 그 대적의 성문을 차
    지하리라

18. 또 네 씨로 말미암아 천하 만민이 복을 받으리니 이는 네가 나

의 말을 준행하였음이니라 하셨다 하니라

19. 이에 아브라함이 그의 종들에게로 돌아가서 함께 떠나 브엘세
    바에 이르러 거기 거주하였더라 (창:22.1-19)

데리다의 아케다 해석은 그의 저서『죽음의 선물』에서 대부분 나타난
다. 그리고 그의 아케다 해석은 많은 부분 키에르케고르가『공포와 전율』
에서 시도했던 해석을 따라간다. 키에르케고르의 아케다 해석에서 가장
중요한 종교적 단어는 '믿음'이다. 키에르케고르에 의하면, 자신의 아들을
신의 명령에 의해서 죽이고자 시도하는 아브라함의 행위는 가장 숭고한
믿음의 행위이다. 그것이 믿음의 행위인 이유는, 아들을 죽여서 바쳐야
될 합당한 이유를 신이 말하지 않았음에도, 아브라함이 이삭을 바치기 위
해서 죽이려고 시도한다는 점 때문이다. 그리고 이러한 믿음의 행위는 유
대─기독교적 종교행위의 대표적 예로 꼽힌다. 데리다는 키에르케고르와
마찬가지로, 진정한 믿음의 행위는 이유와 설명이 주어지지 않음에도 불
구하고 실행하는 것이라고 생각한다. 데리다에 의하면, 인간에게 믿음 행
위를 요구할 때에 신은 자신의 의도와 계획을 숨긴다. 신의 의도를 모르
는 인간은 공포와 전율 속에서 선택을 해야만 한다(56). 아브라함은 이삭
을 바쳐야 될지 혹은 거절할지를 선택해야 되지만, 그 선택은 신의 의도
에 대한 무지와 신의 부재 속에서 해야만 되는 것이다. 데리다는 이러한
무지와 부재를 비밀이라고 표현한다. 데리다의 생각에 의하면, 신은 인간
이 파악할 수 없는 초월의 영역이므로 그 자체가 비밀이다. 만일 인간이
구원을 이루기 위해 행동해야 한다면, 그것은 신의 부재와 신의 비밀 속
에서만 가능하다. 신약성경에서 사도 바울 역시 그의 편지에서 제자들에
게 권면하기를, 제자들이 선생의 현존 앞에서가 아니라, 선생의 부재 속
에서 구원을 이루기 위해서 행동하라고 권면하고 있음을 데리다는 지적
한다. 인간의 믿음 행위는 신의 부재와 신의 비밀 속에서 요구된다는 것
이다. 신을 향해서 믿음 행위를 할 때에, 인간은 신의 부재와 신의 비밀 속

에서 행해야만 하고, 그러므로 그 행위는 두려움과 떨림일 수밖에 없다 (57). 만일 신이 현존하고, 우리가 신의 의도를 파악하는 것이 가능하다면, 그러한 신은 진정한 신이 아닐 것이라고 데리다는 생각하는 것 같다. 파악 가능한 신은 전적 타자가 되지도 못할 것이다. 데리다가 생각하는 신은 그러므로 내재적 신이라기보다 초월적이고 절대적인 타자로서의 신이다. 그렇다고 데리다가 신을 하나의 초월적인 존재로 생각한다고 말하기는 힘들어 보인다. 신을 존재로 말하는 순간, 그 신은 파악 가능한 하나의 대상이 될 것이고, 하나의 신학적 시스템 속에 갇힌 신이 될 것이기 때문이다. 그리고 그러한 신은 하이데거가 말하는 존재신론적(onto-theological) 범주에서 벗어나지 못할 것이라는 것을 데리다도 동의할 것처럼 보인다. 또한 하나의 초월적인 존재로서의 신은 데리다가 말하고자 하는 전적 타자가 되기도 힘들 것이다. 해체적 표현으로서의 전적 타자는 어떠한 존재론적 구조 속에 제한되지 않아야만 되기 때문이다. 그러나 이러한 데리다의 표현 속에 제한점이 없는 것은 아니다. 신 혹은 전적타자라는 표현을 쓰는 순간, 이미 존재론적 그물망에 갇힐 수밖에 없는 것 아닌가? 존재론과 연결된 언어라는 수렁 속에서 벗어날 수 없음을 데리다의 해체는 역으로 말하고자 하는 것일 수도 있다. 즉 존재론적 구조를 벗어나려는 시도는 언어를 쓰는 순간 이미 늦어버림을 말하고자 한다는 것이다.

데리다가 신의 부재와 비밀을 언급하는 가장 큰 이유 중 하나는, 부재와 비밀이 종교적 믿음 혹은 책임을 가능케 하는 기반임을 보이고자 하는 것이다. 일반적인 생각 속에서는, 비밀이 없음과 투명함이 믿음과 신뢰의 기반이 될 것이다. 그리고 비밀 없음과 현존이 책임 있는 모습으로 비칠 수가 있을 것이다. 그러나 데리다는 이러한 일반적인 이해와는 반대로 부재와 비밀이 진정한 믿음과 연관이 있다고 주장한다. 아케다 사건 속에서 일어나는 부재와 비밀의 모습들은 먼저 신의 침묵에서 볼 수 있다. 신은 이삭을 죽여야 되는 이유에 대해서 침묵한다. 그리고 이러한 침묵은 아브라함에게서도 나타난다. 아브라함도 신에게 이유를 묻지 않는다. 그러나 이러한 침묵들이 신과 아브라함 사이의 신뢰와 믿음을 제거하지 않는다는 것이 데리다의 생각이다. 아케다 사건 속에서 나타나는 비밀과 침묵의 현상은, 그 침묵에 대해서 언급하며 글을 쓰는 키에르케고르의 글쓰기 자체 속에도 비슷한 모습으로 나타남을 데리다는 지적한다. 키에르케고르는 『공포와 전율』에서 자신의 실제 이름을 요하네스 데 실렌티오 (Johannes de Silentio)라는 필명 속에 숨기며 비밀과 침묵을 만든다. 가명과 필명은 자신의 모습을 숨기며 침묵을 지키게 한다는 것이다. 실명을 기록하는 것이 자신의 작품에 대한 책임과 신뢰를 줄 수 있다는 일반적인 생각과는 다르게, 데리다는 오히려 가명과 필명이 작가가 말하고자 하는 것을 더 효과적이고 진솔하게 만들 수도 있다고 주장한다. 글쓰기 자체 속에 있는 비밀(가명)이 작가의 글을 더 믿을 만하게 만들듯이, 현존보다는 부재가, 그리고 투명함보다 비밀이 오히려 믿음을 가능케 하는 장이 될 수 있음을 말하고자 하는 것이다(58).

비밀과 부재가 어떻게 종교적인 책임과 믿음에 연관되는 것일까? 이 질문에 대한 답을 위해서는 데리다가 이해하는 키에르케고르의 아케다 해석을 좀 더 살펴볼 필요가 있다. 키에르케고르는 그의 저서에서 아브라함과 그의 아들 이삭과의 사이에서 일어나는 대화의 내용에 주목한다. 이삭은 희생 제물로 쓰일 양이 어디에 있느냐고 그의 아버지에게 질문한다. 그리고 아브라함은 신이 주실 것이라고 대답한다. 아브라함의 대답은 거짓은 아니지만 비밀을 간직하고 있다. 그리고 키에르케고르는 아브라함의 비밀이 사실은 이중적 비밀이라고 지적한다. 한편으로 신은 아브라함에게 이삭을 바쳐야 하는 이유를 비밀로 하였고, 아브라함은 그 이유를 묻지 않았다. 또 다른 한편으로 아브라함은 이삭을 바치는 행위를 그의 가족에게 비밀로 하였다. 신과 아브라함 사이의 비밀이 있는가 하면, 아브라함과 가족 사이에 또 다른 비밀이 있었다. 그런데 아브라함이 가족으로부터 비밀을 지켜야 했던 이유 중에 하나는, 그가 신의 비밀을 알지 못하기에, 즉 이삭을 바쳐야 하는 이유를 듣지 못했기 때문이다. 비밀에 관해서 듣지 못했기 때문에 비밀을 지켜야 하는 것이다. 그러므로 아브라함의 대답은 거짓은 아니지만, 비밀을 담을 수밖에 없는 것이라고 키에르케고르는 생각한다고 데리다는 해석한다. 그리고 키에르케고르에 의하면, 이러한 이중적 비밀들 때문에 아브라함은 책임과 윤리의 갈등을 겪을 수밖에 없다. 신의 명령에 복종해야 하는 책임과 가족을 향한 윤리 사이의 갈등이 그것이다. 신을 향한 책임 때문에 아들 이삭을 죽이는 행위는 가족과 사회의 윤리를 거스르는 행동이라는 것이다. 즉 한 개인(개체)의 종교적 믿음은 인간의 보편적 윤리와 충돌할 수 있다는 것이다. 키에르케고르의 주장을 『공포와 전율』에서 직접 들어보자.

> 신앙이 역설인 것은 개체가 보편적인 것보다 더 높이 있다는 것이다. 그러나 이 운동은 반복되는 것으로서 개체가 보편 속에 있은 다음에, 이번에는 그것이 보편적인 것보다도 더 높이 있는 개체로서 고립한다는 데에 명심하여야 한다. 이것이 신앙이 아니라고 하면 아브라함은 아무 가치도 없는 것이며, 신앙은 항상 존재하여 왔던 것이므로 신앙은 결코 이 세상에는 없었다는 말이 된다. (61)

키에르케고르와 같이 데리다는 생각하기를, 아브라함은 신과의 비밀을 유지함으로써 윤리를 어기는 것이다. 비밀은 신을 향한 믿음의 행위는 가능케 하지만, 동시에 윤리와 갈등을 일으키게 됨을 데리다는 강조하기를 원하는 것이다(59).

데리다에 의하면, 아브라함의 믿음 행위는 비밀 속에서 일어난 것이다. 데리다가 생각하는 종교적 믿음은 그러므로 확실함에 근거하는 것이 아니다. 신의 비밀 속에서 수행해야 되는 행위는 다른 사람들과 공유할 수 있는 것이 아니다. 비밀 때문에 아브라함은 가족으로부터 단절된다. 절대적 두려움과 비밀 속에서 아브라함은 믿음의 결단을 해야 하는데, 그러한 결단은 전적으로 자신만의 단독성 속에서 행해야 한다. 아브라함은 그가 비밀로 하는 내용들을 다른 사람들과 공유하지 못할 뿐만 아니라, 믿음 행위 역시 공유할 수 없다. 믿음은 다른 사람과 나누거나 공유할 수 있는 그 무엇이 아니기 때문에, 믿음(믿음 행위)을 설명하는 것도 사실은 불가능하다. 그렇다면 믿음은 그 자체가 무엇인지 확실히 파악하는 것도 불가능하다. 아브라함 같은 한 개인이, 그 삶 속에서 순간적으로 선택하고 경험해야 했던 그것이 믿음이라면, 그것이 무엇인지 확실히 아는 것은 불가능하다는 것이다. 그렇기 때문에, 데리다에 의하면, 키에르케고르가 아브라함을 이해할 수 없다고 고백하는 것은 당연하다는 것이다. 그리고 키에르케고르 역시 자신은 아브라함처럼 행동할 수 없을 것이라는 고백 역시 당연하다고 데리다는 생각한다(79-80). 믿음을 무엇이라고 설명해서 전달하는 것이 불가능하기 때문에, 믿음은 한 개인의 단독성 속에 비밀로 묻혀있을 수밖에 없다. 그러므로 믿음은 한 세대에서 다음 세대로 전달될 수 있는 것이 아니다. 키에르케고르는 이러한 믿음의 속성을 '반복'(repetition)이라고 표현한다. 각 세대는 자신 만의 믿음을 처음부터 다시 시작해야만, 즉 반복해야만 한다는 것이다. 아브라함의 믿음의 행위가 다음 세대로 전달되듯이 하나의 이야기로 전달된다면, 그것은 믿음 그 자체가 무엇이라는 설명이 전달되는 것이 아니고, 비밀로서 남아있는 비밀로서의 비밀(a secret as a secret that remains secret)로서만 전달될 수 있을 것이라고 데리다는 주장한다(80). 여기서 또 하나의 비밀이 있음을 발견할 수 있다. 아케다 사건을 해석할 때에, 신과 인간 사이의 비밀과, 인간과 가족 사이의 비밀로 인해서 믿음이 가능하게 되었다고 데리다는 이전에 이미 언급했다. 그러나 데리다에 의하면, 믿음이라는 것은 그 자체가 또 하나의 비밀이라는 것이다. 데리다의 이러한 주장은 어떠한 결과를 만들어낼 것인가? 만일 믿음이 종교에 가장 중심 되는 것이라면, 데리다가 말하는 것과 같은 비밀로서의 믿음은 기존의 종교구조를 흔들 것처럼 보인다. 대부분의 종교는 그들이 믿는 믿음이 무엇인지를 설명하고 전달하기 위해 시도한다. 그리고 그들이 공유할 수 있는 믿음의 내용들을 이성적으로 체계화시킴으로써 신학 혹은 교리를 만든다. 공유할 수 있는 믿음은 하나의 종교구조를 형성하며 공동체를 만든다. 데리다가 주장하듯이 만일 믿음이라는 것을 공유할 수도 그리고 설명할 수도 없고, 비밀로서 반복할 수밖에 없다면, 이성적 신학에 기초를 두는 교조주의적인 종교 구조는 흔들려야만 될 것처럼 보인다. 이러한 데리다의 종교성은 키에르케고르의 종교성보다 더욱 개인적인 모습이 될 것처럼 보인다. 데리다의 종교성은 그렇다면 폐쇄적 개인 경험의 영역으로만 제한되고 말 것인가? 이 질문에 대한 대답을 위해서는 데리다의 윤리적 관심을 살펴보아야만 한다.

키에르케고르와 마찬가지로, 데리다는 신을 향한 책임과 가족을 향한 윤리 사이에서 선택을 해야만 하는 개인의 단독성(singularity)은 비밀 속에서만 유지된다고 생각한다. 어떤 결정을 위해서 누구도 대신해 줄 수 없는 자신만의 상황이 단독성을 가능케 한다. 그러나 개인이 자신의 비밀을 발설하는 순간, 그 사람은 자신만의 단독성을 상실하게 된다고 데리다는 생각한다. 데리다의 이러한 주장 역시 키에르케고르의 생각을 따라가고 있다. 키에르케고르의 주장처럼, 한 개인의 결정은 단독성과 비밀 속에서만 가능하며, 발설되는 순간 개인의 단독성은 사라지고 보편성 속으로 진입하게 된다고 데리다는 생각한다. 즉 언어의 발설은 보편성으로의 변환을 만드는 것이다(60). 신을 향한 책임과 믿음은 그러므로 보편적이지 않다. 단독성 속에서만 개인의 자유와 책임이 가능함을 데리다는 주장하는 것이다. 이러한 키에르케고르적인 종교적 실존주의가 데리다가 말하고자 하는 핵심 내용일까? 그런 것 같지는 않다. 키에르케고르는 신을 향한 믿음의 행위가 인간의 윤리보다 우위에 설 수밖에 없음을 주장하고자 한다면, 데리다는 신을 향한 책임과 인간을 향한 윤리 사이에서 벌어지는 '아포리아'(*aporia*)적 현상에 더 깊은 관심을 가지고 있다. 키에르케고르가 신을 향한 믿음 그 자체에 관심이 있다면, 데리다는 종교적 현상 속에서도 나타나는 아포리아적인 혹은 해체적인 것들에 관심이 있다고 볼 수 있다. 데리다에 의하면, 신을 향한 책임은 인간을 향한 보편적 무책임을 만들어낸다. 책임이 아포리아적이라는 것이다(61). 신 앞에서의 책임은 인간 앞에서의 책임을 포함하지 못하는 일이 벌어지게 되고, 인간 앞에서의 책임은 신 앞에서의 책임을 포함하지 못하는 일이 벌어지는 이러한 현상에 데리다는 주목한다. 즉 책임을 무엇이라고 규정하는 순간, 그 규정된 책임 속에 포함되지 못하는 또 다른 책임이 남겨지는 이러한 이상한 현상을 데리다는 아포리아라고 표현한다. 이러한 데리다의 주장은 비단 종교적 책임의 영역에 한정되지 않는다. 인간 삶 속의 모든 구조와 조직과 규정 속에 이러한 아포리아적인 요소가 항상 개입되어 있음을 데리다의 해체는 말하고자 시도한다. 그렇다면 데리다가 아케다 사건에 대한 해석을 통해서 말하고자 하는 것은, 신에 대한 믿음의 중요성을 말하고 있다기보다는 종교적 믿음의 아포리아적 성격을 말하고 있는 것처럼 보인다. 키에르케고르의 주장들을 따라가지만, 그와는 의도가 다른 것이다. 그렇다면 데리다는 종교성을 폐쇄적인 개인 경험으로 제한시키고자 하는 것은 아닐 것이다.

그럼에도, 데리다의 해체적 의도는 키에르케고르의 주장들과 잘 어울리는 모습이다. 특히 키에르케고르가 강조하는 신 앞에서의 책임은 데리다가 말하고자 하는 선물의 경제를 보이기 위한 유용한 모델이 될 수가 있다. 데리다는 신 앞에서의 책임을 선물 그리고 대체 불가능한 죽음의 선물 개념과 연결시킨다. 가족을 향한 아브라함의 책임은 일반적 윤리로서 계산과 대체(substitution)를 요구하는 모습인 반면에, 신 앞에서의 책임은 유일성, 단독성, 대체불가능성을 요구하는 책임이라는 것이다. 여기서 데리다가 말하는 계산과 대체라는 단어들은 대가의 법칙 속에 있는 것들이다. 일반적 책임에는 요구가 있고 그에 따르는 반응이 있어야 될 것이다. 그리고 행위에는 합당한 이유가 있을 것이며, 그 행위의 결과에 대한 대가를 예측하며 희망할 수 있다. 즉 일반적 윤리는 가족과 사회를 향해서 계산과 셈을 행해야만 한다는 것을 의미한다. 그러나 아브라함이 신을 향해서 보여준 책임의 모습은 대가를 예측할 수도 그리고 바랄 수도 있는 것이 아니다. 일반적 책임과는 다르게 신 앞에서의 책임은 이해될 수도 없고 설명할 수도 없는 책임이기 때문에 비책임 혹은 무책임이라고 불릴 수도 있다고 데리다는 생각한다(61). 이러한 신 앞에서의 무책임은 가족과 사회를 향해서 셈을 할 수가 없다. 계산, 셈, 혹은 대가 대신에 침묵과 비밀을 유지할 수밖에 없다는 것이다. 키에르케고르가 주장했던 아브라함의 책임은 셈의 경제 혹은 대가의 경제와 함께 할 수 없음을 데리다는 보이고자 하는 것이다. 계산과 대가를 넘어서는 아브라함의 믿음의 행위는 그러므로 빚을 갚음 혹은 대가를 치룸과 같은 경제의 모습이 아니고, 대가와는 전혀 상관이 없는 선물의 경제에 속한다는 것이다. 자신의 아들을 바침으로써 자신에게 어떠한 이득이나 결과가 돌아올지 전혀 계산해보지 않았다면 그것은 선물의 경제에 속한다고 말할 수 있을 것이다. 자신에게 돌아올 이득을 바라고 선물을 준다면, 그러한 선물은 이미 선물이 아니기 때문이다. 그래서 신 앞에서의 절대적 의무는 "죽음의 선물"(gift of death)의 영역을 제공한다고 데리다는 주장한다(63). 죽음은 한계 상황으로서 셈으로 돌려받을 수 있는 가능성이 없는 상태이다. 이삭을 죽이려는 상황 역시 마찬가지라고 데리다는 말하고자 하는 것이다. 키에르케고르에 의하면, 이러한 한계상황에서의 결정은 광기(madness)이다. 계산과 예측과 설명이 결여된 광기의 모습이 아브라함의 모습이고 믿음의 모습이다. 이것은 합리성과 이성 너머의 모습이기도 하다. 그렇다면 데리다의 "죽음의 선물"은 이성이 만드는 모든 구조에 대한 비판과 반발로 이해될 수가 있을 것이다. 키에르케고르가 귀하게 여기는 아브라함의 믿음의 행위는 데리다가 보기에는 이성중심주의를 해체하는 시도로 여겨질 가능성을 발견했기 때문일 것이다. 키에르케고르가 헤겔의 이성적이고 전체주의적 구조물을 비판했다면, 데리다는 서구의 모든 이성중심주의(logocentrism)를 해체하기를 시도한다고 볼 수 있을 것이다. 광기처럼 보이는 아케다 사건을 이러한 그들의 시도를 위한 대표적인 예로 내세우는 것은 어쩌면 당연해 보이기도 한다. 특히 데리다는 아케다 사건에 대한 해석을 통해서, 믿음행위의 개인적 폐쇄성에 대한 강조를 하려는 것이 아니고, 오히려 종교성이라는 것은 이성적 구조에 기초한 종교구조와 다름을 보이고자 하는 것일 수도 있다. 데리다가 말하고자 하는 진정한 종교성은 대가의 법칙을 벗어나는 선물의 경제의 모습일 것이다.

3. 데리다와 레비나스의 아케다

종교적 믿음과 관련된 인간의 윤리에 대한 데리다의 생각을 살펴보기 위해서, 먼저 다루어야 될 사람은 레비나스이다. 유대인 윤리철학자인 레비나스는 그의 유대교 전통에 속한 구약 성경 내용 중에 있는 아케다 사건에 깊은 관심이 있다. 레비나스 역시 아케다 사건을 해석하면서 키에르케고르의 이해에 반응을 한다. 그렇지만 레비나스의 반응은 데리다의 반응과 커다란 차이가 있다. 이러한 레비나스의 반응에 데리다는 또 반응한다. 키에르케고르에 대한 데리다 반응의 주된 관심이 종교적 믿음과 관련된 종교성이었다면, 레비나스에 대한 데리다 반응의 주된 내용은 윤리와 관련된 종교성에 관한 것이다.

레비나스의 아케다 해석은 키에르케고르의 아케다 이해와 큰 차이를 보인다. 키에르케고르는 인간을 향한 보편적 윤리보다 신을 향한 믿음의 행위와 책임을 우선시한다. 아브라함의 경우 신을 향한 절대적 의무는 사회와 가족으로부터 어떠한 정당성도 인정받기 힘든 광기로 보이는 행위를 한 것이다. 아브라함은 보편적 윤리를 지키기를 중지하는 행위를 통해서만 신을 향한 믿음의 행위를 할 수 있었다는 것이다. 키에르케고르는 이러한 아브라함의 행위를 '목적론적 중지'라고 부른다. 아브라함의 목적론적 중지가 보여주는 핵심 내용은, 신의 명령과 비교할 때에 인간 사회의 관습과 윤리는 상대적인 것으로 포기될 수 있다는 것이다. 키에르케고르에 의하면, 아브라함이 목적론적 중지를 통해서 이삭을 죽이기 위해서 칼을 내리치는 순간 신에 의해서 제지될 때에, 아브라함의 믿음이 진정으로 인정받는 순간이 된다. 그러나 레비나스에 의하면, 아브라함이 신에 의해서 제지되는 순간은 살인치 말라는 신의 진정한 윤리 규범으로 돌아온 순간이다. 키에르케고르에 의하면, 인간을 향한 윤리의 보편성 속에서는 개인의 단독성은 사라진다. 인간 윤리를 지키려 시도할 때에, 신을 향한 믿음과 의무가 불가능해질 수 있다는 것이다. 그러나 레비나스는 키에르케고르의 이러한 생각에 의문을 표한다. 인간 사이에서의 윤리는 타자를 향한 책임 의식이기 때문에, 윤리를 통해서 나와 너를 보편 속으로 사라지게 하는 것이 아니고, 오히려 나와 너라는 독특한 개인의 단독성을 유지케 한다는 것이 레비나스의 생각이다(*Proper Names* 76-77). 키에르케고르의 생각에는, 아브라함이 회피해야 할 유혹은 인간을 향한 보편적 윤리에 빠져서 신의 명령을 망각하는 것이었다. 그러나 레비나스에 의하면, 아브라함이 회피해야 할 유혹은 첫 번째 신의 명령에 성급하게 복종함으로써 살인을 행하는 것이었다. 그러나 다행히 아브라함은 그러한 유혹을 이겨내고 신의 두 번째 명령인 살인금지를 수행할 수 있었다는 것이다. 신의 두 번째 음성을 들을 때까지 첫 번째 명령으로부터 시간적 거리를 두고 기다린 것이 아케다 이야기의 핵심 내용이라고 레비나스는 주장한다. 윤리를 어기고 아들을 죽이는 유혹을 넘어서서, 살인금지라는 신의 음성 속의 윤리로 돌아옴이 아케다 사건의 진정한 주제라는 것이다 (77).

레비나스의 아케다 해석을 좀 더 잘 이해하기 위해서, 인간 얼굴에 대한 그의 생각을 살펴볼 필요가 있다. 레비나스가 말하는 타자의 윤리철학은 인간얼굴을 통한 타자의 드러남을 주장한다. 인간얼굴을 통해서 드러나는 타자의 계시적 사건에는, 드러내는 자와 드러냄 자체가 일치하는 사건, 혹은 표현하는 자와 표현 자체가 일치하는 사건이 일어나는데, 이때에 타자가 얼굴 그 자체의 형태를 넘어서 자신을 드러낸다는 것이다 (*Totality and Infinity* 65-66). 이러한 드러남은 하이데거가 말하는 탈은폐도 아니며, 후설적인 인식론이나 현상학과도 관계가 없다고 레비나스는 주장한다. 자신의 현상학은 다른 주체 앞에 대면한 주체를 탐구하는 현상학이라는 것이다. 타자를 하나의 객체로 개념화시켜서 소유하고자 하는 현상학이 아니고, 대신에 타자가 오히려 얼굴을 통해서 주체에게 말을 걸고 드러내는 현상학을 레비나스는 말하고자 하는 것이다(*Collected Philosophical Papers* 19). 비록 레비나스의 드러남의 현상학이 어떠한 과정을 통해서 가능케 되는지에 대한 의문은 남지만, 이러한 레비나스의 현상학이 후설의 현상학과 다른 것은 확실해 보인다. 레비나스의 얼굴에 대한 주장을 아케다 사건에 적용해 보자. 아브라함이 이삭을 죽이기 위해서 칼을 내리치려는 순간, 아브라함은 이삭의 얼굴을 보았을까? 성경에는 이삭의 얼굴에 대한 기록은 없다. 그리고 아브라함이 이삭의 얼굴을 통해서 드러나는 절대적 타자성에 직면했다는 언급을 레비나스 역시 직접 하지는 않는다. 그러나 레비나스의 인간얼굴에 대한 그의 주장들을 통해서, 아브라함이 이삭의 얼굴을 통해서 신적인 타자성을 대면했다는 것을 유추하는 것은 정당해 보인다. 신이 이삭의 얼굴을 통해서 자신의 타자성을 드러냈다면, 신은 이삭의 얼굴을 통해서 "살인치 말라"는 윤리적 명령을 했다고 가정해 볼 수 있다. 이러한 레비나스의 신은 키에르케고르의 신과 많이 다르다. 키에르케고르의 신은 인간을 향한 윤리와 충돌을 일으킬 수 있지만, 레비나스의 신은 타자의 얼굴을 통해서 드러나며, 살인치 말라고 명하는 윤리의 신이다. 그럼에도 레비나스의 신은 이 세상의 이성적 구조와 윤리적 구조를 향해서 "살인치 말라"고 명하는 초월적 신이다. 이러한 초월적 신을 절대적 타자일 뿐 아니라 세상을 향한 절대적 교란자(absolute disturbance)(64)로 묘사하는 레비나스의 주장들은 정당해 보인다. 이러한 초월성이라는 면에서 레비나스의 신은 키에르케고르의 신과 유사한 모습이다. 그러나 레비나스의 판단에 의하면, 키에르케고르는 신의 명령 때문에 인간을 향한 보편적 윤리를 경시한 것이 될 것이다. 신의 명령으로 아들을 죽이는 것이 가능한가? 키에르케고르 대답은 "가능하다"일 것이다. 그러나 레비나스의 대답은 다음과 같을 것이다: "그럴 리 없다. 신은 살인치 말라고 얼굴을 통해서 계시한다."

다시 데리다에게로 돌아가 보자. 데리다는 앞에서 살펴본 것처럼, 키에르케고르적인 종교적 믿음을 소중하게 생각하고 있다. 그러나 다른 한편으로 데리다는 레비나스의 타자를 향한 관심과 윤리를 그냥 지나쳐서는 안 된다고 생각한다. 즉 키에르케고르가 말하는 종교적 믿음 때문에 보편적 윤리를 완전히 희생시켜야만 하는 것이 아니라는 것이다. 신을 향한 책임과 가족과 사회를 향한 책임 사이의 갈등이 아브라함의 겪은 갈등이었고, 그 갈등이 키에르케고르의 일차적 관심이었다면, 데리다는 책임 사이의 갈등들을 좀 더 일반화하려고 시도한다. 신과 인간 사이의 갈등뿐 아니라, 인간과 인간 사이, 그리고 인간과 사회 사이의 갈등을 포함하고자 하는 것이다. 즉 모든 종류의 타자들과의 관계 속에서 경험하는 갈등들을 염두에 두고자 하는 것이다. 데리다에 의하면, 책임과 의무는 나를 다른 타자에게 묶는 것이다. 타자를 타자로서 인정하며, 타자를 절대적 단독성(absolute singularity) 속의 나와 묶는 것이다. 나의 절대적 단독성은 타자의 절대적 단독성과 묶는 책임이 있는 것이다. 그렇다면 나는 모든 다른 타자들에게 책임이 있다고 데리다는 말하고자 한다. 이러한 그의 생각을 데리다는 다음과 같은 하나의 문장으로 표현했다: "모든 타자는 모든 타자이다"(*tout autre est tout autre*, every other (one) is every (bit) other)(68). 해독하기 까다로운 이 표현은 "모든 다른 존재들은 완전히 혹은 전적으로 타자이다"라고 해석될 수도 있을 것이다. 모든 존재가 절대적 단독성을 가지고 있고, 모든 타자에게 내가 책임이 있다면, 하나의 타자를 향한 나의 책임은 또 다른 타자를 향한 나의 책임과 갈등을 일으킬 수 있다는 것이다. 아브라함이 절대적이고 유일한 타자인 신을 향한 책임과 가족이라는 타자들을 향한 책임 사이에서 갈등을 경험했다면, 그러한 갈등은 신의 명령 때문에만 일어나는 것은 아니라는 것이다. 신을 향한 책임 때문에 인간을 향한 책임이 포기되어야 하는 것과 같은 상황과 비슷하게, 한 인간을 향한 책임 때문에 다른 인간을 향한 책임이 포기되어야 하는 상황이 발생할 수밖에 없다는 것이다. 아브라함이 겪은 책임들 사이의 모순과 갈등은, 모든 타자를 향한 책임들 속에도 공통적으로 발생한다. 모든 타자들을 향한 책임은 그러므로 다른 모든 타자들을 위한 책임을 희생시킴으로써만 가능하게 된다는 것이다(69). 데리다의 이러한 주장은 키에르케고르적인가 혹은 레비나스적인가? 신의 명령에 의해서 믿음의 반응으로 인간을 향한 윤리를 어길 수밖에 없는 상황을 인정한다는 점에서 데리다는 키에르케고르에 동의한다. 종교적 믿음의 영역을 데리다는 긍정하는 것이다. 그러나 키에르케고르와는 달리 모든 타자들을 향한 책임이 또한 우리에게 있음을 데리다는 주장한다. 이 부분에서 데리다는 레비나스의 타자적 윤리의 중요성을 긍정하고 있다. 그러나 레비나스는 윤리가 하나의 순수한 규범(예를 들면, '살인치 말라')으로 정형화될 수 있을 것처럼 생각하는 반면에, 데리다는 책임과 윤리는 원래 갈등과 아포리아 상태에 있음을 말하고자 한다. 이것이 데리다가 이해하는 종교성이라고 한다면, 이 종교성은 원래 아포리아적이라고 말할 수 있을 것이다.

데리다에 의하면, 절대적이고 유일한 타자로서의 신은 절대적 타자이다. 그러나 모든 사람들 역시 그 자신의 절대적 독자성과 초월성(다른 주체의 ego 속으로 현존하지 않음)으로 인해서 무한하게 타자(infinitely other)라고 말할 수 있다고 한다. 즉 신에게 해당되는 절대적 타자성이 인간 타자들 속의 타자성에서도 발견될 수 있는 것이다. 전적인 타자(the wholly other)로서의 어떠한 것이 있는 곳에서는 신적인 타자성을 발견할 수 있어야만 한다는 뜻일 것이다. 신적인 초월성과 비밀스러움은 모든 인간의 타자성 속에서도 동일하게 발견되어야만 된다는 것이다. 데리다는 이러한 주장들을 통해서 신과 인간을 동일시하려는 시도를 하는 것이 아니다. 오히려 신의 초월성을 유지하면서도 모든 타자들을 향한 보편적 윤리와 책임의 필요성을 강조하고 있다. 신적인 타자성이 모든 다른 타자들의 타자성 속에서 발견된다면, 타자를 향한 어떠한 폭력도 정당화될 수 없다고 데리다는 주장할 수 있을 것이다. 그렇다면 아브라함이 이삭을 죽이려는 시도는 정당화될 수 있는 폭력인가? 데리다는 여기서 나타나는 모순을 인정한다. 신이라는 절대적 타자와 인간이라는 타자 사이의 책임이라는 것은 결국 갈등과 모순에 빠질 수밖에 없고, 또한 인간과 인간 사이의 책임 역시 아브라함이 겪는 모순에 빠질 수밖에 없음을 데리다는 보이고자 한다(78). 그렇다면 아브라함이 윤리적 기준에 의해서 살인자로 정죄 받아야 함을 데리다는 긍정하고 있다고 말할 수 있다. 키에르케고르의 아케다 해석이 인간을 향한 윤리적 보편을 경시했다는 레비나스의 비판을 데리다는 여기서 심각하게 받아들이고 있음을 볼 수 있다. 데리다는 키에르케고르의 종교적 믿음의 영역이 있음을 긍정한다. 그래서 신의 명령으로 아들을 죽일 수도 있음을 긍정한다. 그리고 아브라함이 신에 대한 책임 때문에 인간을 향한 보편적 윤리를 어길 수 있음을 긍정한다. 그러나 인간을 향한 보편적 윤리가 폐기처분되어야 한다고 주장하는 것은 아닌 것이 확실하다. 그렇다면 아브라함의 행위는 인간의 보편적 윤리에 의해서 살인자라고 지목되어야 하는 것이다. 키에르케고르 역시 이 부분은 어느 정도 인정하고 있는 것처럼 보인다. 그럼에도 종교적 믿음을 우위에 놓고자 하는 것이 키에르케고르의 의도이다. 그러나 종교적 믿음의 행위를 보편적 윤리보다 우위에 놓고자 하는 것은 또 다른 문제를 만들어낼 것이다. 신의 명령이라고 주장하면서 어떠한 폭력도 정당화할 수가 있을 것이라는 위험성이 그것이다. 데리다는 이러한 위험성을 염두에 둔 것처럼 보인다. 데리다가 레비나스의 비판을 중요하게 받아들이는 이유가 이러한 위험성 때문일 것이라고 추측해 볼 수 있다. 그리고 데리다가 레비나스를 받아들이는 또 하나의 이유는, 레비나스 역시 키에르케고르처럼 신의 무한한 타자성과 인간의 타자성 사이의 구별을 유지하고 있다고 보기 때문이다. 즉 인간의 얼굴을 통해서 드러나는 신의 타자성에 대한 주장이 신과 인간의 타자성 사이의 구별을 없애는 것이 아니라고 데리다는 판단한다. 그렇다면 키에르케고르가 말하는 종교성과 레비나스가 주장하는 윤리 사이의 차이는 큰 것이 아니라는 것이다. 둘 사이의 차이를 좁혀 간다면, 키에르케고르는 레비나스의 보편을 받아들일 공간을 허용할 수 있고, 레비나스는 키에르케고르적인 신의 타자성과 인간 타자성 사이의 질적인 차이를 긍정할 수 있을 것이라는 것이다(84). 키에르케고르와 레비나스 사이를 좁히려는 데리다의 종교성은 타자를 향한 윤리를 포함하는 종교성이라고 볼 수 있다.

　아브라함과 같은 믿음의 행위가 빠진 종교성은 데리다의 생각 속에서는 가능치 않아 보인다. 그러나 아브라함을 살인자로 판단할 수 있는 윤리적 체계 자체를 데리다는 무효화시키기를 원치 않는다. 데리다가 원하는 것은 어떠한 윤리적 체계이든지, 그 체계는 완전하지는 않다는 것을 지적하기를 원한다. 즉 하나의 체계는 미처 담지 못하고 다루지 못하는 영역을 남겨둘 수밖에 없다는 것이다. 신의 명령에 의해 수행해야 하는 믿음의 행위를 윤리적 체계가 담지 못하는 것과 같다. 데리다의 이러한 생각은 반대의 해석도 가져올 수 있다. 하나의 종교적인 믿음의 행위는 인간을 향한 보편적 윤리를 담아내지 못하는 것을 데리다는 지적하고 있다. 그렇다면 하나의 믿음에 의한 결정 역시 불완전함을 인정해야 되는 것이 아닐까? 데리다는 종교적 믿음의 영역이 가능한 것임을 인정하기도 하지만, 또 한편으로는 종교적 믿음의 행위는 어떠해야 한다고 규정하는 것이 오히려 위험하다는 경고를 하는 것일 수도 있다. 종교의 이름으로 그리고 신의 이름으로 저지를 수 있는 폭력을 가볍게 여길 수 없는 것이 사실이다. 그러나 레비나스가 보편을 중시하는 하나의 윤리적 구조를 세운다면, 이 또한 데리다에게는 문제가 될 것이 분명하다. 하나의 구조는 그 구조가 포함하지 못하고 남겨두는 것들이 항상 있게 마련이기 때문이다. 만일 타자의 얼굴을 통해서 드러나는 "살인치 말라"라는 보편적 규범으로서의 윤리가 순수한 비폭력을 추구한다면, 이러한 순수함 자체 역시 폭력적일 수 있다는 것이 데리다의 생각이다. 레비나스의 타자윤리도 존재론과 언어적 개념이 야기하는 폭력의 가능성에서 자유로울 수 없다는 것이다(*Writing and Difference* 146-47). 순수함과 완전함을 향한 시도가 규범화되고 구조화될 때에 그것은 그 구조 밖의 타자들의 희생을 요구할 것이기 때문이다. 하나의 구조를 정당화하는 순간, 그 구조 밖의 남겨진 타자들은 희생될 수밖에 없다는 데리다의 주장은 정당하다. 그것이 윤리적 구조든지, 종교적 구조든지, 법률적 구조든지, 정치적 구조든지, 인간이 만드는 모든 구조는 불완전하며, 그 구조 밖에 남겨진 것들을 희생시킨다는 것을 지적하는 것이 데리다 해체의 핵심일 것이다. 아브라함적인 종교성을 데리다는 인정할 수 있다. 그리고 사실 데리다는 깊은 종교성을 가진 사람일 수도 있다. 그러나 종교성을 규정하는 하나의 (이성적)종교구조는 데리다에 의하면 해체의 대상이 될 수밖에 없어 보인다.

4. 나가는 글

키에르케고르, 레비나스, 그리고 데리다는 이성과 그것이 만들어내는 사회, 문화, 정치, 그리고 종교적 구조라는 거대한 힘과 시스템에 도전하는 태도를 보이고 있다. 이들이 보기에는 인간이 만드는 모든 이성적 구조들은 초월, 무한, 타자, 혹은 종교성으로 불리는 것들로부터 침입, 비판, 해체, 혹은 교란을 당해야 한다. 성경에 기록된 아케다 사건은 설명 불가능한 광적인 믿음행위의 사건(키에르케고르)이거나, 신의 교란적 드러남(레비나스)이거나, 혹은 아포리아적 사건(데리다)으로서 인간의 이성적 생각 구조를 흔들어 놓는 사건으로 세 사람은 받아들인다. 데리다가 아케다 사건 해석을 위해서 키에르케고르와 레비나스를 대화의 상대로 끌어들인 것은 이러한 유사성 때문일 것이다. 데리다의 아케다 해석은 키에르케고르의 종교적 믿음에 대한 강조를 긍정한다. 신을 향한 책임과 인간을 향한 책임 사이에서 신을 향한 믿음행위의 우선됨을 받아들이며, 믿음이 종교성의 중요한 부분임을 데리다는 인정한다. 인간이 그들의 이성의 힘으로 만드는 구조와 시스템의 완전성과 절대성에 대한 주장들을 항상 흔들고자 하는 데리다의 해체적 시도는 신으로부터의 초월적 명령과 요구와 계시의 가능성을 열어놓고 있는 것처럼 보인다. 유대인 데리다는 자신이 하나의 종교를 믿는 종교인이라고 공식적으로 밝히지 않는다. 그리고 정통적인 믿음의 종교적 입장에서는 자신을 한명의 무신론자라고 당연히 여길 수밖에 없는(quite rightly pass for an atheist) 사람이라고 자신을 평가한다(*Circumfession* 155). 그러나 자신을 무신론자라고 단정적으로 말하지 않으면서 동시에 한 명의 종교인이라고도 말하지 않는 이유는, 자신을 하나의 종교적 구조를 따르는 한명의 종교인으로 동일화시키기 원치 않기 때문일 것이다. 이러한 의미에서는 데리다는 종교 없는 종교성을 말하고 있다. 그리고 또 한편으로 데리다는 하나의 구조화된 종교가 만들어내고 정당화할 수 있는 폭력의 위험성을 피하고자 한다. 신의 명령이라는 절대적 확신 때문에 비행기를 건물에 충돌시켜서 많은 사람을 살상하는 행위를 데리다는 정당화할 수는 없을 것이다. 레비나스의 타자에 대한 강조를 어느 정도 수용하는 이유가 이 때문일 것이다. 그러나 반대로 레비나스가 말하는 것과 같은 순수함을 지향하는 윤리적 규범 역시 구조화의 위험과 폭력의 위험을 지니고 있음을 데리다는 동시에 지적한다. 인간이 가진 종교와 윤리는 아포리아적일 수밖에 없음을 보이고자 하는 것이 데리다 아케다 해석의 가장 중요한 점일 것이다.

Works Cited

키에르케고오르. 『공포와 전율/철학적단편/죽음에 이르는 병/반복』. 손
    재준 역. 서울: 삼성출판사, 1976. Print.

Derrida, Jacques. *Circumfession: Fifty-nine Periods and Periphrases*. In Geoffrey
    Bennington and Jacques Derrida. *Jacques Derrida*. Chicago: U of
    Chicago P, 1993. Print.

_____. *The Gift of Death*. Trans. David Wills. Chicago: U of Chicago P,
    1995. Print.

_____. *Writing and Difference*. Trans. Alan Bass. Chicago: U of Chicago P,
    1978. Print.

Levinas, Emmanuel. *Collected Philosophical Papers*. Trans. Alphonso Lingis.
    Dordrecht: Nijhoff, 1987. Print.

_____. *Proper Names*. Trans. Michael B. Smith. Stanford: Stanford UP,
    1994. Print.

_____. *Totality and Infinity*. Trans. Alphonso Lingis. Pittsburgh: Duquesne
    UP, 1969. Print.

레비나스의 윤리학과 예술론*

나 윤 숙

I.

매튜 샤프 (Matthew Sharpe)가 레비나스 철학의 여타 분야에 비해 그의 미학에 관하여는 상대적으로 연구가 미흡하다고 아쉬워했고(29), 숀 핸드 (Seán Hand)는 레비나스 철학에서 예술이 중요한 위치를 점하고 있음을 예의주시 하기는 했으나(63), 사실 윤리학을 제 일 철학으로 삼은 레비나스가 예술을 주제로 삼아 체계적인 연구를 한 것은 아니라고 해도 과언은 아니다. 그러나 레비나스는 일종의 예술론1)으로 집약될 수 있는 충분한 흔적을 남겼을 뿐만 아니라, 그의 족적을 따라가다 보면 레비나스의 예술

* 이 논문은 『문학과 종교』 제117권 3호(2012)에 「레비나스의 윤리학과 예술론」으로 게재되었음.
* 이 연구는 한동대학교 교내연구지원사업 제20120047호에 의한 것임.
1) 레비나스를 연구하는 학자들은 미학(aesthetics)과 윤리학(ethics)의 관계를 중심으로 이와 유사한 주제를 다루어왔다. 본고에서 레비나스의 예술론이라 함은 레비나스가 예술(작품)을 바라보는 시각 정도로 이해하면 될 것이다.

론과 그의 윤리학은 분리하여 논의하기가 어려운 관계에 있다는 것을 발견하게 된다. 우선 레비나스의 예술론을 고찰함에 있어 이왕에 윤리라는 화두를 내어 놓았으므로, 레비나스의 소위 타자 윤리학이 형성된 배경과 그 내용을 대강이라도 짚고 넘어가고자 한다. 1, 2차 세계 대전 이후, 데카르트적인 서구의 주체는 더 이상 설 자리를 유지하기 힘들게 된다. 이성적 주체 안에서 작동되는 인식의 틀에 타자를 가두고 사유화하는 객관화의 과정이, 역설적 인듯하지만 필연적으로 극단적 주관화에 빠져 결국 인류 역사상 전대미문의 대학살인 홀로코스트로 표출되기에 이르렀기 때문이다. 이렇듯 근대의 합리성을 기반으로 한 주체가 보여 준 극도의 불합리적 행태는 도저히 합리적으로 설명될 수 없는 파국으로 세상을 몰고 간 셈이다. 레비나스의 대표적인 저서 가운데 하나인『전체와 무한』(*Totality and Infinity*)2)의 개념을 차용해서 보자면, '무한'이 배제된 '전체'는 본질상 전체주의적인 폭력을 내포하고 있다고 볼 수 있으므로 이는 예정된 재앙이었는지도 모를 일이다. 그런데 관념론적으로, 혹은 현상학적으로 주체와 타자의 문제를 풀어내는 정도로는 여전히 '악'(evil)의 문제를 해결 할 수 없기에, 레비나스가 볼 때 홀로코스트라는 난제를 풀기에는 역부족이라고 생각했던 것이다.3)

잘 알려져 있다시피, 레비나스가 타자를 설명할 때 사용한 은유가 '얼굴'이다. 여기서 얼굴이라 함은 주체의 상태나 수용가능성, 의지 등과 상관없이 도움을 호소하는 타자의 얼굴이다. 이렇듯 일방적으로 주체에게 윤리적 책임을 요구하는 무한한 타자성(alterity)에 반응함으로써 데카르트식의 이성적 주체는 비로소 레비나스식의 윤리적 주체가 되고, 이 때

---

2) 통상 1940년대를 레비나스의 초기 시대, 1950년대에서 1960년대 초반을 중기 시대, 그리고 1960년대 후반 이후를 후기 시대라고 보기 때문에, 1961년도에 출판된『전체와 무한』은 레비나스의 중기 시대를 대표하는 저작이라고 보면 된다. 레비나스는 이 작품을 전쟁 중에 포로수용소에서 썼다.
3) 나치의 유대인 대학살로 인해 레비나스는 부모와 남동생 둘을 잃었다.

윤리성의 중심에는 주체의 절대적인 수동성이 자리하게 된다. 다시 말해, 서구의 능동적이고 이성적인 주체가 작동되기 이전의 상태에서 소위 익명적이고 비인격적인 '있음'(il y a)은 발생 가능하다. 프랑스어에서 'il y a'는 영어의 'there is'와 같은 뜻인데, 이 때 il은 비인칭 주어이고 존재가 뚜렷하지 않은 '익명적 있음'을 뜻한다고 보면 무난하다.[4] 이를 레비나스 식으로 다시 설명하자면, 이성에 의해 작동되는 개념으로 포섭될 수 없는 존재의 외재성 혹은 존재 이전의 영역(hither side)이다. 그런데 흥미로운 것은, 근대 철학에서 확립하려한 주체가 발생하기 이전의 상태를 나타내는 '익명적 있음'의 지점에서 레비나스 윤리학과 예술론의 숙명적인 만남이 있게 된다는 사실이다. 제랄드 브룬즈(Gerald L. Bruns)도 레비나스에게 있어서 시와 예술의 경험은 '익명적 있음'의 경험과 연속선상에서 논의되어야 하는 주제임을 분명히 하고 있다(213). 그러나 정작 레비나스 본인은 이 문제에 관하여 확실하게 자신의 입장을 밝히지 않은 것처럼 여겨질 소지가 다분히 있기에, 그의 저작에 산재해 있는 내용을 중심으로 후학들의 체계적인 검토가 절실히 필요하다고 본다. 이에 본고에서는 레비나스의 타자 윤리학을 중심으로 하여, 예술 작품 감상의 주체가 경험하는 일종의 황홀경 혹은 몰입의 상태와 재현, 그리고 이미지로서의 예술의 본질을 고찰함으로써 레비나스의 예술론이 그의 타자 윤리학과 어떤 관계를 맺고 있는지 살펴보고자 한다.

II.

예술 작품을 감상할 때, 이성적 개념화에 갇혀 있지 않고 레비나스가

---

4) 레비나스의 『존재에서 존재자로』(*Existence and Existents*) 52쪽 참조. 여기서 레비나스는 미학과 문학에 관한 논의를 하며 il y a의 개념을 사용했다. 『윤리와 무한』. (58-59).

말하는 '익명적 있음'의 상태와 상당히 흡사한 경험을 하게 되므로, 이를 서양의 이성적인 주체가 개념적으로 포섭할 수 없는 상태라는 점에서 보자면 '익명적 있음'과 예술 작품의 감상 사이에는 상통하는 부분이 있음에 틀림없다. 그런데, 바로 이 교차점을 해석하는 방향에 따라 레비나스의 예술론은 윤리적이 되기도 하고 비윤리적이 되기도 하는 패러독스가 발생한다. 레비나스의 저작 중 집중적으로 예술을 주제로 다루고 있다고 간주되는 소논문인 「실재와 그림자」("Reality and Its Shadow")에서,[5] 레비나스는 주체가 예술(작품)에 의해 영향을 받을 때 주체의 이성이 주관할 수 없는 상태에 이르는 데, 이는 마치 주술에 걸려든, 즉 혼이 나간 상태와 흡사하고 주장한다(RS 3-4). 이 때 주체가 정신이 멀쩡한 상태에서 상대방에게 질문을 하고, 그 결과로 상대방이 자신에 대해 설명할 수 있는 능력을 상실한다는 근거로 레비나스의 예술론을 비윤리적이라고 보는 피터 슈밋겐 (Peter Schmiedgen)의 견해가 납득이 되는 대목이다(156). 이뿐만 아니라, 레비나스에 의하면 "예술적인 즐거움"에는 무언가 "악하고, 이기적이며, 비겁하기까지 한" 것이 있다는 것이다(RS 12). 예술이 일종의 현실 도피처가 되어 버려, 주체에게 윤리적 면책의 특권과도 같은 것이 부여되는 듯한 인상을 줄 수 있기 때문이다. 윤리학과 미학의 관계를 어떻게 생각하느냐는 질문에도 레비나스는 "아름다운 것이 궁극적인 것은 아니다. . . . 그러나 그렇게 되면 매혹(fascination)될 가능성이 있고 이것은 무관심이나 윤리적인 잔인함의 문제에 연결 된다"(Righteous 119)라고 답한다.[6] 그러므로 이런 맥락가운데서 보자면, 레비나스에게 있어서 예술이란 철저하게 비윤리적이라는 서동욱의 다음과 같은 평가도 무리가 아닐 것이다.

---

5) "Reality and Its Shadow"(1948)는 레비나스의 초기 저작이라 후기 레비나스까지 논하기에는 충분하지 않으나, 본고에서 다루는 주제의 특성상 다른 저작물에 비해 자주 인용될 것임을 밝혀 둔다. 이후에 "Reality and Its Shadow"는 RS로 약칭하기로 한다.
6) 『존재하는 것은 정당한가』(Is It Righteous To Be?)는 레비나스와의 인터뷰를 모아 놓은 책으로 본고에서는 지면 관계상 Righteous라고 표기한다. 인용 문헌 참조.

레비나스에게서 예술은 내 이웃이 페스트로 죽어 가는 옆에서 벌이는 잔치처럼 수치스러운 것으로 이해된다. 그것이 수치스러운 까닭은, 예술로부터 얻는 자유는 타자의 자유에 대해 무관심한 오로지 나만의 자유, 즉 이기적인 자유이기 때문[이다] . . . 결국 레비나스에게서 예술은 주체를 모든 책임성으로부터 자유롭게 해주는 즐거움의 원천 이상도 이하도 아닌 것이다. 심지어 주체는 예술 속에서 타자뿐 아니라 그 자신에 대한 책임성으로부터도 자유로운데, 왜냐하면 . . . 예술은 주체를 비인격적 익명적 '있음'의 상태, 즉 책임질 수 있는 인격이 없는 상태로 되돌려 놓기 때문이다. (390)

예술이 주체를 "책임질 수 있는 인격이 없는 상태로 되돌려 놓[는다]"라는 근거로 예술은 비윤리적이 되는데, 레비나스의 타자 윤리학에서 책임의 문제는 핵심적이기에 서동욱 등 일련의 학자들이 주장한 레비나스 예술론의 비윤리성에 반론을 제기하기가 어려워 보인다.[7]

레비나스의 철학적 입장에서 볼 때 예술은 윤리적이지 않다는 주장의 근거로, 책임질 수 없는 인격의 상태가 되고 마는 예술 작품 감상의 주체를 문제 삼았다. 이제 레비나스가 보는 예술이 윤리적일 수 있다는 가능성을 뒷받침할 수 있는 근거를 다른 방면으로 찾아보고자 한다면, 작품을 감상하는 주체의 문제에서 예술 작품 자체의 문제로 화두를 전환할 필요가 있다. 이렇게 되면 결국 기존의 인식론과 존재론의 테두리 안에서 레비나스의 예술론이 포섭될 수 있는지에 대한 문제가 자연스럽게 제기될 것이기 때문이다. 레비나스 자신이 「실재와 그림자」에서, "예술의 기능은 표현"(2)이고 "예술의 기본적인 과정은 대상을 이미지로 대체하는 데 있다"(3)라고 한 바 있다. 예술을 일종의 모방 차원에서 이해한 플라톤 식으로 보자면, 단지 재현에 불과한 예술(작품)은 열등한 의미에서의 이미지로 전락한다. 우선 이 문제는 이런 예술 작품이 본질적으로 감상자, 즉

---

7) 특히 레비나스의 초기 저작물을 근간으로 하여 레비나스가 예술에 우호적이지 않다는 해석이 있어 왔다.

인간과 윤리적 관계를 맺는 것이 가능한지 혹은 유의미한지의 질문으로 연결된다. 희로애락을 경험할 수 없는 비인간(non-human)으로서의 예술 작품과 다른 것은 다 차치하고라도 고통 하는 몸을 갖고 있는 인간 사이에 레비나스가 의미하는 바로 그 윤리적 관계가 성립할 수 있을까?[8] 질로빈스(Jill Robbins)는 레비나스의 예술론이 기존의 평가와는 달리 충분히 윤리적일 수 있음을 주장하는 학자들 중의 한명이다. 그러나 이런 로빈스조차도 특히 무대 위에서 현실을 재현하는 연극배우의 역할을 예로 들어가며, 레비나스의 예술론이 비윤리적이라고 읽혀 질 수 있는 소지가 있음을 지적한다. "특정 캐릭터가 된다는 것은 인간임을 유지하지 못한 채 비유적인 인물로 전락하여 일종의 조각상으로 변한다"는 뜻이고 이렇게 되면, "실재와 환상을 구분할 수 없게" 되므로, '재현'의 역할을 하는 작품 속의 등장인물이나 배우들의 실재적 의미가 존재론적인 차원에서 성립되기 어렵다는 것이다(50). 레비나스가 비평에 관해 논하며, 예술의 "비인간성"을 "인간적인 삶"의 형태로 변환시켜 주어 감상자의 이해를 돕는 일종의 다리 역할을 하는 데 비평의 의미가 있음을 굳이 상기시킨 점도 이런 맥락 속에서 이해할 수 있다(RS 2). 무엇보다, 레비나스가 보기에 예술 작품에는 인간으로서의 타자성(alterity)이 결여되어 있어서 실재를 그림자처럼 반영하고 있을 뿐이라면, 이런 예술 작품과 감상자 사이에 직접적으로 레비나스 식의 윤리적 관계가 맺어지는 일은 가능할 성 싶지도 않을뿐더러 유의미 하지도 않게 된다.

예술적 상상력의 가치를 내세워 예술적 실재가 실제로 실재보다 더 한

---

8) 예를 들어, 독서의 과정에서 형성될 수 있는 문학 작품 속의 등장인물(들)과 독자 사이의 관계를 레비나스 예술론이 윤리적일 수 있다는 논지의 근거로 삼아도 될지를 생각해 볼 수 있다. 물론 레비나스가 직접 문학 일반으로 예술 일반을 대표할 수 있다고 하지는 않았으나, 레비나스 예술론의 윤리성/비윤리성 문제와 관련하여 문학으로 범위를 좁히면 논의가 '편리'해 지는 점을 감안하여 방법론적인 차원에서 문학을 예로 들 수 있다는 말이다. 참고로 『전체와 무한』(Totality and Infinity)에서 시(poetry)는 특정 문학 장르를 지칭한 다기 보다 일반적인 의미의 예술작품이라고 이해하는 편이 타당하다.

리얼리티를 체험하게 해 줄 수 있다는 점을 부각시킬 수도 있다. 그러나 작품은 정지된 시간 속에 갇혀있어서 현재적 의미의 책임의식을 원천적으로 가질 수 없다는 점을 들추어내게 되면, 예술에서의 윤리적 관계는 더더욱 형성되기가 어려울 것으로 보인다. 레비나스에 따르면, 미래는 영원히 중지되고, 순간(instant)에는 덧없음이라는 현재성의 핵심이 결여되어 있기에(RS 9), 모나리자가 수백 년 동안 한결 같은 미소를 짓고 있듯이 "책 속의 등장인물들은 같은 행동과 같은 행동을 무한정으로 반복해야 하는"(RS 10) 운명에 처해진다. 그러므로 로빈스조차 "사람 간에 존재하는 아무리 조화로운 관계라 할지라도 재현(represent)하게 되면 곧 그것은 얼어붙게 되고, 이런 식으로 해서 마땅히 윤리적 관계이어야 하는 것이 일종의 무대 행렬(theatrical pageant)"로 전락할 수 있음을 지적한다(48). 이렇게만 보면, 정지된 시간 속에 갇혀 있는 예술(작품)과 흐르는 시간 속에서 변화와 고통을 감내해야 하는 몸을 지닌 인간과의 윤리적 관계 성립은 그야말로 어불성설이 되고 만다. 아무리 예술적인 가치가 뛰어난 작품을 접하게 된다 할지라도, 감상의 즐거움은 누릴지언정 영원히 정지된 미래를 기다리는 작품을 통해 '타자의 얼굴'을 경험함으로써만 가능한 윤리적 관계는 생겨날 수 없기 때문이다. 「실재와 그림자」에서 레비나스가, "예술이 인간의 이해와 행동의 차원을 뛰어 넘는 일종의 평안"(appeasement)을 주기는 하나, 이러한 일은 오직 "책이나 그림 속에서만 가능한 실재의 리듬에 우리를 던지는 것"(RS 12)과 같다라고 한 말을 어떻게 해석해야 할지 고민이 필요한 대목이다.

이렇게 레비나스가 예술작품을 정지된 시간 속에 갇혀 있는 재현 물로 간주하고 있다고 평가하면 그는 플라톤 식의 모방론 자가 되어버린다. 그런데 이는 단순히 그가 생각하는 예술이 비윤리적일 수 있음을 드러낼 뿐만이 아니라 레비나스에게 있어서 "예술은 얼굴의 지평을 통해 나타나는 무한자를 향한 운동을 가능케 하는 대신, 이 얼굴을 아름다움 속에 정지시켜서 우상으로 만들어버린다"(서동욱 392)는 비평까지도 가능하게 된다. 로버트 이글스톤(Robert Eagleston)이 레비나스에게 있어서 모든 예술은 "우상숭배적"이라고 한 것도 이런 문맥에서이다(119). 그리고 이 점은 하나님 이외의 다른 우상을 섬기지 말라는 유대교의 전통과 무관할 수 없는데,9) 이렇게 되면 예술작품으로 환원될 수 있는 "이미지들을 금지시키는 일은 유일신을 섬기는 종교의 최상 명령이다"(RS 11)라든가 "입은 있으되 말을 할 수 없는 우상들"로 인해 "악의 세력"이 되살아난다(RS 12)와 같은 다소 원색적인 레비나스의 발언들을 굳이 언급하지 않아도, 레비나스에게서 '시인'을 국가로부터 추방시켜야 한다고 설파한 플라톤의 이미지가 중첩되어 보일 수 있다. 예술 작품이 정지된 시간 속에 갇혀 있어서 감상자와 윤리적인 관계를 맺는 것이 불가능할 뿐만 아니라, 작품 속에 재현된 '윤리적' 관계라 할지라도 현재성이 결여되어 있기에 비윤리적이라고 설명한 지금까지의 논의가 잠정적으로 도달한 지점이 결국 모방론자로서이건, 도덕주의자로서이건 플라톤이라는 점이 흥미롭다. 그런데 비평가들이 플라톤식의 도덕주의자로 레비나스를 몰아 세워 윤리적 이상의 구현에 우선순위를 두는 예술 비판론자라고 평가 절하한 것을 헨리 맥도널드(Henry MacDonald)같은 비평가가 안타까워한(15) 이유는 과연 무엇일까? 이렇게 되면, 레비나스의 예술론이 비윤리적이라고 지금까지 주장한 근거가 오히려 그의 예술론이 사실 지극히 윤리적이라고 주장할 수 있는 근거가 될 수는 없을지 다른 각도에서 짚어 볼 일이다.10)

---

9) 참고로, 레비나스에게 영향을 미친 유대교 전통은 미트나게딤(Mitnagedim)이다. "하시딤(Hasidim)이 내면성이나 감정, 하나님 체험을 강조하는 반면, 미트나게딤은 외적이고, 객관적이며, 정확한 텍스트 강독과 이해를 강조한다. 『타인의 얼굴—레비나스의 철학』. (20, 21).

10) 물론 엄연히 서로 다른 '윤리'와 '도덕'을 마구잡이로 섞어서 쓰고자 함은 아니다. 오히려 레비나스의 윤리가 일반적인 의미에서의 도덕과는 분명히 다른 개념임을 생각해 볼 수 있는 기회라고 생각한다.

III.

　예술(작품)이 감상자의 혼을 쏙 빼 놓을 뿐만 아니라, 작품 자체에도 존재론적인 위상이 결여되었음을 지적한 레비나스의 예술론이 전통적인 도덕론 그리고 모방론과 맥을 같이하고 있는 것처럼 보이는 까닭에 다분히 비윤리적일 수 있음을 살펴보았다. 그러나 앞서 레비나스가 생각하는 예술(론)이 비윤리적임을 설명하기 위하여 제기된 근거가 흥미롭게도 정 반대의 논지를 입증하는 데도 사용되어 질 수 있는데, 이런 이유에서 레비나스의 예술론은 본질상 역설적이라고 볼 수 있다. 우선, 레비나스가 명명한 '익명적 있음'의 상태가 무책임을 동반한 일종의 자기탐닉이라 비윤리적이 되어버리는 바로 그 지점에서 레비나스의 예술론은—레비나스 식으로 보았을 때—윤리적이라고 여겨질 수 있는 일종의 정당성이 확보 된다. 예술 작품에 몰입하는 상태와 '익명적 있음'의 상태가 모두 철저한 수동성에 근거하고 있기에, 이 둘 사이에는 서구적인 이성적 주체가 작동되기 어렵다는 공통분모가 형성되기 때문이다. 그런데, 이러한 상태가 윤리적일 수 있음을 입증하기 위해서는 아이로니컬하게도 이를 비윤리적이라고 판단하는 이유를 좀 더 자세히 들여다 볼 필요가 있다. 레비나스가 예술 작품 감상의 본질을 비윤리적이라고 본다는 판단의 근거는 능동적으로 책임 의식을 작동 시킬 수 있는 주체(subject) 혹은 행위자(agency)가 소멸해 버려 원천적으로 윤리성이 확보될 수 없다는 것이다. 그런데 문제는 책임을 기본으로 하는 윤리성의 성립을 위해 필수불가결 하다고 여겨지는 행위자 개념 속에 전통적인 서양 철학에서 인정하는 주체의 밑그림이 깔려 있다는 점이다. 실재로 서동욱은 레비나스의 「실재와 그림자」를 연구한 그의 저작에서, "주체의 동일성 및 자기를 거스를 수 있는 힘—칸트 식으로 말하면 경향성들을 거스를 수 있는 실천 이성의 힘—은 모든 도덕의 가능성의 주관적 조건인데 예술 작품은 이 두 가지를 불가능하게 만들어버린다는 점에서 비도덕적이다"(369)라고 대놓고 주장한다. 그러나 레비나스 윤리학에서 타자가 진정한 의미의 타자가 되려면 오히려 이성적 주체가 성립되기 전의 '익명적 있음'이 전제되어야 할 뿐만 아니라, 이런 타자의 얼굴에 주체가 반응하는 것은 인식론적 이해라기보다 윤리적 명령 차원의 일이라는 점을 명심해야 할 것이다.

레비나스는 사실 예술의 본질이 지식(knowledge)을 기반으로 하는 인식론적 차원의 이해에 있지 않다는 문제 제기를 하고 있는 셈이고, 게리 피터스(Gary Peters)가 주장하듯이, 레비나스철학에서 예술 작품에 매료됨으로 발생하는 일종의 인식 박탈의 상태야 말로 중요한 미적 감흥의 표시라고 볼 수 있다(10). 이렇게 되면 레비니스가 말하는 이미지는 플라톤식의 모방론에서 이해되는 이미지와는 완전히 다른 의미의 이미지인 '그림자'(shadow)라고 보아야 한다.

> 예술의 역할은 이해하지 않음에 있지 않을까? . . . 그렇다면 예술가는 바로 실재의 모호성 그 자체를 알고 표현해야 하지 않을까? 그러나 이 문제는 예술에 관한 본 논의를 덮어버릴 만큼 포괄적인 질문으로 연결되는데, 그것은 결국 존재의 비진리는 무엇으로 이루어져 있을까 하는 질문이다 . . . 독립적인 존재론적 사건의 차원에서 보자면, 모호성과의 거래가 개념적 이해로 환원될 수 없는 범주를 설명할 수 있지 않을까? 그리고 우리는 바로 예술을 통해 이 사건을 보여 주려고 한다. 예술이 어떤 특정 형태의 실재를 알고 있지는 않지만 그것은 분명히 지식과 대조를 이룬다. 다시 말해, 그것은 모호함이 발생하는 사건이자 밤이 내려앉음이고 그림자의 침입이라고 할 수 있다.

> "Does not the function of art lie in not understanding? . . . Will we then say that the artist knows and expresses the very obscurity of the real? But that leads to a much more general question, to which this whole discussion of art is subordinate; in what does the non-truth of

being consist? . . . Does not the commerce with the obscure, as a totally independent ontological event, describe categories irreducible to those of cognition? We should like to show this event in art. Art does not know a particular type of reality; it contrasts with knowledge. It is the very event of obscuring, a descent of the night, an invasion of shadow." (RS 3)

인간이 이성으로 이해하는 실재가 실재의 전체가 아니며, 실재는 이렇게 개념을 통한 이해가 아니라 이미지의 차원에서 작동되므로, 결국 실재는 이성의 이해를 거부하고 '닮음'(resemblance)의 과정을 거쳐 '그림자'(shadow)로 경험된다는 점을 레비나스는 설명하고 있는 것이다. 다시 말해, 실재가 이성적 주체에 의해서 이해되면 '전체'(totalization)가 되는데 반해, 레비나스가 말하는 '익명적 있음'의 지점에서는 이미지를 통해 '무한'(infinity)을 경험하게 된다는 이야기이다. 이런 식으로 보면, 예술에서 이미지는 모방 차원의 2차적 의미가 아닌 '무한'으로 향하는 일종의 통로로서 '그림자'가 된다. 그러므로 레비나스가 과학이나 철학 등을 이해하는 식의 수고를 내려놓아야 비로소 소설이나 그림을 제대로 이해하며 감상할 수 있다고(RS 12) 주장한 것은 당연한 일이라 하겠다. 이렇듯 레비나스에게 있어서 이미지는 플라톤 식의 모방론에서 파악되는 것처럼 실재보다 열등한 의미의 이미지가 아니라, 주체의 이성에 의해 이해되는 '개념'과 대척점에 놓여 있는 이미지가 되므로, '익명적 있음'의 장을 열어 주는 계기로 기능한다. 개념(concept)의 개념 자체가 본질적으로 주체의 능동적인 이성의 작용을 통해서 가능한 이해(cognition)을 전제로 하고 있기 때문에, 주체의 수동성을 기반으로 발생하는 예술 작품의 감상을 논하기에는 애초에 부적절하다고 보는 것이다.

플라톤 식의 이미지는 대상을 재현하여, 즉 "다시 현재로 만들어서"(re-presen-tation) 기존의 인식론적 체계에 편입시킨다.[11] 그러나 레비나

---

11) 윤리와 무한을 옮긴 양명수의 각주 (137, 138) 참조.

스에 의하면, 객관의 가면을 쓰고 개념이 주체에 의해 주관적으로 포섭되는 것에 비해 이미지야말로 인식론적 폭력을 야기하지 않고 오히려 "중립적"(neutral) 이 되어 비로소 "사심 없는"(disinterested) 예술의 비전을 가능하게 한다(RS 3). 다시 말해, 주체의 '자유'에[12] 의해 개념의 차원에서 '마비당하지'않은 상태라야 주체의 외재성(exteriority)이 성립되어 비진리(non-truth)을 경험할 수 있게 되고(RS 4),[13] 도움을 호소하는 타자의 얼굴로 인해 주체의 자유에 제동이 걸릴 때 비로소 윤리적 관계가 가능하게 된다는 레비나스 철학의 기본 논지도 이런 맥락에서 설명이 가능하다. 이러한 주체의 외재성을 설명하려면 존재의 이중성을 전제로 한 '닮음'에 대한 이해가 필요한데, 존재의 이중성(duality)을 레비나스 식으로 보면 이렇다.[14] 모든 존재는 이중성을 내포하고 있다. 다시 말해, 존재는 그 자체이면서(what it is) 동시에 그 자체에 낯설기도(strange)한데, 레비나스는 이러한 관계를 대상과 이미지의 관계로 풀어낸다. 한마디로 말해, 닮음은 대상과 이미지간의 관계라고 볼 수 있다. 그러나 그렇다고 해서 대상과 이미지가 얼마나 유사한가에 초점이 맞추어 지기 보다는 원래의 대상이 이미지로 재생산 될 때 형성되는 일종의 불안정성이 핵심이 되기 때문에, 단순히 대상의 모방일 뿐이라는 닮음 꼴로서의 이미지를 해체함으로써 오히려 이미지에 실재적인 차원의 특별한 의미를 부여할 수 있게 된다. 레비나스 예술론이 비윤리적일 수 있음을 주장한 서동욱도 레비나스에게

---

12) 레비나스에게 있어서 '자유'는 "칸트의 이해처럼 외적 제한과 제약으로부터의 독립성으로서의 자유나 스스로 자신의 행위 법칙을 설정하는 자율성으로서의 자유가 아니다"(강영안 101).

13) "진리는 개념을 인식하는 차원에서 이루진다"(Truth is accomplished in cognition.)(RS 7) 그러므로 '비진리'(non-truth)는 이와 상반되는 의미로 이해하면 될 것이다.

14) '주체'와 '존재'의 철학적 함의는 분명히 다르므로 함부로 혼용하면 안 될 일이다. 그러나 본고에서 사용해 온 주체의 개념과, 레비나스가 말하는 존재(being)의 개념이 서로 중첩되는 부분이 있는 까닭에 따로 구별하기보다는 오히려 둘 사이에 공통분모가 있음을 염두에 두고 보면 될 것이다.

있어서 "이미지는 대상의 범주와 구별되는 그 자신의 고유한 존재론적 재위를 가지고 있[으므로], 이미지는 비실재가 아니라 실재의 일종"(367)임을 분명히 밝히고 있다. 전통적인 모방론에서의 이미지는 실재의 재생산일 뿐이어서 실체가 없을 뿐만 아니라, 인간의 이성을 작동시켜서 이해할 수 있는, 즉 '전체'로 포섭될 수 있는 실재를 전제로 한다. 그러나 레비나스는 이미지를 리듬에 빗대어 다음과 같이 구체적인 설명을 한다. 이미지는 마치 음악에서의 리듬처럼 존재를 익명의 상태로 데려가는데 바로 이러한 상태를 시와 음악에 의해 마법처럼 주문이 걸린 상태라고 명명하고 있는 것이다(RS 4). 결국 레비나스에게 있어서 이미지는 이중적인 실재의 '그림자'이기 때문에 이를 통해 존재가 존재 안에서 자체적으로 '무한'의 낯설음을 경험할 수 있는 장이 마련되는 것이다.

흥미로운 것은, 바로 이 부분이야말로 앞서 레비나스의 예술이 마치 우리에게 주문을 걸 듯 주체성을 박탈한다는 이유 때문에 비윤리적이라는 평가를 받은 대목과 연결된다는 것이다. 사실 레비나스에게 있어서 예술의 '주술적' 특성이라 함은 결국 예술이 주체로 하여금 개념적 사유화라는 주관화에 빠지지 않도록 하는, 즉 '중립적'인 상태가 가능하도록 만드는 것이다 . 그림이나 조각, 책 등의 예술 작품이 이 세상에 존재하는 대상(objects)이기는 하지만, 이들을 통해 재현된 것들이 오히려 세계로부터 분리되어 나간다고 레비나스는 그의 저작 『존재에서 존재자로』의 제 3장인 「세계없는 존재」("Existence without World")에서 설명한다(46). 이런 맥락에서 볼 때, 레비나스에게 있어서 예술은 "윤리—미학적인 사건"(ethico-aesthetic event)이고, 예술을 통해 유아론, 그리고 객관과 인식의 힘으로부터 자아(ego)가 빠져 나오게 된다는 로버트 휴(Robert Hughes)의 주장이 설득력 있게 다가온다(115). 이는 예술 작품 감상의 경험을 통해 비로소 객관적 인식의 폭력에서 놓여난 자아가 일종의 '중립'상태를 유지하게 된다는 말과 대동소이하게 들린다. 물론 이글스톤에 따르면, 레비나스가 볼 때 예술에는 우리를 "홀려서"(bewitches), "무언가 다른 것"(something else)으로 빠지게 하는 부분이 있다. 그런데 여기서 '무언가 다른 것'은 "실재로서의 세계"가 아니라 "비존재"(non-being)라고 보면 된다(105). 알레인 투마얀 (Alain Toumayan)이 주장하듯이, "존재가 그 자체와 우연히 일치하지 않음(noncoincidence)은 비전체화(nontotalization) 혹은 불완전한 전체화 (incomplete totalization)"(118)인데, '닮음'의 관계를 통해 '그림자'가 발생할 수 없는, 즉 '우연히 일치하지 않음' 자체가 불가능한 주체의 개념으로는 레비나스 식의 존재를 온전히 다 담아낼 수 없다. 결국 레비나스에게 있어서 이미지에 의한 실재의 탈육화(disincarnation)(*RS* 5)는 예술을 이해 (cognition)에서 분리시키는 일, 즉 탈개념화(deconceptualization)에 다름이 아니다. 더 중요한 점은, 예술 작품을 감상 할 때 주체가 무한의 낯설음을 경험하게 되는 것이야말로 완전히 주체 바깥에 존재하는 타자(의 얼굴)의 외재성을 경험하는 일과 아주 유사하기에 레비나스의 예술론이 윤리적일 수 있는 이유가 된다.

이제 예술과 시간의 관계를 레비나스 식의 윤리성 문제와 연결하여 고찰해 보고자 한다. 앞서 예술 작품이 정지된 시간 속에 갇혀 있기에 감상의 주체와 책임이 수반된 윤리적 관계가 성립되기 어렵고, 예술 작품 속의 윤리적 관계라도 시간 속에 얼어붙은 상태가 되어 윤리성이 상실될 수 있음을 살펴보았다. 그러나 사실 예술이 구현하는 시간의 '정지' 상태를 레비나스는 '중간 시간'(entretemps/the meanwhile)이라고 명하며[15] '사이 시간의 무한한 지속'(the eternal duration of the interval)이라고 설명한다.

> 사이 시간의 무한한 지속, 곧 중간 시간. 예술을 통해 사이의 시간은 지속 가능하게 되는데 . . . 이 영역에서 그림자는 고정된다. 그러나 조

[15] 『고유명사』(*Proper Names*)(1975)에 수록되어 있는 「시와 부활: 아그논에 관한 소고」 ("Poetry and Resurrection: Notes on Agnon")에서 레비나스는 "entretemps"를 "between times"라고 부른다(6-17).

각상이 고정되어 있는 사이 시간이 무한히 지속되는 것과 개념의 영속성은 완전히 다른 것이다. 그것은 중간 시간이어서 결코 끝나지 않으면서도 여전히 지속적이라 비인간적이고 무시무시하기까지 하다.

> the eternal duration of the interval—the meanwhile. Art brings about just this duration in the interval . . . in which its shadow is immobilized. The eternal duration of the interval in which a statue is immobilized differs radically from the eternity of a concept; it is the meanwhile, never finished, still enduring—something inhuman and monstrous. (RS 11)

'중간 시간'을 '비인간적이고 무시무시하다'고 한 것은 현재적 시간이 더 이상 흐르지 않고 정지되어 과거와 미래가 모두 불가능해 지기 때문이다. 이렇게 되면 예술 작품은 "영원히 사이 시간 속에 존재"(RS 11)하게 되는데, 이는 『시간과 타자』에서 레비나스가 죽음을 해석하는 방식과 유사하다. 레비나스에 의하면, "죽음의 접근에서 중요한 것은 우리가 특정한 순간부터 할 수 있음을 더 이상 할 수 없다(impossibility of possibility)는 점이다. 바로 여기에서 주체는 주체로서 자신의 지배를 상실한다"(83). 죽음의 순간에 시간은 이제 더 이상 흐를 수 없어서 '존재'하는 것이 불가능해지듯이, 예술 작품도 영원히 정지된 현재의 순간을 반복함으로써 흐르는 시간 속에 존재론적으로 존재할 수는 없다. 여기서 순간은 과거, 현재, 미래와 같은 "시간 지속상의 한 계기가 아니라 시간 지속 이전의 절대 시작으로서의 순간"인 것이다(강영안 98). 특히 '중간 시간' 속에서의 영원한 지속(eternal duration in the meanwhile)에는 독특한 의미가 있는데, 레비나스에 의하면 그것은 현대 예술의 "슬픈 가치"이다. 왜냐하면 본질적으로 이런 예술의 시간 속에서는 "넘어서거나"(go beyond), "끝내버릴"(end) 수 없어서, 결국 "더 나은 것"(better)을 향해 나아가는 것 자체가 불가능하기 때문이고 그래서 무엇이 "되어간다"(becoming)는 식의 구원을 가능하게 해 주는 "순간"(instant)을 살아낼 수 없기 때문이다(RS 12). 결국 예술의 시간인 '중간 시간'은 마치 죽음 직전의 순간처럼 영원히 정지된 시간이 되어 인간이 도저히 정복하거나 이해할 수 없는 차원이 되어 버린다. 이것은 레비나스가 『존재에서 존재자로』(Existence and Existents)에서 말한 절대적인 수동의 상태가 가져다주는 공포(horror)와도 일맥상통한다(60). 이런 맥락에서 볼 때, 레비나스가 사용한 '비인간적인,' '무시무시한' 그리고 '슬픈' 같은 형용사는 수사학적인 차원에서 이해되어야 할 것이다. 이렇게 영원히 반복되는 현재의 영원성에 의해서만 성립 가능한 시간의 외재성은, 익명적 '있음'의 상태에서만 경험할 수 있는 타자의 외재성과 맥을 같이 하게 되어 레비나스 식의 윤리성이 가능할 수 있게 된다.

익명적 '있음'과 '그림자,' 그리고 '중간 시간'의 개념을 중심으로 하여 레비나스 윤리론이—레비나스 식으로 보았을 때—윤리적일 수 있음을 살펴보았는데, 여전히 시간 속에 정지되어 있는 '아름다움'을 레비나스가 '우상'이라고 여기는 지의 문제가 남아 있다. 예술이 과거, 현재, 미래로 흐르는 시간의 개념 차원에서 실재를 실체가 없는 이미지로 대체하여 일종의 영속성 안에 가두는 것이라고 본다면 예술 작품은 분명히 우상이 되고, 이 우상은 "입이 있어도 말하지 못하며 눈이 있어도 보지 못하며 귀가 있어도 듣지 못하며 코가 있어도 냄새 맡지 못하며 손이 있어도 만지지 못하며 발이 있어도 걷지 못하며 목구멍이 있어도 작은 소리조차 듣지 못하는" 그저 "은과 금"일 뿐일 것임이 분명하다(시 115:4-7). 이렇게 되면 감상자는 우상에 '홀려' 그저 우상을 '바라봄'으로써 자신의 존재를 투사시키거나 이미지에 불과한 우상에 초월적인 힘을 부여해 그야말로 우상화할 뿐이다. 그러나 그렇다고 해서 레비나스의 (특히 초기) 예술론을 "신학적 입장을 배경으로 예술의 전모를 우상 숭배로 규정하는 레비나스의 주장"(393)이라고 이해하는 서동욱의 입장에도 무리는 있다. 왜냐하면 플라톤이 의미하는 재현으로서의 예술 작품은 실재가 결여된 이미지에 불

과한 것이라 우상으로 전락할 수 있으나, 레비나스가 말하는 "불가능 그
자체"(impossible per se)로서의 이미지는 "타자와의 통합 불가능한 무한
성"(the un-synthesizable infinity of the other)을 재현하는 것이기 때문이
다(Schmiedgen 148). 이렇게 되면 예술 작품으로서의 이미지가 섣부른
공감이나 투사 등을 통해 우상으로 전락할 수 있는 소지는 아예 원천
적으로 봉쇄되어 버린다. 다시 말해, 레비나스 철학에서 통합불가능성
(incommensurability)은 나(I)라는 주체의 객관화로 환원될 수 없는 타자의
외재성을 설명해 주기 때문에 우상화는 발생할 수 없는 것이고, 브룬즈도
레비나스에게 있어서 예술의 경험이 예술의 우상화를 낳는 것이 아님을 분
명히 하고 있다(220). 이렇게 되면, 특히 본고의 중반 이후에서 논의한 바와
같이, 예술이 단순한 모방이 아니고 이성적 주체의 개념으로 환원될 수 없
는 성질의 것이기에 윤리적일 수 있는 것과 같은 맥락에서, 레비나스에게
있어서 예술 작품은 전통적인 차원의 시간 속에 갇혀 있다고 볼 수 없으므
로 우상이라고 규정하기는 어렵다. 주체가 일방적으로 바라보며 의미를 부
여하는 것이 아니라 주체가 예술에 몰입되어 '익명적 있음'을 경험할 수 있
기에 오히려 레비나스는 예술을 통해 서구 철학의 전통에서 우상으로 치부
되는 예술의 가치를 전복시키고 있다고 보는 편이 타당할 것이다.

　본고에서는 기본적으로 익명적 있음의 상태를 레비나스 예술론의 핵
심과 상통하는 것으로 설명하며, 궁극적으로 그의 타자 윤리학과 예술론
이 맥을 같이 하는 것으로 받아 들였다. 그런데 레비나스의 여타 철학 분
야에서와 마찬가지로 그의 예술론을 논함에 있어 과거, 현재, 미래로 흐
르는 시간 속에서 발생하는 실존적인 '책임'의 문제를 짚고 넘어가지 않을
수 없다. 마리 안느 레스쿠레(Marie-Anne Lescourret)가 『레비나스 평전』
에서 레비나스는 "프랑스 철학이 사회, 정치적 배경과 정신분석학적 경향
속에서 주체와 개인 그리고 의지의 소멸 쪽으로 나아가고 있을 때" 이러
한 시대의 흐름을 거스르고 "'주체의 내재성과 개인적인 책임을 소멸시키

는 모든 것'에 적극적인 반대의 입장"을 보였음을 분명히 하고 있기는 하지만(497), 레비나스 자신이 예술을 논하면서 책임 회피의 문제를 언급했듯이(RS 12) '익명적 있음'과 '책임'은 상호 충돌을 일으키는 개념으로 여겨질 소지가 다분히 있다. 그래서 서동욱은 "레비나스의 경우 예술의 비인격적 익명성으로 인한 주체의 사라짐은 곧 책임성의 실종을 의미한다"(394)고 했고, 심지어 최진석은 결국 타자와의 만남이 주체를 초월하는 현상 너머의 사건이라면, 타자의 얼굴을 대면한 주체는 "신성한 책임"을 다하지 못해 "참회"만하는 결과적으로 "고독"한 삶을 살 수 밖에 없다(180-81)고까지 했으니, 타자 철학을 설파한 레비나스에게는 역설적이면서도 치명적인 평가라고 하지 않을 수 없다. 이렇게 되면 레비나스의 타자 윤리학이 강한 호소력이 있음에도 불구하고 실제로는 우리에게 큰 부담으로 다가올 수밖에 없음을 굳이 리처드 번스타인(Richard J. Bernstein) 같은 비평가를 예로 들지 않더라도 인정하지 않을 수 없는 것이다(258). 그러나 '익명적 있음'과 예술(작품)을 경험하는 상태가 이기적인 자기 탐닉으로 빠져 결국 사회적으로 무책임한 존재를 만들 위험의 소지가 있다고 단정 짓기에 앞서, 레비나스식의 '책임'이란 과연 무엇일까 하는 문제와 타자의 얼굴에 대한 무조건적 반응이라는 실행 불가능한 듯한 명령 앞에서 책임을 다하지 못하여 죄의식에 필연적으로 빠질 수밖에 없는 인간의 실존적인 딜레마를 다시 한 번 생각해 보아야 할 것이다.

앞서 비평가들이 예술론을 위시하여 레비나스 철학이 무책임의 위험성을 안고 있다고 지적한 이유는, 이들이 기존의 존재론적인 차원에서 주체와 책임의 문제를 논하고 있기 때문이다. 그런데 레비나스가 말하는 '책임'은 존재 이전의 것으로(prior to being) 존재론적인 범주에서 다루어질 수 없는 것임을 레비나스 본인도 「휴머니즘과 아나키」("Humanism and An-archy")에서 분명히 하고 있다(139). 다시 말해, 주체의 자유에 근거하여 합리적인 판단을 통해 책임을 수행하는 차원이라면 여전히 자율적인 주체가 전제되어야 하나, 타자의 얼굴이 호소하는 명령에 무조건적인 반응을 보이는 것은 주체의 철저한 타율성을 바탕으로 한다. 박원빈이 잘 간파하고 있듯이, 타자를 위한 책임은 주체가 선택할 수 있는 것이 아니고 오히려 책임은 주체의 출현보다 먼저 일어나는 것이 되므로 책임은 나의 자유와 나의 선택보다 앞선 것이다(77).[16] 앞서 최진석이 지적한 타자의 얼굴에 온전히 반응을 할 수 없는데서 기인하는 주체의 "참회"나 "고독"의 문제는 모두 자율적인 주체가 자신의 선택과 능력으로 책임을 다할 수 없을 때 필연적으로 경험하게 되는 실존적인 불안과도 같은 것이다. 물론, 레비나스 윤리학에서 주체는 항상 타자보다 더 죄의식을 느낄 수밖에 없는 존재이다. 그러나 이 때 죄의식은 자율적인 주체가 스스로 자신의 책임을 다하지 못한데서 오는 자괴감의 차원이 아닌, 존재 이전, 즉 내가 타자와 관계를 맺기 이전에 이미 부과된 책임과 이에 수반되는 죄의식이며, 레비나스 윤리학에서 타자와의 관계가 비대칭적이라는 것도 이런 맥락에서 이해가 가능하다. 이것을 레비나스는 그의 윤리학에서 '익명적 있음'의 개념으로 설명하고 있으며, 예술 (작품)에 몰입하는 상태와 상당 부분 유사성이 있음은 이미 본고에서 밝혀진 셈이다. 이렇게 되면, 결국 타자에 대한 책임을 다하지 못해 죄의식에 빠질 수밖에 없다는 우려는 여전히 우리의 인식이 닿을 수 있는 존재론의 범위 안에 갇혀 있기에 맞닥뜨리게 되는 딜레마인 것이 드러난다.

IV.

지금까지 레비나스의 예술론과 윤리학의 관계를 살펴본 바와 같이, 레비나스의 예술론은 보는 각도에 따라 비윤리적이라고도 또 윤리적이라고

---

16) 강영안도 레비나스 철학에서 책임과 자유에 관하여 비슷한 해석을 하고 있다(184).

도 해석될 수 있는 소지가 분명히 있다. 그래서 로빈스도 레비나스의 예술론이 "이중적인 가치관"(double valence)에 봉착할 수 있음을 분명히 하고 있다(52). 결국 전통적인 모방이론에 의거하여 보자면 예술작품은 감상자와의 윤리적 관계를 형성할 수도 없고 작품 속의 윤리적인 관계도 시간 속에 얼어 붙어 비윤리적이 된다. 또 레비나스의 철학과 대척점에 서 있는 전통적인 서구 철학의 주체 개념에 근거하여 보아도, 레비나스의 예술론은 책임의 소재가 불분명해져서 비윤리적이 될 수밖에 없다. 게다가 레비나스의 예술론이 비윤리적이 되어버리는 지점에는 레비나스가 예술을 폄하한다는 평가가 동시에 공존한다. 그러나 사실 레비나스가 『윤리와 무한』에서 필립 네모와의 대화중에도 밝히고 있듯이, 그의 철학의 바탕을 이루는 것은 도스토예브스키나 톨스토이 같은 러시아 소설가들의 소설과 셰익스피어의 희곡 등 문학 작품들일 뿐만 아니라, 레비나스의 글쓰기 방식 자체가 굳이 '얼굴'의 비유를 예로 들지 않아도 철학자 치고는 상당히 문학적이라는 것은 익히 알려진 사실이다(강영안 19-20).[17] 그렇다면 레비나스의 윤리학과 그의 예술론을 어떻게 정리하는 것이 마땅한 것일까? 레비나스 저작물의 거의 대부분을 영어로 번역하여 출판한 알폰소 링기스는 레비나스 예술론에서 제기되는 책임 회피의 문제에 관하여 현실적인 예를 들어 가며 다음과 같이 설명한다. 만약 예술에 심취하므로 주체가 무책임하고 '비겁해지는' 것이라면, 동일한 맥락에서 집안을 자신의 소유물로 장식하거나 고속도로를 건설하는 일 등에 몰입할 때도 주체는 '무책임'해 진다고 보는 것이 마땅하다. 그러므로 정작 문제가 되는 것은 예술 혹은 예술에 심취하는 것 자체라기보다 많은 사람들이 고통을 호소하는 가운데 도시가 불타고 있는 바로 그 순간, 그저 예술에 탐닉하여 타자의 고통에 무관심하거나 반응을 보이지 않는 것이다(69). 홀로코스트를 경험한 레비나스가 악(evil)이라 함은 타자에 대한 바로 그 책임감을 거

17) 『타인의 얼굴 – 레비나스의 철학』19-20쪽 참조.

부하는 것임을, 그리고 이 책임은 결코 타인에게 양도할 수 없는 것임을 분명히 한 것도 바로 이런 맥락에서이고(Righteous 55, 65), 이렇게 하여 전통적인 관념론이나 존재론의 틀 안에서 풀 수 없었던 '악'의 문제를 레비나스 식으로 해결할 수 있는 초석이 마련될 수 있었던 것이다.

레비나스의 윤리학을 들여다보면, 주체의 인식론적 틀 안에 포섭될 위험이 제거되어야 타자는 진정한 의미의 타자가 될 수 있고, 그제야 주체도 타자에게 '윤리적' 반응을 할 수 있는 전제가 성립된다. 서구적인 이성적 주체의 윤리로는 홀로코스트와 같은 만행이 설명 될 수 없기에, 오히려 기존의 윤리에서 핵심이 되는 자율적 책임의 존재가 부재한 상태이어야 레비나스 식의 윤리, 즉 전적인 수동성에 기초하여 타자의 얼굴에 무조건적인 반응을 하는 또 다른 주체가 설명 가능하다. 바로 이 자리에서 예술은 세상과 분리되어 무책임해 지는 것이 아니라, 오히려 우리를 합리적이고 자율적인 존재 이전의 영역(hither side)으로[18] 데려가서 책임을 호소하는 타자의 얼굴에 반응할 수 있는 "익명적 있음"을 경험하게 한다. 타자에 대한 책임을 내가 존재론의 범위 안에서 수행해야 하는 과업으로 여기면, 성실히 이행하고 있다고 판단 될 경우 자만에 빠질 수 있고 반대로 타자의 고통에 온전하게 책임을 지지 못하는 이기적인 모습에 직면할 경우 스스로 자책감에 빠질 수밖에 없다. 그러나 내 존재(인식) 범위 밖에서 오는 윤리적 명령에 내가 순종하고 반응하는 차원이라면 나의 반응 정도에 따라 결과가 달라진다. 내가 이해가 되어서, 그래서 이해가 되는 만큼 성실히 타자에 대한 책임을 지는 것이 아니라, 내 존재 인식의 범위 내에서 이해는 되지 않아도 존재 너머에서 오는 윤리적 명령에 반응 내지는 순종하는 차원인 것이다. 이렇게 내 인식의 밖에서 혹은 나의 존재를 선행하여 발생한 명령에 순종할 때만 나의 존재와 이해를 초월하는 차원의 경험이 가능하게 되고 존재론적인 책임의 딜레마에서도 자유롭게 된다.

---

18) il y a 와 entretemps 두 개념 모두를 포함한다.

그러므로 '전체적인' 이성적 주체의 '있음'이 아닌 '무한한' 익명적 '있음'에 근거하여 보면, 레비나스의 예술론은 그야말로 '윤리적인, 너무나 윤리적인' 것이 되고 레비나스의 윤리학은 '예술적인, 너무나 예술적인'것이 되는 묘미를 만끽할 수 있다.

Works Cited

강영안. 『타인의 얼굴─레비나스의 철학』. 서울: 문학과 지성사, 2005.
   Print.

김용호. 『성경 전서』. 서울: 대한성서공회, 2000. Print.

레비나스, 에마뉘엘. 『시간과 타자』. 강영안 옮김. 서울: 문예출판사, 2009.

_____. 『윤리와 무한』. 양명수 옮김. 서울: 다산글방, 2005. Print.

레스쿠레, 마리 안느. 『레비나스 평전』. 변광배 · 김모세 옮김. 서울: 살림,
   2006. Print.

박원빈. 『레비나스와 기독교』. 서울: 북코리아, 2010. Print.

서동욱. 『차이와 타자』. 서울: 문학과 지성사, 2008. Print.

최진석. 「타자 윤리학의 두 가지 길─바흐친과 레비나스」. 『노어노문학』
   21.3 (2009): 173-95. Print.

Bernstein, Richard J. "Evil and the Temptataion of Theodicy." *The Cambridge
   Companion to Levinas*. Cambridge: Cambridge UP, 2002. 252-67.
   Print.

Bruns, Gerald L. "The Concepts of Art and Poetry in Emmanuel Levinas's
   Writings." *The Cambridge Companion to Levinas*. Cambridge:
   Cambridge UP, 2002. 206-33. Print.

Eagleston, Robert. *Ethical Criticism: Reading After Levinas*. Edinburgh:
   Edinburgh UP, 1997. Print.

Hand, Seán. "Shadowing Ethics: Levinas's View of Art and Aesthetics."
   Facing the Other: The Ethics of Emmanuel Levinas. Ed. Seán Hand.
   Cornwall: TJ P, 1996. 63-89. Print.

Hughes, Robert. "Levinas: Art and the Transcendence of Solitude." *Ethics,
   Aesthetics, and the Beyond of Language*. Albany: SUNY P, 2010. 113-35.
   Print.

Levinas, Emmanuel. "Being-for-the-Other." *Is It Righteous To Be?* Ed. Jill Robbins. Stanford: Stanford UP, 2001. 114-20. Print.

_____. *Existence and Existents*. Trans. Alphonso Lingis. Pittsburgh: Duquesne UP, 2011. Trans. of *De l'existence à l' existant*. 1947. Paris: Vrin, 1981. Print.

_____. "Humanism and An-archy." Trans. Alphonso Lingis. *Collected Philosophical Papers*. Pittsburgh: Duquesne UP, 1987. 127-39. Print.

_____. "Poetry and Resurrection: Notes on Agnon." *Proper Names*. Trans. Michael B. Smith. Stanford: Stanford UP, 1996. Trans. of *Noms propres and Sur Maurice Blanchot*. *Montellier*: Fata Morgana, 1975. Print.

_____. "Reality and Its Shadow." Trans. Alphonso Lingis. *Collected Philosophical Papers*. Pittsburgh: Duquesne UP, 1987. 1-13. Trans. of "La réalité et son ombre." *Les temps modernes* 38 (1948): 771-89. Print.

_____. *Totality and Infinity*. Trans. Alphonso Lingis. Pittsburgh: Dusquesne UP, 1969. Trans. of *Totalité et infini*. The Hague, Netherlands: Martinus Nijhoff, 1961. Print.

Lingis, Alphonso. "Fateful Images." *Research in Phenomenology* 28 (1998): 55-71. Print.

McDonald, Henry. "Aesthetics as First Ethics: Levinas and the Alterity of Literary Discourse." *Diacritics* 38.4 (2010): 15-41. Print.

Peters, Gary. "The Rhythm of Alterity: Levinas and Aesthetics." *Radical Philosophy* 82 (1997): 9-16. Print.

Robbins, Jill. *Altered Reading*. Chicago: U of Chicago P, 1999. Print.

Schmiedgen, Peter. "Art and Idolatry: Aesthetics and Alterity in Levinas." *Contretemps* 3 (2002): 148-60. Print.

Sharpe, Matthew. "Aesthet(h)ics: On Levinas' Shadow." *Colloquy: Text, Theory, Critique* 9 (2005): 29-47. Print.

Toumayan, Alain P. *Encountering the Other*. Pittsburgh: Duquesne UP, 2004. Print.

조르조 아감벤의 종교적 사유*

김 용 성

I

　포스트모더니즘이 21세기에도 여전히 지속적으로 유효한지에 대한 의
문에는 많은 논쟁의 여지가 남아 있다. 그러나 분명한 사실은 초창기의
포스트모더니즘이 '있음'(presence)의 서구형이상학에 대한 비판적 반성
을 주도하였고, 인류역사와 함께 해온 종교와 기독교를 철저하게 타파해
야할 대상으로 간주하였다는 것이다. 그런데, "'참으로 이상한 일'이지만,
이십 일 세기에 들어서면서 9/11 사건을 구실로 삼은 '종교의 귀환'이 화
두가 되고 있다. 종교를 직접적으로 타파해야할 대상으로 간주하던 신마
르크스주의 비평가들이 종교의 복원을 주장하고 있는 것이다"(김용성
74). 예를 들면, 테리 이글턴(Terry Eagleton)은 "문화이론은 도덕과 형이

_____

* 이 논문은 『문학과 종교』 제17권 2호(2012)에 「조르조 아감벤의 종교적 사유」로 게
　재되었음.
* 삼육대학교 교내연구비 지원으로 연구되었음.

상학을 논의하기 부끄러워했고, 사랑 · 생물학 · 종교 · 혁명을 논의할 때마다 허둥거렸고, 악에 대해 침묵했고, 죽음과 고통에 대해 말을 삼갔고, 본질 · 보편성 · 근본원리 등에 대해 독단적이었고, 피상적으로만 진리 · 객관성 · 공평무사함을 논의했다"(『이론 이후』148) 라고 고백하며, 인문학의 지속가능성을 종교성에서 찾고 있다. 계속해서 그는 "좌파가 대체로 거북스러워하며 침묵으로 일관해 온 중요한 문제들, 예컨대 죽음과 고통, 사랑, 자기 비우기 즉 자기포기 등의 주제들이 구약성경과 신약성경에서 폭넓게 다루어지는 게 사실이다. 이제 정치적으로 머뭇거리며 꽁무니를 빼던 태도를 버릴 때가 됐다"(『신을 옹호하다: 마르크스주의자의 무신론 비판』7)[1]라고 말한다. 이글턴은 『신을 옹호하다』(*Reason, Faith, and Revolution: Reflections on the God Debate*)에서 동시대의 대표적 무신론자인 리처드 도킨스(Richard Dawkins)와 크리스토퍼 히친스(Christopher Hitchens)의 '신 없음'의 주장을 논리적으로 비판하면서, 궁극적으로 종교의 귀환을 선언한다.

종교와 기독교에 대한 관심은 이글턴 뿐만 아니라 알랭 바디우(Alain Badiou), 슬라보예 지젝(Slavoj Žižek), 그리고 조르조 아감벤(Giorgio Agamben)과 같은 신마르크스주의자들에게도 나타난다. 바디우는 "나에게 바울은 사건의 사상가 시인인 동시에 투사의 모습이라고 부를 수 있는 것의 한결같은 특징들을 실천하고 진술하는 사람"(13)이라고 말하고, 지젝은 "죽은 신의 부활"을 염원하며, 아감벤은 바울의 편지에 대한 분석을 통해 기독교 영성의 가능성과 잠재성에 주목한다. 21세기에 종교, 특별히 기독교가 관심의 대상이 되는 이유는 그것이 인류 역사 속에서 지니고 있는 변치 않는 지속성을 보여주는 형이상학으로서의 가치 때문일 것이다. 그런데 신마르크스주의자들은 순수 신앙 자체에 초점을 맞춘 정통주의 기독교 세계관을 받아들이는 것이 아닌 기독교 영성의 역사적 은유라고 할 수 있는 윤리적 가치에서 진보의 힘을 발견하고자 한다. 각각의 사상가들은 제각기 나름대로의 기준과 방법을 가지고 기독교 영성의 윤리적 힘을 찾고자 한다.

---

1) 이후 인용문에서 『신을 옹호하다』로 줄인다.

지금까지 이루어진 아감벤의 사유에 대한 논의는 주로 '벌거벗은 생명,' '주권,' 그리고 '예외상태'를 중심으로 이루어져 왔다고 해도 과언이 아니다. 『호모 사케르: 주권 권력과 벌거벗은 생명』(*Homo Sacer: Sovereign Power and Bare Life*)2)을 비롯한 주요 저서에서 아감벤은 인류역사에 있어서 정치권력과 장치에 의한 생명체에 대한 통제가 상존해왔으며, 이에는 고도의 정치적인 배제와 포함 그리고 예외의 전략이 작용하여 왔음을 밝힌다. 그 다음으로 주목을 받아온 논점은 '세속화'(profanation)의 개념일 것이다. 아감벤은 세속화에 대하여 "사물을 인간이 자유롭게 사용하도록 돌려준다는 뜻"(『세속화 예찬: 정치미학을 위한 10개의 노트』 108)3)이라고 말한다. 그런데 주목해야할 점은 '벌거벗은 생명'이라는 언어는 그것이 지닌 종교성과 구분지어질 수 없는 개념이라는 점이다. 다시 말해 아감벤이 말하고 있는 '벌거벗은 생명'이란 "살해는 가능하되 희생물로 바칠 수는 없는 생명 즉 호모 사케르의 생명"(『호모 사케르』 45)으로서 그 언어의 기원이 종교적 제의와 연관된 단어인 것이다. 또한, '세속화'라는 개념 역시 성스럽거나 종교적이었던 것의 일반적 사용화를 의미하기 때문에 종교성을 배제할 수 없는 단어이다. 이러한 측면에서 볼 때에 아감벤의 철학적 사유와 문화이론을 이해하기 위한 중요한 핵심어는 바로 '성과 속'의 종교적 개념이라고 할 수 있겠다. 그러나 아감벤의 사유와 반성에서 더욱 중요한 점은 그가 기독교 영성에서 진보의 가능성과 잠재성을 탐색하고 있다는 것이다. 바디우가 그러하였듯이, 아감벤도 바울이 특정한 상황에서 접하게 되는 신비와 회심의 '사건'에 주목하고, 그 회심의 사건이 지니는 의미에 가치를 부여한다. 그는 그리스도의 죽음과 부활을 중심으로 한 바울의 사상이 지니는 기독교 영성의 역동성을 발견한다. 특별히 그는 기독교의 메시아사상으로서의 '남은 무리'(the remnant)에 주목하고,

---

2) 이후 인용문에서 『호모 사케르』로 줄인다.
3) 이후 인용문에서 『세속화 예찬』으로 줄인다.

'남은 자'뿐만 아니라 '남겨진 시간'으로까지 논의를 확장시키며 기독교와 바울의 사건이 지니는 기독교 영성의 가치를 발견한다. 따라서 아감벤의 종교 · 철학에 대한 문화적 사유를 이해하기 위해서는 그의 기독교 영성에 대한 반성을 추적해볼 필요가 있다.

아감벤의 종교적 사유에 대한 논의를 위하여 본론에서 먼저, 아감벤이 말하는 '세속화'의 개념이 '환속화'(secularization)와 어떻게 다른지 그리고 '세속화'가 '기독교 영성'과 어떠한 관련성이 있는지를 살펴볼 것이다. 두 번째로, '남은 무리'라는 단어가 지니고 있는 의미 중에 하나인 '남겨진 시간'이라는 개념이 아감벤에 의해 어떻게 해석되고 있는지 논의할 것이다. 기독교 영성에 있어서 '파루시아'의 개념은 매우 중요하다. 왜냐하면, 기독교 영성의 본질은 인간에 대한 신의 현현 그리고 신과 인간 사이의 살아있는 관계에 있다고 볼 수 있기 때문이다. 마지막으로, '남은 무리'라는 말이 내포하고 있는 또 다른 의미인 '남은 자'에 대한 아감벤의 전복적 해석을 살펴보겠다. 전통 기독교 입장에서 볼 때에 "남은 무리의 교리에 있어서 중요한 점은 남은 자들의 인종이 아니라 그들이 의로운가에 대한 문제인데, 성경은 남은 무리를 이스라엘 이외의 다른 민족들에게 적용시키고 있다"(Elwell 671). 그러나 아감벤에게 있어서 '남은 자'의 개념은 '의로움'의 문제로부터 도출되는 것이 아니다. 그는 오히려 기존의 주권권력이 실행하고 있는 분리에 또 다른 분리를 이용하여 새로운 가능성과 잠재성을 시도한다. 결국, 아감벤이 종교적 사유를 통하여 탐색하는 미래지향적인 새로운 삶의 희망은 기독교 영성과 불가분의 관계에 있음을 알 수 있다.

II

아감벤은 신마르크스주의자이다. 그의 역사인식은 궁극적으로 진보에 바탕을 두고 있고, 인류의 발전과 행복을 위한 탐색을 지향한다. 그러나 그는 인류역사상 종교적인 영역과 세속적인 영역에 있어서 항상 주권권력이 존재해왔으며, 그 주권권력은 특정 인물과 집단을 공동체에서 배제하고 예외로 규정하여 왔음을 냉철하게 직시한다. 그의 이러한 통찰은 일련의 호모 사케르 시리즈 연작을 통하여 표현되고 있는데, 아감벤은 호모 사케르[4]가 인간의 법과 신의 법 그리고 종교적인 것의 영역과 세속적인 것의 영역으로부터 이중적으로 배제되어 있을 뿐만 아니라 폭력에 노출되어 있는 특수한 성격을 지적한다(『호모 사케르』175). 이것의 대표적인 사례 중의 하나가 바로 나치 수용소에서의 벌거벗은 생명으로서의 무젤만(Muselmann)[5]이다. 무젤만은 정치권력에 의해 배제되고, 예외상태로 머물러 있으며, 무방비 상태의 생명체로 목숨을 연장하고 있는 존재이다. 아감벤은 오늘날에도 다양한 특수 상황과 각기 다른 지역에서 주권권력의 위협에 무방비 상태로 놓여있는 경우들을 열거하고 있다. 예를 들면, 미국 국토가 아닌 곳에서 예외적으로 미국의 힘이 행사되고 인권이 유린되고 있는 관타나모 수용소가 이 경우에 속한다. 그리고 안락사 금지의 경우에서처럼 고통의 제거를 통한 개인의 행복 추구권이 법에 의해 제한되는 문제 등이 이러한 예외의 경우에 해당된다. 이때에 "예외상태는 법질서 바깥에 있는 것도 안에 있는 것도 아니며, 이를 정의하는 문제는 진정 하나의 문턱 또는 내부와 외부가 서로 배제하는 것이 아니라 서로를 식별하지 못하는 구분 불가능한 영역에 놓여 있다"(아감벤, 『예외상태』52).

---

4) 아감벤은 폼페이우스 페스투스(Pompeius Festus)의 논문 『말의 의미에 대해서』(On the Significance of Words)로부터 호모 사케르란 사람들이 범죄자로 판정한 자이며 그를 희생물로 바치는 것은 허용되지 않지만 그를 죽이더라도 살인죄로 처벌받지는 않는다는 점을 밝히고, 고대 로마법에서 신성함이 최초로 인간의 생명 자체와 결부되고 있는 형상을 우리에게 전해주고 있다고 밝힌다(『호모 사케르: 주권 권력과 벌거벗은 생명』155-56).
5) 이 말은 굴욕감, 두려움 및 공포가 그에게서 모든 의식과 모든 인격을 완전히 제거시킴으로써 결국 절대적인 무기력 상태에 이르게 되는 사람을 의미한다 (『호모 사케르』347).

김상운이 "호모 사케르 시리즈의 경우 주로 성스러운 것과 주권적 예외 상태의 창조가 오늘날 우리가 살고 있는 이 끔찍한 정치상황에 책임이 있음을 논증하는데 방점을 찍고 있다면, 『세속화 예찬』(*Profanations*)은 이런 상태로부터의 출구와 해결책의 실마리를 찾아볼 수 있게 해준다는 점에서 차이가 있"(182-83)다고 지적하고 있듯이, 아감벤은 호모 사케르 시리즈를 통해 다양하게 인간 개인을 통제하는 장치와 예외상태를 논하고, 세속화를 통한 이것의 극복 가능성을 모색한다. 아감벤에게 있어서 "세속화한다는 것은 분리를 무시하는, 아니 오히려 분리를 특수하게 사용하는 소홀함의 특별한 형식이 지닌 가능성을 열어젖힌다는 것을 뜻한다"(『세속화 예찬』 110). 즉, 세속화는 주권권력이 부과하는 통제의 장치로부터 자유로운 새로운 가능성과 잠재성의 영역이 되는 것이다. 이은봉은 "모든 알려진 종교적 신앙들은 그것이 단순하거나 복잡하거나 간에 하나의 일반적인 특성을 보여준다. 이러한 신앙들은 실제적이거나 이상적이거나, 인간이 생각하는 모든 사물들을 분류하는 것을 전제로 한다"(27)고 밝히고 있는데, 분리와 배제 그리고 예외는 원래 종교에서 사용되던 주권권력의 행사이고, 이러한 주권권력의 행사는 속세의 권력자들에 의해 반복적으로 자행되고 있음을 알 수 있다. 그리고 아감벤은 이것을 환속화라고 부른다.

> "환속화와 세속화를 구별해야 한다. 환속화는 억압의 형식이다. 환속화는 자신이 다루는 힘을 그저 한 곳에서 다른 곳으로 옮기기만 함으로써 이 힘을 고스란히 내버려둔다. 따라서 신학적 개념의 정치적 환속화(주권력의 패러다임으로서의 신의 초월)는 천상의 군주제를 지상의 군주제로 대체할 뿐 그 권력은 그냥 놔둔다. […] 환속화가 권력의 실행을 성스러운 모델로 데려감으로써 권력의 실행을 보증한다면, 세속화는 권력의 장치들을 비활성화하며, 권력이 장악했던 공간을 공통의 사용으로 되돌린다." (『세속화 예찬』 113)

아감벤은 호모 사케르의 벌거벗은 생명이 정치권력의 장치와 힘으로부터 본질적인 자유를 추구할 수 있는 방편으로 세속화라는 개념을 도입하고 있는 것이다.

하비 콕스(Harvey Cox)는 기독교 역사의 시기를 세 개의 시대로 구분하는데, 예수와 직계 제자들이 활동하던 '신앙의 시대', 예수에 관한 신조들이 강조되던 '믿음의 시대', 그리고 종교가 귀환한 21세기 즉, '성령의 시대'로 구분한다. 동시에 그는 종교의 본질적 힘이라고 할 수 있는 영성에 대하여 다음과 같이 정의한다.

> '영성'이라는 것은 수많은 것을 뜻할 수 있다. . . . 첫째로, 그것은 여전히 무언의 저항을 표시하는 한 가지 형태이다. 그것은 '종교', 특히 그리스도교를 한 다발의 신학적 명제들로 응축시키는 것에 대하여 광범위하게 퍼져 있는 불만을 반영 한다. . . . 둘째로, 자연의 복잡 미묘함 앞에서 느끼는 경외와 경이를 언명하려는 하나의 기도를 대변한다. . . . 셋째로, 상이한 전통들 사이에 – 있는 경계선에 구멍이 늘어나는 것을 인식한다. (『종교의 미래』 28-29)

콕스는 '영성'이 다의적 뜻을 지닌 단어임을 지적한 후에 대략적으로 세 가지 측면에서 '영성'의 의미를 설명한다. 무엇보다도 콕스는 '영성'을 정적인 측면에서의 신앙의 본질이 아닌 제도화된 신념들에 대한 역동적 저항으로 이해하고 있다는 것이다. 그리고 콕스가 설명하는 영성의 특징은 아감벤이 궁극적으로 추구하고 있는 주권권력으로부터의 탈주를 통한 가능성과 잠재성으로의 확장과 일맥상통한다고 볼 수 있다. 아감벤은 장 이폴리트(Jean Hippolyte)의 글을 통해 "자연종교가 인간 이성과 신적인 것 사이의 무매개적이고 일반적인 관계에 관한 것인 반면, 실정종교 혹은 역사종교는 여러 가지 신앙·규칙·의례 등 어떤 주어진 사회, 이러저러한 역사적 순간에 외부로부터 개인들에게 부과된 전체를 포함한다"(『장

치란 무엇인가?: 장치학을 위한 서론』19)라고 말하는데, 아감벤의 종교
적 사유는 기독교 영성에 대한 그의 인식과 더불어 출발하고, 영성에 대
한 콕스의 해석은 아감벤의 종교적 사유의 정당성을 강화시켜주는 측면
이 있다.

  유대-기독교의 전통에서 영성은 매우 중요한 사안이다. 태초에 하느
님은 인간과 세상을 창조하시고, 그 피조물인 인간의 삶에 동행하여 왔
다. 그래서 "히브리 영성은 삶에 있어서의 신의 현존에 주목 한다"(Elwell
746). 기독교 영성은 창조된 세상과의 영지주의적인 재결합이나 영혼이
몸으로부터 플라톤적 탈출을 하는 것이 아니라 "하느님은 이 세상을 극진
히 사랑하시"(요 3:16)고, 인간은 "자기 몸으로 하느님의 영광을 드러내"
(롬 12:1; 고전 6:19-20)는 것이라고 이해한다(Elwell 746). 월터 엘웰
(Walter Elwell)에 따르면 "영성은 하느님이 선하게 만드시고(막 7:19) 하
느님이 구원하고 계시는 중에 있는(롬 8:18-25) 이 세상에서 행하여져야
한다"(746). 또한 "영성은 인간이 하느님을 찾기 위해 이 세상으로부터 도
망치는 것이 아니고, 인간이 이 세상에서 은혜로 하느님을 발견해야만 하
고 성장해야 하는 것을 의미한다"(Elwell 746). 결국, 유대-기독교의 전통
에서 영성의 의미를 반추해보면 영성은 함께 하시는 하느님과 인간 사이
에 작동하는 역동적 관계임을 알 수 있다. 따라서 유대-기독교의 전통에
서 강력한 변화와 생명의 힘으로서의 영성의 의미를 고려해볼 때에, 주권
권력이 통제하는 인간사회에서 아감벤이 추구하는 가능성과 잠재성의 사
유는 기독교의 영성추구에 그 맥락이 닿아있음을 알 수 있다.

III

  아감벤은 호모 사케르 시리즈와 세속화 관련 저작을 통하여 모색하였
던 가능성과 잠재성의 추구를 기독교와 바울사상을 중심으로 살펴본다.

그리고 아감벤이 바울의 "상황과 사건과 진리와 소망"에서 논하고 있는 '남은 무리'라는 핵심적 용어는 메시아적 성격을 띠고 있는 개념이다. '남은 무리'의 사상은 유대교의 역사에 있어서 오래된 사상일 뿐만 아니라 구약과 신약에서 미래의 희망에 대한 종말적 개념으로 반복해서 나타남을 볼 수 있다. 예를 들면, 구약의 묵시문학에서 "이스라엘아, 너의 겨레가 바다의 모래 같다 하여도 살아남은 자만이 돌아온다"(사 10:22)라는 구절과 신약에서 "바로 그 때 큰 지진이 일어나서 그 도시의 십분의 일이 무너지고 그 지진 때문에 사람이 칠천 명이나 죽었습니다. 살아남은 사람들은 두려움에 싸여 하늘이 계신 하느님을 찬양 했습니다"(계 11:13)라는 구절이 보여주고 있듯이 '남은 자,' 즉 '남은 무리'는 마지막 때에 끝까지 살아남은 자들에 관한 표상적 언어이다. 구약의 묵시문학이 번성하던 당시에 이스라엘 사람들은 '마지막 때'와 '남은 무리'의 역사인식을 가지고 있었고, 예수의 죽음과 부활이라는 구속사적 사건과 그 교훈을 가지고 있던 초기 기독교인들도 그러하였으며, 바울 사상에서 중요한 것도 바로 '마지막 때'와 '남은 무리'에 대한 역사인식인 것이다. 아감벤은 초기 기독교시대에 이미 강력한 주권권력으로 자리매김한 유대교와 유대인들이 담론의 장치를 통하여 기독교도인과 비유대인들을 통제하고 배제하는 것을 전복시키는 역동적 힘으로서의 바울사상에 초점을 맞추고 있다.

아감벤은 예수의 죽음과 부활에 대한 바울의 해석에 있어서 '남은 무리'라는 종말적 용어를 '남은 자' 뿐만 아니라 '남겨진 시간'으로 확장하여 사용하고 있다. 기독교 사상과 바울의 사도직은 예수 그리스도의 십자가에서의 죽음과 부활이 있은 후 역사의 종말에 구세주 예수의 재림이 있을 것을 상정한다. 그리고 '지금 현재'와 종말론적 관점에서의 예수 재림 사이에는 역사적으로 흘러가는 직선적인 의미에서의 '남겨진 시간'이 있음은 주지의 사실이다. 아감벤의 주장에 따르면, 바울은 메시아적 사건을 두 개의 시간, 즉 부활과 파루시아로 나누는데, 이때에 구원의 관념을 정의하는 '이미'와 '아직' 사이의 역설적인 긴장이 발생하게 되고, 메시아적 사건은 이미 일어나고 있으며, 신도들에게 구원은 이미 성취되어 있다고 볼 수 있다는 것이다(『남겨진 시간: 로마인들에게 보낸 편지에 관한 강의』 118)6). 아감벤은 '이미'와 '아직' 사이의 역설적인 긴장에 대하여 다음과 같이 말한다.

> "하지만 구제가 정말로 성취되기 위해서는 일정한 시간을 필요로 한다. 메시아적인 것 속에 구성상의 유예를 도입하고 있는 것처럼 보이는 이 특이한 분리를 어떻게 해석해야 하는가? . . . '유예 속에 살고 있는 삶'으로서 정의된다. 말하자면 '유대적인 실존이란'이라고 그는 적고 있으며 '결코 진정한 만족을 발견할 수 없는 긴장'이라고. 마찬가지로 궁지에 몰린 상태라는 것은 메시아적 시간을 일종의 경계영역 또는 '두 시기 사이의, 즉 새로운 아이온의 시작을 규정하는 파루시아와 오래된 아이온의 종말을 규정하는 파루시아 사이의 과도적 시간', 그리고 그러한 것으로서 양쪽의 아이온에 속하는 과도적 시간이라고 관념하는─어떤 류의 그리스도교 신학에 특유한─입장이다. 여기에서의 위험은 '과도적 시간'이라는 관념 그 자체 속에 지연이 내포되어 있다는 것이다. '과도적 시간'이라는 것은 모든 과도가 그러한 것처럼 무한히 연장되는 경향을 지니고 있으며, 그것이 산출해야만 하는 종말을 파악 불가능한 것으로 만드는 것이다. . . . . 파루시아라는 용어의 의미를 정확히 이해하는 것이 중요하다. 그것은 예수의 '재림', 즉 최초의 도래에 이어 재차 도래하여 그것을 보완하는 제2의 메시아적 사건을 의미하는 것은 아니다. 파루시아는 그리스어로는 단순히 임재─문자 자체는 par-ousia 옆에 있는 것, 오늘날 존재하는 것이 자신의 옆에 존재하고 있다는 것─를 의미한다. 그것은 무엇인가가 부가되어 그것을 완전한 것으로 하려는 보완도, 결코 완료에 도달하지 못한 채 부가되고 있는 보충도 지시하지 않는다." (『남겨진 시간』 119-20)

---

6) 이후 인용문에서 『남겨진 시간』으로 줄인다.

위의 인용문에서 볼 수 있듯이 아감벤이 말하는 '남겨진 시간'은 직선적 진행의 과정에 있는 종말적 시간이라기보다는 오히려 '지금 현재'에 존재하고 있는 '수축된 시간,' 그래서 더욱 역동적인 시간으로서의 '남겨진 시간'인 것이다. 그래서 복음은 메시아적 시간의 수축 속에서 취하는 약속의 형식이 되는 것이다.

종말론 사상에 대한 논의는 기독교 신학에 있어서 매우 중요한 화두이다. 왜냐하면 예수의 십자가 사건과 재림 그리고 남은 무리에 대한 구원은 기독교의 본질적 문제이기 때문이다. 그래서 기독교인들은 역사적으로 신의 초월과 내재에 대한 문제에 많은 관심을 기울여왔다. 스탠리 그렌츠(Stanley J. Grenz)와 로저 올슨(Rogr E. Olson)은 기독교 신학이 항상 하느님의 초월성과 내재성이라는 성경의 이중적 진리를 균형 있게 표현하고자 했음을 상기시키면서 기독교 신학의 종말적 사상이 변증법적으로 발전해왔음을 지적한다(12). 근대문명과 자연과학 그리고 자본주의의 발달에 직면한 19세기의 신학은 신의 초월성을 제거하고 내재성을 강조하며 급기야는 신학이 하나의 윤리에 다름 아닌 상태에 머물게 하였는데, 요하네스 바이스(Johannes Weiss)와 '철저종말론'(consistent eschatology)으로 알려진 알베르트 슈바이처(Albert Schweitzer)는 '신의 초월성'을 강조한 미래적 종말론을 주창한다. 반대로 루돌프 불트만(Rudolf Bultmann)은 신의 초월성을 비신화화 함으로써 영원한 현재적 종말 사상을 견지한다. 따라서 기독교 신학의 종말사상에서는 '이미'와 '아직' 사이의 변증법적 논의가 이루어지게 된다. 오스카 쿨만(Oscar Cullmann)은 "구속사의 장으로서의 기독교 시간관에 나타난 독특성은 양면성에 있다"(59)고 주장하며 종말사상에서의 '이미'와 '아직' 사이의 난제를 풀어나간다. 그는 "현재는 이미 종말의 때이다. 그러함에도 불구하고 아직 종말은 아니다"(204)라고 말하는 것이다.

위에서 이미 『남겨진 시간』으로부터 인용한 바 있는 "메시아적 시간을 일종의 경계영역 또는 '두 시기 사이의, 즉 새로운 아이온의 시작을 규정하는 파루시아와 오래된 아이온의 종말을 규정하는 파루시아 사이의 과도적 시간,' 그리고 그러한 것으로서 양쪽의 아이온에 속하는 과도적 시간이라고 관념하는—어떤 류의 그리스도교 신학에 특유한—입장"(119)[7]이라는 아감벤의 언급은 예수의 십자가를 통한 구속사적 관점에서 시간의 양면성을 고찰하고 있는 쿨만에 대한 비판에 다름이 아니다. 아감벤은 쿨만이 말하고 있는 직선적 시간에서 예수의 죽음과 부활로부터 예수의 재림에 이르기까지의 시간에 있어서 '이미'와 '아직' 사이의 문제가 종말의 지연으로 인해 궁극적으로 풀리지 않고 있다고 지적한다. 계속해서 그는 "파루시아라는 용어의 의미를 정확히 이해하는 것이 중요하다고 말한다. 그에게 있어서 파루시아는 예수의 '재림', 즉 최초의 도래에 이어 재차 도래하여 그것을 보완하는 제2의 메시아적 사건을 의미하는 것이 아니다. 그는 파루시아는 그리스어로는 단순히 임재—문자 자체는 par-ousia 옆에 있는 것, 오늘날 존재하는 것이 자신의 옆에 존재하고 있다는 것—를 의미한다"(120)라고 말하고 있는데, 그리스어에서 파루시아의 의미를 "옆에 있는 것"으로 정의내리면서 종말적 때를 미래가 아닌 현재의 때로 수축시키고, 예수의 죽음과 부활 사건뿐만 아니라 바울 사건이 지니는 역동성을 강조하고 있다. 이것은 위르겐 몰트만(Jürgen Moltmann)이 '이미'와 '아직' 사이의 문제를 "오시는 하나님"으로 설명하는 종말론과 차이가 있다. 몰트만은 종말의 때에 파루시아가 있는 것이 아니라 파루시아가 있는 때가 종말이라고 설명하는 면에서 파루시아의 메시아 사상을 '지금 현재'로 더 가까이 가져온 측면이 있다. 그러나 아감벤에게 있어서 파루시아는 제2의 메시아 사건이 아닌 이미 "옆에 있는" 전적으로 새로운 개념

---

7) 쿨만은 구속사적인 관점에서 시간을 양분하고 있는데, "'아이온'이 시간의 계속성, 즉 유한하든 무한하든 시간의 길이를 시사해주는 반면에, '카이로스'의 특징은 어떤 고정된 내용을 갖는 일정한 시잠과 관계한다(66). 이에 대한 자세한 내용은 『그리스도와 시간』에서 "신약성경의 시간에 대한 용어의 의미"를 참조할 것.

으로 나타난다. "아감벤은 바울을 사도서신이 서구 기독교와 연합하게 된 순종적 번역의 예형론적 운동으로서가 아닌 오히려 그가 '남은 시간'으로 부른 것으로 읽는데, 다시 말하면 예형론에 의해 남겨진 시간뿐만 아니라 현재의 순간에 행동을 취할 수 있도록 남아있는 시간을 말한다"(Lupton 249). 그는『남겨진 시간』에서 예수의 부활과 파루시아 그리고 이사이에 대두되는 종말론적 문제, 즉 '이미'와 '아직' 사이의 역설적인 긴장을 논하고 있다. 이런 측면에서 볼 때에 '남겨진 시간'에 대한 아감벤의 해석은 기독교의 메시아적 사건이 지니는 영성의 힘을 명확하게 드러내는 면이 있다고 볼 수 있다.

IV

아감벤은 무엇보다도 메시아적 사건과 남겨진 시간이 인류의 역사와 바울에게 중대한 사건임을 지적하고 있다. 초기 기독교 시기의 주권권력과 장치 그리고 분리의 현상에 대한 그의 논의는 바울사상에서 나타나는 메시아적 사건에 대한 자신의 해석을 토대로 하고 있다. 먼저 그는 "이제 때가 얼마 남지 않았으니 이제부터는 아내가 있는 사람은 아내가 없는 사람처럼 살고 슬픔이 있는 사람은 슬픔이 없는 사람처럼 지내고 기쁜 일이 있는 사람은 기쁜 일이 없는 사람처럼 살고 물건을 산 사람은 그 물건이 자기 것이 아닌 것처럼 생각하고 세상과 거래를 하는 사람은 세상과 거래를 하지 않은 사람처럼 살아야 합니다. 우리가 보는 이 세상은 사라져 가고 있기 때문입니다"(고전 7:29-31)라고 말하는 바울의 권면에서 '-이 아닌 것처럼'이라는 말이 지니고 있는 메시아적 사상의 가능성과 역동성에 관심을 기울인다.

메시아의 도래는 모든 사건들이, 그리고 그것들과 함께 그것들을 보는 주체가 '-이 아닌 것처럼' 속에서 포획되고 부르심을 받는 동시에 기각되는 것을 의미하고 있다. . . . 메시아적 소명은 우선 무엇보다도 주체를 전위시키고 무화시킨다. 이것이 바로 갈라디아인들에게 보낸 편지의 '이제는 내가 사는 것이 아니라 그리스도가 내 안에서 사시는 것입니다'의 의미인 것이다. 그리고 그는 우리들 속에서 '이제는 내가 아닌' 것으로서 우리들이 우리들 속에 품고 있으며 영을 통하여 메시아 속에 살게 된, 죄로 말미암아 죽은 신체로서 사는 것이다. (『남겨진 시간』 75)

구세주 예수의 시대와 초기 기독교 시대에까지도 유대교 사회는 종교라는 주권권력이 율법이라는 장치를 통하여 개인 생명체들을 통제하였다. 그러나 예수의 메시아적 사건을 통해서 기존의 주권권력이 자행하던 분리의 패러다임이 전복되고 새로운 가능성과 잠재성의 공간이 열리게 된 것이다. 그것은 바로 '-이 아닌 것처럼' 살아가기의 가능성이자 역동적인 구원의 가능성이 되는 것이다.

계속해서 아감벤은 바울이 시도하고 있는 주권권력에 대한 혁명적 전복의 힘에 주목하고 있다. 그는 초기 기독교 시대의 유대인 기독교인들이 이방인 기독교인들을 대함에 있어서 통제와 배제의 인식이 있었음을 바울이 인지하고 있었다고 전제한다. 사도행전 15장은 유대인들의 할례를 포함한 제반 의례 규칙을 이방인 기독교인들이 준수해야 하는지의 문제가 예루살렘 총회에서 논의되었음을 기술하고 있다. "그 무렵 유다에서 몇몇 사람이 안티오키아에 내려 와 교우들에게 모세의 율법이 명하는 할례를 받지 않으면 구원을 받지 못한다고 가르치고 있었다"(행 15:1). 이에 대하여 바울은 "그러나 이제는 여러분이 하느님을 알고 있을 뿐만 아니라 하느님께서 여러분을 알고 계신데 왜 또다시 그 무력하고 천한 자연숭배로 되돌아가서 그것들의 종노릇을 하려고 합니까? 여러분이 날과 달과 계절과 해를 숭상하기 시작했다고 하니 여러분을 위한 내 수고가 허사로 돌아가지나 않았나 염려 됩니다"(갈 4:9-11)라고 말하면서 유대인의 방식과 이방인의 방식을 구분하고 있다. 바울은 기본적으로 인격을 두 가지로 구분하고 있는데, 그것은 유대인과 이방인 사이의 구분이다. 이 구분법은 자연스럽게 할례문제와 연결되어지는데, 유대인은 할례를 받은 자이고 이방인은 할례를 받지 않은 자이다.

그러나 아감벤의 입장에서 볼 때에 바울은 이 기본적인 분리의 범주에 또 다른 분리의 법을 적용시키고 있는데, 이것은 메시아적 사건에 따른 것으로 '육에 속하는 삶'과 '영에 속하는 삶'의 구분인 것이다. 그는 "육체의 욕정을 채우려 하지 말고 성령께서 이끄시는 대로 살아 가십시오. 육체의 욕망은 성령을 거스르고 성령께서 원하시는 것은 육정을 거스릅니다. 이 둘은 서로 반대되는 것이기 때문에 여러분은 자기가 원하는 일을 할 수 없게 됩니다"(갈 5:16-18)라고 말한다. 즉 당대의 주권권력으로서 유대인들의 종교 · 정치권력이 상정한 분리에 또 다른 새로운 분리의 법칙을 적용함으로써 '남겨진 자' 혹은 '남은 무리'에 대한 구원의 개념을 도출하는 것이다.

유대인		비유대인	
영에 의한 유대인	육체에 의한 유대인	영에 의한 비유대인	육체에 의한 비유대인
유대인이지 않지 않은 자		비유대인이지 않지 않은 자	

위의 도표에서 볼 수 있듯이, 유대인 주권권력에 의해서 유대인 중심으로 이루어진 기존의 유대인과 비유대인 사이의 구분에 바울은 '육에 속하는 삶'과 '영에 속하는 삶'을 대입함으로써 유대인 중에 '영에 의한 유대인'과 '육체에 의한 유대인'을 구분하고, 비유대인 중에서도 '영에 비유대인'과 '육체에 의한 비유대인'을 구분한다. 결국 유대인의 범주에서 '유대인

이지 않지 않은 자'라는 잔여물이 남게 되고, 비유대인의 범주에서 '비유대인이지 않지 않은 자'의 잔여물이 남게 되는 것이다. 따라서 지금까지의 유대인 담론에 의한 가치와 인식이 자연스럽게 전복되는 역동성을 담보 받게 되는 것이다.

아감벤에 따르면 바울은 주권권력으로서의 기존의 종교·정치권력이 잠재적 벌거벗은 생명에게 가할 수 있는 통제를 전복시킴으로써 '가능성'이라는 강력한 종말론적 비전을 구축하도록 만든 인물이다. 아감벤은 바울에게서 주권권력으로서의 종교·정치권력으로부터 자유를 되찾는 가능성을 볼뿐만 아니라, 메시아적 지금을 '지금 현재'에 경험하는 현상으로 발견하는 것이다. '지금 현재'로 "수축된 시간은 파루시아, 즉 메시아의 완전한 임재에 이르기까지 지속된다. 그리고 이 파루시아는 분노의 날 및 시간의 종말─그것은 절박하게 다가오고 있지만 불확정인 채 남아 있다─과 일치 한다"(『남겨진 시간』 110). 그리고 아감벤은 이 예언적, 메시아적인 남겨진 자들이라는 관념이야말로 바울이 회복시키고 전개한 것이며, 그의 분리와 그의 '분할의 분할'의 최종적인 의미라고 주장한다(『남겨진 시간』 97). 이때에 "복음은 메시아적 시간의 수축 속에서 취하는 약속의 형식"(『남겨진 시간』 153)이 되고, 신앙의 세계는 "단지 구세주 예수를 믿고 '더 이상 내가 사는 것이 아니라 구세주가 내 안에 사시는 것입니다'와 같이 그의 내부에 끌려들어가 기쁨을 누리는 그러한 세계"(『남겨진 시간』 212)가 되는 것이다. 분석철학에서 '행위수행적'(performative)인 것이 단순하게 사물의 상태를 말하는 것이 아니라 실제의 사실을 창출시키는 '언술행위'(speech act)라면, "'신앙의 행위수행적인 것'은 언어의 본원적이고 메시아적인─즉, 그리스도교적인─경험을 정의하는 것"(『남겨진 시간』 220)임을 알 수 있다. "기독교 영성이 그리스도 안에서 인간의 구원과 더불어 시작된다"(Elwell 746)는 점을 고려해볼 때에 메시아적 경험에 대한 아감벤의 종교적 사유는 기독교 영성의 본질을 잘 드러내고 있는 측면이 있다. 결론적으로, 아감벤은 호모 사케르와 세속화의 사유에서 모색하던 인간구원의 가능성과 잠재성을 이번에는 기독교의 메시아적 시간에서 찾고 있음을 알 수 있다.

V

아감벤이 '호모 사케르'와 '세속화' 그리고 '남겨진 시간'이라는 메시아적 시간에서 탐색하고 있는 비전은 별개의 것이 아니라 같은 것임을 알 수 있다. 왜냐하면 각각의 세 개념은 모두 종교와 연광성이 있고, 본질적으로 인류역사에 있어서 '성과 속'의 문제를 다루고 있기 때문이다. 서구의 종교라는 단어가 보통 유대-기독교적 전통을 의미하고, 그러한 배경에서 서구인들의 형이상학적 사유가 있어 왔기에 아감벤에게 있어서도 '성과 속'의 담론은 기독교 영성의 흔적을 자연스럽게 보여주고 있다. 그의 자유로운 지적 여행은 지금까지 논의의 과정에서 밝혀왔듯이 가능성과 잠재성이라는 역동적 공간의 확보에 있는 것이다. 알렉스 머레이(Alex Murray)는 다음과 같이 말한다.

> 희생은 인간과 신의 영역을 나누는 출입문이고, 분리를 생산하는 실행이다. 그러나 만약 희생이 성스러운 것으로부터 세속화되는 것으로의 움직임을 의미한다면, 그 때에 그것은 양 영역의 구분이 작동치 않게 되는 시점이고 한때에 성스러웠던 것을 인간의 일상적 사용을 위해 되돌려주는 것이다. . . . 그래서 경계적 활동으로서의 희생은 분열과 배제가 발생할 수 있다. 그러나 그것은 항상 세속화의 영역으로 복귀할 수 있는 잠재성을 가지는 것이다. (125)

머레이도 희생과 세속화를 중심으로 한 아감벤의 논점에서의 잠재성은 역동적인 잠재성을 함의한다고 지적한다. "아감벤에게 있어서 유일한 악이 있다면 그것은 잠재성을 억압되어야만 하는 위협으로 간주하는 것"(Murray 117)이고, "잠재성과 작동불가성은 아감벤의 작품에서 종종 메시아주의와 연결되어있음"(Murray 128)을 볼 수 있다.

아감벤은 신의 현현과 회심을 통하여 새로운 삶의 가능성을 추구하는 바울사상 속에서 역사발전의 가능성을 모색한다. 그는 바울 서신에 나타난 종말적 모티프로서의 '남은 무리'에서 '남겨진 것'과 '남겨진 시간'에 대한 변증법적 해석을 도모함으로써 주권권력의 통제를 전복시키는 동시에 '지금 현재'로부터 멀리 떨어진 파루시아가 아닌 "옆에 있는 것"으로서의 파루시아를 읽어낸다. 또한 '-이 아닌 것처럼' 살아가기의 방식을 메시아적 소망을 지닌 사람들의 삶의 태도로 인식하고 있다.

주목할 점은 아감벤에게 있어서 "메시아적 시간은 유대주의와 기독교에 깊이 연관되어 있음에도 불구하고 궁극적으로 그 어느 것에도 속하지 않는다"(Lupton 249). 정통 기독교 신학의 관점에서 볼 때에 기독교와 바울 서신에 나타난 메시아적 소망은 예수그리스도의 십자가 사건과 예수에 대한 믿음을 전제로 하고 있다. 바울은 "예수는 주님이라고 입으로 고백하고 또 하느님께서 예수를 죽은 자 가운데서 다시 살리셨다는 것을 마음으로 믿는 사람은 구원을 받을 것입니다. 곧 마음으로 믿어서 하느님과의 올바른 관계에 놓이게 되고 입으로 고백하여 구원을 얻게 됩니다"(롬 10:9-10)라고 가르친다. 그러나 아감벤은 바울 서신에 나타난 메시아사상에서 예수에 대한 기독교인의 믿음의 중요성은 제거해버리고 오직 강력한 전복의 힘만을 취하고 있다. 아감벤은 "성서에도 기록되어 있듯이 아브라함은 하느님을 믿었고 하느님께서는 그의 믿음을 보시고 그를 올바른 사람으로 인정해 주셨습니다. 그러므로 여러분은 믿음으로 사는 사람만이 아브라함의 참 자손이 된다는 것을 알아야 합니다"(갈 3:6-7)라는 바울의 말을 유대인 주권권력의 종교 · 정치적 힘을 극복하기 위한 유용한 도구로 이용하고 있다. 하지만 그는 정작 바울이 지적하고 있는 기독교인의 예수에 대한 하느님에 대한 신앙(pistis)의 중요성은 외면하고 있는 것이다. 그는 "제도적 종교의 구조를 통한 집단개종의 방향에서가 아니라 오히려 실존적이고 언어적인 차원의 바울사상을 통한 메시아주의를 보편화하고"(Lupton 249) 있을 뿐이다.

그렇다면 21세기에 아감벤의 종교적 사유가 우리에게 제시하는 의미는 무엇일까? 아감벤의 글쓰기는 바로 열린 공간의 지향이라고 할 수 있다. 그래서 도래하는 인류공동체는 다양한 술어가 가능한 '그 무엇이든지'(whatever)의 미학이고(Agamben, *The Coming Community* 1-2), 인간 존재는 가능성이나 잠재성을 지닐 때에만이 진정한 생명체로 의미가 있는 것이다. 그리고 가능성과 잠재성은 기독교 영성의 역동성을 포함하는 메시아적 사상과 밀접하게 관련되어 작동함을 볼 수 있다. 비록 아감벤이 기독교 사상과 바울의 메시아 사건에 대한 해석을 정교하게 비틀어서 사용하여 자신만의 독특한 혁명적 사유를 도출하였을지라도 그의 종교적 사유는 21세기에 기독교를 포함한 종교의 미래와 방향설정에 대한 해답을 일정부분 제시하고 있다. 개인의 생명을 통제하는 주권권력으로서의 종교 · 정치권력과 장치들을 규명해내고, 세속화를 통하여 인간생명의 무한한 가능성과 잠재성을 추구하는 것이 아감벤에게 있어서는 바로 기독교 윤리이자 영성의 힘인 것이다.

Works Cited

그렌츠, 스탠리 · 로저 올슨. 『20세기 신학』. 신재구 옮김. 서울: 한국기독
학생회출판부, 1997. Print.

김상운. 「호모 프로파누스: 동일성 없는 공통성의 세계로」. 『세속화 예찬:
정치미학을 위한 10개의 노트』. 김상운 옮김. 서울: 난장, 2010.
Print.

김상운 · 양창렬. 「새로운 정치철학을 위한 아감벤의 실험실」. 『목적없는
수단』. 김상운 · 양창렬 옮김. 서울: 난장, 2009. Print.

김용성. 「『위대한 개츠비』에 나타난 "미국인의 꿈"의 원형으로서의 기독
교 윤리」. 『미국소설』 18.2 (2011): 71-100. Print.

바디우, 알랭. 『사도 바울』. 현성환 옮김. 서울: 새물결, 2008. Print.

아감벤, 조르조. 『남겨진 시간: 로마인들에게 보낸 편지에 관한 강의』. 서
울: 코나투스, 2008. Print.

_____. 『세속화 예찬: 정치미학을 위한 10개의 노트』. 서울: 난장, 2010.
Print.

_____. 『예외상태』. 김향 옮김. 서울: 새물결, 2009. Print.

_____. 『장치란 무엇인가?: 장치학을 위한 서론』. 양창렬 옮김. 서울: 난
장, 2010. Print.

_____. 『호모 사케르: 주권 권력과 벌거벗은 생명』. 서울: 새물결, 2008.
Print.

이글턴, 테리. 『신을 옹호하다: 마르크스주의자의 무신론 비판』. 강주헌
옮김. 서울: 모멘토, 2009. Print.

_____. 『이론 이후』. 이재원 옮김. 서울: 길, 2010. Print.

이은봉. 「성과 속은 무엇인가: M. 엘리아데의 『성과 속』」. 엘리아데, M.
『성과 속』. 이은봉 옮김. 서울: 한길사, 1957. Print.

콕스, 하비.『종교의 미래』. 김창락 옮김. 서울: 문예출판사, 2009. Print.

쿨만, 오스카.『그리스도와 시간』. 김근수 옮김. 서울: 나단, 1993. Print.

Agamben, Giorgio. *The Coming Community*. Trans. Michael Hardt. Minneapolis: U of Minnesota P, 2009. Print.

Dickinson, Colby. *Agamben and Theology*. London: T & T Clark International, 2011. Print.

Elwell, Walter A. *Evangelical Dictionary of Biblical Theology*. Michigan: Baker, 1996. Print.

Lupton, Julia Reinhard. "Renaissance Profanations: Religion and Literature in the Age of Agamben". *Religion and Literature* 41.2 (2009): 246-257. Print.

Murray, Alex. *Giorgio Agamben*. London: Routledge, 2010. Print.

제2부

성과 속, 그 사이에서의 한국 문학

만해 한용운과 한국문학의 세계화
— 『님의 침묵』을 기독교적으로 읽기

정 정 호

> 공자는 진陳 채蔡의 접경에서 고난을 겪으셨고, 예수는 거리에서 사
> 형을 당하셨으니, 이는 모두 세상을 건지고자하는 지극한 생각에서
> 나온 일들이었다. 어찌 세상을 구제하지 않고 천추에 걸쳐 꽃다운 향
> 기를 끼치는 이가 있을 수 있겠는지.[1]

1

1) 들어가며: 한용운과 기독교

만해 한용운(1879-1944)은 잘 알려진 불교의 대선사였다. 만해는 『유
심』이란 불교잡지를 창간했고 『조선불교유신론』을 쓴 불교개혁자였으

---

* 이 논문은 『문학과 종교』 제13권 3호(2008)에 「만해 한용운의 『님의 침묵』에 나타
난 기독교적 요소—하나의 시론」으로 게재되었음.
1) 한용운, 『한용운 전집 2』 (서울: 신구문화사, 1974), 45-6.

며『불교대사전』을 집필한 불교학자였다. 만해의 대표시집『님의 침묵』이 불교시집인 것은 너무나 명백하기에 이 시집을 기독교적으로 읽는다는 것은 어불성설(語不成說)일 것이다. 그럼에도 필자가 이 논문을 쓰게 된 추동력은 시인이자 영문학자였던 송욱이 쓴『님의 침묵』에 대한『전편 해설』(1974) 때문이다.『님의 침묵』을 철저하게 불교의 선(禪) 시각에서 읽은 송욱은 이 시집을 "깨달음의 증험(證驗)"을 내용으로 하는 증도가(證道歌), 특히 "사랑의 증도가"라 규정했다(송욱,『님의 침묵 전편 해설』10). 필자가 알기에 지금까지『님의 침묵』을 불교 이외의 다른 종교와 연계하여 읽으려는 시도는 별로 없었다. 필자가 이 대담한 과제를 시도하는 이유는,『님의 침묵』을 읽으며 분명한 기독교적 이미저리가 적지 않게 나타날 뿐 아니라 사상 면에서도 유사점이 한 둘이 아니라는 생각을 금할 수 없기 때문이다. 이 논문에서 필자는『님의 침묵』에 나타나는 기독교적 요소를 표층적 수준에서나마 찾아내고자 시도할 것이다.

불교승려 만해는 일제 강점기에 저항적 문학지식인으로 서양문물에 대한 연구를 통해 기독교를 상당부분 섭렵했을 가능성이 많다.[2] 만해는 "근대의 신문화를 소개한 중국 계몽사상가 양계초의『음빙실문집』(飮氷室文集)을 통하여 동서양의 사상을 섭렵하였다"(『한용운의 명시』150)고 한다. 1919년 3 · 1운동 당시 독립선언문의 발기인 33인 중 절반이 기독교인이었다는 사실도 만해는 무시할 수 없었을 것이다. 독립투사 만해는 적어도 일본의 압제에서 벗어나기 위해 불교가 유교나 기독교와도 연대할 수 있다고 생각지 않았겠는가? 중생의 고통과 번뇌에서 해탈시켜주는 부처의 가르침만큼이나 예수의 가르침도 가난하고 약하고 힘없는 민중들을 위한 것이다. 필자는 여기서 만해가 기독교사상을 받아들였다고 말하는 것이 아니다. 보편내재적인 차원에서 위대한 종교나 사상 또는 문학작

---

2) 한 예로 만해가『불교』지에 실은「현대 아메리카의 종교」(1933)를 읽어보면 그가 미국기독교에 대한 많은 지식과 놀라운 탁견을 가지고 있음을 알 수 있다. 만해는 이 글에서 당시 미국기독교의 물질주의를 비판하고 있다(『한용운 전집 2』262-65).

품에서 흔히 나타나는 유사성이나 친연성이 교차되는 것이다. 만해는 적어도 불교와 기독교의 가르침의 기본적 유사성을 느꼈을 것이다. 불교와 기독교교리의 유사성을 여기서 자세히 논할 수 없으나 캐나다 비교종교학자 아모스 교수는 『두 스승, 하나의 가르침』(*Two Masters, One Message* 1975)에서 금강경과 신약의 많은 유사한 구절들을 평행비교(parallel comparison)했다. 한국번역시전집 『새벽의 목소리』(Voices of the Dawn 1960)를 편찬한 피터 현(Peter Hyun) 교수는 한용운의 시를 "17세기 영국의 형이상학파의 종교적인 시"와 유사하다고 지적한 바 있다(20). 『님의 침묵』을 *The Meditations of the Lover*란 제목으로 영역한 한국계 미국작가 강용흘은 한 걸음 더 나아가 "서문"에서 만해를 20세기 T. S. 엘리엇, 타고르 같은 대시인의 반열에 놓아야 한다는 견해를 표명하였다.[3] 피터 현이나 강용흘의 주장이 시 기법에 더 많은 중점을 두고 한 말이지만 필자는 만해 시의 내용과 사상 면에서도 17세기 영국의 종교시와 유사성이 있다고 생각한다. 사상과 기법을 통합하는 "통합된 감수성"의 시인들인 17세기 종교시인들은 T. S. 엘리엇에 의해 20세기 초 재조명되었고 새로운 창작이론의 등장과도 연관된다. 만해도 한국 현대시 형성기에 순 한글로 장미꽃에서 사상을 느낄 수 있는 새로운 서정시(사랑의 시) 쓰기의 전범을 보여주었다.(이 부분에 대한 논의는 다음 기회로 미룬다)

만해는 기독교나 예수를 여러 차례 언급했다. 만해는 「선과 인생」에서 불교의 선(禪)과 기독교의 묵상을 같이 이야기했다. "정신수양에 대해서는 불교의 선만 있을 뿐 아니라, 유교에도 있고, 예수교에도 있으니, 유교에는 맹가의 구방심(求放心)과 송유의 존양(存養)이 그것이요, 예수교에서는 예수가 요르단 하변에서 40일간 침획 명상한 것이 그것일 것이다"(『한용운전집 2』 313-14). 「성탄(聖誕)」이란 제목의 만해 시의 일부를 살펴보자.

3) Han Yong-Woon, *Meditations of the Lover* (Seoul: Yonsei UP, 1970), 15.

부처님의 나심은
온 누리의 빛이요
뭇 삶의 목숨이라.

빛에 있어서 밖이 없고
목숨은 때를 넘느니.

이곳과 저 땅에
밝고 어둠이 없고
너와 나에
살고 죽음이 없어라. (『한용운 전집 1』 89-90)

만해의 『심우장산시』(尋牛莊散詩)에 실린 이 시는 부처님 대신 예수님
으로 바꿔도 뜻의 변함이 전혀 없다. 이 시는 "빛," "목숨," "어둠," "죽음"
등 주요한 기독교적 이미지들로 가득하다. "목숨은 때를 넘느니"는 '부활'
을 언급하는 것이고 "살고 죽음이 없어라"는 '연생'의 주제이다. 『한용운
과 휘트먼의 문학사상』이라는 비교문학의 탁월한 저작을 낸 김영호는 자
비, 사랑, 희생정신을 석가, 공자, 예수에 공통된 것으로 본다.

석가와 예수를 동질의 희생적 사랑과 자비로써 세계를 구원한 神人
으로 동일시했으며, 인과 애덕으로 국가를 제도한 공자와 요순의 정
치사상과 석가의 我空의 자비를 구세주의와 합일시켰다는 점이다. 이
들을 모두 이 사랑과 희생의 정신을 자기 현실의 당처에서 살신성인
의 태도로 체현하려 했다. (김영호 104)

이렇게 본다면 불교사상에 토대를 둔 『님의 침묵』에 만해 자신도 모르
게 기독교적 요소가 포함된 것인지에 대해서 명쾌하게 증명해내기는 어
려울 것이다. 이 글에서 필자는 본격적인 비교종교학적 논의를 시도하는
것이 아니라 『님의 침묵』에 드러나는 기독교적 요소를 찾아내어 논의해

보는 수준에 머물고자 한다. 이 초보적 작업을 통하여 필자는 만해를 불교시인으로만 국한시키는 대신 21세기 세계화시대를 맞이하여 기독교사상에 친숙한 서구인들에게도 다가갈 수 있을 보편적 주제를 지닌 세계적 시인의 반열에 편입시키기를 희망한다.

『님의 침묵』에서 필자가 가장 충격적으로 기독교적 요소로 받아들인 구절은 바로 시집의 머리말에 해당하는「군말」에 있다: "나는 해 저문 벌판에서 돌아가는 길을 잃고 헤매는 어린 양이 기루어서 이 시를 쓴다." 이 구절은 시집의 주제와 시집 전체의 사상이 응집되어 포괄적인 암시를 하고 있다. 이것은 움직일 수 없는 기독교적 요소이다. 이와 유사한 구절이 성서의「마가복음」에 나오고 "예수께서 나오사 큰 무리를 보시고 그 목자 없는 양 같음으로 인하여 불쌍히 여기사"(막 6:34),「요한복음」에서도 비슷한 구절로 "나는 선한 목자라. 선한 목자는 양들을 위하여 목숨을 버리거니와"(요 10:11)를 찾을 수 있다. 『「님의 침묵」전편 해설』을 철저하게 불교적 교리와 사상으로 상세히 해설한 바 있는 송욱도 이 구절이 "기독교에서 신앙을 통한 구제를 받지 못한 사람들을 뜻하는 비유인데, 만해는 이를 거리낌 없이 채택하고 있다."(『님의 침묵 전편 해설』19)고 지적하였다. 이 구절에 대하여 김영호는 성경의「시편」23편을 염두에 두며 불교의 이미지 뿐 아니라 기독교 이미지라고 언명한다.

> 길 잃은 양(羊)을 푸른 초원가 맑은 시냇가로 인도하는 성목자 예수의 이미지 또는 고통과 무명(無明)의 중생들을 계맹하는 석가의 형상을 투영시킴으로써 조국과 자유를 상실한 백성을 구원하겠다는 종교적 및 정치적 의도를 상징적으로 시화하고 있다. (김영호 147)

이와 관련하여 구약시대 최고 시인 다윗 왕도 다음과 같이 노래하였다.

여호와는 나의 목자시니 내게 부족함이 없으리로다. 그가 나를 푸른 풀밭에 누이시며 쉴 만한 물가로 인도하시는도다 내 영혼을 소생시키고 자기 이름을 위하여 의의 길로 인도하시는도다. (시 23:1-3)

또한 이 시집의 "후기"에 해당되는 「독자에게」에서 만해는 "밤은 얼마나 되었는지 모르겠습니다. 설악산의 무거운 그림자는 옅어갑니다. 새벽 종을 기다리면서 붓을 던집니다."라고 적고 있다. 만해는 어두운 시대의 밤을 지새우며 님이 그리워 시를 쓴다. 그런데 이제 여명이 움터온다. 밤도 깊었으니 새벽이 머지않으리. 만해는 새벽을 깨우기 위해 시를 쓰고 시 쓰기를 마친 만해는 붓을 던지고 님이 오실 새벽을 기다린다. 여기서 새벽종은 사찰에서 울리는 새벽종을 가리키는 게 분명하다. 그러나 성서의 「시편」에서도 유사한 구절을 찾을 수 있다.

하나님이여 내 마음이 확정되었고 내 마음이 확정되었사오니 내가 노래하고 내가 찬송 하나이다. 내 영광아 깰지어다. 비파야, 수금아, 깰지어다. 내가 새벽을 깨우리로다. (시 57:7-8)

이렇게 보면 시집 『님의 침묵』의 서론과 결론의 해당부분에서 모두 기독교적 이미지가 명백하게 나타나고 있다고 하겠다.

2) 서시 「님의 침묵」의 구조와 주제의 기독교적 함의: 사랑의 노래

『님의 침묵』의 전체구조에 대해 한 연구자는 "이별에서 마침내 만남을 이루는 88편의 시로 구성된 극적구성의 연작시"로 이별(죽음) → 슬픔 → 희망 → 만남(재회)의 보편적 구조로 확인하였다(김윤식 외 64). 이런 구조는 이 시집의 바로 첫 번째 시 「님의 침묵」에 가장 잘 나타난다. 만해는 우선 님과의 "이별"을 다음과 같이 절규한다.

님은 갔습니다. 아아 사랑하는 나의 님은 갔습니다.
푸른 산빛을 깨치고 단풍나무 숲을 향하여 난 작은 길을 걸어서 차
마 떨치고 갔습니다. (「님의 침묵」)

님과의 이별은 뜻밖의 일이 되고 놀란 가슴은 새로운 "슬픔"으로 터진
다. "사랑도 사람의 일이라 만날 때에 미리 떠날 것을 염려하고 경계하지
아니한 것은 아니지만 이별은 뜻밖의 일이 되고 놀란 가슴은 새로운 슬픔
에 터집니다." 그러나 "눈물의 원천"인 슬픔은 곧바로 "희망"으로 이어진
다. "그러나 이별을 쓸데없는 눈물의 원천을 만들고 마는 것은 스스로 사
랑을 깨치는 것인 줄 아는 까닭에 걷잡을 수 없는 슬픔의 힘을 옮겨서 새
희망의 정수박이에 들어부었습니다". 시인은 희망에 차서 "재회"의 날을
믿는다. "우리는 만날 때에 떠날 것을 염려하는 것과 같이 떠날 때에/다시
만날 것을 믿습니다."

또한 이러한 보편적 구조는 「성서」에 나타난 구원의 기본구조와 거의
유사하다. 기독교 교리에 따르면 창조주 하나님이 이 세상을 창조하고 최
초의 인간남녀인 아담과 이브를 만들었다. 그러나 그들은 뱀의 꼬임에 빠
져 죄를 짓고 에덴의 낙원에서 추방당했다. 추방은 이별의 시작이다. 그
때부터 인간은 죽음이라는 이별을 운명으로 가지게 된다. 인간이 타락한
이후의 낙원에서의 추방과 영생에서의 추방과 예수시대에 이르러 예수님
의 십자가 죽음과 승천이라는 "이별"이 있었다. 이별 뒤에는 "슬픔"과 절
망과 고통이 따르게 마련이다. 그러나 추방(이별)의 고통 속에서도 인간
은 "님은 갔지마는 . . . 님을 보내지 아니하였"다고 희망을 버리지 않는다.
왜냐하면 인간의 죄 값을 치루기 위해 십자가에 못 박혀 목숨을 버리고
죽음 다음에 부활하셔서 인간에게 이제 새로운 "희망"(소망)이 생겨났기
때문이다. 예수가 언젠가는 재림하여 우리와 다시 "재회"가 이루어지고
우리 모두를 죽음(이별)에서 구원하는 회복의 기쁨이 있을 것이다. "아아
님은 갔지마는 나는 님을 보내지 아니하였습니다."[4]

4) 이 구절을 자세히 들여다 본 이상섭은 완전히 "종교적 차원"에서만 접근이 가능하

이 서시 후반부에 기독교의 중요한 3가지 행동지침이 등장한다. 그것은 "믿음," "소망," "사랑"이다. 시집 『님의 침묵』이 연애시인 사랑의 노래라면 『성서』에서 사랑의 장으로 잘 알려진 「고린도전서」 13장 내용과도 일정부분 일치된다고 볼 수 있다. 13장의 마지막 구절인 13절은 "그런즉 믿음, 소망, 사랑 이 세 가지는 항상 있을 것인데 그 중의 제일은 사랑이라"이다. 이 시집의 서시인 「님의 침묵」 후반부에도 "희망," "믿음"("믿습니다"), "사랑"이 나온다. 첫 시인 「님의 침묵」에 나타나는 이러한 주제와 형식은 이 시집 『님의 침묵』 전체의 주제와 형식(구조)을 압축해놓은 것이다.

동시에 첫 시의 이러한 구조는 기독교 교리와 서사의 주제와 형식(구조)과도 커다란 맥락에서 일치할 수 있다고 필자는 주장한다. 그러나 주제와 형식의 모든 것을 한꺼번에 용해시켜 버리는 이 시집의 핵심적인 주제어는 서시 마지막 행의 "사랑의 노래"이다. 애틋하고도 육감적이기까지 한 연애시 형식으로 된 이 시집의 주제는 한마디로 "사랑"이다. 형식은 침묵을 역설적으로 가장한 "노래"이다. 만해의 『님의 침묵』에서는 부처님의 "대자대비"와 예수님의 "사랑"이다. "믿음, 소망, 사랑 . . . 그 중의 제일은 사랑"이다. 만해의 『님의 침묵』은 역사적으로는 일제강점기에 나라를 잃고 고통을 받고 있는 조선민중들에게 역설적이게도 침묵으로 우렁차게 부른 "사랑의 노래"이다. 아니 좀 더 보편적으로 말한다면 이 시집은 병고와 노쇠에 시달리다가 결국은 죽음이라는 슬픈 종말(이별)을 맞을

다고 말한다. "'아아 님은 갔지마는 나는 님을 보내지 아니하였읍니다.' 이런 말은 일상적 차원에서 가능한 말이 아니다. 종교적 아니면 종교스러움에 접근하는 차원에서만 가능한 말이다. 그것은 믿음의 발언이다." 이상섭은 계속해서 "님의 침묵"을 접근할 수 있는 것은 기도뿐이라며 다음과 같이 주장한다. "마치 고요한 그러나 깊은 힘을 내포한 기도에 의하여 신의 임재를 대면하는 것과도 같다. 제 곡조를 못 이기는 사랑의 노래는 그러므로 기도와 같은 것이다. 믿음, 종교적 결단 없이 기도는 불가능하다. 기도 같은 노래로써만이 '나'는 님의 침묵에 접근할 수 있다"(이상섭 259-61).

수밖에 없는 인간의 삶이라는 실존적인 상황을 향해 해탈과 기쁨을 위한 사랑의 노래이다. 결국 사랑만이 인간이 서로 살아가기 위해 의지할 수밖에 없는 최후의 보루이다. 그래서 부처님은 "대자대비"가 되어야 하고 하나님은 "사랑"이 될 수밖에 없는 것이 아닌가?

필자는 이 서시뿐 아니라 시집 자체의 구조와 주제에서 강렬한 기독교적 암시를 받는다. 기독교에서 이별은 우리의 님인 예수의 죽음이다. 예수가 우리들의 구원을 위해 우리의 죄를 대신 짊어지고 십자가에 달려 죽은 후 재림(The Second Coming)할 것이다. 그때까지 기다리는 모든 기독교도들은 예수가 다시 오는 그날까지 침묵의 의미를 생각하며 님과 이웃을 사랑하며 살아가야 한다. 예수의 님인 기독교인들은 예수 죽은 후 2000년이 넘도록 슬픔을 딛고 희망을 가지고서 다시 만날 날을 기다리고 있다.

2

1) 이별과 죽음

이제부터 바로 앞에서 제시한 이별 → 슬픔 → 희망 → 재회(회복)의 주제를 만해의 시 몇 편을 더 읽음으로써 분명히 해보자. 두 번째 시 「이별은 미의 창조」에 서부터 "이별"의 의미가 새롭게 부각되고 있다.

> 이별은 미의 창조입니다
> . . . .
> 님이여, 이별이 아니면 나는 눈물에서 죽었다가 웃음에서 다시 살
> 아날 수가 없습니다.
> 오오 이별이여. 미는 이별의 창조입니다. (「이별은 미의 창조」)

사랑의 표상인 십자가에서 우리를 떠나가신 예수님과의 이별(죽음)이 재회와 부활과 영생을 보증한다. 예수의 죽음으로 우리는 회개와 거듭남의 눈물(슬픔) 속에 빠져 죽었다가 웃음(기쁨)으로 다시 부활할 수 있는 것이기에 아름다운 것이다. 이별은 끝이 아니라 시작이고 파멸이 아니라 창조라고 선언하는 것이 만해의 이별철학이다.

시인 자신이 님과의 이별은 진정한 사랑의 이별이므로 진정한 이별은 없다고 믿는다. 지금은 이별이 서러워 울지만 그것은 일시적인 것이며 언젠가 영원한 재회가 이루어질 것이다. 여기까지 생각이 미친 시인은 님과의 진정한 사랑은 "곳"과 "때" 즉 시공간을 초월한 영원한 것이라는 새로운 "이별의 철학, 아니 신앙"을 수립한다.

> 그러고 진정한 사랑은 곳이 없다. . . .
> 그러고 진정한 사랑은 때가 없다. . . .
> 아아 진정한 애인을 사랑함에는 죽음의 칼을 주는 것이요. 이별은
>   꽃을 주는 것이다.
> 아아 이별의 눈물은 진(眞)이요 선(善)이요 미(美)다.
> 아아 이별의 눈물은 석가(釋迦)요 모세요 잔다르크다. (「이별」)

이렇게 이별을 인정하지 않는 것은 다시 만날 때까지 기다리며 "님의 주시는 고통을 사랑하겠습니다."(「하나가 되어 주셔요」)그리고 "당신을 그리워하는 슬픔은 곧 나의 생명인 까닭입니다."(「의심하지 마셔요」)라고 담대하게 말할 수 있게 된다. 이제부터 님과 하나가 되어 님을 의심하지 않는다.

2) 슬픔과 고통

그러나 이별 뒤에는 엄청난 슬픔과 고통이 뒤따를 수밖에 없다. 다시

만나기 위해 "이별"은 어쩔 수 없는 것이라고 시인은 말하지만 「님의 침묵」의 5번째 시 「가지 마셔요」에서 시인은 할 수만 있다면 님께서 가시지 말라고 애원한다.

> 아아 님이여, 새 생명의 꽃에 취하려는 나의 님이여, 젊음을 돌리셔
>   요, 거기를 가지 마셔요, 나는 싫어요.
> 거룩한 천사의 세례를 받은 순결한 청춘을 똑 따서 그 속에 자기의
>   생명을 넣어 그것을 사랑의 제단(祭壇)에 제물로 드리는 어여쁜
>   처녀가 어데 있어요.
> 달금하고 맑은 향기를 꿀벌에게 주고 다른 꿀벌에게 주지 않는 이
>   상한 백합꽃이 어데 있어요. . . . .
> 아아 님이여, 정(情)에 순사(殉死)하려는 나의 님이여, 걸음을 돌리
>   셔요, 거기를 가지 마셔요. 나는 싫어요. (「가지 마셔요」)

이 구절에는 유난히 생명, 거룩한 천사, 세례, 사랑, 제단, 제물, 백합꽃, 순사(殉死: 순교) 등 기독교적 개념들이 많이 등장한다. 님과의 이별을 처음부터 기쁘게 받아들이는 사람이 어디 있겠는가? 「고적한 밤」이 되면 만해는 인생을 고통의 눈물이 아닌가 생각해본다.

> 우주는 죽음인가요
> 인생은 눈물인가요
> 인생이 눈물이면
> 죽음은 사랑인가요. (「고적한 밤」)

이별이라는 죽음이 사랑이 될 수 있다는 생각을 하기 시작한 시인은 이제 슬픔을 딛고 일어서는 법을 배우고자 한다. 그래서 시인은 "나는 님을 기다리면서 괴로움을 먹고 살이 찝니다. 어려움을 입고 키가 큽니다."(「자유정조」)라고 자신 있게 말한다. 그러나 고통은 성장을 위한 그리

고 득도(得道)를 위한 길잡이다. 이 세상에는 걸어갈 수 있는 많은 길들이 있다. 이제 시인은 슬픔 속에서도 이제 나만의 길을 찾기 시작한다. 이 고통스러운 삶 속에서 주님만 생각하고 따르는 「나의 길」을 찾는다. 그래야만 다시 만날 "희망"을 가질 수 있다.

> 악한 사람은 죄의 길을 좇아갑니다.
> 의(義) 있는 사람은 옳은 일을 위하여는 칼날을 밟습니다.
> ……………………………………………
> 그러나 나의 길은 이 세상에 둘밖에 없습니다.
> 하나는 님의 품에 안기는 길입니다.
> 그렇지 아니하면 죽음의 품에 안기는 길입니다.
> 그것은 만일 님의 품에 안기지 못하면 다른 길은 죽음의 길보다 험
>   하고 괴로운 까닭입니다.

이 세상을 살아가는 방법은 여러 가지다. 시인이 선택한 길은 희망을 가지고 님의 품에 안기거나 절망 속에서 죽음의 품에 안기는 것이다. 다시 말해 님의 길만 따라갈 것이다. 그 외에는 모두 죽음의 길이 될 것이기 때문이다. 시인은 여기서 악한 사람의 길이 아닌 의인의 길을 좇아가겠다고 하는데 이것은 구약의 「시편」 1편 1-6절에서 이미 다윗이 노래한 내용이다. 시인은 님만을 따르는 "나의 길"을 선택함으로써 "복 있는 사람"과 "의인"이 되고자 한다. 다시 만날 때까지 나는 님만을 생각하고 의인의 길을 따라가야 한다. 시인의 노래는 따라서 세상 사람들과 구별되는 노래를 부를 수밖에 없다.

> 나의 노랫가락의 고저장단은 대중이 없습니다.
> 그래서 세속의 노래 곡조와는 조금도 맞지 않습니다.
> 그러나 나는 나의 노래가 세속 곡조에 맞지 않는 것을 조금도 애닯
>   아하지 않습니다.

나의 노래는 세속의 노래와 다르지 아니하면 아니 되는 까닭입니다.
    (「나의 노래」)

 님에 대한 나의 노래는 세상 가치를 따르지 않는다. 오히려 세상적인
것과 거슬리고 정반대가 될 수도 있다. 부처의 가르침과 예수의 말씀을
사모하는 것은 세상을 버리고 등지는 것이 아닌가? 그래야 이 세상을 극
락과 천국으로 만들 수 있다. 이것은 또 다른 역설이다.

나의 노래는 님의 귀에 들어가서는 천국의 음악이 되고...
나는 나의 노래가 님에게 들리는 것을 생각할 때에 광영(光榮)에
넘치는 나의 작은 가슴은 발발발 떨면서 침묵의 음보(音譜)를 그립니다.
    (「나의 노래」)

 님을 찬미하는 나의 비세속적인 노래는 나에게 영광(glory)을 가져오고
나는 기쁨과 감동에 벅차 말을 못하고 침묵으로 노래를 쓸 수밖에 없다.

3) 소망과 순종

 시인은 이제 이렇게 되면 아무리 슬프더라도 나는 희망(소망)을 가지고
님의 팔에 안길 수 있다.

아아 사랑에 병들어 자기의 사랑에게 자살을 권고하는 사랑의 실패
    자여.
그대는 만족한 사랑을 받기 위하여 나의 팔에 안겨요.
나의 팔은 그대의 사랑의 분신인 줄을 그대는 왜 모르셔요.
    (「슬픔의 삼매(三昧)」)

 그리움에 지치고 사랑에 병든 "사랑의 실패자"인 슬픈 시인은 님의 팔

에 안긴다. 믿음직한 님의 팔 안에서 시인은 사랑을 만족스럽게 받을 수
있고 또 님의 팔에 안기면 세상의 모든 허위의식이나 가식들을 다 버리고
순수해질 수 있다.

> 나는 당신의 첫사랑의 팔에 안길 때에 온갖 거짓의 옷을 다 벗고,
> 세상에 나온 그대로의 발가벗은 몸을 당신의 앞에 놓았습니다. 지
> 금까지도
> 당신의 앞에는 그때에 놓아둔 몸을 그대로 받들고 있습니다.
> (「의심하지 마셔요」)

석가는 중생들의 "눈물," "한숨," "떨리는 가슴"을 통해 모든 비밀을 속
속들이 안다. 그러기에 석가는 크고 부드러운 팔로 중생들을 안고 대자대
비의 마음으로 중생들을 백팔번뇌로부터 해탈시킨다. 예수도 긍휼의 마
음으로 자기 목숨을 버리기까지 민중의 어려운 일을 대신 짊어지고 고단
한 그들에게 휴식을 주고자 한다.

> 수고하고 무거운 짐진 자들아 다 내게로 오라 내가 너희를 쉬게 하
> 리라.
> 내 마음이 온유하고 겸손하여 나의 멍에를 베고 내게 배우라.
> 그러면 너희 마음이 쉼을 얻으리니 이는 내 멍에는 쉽고 내 짐은
> 가벼움이라. (마:11.28-30)

바로 여기가 시인의 님인 "대자대비"의 부처와 필자의 님인 "사랑"의
예수가 만나는 지점이다. 사랑하는 님을 믿으며 소망을 가지고 참고 견디
는 시인에게 또 다른 시련이 있다.

슬픔 속에 있는 나에게 희망과 소망을 주는 시인의 님은 세상 사람들의
미움과 시기를 받는다. 그래도 별 관심 두지 말라고 님은 충고한다. 신라
시대의 승려 이차돈의 순교나 조선 후기 한국 최초의 신부 김대건의 순교

를 생각해보라. 기존질서와 세력에 반항하는 것은 언제나 비방과 시기를 받고 심지어 생명까지 요구한다. 로마 제국주의의 식민지였던 팔레스타인에서 많은 유대인들은 식민지를 해방시키는 정치적 구원자 예수에게 기대를 걸었는데 예수가 "도적"들인 당시 로마총독 헤롯대왕과 유대 지도자들에 의해 힘없이 "포로"로 잡히자 실망하였다. 지상천국을 꿈꾸던 당시 혁명가들에게 예수는 거짓 구세주밖에 보이지 않았고 그의 "시련"받는 행동을 무기력한 비겁으로 규정하였다. 그리하여 당시 유대인들은 가차 없이 예수에게 당시로서는 최악의 정치범 사형방식인 십자가형을 내릴 것을 외쳤다. 그러나 예수는 폭력으로 세상을 해방시키고자 하지 않고 사랑으로 세상을 변화시키고자 했다. 당시 유대인들은 예수를 크게 오해하고 비방했던 것이다.

시인은 세상 사람들에게 비난당하는 님을 옹호한다. 님이 가난하고 불쌍한 중생들 속에 들어가 구제하려는 것에도 걸림돌이 많았다. "정직한 당신이 교활한 유혹에 속혀서 청루(青樓)에 들어갔다고 당신을 지조가 없다고 할 수는 없습니다"(「비방」). 님이 청루에 들어간 것은 어떤 높은 뜻이 있을 것이다. 시인은 자신의 님이 홍등가에 갔다고 음란하고 지조가 없다고 할 수는 없다고 말한다. 예수도 당시 유대사회에서 도덕적 비난을 받았다. 세리들과 창녀들과 사귀는 것에 대해 엄청난 비방을 받았다. 그런 부류의 사람들은 구원할 수도 없고 과연 구원할 가치가 있느냐는 세상의 지탄을 받은 것이다(막 2:16-17).

시인은 이별 뒤에 오는 격심한 고통과 슬픔을 겪으면서 희망을 가지고 의롭게 살아가며 영적으로 성장한다. 그 첫 번째 징표가 님에 대한 복종이다. 『님의 침묵』에서 시 전체적으로 가장 기독교적인 내용이 담겨있는 시는 바로 「복종(服從)」이다. 여기서 복종은 순종(submission)이다.

남들은 자유를 사랑한다지마는 나는 복종을 좋아하여요.
자유를 모르는 것은 아니지만 당신에게는 복종만 하고 싶어요.

복종하고 싶은데 복종하는 것은 아름다운 자유보다도 달금합니다.
   그것이 나의 행복입니다.

그러나 당신이 나더러 다른 사람을 복종하라면 그것만은
   복종할 수가 없습니다.
다른 사람을 복종하려면 당신에게 복종할 수가 없는 까닭입니다.
   (「복종」)

복종은 님을 향한 일편단심이다. 사랑하면 노예처럼 순종하는 것이 즐겁다. 아름다운 자유보다 복종이 행복이다. 여기서 복종은 물론 자발적인 것이다. 자유를 내던지고 스스로 복종하는 것은 나의 님만을 위한, 님에 대한 절대적 사랑이 있어야 가능한 일이다. 님 이외의 다른 사람에게 결코 복종할 수 없고 만일 다른 사람에 복종한다면 당신에게는 더 이상 복종하는 것이 아니다. 예수를 진정 따르려면 세속적인 다른 신들을 모두 버리고 예수에게만 순종하는 것이다. 님만을 순종하면서 이별과 죽음을 참고 견뎌야만 재림으로 다시 만나게 되고 구원을 받는다. 이별을 통해 다시 만나고 죽음을 통해 부활하는 것은 분명 역설적인 진리다. 세상적인 가치를 버려야 진리를 만나고 죽으면 살리라는 말도 세상적으로 죽어야만 영적으로 새로 태어나는 것이라는 뜻이다.

속박을 풀면 고통은 사라진다는 것이 일반적인 통념이다. 그러나 만해의 님에 대한 사랑의 속박은 그 쇠사슬을 끊어내면 자유를 얻기보다는 오히려 "죽는 것보다도 더" 아프다. 성서에 나오는 예수님의 사랑도 속박이지만 우리는 주님의 속박을 기꺼이 받아들인다. 그 속박과 순종 속에서 오히려 우리는 주님과의 사랑을 느끼고 사랑을 성취할 수 있기 때문이다. 예수님 말씀의 속박 속에 있어야, 다시 말해 주님을 중심에 모시고 동행하는 삶만이 세상의 욕망이나 욕심을 버릴 수 있게 되어 오히려 영혼은 역설적으로 자유로워진다. 순종에 대한 만해의 표현법은 다음과 같다.

너의 님은 너 때문에 가슴에서 타오르는 불꽃에 온갖 종교, 철학, 명
예, 재산 그 외에도 있으면 있는 대로 태워 버리는 줄을 너는 모르
리라. (「금강산」)

4) 재회와 눈물

소망을 가지고 순종하면서 기다리는 이유는 재회를 꿈꾸기 때문이다. 재
회를 기대하는 것은 사랑하기 때문이다. 사랑하지 않는다면 고통을 참고
순종하며 기다릴 필요가 있겠는가? 그렇다면 사랑하는 이유는 무엇인가?
　시인은 님을 「사랑하는 까닭」에서 님을 사랑하는 진짜 이유를 또 다시
역설로 풀어간다.

내가 당신을 사랑하는 까닭은 까닭이 없는 것이 아닙니다.
다른 사람들은 나의 홍안(紅顔)만을 사랑하지마는 당신은 나의 백
　　발(白髮)도 사랑하는 까닭입니다.

내가 당신을 그리워하는 것은 까닭이 없는 것이 아닙니다.
다른 사람들은 나의 미소(微笑)만을 사랑하지마는 당신은 나의 눈
　　물도 사랑하는 까닭입니다.

내가 당신을 기다리는 것은 까닭이 없는 것이 아닙니다.
다른 사람들은 나의 건강(健康)만을 사랑하지마는 당신의 나의 주
　　검도 사랑하는 까닭입니다. (「사랑하는 까닭」)

세상 사람들은 나의 "홍안(紅顔)," "미소,", "건강"만을 사랑하나 내 님은
나의 "백발," "눈물," "죽음"까지도 사랑한다. 이것이 내가 님을 "사랑하는
까닭"이다. 내 님은 나의 약점, 부족한 점까지 모두 받아들이고 사랑한다.
부처의 대자대비의 정신과 예수의 사랑의 가르침은 이런 역설에 토대를 둔
다. 세상 사람들이 가치 있게 여기는 것뿐 아니라 님은 남들이 내게서 가치

없다고 무시하는 것까지 모두 긍휼의 마음으로 받아들인다. 「후회」에서 시인은 지금까지 그런 님을 알뜰하게 사랑하지 못한 것을 후회한다. 시인은 이제야 그것을 회개하며 "뉘우치는 눈물"을 흘리지만 그렇다고 후회에 빠져 절망하는 것은 아니다. 붉은 마음과 눈물이 아직 남아있다.

> 머리는 희어 가도 마음은 붉어 갑니다.
> 피는 식어 가도 눈물은 더워 갑니다.
> 사랑의 언덕엔 사태가 나도 희망의 바다엔 물결이 뛰놀아요.
>   (「거짓 이별」)

후회하면서 소망을 잃어버리는 것은 님을 진정으로 사랑하는 것이 아니기 때문이다.

만족을 배운 시인은 이제 곁에 있는 보이는 님만을 바라기보다 멀리 떠나 이곳에 없는 님을 그리워하는 경지를 뛰어넘어 이제는 님이 어디에 계실지라도 항상 곁에 있는 것 같이 느낄 수 있다. 이제 시인은 님과 거의 재회한 것이나 다름이 없다.

> 어데라도 눈에 보이는 데마다 당신이 계시기에 눈을 감고
> 구름 위와 바다 밑을 찾아보았습니다.
> 당신은 미소가 되어서 나의 마음에 숨었다가 나의 감은
> 눈에 입맞추고 「네가 나를 보느냐」고 조롱합니다. (「어데라도」)

보이지 않는 곳 어디에나 항상 계시는 하나님같이 보편내재하시는 성령님같이 시인의 님도 이제 시인과 항상 함께한다. 시인은 어디에서라도 님을 볼 수 있기에 이제 "눈물"도 슬픔과 고통의 표상이 아니라 사랑의 완성으로 바라볼 수 있게 되었다. 시인에게 눈물은 "진주 눈물"이 되고 그 눈물은 "방울방울," "창조"의 눈물이다.

눈물의 구슬이여, 한숨의 봄바람이여, 사랑의 성전을 장엄하는
　　무등등의 보물이여,
아아, 언제나 공간과 시간을 눈물로 채워서 사랑의 세계를
　　완성할까요. (「눈물」)

　　"시간과 공간"을 님이 주신 눈물로 채운다면 사랑의 3차원의 세계는 이루어질 수 있다. 이 눈물을 통해 시인은 처음 만났던 님을 다시 만날 희망을 가진다. 만남이 있었던 "님"에게는 어쩔 수 없이 이별의 "님"이 될 수도 있다. 시인은 「최초의 님」에서 "만날 때의 웃음보다 떠날 때의 눈물이 좋고 떠날 때의 눈물보다 다시 만나는 웃음이 좋습니다."라고 노래하면서 다음과 같이 재회의 시기를 간절히 기다린다. "아아 님이여, 우리의 다시 만나는 웃음은 어느 때에 있습니까." 시인은 "울음을 삼켜서 눈물을 속으로 창자를 향하여 흘"리면서(「우는 때」) 웃음으로 다시 만날 날을 고대한다.

5) 죽음을 넘어서는 사랑의 완성 – 구원(해탈)과 천국(극락)

　　이렇게 "눈물"로 간절히 님과의 재회를 기다리는 시인의 님에 대한 사랑은 더욱 더 깊어진다. 이제부터는 진정한 사랑의 완성을 위하여 사랑을 사랑하는 경지에까지 나아간다.

온 세상 사람이 나를 사랑하지 아니할 때에 당신만이 나를
　　사랑하였습니다.
나는 당신의 「사랑」을 사랑하여요. (「사랑」을 사랑하여요)

　　예수님은 기독교도들에게 하나님 사랑과 이웃사랑을 새로운 계명으로 주셨다. 예수님의 사랑의 철학은 사랑을 사랑하는 것이다. 사랑을 사랑하게 된 시인은 님을 "영원한 시간" 속에 간직할 수 있다. 이 시의 님은 물리

적인 시간의 흐름을 정지시켜 영원한 시간 속에 님을 모시어 시간 속에서 부패되지 않고 망각되지 않고 살아있는 존재로 만들어 버리고자 한다.

> 나는 영원히 시간에서 당신 가신 때를 끊어내겠습니다. 그러면
> 시간은 두 도막이 납니다. . . .
> 나는 영원의 시간에서 당신 가신 때를 끊어내겠습니다.
> (「당신 가신 때」)

　기독교도들에게 예수님은 역사적 인물이지만 그가 다시 오겠다고 말씀하신 재림 때까지 그는 살아 역사하신다. 그는 우리를 또 다른 영원으로 연결시키고자 다시 오실 것이다. 이런 의미에서 볼 때 2000년 전 예수님이 이 세상을 떠난 때를 끊어내어 두 도막으로 만든다면 영원하지 못한 우리의 영혼을 구원하사 또 다른 영원의 시간으로 연결시킬 수 있다. 그래서 기독교도들은 예수님이 다시 오셔서 우리를 영원히 살게 하는 구원의 과업을 완수하시리라 믿고 기쁘게 감사하며 소망을 가지고 기다리는 것이다.

　언젠가는 반드시 오실 님을 기다리며 시인은 "가슴에 천국"을 꾸미리라 기대한다. 이 생각만 해도 달빛의 물결같이 "춤추는 어린 풀"의 장단에 따라 "우쭐거릴" 수 있다. 시인에게는 님과 다시 만날 때까지의 슬픔, 한숨, 눈물마저도 모두 삶의 "예술"이 된다.

> 저리고 쓰린 슬픔은 힘이 되고 열(熱)이 되어서 어린 양(羊)과
> 같은 작은 목숨을 살아 움직이게 합니다.
> 님이 주시는 한숨과 눈물은 아름다운 생의 예술입니다.
> (「생의 예술」)

　사랑의 예술가가 된 시인은 끝으로 가까이 갈수록 님을 간절하게 기다

리며 어서 빨리 오시라고 간청한다. 그러나 기약 없이 떠난 님이 언제 돌아올지는 아무도 모르는 일이다. 그러나 님과의 재회에 대한 시인의 열망은 절정으로 치달아 시인은 곧 오실 님을 "나의 꽃밭"으로 "보드러운 가슴"이 있는 "나의 품"으로 초대한다. 시인은 님이 오시는데 방해꾼인 "쫓아오는 사람"을 어떻게 해서든지 막아주겠다고 말한다. 시인은 오시는 님이 위험에 처할 때는 "황금의 칼"과 "강철의 방패"가 되어 보호하고자 한다. 오시는 님을 못 오게 하는 방해꾼으로부터 보호하려는 시인의 결의는 대단하다.

시인은 이제 『님의 침묵』의 마지막 88번째 시 「사랑의 끝판」에 다다랐다. 울음을 그친 시인은 이제 끝판에 와서 "이제 곧 가요"라고 반복해서 말한다. 재회와 재림의 주제가 드러난다.

> 네 네 가요, 지금 곧 가요. . . .
> 님이여, 하늘도 없는 바다를 거쳐서 느릅나무 그늘을 지어버리는
> 것은 달빛이 아니라 새는 빛입니다.
> 홰를 탄 닭은 날개를 움직입니다.
> 마구에 매인 말은 굽을 칩니다.
> 네 네 가요, 이제 곧 가요. (「사랑의 끝판」)

나의 님이 "이제 곧 가요"라는 말로 이 시집은 단호하게 결론짓는다. 이제 님이 돌아오는 날이 밝았다. 홰대에 앉아 자고 있던 닭도 날개를 움직이며 새벽을 깨울 준비를 하고 있다. 마구간에 매여 있는 말도 막 떠날 채비를 하며 말굽을 치고 있다. 님이 곧 돌아올 것은 이제 분명한가. 아니면 님을 애타게 기다리는 조급한 마음의 간절한 바램인가? 시인이 기다리는 것이 애인이든, 조국의 독립이든, 진리의 깨달음이든 이제 곧 새벽닭이 울고 선구자의 말이 떠나면서 다시 돌아오리라! 님이 돌아온 세상은 눈물과 고통이 없는 새로운 세계이다.

님이 재림하여 다시 오시면 세상이 어떻게 변할까? 「명상」에서 만해는 님이 오시면 "천국"을 꾸미고 싶다고 말한다.

> 명상의 배를 이 나라의 궁전에 매었더니 이 나라 사람들은 나의 손을 잡고 같이 살자고 합니다.
> 그러나 나는 님이 오시면 그의 가슴에 천국을 꾸미려고 돌아왔습니다.
> 달빛의 물결은 흰 구슬을 머리에 이고 춤추는 어린 풀의 장단을 맞추어 우쭐거립니다. (「명상」)

『성서』의 신구약 66권의 마지막 권인 「요한계시록」에서 예수의 제자였던 사도 요한은 지상 천국인 "새 예루살렘"을 기다린다. 19세기 초 영국의 시인 윌리엄 블레이크도 당시 산업화와 도시화로 황폐된 런던을 "새 예루살렘"으로 만들고자 시를 썼다. 그 곳은 새 하늘과 새 땅이다. 그 곳에서는 눈물, 죽음, 고통이 없는 곳이다.

> 모든 눈물은 그 눈에서 닦아 주시니 다시는 사망이 없고 애통하는 것이나 곡하는 것이나 아픈 것이 다시 있지 아니하리니. . . . 보라 내가 만물을 새롭게 하노라 하시고. (요 21. 4-5)

마지막 장 22장에서 사도 요한이 "주 예수여 오시옵소서"라고 간청하니 예수는 "보라 내가 속히 오리니"라는 말을 반복한 다음 성서 전체의 결론이 나온다. "내가 진실로 속히 오리라. 하시거늘 아멘 주예수여 오시옵소서 주예수의 은혜가 모든 자들에게 있을지어다 아멘"(계 22:20-21). 『성서』의 마지막 구절은 『님의 침묵』의 마지막 구절인 "네 네 가요, 이제 곧 가요."라는 구절과 절묘하게 일치하고 있다. "속히 오리라"는 말과 "이제 곧 가요"라는 말은 같은 말이다. 한글에서 상대방에게 간다는 말이 영어에서는 온다는 말이기 때문이다. 이제 이 시집의 마지막 시의 마지막 행인 "네네 가요. 이제 곧 가요"는 첫 시 「님의 침묵」의 첫 행 "님은 갔읍니

다. 아아 사랑하는 나의 님은 갔읍니다"에 대한 대답이 되었다. 떠나갔던
님은 재회하기 위해 다시 시인에게 돌아오게 되었다. 재림을 약속한 예수
님도 곧 오실 것이다. 재회와 재림은 부활이며 사랑의 완성이다.

시인은 시집의 말미에 붙은 「독자에게」에서 독자들에게 마지막으로
인사한다.

> 밤은 얼마나 되었는지 모르겠습니다.
> 설악산의 무거운 그림자는 엷어갑니다.
> 새벽종을 기다리면서 붓을 던집니다. (「독자에게」)

기다림과 고통과 눈물의 "밤"은 이미 깊었으니 어둠이 엷어지며 새벽
이 멀지 않았다. "새벽종"은 사찰에서의 하루 일과의 시작이다. 새벽종은
번뇌와 구속과 슬픔이라는 어둠을 깨뜨리는 해탈이요 구원이다. 시인은
새벽을 깨우기를 기다리면서 시집을 마감한다. 새벽으로 시작하는 날은
님이 오시는 날이다. 우리가 님을 진정으로 영접할 때 "다시 만나는 웃음"
을 회복하고 "님의 침묵"은 깨지면서 우리의 삶을 휘어잡을 것이다. 우리
는 님에게 "복종"하며 "눈물" 속에서 비로소 "하나"가 되어 "생의 예술"을
터득하여 "사랑의 성전"과 "사랑의 세계를 완성"할 수 있을 것이다.

3

1) 만해의 종교적 상상력의 재평가

만해는 불교선사로서 사랑의 노래를 통해 침묵이라는 역설로 진리를
깨닫기를 원하고, 혁명가로 시를 통해 조국의 독립을 위해 싸웠고, 시인
으로 한글로 연애시를 새로 창조해냈다. 그러나 만해를 불교선사, 독립투

사, 시인작가로 따로 따로 떼어 보아서는 안 된다. 우리는 만해의 3가지 역할을 함께 생각해야 한다. 김우창의 지적처럼 만해는 "全人的" 인격을 추구했다. 여기에서 전인적인 인격은 종교적인 성격에서 나올 수 있다.

만해의 사유의 밑바닥에는 종교적인 것이 깔려 있다는 것이다. 김우창은 한용운에게 있어 정치건 혁명이건 간에 그 토대는 "종교적인 충동"이라고 주장한다.

> 한용운의 이상은 全人的인 것이었다. 그러나 그것은 균형 잡힌 인간의 전면적인 개화를 바라는 인본주의적인 이상이 아니다. . . . 한번의 도약으로써 전체에 이르려고 하며 또 이러한 노력에 옥쇄하는 형이상학적 요구였다. 다시 말하여 그에게 있어서 가장 근본이 되는 충동은 종교적인 것이었다. 우리가 한용운에게서 보는 것은 타락한 세계에 사는 종교가, 不正의 세계에 사는 의인의 모습이다. 그는 현실부정의 철저한 귀정을 요구한다. . . . 불의의 사회에 있어서 의인(義人)이 하는 것은 이 숨어버린 광명을 위하여 증인이 되는 것이다. (김우창 145)

이와 같은 김우창의 주장은 매우 설득력이 있어 보인다. 만해는 어려서 유교의 가르침을 받으면서 성장하였고 후일에 채근담의 주석본까지 낸 바 있다. 젊어서는 한 때 서양 학문과 종교에 대항하기 위해 만든 동학(東學)에 가담하였다. 동학은 후에 한국 최대의 민족종교인 천도교(天道敎)로 발전되었고 동북아의 3대 종교인 유, 불, 선이 천도교의 토대이다. 후일에는 불교로 귀의해 선사가 되었고 일제에 항거하여 독립을 외쳤다. 3 · 1 운동 시에는 많은 기독교인들과 교류하고 협력하였다. 이렇게 볼 때 만해는 무엇보다도 종교인이었다. 종교인으로 만해는 부도덕한 시대에 의인(義人)이 되고자 했고 어두운 시대에 빛, 즉 광명(光明)을 구하였다. 만해는 「나의 길」에서 이 점을 분명히 하고 있다.

악한 사람은 죄의 길을 좇아갑니다.
의(義) 있는 사람은 옳은 일을 위하여는 칼날을 밟습니다.

님이여, 당신은 의(義)가 무거웁고 황금이 가벼운 것을 잘 아십니다.
  (「찬송」)

만해는 인간 사회는 옳은 것에 토대를 두어야 한다고 굳게 믿었다. 국
제관계에서도 의(義)는 지켜져야 한다. 일본 제국주의가 이웃을 무력으로
강탈하여 지배하는 것은 정의(正義)가 아니다. 그것은 지배 받는 나라에
게 고통을 줄 뿐 아니라 지배하는 나라도 언젠가 그 댓가를 지불해야 하
는 잘못된 "악"과 "죄의 길"이다. 의인(義人)은 사람이 행하여야 할 바른
도리를 행하는 사람이다. 의에 이르기 위해서는 믿음, 지혜, 교훈이 필요
하다. 악한 사람의 길은 넓은 길이다. 누구나 쉽게 달려가는 길이다. 그러
나 옳은 일을 하는 의인의 길은 좁은 길이며 "칼날"을 밟는 지극히 어려운
길이다. 따라서 의인은 희귀하다.
  만해는 의인이 희귀한 어두운 시대에 광명(光明)을 구하고자 한 종교인
이었다. 어두운 시대를 비추는 빛은 종교에서만 가능한 것은 아닌가? 인
간이 자랑스럽게 만들어낸 계몽(enlightenment)의 빛(light)은 역설적으로
엄청난 무지의 어둠을 가져왔다. 계몽의 빛이라던 합리론, 근대화, 발전,
개발, 자본 등의 개념은 새로운 평가를 기다리고 있다. 우리는 지금 계몽
의 빛에 눈이 멀어 암흑을 헤매이고 있는 것은 아닐까?

  그것은 자비의 백호광명(白毫光明)이 아니라 번득거리는
      악마의 눈빛입니다. . . .
  광명(光明)의 꿈은 검은 바다에서 자맥질합니다. . . .
  자신의 전체를 죽음의 청산(靑山)에 장사지내고
  흐르는 빛으로 밤을 두 쪼각에 베는 반딧불이 어데 있어요.
    (「가지 마셔요」)

식민주의와 제국주의도 "번득거리는 악마의 눈빛"에 불과하다. 만해는 민족의 암흑기인 일제 강점기에 무엇보다도 어둠을 헤칠 빛을 갈망하였다.『님의 침묵』전편에 흐르는 무의식적정치적 욕망은 긴 밤을 지나 새벽을 깨울 수 있는 빛이다.

> 님이여, 하늘도 없는 바다를 거쳐서 느릅나무 그늘을 지어
> 버리는 것은 달빛이 아니라 새는 빛입니다. (「사랑의 끝판」)

석가모니의 깨달음의 상징은 이마에 박혀있는 빛으로 상징된다. 이 깨달음의 빛은 세상에서 무지몽매의 어둠을 가르는 빛이기도 하다.「성서」에서도 예수는 자신을 어두운 이 세상을 구원할 빛으로 설명하고 있다. "예수께서 또 말씀하여 이르시되 나는 세상의 빛이니 나를 따르는 자는 어둠에 다니지 아니하고 생명의 빛을 얻으리라"(요 8:12). 예수의 빛은 진리의 말씀과 연결되고 영원한 생명으로 이어져 어두운 세상을 구원하는 상징이 된다.

2) 사랑의 보편적인 궁극성과 만해 시의 세계성

필자는 만해 한용운이 민족시인, 저항시인, 불교시인으로만 박제되기를 원하지 않는다. 필자는 만해의 사랑의 찬송가인『님의 침묵』이 다양한 읽기와 쓰기를 통해 인류에게 보편성을 가진 세계문학의 한 부분을 차지하기를 바란다. 소통하는 세계인이 되기 위하여 우리에게는 열린 "비교적 상상력"(comparative imagination)이 절대적으로 필요하다. 비교는 21세기 문화 세계화시대의 새로운 윤리이다. 비교는 강제적 우열 가리기를 떠나 차이를 인정하고 자발적으로 함께하는 "화이부동"(和而不同)의 정신이다. 만해 한용운의 문학은 특정한 시간과 공간 속에서 배태되었다. 그러나 이제 그 시공간의 담장을 넘어 인류의 보편적인 사랑의 문학으로 거듭나야

한다. 만해가 역설을 토대로 한 연애시의 형식을 택한 것도 부처의 대자대비와 예수의 사랑을 시로 형상화하기 위한 매우 적절한 전략이다. 이것이 만해가 17세기 영국의 형이상학파 시인들 그리고 19세기 미국 민주주의의 국민시인 월트 휘트먼과 궤를 같이 하고 20세기 동시대에 인도의 대시인 타고르와 T. S. 엘리엇과 같은 반열에 올릴 수 있는 근거가 된다.

『님의 침묵』을 영역한 작가 강용흘은 번역시집 서문에서 만해가 세계적 시인들과 함께 어깨를 나란히 하지 못할 이유가 어디 있느냐며 다음과 같이 반문하고 있다.

> 한용운은 그가 생존했던 시대의 훌륭한 선각자였다. 마치 같은 시대에 T. S. 엘리엇이 틀림없이 그러했던 것처럼. 그러므로 . . . 한용운이나 엘리엇 양자 다 커다란 영향력을 행사했음을 확신할 수 있다. 그러나 한용운은 동양인이 아닌가! 이제 그도 베일을 벗어던지고 범세계적인 모습으로 자신의 모습을 부각해야 할 날이 온 것이다. . . . 이제야 말로 그는 그의 벗 타고르처럼 국제적인 무대로 그의 길을 내디딜 때가 온 것이다. . . . 서울이 세계적인 학자들과 시인들의 진지한 심포지엄을 개최하는 도시가 되어, 영문학자들이 서울을 방문할 때 그들이 예이츠나 파운드, 엘리엇, 로웰, 긴즈버그 등의 구미 시인에만 국한하지 않을 날도 틀림없이 올 것이며, 또 반드시 와야 하겠다. 한편으로 극동의 위대한 현대 시인에 대하여 알지 못함은 곧 은자(隱者)의 제국임을 뜻하는 것이 되리라. (『한용운 전집 4』 418)

송욱은 사랑의 증도가로서 『님의 침묵』을 "세계문학사에서 유일무이의 존재"[5]라고까지 극찬하였다. 김우창도 "한용운의 시는 우리 현대시의 초반 뿐 아니라 오늘의 시대까지를 포함한 「궁핍한 시대」에서 아직껏 가장 대표적인 국화꽃으로 남아있다"(147)고 평가하였다. 이어령은 2008년 8월 만해축전을 맞아 시인 고은과 대담하는 자리에서 만해를 "기독교적

---

5) 송욱, 앞 책, 4쪽.

메타포를 사용한 시인"이라 말하며 "『님의 침묵』은 의미라는 측면에서 볼 때 굴원(屈原)이 쓴 시 「이소」(離騷)에서 비롯된 동양적 정서의 연군가(戀君歌)인데, 수사학적으로는 패러독스이고 철학적으로는 형이상학이다. 동양문학을 한 사람이나 서양문학을 한 사람이나 거부감 없이 받아들일 수 있는 것이 만해의 문학이다"라고 언명하면서 『님의 침묵』의 세계성을 주장한 바 있다(A29).

이 시집은 불교 사상 속에서 최고의 문학으로 계속 읽힐 것이다. 예수가 님인 필자는 만해의 『님의 침묵』을 불교 전통뿐 아니라 기독교 신앙의 측면에서도 새롭게 읽을 수 있다고 믿는다. 위대한 작품은 시공간을 초월하며 항상 다시 새롭게 읽히고 쓰여짐으로 계속 거듭 태어나고 부활되어 영원히 사는 것이 아니겠는가? 그동안 불교시집 『님의 침묵』이 타고 남은 "재"를 기독교의 새로운 "기름"으로 만들고 싶다. 왜냐하면 예수님으로 "그칠 줄 모르고 타는 나의 가슴"은 부처님을 모셨던 만해의 "밤을 지키는 약한 등불"이나마 되고 싶다. 이 글을 통해 "달빛" 만해 그리고 "흰구슬" 송욱과 함께 어린 필자가 물결 위에서 춤을 출 수 있다면 얼마나 좋을까?

3) 나가며: 남는 문제들

본 논의는 초보적 연구이다. 앞으로 남는 작업은 세 가지이다. 우선 만해 한용운과 기독교의 관계에 대한 좀 더 철저한 규명이다. 1919년 3·1 운동 당시의 「독립선언서」의 서명자 33인 중에서 16명이 기독교인이었고 15명이 민족 고유 종교인 천도교인이었고 2명만이 불교도였다. 만해는 일본 제국주의와 식민주의에 맞서 조국의 독립을 위한 투쟁에서 당시 조선의 개화와 독립에 열심이었던 기독교도들과 어떤 형태로든 협력이 불가피했을 것이다. 또한 만해가 근대화 논리로서의 서구 사상에 깊은 감동을 받았다는 기록으로 볼 때 만해의 기독교에 대한 아니 적어도 『성서』

에 대한 지식은 상당 수준이었을 가능성도 있다. 만해가 불교대선사이며 불교 사전과 저서를 출간한 대불교학자임에도 불구하고 타종교에 대한 관용과 포용을 가지고 있었다는 데 있다. 그러나 이 부분은 더욱 연구해야 할 부분이다.

두 번째 작업은 불교의 가르침과 기독교 신앙의 기본적인 친연관계에 관한 규명이다. '대자대비'의 부처와 '사랑'의 예수 사이의 거리는 그리 멀지 않아 보인다. 그러나 이 작업도 결코 쉬운 것이 아니다. 그리고 우리가 만해를 논할 때는 언제나 잊어버리지 말아야 할 것은 적어도 대선사로서의 만해, 독립투사로서의 만해, 작가로서의 만해를 동시에 보아야 한다는 점이다. 이 세 요소는 각각의 의미를 지니기보다 총합적 또는 대화적으로 볼 때에만 만해의 삶, 사상과 문학의 전체가 온전하게 드러날 것이기 때문이다. 세 번째 작업은 만해를 세계적인 시인으로 만드는 작업이다. 이백, 단테, 셰익스피어, 괴테, 톨스토이, 타고르, 엘리엇처럼 만해는 '장대한 일반성'과 '구체적 보편성'을 지닌 시공간을 넘나드는 전 세계 사람들이 읽을 수 있는 문인으로 거듭날 수 있다. 앞으로 퇴계학이나 다산학과 같이 소위 '만해학'(萬海學)을 수립해야 하고(최동호 6-7), 여러 나라에서 열리는 세계적인 셰익스피어 축제처럼 '만해축전'을 좀 더 확장하여 전 세계에서 참가할 수 있는 국제적인 문학 축제로 만들어야 한다. 만해 현상은 지사(志士)로, 문인으로, 종교사상가로 그리고 무엇보다도 통섭하는 인문지식인으로 치열하게 살았던 한 인간의 이야기로 전 세계적으로 희귀한 한국 문화의 경이로운 자산이기 때문이다.

Works Cited

김영호.『한용운과 위트먼의 문학사상』. 서울: 사사연, 1988. Print.

김우창.『궁핍한 시대의 시인: 현대 문학과 사회에 관한 에세이』. 서울: 민음사, 1987. Print.

김윤식 外.『우리 문학 100년』. 서울: 현암사, 2001. Print.

김재홍.『한용운 문학 연구』. 서울: 일지사, 1982. Print.

대한성서공회 편.『제자성경(개역개정)』. 서울: 국제제자훈련원, 2005.

송 욱.『시학 평전』. 서울: 일조각, 1973. Print.

_____.『「님의 침묵」전편 해설』. 서울: 일조각, 1973. Print.

이상섭.「자세히 들어보는『님의 침묵』」.『자세히 읽기로서의 비평』. 이상섭 저. 서울: 문학과지성사, 1988. Print.

이어령 · 고은.「만해시의 정신」.『조선일보』. 2008년 8월 11일. A29면. Print.

전보삼 편.『만해시론』. 서울: 민족문화사, 1983. Print.

최동호.『한용운』. 서울: 건국대학교 출판부, 2001. Print.

한용운.『한용운의 명시』. 만해사상 연구회 엮음. 서울: 한림출판사, 1987. Print.

_____.『님의 침묵』. 경성: 안동서관, 1925. Print.

_____.『한용운 시전집: 님의 침묵, 선시, 심우장산시』. 만해사상 실천 선양회편. 서울: 장승, 2006. Print.

_____.『한용운 전집 1』. 서울: 신구문화사, 1974. Print.

_____.『한용운 전집 2』. 서울: 신구문화사, 1974. Print.

_____.『한용운 전집 3』. 서울: 신구문화사, 1974. Print.

_____.『한용운 전집 4』. 서울: 신구문화사, 1974. Print.

_____.『한용운 전집 5』. 서울: 신구문화사, 1974. Print.

_____.『한용운 전집 6』. 서울: 신구문화사, 1974. Print.

Amore, Roy C. *Two Masters, One Message: The Lives and Teachings of Gautama And Jesus*. Abingdon: Nashville, 1978. Print.

Han, Yong-Woon. *Meditations of the Lover*. Trans. Young-Hill KANG and Frances Keely. Seoul: Yonsei UP, 1970. Print.

Hyun, Peter, ed. *Voices of the Dawn: A Selection of Korean Poetry From the Sixth Century to the Present*. London: Murray, 1960. Print.

시적 진실로서의 고통과 성서 인유

— 김춘수의 예수 소재 시편을 중심으로

남 금 희

1. 들어가며

김춘수(1922-2004) 시인에게 시는 궁극적으로 언어를 통해서 언어로부터 해방되려는 언어였고, 언어를 씀으로써 언어를 쓰지 않는 언어가 되려는 불가능하고 모순된 노력의 역설이었다. 시인이 추구한 일련의 무의미시는 시와 대상과의 거리가 없어진 데서 생긴 현상이며 대상을 놓친 대신에 언어와 이미지를 실체로서 인식한 것이었다.

그러나 30여 년에 걸쳐 무의미시를 실험해 온 시인의 시작에서도 절대적인 의미에서의 무의미시는 드물다고 본다. 왜냐하면 언어의 서술적 이미지조차도 차단하고 말의 리듬만 남은 시의 형태도 있기는 하지만 「하늘수박」, 「나이지리아」 등, 언어와 리듬의 행간에서 독특한 의미가 생성

---

* 이 논문은 『문학과 종교』 제15권 1호(2010)에 「시적 진실로서의 고통과 성서 인유 - 김춘수의 예수 소재 시편을 중심으로」로 게재되었음.

되어 독자들에게는 오히려 존재의 표상을 탐구하는 인간 의지를 읽게 하기 때문이다. 시인은 말의 리듬과 긴장된 장난을 일종의 유희로, 그 자체를 하나의 해방으로서 쓰고 있지만 독자들에게는 시인의 독특한 정조와 세계관이 깔린 의미 있는 시로 읽히게 된다는 말이다.

본고는 김춘수 시인의 시들 가운데 특별히 예수를 소재로 한 시편들을 통해서 그가 예수라는 인물을 어떤 시각에서 바라보고 시적 소재로 차용했나에 대해 알아보고자 한다. 시인은 자신의 젊은 시절을 술회하면서, 그를 괴롭힌 두 인물을 프로이트와 막스(크로포트킨)로 꼽았다. 이는 시인의 젊은 시절의 관심사가 인간 대 사회 또는 인간(개인)과 인간이 만든 사회 문제였다는 것을 알 수 있다. 그러나 시인은 거대한 역사의 이데올로기가 허약한 개인을 짓누르는 상황을 뼈저리게 체험하고 고통과 인간의 불행한 운명을 감내한 인물을 찾게 된다. 그 결과 처용과 이중섭, 예수, 도스토예프스키와 같은 인물들을 시적으로 차용했다.

시인에게 처용은 '가무이퇴(歌無而退)' 행위의 주인공으로서 인간세계의 현실에 부딪혀 역사의 악을 체험한 인물이었다. 또 이중섭은 예술가라기보기보다는 시대 문명의 생리를 따라잡지 못하고 오히려 문명의 반대편으로 퇴화되어 간 인물로 파악되었다.[1] 예수에 대하여는 "이념 때문에 이승의 생을 버린 사람"(남진우 334)으로 보면서 그를 두려워한다고 했

---

[1] 시인은 이중섭의 순수와 슬픔이 견고하고 본질적이라고 했다. 마치 지층에 선명하게 드러난 어떤 화석을 보는 듯한 그런 덧없음과 덧없음의 슬픔이 순수하게 다가온다고 하였다(김춘수, 「이중섭의 연작시에 대하여」 137-38). 또한 단편적이긴 하지만 자신의 억울한 삶을 베라 피그넬(여의사이자 무정부주의자, 시릿셸베르그의 요새 감옥에서 21년을 살았다.)에 대입시키기도 했다. 시인은 그녀를 상처투성이이기 때문에 오히려 품위가 있다고 하였으며 양심은 상처의 아픔 때문에 더욱 다져진다고 보았다.
도스토예프스키는 시인의 말년에 지속적인 관심의 대상이었는데 시집 『들림, 도스토예프스키』를 통해 일목요연하게 나타나 있다. 도스토예프스키 소설의 비극적 인물들에 대하여, 한 인물이 다른 인물에게 띄우는 편지 형태의 연작시집이다. 또 시인의 관심을 끈 분으로는 백결 선생(서사시 「낭산(狼山)의 악성」)이 있으나, 장편 서사시로 한 번에 그친다.

다. 예수에 대한 시인의 관심은 시력 중기[2]의 『남천』에 구체적으로 「예수를 위한 여섯 편의 소묘」로 나타나 있고, 그 이전과 이후 시편들에서도 성서 역사 속에서 펼쳐진 팔레스타인의 사회 문화적 정황들을 시적 진실로 차용하였다.

  시인의 초기 시력 20여 년은 주로 세계 내적 존재인 인간이 본질적으로 품게 되는 존재에 대한 물음으로 점철되었고 그러한 시 의식의 실존적인 대답이 비애와 허무로 표현되어 왔다. 널리 알려진 『꽃의 소묘』도 인간 존재가 세계와 의미 있는 관계를 맺고 살아가고픈 시도였고, 「호」나 「서풍부」 등도 그런 맥락에서 존재의 근원적인 허무를 드러낸 시편들이었다. 이때의 허무는 시인의 역사적 실존적 체험과 관련하여 역사 허무주의 또는 역사 무정부주의적 색채를 띠었고 이후 시인의 시세계 전반을 슬픔의 정서로 물들이는 중요한 밑그림이 되었다. 게다가 시인의 후기 고백에 의하면 그가 추구한 일련의 무의미시들은 "철저하게 가면을 쓰고 창작된 것이며 인위적으로 만들어진 것"(정효구 81)이었다고 한다.

2. 고통 콤플렉스와 성서관

---

[2] 김춘수 시인의 시력 초기를 1945년 무렵부터 제6시집 『타령조 · 기타』(1969)가 출간되기 전까지로 본다. (약 20여 년), 이후 약 30년간을 중기로 보고, 후기는 산문시로 일관한 『서서 잠자는 숲』(1993) 이후 작고 때까지의 기간으로 보고자 한다. 총 17권의 시집 사이에 6권의 시선집이 있다. 본고는 『김춘수 시전집』(현대문학사, 2004)을 텍스트로 하고 인용 쪽수는 생략한다. 시전집에 없는 유고작은 『달개비꽃』 (현대문학사, 2004)에서 인용했다.

평자에 따라 다르겠으나 필자가 파악한 예수 관련 시편은 총 39편이었다.(극시 형식의 「대심문관」 포함, 「시안」, 「명정리」는 제외) 후기에 이르면 중기의 시를 패러디하여 예전의 그 시적 소재를 현재 시점으로 재발굴하여 과거의 시와 겹치게 하는 일종의 패러디 형태를 띠게 된다. 과거의 시 위에 현재의 의미를 덧입히거나 이미지를 병치시키는 기법 등으로 의미의 변형을 이룬다.

그렇다면 왜 시인은 무의미시라는 가면을 썼을까? 그것은 널리 알려진 시인의 고통 콤플렉스와 관련이 있다.

> 17, 8세 때 담임과의 알력으로 중학을 5학년 2학기 말에 자퇴(졸업을 네댓 달 앞둔)하고, 일제 말 대학 3년 때의 겨울(졸업을 몇 달 앞두고)에 어떤 사건에 연루되어 관헌에 붙들려가 헌병대와 경찰서에서 반 년 동안 영어생활을 했다. 이후 손목에 수갑이 채인 채 불령선인의 딱지가 붙여져서 서울로 송환되었다. 해방 때까지 징용을 피해서 여러 곳을 옮겨가며 두더지 생활을 하고, 해방 이후에도 이데올로기의 등쌀에 시달렸고, 6·25 때는 식솔을 거느리고 생사를 건 피난생활을 했다. 대학 중퇴라고 교수 자격을 얻지 못해 10년 시간강사 노릇을 하며 내가 맛본 고통의 체험은 아무도 나를 위해 변호해주지 않았다. 독립된 조국에서 일제 때의 내 수난을 본 체 만 체했다. 이런 일련의 일들이 1960년대 후반으로 접어들자 점차 의식상에 떠오르게 되고 나대로의 어떤 윤곽을 만들어가게 되었다. (김춘수, 『문학앨범』 209-10)

시인이 체험한 이러한 몇 겹의 고통 콤플렉스는 불가항력적인 역사와 이념과 세계에 대한 분노였다. 그래서 어떤 방식으로든 이를 극복하고자 애쓰는 가운데, 이데올로기의 폭력에 희생된 개인의 모습을 시적 소재로 차용하게 된다. 역사의 허구가 만들어낸 고통과 허무의 심연에서 일종의 구원을 얻고자 몸부림치며 발견해 낸 시적 인물들은 자신의 고통을 독자적인 방법으로 초월하고자 노력한 시인의 내면적 얼굴이자 탈(persona)이었다.

> 인카네이션, 그들은 / 육화(肉化)라고 하지만 / 하느님이 없는 나에게는 / 몸뚱어리도 없다는 것일까, / 나이 겨우 스물 둘인데/ 내 앞에는/ 늙은 산이 하나/ 대낮에 낮달을 안고/ 누워 있다. / 어릴 때는 귀로 듣고 / 커서는 책으로도 읽은 / 천사, / 그네는 끝내 제 살을 나에게 / 보여주지 않았다. / 맨발로 바다를 밟고 간 사람은 / 새가 되었다지만 / 그의 젖은 발바닥을 나는 아직 한 번도 / 본 일이 없다. (「처용단장 제3부 메아리」 12)

이 시에서 시인은 역사가 휘두른 폭력 앞에서, 하느님 또는 어릴 적에 읽은 책 속의 '천사'를 떠올리거나 예수가 물 위를 걸었다는 기사(奇事)를 의지하고픈 심정이었음을 드러낸다. 그러나 예수의 이런 기사나 표적 이야기는 도무지 자신의 육체적 영어(囹圄)를 해결해 줄 수 없는 불가사의로 보였고, 실감할 수 없는 초월자의 행적으로 보였다. 시인의 관념 속에서 '맨발로 바다를 밟'아도 발바닥만 젖어 있을 정도의 능력을 가진, 새가 된 전설적 인물을 떠올리는 것은 상황이 그만큼 절망적이었다는 것의 반증이겠지만 또한 육신의 고통을 무화시켜 줄 초월자, 자신의 고통을 함께 아파하고 위로해 줄 대상을 갈구한 시인의 절규이기도 하다. 시인은 자신에게 가해진 고문에 쉽게 굴복하여, 육체의 아픔을 정신이 의식을 잃지 않고도 이겨낼 수 있다는 사실을 알지 못했다. 이렇게 겪은 고통의 체험이 성서의 어느 장면과 이중사(二重寫)가 되어 인간의 육체에는 한계가 있다는 것, 불가능이 언제나 역사적 인간 앞에 가로놓여 있다는 것을 받아들일 수밖에 없게 되었다. 시인에게는 세계 초월적 존재가 아닌, 세계 내적 존재로서의 인간이 느끼는 어쩔 수 없는 한계의 슬픔을 몸소 겪어 보여줄 누군가가 필요했고, 그가 곧 '예수'로 투영되어 나타났다. 김춘수는 예수를 인간적 약점을 고스란히 지닌 채 이타적 사랑의 구현을 위해 노력하다 죽어간 한 인간으로 파악했다.

예수에 대한 인식에 있어서 김춘수 시인은 엔도 슈사쿠의 저서 『예수의 생애』[3]와 그 후속작 『그리스도의 탄생』에 크게 영향을 받은 것으로 보인다. 성서를 보는 그의 관점은 엔도 슈사쿠의 인본주의 성서관과 유사

---

3) 이 책은 엔도 슈사쿠(1923-96)가 1960년대에, 결핵이 재발되어 3년간의 목숨을 건 투병생활 끝에 죽음 직전까지 내몰린 체험 이후 집필되었다. 그는 예수를 깊이 알기 위한 일환으로 수차례의 팔레스타인 여행을 통해 자료를 수집하고 현장을 답사한 끝에, 역사적 예수의 생애를 바라보는 자신의 독특한 관점을 정리하여 일종의 수필 형식으로 이 책을 묶었다. 엔도 슈사쿠, 『예수의 생애』, 이평아 역 (서울가톨릭출판사, 2003).

하며, 『예수의 생애』에 기록된 팔레스타인의 정치 · 지리적 특색과 유대인의 생활상 등은 자신의 수필집 『하느님의 아들 사람의 아들』에 유사하게 반영되어 있다.[4]

엔도와 마찬가지로 김춘수 시인에게 예수는 구원론과는 무관한 역사적 실존이었다. 시인은 성서의 사건을 전기(역사)와 소설(허구)의 경계를 오락가락하고 있는 구성의 관점으로 파악한다. 특별히 예수의 공생애에서, 제자들은 예수가 그들의 현실적인 문제 즉 유대민족의 독립이나 로마 압정 하에서의 백성들의 생활난과 질병 치유 등을 해결해 줄 지도자이기를 바랐지만, 현실적으로 예수는 아무것도 그들에게 제공해 줄 수 없는 무력한 인물이었다고 보는 관점 또한 엔도와 동일하다. 엔도는 신약성서가 예수 사후 그의 제자들에 의해 편집 부가되었다는 여러 설을 근거로 하여, 예수 수난사화에서 제자의 대표격인 베드로가 예수와 함께 의회의 재판을 받았고 베드로는 사제들 앞에서 예수를 부인할 것을 맹세한 것으로 추측한다. 요컨대 예수는 그를 따르던 무리 모두의 죄를 대신할 희생제물이 되었다는 것이다. 제자들의 성서 편집을 확신하는 엔도는 가롯 유다만 예수를 판 자가 아니라, 베드로가 대표적 위치에 있는 제자공동체 역시 예수를 팖으로 말미암아 예수 추종 무리들이 그들의 혐의에서 별다른 재판 없이 놓여날 수 있었다고 추정한다. 따라서 예수는 그를 시기하던 제사장들과 바리새인들, 서기관, 장로들뿐만 아니라 예수를 믿고 따르던 제자들로부터도 배반을 당한, 철저하게 버려진 고독한 인물이라는 것

---

4) 김춘수 시인은 엔도보다 한 살 위이고 일어에 능통하여 엔도의 책을 일어로 읽을 수 있는 개연성은 충분하다. 시인의 산문집 『오지 않는 저녁』(1979)에 수록된 「南天齋 隨想抄」 첫머리에는 "E씨 '예수傳'을 읽기 시작했다. 예수의 용모에 대한 궁금증에서부터 허두를 떼고 있다."고 했다(양왕용 245).
같은 제목으로 에른스트 르낭(Joseph E. Renan)의 『예수의 생애』(1863)도 있다. 이 책 역시 예수가 살던 시대를 중심으로 한 예수의 평전으로 자유주의 신학, 인본주의 신학이 반영되어 있다. 그러나 서술방식에 있어서, 엔도와 김춘수 시인의 경우에는 영향관계가 드러나는 문장들을 확인할 수 있으나 르낭은 다른 서술방식을 취하고 있다.

이다. 그럼에도 불구하고 엔도는 예수가 끝까지 그들을 사랑으로 용서하고 오히려 저들의 죄를 용서해 달라고 하나님께 부탁하는 모습을 보인(마 23:34) 것에 주목한다. 엠마오로 가는 두 제자에게 나타난 예수는 그들에게 하나의 부인할 수 없는 심리적 진실이 되고—마치 어머니를 잃은 어린 아이가 심리적으로 어머니의 죽음을 인정하지 않고 계속 그 관계를 유지하는 것처럼—예수 사후에 제자공동체가 새롭게 형성되었으며, 그 결과 그들은 예수를 그리스도로 받들기 시작했다고 보았다. 이렇게 역사적 인간 예수는 제자들과 원시 그리스도교단의 의지에 따라 사후에 초월적 존재로 신격화되었고, 그리스도로까지 높여지게 되었다는 관점이 엔도의 후속작 『그리스도의 탄생』이고 곧 김춘수 시인의 관점이기도 하다. 예수가 죽은 후 제자들에 의해 그리스도가 되어간 것은, 육체를 가진 채로 사흘 만에 부활했다는 그러한 허구를 믿음으로써 그리스도를 기다리는 유대민족의 메시아 대망사상을 계속 이어가려는 희망 때문이라는 것이다. 즉 예수는 죽은 것이 아니라는 기다림이 있는 한 예수는 불사신일 수밖에 없게 되는 그러한 기다림의 논리가 예수를 부활했다고 믿게 했다는 것이다.[5]

---

5) 곧 예수의 제자들이 생각해 낸 것은, 기다림(또는 기대)의 한없는 시간 속에서 희망을 버리지 않는다는 그 자체를 가치 있는 일로 보면서 기다림의 허구를 만들어 냈다는 것이다. "예수는 죽은 것이 아니라 육체를 가진 채로 사흘 만에 부활했다고 . . . 만약 이런 허구라도 꾸며대지 못했다면 얼마나 허전했을까? 예수는 죽은 것이 아니라, 우리들의 기다림 속에서 살아가고 있다고—기다림이 있는 한 예수는 불사신일 수밖에 없다."(김춘수, 『하느님의 아들 사람의 아들』 116)고 보았다.
또한 김춘수 시인은 고린도서를 요약해서 말하기를 "바울은 죽은 예수가 육신으로 나타났기 때문에 예수를 그리스도로 믿게 되었다는 말을 아무 데서도 하고 있지 않다. 바울이 죽고 그와 함께 예수가 그의 속에서 살아났다고 하고 있다."고 보았다. (위의 책, 113) "예수가 육체를 가진 채로 부활했다는 것은 논리의 외연이 되겠고, 바울과 같이 영의 부활로 보는 입장은 내포가 된다. […] 바울 모양으로 내포를 취할 수도 있으나 누가 모양으로 외연을 취할 수도 있다. 실은 누가와 바울이 만나는 곳이 진정한 역사의 장이고 시간이라고 할 수 있"(위의 책, 113-114)다고 하면서 예수의 생애를 재구성하는 성서 기자의 긴장된 시각에 성서를 읽는 참맛이 있다고 하였다. 예수의 공생애와 십자가 죽음과 부활 사건은 기다림의 논리가 주는 외연과 내포의 팽팽한 긴장관계를 잘 살린 드라마라는 관점이다.

여하튼 시인은 유대 역사 속에서 30여 년을 살아온 예수의 실존을 인류 역사상 가장 무력하고 힘없는 자의 원형으로, 역사의 큰 멍에를 지고 말할 수 없는 수난을 겪은 인물로 파악한다. 시인에게 생전의 예수는 항상 깊게 패인 슬픈 눈을 한, 약자와 병자의 친구였으며 이유 없는 육체적 고통을 절대 경지의 정신의 힘으로 이겨낸 인물이었다. 피할 수 없는 운명으로 십자가에 달리는 그 무력함과 영혼의 고통을 고스란히 받아들이는 죽음, 그것도 예수 자신에 의해 미리 계획된 죽음을 맞이함으로 말미암아 인류에게 위대한 사랑의 상징, 사랑 그 자체가 되었다는 것이다.[6]

다시 말해 김춘수 시인의 성서에 대한 관심은 원죄의식이나 구원과 부활, 종말론 등의 신앙적 차원이나 하나님 나라에 관한 것이 아니었다. 단지 예수는 육체를 입고 실존적 고뇌를 짊어진 수난사화의 주인공, 교훈적인 '말씀'으로 남아 인간의 마음을 '우비'는 절대고통의 화신으로 시인의 고통 콤플렉스를 대신하는 표상이었다.[7]

그런데 바울의 예수 체험 고백을 육적으로 부활한 예수를 만나지 않았다는 말로 해석한 김춘수 시인과 엔도의 견해 둘 다는 예수의 부활은 있을 수 없는 일이라고 보는 인본주의적 관점이다. 김춘수 시인은 "제자들처럼 예수의 부활을 본 사람이 있다고 하면 이성을 가진 사람은 그것을 환상으로, 따라서 하나의 병적 징후로 치부해야" 하는가 고민하고 있다. 그러나 행 9:3-7; 22장, 고전 15:8에는 바울이 예수를 육으로 만나고 영으로도 만났다고 기록하고 있다. 따라서 김춘수 시인의 성경 이해는 예수의 부활을 최대의 수수께끼로 보면서("부활에 좌절"하면서) 성경을 글자 그대로 읽고 이해할 수는 없다는, 기적들을 그대로 사실로 받아들일 수 없다는 계몽주의(이성주의)적 입장을 보인다고 하겠다.

6) 이 관점은 엔도가 『그리스도의 탄생』을 쓴 배경이기도 하다. "원시 그리스도 교단의 짧은 역사를 조사해 볼 때, 내가 부딪치는 것은 아무리 이를 부정하려 해 보아도 부정할 수 없는 예수의 신비성과 신비로운 예수의 존재이다. 왜 이토록 무력했던 사나이가 사람들로부터 망각되지 않았을까. 왜 이렇듯 개처럼 살해된 사나이가 사람들의 신앙의 대상이 되어 그들의 삶의 스타일을 바꿀 수가 있었을까. 이 예수의 신비성은 아무리 우리가 합리적으로 해석하려고 해도 해결할 수 없는 불가사의를 지니고 있다. 그 신비야말로 이번에도 내가 쓰지 못한 「그와 그 제자의 이야기」의 X인 것이다"(엔도 슈사쿠, 『그리스도의 탄생』 187).

7) 김춘수 시인은 예수를 생각할 때마다 그의 부활 대목에서 늘 좌절되고 만다고 하였다. 예수의 부활을 하나의 상징으로 보고 다만 어떤 상징인지 풀어지지가 않는다고 말한다. 육신이 부활했다는 그러한 논리의 비약은 시퍼런 바닷물에 몸을 던지는 것

3. 수난사화 고통과 성서 인유

김춘수 시인은 성서에 나타난 예수를 인성을 지닌 예수, 육체적인 고통을 감내하는 예수로 파악하고 그의 고독한 실존에 주목했다.

> 꿀과 메뚜기만 먹던 스승, / 허리에만 짐승 가죽을 두르고/ 요단강을 건너간 스승 / 랍비여, / 이제는 나의 때가 옵니다. / 내일이면 사람들은 나를 침뱉고 / 발로 차고 돌을 던집니다. / 사람들은 내 손바닥에 못을 박고 / 내 옆구리를 창으로 찌릅니다. / 랍비여, / 내일이면 나의 때가 옵니다. / 베드로가 닭 울기 전 세 번이나 / 나를 모른다고 합니다. / 볕에 굽히고 비에 젖어 / 쇳빛이 된 어깨를 하고 / 요단강을 건너간 스승 / 랍비여, (「겟세마네에서」)

예수의 공생애 초기에, 광야에서 외치는 자의 소리로 등장한 세례자 요한은 예수의 길을 예비하는 선지자였다. 위의 시는 요한에게 세례를 받은 예수가 앞으로 자신의 죽음을 짊어지고 가야 할 역사적 고뇌 앞에 직면해 있는 모습을 보여준다. 그는 사람들이 자신을 향해 침 뱉고 돌을 던지는 수모를 당할 것을 예상하고 심지어 베드로가 자신을 부인할 것까지 예견한다. 그러나 바야흐로 '나의 때'라는 역사적 운명은 거역할 수 없는 힘으로 다가온다. 예수는 홀로 남아 자신에게 주어진 쓰디 쓴 잔을 감당해야 하는 시점에 있다. 이 절체절명의 시간에 봉착한 예수의 실존적 고독은 자신보다 앞서 자신의 길을 미리 보여준 인간 스승의 모습(식사나 옷차림, 광야생활의 고단함)을 기억하는 것으로 병치되어 나타나고 있다. 예수는 스승을 원망하거나 제자들을 원망하는 입장이 아니다. 다만 스승처럼 자신의 몫으로 주어진 죽음과 수모를 내일이면 감당해야 함을 독백으로 되뇌이고 있을 뿐이다.

같은 것이어서 그런 불합리를 따라가지 못한다고 고백했다(남진우 236).

육신을 입은 예수가 인류의 고통을 대신 짊어지고 생축(生畜)처럼 찢기는 대속의 현장을 묘사한 시편을 살펴보자. 생사의 경계에서 처절한 외침이 있건만 예수는 그 절대고통을 눈 감지 않고 인내하는 인물로 묘사되어 있다.

> 　술에 마약을 풀어 / 어둠으로 흘리지 마라. / 아픔을 눈 감기지 말고 / 피를 잠재우지 마라. / 살을 찢고 뼈를 부수어 / 너희가 낸 길을 너희가 가라. / 맨발로 가라. / 숨 끊이는 내 숨소리 / 너희가 들었으니 / 엘리엘리나마사박다니 / 시편의 남은 구절은 너희가 잇고, / 술에 마약을 풀어 / 아픔을 어둠으로 흘리지 마라. / 살을 찢고 뼈를 부수어 / 너희가 낸 길을 너희가 가라. / 맨발로 가라. 찔리며 가라. (「못」)

　이 시는 예수가 살과 영혼에 못이 박힌 채 죽어가며, 살아 있는 자들에게 이르는 마지막 당부처럼 읽힌다. 예수는 지금 인류의 대신해서 희생양으로 못 박히고 있다. 시인이 파악한 시적 진실 속에서, 예수가 마약을 거절하면서까지 땅에 남은 자들에게 이르는 당부는 곧 예수의 죽음은 역사의 모순 속에서 '너희(*우리—필자 주)가 낸 길'이니 '살을 찢고 뼈를 부수'는 고통을 감내하며 인류 역사를 계속 이어 나가라는 메시지이다. 시인은 "예수가 십자가에 못 박혀 숨이 끊어지려는 순간에도 그의 관심은 그가 남기고 가는 땅위의 인간들에게 있었"(김춘수, 『하느님의 아들 사람의 아들』 126)음을 말한 바 있다. 어찌할 바를 모르는 인간들에게 연민의 눈으로 당부하는 예수의 음성은 탄식도 체념도 아니며 다만 상처 없는 양심이 되지 말고 주어진 역사의 고통과 아픔을 인간의 몫으로 떠메고 가라는 당부이다. 이는 예수가 우리의 고통을 대신 짊어지고 속죄의 제물로 희생당한 역사적 사건을 극대화시킨 말씀(이사야 53:4-6)과 병치되어 시적 효과를 극대화시키고 있다.

　또한 영화 <패션 오브 크라이스트>(Passion of Christ)에서처럼 육체로 고통당하는 예수의 형상에 대한 관심은 「루오 할아버지가 그린 유화 두 점」8)에서 어릿광대의 고통과 예수의 문드러진 얼굴 형상을 병치시켜 나타내기도 한다.

　1) 의롱과 갓으로 이름난 / 그때의 통영읍 명정리 갓골 / 토담을 등에 지고 <u>쓰러져 있던</u> / 엿장수 아저씨, / <u>기분 좋아</u> 실눈을 뜨고 / 입에는 게거품을 문 / 거나하게 취한 얼굴 만월 같은 얼굴, / 엿판을 허리에 깔고 / 기분 좋아 흥얼대던 육자배기 / 장타령, / 그러나 그는 <u>울고 있었다.</u> / 해저무는 <u>더딘 봄날</u> 멀리멀리 지워져 가던 / 한려수도 그 아득함, (「그 하나, 몸져누운 어릿광대」, 이하 밑줄은 필자강조)

　2) 예루살렘은 <u>가을이다.</u> 이천 년이 지났는데도 / 집들은 여전히 눈감은 잿빛이다. / 예수는 얼굴이 그때보다도 / <u>더욱 문드러지고 윤곽만 더욱 커져</u> 있다. / 좌우에 선 야곱과 요한, / 그들은 어느 쪽도 <u>자꾸 작아져 가고 있다.</u> / <u>크고 밋밋한 예수의 얼굴</u> 뒤로 / 영영 사라져 버리겠다. 사라져 버릴까? / 해가 올리브 빛깔로 타고 있다. / 지는 것이 아니라 솔가리처럼 갈잎처럼 / 타고 있다. 냄새가 난다. / 교외의 예수, 예루살렘은 지금 / 유카리나무가 하늘빛 꽃을 다는 / 그런 가을이다. (「그 둘, 교외의 예수」)

　시 1)은 어릿광대를 소재로 한 루오의 그림들이 표상하는 예수의 이미지에 시인의 어릴 적 기억 속에 있는 통영의 엿장수를 오버랩 시킨 것이

---

8) 어릿광대는 루오에게 있어 고독과 비애의 인생 상징이었다. 고통에 내리눌리고 재난에 둘러싸인 평범한 인간들의 선천적인 선함을 변호하는 「다친 어릿광대」를 비롯한 일련의 '어릿광대' 작품들은, 루오에게는 연민의 인간상이자 온갖 고통을 감내하는 장엄한 인간의 모습이었다. 이 장엄함을 근간으로 어릿광대의 모습은 곧 그의 또 다른 중심 테마였던 예수 그리스도의 모습과 오버랩된다(정끝별 185). 루오의 그림 「교외의 예수」, 「수난받은 예수」, 「풍경: 세 사람이 있는」 등에 나타난 예수의 형상은 이목구비가 잘 살아나지 않은 뭉뚱그려진 얼굴이거나 코와 눈이 문드러진, 슬프게 고개 숙인 모습으로 나타나 있다.

다. 쓰러져 흥얼거리는 엿장수 아저씨의 울고 있는 모습은 울음과 웃음을 동시에 간직한 어릿광대의 모습이자 곧 2)에서는 사람들의 무관심 속에서 서서히 존재가 잊혀져가는 예수의 모습으로 연결된다. 시인이 파악한 인간 예수의 얼굴은 세상이 주는 멸시와 고통에 좌절하지는 않지만 결국 상처로 몸져눕거나 얼굴이 더욱 문드러지는, 영원한 고통의 수혜자의 형상이다. 1)에서 울고 있는 엿장수 아저씨가 흥얼거리는 장타령의 가락은 삶의 환유적 아이러니에 해당한다. 시의 후경 또한 아득하거나 여전한 가을로서 두 인물의 존재를 더욱 숙연하게 만들고 있다. "이천 년의 상풍(霜楓)에 바래고 바래져서 이목구비가 자꾸 사그라져간 대신에 얼굴 윤곽은 몇 배로 커지고 또렷해"(『하느님의 아들 사람의 아들』79)진 '크고 밋밋한' 예수의 형상은 이데올로기의 폭력과 역사의 소용돌이 속에서 초라해진 인간의 실존에 다름 아니다. 시인의 시적 진실 속에서 예수는 "자꾸 작아"지고 몸이 닳아진, 상처 입은 어릿광대와 같이 세계를 비애로 물들이는 모습으로 나타나 있다.

> 예수는 눈으로 조용히 물리쳤다. / ― 하나님 나의 하나님, / 유월절 속죄양의 죽음을 나에게 주소서. / 낙타발에 밟힌 / 땅벌레의 죽음을 나에게 주소서. / 살을 찢고 / 뼈를 부수게 하소서. / 애꾸눈이와 절름발이의 눈물을 / 눈과 코가 문드러진 여자의 눈물을 / 나에게 주소서. / 하나님 나의 하나님, / 내 피를 눈감기지 마시고, 잠재우지 마소서. / 내 피를 그들 곁에 있게 하소서. / 언제까지나 그렇게 하소서. (「마약」전문)

시인은 예수의 죽음을, 너무나 보잘것없어서 눈에 띠지도 않는 땅벌레(미물)나 애꾸눈이와 절름발이 또는 눈과 코가 문드러진 여자처럼 가장 비천하게 외면당한 이들의 처지를 몸소 겪는 죽음으로 파악한다. 위 시의 부제는 '예수가 십자가에 못 박힐 때, 그의 아픔을 덜어주기 위하여 백부장인 로마 군인은 마약을 풀어 그의 입에다 대어 주었다'고 되어 있다.9)

---

9) 쓸개 탄 포도주(마 27:34) 신 포도주(눅 23:36)는 마약의 개념이라기보다, 예수의

그러나 시인의 시적 진실 속에서 예수는 이를 거절한다. 고통을 잊기보다 고통을 더욱 육화시키는 것은 가난하고 버림받은 이들의 이웃으로 인식되었던 예수의 속죄양 죽음을 더욱 부각시키는 효과를 나타내고 있다. 낙타의 발에 밟히는 땅벌레만큼이나 힘없는 예수, 그런 예수를 사람들은 얼굴에 침을 뱉고 옆구리를 발로 차는 무지를 저지르지만 끝까지 용서하는 예수의 그 사랑은 시인에게 "살을 우비"는 아픔을 경험하게 한다.

> 구름 위 땅위에 / 하나님의 말씀 / 이제는 피도 낯설고 모래가 되어 / 한줌 한줌 무너지고 있다. / 밖에는 봄비가 내리고 / 남천(南天)이 젖고 있다. / 남천은 멀지 않아 하얀 꽃을 달고/ 하나님의 말씀 머나먼 말씀 / <u>살을 우비리라. / 다시 또 우비리라.</u> (「땅 위에」 전문)

이 시와 관련된 시인의 시작 배경을 살펴보자.

> "피"라고 한 것은 예수의 처형 때의 그것을 가리킨다. 십자가에 못 박힐 때 흘린 예수의 피는 그대로 양심과 진실과 사랑의 이승에서의 가장 왜곡되고 학대받는 모습을 상징한다. 예수의 부활은 그 "왜곡"과 그 "학대"를 바로 돌리기 위한 하나의 알레고리라고도 할 수 있다. . . . 이제는 "피"도 "낯설고," "모래가 되어" 붕괴의 과정을 달리고 있다. . . . 이른바 "텅 빈 인간"(hollow man)들의 허무한(정처 없는) 항로가 있을 뿐이다. 이러한 인식이 깔려 있다고 할 수 있으리라. 그러니까 그 다음을 이어 "한줌 한줌 무너지고 있다"라고 하는 구절이 자연스럽게 나오게 되었다고 할 수 있다. . . . "살을 우비리라 / 다시 또 우비리라" 이 구절은 두말 할 나위도 없이 어떤 아픔(영혼의)을 알려준다. 예수가 십자가에 못 박힐 때의 그 아픔 -살을 우비는 그 아픔의 기억을 되살리려고 하는 데에 이 구절의 의도가 있었다고 할 수 있다. (『하느님의 아들 사람의 아들』 225-27)

고통을 배가시키려는 저들의 희롱이었다고 볼 수 있다. 마치 쓸개를 먹으라고 주거나 갈한 사람에게 초를 마시게 하는 가학적 행위로 이해할 수 있다(시 69:21).

다소 긴 인용이지만 예수의 십자가 처형 때의 그 아픔, 살을 우비는 그 아픔의 기억은 시인의 시작과정에서 오래도록 기억에 남아 예수 소재 시편을 쓰는 동기가 된다. 시인에게 예수의 피는 양심과 진실과 사랑의 상징이었다. 또한 이승에서 가장 왜곡되고 학대받는 모습의 상징이었다. 동시에 그 왜곡과 학대를 바로 돌리기 위한 하나의 알레고리로 예수의 부활이 인류 역사에 자리한다고 파악했다. 그러나 인류는 예수 역사의 그 고통을 망각하고 '텅 빈 인간'이 되어가며 예수의 죽음을 낯설게 받아들이거나 부서지는 모래처럼 힘없는 '말씀'으로 기억한다는 것이다. 오늘의 세태는 예수의 그 사랑이 '부러진 못이 되어' 길거리에 '뒹구'는 현실이 되어버린 것이다.

> 사과나무의 천 阡(*두렁 천, 두렁길—필자 주)의 사과알이 / 하늘로 깊숙이 떨어지고 있고 / 뚝 뚝 뚝 떨어지고 있고 / 금붕어의 지느러미를 움직이게 하는 / 어항에는 크나큰 바다가 있고 / 바다가 너울거리는 녹음綠陰이 있다. / 그런가 하면 / 비에 젖은 섣달의 산다화가 있고 / 부러진 못이 되어 / 길바닥을 뒹구는 사랑도 있다. (「시·Ⅲ」)

「시·Ⅲ」은 "예수의 처형 직전의 몰골을 생각하면서 썼다"(『하느님의 아들 사람의 아들』186)고 한다. 시의 전반부는 마치 마르크 샤갈의 그림을 보듯[10] 환상적이고 평화로운 풍경이 펼쳐져 있다. 몽환적인 하늘 풍경으로는 늦가을에 사과알이 떨어지고 있고, 어항에는 크나큰 바다와 짙은 녹음의 여름이 있다. 봄비에 젖은 섣달의 산다화를 떠올리는 시인은 아름답고 환상적인 풍경 가운데서도 상처처럼 자리한 예수의 생애를 기억하고 "부러진 못이 되어 / 길바닥을 뒹구는 사랑," 인류가 외면한 예수의 사랑을 환기시킨다. 시인에게 예수의 죽음은 인간의 육체적 고통을 절대정신의 경지로 승화시킨 죽음이었던 것이다.

또한 예수는 생전에 갈릴리 호숫가를 거닐기 좋아했던 사색의 인물이

---

10) 시인은 샤갈의 그림 「나와 마을」에서 이미지를 차용해 「샤갈의 마을에 내리는 눈」이라는 시를 낳았다.

었으며 그 길에서 자주 아만드꽃 향기도 맡았을, 자연을 사랑하고 갈릴리를 사랑했던 자연인의 모습으로 나타나기도 한다.

> 예수가 숨이 끊어질 때 / 골고다 언덕에는 한동안 / 천둥이 치고, 느티나무 큰 가지가 / 부러지고 있었다. / 예루살렘이 잠이 들었을 때 / 그날 밤 / 올리브 숲을 건너 겟세마네 저쪽 / 언덕 위 / 새벽까지 밤무지개가 솟아 있었다. / 다음날 해질 무렵 / 생전에 예수가 사랑하고 그렇게도 걷기를 좋아하던 / 갈릴리호숫가 / 아만드꽃들이 서쪽을 보며 / 시들고 있었다. (「아만드꽃」)[11]

이 시에 의하면 예수가 숨이 끊어질 때, 예수의 죽음과 때를 맞추어 골고다 언덕에 천둥이 치고 느티나무 가지가 부러지는 이변이 속출했다고 한다. 인류 역사의 죗값으로 속죄양이 된 예수의 죽음은 이름 없는 범부의 죽음과는 다른, 무언가 경천동지(驚天動地)의 변화를 가져오는 그 무엇이 되어야 했다. 따라서 시인의 시적 진실 속에서는 때 아닌 밤무지개가 솟고 아만드꽃들이 모두 서쪽을 보며 시드는 일이 가능한 것이다.

4. 인간의 모범인 예수와 성서 인유

이번에는 예수의 인간적인 면모가 갈릴리 주변의 빈자와 약자를 사랑하는 시선으로 나타나 있는 시편을 살펴보자.

---

11) 아만드꽃은 아몬드(편도나무)꽃일 수 있다. "almond" 는 고대 프랑스어 almande; alemande와 라틴어 amandola에서 유래해 그리스어 amingdola의 형태가 됐다가 아몬드가 됐다. 장미목, 장미과에 속한 중동 원산의 쌍떡잎식물이며 과육 껍질에는 주름이 잡혀 있다. 시인은 이를 양의 젖 냄새와 비슷한 냄새가 나는, 솜처럼 부피가 있는 복사꽃 모양의 풀꽃으로 본 듯하다. 나무에서 나는 씨앗이 대개 사람들이 알고 있는 아몬드로 대개는 호두와 같은 견과류로 생각하지만 사실은 복숭아나 자두 같은 핵과에 해당한다고 한다. 엔도의 『예수의 생애』에는 호수 주위에 새빨간 코크리크 꽃이 피어 있다고 언급했다(55).

너무 닳아서 흰빛이 된 / 해가 지고, 이따금 생각난 듯 / 골고다 언덕
에는 굵은 빗방울이 / 잿빛이 된 사토砂土를 적시고 있었다. / 예수는
죽어서 밤에 / 한 사내를 찾아가고 있었다. / 예루살렘에서 제일 가난
한 사내 / 유월절에 쑥을 파는 사내 / 요보라를 그가 잠든 / 겟세마네
뒤쪽 / 올리브 숲 속으로, 못 박혔던 발을 절며 / 찾아가고 있었다. / —
안심하라고, / 쑥은 없어지지 않는다고/ 안심하라고, (「요보라의 쑥」)

　　이 시는 예수가 생전에도 가난한 이웃들의 벗이었음을 감안하여, 그가
얼마나 빈자에게 관심을 갖고 사랑하고 있었나를 보여주는 것으로 읽힌
다. 예수가 십자가에서 허망하게 돌아가자, 메시아 대망사상에 젖어 있던
유대인들은 큰 혼란을 경험했을 것이다. 로마의 압정과 가혹한 세금 징
수, 가난과 정치·경제적인 불안정 속에 살던 유대인들은 예수의 죽음이
몰고 올 파장 때문에 생계의 위협을 느꼈을 수도 있다. 성서에 드러난 예
수는 유월절 어린양으로 죽임을 당했고, 유대인들은 출애굽 사건을 기념
하는 유월절을 전후해서 성전이 있는 예루살렘으로 모여들어 인진쑥 같
은 쓴 나물을 먹는다(민영진 90). 유월절은 우리나라 달력으로 보자면 3-4
월에 해당하므로 시인은 우리의 정서에 맞게 그들이 먹는 쓴 나물을 쑥이
라고 가정한다. 예루살렘에서 쑥을 팔아 생계를 꾸려가는 가난한 '요보라'
는 예수의 죽음 이후 사회적 폭동이나 정치적 혼란 속에서 자신의 생계가
어려워질 수 있다는 걱정 때문에 두려워하고 있다는 가정이다. 요보라는
예수가 그들을 고통과 압제에서 건져줄 메시아일 수 있다는 기대감을 갖
고 있지 않아도 좋고 그가 누구인지 몰라도 상관이 없다. 그러나 예수는
십자가에서 내려와 제일 먼저, 예루살렘에서 제일 가난한 사내 요보라에
게 안심하라고 일러주러 가는 것이다. 다리를 절면서. 이처럼 시인의 시
적 진실 속에서 예수는 빈자의 벗으로서 자신의 고통보다는 이웃의 고통
을 먼저 걱정하는 자상한 위로자로 형상화되어 있다.
　　시인에게 예수의 생애와 죽음은, 이승에서의 삶의 비극성을 가장 전형
적으로 보여준 예에 해당했다. 그런 예수는 부활의 몸을 입고 승천한 인

물이 아니고, 아직도 시인의 시적 진실 속에서 자신의 사역을 감당하기 위해 부지런히 어딘가로 가고 있는 서술시적 형태로 띠고 있다.

> 새처럼 가는 다리를 절며 <u>예수가</u> / 서쪽 포도밭 길을 가고 있다. / 그
> 뒤를 베드로가 가고 있다. / 해가 지기 전에,
> (「서쪽 포도밭 길을」)

> 하나님이 한 분/ 하나님이 또 한 분 / <u>이번에는 동쪽 언덕을 가고 있
> 다.</u>(「리듬 · L」)

> 바다를 다 적신 피 한 방울, / <u>그것은 언제나 가고 있다.</u> / 넓어진 하
> 늘로 / 드러난 뼛속의 드러난 뼛속으로 / 그것은 언제나 가고 있
> 다. (「겨울 꽃」)

> 당신 아들은 지금도 / <u>갈릴리호수를 맨발로 가고 있다.</u>
> (「분꽃을 보며」)

> 하느님은 어린 나귀와 함께 / <u>이번에도 동쪽 포도밭길을 가고 있다.</u>
> (「노래」)

> 착한 사마리아인은 <u>아직도 / 오지 않고 있다.</u>
> (「에리꼬로 가는 길」)

> 왜 오지 않나, / <u>물 위를 / 맨발로 걸어서 온다더니,</u>
> (「메시아」)

> 땅이 꺼지고 (그쯤에서) / 발가락이 꼬이고 / <u>더는 가지 못하는</u> / 어느
> 새 이목 耳目도 한쪽으로 짜부라진/ 누군가/ 태초에 그런 이별이
> 있었다. (「제목이 없는 다섯 편의 짧은 시」)

이처럼 시인에게 있어 예수의 생애는 그의 시적 상상력을 자극하는 하

나의 심리적인 진실이었다. 예수는 갈릴리 빈곤한 마을의 불구자나 병자와 함께하며 창녀나 세리처럼 멸시받는 이들의 애환에 함께하는 인물이다. 특히 「둘째 번 마리아」, 「셋째 번 마리아」, 「가나에서의 혼인」 등에서 착한 사마리아인처럼 약자들의 고통을 치유하고 위로해주는 사랑의 화신, 인간의 모범을 보여주는 모습으로 형상화되어 있다.

> 너의 눈이 기적을 보았다. . . . 눈이 뜨이니 귀도 뜨이다. . . . 진정코 너의 귀가 임을 들었도다. // 임이 부활하시는 날, 못 박힌 팔목에사 눈물은 구슬지어 빛났으되, // 너도 가슴에 못을 박고, / 이어 목숨이 다하는 오롯한 순간마냥 / 울며 울며 예수를 지니도다. (「막달라 · 마리아」)

위의 시는 마리아[12]가 부활한 예수를 체험하게 된 후 변화하는 모습을 그리고 있다. 시인의 시적 진실 속에서 마리아는 예수의 죽음 이후, 잠결에 예수의 꿈을 꾸고 일어나 무덤으로 달려가게 된다. 거기서 마리아는 부활한 예수의 못 박힌 팔목에 눈물 흘리며 자신도 가슴에 못을 박는 심리적 체험을 통해 예수의 부활을 덧입게 된다. 그리하여 마리아는 목숨이 다하는 순간까지 예수를 가슴에 지니게 되는 진실을 간직하는 것이다.

> 죄 없는 자 / 돌을 던진다. / 네 살 속 어디까지 갈꼬 하고, / 마리아, /

---

12) 성서에는 모두 6명의 마리아가 등장한다.(예수의 어머니 마리아, 막달라 출신의 마리아, 베다니의 나사로의 누이 마리아, 야고보와 요셉의 어머니 마리아, 마가복음을 쓴 마가 요한의 어머니 마리아, 로마서에서 바울의 문안 인사에 등장하는 마리아(롬 16:6)이다.) 시인은 가나 혼인 잔치의 신부의 이름도 열다섯 살 마리아로 보았다. 막달라 지방 출신의 마리아는 일곱 귀신에게 시달리고 있을 때 예수께 고침을 받고 그때부터 예수를 따르며 자기 재산을 바쳐 예수를 섬기던 여인이다(눅 8:2-3). 그녀는 예수의 죽음을 지켜보았고(막 15:47) 안식일 다음날 향료를 가지고 무덤으로 갔다가 무덤에서 부활한 예수를 목격한(막 16:1-9) 인물이다. 막달라 지방은 엔도에 의하면 "유칼리 숲과 들꽃을 피우는 수풀에 파묻혀 있"다고 했다. (엔도 슈사쿠 55)

막달라의 마리아, / 슬픔이 오늘은 하늘에서 / <u>눈이 되어 내린다.</u> / 한 사나이에게만 보이고 싶어 / 주고 싶어 / 뭇 사나이에게 몸을 내준 / 마리아, / 막달라의 마리아, // 죄 없는 자 먼저 / 돌을 던져라, (「눈」, 『달개비꽃』 54)

이 시 속의 막달라 마리아는 간음한 현장에서 잡혀온 죄 많은 여인의 인유이다. 시인은 이 여인을 막달라 마리아로 부르고 있다. 그런 여인을 향해 사람들은 상대적으로 자신은 그 여인과 같은 죄는 없다고 생각해서 돌을 던진다. 적어도 그들은 지금 당장은 간음을 저지르고 있지 않으므로, 현재 그런 죄는 없는 자가 된다. 이 광경을 지켜보는 예수의 시선은 모든 인간을 공평하게 바라보는 측은지심의 시선이다. 죄 있는 자나 죄 없는 자 모두를 예수는 하늘에서 눈이 공평하게 내리듯 그 무리들을 공평하게 바라보는 것이다. 마리아의 진실은 '한 사나이에게만' 그녀의 진심을 보여주고 싶어 '뭇 사나이에게 몸을 내준' 사실이 되고 말았다. 그런 마리아의 심정을 이해하기에 예수는 두 번 마리아의 이름을 불러준다. 눈은 눈(雪)이면서 마리아와 모인 무리를 바라보는 예수의 눈(眼)이 된다. 자신의 죄를 알지 못하는 인간의 한계를 예수는 마리아 돌팔매질 사건을 통해 누가 죄 없는 자인가 되묻고 있다. 곧 죄 없는 자는 한 사람도 없다는 예수의 가르침을 시인은 형상화한 것이다.

사랑하는 나의 하나님, 당신은 / 늙은 비애다. / 푸줏간에 걸린 커다란 살점이다. / 시인 릴케가 만난 / 슬라브 여자의 마음 속에 갈앉은 / 놋쇠 항아리다. / 손바닥에 못을 박아 죽일 수도 없고 죽지도 않는 / 사랑하는 나의 하나님, 당신은 또 / 대낮에도 옷을 벗는 어리디어린 / 순결이다. / 삼월에 / 젊은 느릅나무 잎새에서 이는 / 연둣빛 바람이다. (「나의 하나님」)

시가 은유임을 설명하는 대표적 본보기로 유명한 이 시는 하나님의 속성을 '늙은 비애'와 푸줏간의 '살점'과 슬라브 여인의 '놋쇠 항아리,' '순결,' '연둣빛 바람' 등으로 나타내고 있다. 전체가 한 연으로 구성되어 있지만 자세히 보면 '사랑하는 나의 하나님'을 세 가지 의미로 나누어 호명하며 연결시킨 것을 알 수 있다. 시인이 호명한 첫 번째 '사랑하는 나의 하나님'의 존재는 '신인동형론적(anthropomorphic)'으로 말하자면13) 형상이 있는 어떤 대상으로 이미지화해서 '늙은 비애'이면서 '살점' 즉 육의 모습을 한 인간으로 표현이 된다. 시인의 시적 세계관이 슬픔(비애)의 정서임을 감안한다면 그 비애는 인간의 근원적인 정서이자 누군가에게 내어주기 위해 준비된 육신이다. 그 살점은 육의 옷을 입고 이 땅에 내려왔으며 로마가톨릭의 영향권 내에 있는 슬라브족 여인의 마음 깊은 곳에 애장품처럼 자리하고 있는 진실에 해당한다. 두 번째 '사랑하는 나의 하나님'은 사람의 아들로 이 땅에 와서 십자가에서 죽은 예수이기도 하지만 또한 시인의 진실 속에서 죽지 않고 살아 있는 존재이다. 세 번째 '사랑하는 나의 하나님'은 '순결'과 '연둣빛 바람'으로 다소 추상화되어 있지만 예수의 십자가상의 알몸 죽음과 관련하여 스스로를 내어주는, 즉 고귀하고 순결한 희생이자 인류에게 생명이 되는 싱싱한 소생의 바람으로 자리하는 것이다. 그렇다면 이 시는 삼위일체 하나님의 속성인 성부, 성자, 성령의 의미를, 비록 시인이 의도하지 않았다 할지라도 구체적으로 형상화하고 있다고 볼 수 있다(민영진 146).

그러나 전반적으로 김춘수 시인의 예수 소재 시편들에 나타난 예수는 시인이 믿음으로 받아들일 수 없는 긴장된 대상이면서 동시에 존재의 심연을 들여다보게 하는 고통의 대상이었다. 특별히 무의미시를 쓰던 기간에 발표된 성서 인유 시편들에서는 예수를 역사 속의 인간 예수로 파악하고 시인 자신과는 일정한 거리를 둠으로써 그에게 다가갈 수 없는 존재의 고독감을 드러내고 있다.

---

13) 신을 말할 때, 우리의 인식의 한계로 말미암아 신을 사람으로 의인화시켜서 표현하는 하나의 방법이다(민영진 139).

1) 이름도 없이 나를 여기다 보내놓고 / 나에게 언어를 주신 / 모국어로 불러도 싸늘한 어감의 / 하나님, / 제일 위험한 곳 / 이 설레이는 가지 위에 나는 있습니다. (「나목과 시」)

2) 하느님, / 나보다 먼저 가신 하느님, / 오늘 해질녘 / 다시 한번 눈 떴다 눈 감는 / 하느님, / 저만치 신발 두짝 가지런히 벗어놓고 / 어쩌노 먹감은 까치처럼/ 맨발로 울고 가신 / 하느님, 그 / 하느님, (「쥐오줌풀」)

1)은 시인의 초기시 중에서 뽑은 것이고, 2)는 시인의 후기 중에서도 말기에 해당하는 시편이다. 이 시편들에서도 시인은 의식적으로 하나님을 호명하고 있기는 하지만 초월자는 단지 시적 진실로 자리하는 궁극의 대상이자 무목적의 합목적성을 일깨우는 표상으로 드러나고 있을 뿐이다.

5. 나오며

지금까지 김춘수 시인의 예수 소재 시편들을 통해서 그가 예수라는 인물을 어떤 시각에서 바라보고 시적 소재로 차용했나에 대해 알아보았다.

시인이 체험한 몇 겹의 고통 콤플렉스는 불가항력적인 역사와 이념과 세계에 대한 분노였다. 시인은 이데올로기의 폭력에 희생된 개인의 가장 무력한 모습을 인간 예수로 등장시켰다.

그는 예수가 당한 십자가상의 육체적 고통을 누구도 대신할 수 없는 절대고독의 실존으로 파악했으며(「겟세마네에서」), 또한 끝까지 인류를 향한 사랑을 저버리지 않은 사랑의 화신으로 예수를 드러내고자(「못」, 「마약」, 「아만드꽃」등) 했다. 이러한 예수의 희생은 살을 우비는 아픔(「땅위에」)이지만 인류가 외면한 그 사랑은 오늘날 '부러진 못이 되어 길바닥에 뒹'(「시 · III」)굴고 있다는 성찰을 보이기도 했다. 또한 예수는 어릿광대처럼 삶의 비극적 아이러니를 짊어지고 이를 묵묵히 감당하면서(「루오 할아

버지가 그린 유화 두 점」), 가난하고 비천한 자들을 위로하는 인간의 모범
(「요보라의 쑥」)을 보여주는 시편들로 형상화되어 있음도 알 수 있었다.

예수를 지니는 고통의 성서 인유로는 특별히 막달라의 마리아를 대상
으로 한 시편들을 통해 살펴보았다. 시인에게 막달라의 마리아는 예수의
진실을 구체적으로 드러내는 대상이었는데 그녀는 창녀이면서(「둘째 번
마리아」, 「눈」), 예수의 부활을 목격한 여인(「막달라 마리아」)이었으며
끝까지 예수를 지니고 사는 인물로 설정되어 있었다.

또한 예수의 부활을 심리적 진실로 받아들인 김춘수 시인의 성서관은
일본 작가 엔도 슈사쿠의 성서관과 유사한 인본주의적 관점이었고, 엔도
의 저서 『예수의 생애』는 시인 자신의 수필집 『하느님의 아들 사람의 아
들』에 유사하게 드러나 있음도 알 수 있었다. 그럼에도 불구하고 시인은
「나의 하느님」을 통해 성부와 성자와 성령의 삼위일체 하느님의 개념을
제대로 짚어내고 있으며, 「쥐오줌풀」이나 「나목과 시」 중 '2' 등에서는
존재의 심연을 들여다보려는 노력을 게을리 하지 않았음을 알 수 있었다.

Works Cited

김춘수.『김춘수 시 전집』. 서울: 현대문학사, 2004. Print.

_____.『김춘수 시론 전집 I · II』. 서울: 현대문학사, 2004. Print.

_____.『달개비꽃』. 서울: 현대문학사, 2004. Print.

_____.『하느님의 아들 사람의 아들』. 서울: 현대문학사, 1985. Print.

강사문 · 나채운 감수.『청지기 성경사전』. 서울: 시온성, 2002. Print.

남진우 엮음.『왜 나는 시인인가』. 서울: 현대문학, 2005. Print.

문학과 비평 편집부.『시집 이중섭』. 서울: 탑출판사, 1987. Print.

민영진.「김춘수 시 평설」.『창조문예』. 서울: 창조문예사, 2009. Print.

신규호.「김춘수 시의 비애미와 기독교적 심상」.『한국 현대시와 종교』.
        서울: 국학자료원, 2003. 170-82. Print.

양왕용.「예수를 소재로 한 詩에서의 意味와 無意味」.『김춘수 시연구』.
        권기호 편저. 서울: 흐름사, 1989. 245-52. Print.

르낭, 에르네스트.『예수의 생애』. 최명관 역. 서울: 훈복문화사, 2003.
        Print.

엔도 슈사쿠.『예수의 생애』. 이평아 역. 서울: 가톨릭출판사, 2003. Print.

_____.『그리스도의 탄생』. 정종화 역. 서울: 고려원, 1984. Print.

이진홍.「김춘수의 긴장과 유희의 시학」. 서울:『한민족어문학』 38
        (2001): 307-38. Print.

_____.「김춘수의「예수를 위한 6편의 소묘」연구」.『논문집』11 (1997):
        278-95. Print.

정끝별.『패러디시학』. 서울: 문학세계사, 1997. Print.

정효구.「물음 · 허무 · 자유 · 삶」.『김춘수 문학앨범』. 서울: 웅진출판,
        1995. 55-86. Print.

정연희 소설의 죄의식 연구*

송 인 화

1. 정연희 소설과 죄의식

본 고는 정연희 소설에 나타난 죄의식을 탐구하고자 한다. 구체적으로는 1970년대 중반이후 1980년대 중반까지 기독교적 메시지를 분명하게 노출하고 있는 소설을 대상으로 죄의식의 구조와 내용을 분석하고자 한다. 이를 통해 기독교적 교리를 전파하는 종교소설로 규정된 정연희의 소설에 인간의 욕망과 신과의 갈등이 모순적으로 잠복되어 있음을 밝히고자 한다. 이러한 과정에서 본 고는 정연희 기독교소설에 특징적으로 발견되는 고압적 감정들에 주목하여 이를 심리학적으로 접근할 것이다. 정연희 소설에 미학적 특징으로 나타나는 고압적 분노와 공포, 불안과 처벌의 공격성 등이 신의 뜻에 대한 순종과 항의 사이에서 생성된 강박적 죄의식의 증후적 표현임을 밝히고자 하는 것이다.

* 이 논문은 『문학과 종교』 제17권 2호(2012)에 「정연희 소설의 죄의식 연구」로 게재되었음.
* 이 논문은 2011년도 한세대학교 교내학술연구비 지원에 의해 연구되었음

1953년 「파류상」으로 등단한 이후 정연희는 최근까지 지속적인 창작 활동을 했지만 그의 소설에 대한 관심은 『목마른 나무들』을 대표작으로 한 1960년대 초기소설에 집중되어 있다.[1] 지배논리에 대한 성찰과 항의를 담고 있는 1960년대 소설을 적극적으로 평가하는 것인데 반면 1970년대 이후 소설에 대한 연구는 거의 이루어지지 않았다. 이는 여성작가의 소설을 상대적으로 소홀히 취급하는 일반적 연구의 정황에서 비롯된 것이지만 더 중요한 요인은 정연희 소설을 종교소설 즉, 기독교적 교리를 전파하는 공리적 목적소설로 간주한 때문이라 판단된다. 즉 기독교를 신앙으로 받아들인 1970년대 이후 정연희 소설은 인간의 욕망과 갈등을 내재하고 있지 않은, 따라서 종교적 목적성이 우세한 반면 문학성은 결핍되어 있다는 통념이 작용한 결과라 할 수 있다.

실제로 정연희 작품에 반복적으로 발견되는 성경의 직접적인 인용과 그를 통한 메시지의 구성, 그리고 신의 의지를 배반한 인간에 대한 처벌의 공격성 등은 기독교 교리를 일방적으로 전파하는 '전교소설'이라는 판단에 크게 이의를 제기할 수 없게 한다. 하지만 죄를 처벌하고 공격하는 죄의식에 강하게 압착되어 있는 공포, 불안, 분노 등의 강렬한 감정들은 그러한 표면적 메시지에서 전달하는 신에 대한 순종과는 다른 욕동이 있음을 감지케 한다. 작품에 깊이 개입되어 있는 고압적 감정들은 신과의 화해나 순종의 순후한 정서와는 다른, 부당하게 억압된 욕망의 현존성을 웅변적으로 입증하고 있다. 논리적으로 직접 항의를 언표화시킬 수 없지

---

1) 정연희 소설에 대한 연구는 영성한데 그나마도 『목마른 나무들』, 『석녀』를 대상으로 1960년대 작품에 한정되어 있다. 대부분의 연구는 여성의 서사에 주목하여 저항하는 주체로서의 여성이 정립되는 과정을 분석하고 있다. 이에 대한 논문은 다음과 같다. 최미진, 「정연희 소설에 나타난 여성 주체의 자리매김 방식 연구」, 『한국문학이론연구』11 (1999); 김현주, 「'아프레걸'의 주체화 방식과 멜로드라마적 상상력의 구조」, 『한국문예비평연구』22 (2006); 송인화, 「1960년대 연애서사와 여성 주체―정연희 『석녀』를 중심으로」, 『한국문예비평연구』25 (2008); 송인화, 「정연희 소설에 나타난 기독교적 상상력과 여성 정체성」, 『한국문예비평연구』31 (2010).

만 억압된 욕망으로 인한 자아의 공격성이 그러한 고압적 감정들을 통해 증후적으로 나타나고 있는 것이다. 따라서 정연희 소설에는 순종과, 항의라는 이율배반적 모순이 공존하는데 본고는 이러한 순종과 항의의 모순을 죄의식의 구조를 통해 해명하고자 하는 것이다.

사실 죄의식에는 그 자체로 순종과 항의가 이미 내재되어 있다. 죄의식은 집단에서 압도적으로 통용되는 지배 가치와 윤리, 문화와 제도 등을 따르지 않고 이반된 상태에 있을 때 자아에게 가해지는 심리적 압력이라 할 수 있다. 상징 기표에 대해 순종하지 않았을 때 자아의 내면에 가해지는 압박이 죄의식을 발생케 하는 기본적인 상황이다. 따라서 죄의식은 초월적 기표에 대한 순종의 당위성과, 동시에 그것에 순응할 수 없는 자아의 욕망이 모순적으로 교차하는 이율배반적 정황 속에서 발생된다. 특히 죄에 대한 자각을 강조하면서 동시에 고백을 통해 구원을 제공하는 기독교의 경우 죄의식이 신앙의 중심에 자리하고 있는데 신의 의지에 절대적으로 순종하려는 신실한 신앙인일수록 죄의식을 강하게 갖는 경향이 있다. 기독교는 신의 계율에 대한 순종을 요구하는데 계율에는 금기가 구조화되어 있어 금기가 자아의 욕망을 억압하게 되고 억압이 분노와 불안을 낳게 되는 것이다. 기독교 윤리를 내면화함으로써 죄의식으로부터 자아를 방어할 수 있지만 윤리의 내면화로 인한 지속적 억압은 분노의 감정으로 어느 순간 표출된다. 그리고 그러한 분노는 다시 죄의식을 낳게 되고 자아는 자기 방어를 위해 죄의식을 외부에 투사하여 밖에서 죄를 찾고 처벌하는 공격성을 보여주게 되는 것이다.

신의 의지와 인간의 욕망 사이에서 발생되는 이러한 죄의식의 메카니즘은 정연희 기독교소설의 중심을 이루지만 기독교 소설부터 '비로소' 나타난 것은 아니다 그것은 초기작부터 정연희 소설의 작품을 구조화하는 원리로 작동하고 있다. 처녀작인 「파류상」은 신에게 절대적이었던 수녀가 전쟁의 상처로 파계하는 이야기를 그리고 있고, 평판작인 『목마른 나무들』은 지배사회의 당위적 윤리를 전복하며 독립적 주체로서 정립하는 여성성장서사를 제시하고 있다. 또『석녀』,『아가』,『고죄』등 낭만적 사랑을 추구하는 소설들에서도 지배적인 상징체계와 대응하는 여성의 갈등과 내면이 중점적으로 제시되고 있다. 세계를 지배하는 신으로서의 초월적 기표에 대한 부단한 인식과, 그것에 대한 인간의 대응이 작품의 주요한 동력이 되는 것이다.

이러한 초기작품들에서 자아는 패배할 수밖에 없는 신과의 운명적 대결을 내면구축이라는 나르시시즘적 방법으로 대응하고 있다. 자아의 내면을 구축하고 진정한 속내를 교묘히 은폐함으로써 신의 시선을 교란시키는 전략을 시도하고 있는 것이다. 초월적 기표에 대한 순종보다 그것의 당위적 요구와 억압성에 대한 항의가 중점적으로 드러나고 있는 것인데 이러한 저항의 힘은 지배논리가 윤리적으로 부당하다는 인식에서 기인한다. 세계를 지배하는 초월자의 논리는 인간의 욕망 특히 여성의 욕망을 부당하게 억압하고 있다는 판단이 작품을 지배하고 있는 것이다. 1970년대 이후 발표된 정연희 기독교소설과 초기소설의 차이점은 바로 여기에서 찾을 수 있는데 기독교소설에는 초월적 기표로서의 신의 윤리에 대한 승인과 순종이 전폭적으로 나타나고 있다. 세계를 지배하는 초월자를 신으로 인정하고 그의 윤리와 논리에 전적으로 순종하며 또한 신의 논리에 포섭되지 않는 인간세계를 처벌하는 의지를 작품의 표면에 분명하게 노출시키고 있는 것이다.

그렇다면 기독교를 신앙으로 받아들이고 신의 윤리를 전면적으로 내면화한 정연희의 기독교 소설에는 신에 대한 항의와 그로 인한 징벌의 공포가 사라졌을까. 달리 말하면 신의 의지에 대한 전적인 순종과 화해가 전면화 되었을까하는 것이다. 분명 논리적으로 언표화된 작품의 메시지는 인간의 욕망을 질타하고 신의 의지에 순종하지 않는 인간의 행태를 죄로 공격하고 있다. 따라서 인간의 욕망과 신의 의지 사이에서의 대립은 해소된 듯 보이고 인간의 욕망을 부정하는 데서 이전 소설과는 근본적으로 단절된 새로운 세계인식을 표명하는 것처럼 보이기도 한다. 하지만 작품 전체를 압박하는 공격적이고 응축된 정서들은 그러한 신과의 화해나 죄의식으로부터의 벗어남을 쉽게 수긍할 수 없게 한다. 공포와 분노, 울분과 불안의 정서들이 압박하면서 세계는 구원의 가능성이 상실된 비극적 죄의 공간으로 제시되는데 끈질기게 쫓아다니며 그것의 죄를 고발하고 질타하는 그러한 강박적 행위에서 오히려 인간의 욕망과 항의가 '증후적'으로 드러나고 있다. 본 고는 이처럼 정연희 소설 전체의 문제의식을 구성하는 죄의식의 내용과 구조를 해명하고 기독교 소설로서의 정연희 소설의 문학성을 재고하고자 한다. 교리전파의 목적성에 봉사하는 소설로 오인되었던 정연희 소설이 신과 인간 사이의 치열한 갈등과 긴장의 역학 속에서 구축되고 있음을 살펴보고자 하는 것이다. 이러한 과정에서 정연희 소설 전체에서 죄의식이 갖는 의미와, 기독교 윤리를 내면화하는 과정에 나타난 여성억압의 양상까지도 함께 짚어보게 될 것이다.

2. 죄의식 내용 : 부패한 인간의 욕망과 묵시론적 고발

대체로 1960년대까지 정연희는 인간을 '신의 증오로 내던져진 존재'이며 형벌로서 무거운 바위를 밀어올리는 작업을 영원히 수행해야 하는 시지프스라고 말한다(「廢墟 위에서 證言을」 271). 절망 가운데서 끊임없이 바위를 밀어올리는 시지프스의 행위는 신에 대한 항의를 표현하는데 이러한 항의에 의해 건설된 것이 문명이며 인간은 형벌을 계속 수행하면서 문명을 건설할 수밖에 없다고 말한다. 궁극적 좌절을 예견하면서도 신의 의지보다 인간의 욕망에 우위를 두는 것이다. 글쓰기 역시 이러한 시지포스적인 문명 건설 행위로 간주하는데 인간과 신 사이의 이러한 구도는 동시기 작품을 형성하는 근간이 되며 인간의 욕망이 신보다 우위에 있는 긍정적으로 부각되고 있다.

이러한 반종교적인 태도는 그러나 1970년대 이후 극적으로 변화한다. 인간의 욕망에 대한 철저한 반성과 문명에 대한 저주를 표명하는 것이다. 이후 정연희 소설에서 인간의 욕망은 인간과 신 사이의 관계를 파괴하고 세계를 비극으로 몰아넣은 죄의 원천으로 지목된다. 자아의 주체성 수립의 긍정적 자원이었던 인간의 욕망이 신의 명령을 거부하고 자신의 욕망대로 세계를 건축함으로써 양자의 관계를 파괴한 궁극적 죄의 원천으로 비판되는 것이다[2].

그런데 이러한 극적인 회심에서 주목할 만한 것은 그것이 '윤리의 내면화'로 나타났다는 것이다. 초월적이고 엄격한 당위적 윤리를 자기화하는 것인데 사랑, 화해, 용서를 통한 기독교의 포용성보다는 '금지한 것을 하는 것에 대한 징벌'이 정연희 기독교 소설의 핵심적 내용이 된다. 따라서 초자아적 윤리와 초월적 상징에 대한 복종이 강조되는데 심리학적으로 볼 때 내면화는 자아의 생존을 위한 조정 메카니즘이라는 점에서 좀 더 섬세하게 들여다볼 필요가 있다. 즉, 자아는 자기의 욕망과 반대된다 할지라도 사회를 지배하는 강력한 힘 곧 상징 기표가 요구하는 방식대로 그것을 받아들임으로써 상징 기표와의 불편한 관계를 피하고 스스로를 보호할 수 있게 된다 (윌슨 21-59). 물론 이러한 관계는 욕망의 억압을 전제로 하기에 영속적일 수 없고 어느 순간 분노가 폭발하면서 죄의식으로 전이되지만 최소한 죄의식으로 인한 자아 해체의 위험은 일차적으로 피할 수 있다. 윤리를 내면화하면서 하지 말라야 할 것에 대한 당위적 명령을 내면에 구조화하는 것이다. 이러한 과정에 기독교적 윤리와 초월적 신의

---

2) 작가가 기독교 신앙을 갖게 된 계기는 개인적인 경험이 중요하게 작용했을 것으로 추정된다. 불행한 결혼과 이혼, 재혼과 불륜사건, 억울한 송사사건 등으로 이어지는 연속된 고통을 겪으며 정연희는 신을 찾고 기독교에 귀의하게 되는데 엄격한 윤리와 정언적 논리 프레임을 가지고 있는 기독교 교리를 쉽게 받아들이기 어려웠지만 거듭된 고통 앞에서 대학시절 권유받았던 신을 부르게 되고 그것에 의지하면서 또 실제로 문제가 해결되는 체험을 하면서 그녀는 신에 대한 전폭적인 순종을 다짐한다.

정언적 명령은 자아의 언어로 언표화된다. 신의 시각에서 세계를 통찰하고 판단하는 것인데 그럼으로써 정연희 기독교 소설은 이전의 내면응시의 고립된 자의식에서 벗어나 엄중한 윤리적 잣대로 사회를 통찰하고 세계의 부정을 고발하는 '사회성'을 적극적으로 표명하게 된다.

그렇다고 이시기 정연희소설이 동시기 실천소설들처럼 특정 이데올로기나 정치적 관점에 기반한 사회적 윤리성을 표명하는 것은 아니다. 정연희가 초점을 맞추고 있는 것은 바로 '죄'를 밝혀내고 처벌하는 것인데 죄란 인간의 욕망과 그것이 만들어낸 문명 전체가 된다. 따라서 이데올로기나 정치적 실천도 욕망이 만들어낸 인위적 생산물이라는 점에서 모두 죄에 속한다. 그것으로 인해 신이 만든 세계의 순결성이 훼손되고 유토피아적 완전성이 파괴되었으면 궁극적으로 신과 인간의 관계가 단절되었다고 보는 것이다. 죄에 대한 기독교의 일반적 시각을 공유하는 이러한 관점에서 인간의 욕망이 산출한 어떠한 것도 선한 것은 없으며 문명은 철저히 부정해야 할 대상일 뿐이다. 이러한 이유로 정연희 기독교 소설은 탈이데올로기적, 비정치적 특징을 보여준다. 이데올로기나 정치성이 옹호되기는커녕 인간이 만들어낸 대표적 문명의 산물로, 인간성을 훼손하는 탐욕적 권력 장치로 비판되는 것이다.

정치권력과 이데올로기에 대한 비판은 당대 현실에서 볼 때 상당히 위험한 발언의 수준까지 높은 정도로 이루어지며 알레고리적 장치를 통해 간접화의 전략을 구사하기도 한다. 「난장이 나라의 조종사」는 가난하지만 평화롭게 지내던 귀난장이와 코난장이 나라가 축구시합을 계기로 경쟁관계에 돌입하게 되면서 보여주는 인간의 물질주의적 속물성과 제국주의 대국의 탐욕성을 비유적으로 고발하고 있다. 단순한 축구시합에서의 경쟁심은 공격적 폭력성으로 전이되고 결국 전쟁으로 이어지는데 이기기 위해 대국(大國)에서 수입한 비행기를 조종할 조종사를 찾지만 이들이 한결같이 '돈의 해일(海溢)에 밀려 제정신을 잃고 밀려온 조난자'처럼 돈을 요구해 난장이나라들도 파탄을 하게 되고 조종사들도 죽게 된다는 것이다. 여기서 개인의 물질주의적 탐욕성은 물론 대국의 자국중심적 경제논리도 냉엄하게 고발된다. 양국이 더 이상 전쟁을 수행할 수 없을 정도로 재정이 고갈되자 그제야 점잖은 듯 전쟁을 말리며 평화보장위원회를 구성하는 대국들의 행태를 '고철이 된 자국의 헌 무기를 팔아치운 후 싸움을 말리는' 것이라고 예리하게 통찰하고 있는 것이다. 경제적 이해의 논리가 미국과 소련으로 양분된 이데올로기 냉전체제의 진정한 내용임을 간파하고 비판한 것으로 미국을 포함한 이러한 비판은 당대 정치적 상황에서 보면 이례적일 정도로 과감한 비판의 수위를 보여준다. 정치권력에 대한 비판은 상당히 집요한데「소만도 못한 자식」에서는 식민지시기와 해방의 혼란한 정국을 통과하면서 이데올로기적 쟁투가 개인의 삶에 끼친 폭력성을 냉소적으로 비판하고 있다. 자연의 섭리에 순응하며 우직하게 생존의 삶에 충실한 농사꾼이 마름의 아들을 학교에 데려다 주기 위해 원치 않는 학교를 함께 다니지만 '민족'을 모른다는 이유로 무시당하고, 또 한국전쟁 시 자기와 가족의 생존을 위해 산사람이 준 편지 전달을 하다 걸려 이북의 협력자라는 죄명으로 25년간의 옥살이를 하고 나오는 이야기를 통해 사회주의는 물론 자유주의로 명명된 남한 정권의 정치이념과, 나아가 1970년대 지식인의 화두였던 '민족'까지를 비판하고 있다. 인간의 욕망에 의해 만들어진 정치적 이념이 위선성과 폭력성을 내장하고 있음을 통분의 시선으로 고발하고 있는 것이다. 여기에서 이념은 신의 의지가 투사된 '자연'과 대립된 '인공적인 것'으로 질타된다. 정치와 이념에 대한 비판은 당시로선 금기와 같았던 반공법의 모순을 지적하는 과감성을 보여준다. 오래전 월북한 동기들로 인해 비자가 거절당한 대학강사가 자신과 오빠의 처지를 울분의 시각에서 고발하고 있는「중음신」에서 작가는 반공법과 연좌제의 부당성을 과감하게 문제시하고 있다. 특출한 재능을 가진 언니와 오빠가 월북한 후 당국에 의해 가족들이 겪어야 했던 인간성의 훼손과 좌절, 그리고 자유를 통제당한 고통 등이 다양한 에피소드를 통해 제시되면서 이데올로기 검열의 폭력성과 그에 대한 항의가 적극적으로 나타나고 있는 것이다. 작품은 남한 정치권력을 일차적으로 고발하고 있지만 월북한 동기들에 대한 원망도 분명히 표현함으로써 좌익과 우익을 포함한 이데올로기 자체에 대한 혐오감을 나타내고 있다.

훼손된 세계에 대한 혐오감은 작품에서 '더러움'의 이미지로 응축되는데 더러움은 도덕적 추상화를 통해서는 물질주의적 타락으로 나타나지만 물리적 세계의 훼손과 접속되었을 때는 생태학적 관심으로 발현된다. 과잉 생산된 물질과 탐욕적 욕망의 부산물, 그리고 그로 인한 환경오염을 울분의 시선으로 고발하면서 정연희 기독교 소설의 중요한 한 축은 환경 문제에 자연스럽게 할애되고 있다. 「2천년의 독백」은 개발의 논리로 파헤쳐지고 오염된 환경에 대한 고발을 지식인 노인의 시선에서 제시하고 있다. 은퇴한 노인이 도시를 떠나 주말마다 농장을 찾아가지만 개발의 논리로 그것마저 사라지고 망연해 한다는 이야기다. 대기와 수질, 토지에 이르기까지 자연 전체가 남김없이 검은 기운으로 덮여 깨끗함이 사라졌음을 반복적으로 고발하고 있다. 깨끗함과 순결성은 여학생들의 흰색칼라에서밖에 찾을 길이 없고 위로와 희망을 찾을 곳은 어디에도 없음을 비극적으로 증언하고 있다. 세계의 비극성은 마지막 장면의 선술집 사내의 죽음에서 확정적으로 봉인되는데 아픈 딸에게 백조를 보여주겠다며 마지막 구원지로 남겨둔 호수를 찾아가지만 검은 오수로 오염된 호수에는 백조가 없었고 그래도 삶을 아프게 긍정하며 살고자 했던 그마저 교통사고로 죽게 됨으로써 세계는 완전히 비극성으로 지배된다. 작가는 노인집 위층에서 매일 저녁 가구를 끌고 다니며 미안함을 눈물로 호소하는 광녀의 눈물에서 마지막 위로를 찾음으로써 광인밖에 살 수 없는 현실의 황폐함을 끈질기게 파헤쳐 철저히 고발하고 있다. 인간의 욕망이 자연을 개발하고 문명을 생산하지만 결국 그것은 인간성 상실의 황폐함과 오염을 만들

뿐이라는 것을 반복적으로 확인시키고 있는 것이다. 선의의 공간은 없고 어두움에 압도된 세계의 비극성만이 정연희 소설을 지배하고 있는데 이러한 과정에서 인간의 문명과 행위, 이데올로기 등을 철저히 공격하고 질타하는 것, 그것을 통해 어두움을 확인시키는 것, 그것이 바로 정연희 소설이 추구하는 기독교 윤리성이자 종교적 실천의 내용이 된다.

작가의 대표작인 『난지도』에서도 더러움으로 표상되는 물질주의적 문명과 도덕적 타락이 공격되고 있다. 『난지도』의 경우 희망을 발견할 수 없는 군상들의 비극적 참상을 분노와 울분으로 그리고 있다. 그것은 마치 1980년대 한국 사회에 대한 가장 최대치의 고발이라 해도 과언이 아닐 정도로 정치, 경제, 교육, 문화는 물론 심지어 기독교 목사의 타락까지를 실명에 가깝게 고발하며 질타하고 있다. 뜨겁게 내리쬐는 불볕더위 속에서 쓰레기 더미를 뒤지는 사람들에게까지 도사리고 있는 욕망과 부패성, 그리고 패악과 폭력성을 철저하게 파헤쳐 보임으로써 소설은 마치 죄를 징벌하는 카니발적 제의를 수행하는 것처럼 보인다. 그럼으로써 정현기의 올바른 지적처럼 '문명비판의 소설적 진술이자 예언적인 요소가 강렬한 현장폭로'를 보여준다(정현기 283). 정연희 기독교 소설은 단순한 사회비판과 고발을 넘어 어둠을 표상하고 종말을 예언하는 묵시론적 역할을 수행하고 있는 것이다.

3. 죄의식의 모순적 구조 : 강박적 죄의식의 증후와 억압된 욕망의 항의

그렇다면 이러한 죄의 고발과 징벌을 통해 신과의 갈등은 사라지고 궁극적 화해와 합일에 도달했을까. 이와 관련하여 먼저 외부 대상의 죄를 고발하고 질타하는 윤리성이 작가 자신의 죄의식과 깊게 결부되어 있음을 인지할 필요가 있다. 세상의 죄를 보고도 그것을 말하지 않으면 자신의 죄가 된다는, 신의 윤리를 대행하는 자로서의 절박함과 양심적 신앙인의 의무감이 작가를 압박하고 있는 것이다.

그들이 보지 못하는 것을 나만 보게 된다는 것이 두려웠다. 그들이 듣지 않으려는 소리를 나만 혼자 듣게 된다면 그건 큰일이라고 생각했다. 그들이 말할 줄 모르는 것을 나만 말하게 된다면 그건 안될 일이라고 판단했던 것이다.

새로이 열린 귀가 있어 새로운 소리를 듣게 된다면, 그는 새로운 말을 하지 않으면 안된다. 새로이 뜨인 눈이 있어 새로운 것을 본다면, 그는 새로운 사실을 증거하지 않으면 안되는 것이다. 그러나 그가 입을 열어 증거를 해야 할 대상이란, 아직도 귀가 열리지 않고 눈이 뜨이지 않은 상대들인 것이다.

남보다 먼저 비밀을 알게 되는 일은 하나의 멍에다. 그 비밀을 말해야 한다는 것은 땅 위에서의 형벌이다. (「사람들의 都城」 205)

나는 그것을 지켜보면서 입을 열었다.

사람들이 만든 도성(都城)에서 취(醉)하지 않으리라. 그 성을 사랑하여 혼(魂)을 빼앗기지 않으리라. 그 성에 마음을 두지 않으리라. 그 성을 떠날 때에 뒤돌아보지 않으리라. 사람들이 만든 도성에 뿌리를 내리지 않으리라. (「사람들의 都城」 206)

'도성에 취하지 않으리라,' '혼을 빼앗기지 않으리라'는 선언에서 쾌락과 욕망을 추구하는 삶을 거부하겠다는 단호한 의지가 드러난다. 윤리적 염결성 속에서 산출된 금욕적 의지가 공포감 속에서 나타나고 있는 것이다. 나아가 죄를 증언해야 한다는 의무감에 강하게 사로잡혀 있음을 확인할 수 있다. 신의 목소리를 대언할 수밖에 없다는, '그렇지 않으면 벌을 받을 것'이라는 죄의식이 강박적으로 작가의 의식을 압박하고 있음을 발견할 수 있다.

그런데 이러한 강박적 죄의식은 이면에 신에 대한 항의를 모순적으로 내재하고 있다는 점에서 문제적이다. 처벌의 공포란 처벌을 수행하는 주체에 대한 자아의 항의, 곧 신의 뜻에 대한 배반의 의지를 모순적으로 내포하고 있기 때문이다. 죄의식과 욕망의 관계를 종교적 관점에서 분석한 앙투안 베르고트(Antoine Vergote)는 내면화된 금지가 사랑 안에 선천적으로 내재한 공격성을 강화시키며 그 공격성을 억압하면 그것은 상징적으로 율법적 질서를 대표하는 대상에 대한 미움으로 변환되는데 이 미움의 감정을 지배하기 위해 율법을 극단적으로 철저하게 지키려는 행위로 나타난다고 한다. 초월적 상징의 당위적 금기에 의해 억압된 자아가 그것에 대한 항의를 갖게 되지만 그로 인해 다시 처벌의 공포를 느끼면서 더욱 철저한 순종을 행하게 되는 것이라는 것이다(107-45). 따라서 신에 대한 강박적 순종과 사랑은 심리적 차원에서 보면 신에 대한 항의의 역설적 표현이라 할 수 있다. 사랑과 미움, 순종과 항의의 갈등에서 미움과 항의가 억압되고 처벌을 모면하기 위해 더욱 철저한 순종을 보여주는 것이다. 결국 정연희 소설에 나타나는 공포감을 동반한 죄의식은 욕망의 억압을 보여주는 '증후'라 할 수 있으며 미움과 사랑, 순종과 항의의 이율배반적 갈등이 그것에 깊게 구조화되어 있는 것이다.

정연희 소설에 특징적으로 나타나는 고압적 감정들은 모순적 억압을 보여주는 대표적 증후들이다. 사회의 부정상을 고발하는 정연희 소설에는 분노, 공포, 불안의 정서들이 특징적으로 나타난다. 서사적 거리를 침해할 정도로 작가의 감정이 서술 대상에 투사되어 있는 것인데 대상을 질타하는 분노, 불안, 공포가 일반적인 정서적 개입의 정도를 넘어 작품의 의도와 논리를 균열하는 데까지 나아간다.

> 쓰레기들, 인간 쓰레기들, 시간을 쓰레기로 만드는 것들, 한 몸뚱아리를 위해 버리게 되는 이 엄청난 물, 고급 양복지를 싹둑거려 옷 만들고 또 만들면서 흩어져 없어지는 옷감, 배 터지게 먹어 본대야 제 위(胃)

주머니나 남의 것이나 다를 바 없겠건만 끼니마다 산해진미 차리면서
다듬어 버리게 되는 그 많은 음식찌꺼기 . . . 그리고 이웃의 마음을 상하
게 만드는 허세나 꾸밈이나 과시, 고급스러운 인간이라고 자처하는 자
일수록 쓰레기를 엄청나게 만들어 내는 쓰레기 제조기 같은 존재다.
　　쓰레기들, 인간 쓰레기들. (『난지도』 56)

　『난지도』에서 무절제한 인간의 욕망과 그에서 발생된 쓰레기의 배출
을 질타하고 있다. 단순한 지적이나 고발을 넘어 '배 터지게,' '몸뚱아리,'
'쓰레기 제조기,' '인간쓰레기'와 같은 격한 감정적 수사를 동원하여 분노
를 표현하고 있다. 부유한 사람들의 경제적 탐욕성이나 허세는 1970년대
산업화 과정에서 나타난 주요 모순으로 여러 작가에 의해 비판되었지만
이처럼 작가의 분노가 대상에게 직접 투사되어 표출되는 경우는 흔치 않
다. 이러한 분노는 정연희 기독교 소설의 중요한 미적 특징이 되면서 항
의하는 욕망의 존재를 입증하는 증후가 된다. 죄의식의 문제를 심리학적
각도에서 논구한 얼 윌슨은 분노는 어느 경우든 죄의식과 깊은 관련을 맺
고 있으며 죄의식을 가리는 위장이거나 도피라고 규정한다(51). 죄의식이
해결되지 않고 오랫동안 지속되면 사람들은 살아남기 위해 자신도 알지
못하는 사이에 자신을 향하던 비난을 멈추고 다른 사람을 비난하고 의심
하는데 외부대상을 처벌함으로써 죄의식과 그로 인한 공포로부터 피할
수 있게 된다고 한다. 결국 정연희 작품에 지속적으로, 또 특징적으로 나
타나는 분노의 감정은 죄의식이 외부에 '투사'된 것으로 볼 수 있다. 율법
과 금기를 지키려는 과정에서 발생하는 과도한 욕망의 억압과, 그로 인한
분노를 외부대상에 전이시켜 죄로 응징하는 것이다. 분노는 순종과 항의
의 이율배반적 갈등이 치열할수록 강하게 나타나는데 정연희의 경우 신
의 윤리를 실행하려는 신앙적 신실성이 강했기 때문에 죄의 투사와 그로
인한 분노의 강도 역시 높게 나타났다고 볼 수 있다.
　공포와 공격성 역시 강박적 죄의식의 중요한 증후로 정연희 작품에서
순종과 항의의 모순적 갈등을 읽어낼 수 있는 또 다른 지점이다.

그러나 내가 발견한 광경은 안도(安堵)나 감격이 아니라 또 하나의 공포였다. 어둠 속에서 사막의 지평(地坪)은 타고 있었다. 백색의 불빛으로 띠를 두르고 시퍼런 기운을 내뿜으며 타고 있었다. 오오, 그것은 경이(驚異)가 아니라 두려움이었다.

저것은 하늘의 끝부분일까 땅의 끝부분일까. 하늘과 땅이 잘못 만나 서로 싫다고 내뿜는 불길일까. 나는 지평이 이런 빛으로 타는 것을 구경한 일도 없었고 말로 들어본 일도 없었다. 그것은 냉혹(冷酷)한 힘으로 작렬(炸裂)하여 퍼진 시퍼런 불길이었다. (「사람들의 都城」 207)

환락의 도시로 라스베가스를 보고 그에 대한 비판을 격한 감정으로 표현하고 있다. '시퍼런 기운,' '내뿜는 불길,' '냉혹한 힘의 작렬' 등의 수사에 나타나는 것처럼 도시에 대한 객관적 묘사나 설명이 아닌 서술 자아의 감정적 투사에 의한 공격성이 주를 이루고 있다. 서사적 비판의 정도를 넘어선 것인데 이러한 감정은 마지막에 '두려움'으로 응축된다. 이러한 공포는 대상 즉 물질주의적 쾌락에 대한 처벌 때문이라고 보기는 어렵다. 그것은 당연히 처벌받아야 할 대상일 뿐 그로 인해 고압적 공포감이 불러일으켜지지는 않는다. 여기에서 공포는 대상에 대한 처벌의 공포가 아닌, 오히려 서술 자아가 처벌을 받을 것에 대한 공포 즉, 신으로부터 자신이 처벌받지 않을까하는 것에 대한 감정적 반응이다. 즉, 신의 명령을 배반하려는 욕망에서 비롯된 자아의 공포가 표현된 것이라 할 수 있다. 당위적 율법과 금기의 내면화가 자아의 반항을 낳고 그로 인한 처벌의 공포를 다시 방어하기 위해 외부로 공포감을 전이시켜 표출한 것이라고 볼 수 있다. 따라서 정연희 소설에 특징적으로 드러나는 공포와 분노는 기독교적 윤리의식을 실현하는 신의 목소리의 대언이라고 보기 어렵다. 오히려 그것은 신에 대한 항의를 암묵화시킨 인간의 목소리가 표출된 것이라 할 수 있다. 윤리적 검열로 인해 논리적 언어로 텍스트에 표현되기 어려운 항의가 비논리적 언어로 표출된 것이다. 결국 공포, 불안, 분노는 정연희 소설의 문학성을 구성하는 가장 중요한 미학적 특징이라 할 수 있다. 그것은 작가의 소설이 종교적 목적성만을 근간으로 한 전교소설이 아닌, 인간의 성찰과 고뇌, 그리고 순종과 항의 속에서 생산된 역동적 긴장의 산물임을 보여주는 가장 분명한 증표이기 때문이다.

이외에도 과도하다 싶을 만큼 작은 죄도 허용하지 않은 지나친 철저함, 끝까지 그것을 추적하는 집요한 세밀함 역시 강박적 죄의식의 표현이라 할 수 있다. 그것은 한국 산업화 사회의 부패와 타락을 고발한 『난지도』에서 가장 표나게 드러난다. 작품은 교육받은 사람이나 받지 않은 사람, 기독교 인과 무종교인, 젊은이와 노인, 자본가와 최하층의 막벌이 일꾼을 가리지 않고 세계에 속한 '모든' 인간을 물질주의적 탐욕성에 물든 '죄인'들로 질책 하고 있다. 따라서 비극적 세계인식에 압도되어 유토피아적 가능성은 거의 발견되지 않는데 이전 작품들에 비해 상대적으로 임정기, 나래궁선생님, 향이엄마 등을 통해 일말의 희망을 투입하려고 하지만 비중이나 설득력이 약할 뿐만 아니라 작위성으로 인해 희망의 부재에 대한 절망감이 역으로 더 강하게 전달될 뿐이다. 신의 율법과 금기를 지키려는 강박적 시도가 죄에 대한 용서나 희망의 가능성을 가열하게 누르고 있는 것이다.

「2천년의 독백」 역시 신이 만든 세계의 아름다움이 인간의 욕망에 더럽혀졌음을 반복적 에피스도를 통해 철저하게 고발, 응징하고 있다. 특히 마지막에 구원의 낙원으로 기대했던 호수마저 훼손되고 백조가 죽음으로써, 또 희망을 구현한 마지막 인물인 선술집 남자가 비참하게 죽음으로써 인간 세계에 대한 일말의 용서나 희망도 삭제하는 철저한 응징을 행하고 있다. 반복적인 에피소드의 중첩을 통해 '죄'를 고발하고 처벌하는 정연희 소설의 서사는 새로운 의미를 향해 열려진 미래와 희망을 찾기보다 이미 확정된 의미를 집요하고 철저하게 수행하며 강화시키는 특징을 보여준다. 당위적 윤리를 빈틈없이 수행하려는 강박성이 서사 구성에 나타나는 것으로 이를 통해 윤리의 억압성과 욕망의 흔적을 역으로 읽을 수 있다.

이와 함께 정연희 작품에 빈번히 나타나는 비체적 표현들 역시 억압된 욕망이 표출된 비언표적 증후라 할 수 있다.『난지도』곳곳에 선명하게 나타나는 죽음, 시체, 방화, 수간에 가까운 성적 행동들, 또 욕설과 폭력, 그리고 육체적 상해에 의한 피 등은 기독교 윤리가 전달하려는 순종, 순결함, 사랑 등의 도덕적 삶의 이상과는 이반된다. 언표화된 작품의 논리는 순결한 기독교 윤리를 이야기하려고 하지만 텍스트 곳곳에 나타나는 이러한 불결한 표상들은 의미를 균열시키며 순종의 의도 이면에 불순종의 욕망이 모순적으로 공존함을 웅변하고 있다.「사람들의 都城」에서도 작품 전체에 흩어져 있는 성적 이미지들과 화재, 죽음과 시체들 역시 윤리적 메시지의 엄숙성을 스스로 깨드린다. 논리적 언어로 언표화되어 있지는 않지만 이러한 비언표적 증후들은 텍스트의 논리적 의도와 메시지를 균열시키며 성스러운 신의 윤리에 억압된 인간의 욕망과 그 항의를 미학적으로 표출하고 있다.

위를 통해 볼 때 정연희 기독교 소설이 기독교 윤리를 실천하는 종교문학의 특징을 구현하고 있다는 것은 기본적으로 맞는 지적이지만 그렇다고 신의 정언적 명령을 갈등 없이 대언하는 전교소설이라고 보기는 어렵다. 정연희 소설의 종교성은 신에 대한 순종과 인간의 욕망 사이에서의 치열한 갈등을 통해 산출되고 있으며 미학적 특징을 구성하는 공포, 분노, 처벌, 그리고 비극성 등은 그러한 모순적 갈등의 치열한 고민을 보여주는 증후라 할 수 있다. 신실한 신앙인의 의지를 강하게 견지하고 있었기에 오히려 강박성의 증후들이 표나게 표출된 것이라 볼 수 있으며 따라서 그것이 작가의 신앙적 진정성을 훼손하는 것이라 보기 어렵다. 오히려 그것은 문학적 자아와 기독교의 신앙인 '사이'에서 정체성을 구성하며 글쓰기를 해야 하는 작가적 성찰의 결과로서 기독교 소설의 문학성을 입증하는 중요한 증표라 할 수 있다.

4. 억압과 항의의 역학, 기독교와 여성

그럼에도 불구하고 정연희 소설에 죄의식의 강박성이 유독 강하게 나타나는 것은 눈여겨 볼 부분이다. 기독교는 율법의 종교라 할 만큼 금기가 발달되어 있고 또 야훼 하나님이 부권적 호명을 통해 인간적 정체로 나타남으로써 신 앞에선 인간은 자신의 결핍을 죄로 인정할 수밖에 없다. 따라서 죄의식은 기독교에 있어 피할 수 없는 정황이라 할 수 있지만 그러나 동시에 죄에 대한 구원을 뚜렷하게 제시하고 있다는 점 또한 여타 종교와 기독교를 구별케 하는 분명한 차이점이다. 메시아를 통해 죄의식보다 더 분명하게 죄와 죄의식으로부터의 구원을 마련해놓고 있는 것인데 신과의 화해는 이러한 죄의식으로부터 벗어났을 때 비로소 가능한 것이라 할 수 있다. 그렇다면 강박적 죄의식이 전면적으로 노출되고 화해와 용서, 사랑과 구원이 상대적으로 미약한, 그러한 정연희 소설의 죄의식의 특성은 어떻게 이해할 수 있을까.

어느 한 가지 이유로 이를 해명할 수는 없지만 먼저 신에 대한 작가의 종교적 인식을 살펴볼 필요가 있다. 정연희 소설에서 신은 무시무시한 전제자, 초월적 지배자로 인지된다. 전능할 뿐만 아니라 무소부재한 존재로서 그의 시각이 미치지 않는 곳이 없어 어느 곳에 있든 죄를 피할 수 없다. 인간은 그러한 신의 뜻에 따라 세상에 '내던져진' 존재로 오직 뜻에 순종해야 할 '의무'만이 있다고 보는 것이다. 이러한 신관에 의하면 인간의 욕망과 자율성은 무의미하거나 그 자체로 죄가 되는데 그것은 신과의 관계를 깨뜨리는 오만일 뿐이라고 이해되는 것이다.

사람에게는 그렇게 많은 것이 주어졌었다. 그것은 주어진 것들이었다. 주어졌고, 주어진 것을 누리도록 허락되었었다. 그러나 받은 자로서 누리도록 되어 있는 권리에는 약속이 전제되어 있었다.

그것은 하나의 관계가 형성된 것이고 관계란 질서를 의미하는 것이 기도 했다.

사람은 이렇게 받은 자로서 준 자와의 관계위에 서게 되었고, 받은 자의 위치에서 그 주어진 것과 무수한 관계를 맺어가지 않으면 안 되었다.

사람은 그 질서의 선봉자(先鋒者)가 되어야 하고 모든 질서의 주인이 되어야 하건만, 미처 땅에 충만하기도 전에 질서를 깨뜨리는 파괴자가 되고 말았다. (「사람들의 都城」 210)

신은 창조자, 지배자, 다스리는 자로, 인간은 피지배자, 순종자로 고유의 위치가 설정돼 있다. 상-하의 위계적 위치로 관계가 고정되어 있는데 작가는 이를 자연적 '질서'라고 보는 것이다. 곧 '진리'라는 것인데 따라서 인간에게 신은 복종의 의무만이 강조되는 초월적 존재인 것이다. 죄란 바로 이 질서를 깨뜨리는 것으로 결국 이러한 논리를 통해 신의 뜻은 거부할 수 없는 명령이 된다. 결국 이처럼 위계적, 권위적, 명령 관계로 신과 인간의 관계가 설정되고 처벌하는 주체로만 신이 인지됨으로써 정연희 소설에서 구원과 화해의 전망보다 처벌의 공포가 강박적으로 나타나게 된 것이라 할 수 있다.

그런데 이를 개인적 체험과 관련하여 세밀하게 들여다보면 신에 대한 이러한 인식이 성적 차별의 체험과 연결되어 있음을 볼 수 있다. 정연희는 가족의 기대를 한 몸에 받았던 오빠의 돌연한 죽음 뒤 바로 태어난 여자 아이였다. 출생부터 축복보다 실망과 원망의 시선 속에서 났고 자란 것인데 '오래비 잡아 먹고 태어난 아이'라는 질타와 할머니의 지속적인 냉대 속에서 성장하면서, 그리고 존재감이 없는 아버지와 궁핍한 가족으로 인해 그녀는 집을 보호와 안정의 처소가 아닌, 탈출과 비참의 공간으로 인식하게 된다. 또 아버지는 그녀의 성장이야기에 나타나지 않을 만큼 존재감이 지워져 있다.[3] 초자아를 형성하는 아버지의 기표가 비어있는 것

---

3) 정연희는 가족과 가정에 대한 사랑의 추억을 거의 이야기하지 않는다. 결혼도 가족

인데 부재한 아버지의 기표 자리에 기독교적 아버지가 대신 들어서면서 더욱 강박적으로 그것에 집착하고 그 명령을 따르게 된 것이라고 추정할 수 있다. 아버지가 비워 놓은 공간을 전능하신 아버지가 담당하게 된 것으로 초자아의 기능을 대신하게 된 아버지가 심판관이자 전제자로 나타나게 된 것이라 할 수 있다.[4]

여기에 정연희가 기독교를 수용한 1960, 70년대 한국 기독교 담론이 보여준 보수성 역시 죄의식을 강화시킨 요인이라 볼 수 있다. 1960년대 이후 기독교는 한국여성의 정체성 형성에 중요한 작용을 하는데 서구/근대의 표상으로서 집단적 계몽 지식의 내용으로 습득되었던 개화기와 달리 1960년대 이후 기독교는 개인적 '신앙'으로 내면화되면서 여성의 가치관 형성에 심대한 영향을 끼치게 된다. 특히 여자대학 등의 고등교육기관을 통해 여성 교육이념으로 내세워지면서 기독교는 여성을 훈육하는 이념이자 내면 구성의 기제로서 지식인 여성의 의식에 중요한 역할을 하게 된다. 그런데 이러한 과정에서 기독교 담론은 당대 가부장적 담론들과의 길항과 통합을 통해 성차별적 성향을 보여주게 된다. 교회 내에서 여성의 지위와 역할을 남성보다 하위에 위치시키는 위계화된 성역할을 시행하는 한편 유교의 현모양처이데올로기를 수용하여 여성을 남성의 보조자이자 가정 내 어머니로서만 인정하는 억압적 논리를 주장했다. 또 교육이념에 있어서도 남성에게는 전문성과 사회적 능력을 강조했던 것과 달리 여성에게는 인내, 봉사, 헌신 등의 자기희생적 정신성을 강조함으로써 억압적 내면을 구성하는 원인이 된다. 차별성은 성에 대해서 더욱 강하게 나타났

에게서 도피하고자 하는 목적에서 혼자 쉽게 결정했고 그 후 결혼생활의 불행을 도피적 선택에 의한 자신의 잘못이라고 말할 정도로 가족과 가정은 그녀의 의식에 큰 의미를 갖지 않는다. 이에 관해서는 정연희, 「나는 왜 크리스천인가─절망의 나락에서 울부짖었다. 하나님! 하나님!」, 『국민일보』, 2006, 18; 정연희, 『나는 지금 어디에』, 앞의 책, 195-250 참조.

4) 베르고트는 강박신경증자에게서 하나님이 전제적인 심판자로 나타난다는 사실에 주목하면서 사람들이 무시무시한 하나님 상을 만드는 것은 아버지의 상징이 없을 때라고 말한다(베르고트, 124-28).

는데 종족보호를 위해 '외도'까지도 관대하게 승인했던 남성의 성에 대한 인식과 달리 여성에게는 순결을 강조하며 그것의 상실을 용서받지 못할 치욕과 '죄'로 낙인찍는 엄격한 잣대를 적용하였다. 기본적으로 여성의 육체와 성을 죄와 긴밀하게 연결시켜 통제하였던 것인데 이러한 과정에서 여성의 내면이 억압적으로 통제되었다고 볼 수 있다[5]. 1960년대 이후 기독교는 여성에게 해방의 기제로서보다는 내면을 통제하고 규율하는 억압적 윤리로 작용했다고 볼 수 있는데 죄의식은 이러한 억압적 내면 구성 과정에서 형성되었다고 볼 수 있다.

4. 맺으며 – 신의 윤리와 인간의 욕망, 사이에선 종교/문학

본고는 정연희 기독교 소설을 대상으로 작품에 나타난 죄의식의 구조와 내용을 살펴보았다. 정연희는 1970년대 이후 대표적인 기독교여류소설가로 지목되면서 그의 소설은 기독교 교리를 전파하는 목적성 하에 창작된 전교소설로 규정되어왔다. 그러한 이유로 문학적 해명이나 평가는 거의 이루어지지 않았는데 본고는 이러한 기존의 이해에 문제를 제기하며 정연희 소설의 죄의식의 구조를 분석함으로써 신의 뜻과 인간의 욕망이 작품에 모순적으로 공존하고 있음을 해명하고자 하였다. 여기에서 주목한 것은 작품의 외피에 언표화된 논리적 주장 이면에 놓인 비언표적 증후들로서, 정연희 소설에 특징적으로 드러나는 불안, 공포, 분노, 그리고 다양한 비체적 표현들이 당위적 윤리에 대항하는 자아의 욕망을 암묵화시키고 있음을 해명하였다.

---

5) 해방 이후 기독교 여성교육에 관해서는 주선애, 「광복 이후의 기독교 여성운동」, 『여성; 깰지어다, 일어날지어다, 노래할지어다. – 한국기독교여성100년사』, 한국기독교백주년사업단여성분과위원회편 (서울: 대한기독교출판사, 1985), 181-218; 이효재, 「한국 교회 여성 100년사」, 위의 책, 7-71; 임희숙, 「한국의 교단 여성사에 나타난 여성교육의 실상과 과제」, 『기독교교육논총』 16 (2004): 65-92 참조.

정연희 소설은 창작 초기부터 신에 대한 강한 자의식 속에서 창작되지만 초기소설들이 신에 대항하는 인간의 욕망에 초점을 두고 인간의 자율적 의지와 주체적 창의들을 옹호한 반면 1970년대 이후 기독교를 신앙으로 수용한 이후의 작품에서는 신의 시선에서 인간의 욕망과 문명을 가열하게 고발한다. 기독교 윤리를 통해 인간이 만들어낸 모든 물질적, 정신적 창의들을 부정하고 질타하는 것인데 이를 '죄'로 응징함으로써 작품전체가 죄의식을 구조화하고 있음을 볼 수 있다. 이들 작품에서 인간의 욕망은 인간과 신 사이의 관계를 파괴한 죄의 궁극적인 원천으로 비판된다. 따라서 인간이 자신의 욕망을 따라 만든 문명 전체가 죄의 결과물로 질타되는데 자연개발을 통해 축조된 도시, 소비적 욕망의 부산물인 환경오염, 물질적 탐욕에 의한 도덕적 타락, 그리고 정치권력의 목적에 봉사하는 이데올로기 등 이념과 물질을 포함한 모든 인위적 생산물들이 신의 뜻을 배반한 죄로 응징된다. 기독교 윤리가 작품에 직접 투입되면서 초월적 신의 시각에서 당위적 논리가 주장되는 것이다. 종교적 권위로 시행됨으로써 당대 소설들에 비해 상당히 과감하고 날카로운 비판과 고발이 이루어지는데 그럼으로써 작품이 기독교 윤리의 실천 혹은 신의 목소리의 일방적인 대언이라는 종교적 목적을 실현하고 있음을 볼 수 있다.

그러나 정연희 기독교 소설에 특징적으로 드러나는 고압적 분노와 울분, 공포와 비탄의 감정에서 기독교 윤리의 실천이라는 작품의 의도를 이반하는 의미를 읽을 수 있다. 이러한 공격적 감정들은 초월적 상징의 윤리에 억압된 자아의 항의가 표출된 비언표적 증후들로서 작품에 언표화된 의도 이면에 그와 모순된 인간의 욕망이 공존함을 보여준다. 대표적인 기독교 소설로 지목되는 『난지도』는 물론 『사람들의 都城』은 인간의 도덕적 타락과 부패, 물질주의적 탐욕과 그로 인해 황폐화된 인간세계를 고발, 비판하는데 여기에서 작가는 서사적 거리를 상쇄하면서까지 반복적으로 대상에 대한 분노를 직접 표출시키고 불안과 공포감을 강하게 노출하고 있다. 대상의 죄를 분노하며 질타하는 이러한 상황은 자아가 자신의 죄의식을 투사한 것이라 할 수 있다. 즉, 신의 윤리에 의해 자아의 욕망이 지속적으로 억압됨으로써 그것에 대한 항의가 나타나게 되는데 그로 인해 다시 죄의식이 발생되고 자아는 죄의식으로부터 스스로를 방어하기 위해 죄를 외부대상에 전이시켜 그것을 공격하고 질타하게 된 것이라 볼 수 있다. 따라서 정연희 소설의 미학적 특징이라 할 수 있는 공격적 정서들은 서술 자아의 죄의식이 표출된 증후라 할 수 있다. 이러한 공격적 감정들 외에도 지나치게 철저하게 죄를 고발하는 집요한 추적, 방화, 간통, 폭력, 시체, 살인 등의 비체들의 빈번한 노출 등을 통해서도 강박적 죄의식의 증후들을 발견할 수 있다. 이는 결국 신의 윤리와 인간의 욕망 사이의 갈등에서 산출된 미학적 특징으로 정연희 소설이 종교적 교리만을 일방적으로 전달하는 종교적 목적소설이 아님을 보여주는 중요한 단서가 된다. 그리고 이러한 죄의식의 증후들은 신의 뜻에 일방적으로 순종할 수 없는 인간적 욕망의 고뇌와 갈등을 보여주는 것으로 이 긴장과 역학이 바로 정연희 소설의 문학적 성과를 산출하는 요인이 된다.

　마지막으로 본고는 정연희 소설의 죄의식이 발생하는 배경을 살펴보았는데 정연희 소설에서 하나님은 사랑과 용서, 구원보다는 권위적, 명령적, 초월적 존재로 군림하며 인간의 생사와 삶의 세밀한 부분까지를 통찰하는 전제적인 존재로 인식되고 있다. 처벌과 응징의 주체로서 공포의 대상인 것인데 이러한 신에 대한 인식은 아버지라는 상징 기표가 부재했던 작가의 성차별적 성장체험에서 비롯된 것으로 보았다. 즉, 정연희의 성장서사에서 아버지가 부재하는데 초자아를 형성하는 아버지가 부재한 자리에 신이 대신 들어오면서 그에 대한 강한 집착과 순종을 보여주게 된 것으로 추정해 볼 수 있는 것이다. 나아가 60년대 이후 한국기독교담론의 성차별적 보수성 역시 이러한 죄의식의 구성에 중요하게 작용했다고 볼 수 있다. 여성의 육체와 성에 대해 억압적 윤리를 강요함으로써 기독교 여성의 정체성에 죄의식이 강박적으로 구조화되는 결과를 낳게 되었다고 보는 것이다.

Works Cited

김현주.「'아프레걸'의 주체화 방식과 멜로드라마적 상상력의 구조」.『한
　　국문예비평연구』22 (2006): 315-35. Print.

베르고트, 앙투안.『죄의식과 욕망』. 김성민 역. 서울; 학지사, 2009. Print.

송인화.「1960년대 연애 서사와 여성 주체—정연희『석녀』를 중심으로」.
　　『한국문예비평연구』25 (2008): 143-75. Print.

_____.「정연희 소설에 나타난 기독교적 상상력과 여성 정체성」.『한국
　　문예비평연구』31 (2010): 151-81. Print.

윌슨, 윌.『죄의식』. 김창대 옮김. 서울: 두란노, 2001. Print.

이효재.「한국 교회 여성 100년사」.『여성: 깰지어다, 일어날지어다, 노래
　　할지어다. —한국기독교여성100년사』. 서울: 대한기독교출판사,
　　1985. 7-71. Print.

임희숙.「한국의 교단 여성사에 나타난 여성교육의 실상과 과제」.『기독
　　교교육논총』16 (2004): 65-92. Print.

정연희.「사람들의 都城」.『한국 7대 문학상 수상작품집』. 서울: 금자당,
　　1982. 154-212. Print.

_____.「난장이 나라의 조종사」.『갇힌 자유』. 서울: 삼익출판사, 1974.
　　243-64. Print.

_____.「소만도 못한 자식」.『갇힌 자유』. 서울: 삼익출판사. 1974. 147-78.

_____.『난지도』. 서울: 정음사, 1985. Print.

_____.「이 우둔한 共犯者여!—女性惡魔論에 부쳐」.『나는 지금 어디에』.
　　서울: 신현실사, 1979. 225-40. Print.

_____.「廢墟 위에서 證言을」.『그대 강가에 나의 등불을』. 서울: 삼익문
　　화사, 1967. 268-87. Print.

정현기. 「濁流, 1980년대의 한 비관적 전망」. 『난지도』. 서울: 정음사, 1985. 277-83. Print.

주선애. 「광복 이후의 기독교 여성운동」. 『여성; 깰지어다, 일어날지어다, 노래할지어다 .―한국기독교여성100년사』. 서울: 대한기독교출판사, 1985. 181-218. Print.

최미진. 「정연희소설에 나타난 여성 주체의 자리매김 방식 연구」. 『한국문학이론연구』 11 (1999): 395-417. Print.

『당신들의 천국』

— 서사구조의 신화 원형연구

기 애 도

1. 들어가는 말

1973년 단행본으로 발표된 이청준의「당신들의 천국」에 대한 기왕의
논의들은 크게 4가지 관점으로 분류 가능한데 첫째 정치적 알레고리를
주제로 보는 해석 둘째, '낙원 찾기' 의식을 주제로 보는 해석 셋째, 등장
인물의 정신분석에 주안점을 둔 해석 4) 서사구조의 분석과 서술기법에
주목한 해석으로 정리할 수 있다[1].

---

* 이 논문은『문학과 종교』제13권 1호(2008)에「『당신들의 천국』에 나타난 서사 구
조의 신화 원형」으로 게재되었음.

1) * 알레고리 해석 — 이상섭,「너와 나의 천국은 가능한가」,『신동아』, 1976. 7; 유경수,
「이청준의 <당신들의 천국> 연구」,『충남대대학원 논문집』23 (2006): 53-66; 김예
진,「이청준 소설에 나타난 권력의 감시체제」:『당신들의 천국』,『소문의 벽』을 중
심으로」, 석사논문, 덕성여자대학교, 2007 등 참조.
* 낙원의식 — 임금복,「한국 현대소설의 죽음의식 연구」, 박사논문, 성신여자대학교, 1996;
이지영,「이청준 소설의 낙원 지향성 연구」, 석사논문, 숭실대학교, 1998 등 참조.

먼저 정치적 알레고리를 주제로 보는 관점은 작품의 배경이 되는 실화―1970년대 이루어진 소록도의 간척사업―를 정치, 윤리적 입지가 취약했던 군사정권의 통치행위와 연계하여 바라본 역사주의적 시각이거나 지배계급과 피지배계급간의 협력과 투쟁이라는 마르크스적 관점으로 본 것이다. 두 번째는 타 작품들과의 연계선상에서 공통적으로 발견되는 작가의식을 도출해 본 시도들인데 "낙원은 어디에 있으며, 낙원은 어떠해야 하는가"[2]라는 물음이 작품의 내적 동인이라는 것이다. 이 물음은 낙원 성립의 요인으로 '사랑과 자유'를 주장하는 기독교적 개념을 포함한다.

세 번째는 등장 인물간의 관계와 성격의 다성성을 라깡의 이론을 빌려 심리학적으로 접근했는데 이는 다각도의 주제와 관점을 함축하고 있다. 마지막으로 서사구조와 서술기법에 대한 연구들은 작품내 공간과 시간의 배치. 인물 대립과 서술기법에 주목하고 있다[3].

그러나 본고는 「당신들의 천국」의 서사구조 안에서 '낙원의식'과는 별도로 신화서사의 주요 담론인 '영웅의 탐색'이 내재함을 발견하고 그 타당성을 살펴보기로 했다. 따라서 다음 글의 전개는 1) 텍스트와 유사한 모티브 및 서사 구조를 포함하고 있는 신화들을 선정하여 비교 모델을 추출한 다음 2) 모델 신화의 서사구조에 설화 도식을 적용. 검토한 후에 3) 공통적으로 내재되어 있는 영웅의 탐색과정을 비교. 분석하고 4) 신화가 소설로 변환하는 과정을 살펴보기로 한다.

---

* 인물분석―조성희, 「이청준의 <당신들의 천국>속 자유주의 담론연구」, 석사논문, 건국대학교, 2005; 유인숙, 「이청준 소설 연구」, 박사논문, 성균관대학교, 2005; 이재헌, 「이청준 소설에 나타난 작가의식의 변모양상 연구」, 석사논문, 계명대학교, 1995 등 참조.
* 서사구조― 서수산, 「<당신들의 천국>과 모세의 출애굽 비교연구」, 석사논문. 한남대학교, 2006; 박선경, 「<광장>과 <당신들의 천국>의 대비적 연구―서사구조와 세계인식의 두 결합양상―」, 석사논문, 서강대학교, 1989; 한래희, 「<당신들의 천국> 연구」, 석사논문, 연세대학교, 2001 등 참조.
2) 김훈·박래부, 『문학기행』(서울: 한국일보사, 1987), 94.
3) 서사구조에 관한 연구들 중 모세의 출애굽과 「당신들의 천국」의 서사구조와 인물 유형을 비교한 서수선의 연구는 본고의 주제와 일정 부분 근접하다. 그러나 본고는 서수선과 달리 두 작품에 공통으로 내재된 신화적 원형 모티브에 주목하였다.

2. 「당신들의 천국」의 서사 원형 탐색

신화를 인간의 존재적 심층을 암시적으로 상징하거나 표현하는 설화로 보고[4] 소설이 인간의 경험을 신화적 패턴 구조 속에 숨긴 로망스이거나 사실세계의 재현이라고 본다면 현대소설이 안고 있는 주제는 대부분 인간적인 신화의 변형, 즉 영웅의 원리에 속한다고 볼 수 있다[5].

현대소설인 「당신들의 천국」의 표면적인 서사 개요는 조백헌이라는 현역 대령이 소록도 병원장으로 부임하여 나환자들에게 새로운 희망을 주기 위하여 득량만 간척 사업에 돌입하지만 자연재해와 함께 내. 외부의 압력으로 끝내 실패한다는 내용이다. 때문에 본고는 이 작품에서 발견되는 주요 서사 모티브를 '치수(治水),' '낙원지향성,' '대규모 공사현장'(또는 '군중 동원'), '반복되는 좌절,' '영웅의 탐색' 으로 정리하고 각각의 모티브와 이미지를 내포함직한 원형적 모델을 성경과 동. 서양의 신화에서 찾아 보았다. 그리고 그 중 위의 모티브를 각각 대표할 수 있을만한 서사원형으로 「하 시조 우(夏 始祖 禹),」 「모세의 출애굽,」 「바벨탑,」 「시지프스,」 「오딧세이아」를 선정하였다[6]. 우선 텍스트의 서사를 요약하고 다음 비교가 될만한 서사들의 내용을 요약해 본 것이다.

---

4) 이승훈,『시론』(서울: 태학사, 2005), 189.
5) 프라이는 신화와 원형에 3가지 구조(신화. 로망스. 사실주의 세계)가 존재하는데 로 망스와 사실주의 세계를 소설로 보았다. 퀴에린은 원형을 1)창조의 원리 2) 영원불 사의 원리 3) 영웅의 원리로 분류했다. 그는 영웅의 원리를 변형과 구출의 원형으로 구분하고 이것을 다시 탐색−통과제의−속죄양으로, 혹은 고립−변형−회귀의 주제로 나누었다. −홍문표,『현대시학』(서울: 양문각, 1987), 215-26.
6) 모델 선정의 기준은「당신들의 천국」의 중요 모티브를 포함하고 있는 서사들 중 대표 성을 부여할 만 하다고 여겨지는 것을 임의로 추출했다. 특히 '치수'의 모티브는 건국 신화−예를 들면 물속에서 건져낸 섬들로 이루어진 일본신화−, 또는 물과 관련된 홍 수신화−예를 들면 노아의 방주− 등 여러 가지 모델을 상정할 수 있겠으나 본고의 방향이 '영웅의 탐색−통과제의−'이므로「하 시조 우」를 대상으로 선정하였다.

* 텍스트 : 「당신들의 천국」[7]

(1부) - 현역 육군대령 조백헌이 나환자들의 섬 소록도에 국립병원장으로 부임한다. 부임 첫날부터 원생들의 탈출사고를 보고 받은 조백헌은 그들의 탈출동기가 4대 원장 주정수 이후 새 원장이 부임 때마다 발생하는 의례적인 사고임을 알게 된다. 주정수는 의욕이 지나쳐 원생들을 폭압, 착취하다가 끝내 스스로 세운 자신의 동상아래서 공개적으로 살해당한 인물이다. 보건과장 이상욱은 조백헌이 결국 주정수 처럼 나환자들의 희생을 바탕삼아 자신의 업적을 자랑할 동상을 세우려는 야심 찬 인물로 보고 그의 행동을 주시한다. 원생들의 불신 원인을 알게 된 조백헌은 주민들의 대표로 자문단을 구성하고 섬의 경영에 동참시킨다. 그리고 경증 나환자들을 중심으로 축구팀을 결성하여 도(道)대회에서 우승한다.

(2부) - 신뢰회복에 성공한 조백헌은 주민 대표 황장로와 함께 신부를 중개인으로 성경에 손을 올려놓고 사람과 하나님 앞에 자신이 어떤 이익도 취하지 않을 것임을 맹세한 후 득량만 간척사업에 착수한다. 이후 2개조 2000명의 작업대인 「오마도 개척단」의 단장으로 조백헌이, 황장로는 부단장이 되어 밤낮으로 바다를 가로막는 돌둑을 쌓아나간다. 어렵게 올라온 돌둑이 태풍에 가라앉기를 반복하는 와중에 인근 육지 마을 사람들이 들이닥쳐 테러와 난동을 부린다. 좌절한 나환자들은 살인극까지 감행하면서 조백헌에게 작업포기를 협박하는데 이상욱의 중재로 살해위기를 간신히 넘긴 조백헌이 여전히 작업을 독려하자 황장로와 이상욱은 그가 또 다른 주정수로 군림하려는 것이 아닌가 의심한다. 중앙의 권력자들은 정치적 이해 때문에 조백헌을 섬에서 전출시키는데 조백헌은 나환자들의 간척지분을 위해 마지막까지 최선을 다한다. 상황을 지켜보던 이상욱은 자취를 감춰버린다.

---

7) 이청준, 『당신들의 천국』(서울: 문학과 지성사, 1976).

(3부) — 5년의 시간이 지난 후 조백헌은 예편하여 평범한 민간인이 되어 섬으로 돌아온다. 황장로도 죽었고 득량만 간척은 제방공사만 끝난 상태로 여전히 미완성이다. 조백헌은 섬을 떠난 이상욱이 보낸 편지의 충고대로 간척사업의 미련을 접고 2년여 조건 없이 섬사람들을 돕던 중 건강인 조미연과 음성 환자 윤해원의 결혼식 주례를 맡게 된다. 결혼식 시작 시간이 지나도록 나타나지 않은 조백헌의 방밖에서 이상욱이 뜻 모를 미소를 머금은 채 그의 축사 연습을 듣고 서 있다.

* 비교 원형 신화

(1)「하 시조 우」

중국의 치수신화(治水神話)인「하 시조 우」의 중심 서사는「당신들의 천국」과 마찬가지로 '(좋은)새 땅 만들기'라고 요약할 수 있다. 또한 주요 모티브 중 특히 '치수'와 '낙원 지향성', '대규모 공사현장(또는 군중 동원)', '영웅의 탐색' 이라는 공통점을 함축하고 있다. 그리고 우의 이야기가 '치수의 성공'이라는 희극적 결말인데 반해「당신들의 천국」은 '치수의 실패'에 의한 비극이라는 차이가 있겠다. 우에 대한 기록은 두 가지인데 하나는 신화로 내려오는 전설이고 다른 하나는 사마천(司馬遷)의 역사서『사기』(史記)에 언급된 사실적인 기록이 있다. 먼저『사기』에 의하면

중국 요(堯) 임금의 치세 후기에 천하에는 커다란 홍수가 밀어닥쳤다. 갖가지 방법을 써 보았으나 도무지 신통치 않았다. 마침내 요임금은 신하들의 의견을 아 숭(崇)의 제후였던 곤(鯤)에게 홍수 대책의 전권을 맡겼다. 곤은 9년 동안 치수 사업에 매달렸으나 기대와 달리 별 성과를 거두지 못했다. 그 이유는 곤이 자기 생각만을 고집하여 잘못된 방법을 사용했기 때문이다. 그는 진흙을 가져다 둑을 쌓아 홍수가 넘치지 못하게 하려했다. 그러나 평소에 진흙 둑에 막혀 빠져나가지 못하고

계속 고여 있던 물이 우기(雨期)에 홍수를 만나면 한꺼번에 둑을 무너
뜨리는 바람에 오히려 더 큰 재난을 불러들이기 십상이었다. 결국 임무
를 성실히 이행하지 못했다는 벌로 곤은 우산(羽山)에서 처형당했다.
요임금을 이어 순(舜)임금이 즉위했으나 홍수는 여전했다. 순임금은 곤
의 아들 우(禹)에게 아버지를 이어 홍수를 막도록 했다. 우는 아버지 곤
의 실패를 거울삼아 둑을 쌓아서 물을 막는 대신 물길을 잘 터주는 방
법을 써서 마침내 홍수를 조절하는데 성공했다. 우는 홍수를 잘 다스려
사람들을 이롭게 했다는 업적으로 칭송받고 나중에 순임금의 뒤를 이
어 왕위에 올라 하(夏)나라의 시조가 되었다[8]. (김영구 175-76 재인용)

위와 같은 사마천의 기록은 역사가의 입장에서 객관적으로 서술한 것
이므로 요나 순임금, 곤, 우 등을 다 신이 아니라 인간으로 취급하고 있다.
중국 역시 갑골문에 새겨진 여러 정황으로 보아 세계 여러 다른 지역과
마찬가지로 큰 홍수를 겪었던 많은 증거들을 발견할 수 있는데 우의 치수
에 관한 기록은 실제 홍적세(洪績世) 말기의 대홍수를 극복하고 살아남은
옛 중국인들의 투쟁 기록으로 보여 진다. 따라서 『사기』의 간략한 기록과
달리 신화 속 인물들은 좀더 상징적이고 신격화된 모습으로 그려지는데
그 내용은 대략 다음과 같다[9].

요 임금에게 치수를 위임받은 곤(鯤)은 원래 천제인 황제(黃帝)의
손자로서 백마의 모습을 한 神人(신인)이었다. 그는 홍수가 인간들의
죄악에 대한 신들의 벌임을 알게 되었다. 고민에 빠진 그에게 매와 거
북이 황제의 창고에 저절로 자라는 흙덩이―식양(息壤)이 있음을 알려
주었다. 곤은 곧 식양을 훔쳐 홍수 물줄기 둘레에 뿌림으로서 물을 가
두는데 성공했는데 그 사실을 알게 된 황제는 대노하여 불의 신 축융

---

8) 하 나라 시조 우에 대한 기록은 사마천의 『사기』중 「본기」의 하 왕조 성립부분.
9) 신화 부분은 원가 저 정석원 역, 『중국의 고대신화』와 김영구 편역, 『중국의 신화』
를 본문으로 삼았다. 곤과 우 부자의 치수와 유사한 망제와 두견 부자의 치수신화도
있으나(원가 265-75) 곤과 우 이야기의 변형으로 보고 제외하였다.

을 시켜 우산에서 곤의 목을 쳐 죽이고 지상의 식양을 거두어 버렸다. 그러나 곤은 미결로 끝난 치수사업 때문에 죽은 지 3년이 지나도록 시체에서 그 영혼이 떠나지 못한다. 미처 죽지 못한 곤의 혼백과 정기는 뱃속에 새로운 생명을 키웠는데 즉 그가 우(禹)이다. 한편 죽은 시체가 3년째 썩지 않는다는 소식을 들은 황제는 혹 곤의 혼백이 요괴로 변하여 소란을 떨까 걱정하여 천신을 시켜 시체를 토막 내라고 명령한다. 천신이 곤의 배를 가르자 곤의 뱃속에서 자라던 우는 순간 황룡으로 변하여 하늘로 날아오르고 곤은 커다란 물고기로 변하여 구만리 밖을 날아 북해(北海) 깊숙이 숨어버렸다. 우는 곤이 가지고 있던 신통력과 치수 열정을 그대로 품고 있었으므로 천제에게 아버지 대신 자신이 치수를 담당하여 불쌍한 인간들을 돕게 해 달라고 간청한다. 감복한 천제는 우에게 식양을 하사하고 그를 도울 다른 신들을 함께 지상으로 보낸다. 그러나 지상에는 당초 천제로부터 홍수를 일으키도록 명령받은 물의 신 공공(共工)이 자신이 가진 신통력을 발휘하면서 신나게 물줄기를 트고 비를 몰아치는 중이었다. 공공은 우를 방해자로 여겨 곧장 공격하며 달려들었다. 우는 천제의 이름으로 천하의 신들을 모아 회계산(會稽山)에서 대접전 끝에 드디어 공공을 물리친다. 우는 거북이의 등에 식양을 싣고 헤엄치면서 홍수의 근원지부터 식양을 뿌리는 한편 자신은 높은 산에 올라 사방을 관망했다. 그리고 지세(地勢)에 따라 용들로 하여금 수로를 파게하면서 강물을 인도하여 바다로 나가게 했다. 산을 깎고 제방을 쌓아 물줄기를 돌리는 이 과정에서 우는 강의 신 하백(河伯)과 중국 시조 신 복희(伏羲)의 도움을 얻는다. 즉 하백은 황하의 물줄기가 그려있는 돌판—河圖를, 용문산 지하 동굴에서 만난 복희는 옥간(玉簡)을 줌으로서 우의 치수를 도왔다. 우는 홍수를 다스리기 위해 동서남북 온 천하를 여행하면서 여러 나라에서 갖가지 사건과 사람들을 만난다. 치수사업 중 가장 어려웠던 부분은 산서성과 섬서성의 경계인 용문산이었는데 작업 도중 만난 회수(淮水) 요괴 무지기(無支祈)를 사로잡기도 했으나 한편 아내인 여교(女嬌)를 잃고 슬퍼하기도 한다. —여교는 마침 임신 중이었는데 검은 곰으로 변신하여 산을 깎는 우를 몰라보고 도망치다 돌로 변하고, 변하는 순간 뱃속의 아이가 튀어나오므로 우는 아이 이름을 '열고 나왔다'고 계

(啓)라고 지었다.- 그러나 우는 용문산의 허리를 끊어 용문(龍門) 폭포와 삼문협(三門峽 :문 모양의 3개 협곡)을 만들어 황하의 물줄기를 동해바다로 연결시키는데 성공한다. 그리고 마지막으로 공공의 부하인 상류(相柳:머리 아홉 개가 달린 뱀)를 처단함으로서 홍수를 완전히 제압한다. 홍수를 제압한 우는 조용히 물러나 쉬고 있었는데 그의 공덕을 기리는 사람들은 그가 순임금의 뒤를 이어 천자에 오르기를 원했다. 순임금도 제위를 선양하려고 원규(元珪:위는 네모꼴이고 아래는 둥글게 생긴 까만색의 옥-玉璽)라는 보물을 내려주었으므로 우는 마침내 순임금의 뒤를 이어 천자가 되었다. (원가 235-64; 김영구 156-76)

(2) 모세의 출애굽

"모세의 출애굽"에서 발견할 수 있는 모티브는 「당신들의 천국」에서 발견할 수 있는 5가지 모티브- '치수(물막이)', '낙원 지향성', '대규모 군중 동원', '반복되는 좌절', '영웅의 탐색원리' -와 일치한다고 볼 수 있는데 따라서 텍스트에 가장 근접한 서사이다. 성경에 기록된 모세의 이야기는 사실 출애굽기부터 시작하여 레위기, 민수기, 신명기까지에 이른다.

그 중 출애굽기는 전체 40장중 1장에서 19장까지가 모세의 탄생부터 여호와의 종으로써 애굽 왕 바로에게서 자신의 백성을 되돌려 받아 광야의 시내산까지 이끌고 가는 이야기이다. 이후 20장부터 마지막 40장까지와 레위기, 민수기, 신명기는 광야에서 여호와가 모세에게 명령한 십계명과 율법을 기록한 책이며 그들이 지나간 노정과 정황을 묘사한 것이다. 그리고 모세의 최후 진술과 죽음은 신명기의 마지막 부분인 32장-34장에 기록돼 있다. 다음은 모세의 일생을 서사중심으로 정리한 것이다.

(BC 1500년 무렵) 이집트인의 노예로 전락한 유대민족의 한 가정에 사내아이가 태어났다. 당시 이집트인들은 유대인의 왕성한 인구 증가를 바라보면서 그들이 적과 내통할 것을 두려워했다. 결국 유대 사내아이는 출생 즉시 죽이라는 바로의 명령 때문에 부모는 숨겨 기르던 아이를 몰래 나일 강에 버려졌다. 그러나 때마침 강가에서 목욕하던 이집트 공주에 의해 구출, 양자가 되어 '모세'(물에서 건짐)라는 이름으로 자랐다. 40세로 장성한 모세는 어느 날 유대인을 편들다가 살인을 하고 광야로 도망친다. 광야의 양치기로 숨어 산지 40년이 지난 어느 날 모세는 유대민족을 이끌고 (하나님이 그들의 조상 아브라함에 준 땅) 가나안으로 가라는 여호와의 명령을 받는다. 그는 이집트 왕 바로에게 자신의 민족을 돌려달라고 요구했으나 400년이 넘도록 유대인을 노예로 부려온 그들은 모세의 요구를 순순히 들어주지 않았다. 모세는 10가지 재앙으로 이집트를 응징하는데 마지막 재앙, 즉 이집트인의 모든 가정에서 '長子의 죽음'이 일어나자 바로는 출국을 허락한다. 그러나 그들이 홍해에 도착할 무렵 유대인 보낸 것을 후회한 바로는 즉시 병력을 동원하여 이들의 행로를 되돌리려 하나 모세의 기도에 의해 홍해가 갈라지는 기적이 일어난다. 이집트 군대는 홍해에 수장되고 추격을 피한 유대인들은 가나안으로 향한다. 그리고 이집트를 나온 지 3개월 무렵 모세는 시내산에 올라 40일간 하나님과 대면하고 십계명이 적힌 두개의 돌 판을 받는다. 그러나 산 아래 백성들은 금송아지를 만들고 춤추고 노래하며 우상숭배에 몰두해 있었다. 실망한 모세는 돌 판을 깨뜨리나 다시 산에 올라 40주야를 금식하면서 백성의 죄를 빌고 두 번째로 하나님의 백성 즉, 이스라엘로서 지켜야할 생활 율법(출애굽기, 레위기, 민수기, 신명기)과 십계명의 돌 판을 받는다. 그 후 이스라엘 백성은 이집트에서 태어난 (노예출신의) 모든 사람이 죽기까지 가나안에 들어가지 못하고 40년간 광야를 헤매게 된다. 그 40년 동안 하나님의 도우심으로 그들의 옷과 신발이 해지지도 않았고 만나와 메추라기를 먹으며 낮에는 구름기둥 밤에는 불기둥의 보호를 받으며 가나안 입성을 준비한다. 모세는 나이 120살이 되었을 때 하나님의 명에 의해 멀리 가나안 전체가 바라보이는 모압땅 느보산에 오르고, 이스라엘의 12지파에게 축복기도와 함께 고별유언을

하고 자신의 시종 여호수아를 후계자로 세운 후 그곳에서 죽는다. (그 후 여호수아가 지도자가 되어 가나안에 입성, 그 지역 일대를 전쟁으로 평정하고 이스라엘을 건국하게 된다)[10]

(3) 바벨탑

인간이 대규모 공사를 통해 자신들의 의지를 관통하려 한 첫 시도는 창세기 11장의 기록일 것이다. 이 이야기는 신과 인간의 대결인데 언어혼잡으로 인해 인간들의 일방적인 패배로 끝난다. 「당신들의 천국」과 공유하는 모티브는 '대규모 군중들의 흙 쌓기 공사현장'이다. 그리고 외부의 압력에 의해 내부적 분열. 해체가 일어난다는 서사의 공통점일 것이다. 내용은 다음과 같다.

> 온 땅의 구음이 하나이요 언어가 하나이었더라. 이에 그들이 동방으로 옮기다가 시날 평지를 만나 거기 거하고 서로 말하되 자, 벽돌을 만들어 견고히 굽자 하고 이에 벽돌로 돌을 대신하며 역청으로 진흙을 대신하고 또 말하되 자, 성과 대를 쌓아 대 꼭대기를 하늘에 닿게 하여 우리 이름을 내고 온 지면에 흩어짐을 면하자 하였더니 여호와께서 가라사대 이 무리가 한 족속이요 언어도 하나이므로 이같이 시작하였으니 이후로는 그 경영하는 일을 금지할 수 없으리로다. 자, 우리가 내려가서 거기서 그들의 언어를 혼잡케 하여 그들로 서로 알아듣지 못하게 하자 하시고 여호와께서 거기서 그들을 온 지면에 흩으신 고로 그들이 성 쌓기를 그쳤더라. 그러므로 그 이름을 바벨이라 하니 이는 여호와께서 거기서 온 땅의 언어를 혼잡케 하셨음이라 여호와께서 거기서 그들을 온 지면에 흩으셨더라. (창 11:2-9)

(4) 시지프스

인간 중 가장 꾀 많은 인간으로 불리는 시지프스는 고린토스의 왕이자

---

10) 위 글 중 ( )안은 註

오딧세우스의 아버지로 알려져 있다. 「당신들의 천국」과 공통된 모티브로 '반복되는 좌절'을 들 수 있다. 시지프스에 관한 신화는 몇 개의 이본이 있는데 대략의 줄거리는 공통적이다.

(1) 어느 날 시지프스는 제우스가 아소포스의 딸 아이기나를 납치하여 오이포네로 데려가는 것을 목격한다. 그는 딸을 찾아다니던 아소포스가 나타나자 납치자의 이름을 알려주는 조건으로 코린토스 도시의 성채위에 샘이 솟아나게 해줄 것을 요구한다. 아소포스는 이에 동의했고, 시지프스는 제우스의 이름을 알려준다. 이에 노여움에 찬 제우스가 즉시 벼락을 쳐 그를 하계로 떨어뜨렸고, 이때부터 그는 저승에서 무거운 바위를 언덕 위로 밀어 올리는 벌을 받게 되었다. 바위는 언덕 꼭대기에 닿자마자 굴러 내렸고, 그는 끊임없이 그것을 밀어 올려야 했다.

(2) 시지프스의 고자질에 화가 난 제우스는 죽음의 정령 타나토스를 보내 그를 죽이려 했다. 그러나 시지프스가 오히려 타나토스를 사로잡아 묶어 버리는 바람에 그 후 지상에서는 아무도 죽지 않았다. 하는 수없이 제우스가 직접 티나토스를 풀어주었고 풀려난 티나토스는 첫 번째로 시지프스를 잡아버렸다. .... 마침내 그가 죽자, 하계의 신들은 그가 달아날 것을 염려하여 그에게 잠시도 휴식을 허용하지 않는 일거리를 맡겼다. (그리말 228-29)

(5) 오딧세이아

지도자가 한 무리의 인간들을 이끌고 고향으로 돌아가기 위해 물과 사투를 벌인다는 점에서 『오딧세이아』의 주인공 오딧세우스는 조백헌과 유사한 인물 모티브를 보이고 있다. 따라서 「당신들의 천국」과 공유하는 모티브는 '치수(물 다루기)'와 '낙원지향성,' '영웅탐색'을 들 수 있다.

다음은 중심 서사를 요약한 것이다.

트로이 전쟁이 끝난 후 고향 이타케로 귀향하는 오딧세우스는 폭풍우로 인해 아가멤논과도 헤어진다. 그는 항해 도중 수많은 난관을 만나는데 키코네스 족의 고장에 상륙할 때는 배 한척 마다 6명씩 부하를 잃었고 북풍에 밀려 상륙한 로코파고 족의 땅에서는 고향을 잊게 하는 과일 로토스를 먹은 부하들이 과거를 잊는 바람에 통솔에 애를 먹는다. 어렵게 다시 출발한 일행은 바다의 신 포세이돈의 아들이자 사람을 잡아먹는 외눈박이 거인 폴리페모스를 만난다. 오딧세우스는 매끼니마다 두 명씩 사람을 잡아먹는 거인에게 포도주를 먹여 취하게 한 뒤 그가 잠들자 불에 달군 나무 꼬챙이고 눈을 찔러 실명시킨 후 달아난다. 이 일로 포세이돈의 미움을 산 그는 항해마다 고생하는데 바람의 신 아이올로스의 호의로 순풍인 서풍을 제외한 모든 바람을 잡아넣은 소가죽 자루를 얻는다. 그러나 황금자루가 아닌가 의심한 부하들이 자루를 열면서 광풍에 의해 다시금 아이올로스의 섬으로 되밀려간다. 그 후에도 사람을 잡아먹는 라이스트리고네스 족을 만나 오직 한척의 배와 부하들만 남기고 나머지 부하들과 배를 모두 잃는다. 그리고 마녀 키르케의 조언을 따라 트리나키아 섬까지 오지만 굶주린 부하들이 태양신 헬리오스의 흰 소들을 잡아먹는 바람에 그 벌로 제우스가 보낸 폭풍과 벼락을 맞아 나머지 부하들까지 모두 잃는다. 혼자 남은 오딧세우스는 요정 칼립소에게 10년간 붙들리기도 하고 파이아케스 왕녀 나우시카의 도움을 받기도 하지만 수호신 아테나의 도움으로 고향에 도착한다. 그리고 20년 동안 구혼자들에게 시달리며 그를 기다린 아내 페넬로페와 아들 텔레마코스를 만난다. 마침내 구혼자들을 모두 죽이고 이타케의 평화를 이룬다. (그리말 366-75)

위에 예시한 다섯 가지 신화에는 신과 인간의 대결이라는 구조가 내재되어 있다. 또한 모두 현대 소설의 특징인 인간(영웅)의 탐색 경로를 함축하고 있다. 따라서 텍스트인 「당신들의 천국」과 공유한 모티브 중에서도 특히 두드러진 이미지를 연상하게 하는 부분을 다시 정리하자면 첫째, 물막이 공사라는 거대 작업현장과 관련하여 중국 황하(黃河) 치수(治水)에 성공했다는『하 시조 우』의 이야기는「당신들의 천국」의 줄거리를 영웅탐색의 서사로 볼 때 가장 근접한 신화적 원형이자 상징적 서사의 모델이 될 만하다. 둘째, 성경에 기록된 출애굽기의 경우 수 백 년 동안 자신의 민족을 착취한 애급 왕에게 열 가지 재앙으로 복수하고 이집트를 탈출하여 가나안으로 향하는 모세는 인물의 고뇌와 갈등을 다루는 현대소설의 특징을 보여준다. 또한 노예 아닌 자유민이 지킬 율법을 천명했지만 노예의 습성에 젖은 백성들의 필요를 채워주면서 광야를 헤매는 모세의 모습은 육체뿐 아니라 정신까지 망가진 나환자들을 이끌어야 하는 조원장의 이미지와 겹쳐지므로 인물 모델의 모티브가 될 만하다. 셋째, 성경에 보이는 인류 최초의 거대 건축(노동)현장의 기록은 바벨탑 사건이다. 바다를 메워 땅을 만들겠다는 조백헌 원장의 엄청난 포부와 수많은 나환자들을 동원한 작업현장은 하늘에 닿는 탑을 세워 자신들의 이름을 내고 지면에 흩어짐을 막겠다는 창세기 사람들과 유사하다고 볼 수 있다. 특히 실패한 현장기록이라는 공통점이 있는데 그 실패의 원인 역시 유사하다고 볼 수 있다. 왜냐하면「당신들의 천국」에서 물막이 공사의 실패 원인은 조백헌 원장과 나환자들 사이의 의견 불일치— '당신들의 천국'건설이냐, '우리들의 천국'건설이냐—와 함께 외부적 압력에 의한 원장의 사임이었다. 이는 외부적 요인인 하나님에 의해 언어혼잡이 발생했고 이로 인한 언어 소통의 불일치로 탑 쌓기 공사를 중단할 수밖에 없게 된 바벨탑의 실패와 같다. 다시 말하면 원인과 결과 면에서 두 이야기는 매우 비슷한 구조라고 본다. 넷째, 인간의 노력을 한순간에 허무하게 만드는 자연(바다)앞에서 좌절하는 조백헌의 고통은 신들로부터 영원히 바위를 굴려 올려야 하는 형벌을 받은 시지프스의 고통에 비견할 수 있다. 마지막으로 무리를 이끌고 물길을 헤쳐 가는 영웅의 사투라는 점에서 호머의『오딧세이아』와 비슷하다고 볼 수 있다. 즉 트로이 전쟁이 끝난 후 동료들과 고향으로 돌아가는 오딧세우스의 여정과 카리스마는 나환자들을 이끄는 조백헌의 이미지와 겹쳐질 수 있는 부분이다.

그러나 위에서 열거한 조건들에도 불구하고 본고가 텍스트의 비교모델로 더욱 주목한 서사는 우와 모세의 이야기이다. 우의 이야기는 「당신들의 천국」에서 발견되는 5가지 모티브 중에서 4가지의 모티브가, 모세의 이야기는 5가지가 모티브가 일치한다.

또한 「당신들의 천국」은 전임자의 실패한 전철을 밟지 않으려는 후임자의 이야기이자 그 구체적인 작업현장이 바다에 물막이 둑을 쌓아 간척지를 만드는 이야기이다. 하 나라 시조인 우 역시 전임자인 부친의 실패를 극복하기 위하여 파견된 후임 지도자이다. 그는 제방을 쌓아 물을 가둔 부친과 달리 물길을 미리 터주는 방식으로 치수에 성공하는데 이때 우가 깨달은 발상의 전환은 조백헌이 갈등 과정에서 얻게 되는 인식의 전환과 같은 맥락이라고 볼 수 있다. 그러므로 우의 이야기는 「당신들의 천국」과 공통적인 주제를 보이는 서사의 원형적 모델이 될 수 있다고 본다. 『모세의 출애굽』의 경우, 노예로 전락한 자신의 민족을 이끌고 가나안으로 향하는 모세는 하나님의 은총과 백성의 배반 사이에서 중재자로서 고뇌하는데 이 부분이 나환자 무리의 지도자로서 조백헌이 당한 자연 재해 와 내부적 분열을 일으키는 여러 정황들과 유사하다고 보았다.

그리고 본고가 다음 논의에서 다른 신화들을 제외한 이유를 밝히자면 첫째, 바벨탑 이야기는 구조와 모티브 면에서 「당신들의 천국」과 매우 일치함에도 불구하고 인간 주인공 영웅이 등장하지 않으므로 서사 원형으로 논하기에 부족하다고 보았기 때문이다. 두 번째, 신의 형벌 앞에 무력한 인간 시지프스의 고통은 동기적 원인이 시지프스 개인의 행동양식에 대한 것이어서 인류애라던가 타인을 위한 희생, 인간끼리의 갈등 등 다층적인 현대소설의 모티브와 달리 단순할 수밖에 없으므로 제외하였다. 세 번째, 3가지 모티브에서 공유한 『오딧세이아』를 제외한 이유는 인간관계를 주목하는 현대소설의 특징에 미흡했기 때문이다. 한 무리의 인간을 끌고 고난을 헤쳐 나간다는 영웅탐색 모티브에서 볼 때 오딧세우스와 모세, 조백헌은 같은 유형이랄 수 있다. 그러나 신(외부)에 의한 압력과 인간끼리의 내부적 갈등이라는 면에서 부하들의 열렬한 호응과 충성을 받는 오딧세우스의 이야기는 내부적 갈등이 첨예하게 부각되지 못했다. 즉, 신들의 애증과 알력에 의해 파생된 재난을 헤쳐 나가는 한 인간의 지혜만이 두드러지기 때문이다. 따라서 오딧세우스 보다는 모세의 경우가 인간적 상황을 부각시키는 현대소설의 모티브에 더욱 적절하다고 여겨졌다. 따라서 다음 글은 『하 시조 우』와 「모세의 출애굽」을 「당신들의 천국」의 서사원형으로 삼아 설화 도식에 적용하면서 비교. 분석해 볼 것이다.

3. 설화 도식 적용 및 비교

1) 설화 도식의 적용

현대소설의 원형적 주제를 논의 하려면 구비문학 시절부터 내려온 신화. 설화. 민담을 수집, 분석한 구조주의 언어학의 도움이 요청 된다[11]. 일단의 언어학자들은 설화와 민담 속에 내재된 유사한 서사구조와 모티브, 즉 신화적 원형을 추출해 내는 방식으로 기호학을 도입했는데 이들의 연구는 현대 소설의 기원을 밝히는데 매우 유용한 방법이라고 할 수 있다.

이들의 정리에 의하면, 설화란 최초의 결핍상황에서 발신자의 위임명

---

11) 프로프는 민담을 순서대로 나열된 3개의 기능—31개 기능모델—과 7가지의 인물유형으로 이루어진 하나의 골격구조로 분류하고 이를 이야기의 '설화성'으로 이해했다. 레비스트로는 오이디푸스의 신화와 여러 변이형들을 분석. 비교함으로서 의미의 대립상을 추출하고 의미의 단위들을 '계열관계'로, 기능의 연쇄는 '통합관계'로 정리한 신화 논리를 만들었다. 그레마스는 두 이론을 종합하여 기능모델과 행동자 모델이라는 설화도식을 만들어냈다(박인철 128-333).

령을 받은 영웅이 방해자와 조력자를 만나면서 자격시련-절정시련-영광시련을 거치고 드디어 임무를 완수, 수신자인 수혜자의 목표를 이루어줌으로서 최초의 결핍을 해소한다는 공통 줄거리를 갖고 있다는 것이다. 이 논리를 도표로 그리면 다음의 형태가 된다[12].

* 영웅탐색의 원형적 서사구조 <도표 1>

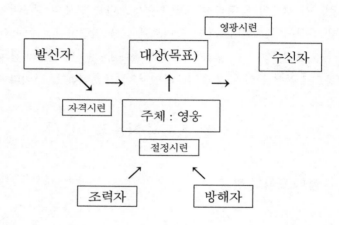

도표(1)의 상황을 좀더 자세히 서술하면 1) 주인공 영웅은 발신자(위임자)로부터 대상(목표)을 명령(위임) 받는다. 2) 임무수행을 위한 3번의 통과의례(자격시련-절정시련-영광시련)가 발생한다. 3) 목표의 성취에 따라 결말이 행복하면 희극이 되고 실패하면 비극이 된다.

따라서 위와 같은 도식을 앞에서 예시한 두 가지 설화와「당신들의 천국」의 서사에 적용해 보자. 먼저『하 시조 우』의 경우 1) 우(주체)는 순임금(발신자)로부터 부친을 대신해 물막이 공사(목표)를 명령받는다. 2) 회계산의 전투를 시작(자격시련)으로 하백과 복희의 도움을 얻어 황하를 바

---

12) 앞의 책 3장에서 설명된 그레마스의 이론을 참조하여 도표로 정리했다.

다와 연결시킨다(절정시련). 이 과정에서 아내 여교를 잃었으나 마침내 상류를 처단(영광시련)하고 순임금을 이어 천자에 오른다. 여기서 공공과 상류가 방해자라면 하백과 복희는 조력자이다. 그리고 우가 천자에 등극함으로써 희극적 결말을 보여준다.

두 번째, 『모세의 출애굽』의 경우 1) 모세(주체)는 여호와(발신자)로부터 유대민족을 구원하라는 명령을 받는다. 2) 10가지 재앙으로 애굽을 징계하고(자격시련) 홍해를 가르는 기적(절정시련)을 보인 후에 십계명을 받는다 (영광시련). 그러나 가나안 입성에 성공하지 못한 상태—후임에게 임무를 인계—에서 죽음에 이른다. 따라서 주인공의 죽음으로 비극적 결말이다.

세 번째, 「당신들의 천국」 역시 사실주의 세계를 그린 현대 소설이지만 인간의 자유의지와 운명, 현상과 실재, 개인과 사회의 갈등이 드러나는 등 신화에 등장하는 영웅의 탐색원리를 보여주는 소설이다. 때문에 위의 신화 도식에 대입하면 1) 조백헌(영웅)이 국가(발신자)로부터 간척(목표)을 위임받는다. 2) 주민들의 신뢰를 회복한 것을 자격시련 획득이라고 보면 조력자(황장로와 주민들)와 방해자(이웃 육지 주민들)의 충돌 상황에서 받은 살해위협을 절정시련으로, 전출명령을 영광시련으로 볼 수 있다. 3) 수신자(시혜자:소록도 주민들)의 목표 획득에 실패한 조백헌은 영광시련에 실패한 영웅이다. 그러므로 이 작품의 성격은 비극이라는 결론에 이른다.

2) 원형 서사와 소설 서사의 비교

(1) 『하 시조 우』 vs 「당신들의 천국」

앞글에서 언급했듯이 영웅 탐색의 기본 도식은 최초의 결핍상황에서 발신자의 위임명령을 받은 영웅이 시련을 거치고 임무를 완수, 수신자인 수혜자의 목표를 이루어줌으로서 최초의 결핍을 해소해 준다는 것이다. 다음 <도표 2>는 『하 시조 우』와 「당신들의 천국」이 보여주는 서사를 신화 도식에 대입하여 비교해 본 것이다.

<도표 2>

하 시 조 우	구별 항목	당신들의 천국
천 제 (황제)	발 신 자	국 가 (정부)
반신 반인	주 인 공	인 간 (육군대령)
치수(마른 땅 만들기)	목 표	치수(마른 땅 만들기)
전임자(곤)의 실패	처음 상황	전임자(주정수)의 실패
천제. 하백. 복희―선신들	조 력 자	이상욱. 황장로. 나환자들
공공. 상류―악신들	방 해 자	육지 세력
백 성 들	수 신 자	소록도 주민들
산을 헐어 흙 쌓기	실현 방법	산을 헐어 둑 쌓기
성공 (황제 등극)	최종 결과	실패 (전출―민간인)

위 도표에서 알 수 있듯이 두 가지 서사는 매우 흡사하다. 신화 원형의 제1모델로 비교됨직한 『하 시조 우』의 이야기는 말 그대로 신화의 세계이다. 반신반인의 주인공이 부친의 실패를 이어 '물 다스리기'의 임무를 부여받는다. 주인공은 곰의 형상을 입기도 하는 등 신적 모습으로 변형하여 각 지역을 지배하고 있는 악신들과 대결하는데 하늘을 주관하는 천제와 강을 주관하는 하백, 지하(저승)의 복희까지 우를 도움으로서 물막이 공사는 어느새 선과 악의 전장이 된다. 그리고 임무에 성공한 영웅에겐 상급이 주어진다.

그러나 신화적 영웅과 달리 현대적 영웅이 처한 상황은 좀더 복합적이다. 현대인 조백헌은 전임자의 실패와는 또 다른 실패를 겪어가는 '노력하는 인간'일 뿐이다. 「당신들의 천국」에서는 선한 세력과 악한 세력의 대결이 명확한 신화의 세계와 달리 똑같은 사람들이 입장과 상황에 따라 조력자가 되기도 하고 방해자가 되기도 한다. 발신자(국가) 역시 처음엔 위임 명령을 내렸으나 정치 상황이 달라지자 위임을 철회하고 전출 명령을 내리는 등 입장의 변화를 보이고 있다. 그러나 그럼에도 불구하고 두 서사를 관통하는 커다란 공통점이 존재하는데 예를 들면 '물 다스리기'는 고대부터 현대까지 인간의 삶에 중대한 영향을 끼치는 사항이라는 점, 토목 공사의 기술적 방법이나 진행 방식, 이해 당사자간의 알력 등은 원론적으로 같다는 점 등을 들 수 있겠다.

(2) 『모세의 출애굽』 vs 「당신들의 천국」

『모세의 출애굽』은 신과 인간집단 사이에서 중재자로서의 인간이 겪는 고뇌가 포함된, 좀 더 현대 소설적인 양상을 띤다. 다음은 두 서사를 신화 도식에 적용하여 비교해 본 것이다.

<도표 3>

모세의 출애굽	구별 항목	당신들의 천국
여호와 하나님	발신자	국 가
노예무리를 자유민으로	위임 명령	나환자들을 정상인으로
중재자(신-인간)	주 인 공	중재자 (국가-나환자)
후손들의 미래	목 표	후손들의 미래
하나님. 유대인들	조 력 자	정부. 나환자들
외부세력.유대인.자연재해	방 해 자	외부세력.나환자.자연재해
유대민족	수 신 자	소록도 주민들
새로운 정착지 개척	실현 방법	새로운 정착지 개척
십계명.율법(하나님-유대민족간의 계약 성립)	실현 조건	신 앞에 맹세(조백헌-주민들과의 계약 성립)
미완성 성공-외형상 실패	최종 결과	미완성 성공-외형상 실패
후계자 세우고 축복(죽음)	영웅의 말로	자격상실-결혼주례(민간인)

위 도표에서 볼 수 있듯이 『모세의 출애굽』와 「당신들의 천국」 역시 매우 흡사한 구조와 모티브를 보이고 있다. 그러나 『모세의 출애굽』 안에는 『하 시조 우』에 없는 새로운 서사가 나타나는데 1) 주인공이 신과 인간 사이를 중개하는 인간 지도자이며 2) 계약을 바탕으로 행동하고 3) 상황에 따라 협력과 배반의 모습을 보이는 군중의 이중성에 고뇌하면서 4) 미완성의 임무를 후계자에게 부여하고 그들의 출발을 축복한다는 것이다.

이는 신화 속 영웅(반신반인)이 아닌 인간 지도자의 모습이 부각된 것으로 「당신들의 천국」의 주인공 조백헌의 행동양식과 겹쳐진다. 모세의 상황 역시 조백헌이 처한 상황—외부의 압력과 내부적 배반—과 동일하다. 따라서 모세의 이야기는 신의 능력을 덧입은 신화적 영웅의 모습과 굴곡진 현대적 영웅의 고뇌가 복합된, 신화에서 소설로 이행되는 중첩 지점이라고 볼 수 있겠다.

(3) 「당신들의 천국」에 반영된 영웅 서사의 변환 과정

서사문학의 형태는 현실세계가 (역사적으로)변함에 따라 설화(신화−전설−민담)에서 고소설을 거쳐 근대소설로 이어졌다. 또한 구어에서 문자로 전달 매체가 바뀌면서 세계관과 서술기법 자체도 달라졌다(나병철 30-42). 따라서 '신성한 세계관'을 믿는 설화적 인식에서 '개인적 세계관'에 입각한 소설로 넘어가는 과정을 살펴보는 것도 의미 있는 일이다. 따라서 다음 논의는 반신적(半神的) 영웅이었던 우에서 신의 능력을 덧입은 인간 모세를 거쳐 평범한 인간 조백헌으로 이어지는, 신화가 현대소설로 정착하는 단계를 살펴보기로 한다. 우선 서사의 중심인 주인공과 그 행적을 비교함으로서 신화에서 소설로 이행하는 과정을 따라가 보자.

첫 번째 주인공 우(禹)는 출생부터 신화적인 설정으로 시작한다. 그는 신적 가계(神的 家系)의 일원이므로 엄밀한 의미에서 반신반인이다. 그는 모친 없이 부친의 죽은 시체 속에서 부친의 원념으로 잉태되었으므로 신들에 의해 태어나기 전부터 제거의 대상이 되었다. 출생 상황도 처형 행위를 빌어 비정상적이다. 그리고 성장 과정이 생략되면서 바로 어른의 모습으로 신들의 위임명령을 받게 되는가 하면 인간의 모습 외에도 용이나 곰 등 각종 다른 형상과 능력으로 변용이 가능하다. 또한 임무를 수행하는 과정에서 인간의 협력이나 방해 없이 신들의 도움과 능력에 의지한다. 비록 아내를 잃는 부분에서 인간적 슬픔이 묘사되긴 했지만 이는 신인(神人)이 겪어야 하는 속죄양 의식의 표현일 수 있다. 게다가 천자 즉위라는 인간 최고의 보상이 주어지는 행복한 결말로 끝맺으므로 이 작품은 전형적인 희극신화이다. 그러므로 이 서사는 인간과 인간끼리의 갈등이 배제된—반신 반인적 영웅의 이야기로서 '치수 신화' 부분만을 텍스트의 원형모델로 사용할 수 있겠다.

두 번째, 모세 역시 영웅의 삶을 예고하듯 출신부터 노예 태생으로 출발한다. 그는 우와 마찬가지로 지배세력에 의해 태어나기 전부터 제거의 대상이 되어 부모로부터 버려진다. 이어 원수의 가족에게 양자로 입적되어 일약 왕자의 신분으로, 왕자에서 살인 수배자로, 다시 광야를 헤매는 늙은 양치기에서 하나님에 의해 민족 해방자로 지명되는 등 계속되는 신분 변동으로 반전을 거듭한다. 계속되는 신분의 변화는 전형적인 영웅의 탐색행로이다. 우에게 선신들의 도움이 '주어지는 것'처럼 모세에게도 신분의 변동이나 신적 능력은 불가항력으로 주어진다. 그는 신의 선택에 의해 일방적으로 차출되어 도구적 삶을 살다가 목표를 앞둔 시점에서 또한 신에 의해 일방적으로 거부된다. 여기까지는 신의 의지에 좌우되는 인간 영웅의 전형적 모습이 랄 수 있다.

그러나『하 시조 우』와 달리『모세의 출애굽』은 다음과 같은 현대적 특징이 보인다. 1) 중개자의 모습이다. 모세는 신의 명령을 대언(代言)하고 이행하는 과정에서 하나님의 능력(기적)을 보여주는 한편 백성들의 죄 용서를 구하는, 대언자이자 제사장의 모습을 겸하고 있다. 다시 말하면 '중재자이자 증인'이다. 2) 법률가의 등장이다. 모세는 신과 인간의 관계

뿐만 아니라 인간과 인간 사이의 갈등조절을 계약형태로 명기함으로서 종교와 국가의 기본 원칙이 만들어지는 것을 볼 수 있다. 3) 이야기의 끝이 완결 구조가 아니라 유예 혹은 미완의 상태에서 예측이 유도한다는 점인데 이 부분이야말로 신화적 결말과 다른 소설적 진전을 열어준 것이다. 4)이스라엘 백성은 수신자(수혜자)이면서도 때에 따라 방해자와 협력자의 역할을 오간다. 이 부분은 인물의 다중성을 다루는 현대 소설의 성격과 일치한다. 그러므로 모세의 이야기는 신의 능력이 덧 입혀져 기적을 행사하는 인간 영웅의 이야기이면서 인간과 인간, 개인과 대중의 관계를 그린 지도력에 관한 이야기이다. 따라서 신화와 소설의 중간-건국신화와 고소설이 결합된-단계로 볼 수 있을 것이다.

세 번째, 조백헌은 평범한 인간이다. 현대소설의 특징상 특별한 탄생이나 성장과정이 생략돼 있고 임무와 신념사이에서 고뇌하는 지도자 개인의 모습을 보일 뿐 신적 존재는 성경이라는 상징물로 대체된다. 그리고 모세시대의 인물들이 보인 이중적 성격과 역할이 더욱 확연해 진다. 모세처럼 조백헌은 국가의 위임명령을 받은 수신자이다. 그리고 주민들의 명령권자, 즉 발신자라는 이중적 직위를 가진다. 보건과장 이상욱 역시 과거가 수상한 조력자이자 방관자이면서 한편 배반자이기도 하다. 소록도 나환자들도 때에 따라 조력자이지만 방해자가 되기도 하면서 최종 혜택을 입는 수신자가 되기도 한다. 특히 「당신들의 천국」과 『모세의 출애굽』에 보이는 '계약'이라는 공통적 모티브는 두 작품이 하나의 모티브로 연계됨을 보여준다. 모세는 십계명이 새겨진 돌 판 앞으로 백성들을 모으고 이 율법을 지킬 것을 맹세시킨다. 조백헌 역시 나환자들 앞에서 신부를 증인으로 한손은 성경에 다른 손은 자신의 총 위에 놓고 맹세하는 선서식을 거행함으로서 자신의 다짐에 최고의 권위를 부여한다. 주지하다시피 성경을 걸고 하는 맹세는 약속의 최고 권위로서 대대로 전수되는 상징적 행위인데[13] 이 부분은 현대소설 「당신들의 천국」을 지배하는 정서적 뿌리가 모세이야기와 맞닿아 있음을 보여주는 사례이다14). 더하여 이 작품은 영웅이 임무를 완성하는 것이 아니라 실패함으로서 사실상 더 중요한 목표를 이루어 나간다는 인식의 전환을 요구하고 있다. 부연하자면 정상인 조원장이 간척의 성공이야말로 '당신들의 천국'을 위해서라고 설득하지만 나환자들의 입장에서 보면 그 결과물은 자신들을 위한 '우리들의 천국'이 결코 될 수 없다는 것이다. 때문에 가시적이고 물질적인 간척 공사의 성공여부보다는 보이지 않으나 더욱 절실한 무형의 천국건설― 정상인과 환자의 결혼― 이야말로 진정한 성공 증표라는 것이다. 이와 같은 현대소설의 복선적 서사는 여러 방향의 비평과 알레고리를 제시한다.

따라서 신화시대의 인물인 우가 반신반인의 모습으로 일방적인 신의 명령을 수행했다면 조백헌은 우 같은 신적 인간은 물론 아니고 신의 능력을 덧입은 모세와도 다르다. 그저 이익집단 사이에서 자신의 신념에 따라 노력하는 현대 지도자인데 그의 사회적, 심리적 갈등이 도드라져 있다. 그러나 이 현대 지도자의 모습 속에는 과거 영웅의 흔적이 내재돼 있다. 자신의 임무를 관철하려는 온갖 노력이 우의 형상이라면 신과 사람 앞에서 양심을 선서 한다던가 결혼식 주례를 연습하는 모습은 계약을 대언하고 백성을 축복하는 모세의 형상이랄 수 있다. 그는 결과적으로 원장이 아닌 민간인의 모습으로 결혼을 집전하게 됨으로서 진정한 천국건설의 시초에 성공한 것이다. 또한 가시적 목표는 실패했으나 불가시적 목표에 성공함으로서 인식의 전환 틀을 마련한 점은 서사의 다양한 알레고

---

13) 5세기 이후 1000여 년간 서양세계는 교황이 세속군주를 임명하는 형태였다. 교황이 국가의 수반을 임명할 때 성경에 손을 놓고 맹세하게 함으로서 이 상징적 행위는 국가보다 종교가 우위임을 천명하는 것이었다.
14) 유럽뿐만 아니라 미국의 대통령 취임식에서 성경에 손을 얹고 자신의 직무를 다할 것을 맹세하는 예에서 볼 수 있듯 이 상징적 모티브는 모세 이후 지금까지 여전히 유효하다. 따라서 6·25 이후 미국의 문화적 영향력 하에 있는 한국의 기독교인들이 갖고 있는 정서나 전후작가 이청준의 묘사 방식이 이 범위 안에 포함된다는 것은 당연한 현상이라고 볼 수 있다.

리 해석이 가능한 현대적 결말을 충족시킨다. 즉 통과제의의 변형이자 신화의 진전인 현대 소설로 마감된 것이라고 볼 수 있다.

5. 맺는 말

본고는 서두에 언급했듯이 「당신들의 천국」에 대한 기왕의 논의들과 달리 이 소설의 서사구조와 모티브 속에 일종의 신화와 연결된 '영웅의 탐색과정'이 내재함을 발견하고 그 타당성을 살펴보았다. 글의 순서에 따라 먼저 텍스트와 유사한 모티브 및 서사 구조를 포함하고 있는 신화들을 선정하여 비교 모델을 추출하였고 다음으로 각각의 서사구조를 영웅 탐색의 도식에 적용하여 그 타당성을 검토했으며 이어 줄거리 내용과 형식에 내재한 영웅서사와의 공통점과 차이점을 비교하였고 마지막으로 신화적 영웅이 현대적 영웅으로 변환되는 과정도 추론해 보았다.

처음에 이 작품의 원형 모델이 될만한 다섯 가지 신화를 선정하면서 그 중에서 본고가 주목했던 부분은 『하 시조 우』와 『모세의 출애굽』이었다. 다른 세 가지 서사를 제외한 이유는 다음과 같다. 먼저 『바벨탑 이야기』는 구조와 모티브 면에서 「당신들의 천국」과 매우 일치함에도 불구하고 인간 주인공이 등장하지 않으므로 소설의 기본 구성요소를 충족시킬 수 없다고 보았다.

『시지프스』는 같은 행위를 끊임없이 되풀이해야 한다는 점에서 「당신들의 천국」의 주인공 조백헌의 고통과 일맥상통하나 신의 일방적인 징계 앞에 무력한 인간의 모습이 강조될 뿐 시지프스의 심적 갈등이 생략됨으로서 현대소설의 원형으로 보기에 부족하였다. 『오딧세우스』의 경우, 한 무리의 인간을 이끌고 고난을 헤쳐 나가는 영웅모델의 입장으로 볼 때 오딧세우스와 모세, 조백헌은 같은 유형의 인물로 보인다. 그러나 외부의 압력에 대한 내부적 갈등이라는 부분에서 모세가 신과 인간사이의 중재자이면서 조정자로서 느끼는 어려움이 조백헌의 고통과 같다면 오딧세우스는 주어진 운명을 극복해 가는 지도자의 투지가 크게 부각될 뿐 부하들과의 관계에서 일어나는 내부적 갈등이 생략돼 있다. 때문에『시지프스』와 마찬가지로 현대적 요소가 반감된다.

때문에 본고는 텍스트의 신화 원형모델로 서사적 공통점을 보이는『하 시조 우』를 첫 번째 자리에 놓았다. 다음으로 살펴 본『모세의 출애굽』은 신의 도움과 영웅의 협력이라는 점에서 우의 이야기와 공통점이 보이면서 우의 이야기에 전혀 등장하지 않는 신과 인간의 관계, 인간과 인간끼리의 지배 갈등 및 율법과 계약이 등장하는 등 좀 더 현대적인 요소를 포함하고 있었다. 따라서 신화가 소설로 넘어가는 중간 단계라고 보았다. 마지막으로 평범한 인간이 스스로 세운 목표를 성취해 나가는 과정에서 겪는 실망과 좌절을 그린「당신들의 천국」은 현대적 영웅의 모습이라고 보았다. 따라서 본고는『하 시조 우』와『모세의 출애굽』의 서사가「당신들의 천국」을 구성하는 서사의 원형 모델이 될 수 있다고 본다.

Works Cited

대한성서공회.『성경전서』. 서울: 대한성서공회, 1984. Print.

김영구 편역.『중국의 신화』. 서울: 고려원, 1987. Print.

나병철.『소설의 이해』. 서울: 문예출판사, 1993. Print.

박인철.『파리학파의 기호학』. 서울: 민음사, 2003. Print.

이승훈.『시론』. 서울: 태학사, 2005. Print.

이청준.『당신들의 천국』. 서울: 문학과 지성사, 1976. Print.

그리말, 피에르.『그리스로마신화사전』. 최애리 외 공역. 서울: 열린책들, 2003. Print.

홍문표.『현대시학』. 서울: 양문각, 1987. Print.

황석영 문학과 대화의 종교

김 명 석

I . 머리말

이 글은 황석영 소설에 나타난 종교의 문제를 살펴보는 것을 목적으로 한다. 황석영은 한국 현대문학사의 대표적인 작가의 한 사람으로 표면적으로 기독교문학을 추구하거나 혹은 다른 특정 종교를 자신의 문학적 주제로 삼지 않았지만, 장편소설 『손님』이나 『바리데기』를 보면 기독교나 샤머니즘 같은 종교가 작품의 주요 갈등 요소 또는 해결의 동력이 됨을 확인할 수 있다. 그것은 외할아버지가 감리교 목사였던 기독교 집안에서 자랐다는 성장배경과도 관계가 있다(황석영·차미령 136). 또한 감옥에서 어려울 때 내가 살아남아서 좋은 작품 쓰게 해 주십시오 라는 내용의 기도를 했다는 고백도 있다. 그런 반면 지각이 들면서 자기한테 제동을 걸면서 "이건 여호와한테 하는 게 아니고 그냥 신, 하늘님한테 한다"(황석

---

* 이 논문은 『문학과 종교』 제13권 2호(2008)에 「황석영 문학과 대화의 종교」로 게재되었음.

영·차미령 147)는 태도에서 보듯 기도 대상은 굳이 기독교의 하나님만을 향하는 것이 아니라고 의식적으로 부인하면서, 자신 안에 내재하는 종교성 자체를 부정하지는 않는다. 이와 같은 작가의 전기적 측면이나 특히 최근 두 작품에 드러나는 종교적 양상은 황석영 문학의 종교성에 대한 탐구의 가능성과 필요성을 충분히 보여주고 있다. 그러나『손님』에 관한 문학 평론이나 논문들은 대부분 기독교와 마르크스주의는 하나의 뿌리를 가진 두 개의 가지라는 '작가의 말'에 근거하여, 기독교를 마르크시즘과 대립하는 하나의 이념으로서만 파악하고[1] 종교적 의미를 고찰하지 않고, 한편 진오귀굿의 양식을 차용한 전통 형식에 주목한 경우 넓은 의미에서 종교적 차원의 언급을 하고 있는 정도이다. 반면『손님』의 민중신학적 읽기[2]는 문학에서 제대로 챙겨 읽어내지 못한 기독교적 학살과 폭력의 역사성, 기독교 제의의 묵시록적 상상력과 우리 굿의 서사적 의미에 대한 시사점을 던져주면서 황석영이 기독교인들에게 무엇을 말하고 있는가라는 질문에 응답하고 있다.

　『바리데기』의 경우에도 우리 전래 샤머니즘 서사무가의 전통을 작품의 이야기 구조에 접목시킨 작품으로서 종교적 관점에서 주목해 볼만한 작품이지만, 바리의 영적인 대화와 영매로서의 역할에 주목하며 서사무

---

1) 김병익,「이념의 상잔, 민족의 해원」,『문학동네』, 2001 가을.
　　김재용,「냉전적 분단구조 해체의 소설적 탐구」,『실천문학』, 2001 가을.
　　성민엽,「이데올로기 너머의 화해와 그 원리」,『창작과비평』, 2001 겨울.
　　현기영,「두 '손님' 사이의 갈등과 대립」,『대산문화』5 (2001).
　　홍승용,「미래의 조건」,『진보평론』, 2002 여름.
　　임홍배,「주체의 위기와 서사의 회귀」,『창작과 비평』, 2002 가을.
　　오창은,「억압된 기억의 꿈」,『인문학연구』34 (2002)
　　이재영,「진실과 화해, 최원식·임홍배 엮음」,『황석영 문학의 세계』(서울: 창비, 2003).
　　현길언,「종교와 이념」,『문학과 종교』7.1 (2005).
2) 이정희,「유령을 재울 것인가, 기억에 몸을 입힐 것인가:『손님』의 민중 신학적 읽기」,『당대비평』, 2001 겨울.

가 형식 차용과 리얼리즘의 문제를 지적한 권성우[3], 한국형 오르페우스로서 신화 속 바리의 황천 횡단과 신자유시대 이주여성인 주인공 바리를 비교한 양진오[4] 등의 몇몇 단편적인 언급 이외에 본격적 논의는 거의 없다. 한편 고통 받는 치유자로서의 바리데기라는 인물의 성격이 예수 그리스도와 가진 유사성을 밝혀낸 여성신학의 새로운 관점[5]은 작품의 인물 및 구조 분석에도 도움을 줄 수 있으리라 기대된다.

이러한 배경 하에서 이 연구는 위의 두 작품의 인물과 서사구조를 분석하되 황석영 작품속의 종교, 특히 기독교와 샤머니즘이 대립과 대화라는 모순적인 역할을 어떻게 작품 속에서 수행해 나가는가를 중심으로 고찰하고자 한다.

II. 분쟁의 종교, 화평의 종교-『손님』

황석영의 『손님』을 기독교적 관점에서 읽으려 한다면, "평화의 종교인 기독교가 왜 우리 민족의 근대사에서 종종 분쟁의 원인이 되는가?"라는 질문을 던지게 된다. 그런데 기독교가 분쟁을 일으키리라는 지적은 이미 성경에서도 나온 바 있다.[6] 화평이 아니라 분쟁을 주러 왔다는 의미는 예수의 복음으로 말미암은 인간관계의 분열을 예고한 것으로 성도에 대한 불신앙인의 필연적인 핍박을 말한다. 다른 한편으론 예수는 평화의 전달자이지만 예수를 거부하는 자에게는 오히려 심판의 칼 같은 역할을 한다.

---

3) 권성우, 「서사의 창조적 갱신과 리얼리즘의 퇴행 사이-황석영의 바리데기론」, 『한민족문화연구』 24 (2008).
4) 양진오, 「세계문학으로서의 한국문학, 그 위상과 전망-황석영의 『바리데기』를 중심으로」, 『한민족어문학』 51 (2007).
5) 정미현, 「예수 그리스도인가? 바리데기 공주인가?」, 『한국기독교신학논총』 35 (2004).
6) "내가 세상에 화평을 주려고 온 줄로 아느냐 내가 너희에게 이르노니 아니라 오히려 분쟁케 하려 함이로라 이후부터 한 집에 다섯 사람이 있어 분쟁하되 셋이 둘과, 둘이 셋과 하리니"(눅 12:51-52).

이러한 분열과 심판의 혼란이 지난 후에 종국에는 평화의 나라가 실현될 것이라는 것이 일반적인 해석이다. 따라서 당시 북한 지역 기독교인들이 공산세력으로부터 자신들이 받는 핍박을 감수하고, 반대로 기독교가 사탄의 권세를 심판하는 것을 당연한 것으로 보는 인식 속에서는 분열은 예상된 일이다. 그러나 그 분열과 심판이 지난 후에 평화가 찾아오기에는 인간관계가 너무 갈갈이 찢어져버린 것이 작품의 배경이 된 신천사건 전후의 일이다.

황석영 소설 『손님』의 주인공 요섭은 일찍이 기독교를 받아들인 집안에서 태어났다. 할아버지와 아버지와 달리 요섭의 큰할머니(증조모)는 여전히 우리 무속과 장승같은 민속신앙에 의지한다. 한 집안에 두 개의 종교가 갈등을 빚고 있었고, 어미와 아들이 종교가 다르고, 할머니와 손자가 다른 신을 모시는 가운데 요섭 형제는 성장했다.

> 망내야, 망내야.
> 내 이름은 요섭인데 왜 망냉이래.
> 큰할머니는 탈이라도 난 것처럼 손사래를 홰홰 내저었다.
> 이제 너이 애비 하래비 천벌받을 게다. 서양구신에 씌어서 네 형이나 너이 이름을 그따우루 지어났으니깨.
> 하나님은 어느 나라나 하나래는데두.
> 내레 첨부터 다 안다. 코쟁이덜이 책얼 가주구 와서 사방천지에다 풍겼시니깨.
> 우리 조상언 아조 옛날에 하널에서 내레오신 가망님 당군 하라부지여.
> 아니래, 예수님 아바지가 하나님이래.
> 사람언 조상얼 잘 모세야 사람구실을 하넌거야. 놈에 구신얼 모시니 나라가 못씨게대고 망해버렸다.
> 큰할머니는 정화수 대접이며 소반이며 초와 향그릇을 무명 보자기에 쌌다. 할머니는 돌무더기가 있는 길가에 섰던 돌로 쪼은 장승법수 앞에 마주서더니,

우리 망냉이 여기다 절해라.

피이, 이거이 무언데?

아미산 벅수님 아니시야. 아이딜 잘 걸리는 손님마마럴 막아주넌
분이니께. 그렁께 니가 잘 모시먼 병 안 걸리고 오래오래 산다.

　　(『손님』 38-39)

큰할머니의 명으로 장승에게 절을 하게 된 어린 요섭은 이로 인해 죄책
감을 느끼고, 요섭의 형 요한은 그 장승을 베어버린다. 큰할머니의 조선
에게 있어 기독교는 외래에서 온 '손님'이었고, 병마와 화를 달고 오는 '손
님 마마'로 인식된다. '우리 조상언 아조 옛날에 하널에서 내레오신 가망
님 당군 하라부지'라는 말과 '예수님 아버지가 하나님'이라는 말 사이에서
는 단순히 종교적인 갈등이 아니라 민족적 정체성에 대한 의식에 자리 잡
고 있는 것으로 해석할 수 있다. '코쟁이'들과 함께 들어온 하나님을 천연
두를 빗대어 일컫는 손님마마로 부르는 큰할머니의 생각은 나이 어린 손
주들을 불러 억지로 장승에게 절을 시키는 식의 방식으로 해결할 집안싸
움에서 끝나지 않는다. 기독교가 손님마마든 아니든 간에 우리 민족은 큰
병에 걸리는 것을 피할 수 없었고, '아미산 벅수님'도 전쟁까지 막을 힘은
없었던 것이다.

하나님은 어느 나라나 하나라는데 큰 할머니는 왜 이를 거부하고 당군
(단군)을 고집하는가? 이는 단군이 우리 민족의 조상이자 신으로 받아들
여지는 것처럼, 비기독교인에게 비친 하나님 역시 보편적인 분이 아니라
'놈의 구신,' 코쟁이의 하나님, 서양인들의 신으로 받아들여지기 때문이
다. 이는 그리스도의 형상, 예수의 이미지가 어떻게 받아들여지는가를 보
면 알 수 있다. 작품에 나온 손님 예수의 초상은 한국인에게 있어서 금발
의 백인 청년예수의 형상, 이미지가 미국 중심의 선교사에 의해 형성되는
과정을 보여준다.

매건시 목사님이 책상 우에서 두꺼운 가죽 뚜껑으 성경책이랑 유리
럴 끼운 액자럴 보여주었넌데 그거이 예수님과으 첫 대면이댔다. 내
가 첨 본 예수님언 매목사님얼 많이 닮았더라. 머리가 밤색인 것두 기
렇구, 코 아래와 턱에 수염을 길른 것두 기렇구 머리만 예수님이 여자
처럼 길게 길렀더라. 예수님두 코가 큰 것은 서양사람이기 때문이지.
    (『손님』 57-58)

  초기 선교사들이 보여준 예수님은 코가 큰 서양 사람이며, 한번 뇌리에
박힌 예수의 초상은 지금도 크게 다르지 않다. 그러므로 기독교인들에게
참 주인인 예수는 비기독교인들에게 손님 예수로밖에 보이지 않는다. 이
러한 상황에서 손님 예수와 함께 찾아온 또 다른 손님 맑스의 자본론은
이 땅을 손님들의 전쟁터로 만들어 버리고, 이전 주인들은 자신의 주인
됨을 잃고 두 손님의 어느 한 편에 서서 목숨을 건 힘겨루기를 시작한다.
이러한 시대적 분위기 속에서 해방 후 조선의 북쪽에서는 십자군의 이름
을 빌린 전투적 기독교가 득세하게 된다.

  이건 모두가 기독청년들이 거사한 일이야. 물론 남에서도 한독당이
  며 반공청년들이 들어와 함께 거사를 했지. 저들이 맑스의 자본론을
  들이댄다면 우리에게는 성경이 있었다. 이제 우리는 주님의 십자군이
  요 저쪽은 사탄의 세력이 되구 말았지. 이건 우리 할아버짓적부터 조
  선이 개화하면서 시작되었던 거야. (『손님』 123)

  하나님 아부지 저이넌 성령으 적인 공산당으 압제럴 받으멘서 믿음
  얼 지케왔습네다. 하나님께서넌 주 안에서 그 힘으 능력으로 강건하
  여지고 마귀으 계책얼 능히 대적하기 위하여 하나님으 전신 갑옷얼
  입으라고 하셨습네다. 우리 싸움언피와 살에 대한 것이 아니오 정사
  와 권세와 이 어둠의 세상 주관자덜과 사탄이라 넌 악령에 대한 싸움
  이라 하셨습네다. 우리가 이 싸움에서 이길 수 있넌 유일한 방법언 하
  나님으 능력얼 으지하고 이 전쟁얼 위해 하나님으 무기럴 사용하여

우리 자신얼 준비시키는 것입네다. 이제 자유으 십자군덜이 저이 믿
음으 형제덜을 해방하려고 지척에 왔으나 사탄으 군대넌 아직도 저이
럴 위협하고 있습네다. 저이 가운데 미가엘 천사장이 임하사 여호수
아랑 다윗에 내려주셨던 지혜와 용기럴 내레주옵소서. (『손님』 203)

두 인용문에서 보이는 바와 같이 스스로를 십자군이라고 생각하는 기
독교인들에게 이 모든 것은 선한 싸움이라는 정당성을 지니게 되고, 저쪽
은 사탄의 세력이 된다. 특히 공산당을 악령이라고 부르면서, 둘 사이의
평화적 대화를 원천적으로 허락지 않는다는 점이 문제이다. 자신들의 무
기는 육체가 아니라고 하고, 영적 싸움을 주장하면서도 결국은 하나님의
무기가 아닌 쇠붙이를 들고 피를 부르는 싸움을 피할 수는 없었다.

분쟁은 또다시 분쟁을 낳는다. "아비가 아들과, 아들이 아비와 어미가
딸과, 딸이 어미와 시어미가 며느리와, 며느리가 시어미와 분쟁하리라"
(눅 12:53)라는 예언대로 손님이 들어와 한 집이 온통 분쟁에 쌓이는 형국
이다. 그 분쟁의 기운은 세포분열 하듯이 이 땅의 북녘을 잠식하여 나갔
고, 종국은 기독교인 자기들끼리 대립하는 비극에 처한다. 같은 기독교인
중에서도 믿음의 형제를 해방한다는 지상의 과제를 실천한다는 생각 때
문에 극단적인 투쟁을 불사하는 입장이 있는가하면 공산당과의 타협 속
에서 기독교의 보전책을 찾아보려는 입장도 나왔다. 그것은 종교적 교리
의 문제를 넘어서 정치적 성격을 띠게 되며, 어찌 되었건 같은 민족 형제
끼리 피를 부르는 것은 반대하는 이들이 주류를 형성해야 하는데 현실은
전혀 그렇지 못했다는 것이 한국기독교사의 비극을 낳았다.

나라에서 만든 기독교연맹은 우리 교단에서는 일정 때 신사참배 한
측의 교회를 규정했던 것처럼 이단이라고 보고 있었다. 그래서 나는
마음에 생각하고 있던 대로 그에게 말했다.
기독교도연맹얼 우리 교인덜언 이단이라구 합네다.
지금 조국해방전쟁중이오. 교인이라 할지라도 마땅히 인민들 편에

서야 하지 않았소. 미국으 하나님이 아니라 조선 하나님얼 믿어야 된다 그거요. (『손님』 190)

나는 이제 우리의 편먹기는 끝났다고 생각했다. 더 이상 사탄을 멸하는 주의 십자군이 아닌 것이다. 우리는 시험에 들기 시작했고 믿음도 타락했다고 생각했다. 나와 내 동무들은 눈빛을 잃어버린 나날이 되어갔다. 눈에 빛이 없다니 그게 무슨 소리냐고. 사는 게 귀찮고 짜증이 나서 그랬다. 조금만 짜증이 나면 에이 쌍, 하고 짧게 씹어뱉고 나서 상대를 죽여버렸다. (『손님』 246)

미국의 하나님이냐 조선의 하나님이냐 하는 대립은 한 편을 인민의 적으로, 다른 편을 이단으로 비난하게 만들고, 그것은 같은 기독교인들 사이에서 같은 비극을 불러온다. 그러나 황석영은 기독교의 분열상을 비판하는데 그치지 않는다. 그 분열이 기독교 자체만의 문제에서 기인한 것이 아니라 좌우간의 이념적 대립 상황과 밀접한 관련이 있음을 알기 때문이다. 어쩔 수 없이 기독교연맹에 들어가면서 요섭의 삼촌이 내린 어려운 선택 역시 기독교인으로서의 또 하나의 삶의 방식이자 일종의 신앙고백이며, 얼어붙은 북녘 땅에서 교회를 지키는 방법이 될 수도 있음을 작품은 암시해준다. 교인이자 당원인 그의 처세와 기독교연맹의 활동에 대하여 당시에 그랬듯이 현재의 독자들도 보는 각도에 따라 사단의 권세와의 타협이라고 비판할 수도 있겠고, 가이사의 것은 가이사에게 돌리면서 현실적으로 고통받는 주의 백성들과 교회를 지키는 수단이 될 수도 있음을 이해해줄 수도 있다. 소메삼촌이라는 인물을 통해 작품은 이 땅의 현실과 기독교인의 자세에 대한 반성을 촉구한다.

그때 우리는 양쪽이 모두 어렸다고 생각한다. 더 자라서 사람 사는 일은 좀더복잡하고 서로 이해할 일이 많다는 걸 깨닫게 되어야만 했다. 지상의 일은 역시 물질에 근거하여 땀 흘려 근로하고 그것을 베풀고 남과 나누어 누리는 일이며, 그것이 정의로워야 하늘에 떳떳한 신앙을 돌릴 수 있는 법이다. 야소교나 사회주의를 신학문이라고 받아

배운 지 한 세대도 못 되어 서로가 열심당만 되어 있었지 예전부터 살
아오던 사람살이의 일은 잊어버리고 만 것이다. (『손님』176)

　이는 떳떳한 신앙이 무엇인가에 대한 답으로서 지상에서의 땀과 정의
를 주장하는 작가의 목소리를 대변하는 것이다. 주인공 요섭은 북녘 방문
의 마지막 행선지인 고향 신천에서 숨겨진 신앙을 지켜온 소메삼촌으로
부터 화평과 구원의 때가 찾음을 듣는다. 그런데 화평과 구원이 원혼들의
넋두리에서 시작된다는 점은 특이하다. 리얼리즘 소설가인 황석영인『손
님』이후『바리데기』에 이르기까지 산자와 유령과의 대화라는 수법을 자
신의 서사 전략에 적극적으로 이용하고 있다.

　　"죽은 요한 형님이 자꾸만 나타납니다. 형이 죽인 사람들두 나타나
서 제게말을 걸어요."
　　"나두 기래. . . . "
　　"삼촌두 헛것을 보신다구요?"
　　"전에는 그냥 보이기만 하더니. 내가 저녁녘에 들에서 홈자 소를 몰
구 돌아오누라문 건너편 논두렁으루 죽은 사람덜이 줄지어 지나가기
두 하구, 궂은 날이문 소메 위에 혼불이보이기두 하드라. 긴데 요사인
나타나선 나하구 말두 하구 기래. 너이 형은 아직 못 보았다."
　　"그럴 땐 어떻게 하세요?"
　　"거저 보는 거디. 멀뚱허니 보아."
　　"기도는 안하세요?"
　　"기런 때엔 기도허는 거이 아니다. 나타나문 보아주구 말하문 들어
주는 게야. 인차 세상이 바뀔라구 허넌지 부쩍 나타나구 기래. 너 왜
기런다구 생각허니?"
　　"저희들 가책 때문인가요?"
　　삼촌은 눈을 감고 고개를 숙이더니 뭔가 한참이나 입속으로 중얼거
렸다. 요섭은 재촉하지 않고 기다렸다. 삼촌이 다시 고개를 들었다.
　　"그 일얼 겪은 사람덜으 때가 무르익었단 소리디. 이제 준비가 되었
단 말이다.

기래서 . . . 구원할라구 뵈는 게다."

"저나 삼촌은 가해자가 아니잖습니까?"

삼촌이 그 두꺼운 손바닥으로 상을 내리쳤다.

"가해자 아닌 것덜이 어딨어!" (『손님』 174-75)

　　서로가 스스로를 피해자라고 호소하며, 상대방을 저주하는 것이 아니라, '너희 가운데 죄 없는 자는 돌로 치라'고 할 때 가책을 느끼며 조용히 돌아선 사람들처럼, 당시에 앞장 선 사람들이나 방관한 사람들이나 결국은 자신도 똑같이 가해자라는 의식으로 '내 탓이오'하는 회개가 시작될 때 구원의 때는 무르익는다. 그러나 이와 같은 때에 삼촌은 기도하는 대신에 나타나면 보아주고 말하면 들어주는 것이 억울한 죽음들에 대한 태도라고 한다.[7] 구원의 때에 이르면 말하는 기도 대신에 들어주는 기도가 필요하다. 살아있는 자의 소리를 높이는 대신에 죽은 자들의 소리를 들어 주는 것, 그리고 인간의 뜻을 접고 신의 뜻을 듣는 것이 신과의 대화로서의 기도이다. 그러할 때의 죽음의 의미와 희생의 가치가 부활과 구원으로 되살아날 것이다. 두 동강이 난 반도에서 분단의 상처를 뒤로 하고 화합을 꿈꾸는 작가의 바람은 이를 우리 전통 속에서 진오귀굿의 형식[8]을 차용해 작품으로 형상화한다.

_____

7) 삼촌의 태도와 달리 목사인 요섭은 북녘 땅에서 다시 만난 형수님과 함께 다음과 같이 익숙한 기도를 드린다. " . . . 여기 이 땅도 하나님께서 버리지 않은 영혼들이 살고 있는 곳임을 저는 보아서 잘 알고 있나이다. 우리가 지난 세월 동안 서로 겪은 고난을 원망하지 않게 하소서. 그리고 서로 용서하게 하소서. 형수의 겨울날 움싹 같은 믿음을 키워주시고 받아들여주시옵소서. 저희 온 가족의 죄를 사하여주시옵소서. 크나큰 죄인 아무 공로 없사오나 우리 주 예수 그리스도의 이름으로 기도하옵나이다, 아멘." (『손님』 154)

8) 총 열두 장으로 구성된 이 작품의 차례 1. 부정풀이 2. 신을 받음 3. 저승사자 4. 대내림 5.맑은혼 6. 베가르기 7. 생명돋음 8.시왕 9. 길가르기 10. 옷 태우기 11. 넋반 12. 뒤풀이를 보면 우리 전통 진오기굿의 순서에 따라 소설의 구조를 엮어냈음을 한눈에 파악할 수 있다.
고인환, 「황석영 소설에 나타난 전통 양식 전용 양상 연구」, 『한국현대소설학회 제30차 학술대회 발표자료집』, 2008. 5. 31 참조.

그렇다면 종교적 차원에서 혹은 기독교적 관점에서 이 작품의 문제는 무엇인가. 이는 외적 형식으로서 샤머니즘을 끌어내 산 자와 죽은 자의 화해를 말하고 있으나 그것이 지금 이곳에 있는 산 자와 산 자의 화평과 평화에 어떻게 기여할 수 있는가에 대한 답으로서는 충분치 못하다는 점이다. 물론 작품이 의도하는 것은 그 평화의 첫 단추를 이 오래되고 잘못된 유산을 청산하고 치유하는 데서 시작하는 것이니 지나친 요구는 무리한 일일지도 모른다. 그렇다면 다시 문제는 서사적 차원에서 특히 인물의 관점에서 예수 그리스도처럼 막힌 담을 헐고 자신의 육체를 무너뜨려 율법을 폐하는 인물 형상화에는 도달하지 못했다는 점이다. 요섭도 소메 삼촌도 작품에서 그런 역할을 맡은 인물은 아니다. 그들은 죽은 자들 사이에 살아 남은자일 뿐이다. 물론 작가가 기독교적 의식을 내세워 작품 창작을 시도했다면 이는 분명히 실패라고 하겠지만, 작가는 단일한 인물의 영웅화보다는 여러 인물의 다성적인 목소리가 어울리는 굿마당과 같은 공간을 추구하여 갈등의 화해를 목적하고 있는 것이다.

> 그는 우리의 화평이신지라 둘로 하나를 만드사 중간에 막힌 담을 허시고 원수 된 것 곧 의문에 속한 계명의 율법을 자기 육체로 폐하셨으니 이는 이 둘로 자기의 안에서 한 새 사람을 지어 화평케 하시고 또 십자가로 이 둘을 한 몸으로 하나님과 화목하게 하려 하심이라 원수된 것을 십자가로 소멸하시고 또 오셔서 먼 데 있는 너희에게 평안을 전하고 가까운 데 있는 자들에게 평안을 전하셨으니 이는 저로 말미암아 우리 둘이 한 성령 안에서 아버지께 나아감을 얻게 하려 하심이라.
> (『손님』 112)9)

그럼에도 불구하고 자신을 버리고 새사람을 지어 원수된 자와 더불어, 나아가 신과 화목하게 하는 자, 자기 십자가를 지고 가는 자의 형상화에

---

9) 작품 속에서 북에 간 요섭이 떠올린 성경구절(엡 2:14-17).

실패함으로서 작품이 획득한 다성성의 공간은 일정한 한계를 지닌다. 죽은 자와 죽인 자 그리고 산 자가 털어놓는 속내와 자기주장이 진오귀굿의 형식 속에서 어울리는 것, 거기까지가 이 작품『손님』이 성취한 것이다. 그러나 그것이 기독교인이든 아니면 샤머니즘적 세계의 인간이든 귀신이든, 자기를 희생하고 평화와 구원의 새 질서를 전망하게 하는 전형 형상화에 실패했거나 혹은 시도조차 하지 않았던 작가의 인물 형상화 전략은 그래서 새로운 메시아를 기대해야 했다.

Ⅲ. 죽음을 넘어서는 화해의 문학 혹은 신학
-『바리데기』

『손님』에서 보여주는 죽은 자와 산 자의 대화가 과연 진실을 밝히고 억울함을 호소하는 것, 과오를 반성하고 자신의 죄를 회개하는 한바탕 굿이라 할 때도 이는 지나간 역사에 대한 살풀이를 넘어 현재의 평화와 미래의 구원으로 이어질 수 있을지 의문의 여지가 있다. 거기에는 자신의 온몸을 던져 죽음으로써 세상을 구원하는 메시아적 형상이 결여되어 있기 때문이다. 이 지점에서 황석영이 우리 무속세계를 통하여 재발견한 인물이 바리데기이다.

바리데기, 즉 바리공주는 버린 공주(公主)라는 뜻으로, 이 신화는 서울·경기 지역에서 망인(亡人)을 저승으로 천도(薦度)시켜주는 진오귀굿의 「말미」에서 부르는 무가인 「바리공주」이다(김태곤 32). 무당들은 바리를 자신들의 원형신화로 여기고 바리할미를 샤먼의 무조(巫祖)로 밝히고 있는데, 이는 자신의 원조인 바리가 겪은 고통과 수난의 대한 줄거리를 구송함으로써 '고통받은 치유사' 또는 '수난 당한 해결사'임을 자처한 것이자, 무속이 살아남을 수 있던 생명력의 비밀이다(황석영,『바리데기』294).[10] 한편 바리데기 공주 이야기는 아주 다양한 형태로 전하여진다. 전승형태의 다양성은 이 이야기가 지닌 역동성과도 연관이 있다. 이 이야기가 사용되는 자리와 상황에서 끊임없이 새롭게 재창조될 수 있는 특성을 지녔다는 것이다. 획일성을 배제하고 포용성을 지닐 수 있었기 때문에 바리데기 공주 이야기는 주체적 언어를 오히려 상실하지 않을 수 있었고 역사 안에서 생명력을 지닌 채 보존되었다(정미현 129). 그렇다면 바리데기 이야기의 생명력의 비밀 두 가지는 '고통받은 치유자'로서의 캐릭터의 특성과 구비전승에서 시작된 내러티브의 역동성과 포용성 때문이다.

무속의 차원에서 전자는 고통당한 고통의 치유자, 수난당한 수난의 구제자로서의 샤먼, 그러니까 제일 고통 받고 눌리고 했던 자가 남의 고통을 치유할 수 있다는 것을 의미한다(심진경 261). 작가는 이에 대하여 세계체제이후 적응하지 못한, 버림받은 수많은 나라의 백성들의 얼굴이 '바리'라고 하였다. 이는 미국 중심의 세계질서의 중심에서 버림받고 고통당한 주변부의 시각을 대변하는 것이다.

또한 전(傳)이나 무가(巫歌), 굿 같은 전통적 서사 양식을 가져와서 소설 형식에 접목하는 황석영의 작업 자체가 바깥의 시선으로 한반도의 양식을 새롭게 이해하려는 시도라는 지적(심진경 246)이 있다. 이러한 시도에 대하여 작가 황석영 자신이, 서사의 내용도 그렇지만 그것에 걸맞게 서사의 형식, 그것을 엮어내는 방법론을 잘 형성하면 자신의 문학이 또 하나의 세계를 이룰 수 있지 않을까, 하는 생각을 피력한 바 있다(심진경 248).

그러면 먼저 오랜 세월 다양한 형태로 전승되는 '바리데기'의 내용은 무엇일까? 바리데기는 전국적으로 전승되는 서사무가로서 일명『바리공주』·『오구풀이』·『칠공주』·『무조전설』이라고도 한다. 이는 죽은 사람의 영혼을 위로하고 저승으로 인도하기 위해 베풀어지는 '지노귀굿'·'씻김굿'·'오구굿'·'망묵이굿' 등의 무속의식에서 구연된다. 바리공주는 약 20여 편이 채록되었는데 전승지역과 구연자에 따라서도 차이가 있으나 공통적인 서사단락을 요약하면 다음과 같다. ① 옛날 국왕 부부가 딸만

10) 작가 인터뷰−분쟁과 대립을 넘어 21세기의 생명수를 찾아서.

계속 일곱을 낳는다. ② 왕은 일곱째로 태어난 딸을 버린다. ③ 버림받은 딸은 천우신조로 자라난다. ④ 왕은 병이 든다. ⑤ 왕의 병을 고치기 위해서는 신이한 약물이 필요하다. ⑥ 만조백관과 여섯 딸이 모두 약물 구하는 것을 거절한다. ⑦ 버림받은 막내딸이 찾아와 약물을 구하겠다고 떠난다. ⑧ 막내딸은 약물관리자의 요구로 고된 일을 여러 해 해주고 그와 결혼하여 아들까지 낳은 뒤 겨우 약물을 얻어 돌아온다. ⑨ 국왕은 이미 죽었으나, 막내딸은 신이한 약물로 부친을 회생시킨다. ⑩ 그 공으로 막내딸은 저승을 관장하는 신이 된다.[11]

그런데 이러한 줄거리를 살펴보면 공주이면서도 버림을 받은 바리데기, 생명수를 찾아 죽음의 길을 걸어야 했던 바리데기의 형상은 신의 아들이면서 인간의 세상에 와 영생의 복음을 전하고 십자가의 죽음을 맞이했던 예수의 형상과 유사한 점이 많다. 그래서인지 한국 샤머니즘의 대표적 여신으로서 바리데기 설화를 기독론적으로 고찰하여 복음과 문화의 관계성과 여성신학의 관점에서 이를 재구성한 논의들이 최근 신학계에서 나오고 있다.[12] 바리데기라는 인물을 통해 죽음을 넘어서는 화해의 신학을 말하는 것이다. 바리는 자기희생적이며 수난당한 여자 영웅이다. 버림받고 고난을 승화하는 과정에서 바리는 삶과 죽음을 관장하고 화해를 주관하는 신적 입장을 부여받게 된다. 버려짐과 고난의 극복을 통하여 타자를 생명으로 인도하는 점, 자기고난을 통하여 희생자였기에 승리자가 됨으로써 그리스도의 모습과 연관된다(정미현 132). 샤머니즘과 기독교간의 대화 가능성을 보여주는 이러한 접근 방법이 등장한 것은 우리 전통에 존재하는 종교적 표현들이 '신학적이고 인위적인 세속화나 토착화 이전

---

11) 『한국민족문화대백과사전8』, 한국정신문화연구원, 1996, 871-72.
12) 남유경, 「죽음을 주관하는 여신 바리데기 이야기」, 『한국 민간신앙에 나타난 여신 상에 대한 여성 신학적 조명』, 한국여신학자협의회 편, 여성신학사, 1992.
   정미현, 「예수 그리스도인가? 바리데기 공주인가?」, 『한국기독교신학논총』 35.
   주미정, 「너희는 나를 누구라 하느냐, 여성목회연구소 사순절 특강」, 2008.

에 바로 그것은 이미 우리를 기독교인일 수 있게 하는 기본적인 가능성의 토양'임을 의식한 데서 온 것이다. 또한 기독교뿐만 아니더라도 종교적 메시지를 전하는 경전 자체가 말씀에 옷을 입혀 인물과 사건을 통해 서사화하는 방법을 사용하기에 문학과 종교는 친연성이 있으며, 구비문학의 신화적 전통에서 신학적 해석을 도출하는 것은 극히 자연스럽다. 마찬가지로 신학적 해석으로부터 도움을 받아 작품에 내재된 다층적이고 풍요로운 의미를 파악해낼 수 있는 사례를 바리데기 설화에서 발견할 수 있으며, 이는 현대소설인 황석영의 작품에도 창조적으로 적용될 수 있다.

우리가 흔히 말하는 한국의 샤머니즘과 기독교의 관계는 기복신앙으로 기독교의 본질을 변질시킨 부작용 같은데 집중된다. 이는 샤머니즘이 신적 존재를 인간의 목적이나 필요에 따라 이용할 수 있다는 현세주의적 성격을 가진 것과 관계된다. 이와 달리 바리데기와 같은 샤머니즘적 전통은 기독교가 이 땅에 들어오기 전 우리 조상의 종교관념 속에서 그리스도의 형상이 자리 잡을 수 있는 토양을 마련했다는 점에서 의미 있다. 그러면서 동시에 서구 중심적 기독교문화로부터 탈식민주의적 관점에서 전통문화를 이해할 수 있는 토대를 마련한다. 이는 황석영 소설 속의 바리를 통해 보여주려는 작가의 세계인식과도 통하는 일면이 있다. 또한 일곱 번째 딸로 태어나 버려진 바리공주는 여성신학적 관점에서 남성 중심적 사회의 폭력성을 비판하는 적극적인 여성상을 제시한다. 황석영 소설의 바리 역시 고통의 상황, 남성들의 폭력과 남성들의 전쟁을 사실적으로 묘사하고, 이어서 고통의 바다를 넘어 나아가는 바리의 환상적인 행로를 통해 새로운 참 평화의 세계를 지향하고 있다. 반면 기독교의 구원은 근본적으로 행위보다는 은혜를 통해서 얻어지는데 이는 구원을 위한 자기의 실천과 고행의 의미를 약화시킨다. 이 점에서 바리데기와 기독과의 일정한 차별성도 엿보인다.

「바리데기」를 비롯한 우리 서사 무가의 공통된 구성요소는 첫째, 창조

로써의 신화적 결혼담, 둘째, 죽음의 체현으로써의 경험담, 셋째, 재창조
로써의 신위(神位)가 된 이야기이다. 죽음의 체험을 통해 비로소 신적인
존재로 재창조된다는 것이 서사무가가 보여준 창조적 원리이다. 본풀이
의 주요 골자는 시련을 매개로 재창조되어 신위(神位)가 되었다는 이야기
다. 버림받고 저승을 왕래한 바리공주는 드디어 산 사람을 돕고 죽은 영
을 저승으로 천도하는 무조신이 되었다.[13] 창조된다는 것이 서사무가가
보여준 창조적 원리이다. 본풀이의 주요 골자는 시련을 매개로 재창조되
어 신위(神位)가 되었다는 이야기다. 버림받고 저승을 왕래한 바리공주는
드디어 산 사람을 돕고 죽은 영을 저승으로 천도하는 무조신이 되었다.[14]
황석영의 이 작품 역시 서사무가의 구성요소를 충실히 재현하고 있다. 설
화의 바리공주가 서천 지옥에서 장승과 결혼하듯이 소설의 여주인공 역
시 서쪽 나라에 가서 장승처럼 기골이 장대한 사내 무슬림 알리와 결혼한
다. 여주인공의 고난의 여정이 서로 다른 민족과 인종간의 결혼으로 이어
지는 것이다. 그 과정에서 바리는 몇 차례에 걸쳐 죽음의 위기를 겪고, 자
신의 고통과 희생을 통해 새로운 세상을 향한 구원의 상징이 된다. 따라
서 굳이 예수 그리스도를 끌어들이지 않는다고 해도 이 작품은 여전히 신
화적 요소를 지니고 있다.

그러면 다음은 작품을 통해 서사무가 「바리데기」가 소설 『바리데기』
에 어떤 모습으로 수용되었는지 구체적으로 살펴보자.

> 우리 바리는 신통방통하구나. 한번 얘기해주었는데 모조리 기억하
> 구 있으냐. 저어 해가 저무는 서천 서역에 가문 세상 끝에 약숫물이 있
> 다구 그랬지비. 병든 나라 지나 물 건너고 산 넘고 가는 동안에 신령님
> 들이 도와주고, 온갖 사람 빨래해주고, 밭 매주고, 시키는 천한 일 다
> 해주고, 귀신 물리치고, 지옥에두 다녀오지. 지옥에 갇힌 죄인들 구제

13) 정진홍, 『기독교와 타종교와의 대화』(서울: 전망사, 1980), 143-44.
14) 유동식, 『한국 무교의 역사와 구조』, 7판 (서울: 연세대출판부, 1989), 341-42.

해주고 서천에 당도하니 장승이 기달리구 이서. 장승하구 내기시행에 져서 살림해주고 아 낳아주고 석삼년을 일해주어야 약수를 내주갔다구 허는 거이야. 저어 세상 끝이서 온갖 고난을 겨끄다가 돌아오는데 저승 가는 배들을 구경허지. 황천으루 흘러가는 배 위에 가즌 업보를 짊어진 혼백들이 타구 있대서.

할마니, 생명수 얻은 거는 빠쳤다.

오오 기래, 할마니가 깜박했다. 생명수 약수를 달랬더니 그 놈에 장 승이가 말허는 거라. 우리 늘 밥해 먹구 빨래허구 하던 그 물이 약수다.

기럼 공주님이 헛고생한 거라?

바리야, 기건 아니란다. 생명수를 알아보는 마음을 얻었지비.

거 무슨 말이웨?

이담에 좀더 살아보문 다 알게 된다. 떠온 생명수를 뿌레주니까니 부모님도 살아나고 병든 세상도 다 살아났대. 그담부턴 바리 큰할미는 우리 속에 살아계신다누. 내 속에 네 속에두 있댄 하지.

(『바리데기』 80-81)

위의 인용문은 황석영의 『바리데기』의 원형이라고 할 우리 전통무가 「바리데기」설화를 잘 요약해주고 있다. 『손님』이 진오귀굿의 형식을 소 설의 형식으로 차용했듯이 이 작품 역시 구전 설화를 현대적 서사물인 소 설과 접목시켜 새로운 형식을 추구하고 있다. 21세기의 디아스포라적 상 황을 서사무가와 결합시킨 데 대하여 작가는 "현실주의적 서사를 우리 형 식에 담는다"라고 했다.[15]

할머니는 빙그레 웃으며 고개를 끄덕였다.

기래기래, 이승 저승이 달라 뻴수가 읂지비. 너가 걱정이 돼서 불렀 구나. 이제부텀 나 하는 얘기 잘 들으라. 수천수만 리 바다 건너 하늘 건너 갈 텐데 그 길은 악머구리 벅작대구 악령 사령이 날뛰는 지옥에 길이야. 사지육신이 다 찢게 질지두 모른다. 하지만 푸르구 누런 질루

15) 심진경, 「한국문학은 살아 있다—소설가 황석영과의 대화」, 『창작과 비평』, 2007 가을.

가지 말구 흰 질루만 가문 된다. 여행이 다 끝나게 되문 넌 예전 아기
가 아니라 큰 만신 바리가 되는 거다. 할마니가 도와줄 테니까디 어려
울 땐 칠성일 따라 내게 물으러 오라. (『바리데기』 125)

  칠성이와 할머니와 같은 존재는 바리를 서천의 세계로 인도하는 존재
이다. 샤머니즘에서 무당은 누구나 몸주가 있고 그러한 영이 안내자가 되
어준다. 영매는 몸주나 수호령을 통해서 피안과 연결되고, 바리의 끈은
여기 한반도에서부터 연결되어 먼나라까지 가는 것이다. 할머니가 이야
기해준 설화속의 바리의 서천행, 할머니의 영혼이 꿈속에서 안내해주는
바리의 여행길은 지옥길과 같다. 산불과 기아의 북녘 땅에서 음모와 배신
이 판치는 중국 땅을 거쳐 찾아가는 작품 속 바리의 영국행은 고난의 연
속이다. 그러면 바리가 도착한 영국 런던이라는 공간은 어떤 곳인가? 고
생 끝에 생명수를 찾아 무쇠성으로 간 바리가 무쇠성을 지키는 마왕이 한
낱 힘없는 늙은이에 불과하다는 사실을 알게 되는 것처럼, 탈북 이주여성
노동자의 눈앞에 펼쳐진 런던이란 붕괴의 위기를 안으로 감춘 자본주의
세계체제의 '무쇠성' 이었던 게 아닐까(강경석 38) 하는 지적은 정곡을 찌
르고 있다. 바리는 마사지 손님 에밀리 부인에게서 영국의 은폐된 제국주
의 역사의 장면들을 발견하고, 제국적 팽창과 소유욕으로 점철된 영국의
과거와 국제 이주자들을 사회의 하부구조로 배치하며 자본주의를 유지하
는 영국의 현재를 동시적으로 목격하고 있다(양진오 88).
  마침내 서천에 도달한 설화속의 바리공주가 생명수를 얻기 위해 장승
과 결혼하듯이 바리 역시 자신이 살던 집주인인 압둘 할아버지의 손자 알
리와 결혼하게 된다.

    넌 이제 장승이와 인연을 맺는구나. 앞으루 그 사람하구 살멘 생명
  수를 찾아내야 하지비.
    할마니, 다른 고장 사람들두 나처럼 저희 조상 혼들이 있나?

거럼, 어드메나 다 있지. 모든 영혼은 탁한 데서 맑은 데루 씻기우
는 거다. 자, 이젠 가보아라. 나두 가야겄다. (『바리데기』204-05).

그들과 가족이 된 뒤에도 몇 년이 지나도록 나는 이슬람 교리를 절
반도 이해하지 못했고 알리 조상들의 고향에 대한 이야기는 더욱 알
아들을 수가 없었다. 나도 고향에서 자랄 때에 남선과 북선이 서로 사
는 것도 다르고 생각도 달라서 언제나 개와 고양이처럼 싸웠다고 얘
기를 들었고 어른들은 그게 코쟁이 미국 때문이라고 했다. 알리네 가
족 어른들도 이슬람교와 힌두교를 믿는 사람들이 파키스탄과 인도로
갈라져 오랫동안 싸워왔고 인도가 점령한 잠무카슈미르에서는 지금
도 죄없는 사람들을 잡아가두고 죽인다면서 이렇게 된 것이 원래 영
국놈들 때문이라고 원망했다. (『바리데기』209)

이 소설의 무슬림들은 동양에서 이주해온 한 여성을 가족으로 포용하
는 관대함을 보여준다. 영국의 주류 백인들이 바리를 매춘녀나 하인으로
취급한다면 이 무슬림들은 바리를 가족으로 받아들인다. 이들과 바리의
관계는 이주자들의 연대와 포용이 소통되는 관계이다. 무슬림의 풍속으
로 진행된 바리와 무슬림의 결혼 장면에서의 바리는 오랜만에 미래의 행
복을 꿈꾸는 여성으로 묘사되고 있지만 그들을 둘러싼 현실은 냉혹하다.
그 만남과 결혼이 미래를 보장하지 않는 까닭이다. 9 · 11테러를 계기로
바리는 새로운 유형의 차별과 억압, 바로 서구 기독교 국가에서 무슬림들
이 받는 종교적 차별과 억압을 경험하게 된다(양진오 88-89).

앞에서 언급한 바리데기의 구원자로서의 그리스도와의 유사성 때문인
지『손님』의 경우와 달리『바리데기』에서는 샤머니즘과 손님 예수와의
충돌을 강조하지 않고 있지만, 위의 인용문을 보면 이 작품에도 여전히
비슷한 경계심은 등장인물의 인식을 통하여 남아 있다.

설화속의 바리데기 공주는 개인적으로는 아버지를 살려낸 효녀요, 사
회적으로는 국왕을 부활시켜 국가의 기틀을 공고히 한 영웅이 되고, 다시

모든 사람의 죽음을 관장하는 신으로 승격되면서, 개인에서 집단으로, 다시 인류 전체로 숭앙의 범위가 확대되는 원리를 보여준다. 황석영 소설 속 바리데기 역시 그 범위를 점차로 확대하여 바리데기 한 개인과 가정의 고통에서 그것을 북한 주민 일반의 고난으로 나아가 신자본주의 변방에서 소외된 아시아 이주민들의 이야기로 확대된다. 그리고 마침내 무슬림 알리와의 결혼과 9.11, 런던 테러로 이어지는 전지구적 이슈와 결합된다. 비록 신화속의 바리공주와 달리 현실의 바리데기는 죽은 자들을 구원한 대모신으로 승격되지는 못하지만, 바리의 고통과 눈물은 전 인류를 위로하는 고통과 눈물로서 자신의 희생과 죽음을 통해 구원을 이룬 민족 신화의 영웅의 현재화이자 죽음에서 부활한 승리자 예수 그리스도의 형상과 만나고 있다.

IV. 맺음말

궁극적인 것에 대한 탐구로서의 문학은 종교와 통한다. 황석영 문학이 추구하는 세계는 현실세계에서 갈등하는 문제들에 대한 대화의 공간을 제공하는데 있다. 그런데 그 세계는 살아있는 사람들만의 세계가 아니라 산 자와 죽은 자가 공존하는 초역사적 공간이다. 『손님』에서는 진오귀굿의 형식을 통해 죽은 원혼들을 초대하여 위로하고, 그들의 한을 귀담아 들어주는 것이 문학이다. 죽은 혼들이 각자의 처지에서 자신의 삶을 회고하면서 입장을 설명하고 과오를 반성한다. 작품이라는 장, 작가가 설계한 다성성의 공간에서 그들은 서로의 한을 토로하고 욕망과 죄과를 내려놓는다. 작품의 한 등장인물이 이런 원혼들이 등장하면 기도하기보다는 들어줘야 한다고 했듯이, 이 소설은 각각의 목소리를 모아놓았을 뿐이다. 말하기가 아니라 듣기다. 그것은 이 작품을 기존의 서사와 달리 6·25 전사나 북한지역 교회사 등을 생경하게 모아놓은 역사적 사료의 나열처럼 보이게 만든다. 그러나 종교적 차원에서 이 작품은 통일에 대한 작가의 간구를 성급하게 앞세우기보다는 비극 속에서 역사에서 섭리하는 신의 목소리를 가만히 듣게 만든다. 작품의 초점화자인 요섭은 영매의 역할을 하면서 산 자와 죽은 자의 커뮤니케이션을 이끌고 신천학살사건이라는 비극의 비밀과 전말을 밝힌다. 작가의 창작행위는 작품과의 구조적 동일성을 가지며, 작가는 또 한 명의 영매가 되어 이야기를 전한다. 그러니까 여기서 황석영에게 있어 작가는 이야기를 짓는 것이 아니라 전하는 존재이다. 분단의 재갈에 물려 말이 없던 죽은 자들로 하여금 말하게 하는 대화적 전략이야말로 결국 작가란 세상의 영매가 되어주어야 한다는 작가의 생각을 보여주는 것이다.

한편 『바리데기』에서는 우리 서사무가의 전통에서 고통 받은 치유자를 발견하고 소설적으로 형상화하여 작가는 전지구적 자본주의 질서의 주변부에서 이중의 질곡 가운데 고통 받는 바리와 같은 여성상을 우리 소설사에 출현시켰다. 이들 작품은 분단의 상황에서 어느 누구 못지않게 치열한 삶을 감당하며 때로는 국외의 망명객으로 때로는 차가운 감방 안에 투옥되며, 한편으로는 사상의 감옥 속에서 고통 받으며 살아야했던 작가에게서 고통 받는 고통의 치유자로서의 바리의 모습을 발견하게 한다. 그렇다면 다시 작가는 누구인가. 이 물음은 작가 역시 고통 받는 고통의 치유자이며, 작품이라는 굿을 통해 죽은 자와 산 자, 역사와 현재가 대화하게 하는 영매가 아닐까 다시 한 번 생각하게 만든다.

Works Cited

고인환. 「황석영 소설에 나타난 전통 양식 전용 양상 연구」. 『한국현대소설학회 제30차 학술대회 발표자료집』. 2008. 5. 31. Print.

권성우. 「서사의 창조적 갱신과 리얼리즘의 퇴행 사이―황석영의 바리데기론」. 『한민족문화연구』 24 (2008): 227-53. Print.

김병익. 「이념의 상잔, 민족의 해 원―황석영 장편소설 『손님』」. 『문학동네』, 2001 가을.

김재용. 「냉전적 분단구조 해체의 소설적 탐구―황석영의 『손님』」. 『실천문학』, 2001 가을. Print.

남유경. 「죽음을 주관하는 여신 바리데기 이야기」. 『한국 민간신앙에 나타난 여신상에 대한 여성 신학적 조명』. 한국여신학자협의회 한국여신상연구반한국여신학자협의회 편. 서울: 여성신학사, 1992. Print.

서대석·박경신. 『서사무가 Ⅰ』. 서울: 고려대학교 민족문화연구소. 1996. Print.

심진경. 「한국문학은 살아있다―소설가 황석영과의 대화」. 서울: 창작과비평, 2007. Print.

양진오. 「세계문학으로서의 한국문학, 그 위상과 전망―황석영의 『바리데기』를 중심으로」. 『한민족어문학』 51 (2007): 71-96. Print.

이정희. 「유령을 재울 것인가, 기억에 몸을 입힐 것인가: 『손님』의 민중신학적 읽기」. 『당대비평』 17 (2001): 382-92. Print.

정미현. 「예수 그리스도인가? 바리데기 공주인가?: 죽음을 넘어서는 화해의 신학을 지향하며」. 『한국기독교신학논총』 35 (2004): 127-54. Print.

최원식·임홍배 엮음. 『황석영 문학의 세계』. 서울: 창비, 2003. Print.

황석영.『바리데기』. 서울: 창비, 2007. Print.

황석영.『손님』. 서울: 창작과비평사, 2001. Print.

용서와 인간실존의 문제에 대한 두 태도

— 단편소설『벌레이야기』와 영화 <밀양>

김 희 선

I. 들어가며: 단편소설에서 영화로

문학작품을 바탕으로 재창조된 영화는 원작을 하나의 텍스트로 삼아 여기에 영화가 필요로 하는 여러 예술적, 기술적 독창성을 발휘하여 탄생한다. 오늘날 영화는 오랫동안 사람 사는 이야기를 주도적으로 해온 소설을 대신하여 우리들의 삶에 더욱 깊숙이 관여한다는 의견도(박순원 148), 영화가 소설의 성과를 수용하면서 꾸준히 자신의 서사 능력을 발전시켜 왔기에 가능하다. 영화가 "기계, 광학, 필름, 화학의 총아"(Richardson 12)로서 가장 중요한 현대 예술의 하나라 할지라도, 많은 영화제작자들이 여러 면에서 문학에 빚지고 있음을 부인할 수 없을 것이다. 아이젠슈타인(S. Eisenstein)은 영화가 자립적이고 자족적이며 완전히 독립적인 예술이라

---

* 이 논문은『문학과 종교』제14권 2호(2009)에「용서와 인간실존의 문제에 대한 두 태도 – 단편소설『벌레이야기』와 영화 <밀양>」로 게재되었음.

는 생각을 비웃으면서, 과거의 모든 문학이 위대한 영화 예술을 낳는데 공헌했으며 문학이야말로 가장 중요하고 으뜸가는 시각예술이라고 한 바 있다(232-33). 이는 영화가 문학적 상상력을 가장 기본적인 바탕으로 한 것임을 강조한 것이다. 소설가 이청준은 "문학이 작가가 혼자 밀어붙이는 '독방예술'이라면 영화는 상업적인 '대중예술'이며, 두 장르의 핵심은 상상력의 깊이일 것이니 서로의 장르를 존중하면서 대화를 하다 보면 서로 배울 점이 있을 것이라고 말하였는데(강연곤),[1] 이는 문학과 영화 간의 긍정적이고도 긴밀한 관계를 잘 나타내는 말이다. 그래서인지 이청준의 소설들은 참으로 빈번하게 영화화되어 왔다. <병신과 머저리>, <석화촌>, <이어도>, <낮은 데로 임하소서>, <서편제>, <축제>, <천년학>, 그리고 <밀양>까지 우리는 작가 이청준의 소설이 영화로 만들어진 상당히 긴 목록을 갖고 있다. 문학평론가 방민호는 『씨네 21』 기사에서 이청준 문학에 대해 논하면서, 이청준 문학이 번역될 수 없는 미학적 특질들을 함축하고 있는 까다로운 문학임에도 불구하고 왜 유독 그의 문학만이 빈번히 영화화 되는지 그 이유에 대해, 그의 문학이 "드라마타이즈(dramatize)하기 쉬운 요소들을 다량으로 함유"하고 있으며 무엇보다 "가장 보편적이고 타당한 인류의 감정"에 호소하기 때문이라고 하였다. 여기서 드라마타이즈하기 쉬운 요소들이란 리드(H. Reed)가 훌륭한 문학과 이상적인 영화의 요소로 지적한 바 있는 "말로써 이미지를 전달하고 마음으로 보게 하는"(230-31) 시각적인 요소를 포함하여 다양한 인간 삶의 극적인 상황을 의미한다고 할 수 있다.

소설가로 출발하여 문학과 영화의 두 장르를 넘나들며 의미 있는 이야기를 생산해 낸 영화감독 이창동은 바로 그러한 이청준 문학의 극적인 요소를 취하여 단편소설 『벌레이야기』를 영화 <밀양>으로 재창조하는데 성

---

1) 신문, 잡지 등 인터넷에서 검색한 인용자료는 페이지수를 기입하지 않음. 대신 Works Cited에서 상세한 웹페이지를 밝힘.

공을 거두었다. <밀양>은 2007년 5월 칸 국제영화제에서 전도연이라는 여배우로 하여금 여우주연상을 얻어내는 쾌거를 이룸으로써 국내 뿐 아니라 세계적으로도 많은 관심과 반향을 불러일으켰다. 영화 <밀양> 시사회 직후 열린 기자간담회에서 이창동은 1988년 읽은 이청준의 단편소설 『벌레이야기』가 영화 <밀양>의 직접적인 토대가 됐다고 밝혔다. 한마디로 영화 <밀양>은 소설 『벌레이야기』의 창조적 각색 작품이다. 전체 20여 쪽에 불과한 이 소설에서[2] 작품의 영감을 얻은 이창동 감독은 풍부한 상상력으로 살을 입혀 <밀양>이라는 제목으로 두 시간이 넘는 영화를 만들어 내었다. 이창동은 "스토리는 많이 다르지만 거기에서 던져진 인간의 구원에 대한 문제가 꽤 오랫동안 내 마음에 남아 있었고, 그것이 오랜 세월 내 안에서 싹을 틔운 게 아닌가 싶다"(이창동-한선희)고 영화 <밀양>을 탄생시키게 된 동기에 대해 말하였다. 이창동은 청문회 열기가 한창이던 1988년 『벌레이야기』라는 소설을 읽으면서 즉각적인 느낌은 '이게 광주 이야기구나'라고 느꼈다고 한다. 당시 청문회에서는 광주학살의 원인과 가해자를 따지고 있었지만, 정치적으로는 이제 화해하자는 공론화 작업이 동시에 이뤄지고 있었다. 『벌레이야기』에는 광주에 관한 내용이 암시조차 없는데도 이창동은 그것을 광주에 관한 이야기로 읽은 것이다.

그 소설이 독자에게 이렇게 묻는 것 같았다. 피해자가 용서하기 전에 누가 용서할 수 있느냐, 라고. 그리고 가해자가 참회한다는 것이 얼마나 진실한 것이냐, 그리고 그것을 누가 알 것이냐. 다른 한편으로는 이청준 소설의 큰 미덕인데, 그 이야기를 넘어서는, 초월적인 것을 느꼈다. 어찌 보면 되게 관념적인 이야기인데 그게 늘 내 마음속에 있었던 것 같다. 아마 내 개인사와도 관련이 있을지도 모르겠다. 그러다가

---

2) 『벌레이야기』는 원래 1985년 계간 『외국문학』 여름호(제5호)에 발표되었던 것이 1988년에 단행본으로 출간되었고 2002년에는 『이청준 문학전집』의 한 권으로 같은 제목의 책이 출간되었다.

<오아시스>를 끝낸 뒤 '밀양'이라는 공간의 느낌과 그 이름이 이루는 아이러니한 대비에 관심을 갖게 됐다. 그게 나도 모르게 『벌레이야기』와 결합된 것 같다. (이창동-한선희)

소설 『벌레이야기』에서 이창동을 사로잡은 주제는 '용서'의 문제이다. 광주 뿐 아니라 작금의 위안부 문제나 이라크, 혹은 팔레스타인 등 국제적인 분쟁에도 '용서'는 중요한 문제로 개입되어 있음을 볼 때, '용서'는 분명 정치 사회적이고 역사적으로 중요한 이슈가 될 수 있다. 그러나 용서는 정치 사회적이고 역사적인 문제이자 동시에 개인의 실존적이고 인류가 피해갈 수 없는 본질적인 문제이다. 이창동은 『벌레이야기』를 읽은 이래 20년간 그 작품이 머릿속에서 떠나지 않았다고 하는데, 이는 그 소설이 특수한 시대적 상황과 장소를 떠나 '용서'와 '구원'이라는 인간의 보편적인 문제를 대단히 심도 있게 그려낸 작품이기 때문이라 하였다. 시대적 아픔의 이야기를 시대와 지역성에 머무르지 않고 보편적인 인간의 문제로 밀도 있게 그려내었다는 점에서 이창동은 이청준의 작가적 감성을 공유한 것이다. 이창동은 자신의 영화 <밀양>과 원작소설과의 관계를 이렇게 밝히고 있다.

<밀양>에는 원작소설이 왠지 내 맘 속으로 들어와서 스스로 하나의 이야기 형태로 자랐다는 것, 그리고 내가 영화를 하면서 해왔던 영화적 고민, 내 나름대로의 영화적 화두라는 게 서로 붙어 있다. 나의 영화적 화두는 가령 이런 거다. 영화란 게 사실 눈에 보이는 것을 담아내는 것처럼 보인다. 종종 눈에 보이지 않는 것들도 담아낸다. 귀신, 판타지도 만들고 종종 어떤 경우는 눈에 보이는 것보다 훨씬 미화해서 신비화해서 담아낸다. 하지만 세상에는 눈에 보이지 않는 것들이 있다. 눈에 보이는 것과 보이지 않는 것의 관계는 뭘까. 영화는 눈에 보이지 않는 것을 어떻게 다루어야 하나, 이런 고민을 했다. 그 고민과 『벌레이야기』의 내용이 결합이 된 건데, 말하자면 눈에 보이는 것이라는 게 우

리가 살고 있는 경치, 땅, 공간이고. 눈에 보이는 이 공간을 어떻게 드러내는가, 그것이 영화의 문법적으로 중요한 화두가 되었다. (이창동-한선희)

결국 원작소설 『벌레이야기』에서 강렬하게 사로잡힌 '용서'의 주제를 표현함에 있어 이창동은 눈에 보이지 않는 것을 눈에 보이는 경치나 땅과 같은 공간으로 드러내려고 했고, 이런 시도가 영화 <밀양>으로 재탄생되었다는 말이다. 따라서 영화 <밀양>은 소설 『벌레이야기』의 용서에 얽힌 인간고통의 이야기가 밀양이라는 공간으로 시각화된 새로운 창조의 영화라고 할 수 있다.

『벌레이야기』는 '용서'라는 것을 실천하기가 얼마나 어려운가에 대한 이야기로서 아들을 유괴당하고 살해까지 당한 한 어미가 범인을 용서하려고 했지만 좌절당하고 급기야는 인간적 한계와 모순에 갇혀 스스로 목숨을 끊을 수밖에 없던 한 인간의 비극을 이야기한다. 이창동은 원작소설의 큰 틀을 유지하면서 새로운 인물설정과 장면들을 만들어 영화 <밀양>이라는 영화를 재창조함에 있어 역시 유괴라는 큰 사건을 통해 이야기를 풀어갔다. 그는 "극단의 상황에 몰린 인간의 이야기이기 때문에 어떤 사건이 인간에게 특별히 극단의 고통을 가할 건지 생각했는데, 한 어머니가 상상할 수 있는 가장 강한 아픔의 유형이 유괴로 인해 자식을 잃는 것이 아닐까 싶었다"고 하면서, "중요한 것은 유괴가 아니다. 중요한 건 인간의 고통이다"(이창동-허문영)라고 했다. 이창동이 관심을 둔 문제 역시 극한적 상황에 처한 인간적 절망과 고통에 관한 것이었다.

그러나 영화 <밀양>은 제목 뿐 아니라 인물설정과 장면들에 있어서도 원작소설 『벌레이야기』와 사뭇 다르다. 원작의 큰 틀을 그대로 가져왔지만 세부는 많이 달라졌다. 작품의 상징적 배경이 광주에서 밀양으로 옮겨졌고, 소설에서는 여주인공을 자살이란 극단으로 몰아간 데 비해 영화에서는 감정적으로 고조시켰다가 희망적으로 끝을 맺는다. 원작자 이청준은 영화 <밀양>을 본 소감으로, "소설은 막막한데 영화는 숨통을 틔워주고 피로한 가운데서도 짊어지고 살 수밖에 없다는 느낌, 삶의 페이소스를 전달한다는 점에서 소설보다 더욱 삶에 가까웠다"(이청준-한윤정)고 말하였다. 이창동 감독도 "원작이 무겁고 어둡다면, 영화는 재미있고 즐길만한 부분이 있을 것 같다"(이수강)고 했는데, 영화를 본 사람이면 누구나 공감이 가는 말일 것이다.

소설『벌레이야기』와 영화 <밀양>은 둘 다 용서와 구원, 인간실존의 문제에 천착하면서 신과 인간, 인간과 인간 간의 관계 등에 대해 진지한 질문을 하지만 각기 다른 결말의 이야기를 보여준다.『벌레이야기』가 극한적 절망에 처한 인간이 자신의 인간적 한계로 인해 용서에 실패함으로써 자기파멸 및 자기구원의 실패까지 초래하는 반면, <밀양>은 인간적 한계에도 불구하고 인간 간의 소통을 통해 구원의 가능성을 열어놓았다는 점에서 훨씬 희망적이다. 본 논문은 용서와 인간실존에 관하여 진지한 물음을 한 소설『벌레이야기』와 이를 바탕으로 재창조된 영화 <밀양>을 비교 분석해보는 것이다. 원작과 재창조된 영화 간에는 어떤 세밀한 차이가 있으며 용서와 인간실존의 문제에 대해 각기 어떤 태도를 보여주는지 상세한 비교분석을 할 것이다. 소설과 영화라는 서로 다른 서술형식 간에 상호소통을 하며 문학텍스트가 영상예술로 재창조되었을 때 의미가 확대재생산 될 수 있을 뿐 아니라 문학텍스트 자체에 대한 재조명이 더욱 활발해 질 수 있음도 아울러 논증될 것이다.

II. 이청준의『벌레이야기』: 용서의 실패와 인간의 불완전성

한국문학사에 큰 획을 그으며 작년에 타계한 소설가 이청준은 "문학은 곧 구원에의 노력이며, 인간의 한 근원적 존재 현상인 죽음에 대한 구원의 문제는 그것이 곧 우리의 삶의 구원의 문제"(이청준, 「복수와 용서의 변증법—김치수와의 대화」 235)와 동일하다고 하였다. 그는 소설 쓰는 일을 "젖은 속옷 제 몸 말리기"(이청준, 『벌레이야기』 45) 같다는 느낌으로 표현하며 그 기분 찜찜함이 소설장이의 숙명처럼 여겨진다고 한다. 젖은 속옷의 부끄러움, 그것은 영원한 죄 닦음을 계속 해 나가야 하는 인간 공동의 숙명의 짐에 대한 표현으로서 그의 "소설질의 원의적 출발점"(이청준, 『벌레이야기』 47)이 되고 있다. 이는 문학평론가 권오룡이 인간의 고통을 다루고 있는 이청준 소설이 마치 "영혼의 내시경"과 같다고 한 것과도 통한다.

> 이청준의 소설은 영혼의 내시경과도 같다. 그의 글쓰기를 통해 증언되고 있는 35년여의 세월은 미처 다스려지지 않은 채 누적된 상처의 후유증과 이에 덧붙여진 새로운 고통으로 신음해야 했던 세월이지만 이 시대의 아픔을 이청준은 그것 자체로서만이 아니라 영혼의 영사막에 투영된 상을 통해 동시에 포착해낸다. 이청준 문학 특유의 '겹'의 구조와 이 구조를 통해 이루어지는 도약의 계기는 시대와 개인을 아우르는 이 동시성 속에 마련되어 있다. (권오룡 xv)

이청준의 소설을 통해 우리가 읽을 수 있는 것은 역사의 질곡을 통해 한국인으로서 겪어온 매우 다양한 인간체험이다.[3] 그의 작품은 권력과 이

---

3) 이청준은 1965년 『사상계』에 단편 「퇴원」이 당선되면서 창작 활동을 시작한 이래 40여 년간 100여 편의 중·단편과 13편의 장편소설을 발표하고, 30여 권의 작품집을 출간했다. 대표적인 작품으로는 창작집 『별을 보여 드립니다』, 『소문의 벽』, 『살아 있는 늪』, 『비화밀교』, 『키 작은 자유인』, 『서편제』, 『꽃 지고 강물 흘러』 등과 장편소설 『당신들의 천국』, 『낮은 데로 임하소서』, 『춤추는 사제』, 『이제 우리들의 잔을』, 『흰옷』, 『축제』, 『신화를 삼킨 섬』 등이 있다. 동화로 『숭어 도둑』, 『동백꽃 누님』, 산문집 『그와의 한 시대는 그래도 아름다웠다』, 『아름다운 흉터』, 『인생』 등이 있으며, 2003년 『이청준 문학전집』(전25권)이 발간되었다.

념 등 외부적 억압에 저항하는 폭넓은 인간성을 통찰했다는 평을 받고 있으며, 그의 문학의 장점은 그의 소설에서 드러나는 보편적, 공통적 사상과 감정을 꼽지 않을 수 없다.4) 그의 문학에는 한국적인 토속적 이야기가 주를 이루고 있지만 인류 보편적 가치로 통하는 사상과 감정이 숨 쉬고 있다. 그는 한결같이 남루하고 고통스런 삶을 살고 있는 소설 속 인물들을 포용한다. 누가 누구를 비난할 수 없다는 자괴감을 갖고, 그러면서도 상대방의 미묘한 심리상태에 대한 배려를 아끼지 않는다는 공통점을 지닌다. 이청준은 문학 활동과 문학적 상상력이란 "삶의 압력, 현실의 압력이 가중되면 이걸 견뎌내려는 정신의 틀을 만드는 것"(『벌레이야기』 25)이라고 말한 적이 있는데, 그의 다양하면서도 웅숭깊은 문학세계는 이를 잘 드러낸다. 그의 작품은 4·19를 통해 점화된 세대의식과 5·16에 의한 좌절의 상처, 정치적 억압을 해체하기 위한 문학적 저항의 필사적 몸부림, 유토피아를 이루고자 하는 섬세한 점검과 반성에 대한 성찰, 한으로 녹아 흐르는 우리 삶의 근원, 영혼의 비상을 위한 방황, 인간의 삶을 승화시키기 위해 설혹 원수라 해도 타자를 끌어안아야하는 용서의 윤리학 등을 다루고 있다. 이 모든 것은 세상과 인간에 대한 진실의 세계를 향한 작가의 탐구의 결과이며 현실의 압력을 이겨내는 '정신의 틀'을 만들고자 한 작가의 노력이다.

이청준은 운동성의 성격이 강하던 80년대 한국문단에서 창조성에 대한 욕망과 더불어 사회적 책임의 문제를 소설적 과제로 전환시키려는 시도를 하게 되었고, 그 과정 중에 용서가 불가능한 상황 윤리를 다룬『벌레이야기』를 쓰게 된다. 이청준이 밝힌『벌레이야기』의 집필 계기는 바로 1980년 5월의 광주에 있다고 하며 이렇게 말한다.

---

4) 그의 작품은 세계 각국어로도 번역 출간되었으며 동인문학상(1968)을 필두로 이상문학상(1976), 대산문학상(1994), 호암예술상(2007) 등 많은 수상 경력으로 그의 문학세계는 널리 인정받았다. 이 외 주요 수상실적으로는 대한민국문화예술상(1969), 창작문학상(1976), 중앙문화대상(1979), 대한민국문학상(1985), 이산문학상(1990), 대산문학상(1994), 21세기문학상(1998), 인촌상(2004), 대한민국문화예술상(2004), 제비꽃서민소설상(2007) 등이 있다.

『벌레이야기』는 광주사태 직후였는데 당시 정치상황이 너무 폭압적이어서 폭력 앞에서 인간은 무엇인지를 생각해봤습니다. 그런데 가해자와 피해자가 있을 때 피해자는 용서할 마음이 없는데 가해자가 먼저 용서를 이야기하는 상황이 벌어졌습니다. 그럴 때 피해자의 마음은 어떨까요. 그런 절망감을 그린 것입니다. (이청준-한윤정)

1985년 당시는 한 편으로는 광주 청문회로 전국의 관심이 집중되고 광주 학살의 책임을 정치적으로 따지던 시기였고, 다른 한편으로는 이를 용서하고 화해하자라는 사회적 공론을 만들어가는 때였다. 1980년대 중반 광주민주화운동의 해법을 놓고 정치권의 논의가 한창일 무렵, 피해자가 고스란히 남아있는 상황에서 '화해' 이야기가 나왔고, 그 즈음 실제로 서울의 한 동네에서 어린이 유괴살해 사건이 발생하였다(이수강 참조). 범인은 결국 붙잡히고 재판을 거쳐 사형수로 확정이 되었는데, 범인은 형이 집행되기 전 "나는 하나님의 품에 안겨 평화로운 마음으로 떠나가며, 그 자비가 희생자와 가족에게도 베풀어지기를 빌겠다"(앞 글)는 마지막 말을 남기었다고 한다. 신문에서 범인의 그런 최후 발언을 읽은 이청준에게 그것은 그 참혹한 사건보다 더 충격이었고, 광주사태와 유괴사건의 중첩부분에서 『벌레이야기』의 주제를 끌어내었다. 『벌레이야기』는 그런 관점에서 보면 피해자 입장에서 본질적인 질문을 던진 것이라 할 수 있다. 즉 피해자가 용서를 안했는데, 어떻게 가해자가 용서를 입에 올릴 수 있는가 하는 문제이다.

『벌레이야기』는 '용서'라는 것을 실천하기가 얼마나 어려운가에 대한 이야기이다. 이 소설은 유괴범에 의해 자식을 잃은 아내를 곁에서 지켜보는 남편이 일인칭 서술자로 등장한다. 서술자 '나'는 유괴사건에 얽힌 아내의 고통과 좌절을 회고하면서 객관적 관찰자의 입장에서 기록하고 있다. 그러나 이 소설은 아이가 희생된 무참한 사건의 전말에 목적이 있는 것이 아니다. 작가 이청준은 이 이야기가 "알암이에 뒤이은 또 다른 희생자 아내의 이야기"(『벌레이야기』 147)에 그 목적이 있음을 밝히고 있다.[5] 서술자인 남편은 아내의 희생에 대한 '증언'을 하기 위해 '나'의 시점으로 '아내'의 힘겨운 싸움을 비교적 객관적이고 담담하게 묘사한다.

『벌레이야기』는 분량으로 보면 크지 않은 작품이다. 그러나 그 안에는 독자들로 하여금 인간의 생명과 죽음, 용서와 구원 등, 종교에 내포된 근본적인 문제로 시선을 돌리게 하는 깊은 작가적 역량이 투영되어 있다. 이청준의 다른 작품들처럼 이 소설에서도 억압하는 현실과 상처받는 개인의 이항대립이라는 기본 틀을 보여준다. 여주인공을 억압하는 가장 큰 현실은 아들의 유괴와 죽음이라는 엄연한 사실이지만, 인간이해를 무력화시키는 도그마로서의 종교적 구원양식도 상처받는 영혼에게 또 하나의 억압적인 세력으로 작용하고 있음을 보여준다. 주산학원 원장 김도섭에 의해 아들이 유괴되고 끝내 아이가 처참한 주검의 모습으로 나타났을 때 알암이 엄마는 "지옥의 나락으로 떨어지는 절망과 자기 숨이 끊어지는 고통의 순간"(148)을 경험한다. 알암이 엄마에게 전도하기를 번번이 실패해 왔던 김집사는 아이가 실종되자 "마치 그거 보라는 듯, 혹은 기다리던 때라도 찾아온 듯"(149) 달려왔고, 그녀의 권유는 절박한 심정인 알암이 엄마에게 유효적절하게 작용하기 시작한다. 하지만, 교회에 다니며 열심히 헌금을 하기 시작한 알암이 엄마의 변화는 아이를 찾으려는 간절한 소망의 표현일 뿐 지속적으로 신앙을 가지려는 결단의 표시는 아니었고, "아이를 찾고 보자는 기복 행위에 불과"(151)한 것이었다. 그녀의 아낌없는 헌금에도 불구하고 아이가 끝내 처참한 주검으로 돌아오자 그녀의 슬픔은 분노의 극에 달해 "사랑도 섭리도 다 헛소리예요. 하느님보다 내가 잡을 거예요. 내가 지옥의 불 속까지라도 쫓아가서 그놈의 모가지를 끌고 올 거예요"(153)라며 울부짖는데 이는 자식을 잃은 엄마로서는 당연한 모습일 것이다. 복수의 불길이 남아 있는 한 그것은 그녀를 지탱해가는 유

---

5) 앞으로 작품의 인용은 이청준 중단편모음집 『벌레이야기』, 『이청준 문학전집: 중단편소설 10』(서울: 열림원, 2002)에서 하고 페이지 수만 기입.

일한 힘이요, "본능적인 생존력의 원천"(158)이 되고 있었다.

　이러한 그녀에게 김집사는 계속해서 원한과 복수심을 버리고 주님의 품안으로 들어올 것을 간곡히 권한다. 인간에겐 다른 사람을 심판할 권한이 없고 오로지 하나님만이 인간을 심판하며 인간은 오직 남을 '용서'할 의무 밖에는 주어지지 않았다고 설득하면서, 모든 것을 신의 뜻에 맡기는 것만이 죽은 아이와 엄마의 영혼을 위한 길이라고 말한다. 극심한 고통 속에서 몸부림치던 알암이 엄마는 아이의 영혼의 구원을 위해 교회를 찾기 시작하고 차츰 고통으로부터 벗어나 범인에 대한 원한과 복수심에서 헤어 나와 신의 사랑과 은혜에 감사드리게 되며, 급기야는 범인을 용서할 수 있는 마음을 갖게 되기에 이른다. 아들의 참사가 있은 지 꼬박 일곱 달 여 만이고, 김집사에게 인도되어 교회를 다니기 시작한 지 대충 두 달만의 일이었다.

　그런데 바로 이 자리에서 문제가 생겨나고 사태는 비극으로 치닫는다. 알암이 엄마의 비극과 그 원인에 대해 서술자인 남편은 이렇게 쓰고 있다.

　　사람에게는 사람만이 가야하고 사람으로서 갈 수밖에 없는 길이 있는 모양이다.
　　그리고 사람에겐 사람으로 할 수 있고 할 수 없는 일이 따로 있는 모양이다.
　　아내가 범인 김도섭을 용서할 수 있게 된 것은 누구보다도 아내 자신을 위해 다행스런 일이었다. 그러나 그것은 아내의 마음속에서 아내 자신이 그럴 수 있는 것으로 충분한 것이었다. 그 이상은 아내로선 필요한 일도 아니었고 소망을 해서도 안 되었다. 그랬더라면 아내는 적어도 자신의 구원의 길은 얻어갈 수 있었을 것이다.
　　그런데 아내는 쓸데없는 욕심을 부리기 시작했다. 그것이 아내의 마지막 비극을 불렀다. 다름 아니라 아내는 당돌스럽게도 자기용서의 증거를 원했다. 더욱이 그것을 지금까지의 원망과 복수심의 표적이던 범인을 상대로 구하려 한 것이었다.

―제가 교도소로 면회를 찾아가서 그 사람을 한번 만나봐야겠어
요. (162)

그러나 김도섭이 이미 하나님의 용서를 받았다는―보다 정확히 말하면,
독실한 기독교인으로 변한 그가 그렇다고 믿고 있다는―사실에 부딪히게
된다. 그 사실 앞에 알암이 엄마는 극도로 절망한다. 김집사는 알암이 엄
마의 절망에 대해 그것은 주님에 대한 믿음의 부족 때문이라고 말하지만,
서술자인 남편은 아내의 배신감과 절망감에 대해 다음과 같이 진술한다.

> 아내는 한마디로 그의 주님으로부터 용서의 표적을 빼앗겨버린 것
> 이었다. 그리고 그의 용서의 기회를 잃어버린 것이었다. 아내에겐 이미
> 원망뿐 아니라 복수의 표적마저 사라지고 없었다. 뿐만 아니었다. 그녀
> 가 용서를 결심하고 찾아간 사람이 그녀에 앞서서 주님의 용서와 구원
> 의 은혜를 누리고 있었다. 아내와 알암이의 가엾은 영혼은 그 사내의
> 기구(난들 어찌 그것을 용서라고 말할 수 있으랴)를 통하여 주님의 품
> 으로 인도될 수가 있었다. 아내의 배신감은 너무도 분명하고 당연한 것
> 이었다. 그리고 그 절망감은 너무도 인간적인 것이었다. (171-72)

기독교 학자 해밀턴(D. Hamilton)에 의하면 '용서'(forgiveness)는 '지우
다'(to cancel), 혹은 '멀리 보내버리다'(to send away)를 의미하고,[6] 용서는
다음 같은 세 단계를 거쳐 완성된다. 가령 내가 어떤 사람이 저지른 구체
적인 죄의 피해자라고 한다면 우선 가해자와 그가 나에게 끼친 사실적 행
위를 객관화시킬 수 있어야 한다. 그리고 가해자와 그의 행위에 대한 나
의 감정적인 반응, 즉 분노나 복수의 감정을 소멸해야 하고, 마지막으로
가해자에 대해 나는 어떤 처벌도 가하지 않아야 한다. 죄에 대한 처벌은

---

6) 『성서사전』(The New Bible Dictionary)에 의하면 '용서'에는 세 가지 어원이 있다. 속죄
(atonement), 죄의 옮김(to lift, carry), 현재 쓰는 의미에서의 용서(to forgive)가 그것
이다. 보다 자세한 내용은 Douglas 435-36 참조.

오로지 신에 속한 권한이기 때문이다(Hamilton 4-9). 그러나 아무리 나에게 죄를 범한 사람에게 용서라는 자비를 베푼다 해도, 그에 대한 값비싼 대가를 치루어야 하는데, 그 대가를 지불해야 하는 자는 바로 나 자신일 수밖에 없다. 왜냐하면 내가 입은 상처와 피해는 고스란히 나의 몫이기 때문이다. 그래서 용서란 나에게 해를 끼친 사람을 위해 "내가 값비싼 대가를 지불하여 사주는 선물"(Hamilton 10)과도 같은 것이다. 비싼 대가를 지불하고 용서를 했을 때 신은 자신에게 더 큰 은혜와 선물로 보답해줌으로써 그 용서의 과정은 완성된다. 이것이 기독교에서 말하는 용서의 내용이다. 알암이 엄마는 아들의 죽음과 그에 대한 깊은 상처를 값으로 지불하여 김도섭에게 용서를 베풀려고 했던 것이다. 그 용서라는 값비싼 선물을 받은 김도섭은 그 선물의 수여자인 알암이 엄마에게 진실한 속죄와 함께 한량없는 은혜로움을 느껴야 마땅한 것이었다. 그러나 김도섭은 알암이 엄마가 용서를 하기도 전에, 아니 그녀의 용서와 무관하게 이미 주님의 용서와 게다가 구원의 은혜까지 누리고 있었던 것이다.[7] 서술자인 남편은 아내가 느낀 배반감은 "분명하고 당연한 것"이었고 그 절망감은 "너무나도 인간적"(172)인 것이었다고 기록한다.

　기독교적 일원론의 견지에서 보면 삶은 신에게 귀의하기 위한 과정에 지나지 않는다. 우리는 알 수 없는 신의 의지를 따라 주인의 뜻이 무엇인지 탐구하려는 자세로 자비를 갈구하지 않으면 안 된다. 그러나 자신의 손에 죽음을 당한 아이의 엄마를 향해 신의 은총을 빌면서 사형을 받아들인 살인자 김도섭과 고통 속에서 신을 잃어버린 아이 엄마의 비극적인 '대결'은 삶과 죽음이라는 인간의 근본적 문제를 제기한다. 결국 알암이 엄마는 라디오 방송을 통해 범인의 형 집행 소식과 함께 그의 최후 진술, "저는 지금이나 저 세상으로 가서나 그분들을 위해 기도할 것입니다" 라

---

7) 여기서 김도섭이 자신이 믿고 있듯이 실제로 신으로부터 용서를 받았는가 하는 문제는 별개의 문제이므로 본 논문에서는 논외로 하겠다.

는 김도섭의 말을 듣고 참담한 배신감과 절망을 견디지 못하고 마침내 음독자살이라는 비극적 최후를 선택하고 만다. 자신의 상처로 인해 또는 그 대가의 값비쌈으로 인해 용서하기를 거부하거나 실패했을 경우, 그 상처는 상대 뿐 아니라 자신에게 더한 아픔을 배가시키게 된다(Hamilton 19-20). 알암이 엄마는 김도섭을 용서하기를 실패함으로써 자신의 상처를 더욱 깊게 하여 결국 자신의 죽음까지도 초래한 것이다.

이 비극적 이야기는 기독교의 교리가 삶과 용서에 기반을 두고 있으면서도, 그것이 인간 자체의 삶과 고통을 등한시하고 교리에만 도식적으로 매달릴 때 오히려 인간의 삶을 파괴해버릴 수 있음도 보여준다. 이는 김집사를 통해서 잘 드러난다. 김집사는 알암이 엄마의 무참스런 파탄 앞에 끝끝내 그 주님의 엄숙한 계율만을 지키라고 하는 인물이다. 김집사는 사람과 하느님 사이에서 원망스럽도록 하느님의 역사만을 고집했기에 알암이 엄마의 인간적인 절망을 이해할 수 없었다. 분명 작가는 인간에 대한 이해가 결여된 종교적 도그마는 인간을 억압하는 기제가 될 수 있음을 경고한다. 물론 김주연의 지적처럼 "기독교 교리에서의 용서의 강조가 이웃 부인 집사의 그것처럼 삶의 실제를 무시한 비인간적인 것이 아니라는 사실에 대한 배려가 충분치 못하다"는 것과 "아내 자신의 믿음 자체에 문제가 있다는 점이 간과되고 있다"(성민엽 153-54에서 재인용)고 지적될 수도 있다. 그러나 무엇보다 이 작품의 핵심은 인간으로서 용서를 실천하기가 얼마나 어려운가에 관한 것이다. 용서를 실천하기가 왜 그렇게 어려운지는 인간이 불완전한 존재이기 때문이다. 작가는 여러 곳에서 인간의 불완전성에 대해 언급하고 있다.

[아내는] 자신 속에 '인간'을 부인하고 주님의 '구원'만을 기구할 자신도 없었다. 그러기엔 주님의 뜻이 너무 먼 곳에 있었고 더욱이 그녀에겐 요령부득의 것이었다. 아내의 심장은 주님의 섭리와 자기 '인간' 사이에서 두갈래로 무참히 찢겨나가고 있었다. 하지만 아내는 김집사

앞에서 거기까지는 아예 말을 하지 않았다. 말할 필요가 없었기 때문일 터였다. 말을 한들 누가 그것을 제대로 이해할 수가 없었기 때문일 터였다. <u>왜소하고 남루한 인간의 불완전성</u> - 그 허점과 한계를 먼저 인간의 이름으로 아파할 수가 없는 한 김집사로서도 그것은 불가능한 일이었다. (172, 이하 밑줄은 필자의 강조)

알암이 엄마의 죽음은 용서의 실패에서 비롯되었고 그 결과 자기구원의 실패를 가져왔다. 그녀의 파멸은 절대적인 '신의 섭리'와 '인간' 간의 대립으로 인해 무참히 찢겨진 결과이다. 그녀가 자기용서의 증거를 원하는 것이나 이미 주님의 용서를 받은 범인을 오히려 용서할 수 없는 것은 그녀 자신이 불완전한 인간이기 때문이다. 신의 섭리의 완전성에 비추어 보면, 자기용서의 증거를 원해서는 안 되는 것이며, 인간적 배신감에도 불구하고 당연히 범인을 용서해야 하는 것이다. 그 불완전한 인간을 이청준은 '벌레'라고 부르고 있는 것이고, 이 작품의 열린 결론은 성민엽의 지적대로 "그 벌레에 대한 고통스러운 옹호"(155)를 향하고 있다. "왜소하고 남루한 인간의 불완전성"이라는 것은 보잘것없는 모순적 존재로서의 인간적 상황을 표현한 것으로, 인간의 삶의 진실은 그런 모순성을 바탕으로 하고 있기에 작가는 그 같은 인간적 상황을 옹호하고 있는 것이다. 이청준은 『벌레이야기』의 서술자를 통해 이렇게 말하고 있다.

> . . . 하지만 나는 이제 겨우 아내의 절망을 이해할 수가 있었다. 그리고 비록 아이를 잃은 아비가 아니더라도 다만 저열하고 무명한 인간의 이름으로 그녀의 아픔만은 함께 할 수가 있을 것 같았다. (173)

이청준이 여기서 강조하는 것은 그 불완전한 인간 존재를 인간의 이름으로 아파할 수 있는 감수성이다. 작가는 종교나 계율이 인간의 불완전성, 모순성을 부정하는 억압적 독단으로 변할 때 인간 삶의 파괴로 갈 수 있다는 경고를 하면서 동시에 불완전한 인간에 대한 이해와 포용을 강조하고 있다. 이청준은 우상화된 신의 절대성을 무비판적으로 받아들임을 지양하고, 인간과 신, 인간과 사회 사이의 모순과 간극에 관심을 두면서 인간이기에 지닐 수밖에 없는 고통스런 한계에 귀 기울이고 있다. 평론가 우찬제는 이청준의 대부분의 소설들은 실패의 서사전략으로 되어 있다고 보면서, 실패의 자기 기호를 담론화하는 과정에서 이청준이 설정한 기본 틀은 억압하는 현실과 상처받는 개인의 이항대립이라고 보았다(259-62 참조). 결국 『벌레이야기』는 신의 섭리와 인간 사이에서 무참히 찢겨 파멸한 한 여인의 '왜소하고 남루한 인간의 불완전성'에 관한 이야기로서 우리에서 충분한 호소력을 갖게 되는 것이다.

III. 이창동의 <밀양>: 소통의 가능성과 구원의 은밀함

중견소설가이자 영화감독으로 활동하면서 사회현실과 인간실존의 문제에 대해 꾸준한 탐구를 하였던 이창동에게[8] 이청준의 『벌레이야기』가

---

[8] 이창동은 1983년 고등학교 국어 교사로 재직하던 중 동아일보 신춘문예에 중편소설 『전리』(戰利)가 당선되면서 소설가의 길을 걷기 시작하였다. 그는 『소지』(문학과 지성사, 1987), 『녹천에는 똥이 많다』(문학과 지성사, 1992), 두 권의 소설집을 가지고 있으며, 1992년 제 25회 한국일보 창작 문학상을 수상하였다. 이창동이 영화계에 발을 들인 것은 1992년 박광수 감독의 <그 섬에 가고 싶다>의 각본에 참여한 것이 시작이었다. 그는 4년 후 <초록물고기>의 각본을 직접 쓰고 연출하여 영화감독으로 데뷔함으로써 단숨에 주목받았다. 감독 데뷔 전 박광수 감독의 <그 섬에 가고 싶다>와 <아름다운 청년 전태일>의 각본 작업에 참여함으로써 영화에 입문하였고, <그 섬에 가고 싶다>에서는 조감독으로 현장 경험을 쌓았다. 그가 소설에서 보여준 관심과 성과는 영화로 고스란히 옮겨가며 우리에게 또 다른 주목의 대상이 된다. 그가 소설가 출신의 영화감독답게 때로는 침착하고 무게 있는 영상언어로, 때로는 유려하고 날카로운 영상언어로 역량을 발휘했고 이는 <오아시스>를 통해 제 59회 베니스 영화제 감독상을 수상한 것으로 증명이 되었다. 이창동은 <오아시스>에서부터 컴퓨터 그래픽과 핸드핼드(hand held) 카메라 기법을 통해 소설보다는 영화 쪽으로 한발 더 다가서게 된다. <오아시스>는 정교한 서사구조를 바탕으로 전개된 <박하사탕>과는 달리 소설과는 전혀 다른 방식으로 개인의 내면, 그리고 그 개인을 바라다보는 사회의 시선을 성공적으로 드러내었다(박순원 148-49).

관심을 끈 이유는 그것이 정치 사회적인 질문을 하면서 동시에 시대적 이야기를 넘어서는 보편적이고 본질적인 주제, 즉 인간 실존에 대한 문제를 담고 있기 때문이다. 이창동은 그 질문이 내내 마음속에 꽂혀 그 소설을 읽은 지 만 20년이 지나 비로소 영화로 제작을 하게 되었다고 진술하면서, 영화 <밀양>에서 다루고 싶었던 바를 다음처럼 말한다.

> 나는 앞의 영화들보다는 <밀양>이 집단의 문제로부터는 좀 벗어난 것 같다. 기독교라는 경계가 있긴 하지만, 사실은 좀 더 보편적이고 실존적인 인간의 문제를 다루고 싶었다. 하늘로 추상화되는 그곳의 존재, 어떤 질서가 있는데, 사람들은 곧잘 그 이름을 빌려서 이야기하지만, 사실은 모두가 땅의 문제고 인간의 문제다. 내가 이 영화를 통해서 분명하게 말하고 싶은 것은 그 정도다. 영화도 하늘에서 시작해서 땅으로 끝냈다. 이 땅, 오늘, 이 현실, 여기 살고 있는 사람들의 이야기이기 때문에 굳이 편을 가를 필요가 없지 않나 싶다. (이창동-한선희)

이창동은 원작소설의 큰 틀을 유지하면서 새로운 인물설정과 장면들을 만들어 영화 <밀양>이라는 영화로 재창조했다. 이창동은 광주 청문회가 한창이던 1988년 『벌레이야기』를 처음 읽고 바로 광주 이야기임을 알았다고 한다. 그는 소설 『벌레이야기』에서 자신을 강렬히 사로잡은 용서와 인간실존의 주제를 표현함에 있어 광주 대신 '밀양'이라는 새로운 공간의 상징성을 새롭게 창조하였다. 영화 초반에서 여주인공 신애가 "밀양이 어떤 곳이냐"고 묻는데 대해 종찬은 "사람 사는 데가 다 같지예. 다른 데와 똑같아예"라고 대답한다. 이는 밀양은 어떤 특정지역이 아닌 지역적 보편성을 나타내고 있다는 말이다. 소설 『벌레이야기』의 배경이 광주를 암시하고 있지만 광주를 직접 언급함이 없이 인간의 보편적이고 본질적인 문제를 다루고 있듯이, 영화 <밀양>도 특정 지역을 배경으로 하고 있지만 지역적 특수성을 드러내지는 않는다. 이창동이 어느 대담에서 영화의 제목과 배경으로 밀양을 선택한 이유에 대해 "밀양이 그 어떤 두드러지게 내세울만한 특징이 없고 아주 전형적인 요소로만 구성되어 있기 때문"(앞 글)이라고 한 것도 이 때문이다.

그러나 그런 '특징 없음'에도 불구하고, 밀양은 상징적으로 매우 특별한 의미를 내포한다. 밀양(密陽)은 원래 볕이 아주 잘 드는 지역이어서 '빽빽한' 밀(密)과 '볕' 양(陽) 자를 사용한다. 그러나 한자 '밀(密)'에는 '은밀한,' '비밀스러운'이라는 뜻도 함께 내포되어 있다. 영화의 영어 제목은 '비밀스런 햇살'을 뜻하는 "Secret Sunshine"이며, 이창동은 밀양이 지닌 의미에 대해 "비밀스러운 하나님의 은총, 그 빛이 내려쬐는 장소적 의미를 상징"(앞 글)한다고 설명한다. 영화가 햇빛 가득한 하늘에서 시작하여 햇살이 비추는 땅에서 끝나는 것도 영화의 상징성을 보여주기 위한 매우 중요한 시각적 장치인 것이다.

영화는 눈이 부시도록 맑은 하늘에 흰 구름이 둥둥 떠 있는 이미지로 시작한다. 아이는 긴 여행길로 인해 지쳐있고 엄마는 고장 난 차에서 나와 이 맑은 하늘을 황망히 쳐다본다. 아는 사람 하나 없이 죽은 남편의 고향이라는 이유 하나만으로 이삿짐을 싸서 밀양이라는 곳에 내려 왔건만 차는 고장이 나고 막막한 마음으로 맑은 하늘만 바라본다. 그러다 고장난 차를 고쳐 주려고 카센터 사장 종찬이 등장한다. 영화 <밀양>이 원작소설과 가장 많이 다른 점은 우선, 무엇보다 새로운 인물 종찬이 창조되었다는 점이다. 그리고 원작에서 소설의 서술자는 알암이 엄마의 남편이지만, 영화에서는 여주인공 신애의 남편은 이미 죽었고 아들과 단둘이 산다. 이창동은 무엇보다 여주인공 신애의 캐릭터에 풍부한 살을 입혔는데, 원작의 여주인공인 알암이 엄마가 약사인 반면, 신애는 피아노 학원을 운영한다. 신애를 예술가로 설정함으로서 감수성이 예민하고 감정의 기복이 큰 그녀의 캐릭터를 보여주기 위한 것으로 보인다. 신애는 과부가 된 자신이 불행하지 않다는 것을 증명하고 싶어서 돈 있는 척, 강한 척 허세를 떤다. 이창동 감독의 설명에 의하면, 신애는 "밀양이 좋아서 왔다"고 하지만 원래 밀양에 발붙이고 살 마음은 없는 여자다. 남편이 자기를 배반했음에도 불구하고 남편 고향에 내려오는 것은 일종의 '자기기만'이자 '자기 부정'이라고 이창동은 말한다.

> 나는 신애가 보통 여자라고 생각한다. 보통 여자라 함은, 나름대로의 욕망을 실현하거나 자기 성취의 가능성도 있었지만 반쯤은 좌절했고, 또 한국사회에서 산다는 것만으로 여러 번의 거듭된 배반과 상처를 몸속에서 체화하며 살아온 여자라는 거다. 그런 현실을 받아들이기 힘들기 때문에 신애는 밀양에 내려와서 나름대로 자기가 만들어놓은, 원하는 어떤 모습으로 스스로를 만들려고 한다. 그게 자기기만으로도 보이지만, 자기가 당한 고통과 배반을 부정하고 싶었기 때문인거다. 그래서 돈이 있는 척 한다든지 하는데 그것 때문에 되갚음을 받아야 하는 운명에 빠진다. 그리고 그게 보통 한국 여자들의 모습일 수있지 않을까. (이창동—허문영)

보통의 한국여성이라면 남편의 배반과 실패를 감수하거나 적어도 감추는 정도에서 끝내거나 반대로 오히려 더 적극적일 수도 있다. 신애는 자기 자신의 상황, 자기 현실이나 아픔, 사랑하는 사람의 배반, 이런 것을 부정하기 위해서 스스로 뭔가를 찾아서 온다. 마치 그런 일이 없었던 것처럼 자기부정을 하며, 남편이 자기를 사랑했고 사랑하는 남편이 죽었고, 그래서 그 남편의 소원대로 남편의 고향에서 살며, 자신이 만들어낸 집을 지으려고 함으로써 자기기만을 한 것이다. 그녀의 이러한 강박적인 자기부인은 유괴와 실존적 파탄의 원인이 된다. 그녀의 '척하는' 태도로 인해 아들이 유괴되고 죽음까지 당하게 되자 신애는 가장 처절한 슬픔과 좌절에 이르게 된다.

신애는 원작의 알암이 엄마처럼 약국집 집사의 권유로 슬픈 영혼을 위로해줄 교회부흥회에 참석하게 되고 그동안 자신이 고집해왔던 신에 대한 부정의 태도를 벗어버리고 기독교로 귀의하며 다시 태어난 것처럼 보인다. 그러나 원작소설과 달리, 종교에 귀의하고 난 후에도 분노와 복수심을 완전히 벗어버리지 못했음을 보여주는 증거는 유괴범의 딸이 불량배들에게 둘러싸여 위협을 당하고 있음을 보면서도 그대로 외면해 버리는 태도에서 극명히 드러난다. 그동안 신애는 교회의 집회에 열심히 참여하고 전도하면서 슬픔과 분노를 완전히 극복한 듯이 보였고, 그녀의 행복하고 평온해진 모습에서 그 어떤 용서도 가능할 것처럼 보였으나, 완전히 분노감으로부터 해방된 것이 아니었던 것이다.

이렇듯, 신애는 모든 분노와 슬픔으로부터 완전히 극복된 상태가 아니었는데도 불구하고, 이제는 살인범까지 용서할 수 있게 되었다고 믿으며 자신에 차 교도소로 향하게 된다. 그러나 큰 맘 먹고 용서하러 간 자리에서 이미 '더 큰' 용서가 살인범에게 베풀어졌음을 보고 그녀는 극도의 절망에 싸이는데, 이는 용서조차 마음대로 할 수 없는 피조물의 무력감 혹은 그것조차 가로챈 신에 대한 분노로 기인한 것이다. 영화 곳곳에서 여과 없이 사실적으로 보이는 한국 기독교의 진풍경을 통해 감독은 한국기독교와 진지한 대화를 하려고 한 것 같다. 이는 좀처럼 대중영화에서 보기 힘든 장면들이고 이들을 장시간 보기에는 기독교인이건 아니건 간에 거북스럽기는 매한가지일 것이다. 감독은 신과 구원의 문제를 다루어보려고 한 듯하고 이창동 자신도 기독교인이라고 밝힌 바 있으나, <밀양>에서 용서의 문제는 전적으로 인간의 문제로서 접근하고 있음이 명백하다. 이창동은 대담에서 용서에 관해 이렇게 말한다.

신이 용서할 수 있는 것을 나는 알지 못한다. 그건 내가 이야기 할 수 없는 문제다. 나는 인간의 문제에 대해서만 말할 수 있는데 이 영화에서 이야기되고 있는 신애의 용서라는 것도 결국 신애라는 인간의 것이다. 그는 신의 이름을 빌려서 용서하려 하지만, 사실은 자기 욕망, 자신의 문제다. 우리가 신을 끌어당기지만 신의 이름을 빌려 무언가를 한다 해도, 사실은 인간의 것인 경우가 많다. 인간이 신과 싸우는 것은 정말 무모하다, 정말 광기다. (이창동-한선희)

신애는 왜 꼭 자기가 먼저 용서해야 한다고 생각했을까. 우리는 종교나 신앙을 가지고 있어도 늘 자기위주로 생각하고 자기합리화 하는 우를 곧잘 범한다. 종교를 단지 자기위안이라고만 여길 뿐, 절대자를 생각하지 못하는 경우도 허다하다. 결국 이창동의 말대로 용서는 자기의 욕망이자 자신의 문제인 것이다. 이창동은 신애를 통해서 인간은 얼마나 이기적인 존재이고 편협한 사고를 하는 존재인지를 보여주기 위해 원작에는 없던 다양한 장면들을 삽입하였다. 신에게 복수하기 위해 의도적으로 교회 장로를 유혹하고 절도의 죄를 범하는 신애의 모습을 통해 인간은 얼마나 쉽게 타락할 수 있는 존재인지를 보여준다. 신애가 사과를 베어 먹던 칼로 자신의 손목을 긋는 장면은 선악과를 베어 먹음으로써 원죄를 범하는 인간의 모습과 자신의 삶까지도 스스로 주관하려는 자만에 찬 인간의 모습을 암시한다. 그러나 우리 인간은 신애처럼 아무리 신에게 대항한다고 해도 지렁이를 보고도 무서워 소리 지르는 허약한 존재이고, 신을 부정하기 위해 자신의 삶과 죽음마저도 스스로 주관하려고 손목을 긋지만 정작 죽음 앞에서는 살려 달라고 애원하는 모순적이고 약한 존재이다.

유괴사건과 그에 대한 결말은 그다지 중요하지 않다. 영화 <밀양>에서 정작 살인범은 신애의 면회실 장면 이후에는 전혀 등장하지 않고 그의 운명이 어떻게 되었는지에 대해서는 아무도 궁금해 하지 않는다. 사실 영화에서 유괴는 중심이 아니다. 중요한 건 그로인한 '고통'이다.

이창동: 그렇다. 중요하지 않으니까. 사실 영화에서 유괴가 중심이 아니다. 중요한 건 고통이다. 그 고통이 무슨 사건에서 비롯된 고통인가 하는 것은 별로 중요하지 않다. 그리고 또 나는 고통이란 자기가 경험하는 것까지만 알 수 있다고 생각한다. 다른 사람의 고통을 머리로

이해하는 것은 불가능하다. 그게 인간관계의 모순이다. 그리고 어떤 고통의 경우에는 인간의 논리로는 설명이 안 되는 게 있다. 인간의 논리로는 도저히 받아들일 수 없는 고통이 있다는 거다. 이 영화에서 신애가 당한 고통이 그런 고통이다. 그때는 가해자 자체는 별로 문제가 되지 않는다. 그를 미워해봐야, 다시 말해 인간의 논리로 미워해봐야 고통만 깊어질 뿐이다. 거기서 구원을 얻든지, 아니면 고통을 치유 받든지, 어쨌건 인간의 논리를 넘어서야만 한다. 이 영화는 어디까지나 신애와 종찬의 영화다. (이창동-허문영)

이 영화가 어디까지나 신애와 종찬의 영화라고 한 이창동의 말을 토대로 보면, 영화 <밀양>은 인간은 혼자서는 살 수 없고 다른 사람과의 '관계'와 '소통'을 통해 살아야 한다는 메시지가 강하게 전달된다. 여주인공에게 실질적인 도움을 주지 못하고 객관적 관찰자로 남아있는 원작소설의 남편 대신, 영화에는 신애 곁을 맴돌며 그녀를 지탱해주는 투박한 남자, 종찬이 있다. <초록물고기>의 막동, <박하사탕>의 영호, <오아시스>의 공주와 종두처럼, 이창동은 사회의 밑바닥에 닿아있거나, 유괴나 교통사고와 같은 충격적인 사고가 아니고서는 도저히 주목받지 못할 사람들을 영화 속에 불러들인다. 종찬 역시 낯선 땅 밀양에서 신애가 처음 만나는 사람으로 도시 어디에서나 흔히 볼 수 있는 속물적인 사람이다. 그는 지방의 소도시에서 기반을 잡았으나 서른아홉이 되도록 장가를 가지 못해 노모에겐 여전히 골칫 덩어리다. 종찬은 지방 소도시 어디에나 있을 것 같은 속물적인 남자로서 신애도 종찬을 보고 주저 없이 '속물'이라고 핀잔을 주며, 그의 속물성은 영화 곳곳에서 여실히 나타난다. 신애가 밀양에 오자마자 관심을 보인 그는 가게가 딸린 집도 소개해주고 학원생도 모아준다. 어느 날 갑자기 액자와 망치를 들고 와선 '-콩쿨 어워드'라는 가짜 피아노 연주 상을 벽에 붙여놓곤 "이런 거라도 있어야 학생들이 모인다"고 한다. 명함에 청소년 선도위원장부터 지역발전 무슨 회장에 이르기까지 7-8개나 되는 타이틀을 가진 지역유지를 소개해주며 이런 사람을 알아야 사는데 도움이 된다고도 얘기한다. 신애가 교회를 나가기 시작하자 팔에 주차정리 완장을 차고 교회의 차량관리를 자청하기도 한다. 밀양역 앞에선 가스펠송을 부르며 전도하는 무리를 에스코트하다가 친구들이 오니 구석에 가서 몰래 담배를 피운다. 카센터에선 배달 나온 다방 여종업원을 앉혀놓고 거리낌 없이 야한 농도 친다. 분명 감독은 영화에 설정된 종찬의 캐릭터를 의도적으로 속물화시켰다.

그러나 종찬이 우리 주위에 흔히 볼 수 있는 속물적인 인간임에도 그에게 사랑스러움을 느끼는 이유는, 비록 그의 친절함이 신애에 대한 응큼한 의도에서 시작되었다 해도 신애 곁을 맴돌며 그녀 곁에서 마음 아파하며 '끝까지 돕는 자'(종찬終贊의 이름에서 암시)로 남기 때문이다. 신애처럼 인간적 한계에 갇힌 불완전한 존재이던 종찬도 신애와의 관계를 통해 변화를 겪는다. 그토록 짝사랑하던 신애가 절망의 끝에서 그를 육체적으로 유혹할 때 그는 완강한 모습으로 그녀를 질책하는데, 이는 그가 속물성에서 벗어나고 있음을 보여주는 부분이다. 신애가 절망과 고통이 극에 치달아 종교의 옷을 벗어던지고 신을 저주하게 되었을 때에도, 그는 "여전히 교회에 다니고 있다"고 말한다. "그냥 마음이 평안해져서"라고 하는 그의 말에는 종교적으로 평안과 위안을 간직하게 된 종찬의 변화된 모습이 반영되어 있다. 영화 끝에서 신애가 스스로 머리를 자르겠다며 거울을 들여다보려는데 아슬하게 놓인 거울이 자꾸 기울어진다. 이는 신애가 혼자의 힘으로 거울을 바라보면서 자기대면을 하려는 시도를 상징적으로 표현한 것이다. 그러나 자기대면의 그 시도조차 불완전하여 누군가 거울을 대신 들어주어야하는데 그것이 인간의 모순적 상황이자 한계인 것이다. 이때 그 거울을 조용히 들어주는 자가 바로 종찬이다. 배우 송강호가 연기한 종찬의 모습을 상기하며 신애와 종찬과의 관계를 설명한 이창동의 말을 들어보자.

이 영화는 신애의 이야기 같지만, 사실은 신애와 종찬의 이야기다. 두 인물이 균형을 이뤄야 하는 상황인 거지. 다른 말로 이야기하면, 영화 속에 나오는 대사지만, 세상에는 눈에 보이는 것도 있지만, 눈에 보이지 않는 것도 있다는 거다. 보이지 않는 것은 정말로 보이지 않지만 영화 속에는 엄연히 존재감이 있어야 한다. 신애의 고통, 신애가 갈구하는 것은 눈에 보이지 않는 것이다. 거기서 해답을 찾으려 하고 있고. 그런데 그 신애를 둘러싸고 있는 것은 정말 우리 눈에 늘 보이는 현실이고 아무것도 아닌 일상이다. 그리고 그게 밀양이라는 공간으로 축약이 돼 있다. 그리고 그 밀양이라는 공간이 인격화된 게 종찬이고. 신애가 보이지 않는 것을 향하고 있다면, 그녀를 둘러싸고 있는 배경처럼 인격체로서 종찬은 항상 두어 걸음 뒤에 따라오고 있다. 신애는 앞으로 보고 있다가 뒤만 돌아보면 그가 있다. 손만 잡으면 돼. 그런데 손을 안 잡지. 눈에 보이지 않는 것에서 뭔가를 찾으려 하고 싸우려 하니까. 그러니까 종찬은 전면으로 나서면 안 된다. 배경으로서 늘 약간 포커스 아웃된 상태로 있지만, 전체적으로는 내적으로는 균형을 이뤄야 하니까. 그게 송강호 본인에게도 어려웠을 거야. 두드러져 나오면 안 되니까. (이창동—허문영)

여기서 주목할 대목은 바로 "밀양이라는 공간이 인격화된 인물이 종찬"이라는 부분이다. 원작소설에서 여주인공 알암이 엄마는 자살로 삶을 마감하지만 영화는 훨씬 희망적이어서 신애는 다시 살아나 '은밀한 빛'(secret sunshine) 가운데 살아가게 된다. 그 은밀한 빛이 바로 종찬인 것이다. 『벌레이야기』에서 알암이 엄마는 자살로서 삶을 끝냄으로써 '벌레'와 같은 실존적 인간의 고통을 극대화했다면, <밀양>에서는 신애의 살아남과 그녀 곁에서 '끝까지 돕는' 종찬과의 관계를 통해 보다 긍정적인 인간의 삶과 관계를 보여주고, 더불어 불완전한 인간에게 비추는 따스하고 '비밀스러운 햇살'로 인해 희망적인 메시지를 전해준다. 인간의 고통이라는 것은 그것이 하늘의 뜻에 의해 이루어졌을지라도 결국 고통으로부터의 구원은 그것과 함께 피를 흘리며 싸우고 극복해야 하는 주체는 땅에 아슬아슬하게 발을 디디고 서 있는 '인간'이라는 답을 내린다. 그리고 가장 미약한 주체인 인간들 간의 관계와 소통을 통해 해결의 실마리를 찾을 수 있음을 보여준다. 인간으로서는 불완전하지만 종찬과 같은 존재가 신애가 살아있도록 만들어주는 '은밀한 빛'인 것이다. 신애는 '신이 사랑한'(神愛) 여인이다. 영화는 하늘의 눈부신 햇살에서 시작해서 쓰레기와 잘려간 머리카락이 뒹구는 지저분한 마당 한구석에 머무는 햇살로 마감하는데, 이것은 인간으로서는 알 수 없는 '비밀스런 햇살'이 그런 인간에게 구원의 희망으로 은밀히 작용하고 있음을 암시하고 있다.

IV. 맺음말

소설과 영화는 서로 다른 예술형식에도 불구하고 서로 간 상호소통의 가능성이 매우 크다. 영상예술인 영화는 원작을 하나의 텍스트로 삼아 여기에 영화가 필요로 하는 여러 예술적, 기술적 독창성을 발휘해야 하는 고난도 장르로서, '해석'과 '선택'이라는 적극적이고 긍정적인 방법으로 원작을 이용한다(Richardson 53). 문학텍스트의 의미는 그것을 바탕으로 재창조된 영상예술을 통해 확대재생산 되는 것이다. 이는 "문학은 예술의 원단"으로서 "좋은 원단을 제공하면 다른 장르에서 옷도 만들고, 이불도 짓고, 천막도 세울 수 있다"(이청준 2007)는 말로도 뒷받침된다. 영화가 원작을 넘어서 새로운 감동을 만들어줄 때 원작은 또 한 번 재해석되고 생명을 얻게 되는데, 영화 <밀양>은 원작소설 『벌레이야기』가 던진 근본적인 질문에 동참하면서 원작을 재해석하고 새로이 재창조하였다.

원작소설 『벌레이야기』와 이를 바탕으로 재창조된 된 영화 <밀양>은 많은 점이 닮아있고 또 많이 서로 다르다. 둘 다 '인간'의 삶에 대한 가장 근본적이고 중요한 물음에서 출발하고 있다. 극한의 순간에 인간이 경험하는 절망과 고통, 그것으로부터 벗어나려는 몸부림, 나아가 용서와 구원의 문제를 밀도 있게 그려내고 있다. 그 고통은 눈에 보이지 않는 대상과의 충돌과 갈등을 통해 견뎌야하는 것이기에 더욱 감당하기 힘들어 보이지만, 결국 인간의 문제이며 누구나 겪을 수 있는 보편적인 문제이다. 소설과 영화는 각각 광주와 밀양이라는 특정지역에 대한 배경을 지니고 있지만, 모두 사회성과 지역성을 뛰어넘는 초월성과 보편성을 가지고 있다. 『벌레이야기』에서 광주는 집필의 계기를 부여하고 용서라는 화두를 제시한 숨겨진 배경인 반면, 영화 <밀양>에서 밀양은 그 단어의 의미에서 드러나듯이 '은밀한 구원의 빛'이라는 상징적 의미로 보다 확연히 표출된다. 영화 <밀양>은 원작소설과 마찬가지로 인간의 삶과 그 안에서 신이라는 절대자의 존재와 역할에 대해 절대 무시할 수 없는 화두를 제시한다. 원작이 '벌레'와 다름없는 인간의 비극적이고도 실존적인 문제에 더 초점을 맞추었다면, 영화는 보다 희망적이어서 사람들 간의 소통의 가능성을 통해 은밀한 구원의 빛이 작용하고 있음을 보여준다. 소설 『벌레이야기』가 인간적 한계로 인해 용서에 실패함으로써 자기파멸 및 자기구원의 실패까지 초래한 반면—그래서 결국 인간과 인간, 인간과 신과의 소통에 실패한 반면— 영화 <밀양>은 용서에 실패한 인간적 한계에도 불구하고 인간 간의 소통을 통해 구원의 가능성을 열어놓았다는 점에서 사뭇 그 차이가 있다. 이런 중요한 차이점은 있으나, 이청준과 이창동 모두 신의 사랑이나 구원도 세상의 가장 미시적 구성체인 인간의 문제를 떠나 생각할 수 없고 결국 인간의 상황과 삶을 통해 가장 구체적이고 세밀하게 드러난다는 것을 각기 소설과 영화를 통해 제시하였다. 서술자의 시각과 카메라 모두 세상을 아우르는 절대자의 존재가 아닌, 기쁨과 슬픔과 고통과 절망의 순간에 처절하게 몸부림치는 인간에게 포커스를 맞추고 있는 것도 이 때문이다. 『벌레이야기』도 <밀양>도 종교적 구원에 대한 이야기만이 아닌, 인간 실존에 관한 이야기라고 하는 이유가 여기에 있다.

Works Cited

『문화일보』. Web. 10 May 2007.

권오룡 엮음.『이청준 깊이 읽기』. 서울: 문학과 지성사, 1999. Print.

박순원.「역사가 무너뜨린 한 개인에 대한 기록」.『영화 속의 혹은 영화 곁의 문학』. 서울: 모아드림, 2003. 146-64. Print.

방민호.「이청준, '한국적'으론 감당할 수 없어라」.『한겨레』. Web. 25 June 2007.
　　　<http://www.hani.co.kr/section-021015000/2007/06/021015000 200706210665056.html>

성민엽.「겹의 삶, 겹의 문학」.『이청준 깊이 읽기』. 권오룡 엮음. 서울: 문학과 지성사, 1999. 146-60. Print.

우찬제.「억압없는 자유의 꿈을 향한 언어 조율사의 반성적 탐색」.『소설과 사상』 20 (1995): 371-96. Print.

이수강.「영화 <밀양>은 이청준 단편「벌레 이야기」가 뿌리」.『연합뉴스』. Web. 2 May 2007.
　　　<http://www.sunslife.com/bbs/zboard.php?id=2004&page=4&sn 1=&divpage=1&sn=off&ss=on&sc=on&select_arrange=headnu m&desc=asc&no=559>

_____.「영화 <밀양>의 단초는 80년 '이윤상 유괴사건' 원작『벌레이야기』 작가 이청준씨 실제 사건 소재로 소설 써 」.『미디어오늘』. 2007. 5. 28. Print.

이창동·한선희. 인터뷰.「People-이창동 인터뷰: 희망과 구원, 결국 인간의 것」.『FILM 2.0』. Web. 16 May 2007.
　　　<http://www.film2.co.kr/people/people_final.asp?mkey=2794&r>

이창동·허문영 인터뷰.「이창동 감독-영화평론가 허문영 대담-유괴는

이 영화에서 중요하지 않다. 중요한건 고통이다」. 『씨네 21』.
Web. 5 May 2007.
<http://www.cine21.com/Article/article_view.php?mm=0050010
01&article_id=46374>

이청준. 「복수와 용서의 변증법−김치수와의 대화」. 『말없음표의 속말들』.
서울: 나남, 1985. Print.

_____. 『벌레이야기』. 『이청준 문학전집: 중단편소설 10』. 서울: 열림원,
2002. Print.

_____. 「인터뷰−호암상 수상한 <밀양> 원작자 이청준: 예술장르끼리
서로 부축해야…」. 『국민일보』. Web. 3 June 2007.
<http://news.media.daum.net/culture/others/200706/03/kukminil
bo/v16962225.html>

이청준 · 한윤정 인터뷰. 「이청준−희망 보탠 영상, 소설보다 현실감」.
『경향신문』. Web. 9 May 2007.
<http://www.sunslife.com/bbs/zboard.php?id=2004&page=4&sn
1=&divpage=1&sn=off&ss=on&sc=on&select_arrange=headnu
m&desc=asc&no=568>

Douglas, J. D., ed. *The New Bible Dictionary*. Leicester: Inter Varsity, 1978.
Print.

Eeisenstein, Sergei. *Film and Form*. Cleveland: Median, 1957. Print.

Hamilton, Dan. *Forgiveness*. Illinois: Inter Varsity, 1980. Print.

Reed, Herbert. *A Coat of Many Colours*. London: Routhledge, 1945. Print.

Richardson, Robert. *Literature and Film*. Bloomington: Indiana UP, 1969.
이형식 옮김. 『영화와 문학』. 동문선, 2000. Print.

정찬의『빌라도의 예수』에 나타난 기독교적 사유

차 봉 준

I. 들어가는 글

한국의 현대 소설사에서 기독교와 관련된 작품을 구분하는 기준은 관점에 따라 다양한 접근이 가능하다. 문학적 형상화의 특성에 따라 구분하는 방식도 가능하고, 현대 문학사의 통시적 흐름 속에서 큰 변화의 흐름을 읽어나가는 방법도 유용할 것이다. 우선 전자의 대표적 연구로는 이동하를 주목할 만하다. 그는 종교(기독교)의 세계를 직접 문면에 등장시킨 작품들에 나타난 작가의 신앙적 태도에 착안하여 기독교 소설을 세 가지 유형으로 구분했다. 첫째는 작가가 확고한 신앙에 기초하여 어떤 종교를 찬양하고 전도하려는 의도에서 소설을 쓰는 경우, 둘째는 어떤 종교에 대해 단호히 부정적인 시각을 지닌 작가가 그 같은 자신의 입장을 분명하게 하기 위해 종교를 끌어들여 공격하는 경우, 그리고 세 번째는 어떤 종교

* 이 논문은『문학과 종교』제19권 1호(2014)에 「정찬의『빌라도의 예수』에 나타난 기독교적 사유」로 게재되었음.

를 찬양하는 것도 공격하는 것도 아닌 상태에서 나름의 깊은 종교적 고민
을 바탕으로 힘든 모색을 거듭하는 경우다. 그런데 이동하는 여기서 그치
지 않고 다음의 네 번째 유형을 덧붙였다. 즉 이야기 속에 종교의 세계가
직접 등장하지는 않더라도 서사의 전반에 작가의 종교적 정신이 진하게
녹아 있어 종교적 시각을 도외시하고서는 결코 그 소설의 진면목을 포착
키 어려운 작품이 그것이다(이동하 48-51).[1] 아울러 이동하는 이상의 네
가지 분류 가운데 뒤로 갈수록 문학적으로 성공할 가능성이 좀 더 크다고
평가한다. 특히 마지막 단계의 작품들은 비록 종교에 대한 찬양 또는 공
격의 말이라든가, 등장인물이 종교적 문제로 고민하고 모색하는 과정이
표면적으로는 나타나지 않지만, 그럼에도 불구하고 작가 자신의 정신이
종교적 색채를 강렬히 나타냄과 동시에 작품 면면에 그러한 색채가 스며
들어 그 자체로 독특한 분위기를 빚어낸다고 보았다. 따라서 앞의 세 가
지 유형에 비해 단연 최고의 문학적 성취를 보일 수밖에 없다는 것이 그
의 결론이다.

　한편 후자의 경우, 즉 문학사의 통시적 흐름 속에서 기독교 소설의 변
화를 읽어낸 관점으로는 장수익의 견해가 타당성이 높다. 그는 한국 소설
사에 기독교가 관련된 경우를 세 가지 경향으로 나누어 고찰했다. 첫 번
째는 배경적 차원에서 기독교가 제시되는 경우로서 주로 개화기로부터
일제 강점기에 이르는 시기의 작품들을 여기에 포함시켰다. 다음으로는
당대 사회가 봉착했던 현실의 문제에 대응해 나가는 주요한 사상적 방법

---

1) 이동하의 분류에 따르면 첫 번째 경향의 대표적 작품으로 정연희의 『내 잔이 넘치나
　이다』, 김성일의 『제국과 천국』, 찰스 쉐든의 『예수라면 어떻게 할 것인가』를 꼽는
　다. 그리고 두 번째 경우의 예는 이기영과 한설야가 쓴 여러 작품들과 카뮈의 『이방
　인』, 『페스트』를, 세 번째로는 백도기의 『청동의 뱀』, 김성동의 「등」, 도스토예프
　스키의 『카라마조프의 형제들』, 그레엄 그린의 『권력과 영광』 등이 제시되었다. 끝
　으로 문학적 성취를 가장 높이 평가하는 네 번째 경우로는 백도기의 「우리들의 불
　꽃」, 모리악의 『테레즈 데케루』를 예로 들었다. 이동하, 「종교와 소설」, 『한국현대
　소설과 종교의 관련 양상』 (서울: 푸른사상, 2005), 48-51.

을 기독교 속에서 찾고자 한 경향의 소설들로, 전후소설에서 70년대의 소설들 가운데서 이러한 특성을 규명하고 있다. 마지막 세 번째는 기독교를 본질적인 차원에서 도입하여 인간의 본질, 인간과 신의 관계 등을 소설화한 경향으로서 주로 80년대 이후의 소설이 여기에 해당한다(장수익 193-94). 특히 세 번째 경향의 기독교 소설 출현에 대해 "기독교적인 관점이 한국 문학 및 문화 속에 정착되었음"(장수익 194)으로 의미를 부여하고, "민족문학과 현실주의의 강력한 자장 아래 전개되었던 한국현대소설사의 흐름에서 상대적으로 빈곤하게 다루어질 수밖에 없었던 철학적 또는 신학적인 문제들이 이제 한국 소설의 영역에 본격적으로 진입했음"(장수익 194)을 알려주는 이정표로 인식하고 있다.

앞서 살펴본 이동하의 기준에 따르자면 세 번째, 혹은 네 번째 수준에 이른 소설이라야 기독교 소설로서의 가능성과 성과를 논의할 만하다. 그리고 장수익의 견해에 비추어 볼 때도 마지막 세 번째 시기에 해당하는 작품들에 이르러 한 단계 성숙된 기독교 문학을 담론할 수 있겠다. 그렇다면 이러한 시기 및 특성을 대표하는 한국의 기독교 소설에는 어떤 작품들이 있을까? 단연 이문열의 『사람의 아들』(1979)과 이승우의 『에리직톤의 초상』(1981)을 떠올리게 된다. "아무도 정의의 실현에 관심을 두지 못하는 상황 속에서, 신에게까지 도전하며 인간의 정의를 실현하고자 함으로써 우리 시대의 삶에 근본적인 의문을 제기한 소설"(이남호 336)이라는 호평을 받고 있는 『사람의 아들』과 "신학과 인간학 사이의 접점과 역학을 고심하던 신학도의 내밀한 의식과 집요하면서도 열린 시야를 형성함으로써, 형이상의 것을 이야기하는 특유의 서사 세계를 인상 깊게 내보여 의미심장한 결실을 거둔"(은미희 90) 작품으로 평가받은 『에리직톤의 초상』이 한국 기독교 소설의 가능성을 견고히 구축하는 데 일조했음은 분명한 사실이다.

필자는 두 작가에 대한 기독교 소설사의 의미 부여에 십분 공감하면서,

또 한 사람의 주목할 작가로 정찬을 덧붙이고자 한다. 정찬의 소설은 권력과 욕망에 대한 탐구로 점철되고 있다. 그는 권력과 욕망에 의해 파괴된 폭력적 사회와 그에 희생된 인간 비극을 소설의 소재로 삼고 있다. 그런데 권력과 욕망에 의해 파생된 문제들의 원인에 대해서는 단순히 현실 반영의 차원에서 접근하기보다는 인간의 본질적 한계에 기인한 관점에서 천착하고 있으며, 궁극으로는 "신적인 존재를 전제로 한 인간의 본질 탐구에 창작의 중점"(장수익 194)을 두고 있다. 이러한 이유로 이문열과 이승우 뿐만 아니라 정찬을 통해서도 진일보한 한국 기독교 소설의 일면을 확인할 수 있다는 것이 필자의 견해다. 따라서 이를 확인하기 위한 방편으로 본 연구에서는 정찬의 장편소설『빌라도의 예수』를 살펴보고자 한다.

정찬의 소설에 대해 기독교와의 관련성에 근거하여 조명한 대표적 논의로는 홍정선(1989), 하응백(1995), 박진(1999) 등을 꼽을 수 있다. 그러나 이들 연구는 정찬의 소설을 기독교와 관련하여 본격적으로 다루었다기보다는 단편적 접근에 그쳤다는 점에서 공통의 한계를 보여준다. 이에 비해 보다 심도 있는 논의는 장편『세상의 저녁』에 덧붙인 김주연(1998)의 비평과『빌라도의 예수』에 대한 이동하(2005)의 글들이 있다. 그런데 본고에서 다루고자 하는『빌라도의 예수』에 대해서는 이동하의 논의를 제외하고는 별반 진전된 연구가 없는 것이 사실이다. 필자는 이러한 연구의 미진함에 기인하여 정찬의『빌라도의 예수』에 나타난 기독교적 사유의 특질을 규명하고, 그 결과를 바탕으로 정찬의 소설이 한국 기독교 소설사에서 차지하는 위상을 가늠하고자 한다. 그 방편으로 소설의 주요 인물로 조명된 예수를 정찬은 어떻게 해석하고 창조해 나가는지, 그리고 궁극적으로 '빌라도의 예수'를 통해 독자들에게 전하고자 하는 '정찬의 예수'가 무엇인지를 규명하고자 한다. 이와 함께 잃어버린 신성을 욕망하는 정찬의 글쓰기가 기독교적 사유, 그 중에서도 신정론적 인식을 어떻게 드러내고 있는가에 대해 단초를 제공하고자 한다.

II. 신약 이데올로기의 해체와 전복

예술사에서 주목받고 있는 작품들 가운데 예수의 신성을 문제 삼고 있는 작품은 그 수를 헤아릴 수 없을 정도다. 이를테면 우리 시대의 뛰어난 음악가와 미술가들은 자신들의 예술적 재능과 감수성을 통해 예수의 탄생과 수난, 죽음과 부활을 묘사함으로써 신성에 대한 나름의 해석에 몰두해 왔다. 위대한 건축가들 역시 신성에 대한 경외감과 찬양을 위해 자신들의 정력이 소진됨을 결코 아끼지 않았다. 문학은 더 말할 필요가 없다. 시, 소설, 희곡 등 장르를 불문하고 신성에 대한 경외심, 혹은 신성에 대한 도전적 해석을 하고 있는 작품이 부지기수다. 같은 맥락에서 한국의 현대 소설도 기독교의 신성에 대한 천착의 끈을 놓지 않은 채 집요하게 이 문제를 파고드는 작가를 여럿 보유하고 있다. 물론 기독교가 우리 민족 고유의 종교가 아니라는 점, 때문에 그 역사가 서구에 비해 일천하다는 점은 결코 쉽게 극복할 수 없는 문제다. 따라서 수준과 영향을 논하기에 적합한 작품을 찾는 것에는 한계가 있다. 그럼에도 불구하고 김동리의『사반의 십자가』를 비롯하여 이문열의『사람의 아들』, 백도기의『가룟유다에 대한 증언』으로 이어지는 일련의 소설들은 예수와 신성의 문제에 대한 우리 문학의 진화 과정을 잘 보여주는 대표작들이다. 아울러 본 연구에서 다루는 정찬의『빌라도의 예수』도 이들 작품의 뒤를 이을 또 하나의 비중 있는 소설로 평가할 수 있다.

한국 문학사에서 정찬은 인간의 본성을 욕망과 권력의 사슬에 얽힌 비극으로 인식하고, 이로부터의 구원을 탐색하는 과정에 문학적 사명감을 지닌 작가로 인정받고 있다. 이에 대해 김종욱은 "정찬의 소설적 주제는 바로 권력의 문제이다. 권력이란 인간이 타자를 대상화함으로써 발생한다. 타자를 소유하려는 욕망, 달리 말하면 타자를 노예의 위치로 끌어내림으로써 자신을 주인 된 자리에 서도록 만드는 욕망이 바로 권력의 근원"(김종욱 93)이라 말하면서 정찬 소설의 주제 의식을 권력과 욕망의 메커니즘 속에서 해석했다. 그의 논의를 좀 더 면밀히 들여다보면 정찬은 폭력적 정치 메커니즘과 시장 이데올로기의 자본주의적 메커니즘이 현대 사회의 권력과 욕망을 조장하는 주된 원인이라고 진단하고, 따라서 이러한 문제인식에 기초하여 한국 사회의 문명화와 정치적 근대화를 비판적으로 성찰하고 있는 작가다. 나아가 자본주의적 경제 질서가 패권을 차지한 세계적 추세가 인간성 상실과 인간의 종속화를 초래하고 있음을 경고함에 문학적 소명의식을 지닌 작가이기도 하다. 이러한 근거는 정찬의 소설이 광주 민주화 운동과 관련된 권력의 폭력성과 역사의 비극 속으로 과감히 들어가기도 할 뿐더러, 한편으로는 문명과 자본이 지닌 폭력성에 귀착하여 신음하는 데서 찾을 수 있다.

이러한 정찬의 문학적 독창성이 여타의 작가들과 그를 변별하는 주요한 잣대가 되지만, 이에 더하여 정찬에게서 유독 두드러지는 문학적 특수성이 또 하나 발견된다. 1983년 『언어의 세계』에 중편 「말의 탑」을 발표하며 작가 활동을 시작한 정찬은 문학적 연대기로 삼십 년을 넘기고 있는 지금까지도 성서의 모티프를 이야기 속에 끌어들이는 창작 태도를 지속적으로 보여주고 있다. 즉 「말의 탑」이 구약의 바벨탑 사건을 연상시킨다면, 1989년 발표한 첫 번째 창작집 『기억의 강』에 수록된 「수리부엉이」와 「기억의 강」에서는 권력에 저항하는 예수의 이미지를 표상하고 있다. 또한 1998년 발표한 장편 『세상의 저녁』에서는 타자의 고통과 슬픔에 대해 공감과 위로의 시선을 던지는 예수의 모습을 형상화함에 초점을 맞추었고, 2006년에 발표된 「두 생애」에 이르러서는 이를 보다 심화한 바탕 위에 침묵하는 신에 대한 성찰로까지 이어지고 있다. 이처럼 정찬은 기독교의 모티프를 다각도로 차용하면서 신성의 문제에 대한 끈을 지속적으로 유지하고 있다. 그런데 이상의 소설들이 성서와 예수의 모티프를 비교적 내면화하여 서사화하고 있음에 비해 2004년 발표된 장편 『빌라도의 예수』는 인물로서는 역사적 예수와 빌라도를, 그리고 사료적 측면에서는 성서의 여러 기록을 비롯한 다양한 문헌을 적극적으로 활용하고 표면화하고 있다는 점에서 차이를 보인다. 따라서 필자는『빌라도의 예수』에 형상화된 예수의 면면을 해석함과 동시에 성서의 모티프를 서사화한 특성들에 주목하여 정찬의 소설이 지닌 의미를 규명하고자 한다. 즉『빌라도의 예수』가 이전의 소설과 이후의 소설에서 어떠한 가교 역할을 하고 있는지, 또한 그가 문제 삼고 있는 문학적 주제 의식이 어떤 식으로 심화되었는지에 대해 논의하려 한다.

우선『빌라도의 예수』에서 정찬은 예수에 관련된 서사를 지극히 간접적인 방식을 통해 형상화하고 있음을 확인할 수 있다. 즉 예수가 서사의 전면에 직접 등장하여 중심인물로 행세하는 양상은 쉽게 찾을 수 없다. 대부분이 주변인들의 전언에 의해 소문으로 전해지는 방식을 취하고 있으며, 예수가 행하는 이적조차도 풍문으로 떠도는 가운데 채집된 형식으로 전달되고 있다. 이는 주류 복음서의 저자들이 목적으로 삼은 예수의 신격화와는 애초부터 창작 의도가 다른 것에 기인한 것이다. 정찬은 신의 아들로서의 예수가 아닌 인간의 모습을 한, 아니 지극히 인간적인 예수의 형상화를 통해 화석화된 메시아사상을 뒤집어보겠다는 의도를 지니고 있었다. 이는 다음의 몇 가지 단서를 통해 확인할 수 있다.

> 여인의 첫째 행복은 남편을 몸 안에 담는 일이다. 남편 요셉을 처음 받아들였을 때 자신의 몸이 생명으로 가득 차 있는 느낌을 받았다. 발끝에서 머리끝까지, 뼈 마디마디가 생명의 떨림으로 가득 찼다. 몸의 내부가 그토록 깊은 줄 몰랐었다. 그 깊은 곳에서 새로운 생명이 잉태되었음을 알았을 때의 환희란.... 그것은 정녕 하느님이 여인을 위해 마련하신 은총이었다. 예수는 은총의 결실이었다.[2]

---

2) 정찬,『빌라도의 예수』(서울: 랜덤하우스 중앙, 2004), 236-37. 이후 인용 시 괄호 안에 쪽수만 표기함.

인용문에서 정찬은 예수의 동정녀 잉태라는 주류 기독교의 신앙 체계를 과감히 거부하고 있다. 사랑하는 남녀의 성적 교합이라는 지극히 생물학적이고 정상적인 행위에 의해 태어난 인물이 예수라는 주장이다. 작가는 이와 같은 현실적 측면의 강조를 위해 마리아가 남편 요셉을 육체적으로 받아들인 상황과 그 당시의 성적 희열을 여과 없이 묘사했다. 아울러 그러한 육체적 결합을 통해 신의 은총으로 주어진 결실이 육신적 아들 예수라는 도전적 해석에서 예수에 대한 신성의 이미지는 희석된다. 주지하다시피 주류 기독교에서 예수의 신성은 감히 범접하거나 의심할 수 없는 영역이다. 사도신경의 고백에 따르면 예수는 "성령으로 잉태하사 동정녀 마리아에게 나"신 신의 아들, 즉 이미 오래전부터 예언되어 온 하나님의 아들이며, 인류의 구원자다. "때가 차매 하나님이 그 아들을 보내사 여자에게서 나게 하시고 율법 아래 나게 하신"(갈 4:4) 존재가 예수이며, 이러한 예수의 신성성은 주류 기독교의 견지에서는 결코 거역할 수 없는 진리이며 믿음이다. 그럼에도 불구하고 정찬은 구약 이래 예언되어 온 예수의 신성을 과감히 걷어내고, 이 자리에 인간적 이미지가 물씬 풍기는 예수의 형상을 덧칠하고 있다. 이러한 작가의 의도는 예수의 부활을 다루는 장면에서도 여실히 드러난다.

다시 한 번 사도신경의 표현을 빌리자면, 예수는 "본디오 빌라도에게 고난을 받으사, 십자가에 못 박혀 죽으시고, 장사한 지 사흘 만에 죽은 자 가운데서 다시 살아"난 신적 존재다. 『빌라도의 예수』에서 가장 핵심적인 서사가 바로 이 시기에 해당하는 예수의 행적과 그 주변적 상황들이다. 이 소설은 빌라도가 유대지역의 총독으로 부임하는 과정에서부터 시작하여 그가 재임하던 시절 예루살렘을 중심으로 일어났던 몇 가지 주요한 사건들, 특히 그 중에서도 예수라는 비범한 인물과 관련한 사건을 중심으로 구성되어 있다. 빌라도가 유대 총독을 맡고 있던 시기에 발생한 사건들의 정치적 · 종교적 맥락이 당대의 역사적 상황과 연관하여 비교적 정치하게 설명되고 있고, 무엇보다도 예수라는 문제적 인물이 행한 기이한 이적과 그를 둘러싼 종교적 해석의 면면을 장구한 유대의 역사와 종교적 메커니즘 속에서 해박하고 심도 있게 풀어가고 있는 것이 이 소설이 지닌 미덕이다. 이러한 미덕은 예수의 죽음과 부활을 다루는 장면에서도 유지된다. 복음서의 전승처럼 정찬의 『빌라도의 예수』에서도 예수는 십자가에서 처형당한다. 또한 소설 전반에 형상화된 예수의 이적과 주장, 그리고 그를 둘러싼 사건들은 복음서의 전승과 큰 차이를 보이지 않는다. 여전히 예수는 가난한 자들의 친구였고, 불의한 세력들의 비판자였다. 그리고 자신의 죽음도 예견하고 순응했다. 다만 신의 아들로서의 예수를 그 무엇보다 확연히 증언하는 죽음 이후의 사건, 이른바 예수의 부활에 대해서만큼은 복음서의 전승자들과는 견해를 달리한다. 예수의 부활에 대해서만은 쉽게 수긍할 수 없다는 것이 정찬의 기본적 입장인 셈이다.

그런데 예수의 부활에 대해 의구심을 갖는 것은 주류 기독교의 입장에서 보자면 신성에 대한 도전이다. 이는 기독교 신앙의 근간을 부정하는 것과 다를 바 없는 매우 불경한 사유다. 예수 그리스도께서 무덤에서 살아나셨다는 선언과 함께 기독교 교회가 시작되었다(페이절스 39)는 주장처럼 기독교의 역사는 부활을 부정하고서는 결코 성립되지 않는다. 반면 기독교에 대해 비판적이거나 예수의 역사적 실재성에 대해 의문을 지닌 부류에서는 예수와 관련된 다른 어떠한 문제보다도 이 부분에 대해 가장 근본적인 의문을 제기한다. 이를테면 예수의 부활을 문자 그대로 해석하기보다는 상징적 해석이 필요함을 제기하는 일련의 성직자들, 신학자들의 견해가 대표적이다. 이들은 부활을 부인하지는 않되 문자 그대로의 해석에 대해서는 거부한다. 오히려 그러한 견해에 대해서 '극도로 혐오스럽고, 모순되고, 불가능한 것'이라고 비난한다. 이른바 영지주의자로 분류되는 이들은 "부활을 경험하는 사람이 육체적으로 다시 살아난 예수를 만난다기보다 영적 수준에서 만나게 되는 것"(페이절스 41)이라는 식의 해석을 통해 주류 기독교가 일관하고 있는 문자주의적 해석을 경계한다. 『빌라도의 예수』도 예수의 부활을 바라보는 입장에서는 영지주의자들의 인식과 유사성을 보여준다.

> "세상이 정말 뒤집어지는 줄 알았는데."
> " . . . "
> "기적은 없었어."
> " . . . "
> "그 사람이 우릴 속였어."
> [...]
> "하느님이 그 사람을 보호한다면 나무 기둥에 매달아 죽게 내버려 두었겠어?"
> "하긴 그래."
> "우린 속았어." (367-69)

복음서에는 부활한 예수가 제자들 앞에 이러저러한 모습으로 나타난 기록들이 여러 군데 전승되고 있다. 마태복음(28:9-10)과 마가복음(16:9-11), 그리고 요한복음(20:15-18)의 기록에 따르면 예수의 무덤에 올라온 막달라 마리아와 또 다른 여인들 앞에 예수가 나타난 이야기가 전해진다. 또한 누가복음(24:36-43)에 따르면 예수는 제자들 앞에 나타나 그의 부활을 믿지 못하는 자들에게 자신의 손과 발을 직접 만져 보게 했으며, 그들 앞에서 구운 생선 한 토막을 먹음으로써 부활을 입증하고 있다. 요한복음(20:24-29)에서도 스승의 부활을 믿지 못하는 제자 도마로 하여금 직접 손가락으로 창에 찔린 옆구리에 넣어보게 함으로써 부활을 확증토록 했다. 이와 더불어 복음서에 전승되고 있는 또 하나의 부활에 대한 증언은 이른바 '엠마오 도상(道上)의 예수'로 알려진 사건이다. 마가복음(16:12-13)의 "그 후에 저희 중 두 사람이 걸어서 시골로 갈 때에 예수께서 다른 모양으로 저희에게 나타나시니 두 사람이 가서 남은 제자들에게 고하였으되 역시 믿지 아니하니라"라고 기록된 기사에 따르면, 두 제자만큼은 예수의 부활을 믿었다는 사실이 확인된다. 마가복음보다 이 부분을 보다 상세히 다루고 있는 누가복음(24:13-35)의 기록에 따르면, 예루살렘을 벗어나 엠마오로 행하던 두 사람에게 나타난 예수가 그들과 동행하며 여러 대화를 나누는 과정 속에서 부활을 사실로 받아들이게 한다. 이처럼 주류 기독교에서 인식하는 예수의 부활은 의심의 여지가 없는 사실이며, 믿음이다. 그러나 인용문에 드러난 정찬의 견해는 주류 기독교와 궤를 달리한다. 정찬은 엠마오 도상에서 제자들이 나누는 대화를 통해 예수의 부활을 허구로 인식하는 견해를 드러낸다. 그들은 기적은 일어나지 않았고, 따라서 속았다는 절망감을 드러낸다. 복음서의 전승자들이 일관되게 유지하고 있는 부활에 대한 확고부동함이 정찬의 소설에서는 허물어진다. 이러한 입장은 빌라도와 그의 아내 프로쿨라의 대화에도 나타난다. 프로쿨라는 예수의 부활을 받아들이지 못하는 빌라도에게 "그분은 저의 마음속에서 온전히 살아 계세요"(387)라고 말하며 문자적 의미의 부활이 아닌, 상징적 차원에서 부활을 지시하고 있다. 이러한 서사적 장치를 두고 볼 때 정찬은 예수의 부활이라는 복음서의 전승을 곧이곧대로 받아들이지 않음으로써 역사적 예수의 존재를 다른 시각에서 접근하려는 의도를 지닌 작가임을 인지할 수 있다.

이처럼 예수의 출생과 죽음만을 놓고 보더라도 정찬이 『빌라도의 예수』에서 시도하고자 한 예수의 형상화가 무엇에 초점이 맞추어져 있는지를 짐작하기란 결코 어렵지 않다. 그는 주류 기독교의 견해와는 거리를 두면서, 이른바 영지주의적 신학자들의 이러저러한 해석을 부분적으로 수용하고 있다. 또한 기독교 비경전에서 단편적으로 전해지고 있는 전승들, 그리고 당대의 역사를 기록하고 있는 역사서들의 권위에 의지하여 '정찬의 예수'를 재구성하려 했다. 그렇다면 그러한 이유가 무엇일까에 궁극의 질문이 던져진다. 정찬은 도대체 무엇을 위해, 무엇을 말하려 복음서의 예수와 거리두기를 시도한 것인가? 그것은 바로 '신약 이데올로기'의 해체와 전복이다.

> 예수의 신성은 신약성서의 씨앗이자 뿌리이며, 꽃이자 열매이다. 신약성서를 해석한다는 것은 예수의 신성을 해석하는 일이다. 신약성서의 형상은 신성의 해석에 따라 변한다. 기독교 근본주의자들은 이 변화를 견디지 못한다. 그들에게는 오직 하나의 시선밖에 없다. 그것과 다른 시선은 용납되지 않는다. 그들의 완고함은 신약성서를 이데올로기라는 정신의 틀 속에 가두는 결과를 초래했다. (정찬, 「자유의 깊이」 4-5)

정찬은 오랜 세월동안 형성되어 온 '신약 이데올로기'를 뛰어넘는 것에 『빌라도의 예수』의 창작 의미를 부여했다. 그는 세계문학을 통틀어 신약성서를 이데올로기의 틀에서 벗어나 자유롭게 해석한 작품이 아직까지도 나타나지 않았다는 사실에 아쉬워한다. 심지어 매우 파격적 소설이라 말할 수 있는 니코스 카잔차키스(Nikos Kazantzakis)의 『그리스도 최후의 유혹』(The Last Temptation of Christ)마저도 이데올로기의 덫에서 자유롭지 못하다며, 때문에 문학의 자유를 갈망하는 심정으로 『빌라도의 예수』를 창작했노라 말한다(정찬, 「자유의 깊이」 5). 이는 기독교 근본주의에 대한 도전적 자세다. 그리고 근본주의자들에 의해 화석화된 예수의 신성과 그릇된 성전 이데올로기, 예루살렘 이데올로기를 타파함으로써 예수의 신성을 재해석하려는 데에 초점을 맞춘 작가 정신의 선언이다. 이러한 작가 정신은 "인간은 영혼의 길을 통해 신에게로 다가갑니다. 신이 갇힘으로써 신으로 향하는 영혼의 길이 막혀버렸습니다. 성전 이데올로기는 신과 인간을 물질로 이을 수 있다는 사유 체계이지요"(319)라는 사울의 발언을 통해서도 나타난다. 빌라도를 방문한 메테리우스와 동행한 사울은 작금의 예루살렘 성전과 유대교의 실상을 신이 갇혀버린 비정상적 상황으로 진단했다. 아울러 현재 예루살렘을 중심으로 벌어지고 있는 성전의 타락은 물질화 · 권력화된 성전 이데올로기의 고착이며, 때문에 이는 극복되어야 하고, 예수는 이러한 성전 이데올로기와 맞서고 있는 인물이라는 것이다. 신과 인간을 물질로 이을 수 있다는 그릇된 사유 체계의 정립, 이는 곧 현대 기독교가 빠져 있는 물질적 타락과 신성의 훼손이 무엇에 기인한 것인지에 답하는 말이다. 따라서 정찬의 소설에서 예수의 신성이 재해석된 원인은 기독교 근본주의에 의해 신과의 소통이 막혀버린 비극, 그리고 이로부터 파생된 그릇된 성전 이데올로기를 바로잡기 위한 문제 인식에서 출발한 것으로 해석 가능하다. 즉 역사적 예수에 대한 불경, 혹은 반기독교적 사유의 발로가 아닌, 기독교 근본주의의 그릇된 이데올로기를 극복하기 위한 방편의 일환으로 해석함이 타당할 것이다.

III. 잃어버린 신성을 욕망하는 글쓰기

박진은 정찬의 문학적 연대기를 정리하는 글에서 진정한 예술가를 샤먼에 비유했다. 그리고 정찬이 소설쓰기를 통해 궁극적으로 도달하고자 하는 것이 잃어버린 신성의 세계이며, 때문에 그가 받아들인 운명이란 '참된 샤먼의 비극적 운명'에 다름 아니라고 말했다. 즉 "언어의 완벽한 순결성을 향한 고난의 행진을 통해 훼손된 세상을 치유하기를 꿈꾸는, 신성이 추방된 시대의 샤먼"(박진 75)이 정찬이며, 샤먼적 행위의 글쓰기가 정찬의 글쓰기가 갖는 특질이라는 해석이다. 또한 박진은 신을 동경하는 행위가 인간의 본원적 욕망이며, 인간의 정신적 활동의 산물인 예술이란 신을 향한 욕망의 산물로 간주한다. 이러한 맥락에 비추어 볼 때 정찬의 소설은 신을 향한 욕망의 산물이라는 등식이 성립한다. 박진은 정찬의 소설 「신성한 집」을 예로 들어 이 작가가 소설을 '언어로써 정신의 집을 짓는 행위'로 규정하고 있는 점에 주목했다. 그리고 이 정신의 집은 신을 향한 욕망으로 지어진 신성한 집이어야 하며, 이처럼 신을 향한 욕망이란 세속적인 '거짓' 욕망과는 구분되는 '진실'한 욕망이라는 데에 강조점을 두었다. 정찬의 소설쓰기가 '샤먼적 행위'인 까닭이 여기서부터 출발한다. 즉 문명과 자본이 신성한 말을 더럽히고, 거짓된 인간의 욕망이 자연에서 신성을 박탈하면서 샤먼(예술가)에게는 필연적으로 핍박과 비극적 운명이 시작되었기 때문이다. 따라서 이 시대의 소설가는, 특히 신성에 다가서기를 부단히 욕망하는 작가 정찬은 '신성이 추방된 시대의 샤먼'으로서 소설쓰기를 운명적 사명으로 삼고 살아가는 셈이다(박진 71-75).

한편 정찬의 운명적 소설쓰기는 권력의 문제와 필연적으로 만난다. 앞서 김종욱의 말을 예로 들어 설명했듯이, 정찬의 소설적 주제는 권력의 문제에 집중되고 있다. 때문에 정찬에게 있어 소설쓰기는 야만적 문명 속에서 억압되어온 타자성을 회복하기 위한 삶의 형식이며, 문명에서 야만으로의 전화라는 악순환의 고리를 끊고, 정신적 상처를 안겨주는 문명의 폭력과 억압을 치유하는 정신적 고투의 기록이다(김종욱 102). 그런데 정찬의 이러한 치열함이 신성의 문제와 맞닥뜨릴 때, 즉 신적 질서 안에서의 폭력성과 연결되어 문제시 될 경우에는 신정론(神正論, theodicy)적 사유의 관점에서 접근할 필요성이 제기된다. 이른바 고통과 악의 문제에 대해 신학사와 철학사에서 꾸준히 제기되는 질문은 "삶을 무의미하게 만드는 치명적 악은 죽음과 파괴의 힘으로 경험되고, 하나님의 창조와 구원을 의심케 하며, 더 나아가 창조와 구원으로서의 하나님의 존재를 부정"(박영식 27)하도록 만든다. 이를테면 "왜 내가 고통을 당해야 하는가? 고통과 악은 어디서 유래하는가? 악이 무엇인가? 신은 악에 대해 아무런 책임이 없는가? 악에 직면하여 신은 과연 전능하며 선한가? 악의 현존과 관련하여 신의 예지와 섭리는 정당한가?"(박영식 13) 등의 꼬리를 무는 질문과 회의가 그것이다. 이러한 궁극의 질문을 자신의 소설쓰기에 고유한 문제인식으로 끌고 들어와 문학적 완성도를 한 단계 높여 놓은 이가 정찬이다. 「아늑한 길」「슬픔의 노래」『세상의 저녁』「두 생애」 등을 비롯하여 본 연구에서 간략히 살펴 볼『빌라도의 예수』등이 정찬의 소설에서 신정론적 사유의 면모를 발견할 수 있는 대표작이다.

> 무력하다구요? 천만의 말씀입니다. 우리들의 신은 인간의 고통을 가장 깊이 느낍니다. 고통의 당사자보다 더 깊이 느낍니다. 우리들의 신은 인간의 슬픔을 가장 깊이 느낍니다. 슬픔의 당사자보다 더 깊이 느낍니다. 우리들의 신은 인간의 기쁨을 가장 깊이 느낍니다. 기쁨의 당사자보다 더 깊이 느낍니다. 자, 생각해보십시오. 고통과 슬픔에 빠진 자가 자신보다 더 깊이 아파하고 더 깊이 슬퍼하는 거룩한 존재를 느끼는 순간을 말입니다. 그보다 더한 위로가 또 있을까요? 위로는 고통과 슬픔을 작게 합니다. 고통과 슬픔을 기쁨으로 변화시킬 수도 있습니다. 기뻐하는 자가 자신보다 더 기뻐하는 거룩한 존재를 느낄 때 그의 기쁨은 한없이 커질 것입니다. (400)

실존적 인간은 불의한 상황에 직면하여 극도의 회의에 빠져드는 순간 신을 향해 의심의 눈길을 보낼 수밖에 없다. 인용문은 빌라도가 사울과 대면하여 예수의 신성에 대해 나누는 대화의 일부다. 빌라도는 고통당하며 죽어가는 인간들, 특히 죄 없는 이들이 당하는 고통 앞에서 아무런 기적도 행하지 않는 신에 대해 "그대의 신은 인류의 고통에 무력한 신이구려"(400)라며 조소가 깃든 물음을 던졌다. 유월절을 맞아 예루살렘으로 향하던 예수를 따르는 무리의 다수는 현실의 억압과 고통으로부터 구원해 줄 메시아를 갈망하던 이들이었다. 그리고 그 중에는 로마의 압제로부터 해방을 가져다 줄 정치적·역사적 메시아를 희구하던 이들도 포함되어 있었다. 그러나 모든 불의한 상황으로부터 구원을 가져다 줄 것으로 기대했던 예수는 그 어떤 기적도 없이 십자가에 달려 죽음에 이르렀다. "대중은 눈에 보이는 기적을 원"하고, "대중은 전지전능한 신을 원"(402)함에도 불구하고 신은 인간의 고통과는 동떨어진 무력한 존재로 죽어갈 따름이다. 그러나 사울은 인간의 고통을 가장 깊이 느끼는 존재, 인간의 슬픔을 그 당사자보다도 더 깊이 느끼는 존재가 신이라고 대답한다. 또한 기적을 요구하는 대중의 심리란 "신을 인간의 도구로 생각하는 자들의 무지"(400)에 불과하다는 것이 사울의 입을 빌린 정찬의 신론이다.

여기서 신의 정당성에 대한 사울의 논변이 고전적 신정론에서 일관되게 시도해 온 합리적 변증과 맥락을 같이한다는 사실에 주목해야 한다. 전통신학에서의 신정론은 '하나님은 의로우신가?, 혹은 하나님은 정당하신가?'에 대한 신학적 질문이다. 다시 말하자면, 우리가 살아가는 세계에 산재한 고통과 불의, 그리고 '악'의 근원에 대해 꾸준히 제기되는 신의 '전지(全知),' '전능(全能),' '전선(全善)'에 대한 회의적 물음이다. 물론 이에 대한 고전적 신정론의 변증은 확고하다. "악의 존재의 명확성과 신의 존재의 불명확성이라는 이중적 난관에 직면하여, 신의 존재와 악의 존재가 양립 가능한 것임을 변증하는 시도"로서 "명백한 악의 존재에도 불구하고 하나님이 또한 존재한다는 것을 옹호"(손호현 25)함이 고전적 신정론의 태도다. 이런 까닭에 인간이 경험하는 고난과 악의 근원을 "인간의 타락을 통해 죄가 세상에 들어오고 그 대가로서 인간은 고통을 겪게 되었다"(최재선 3)는 측면에서 접근하는 시도가 가능성과 개연성을 높여가는 것이기도 하다. 그러나 고전적 신정론의 변증이 아무리 그럴듯하더라도 여전히 의혹은 남아 있다. "신의 '공의'와 '섭리'에 대한 회의와 세계에 존재하는 악의 근원에 대한 신의 책임"(차봉준 114)을 신에게 묻지 않을 수 없기 때문이며, 더불어 신의 전능과 선함 그리고 악의 현존이 동시에 양립하는 것이 어떻게 이해될 수 있는지에 대한 난관에서 쉽게 헤어나기 어렵다.

> 신은 악을 제거하시기를 원하지만 그렇게 할 수 없든지, 아니면 그렇게 할 수 있는데 하기를 원하지 않든지, 그것도 아니면 신은 악을 제거하실 수 없으며 그렇게 하기를 원하시지도 않든지, 아니면 그는 그렇게 할 수도 있으며 하시기를 원한다. 만약 그가 원하지만 할 수 없다면, 그는 약해서 신에 적합하지 않다. 만약 그가 할 수 있고 하기를 원

치 않는다면, 그는 질투하는 것이며 이는 또한 신에게 낯선 것이다. 만약 그가 원하지 않고 할 수도 없다면, 그는 질투하면서도 약하고 그래서 또한 신이 아니다. 하지만 만약 그가 신에게만 적합한 것을 원하고 할 수 있다면, 도대체 악은 어디서 오며 그는 왜 악을 제거하지 않는가. (박영식 29)

락탄티우스(Lactantius)가 전하고 있는 위의 진술은 "우리가 경험하는 악을 신은 제거할 수 있어야 하지 않겠는가? 신은 악을 제거할 수 없는 것인가? 아니면 제거하고자 원치 않는 것인가? 세상이 신의 선한 창조물이라면 도대체 악은 어디서 왔는가? 선한 신의 창조 세계 속에서 우리는 도대체 어떻게 해서 악을 경험하게 되는 것인가?"(박영식 28-29)의 물음과 일치한다. 이는 곧 에피쿠루스(Epicurus)의 오랜 질문으로서, "신은 악을 막고자 하였으나, 그렇게 할 힘이 없었는가? 그렇다면 신은 무능력하다. 그렇게 할 수 있었지만, 그러지 않았는가? 그렇다면 신은 사악하다. 신은 그렇게 할 수 있었고, 그렇게 하고자 원했는가? 그렇다면 악은 도대체 어디에서 오는 것인가?"(손호현 26)와도 동일하다. 이처럼 신의 전능과 선함에 대한 도전적 질문이 거세짐에 따라, 화이트 헤드(A. N. Whitehead)는 "종교적 교리의 모든 단순화 작업들은 악의 문제라는 암초에 걸려 난파되었다"(손호현 27 재인용)라며 난감함을 표하기도 했다. 그럼에도 불구하고 인용문을 비롯한 여타의 회의적 질문들에 대한 신정론의 변증은 신의 정당성을 결단코 부정하지 않는다. 그러나 실존적 인간은, 그리고 소설가는 이 문제에 있어서 결코 쉽게 수긍할 태세가 아니다. 이는 작가의 정체성과 관련되는 문학 일반론적 문제이다. 마리오 바르가스 요사(Mario Vargas Liosa)가 『젊은 소설가에게 보내는 편지』라는 글에서도 언급했듯, 작가의 정체성은 현재 우리가 살고 있는 세상과 다른 세상을 상상하는 '취향'(혹은 '경향')이 있기 때문이다. 그리고 이러한 취향이 작가들에게 문학적 소명의 원천이 되며, 현실에 대한 반항의 사고로부터 형성된 그들의 취향은 근본적으로 권위와 제도와 고정된 믿음에 대한 반항의 태도에 닿아 있기에 더욱 그러하다. 작가에게 주어지고, 그로 하여금 이야기를 상상하도록 자극하는 에피소드와 상황 또한 실제의 삶과 있는 그대로의 세상에 대한 반항과 관련되어 있는 것이다. 그리고 이는 정찬의 소설에 있어서도 예외일 수 없음을 그의 전작들을 살펴보는 과정에서 어렵지 않게 확인할 수 있다. 또한 『빌라도의 예수』의 창작 의도에도 이러한 취지가 드러나 있다.

> 신의 모습이 왜곡되면 우리의 삶도 왜곡된다. 안타깝게도 인간은 신의 모습을 왜곡해왔고, 그 왜곡이 인류의 삶을 왜곡함으로써 헤아릴 수 없는 슬픔과 고통을 불러일으켰다. 이 슬픔과 고통의 내면을 들여다보고자 한 소설이 『빌라도의 예수』다. (정찬동 3)

삶을 관류하고 있는 슬픔과 고통의 내면을 들여다보기 위함이 『빌라도의 예수』를 창작한 의도라는 작가의 고백은 결코 소홀히 넘길 대목이 아니다. 요사의 표현을 빌리자면 '현재 우리가 살고 있는 세상'은 슬픔과 고통으로 점철된 현실이다. 때문에 작가는 '다른 세상'을 상상하기 마련이고, 이는 곧 '권위와 제도와 고정된 믿음에 대한 반항'으로 표출되는 것이 당연하다. 여기서 정찬은 한걸음 더 나아가고 있다. 그는 현실에 대한 반항이라는 표층적 단계에 머물기보다는 그 이면에 대한 접근, 보다 근원적인 이유에 대한 천착으로 들어가기를 즐겨한다. 작가의 표현대로 '슬픔과 고통의 내면'을 들여다봄으로써 찾아낸 문제의 발단은 '신의 모습이 왜곡'되었다는 사실의 발견으로 귀착된다. 인간이 신의 모습을 끊임없이 왜곡해 옴으로써 슬픔과 고통을 초래하는 자승자박의 결과에 이르렀다는 진단은, 역으로 왜곡된 신의 모습을 본래의 자리로 돌려놓을 때 문제적 상황에서 벗어날 수 있다는 처방을 동시에 던져준다. 상황이 이러하기에 정찬의 소설쓰기는 한 가지 방향을 향해 지속적으로 걸어가고 있다. 이른바

'잃어버린 신성을 욕망하는 글쓰기'가 그것이며, 『빌라도의 예수』에서도 왜곡된 신성의 본 모습 찾기를 위한 서사가 빌라도를 중심으로 한 주변 인물들의 담화를 통해 펼쳐지고 있다.

IV. 나오는 글

지금까지 필자는 정찬의 『빌라도의 예수』에 나타난 기독교적 사유의 특질을 살펴보았다. 정찬이 애초부터 기독교적 사유에 기반을 둔 소설을 꾸준히 창작해온 작가였음은 앞에서도 비교적 자세히 설명해 두었다. 바벨탑 사건을 모티프로 삼은 「말의 탑」을 비롯하여 권력에 저항하는 예수를 형상화한 「수리부엉이」와 「기억의 강」, 그리고 타자의 고통과 슬픔을 신정론적 사유로 접근한 『세상의 저녁』과 「두 생애」 등이 그의 기독교적 사유의 지평을 확인할 수 있는 주요 작품들이다. 이러한 작품들을 두고 볼 때에 정찬 소설의 궁극적 주제가 권력과 욕망의 문제에 집중되어 있다는 독창성뿐 아니라, 이러한 주제 의식을 기독교적 모티프와 사유 체계 속에서 풀어내는 능력의 탁월함이 한국의 여느 작가보다 앞선다는 평가가 가능하다. 『빌라도의 예수』만 놓고 보더라도 기독교의 역사에서 가장 중심적 인물인 예수, 그리고 예수의 죽음에 어떠한 방식으로든 일조한 빌라도를 서사의 중심에 세움으로써 기독교적 색채를 표면화하고 있다. 그러나 단순히 표면적 서사에만 머물지 않고 기독교의 근본적인 문제들로 사유를 끌고 들어가는 능숙함도 보여주었다. 그리고 이를 인간 삶의 본질적 문제와도 유기적으로 연결함으로써 기독교적 사유라는 독창성과 함께 문학 일반의 보편성까지 확보하는 장점을 드러낸 소설이 『빌라도의 예수』다.

정찬은 『빌라도의 예수』에서 주류 기독교가 신격화하고 있는 예수의 신성을 해체하고 이를 다른 각도에서 조명하려는 의도를 보여주었다. 이러한 시도의 하나가 예수의 동정녀 탄생설과 부활에 대한 재해석이다. 재해석이라기보다는 영지주의나 반기독론자들의 주장에 오히려 가까운 시각으로 보아도 무방하다. 그러나 정찬이 반기독교적 전승에 기울어진 태도를 드러낸다고 해서 그가 근본적으로 예수의 신성을 부정하거나, 또한 기독교를 폄훼하려는 의도를 지닌 작가일 것이라는 해석은 경계해야 한다. 그가 말하고자 한 것은 예수 자체를 부정하려는 것이 아닌, 기독교 근본주의에 의해 견고히 구축된 신약 이데올로기와 예루살렘 이데올로기를 해체하고 전복하려는 시도로 이해함이 마땅하다. 정찬은 "문학은 자유를 추구하는 어떤 생명체이다. 이 생명체가 특정 이데올로기에 갇힐 때 자유의 날개는 꺾인다"(정찬, 「자유의 깊이」 5)는 의식 아래 문학에 부여된 '자유'의 특권을 그 무엇보다 소중히 여겨온 작가다. 그런데 인류의 문학적 소산 가운데 아직도 신약성서를 이데올로기의 틀에서 벗어나 자유롭게 허구화한 작품이 없다는 사실을 아쉬워한다. 물론 정찬의 『빌라도의 예수』가 작가 스스로가 문제 삼았던 신약 이데올로기의 덫에서 온전히 벗어난 성공작이냐에 대해서는 최상의 평가를 내릴 수는 없다. 그럼에도 불구하고 특정 이데올로기로부터 벗어나 자유를 갈망하는 작가 의식의 표출에 있어서는 단연 앞서가는 작품의 하나라는 긍정적 평가를 내리고자 한다.

또한 『빌라도의 예수』는 삶의 현장에서 일어나는 수많은 고난과 악의 문제에 대해 신정론적 사유의 물음을 던지고 있는 소설이다. 누차 강조했듯이 정찬의 소설쓰기에 대한 주제 의식은 권력과 욕망의 문제다. 그리고 폭력과 권력, 욕망에 의해 파생된 고난과 악의 문제에서 과연 신은 무엇을 하고 있는지를 진지하게 물으며, 그러한 실존적 항변에 대해 나름의 신학적 견해를 드러내고 있다. 물론 이것이 정찬 본연의 신학적 견해인지는 분명치 않으나, 그의 여러 소설들에서 이 문제가 반복적으로, 때로는 집중적으로 다루어지는 점을 감안한다면 작가의 의도를 미루어 짐작할 수 있을 것이다. 결국 정찬은 고난과 악이 끊이지 않는 현실에서도 신은 침묵하는 것이 아니라 함께 동참하고 있으며, 슬픔과 눈물로 더 큰 위로를 던지고 있다는 고전 신정론의 변증을 여전히 신뢰하고 있으며, 이에 대한 희망을 놓지 않고 있는 작가다. 비록 『빌라도의 예수』가 이와 같은 신정론적 사유의 문제를 집중적으로 조명하고 있는 소설은 아니지만, 그 이전의, 그리고 그 이후의 소설들을 잇는 가교의 위치에 놓여있다는 사실은 분명하다.

Works Cited

차봉준. 「한국 현대소설에 형상화된 신의 공의와 섭리」. 『문학과 종교』 14.2 (2009): 111-34.

[Cha, Bong-Jun. "Divine Unbiased View and Providence Embodied in Korea Modern Novel." *Literature and Religion* 14.2 (2009): 111-34. Print.]

최재선. 「한국현대소설에 나타난 신정론 연구」. 『문학과 종교』 13.2 (2008): 1-22.

[Choi, Jae-Sun. "A Study on the Theodicy Expressed in Korean Modern Novels." Literature and Religion 13.2 (2008): 1-22. Print.]

은미희. 「낯섦과 낯익음, 이승우의 세상 보기」. 『작가세계』 63 (2004): 63-97.

[Eun, Mi-Hee. "Unfamiliarity and Familiarity, Look of World by LEE Seung-Woo." *Jakgasegye* 63 (2004): 63-97. Print.]

장수익. 「타자성에 대한 두 가지 접근-정찬론」. 『한국 현대소설의 시각』. 서울: 역락, 2003. 193-220.

[Jang, Su-Ik. "2 Approaches on Otherness-Jung, Chan." *Views of Korean Contemporary* Novels. Seoul: Yeokrak, 2003. Print.]

정 찬. 『빌라도의 예수』. 서울: 랜덤 하우스 중앙, 2004.

[Jung, Chan. *Jesus of Pilatus. Seoul*: Random House Joongang, 2004. Print.]

_____. 「자유의 깊이」. 『빌라도의 예수』. 서울: 랜덤 하우스 중앙, 2004. 4-5.

[_____. "The Depth of the Freedom." *Jesus of Pilate*. Seoul: Random House Joongang, 2004. Print.]

정찬동. 「허구적 서사의 역사적 개연성 연구-장편소설 『빌라도의 예수』

를 중심으로」. 석사논문. 중앙대학교, 2004.

[Jung, Chan-Dong. "Study on Historical Probability of Fictional Descriptions-Focusing on the Novel *Jesus of Pilate*." *MA thesis*. Chung-ang U, 2004.]

김종욱. 「권력은 어떻게 해체되는가」. 『작가세계』 43 (1999): 93-103.

[Kim, Jong-Wook. "How Powers Demolish?" *Jakgasegye* 43 (1999): 93-103. Print.]

이동하. 『한국현대소설과 종교의 관련 양상』. 서울: 푸른사상, 2005.

[Lee, Dong-Ha. *Religion in Korean Modern Novels*. Seoul: Prunsasang, 2006. Print.]

_____. 「정찬 소설과 기독교의 관련 양상」. 『현대소설연구』 43 (2010): 379-407.

_____. "The Relation between Jung Chan's Novel and the Christianity." *The Journal of Korean Fiction Research* 43 (2010): 379-407. Print.]

이남호. 「신의 은총과 인간의 정의」. 『사람의 아들』. 이문열. 서울: 민음사, 1996. 321-22.

[Lee, Nam-Ho. "God's Blessings and Human's Justice." *Son of a Man*. LEE Mun-Yeol. Seoul: Mineumsa, 2003. 321-22. Print.]

박 진. 「꿈을 폐기한 시대의 꿈꾸기」. 『작가세계』 43 (1999): 71-92.

[Park, Jin. "Dream of Generation Who Discarded Dreams." *Jakgasegye* 43 (1999): 71-92. Print.]

페이절스, 일레인. 『숨겨진 복음서 영지주의』. 하연희 역. 서울: 루비박스, 2006.

[Pagels, Elaine. *The Gnostic Gospels*. Trans. HA Hyun-Hee. Seoul: Rubybox, 2006. Print.]

박영식. 『고난과 하나님의 전능』. 서울: 동연, 2012.

[Park, Young-Sik. *Suffering and God's Omnipotence*. Seoul: Dongyeon, 2012. Print.]

손호현.『하나님, 왜 세상에 악이 존재합니까?』. 서울: 열린서원, 2005.

[Son, Ho-Hyun. *God, Why the Evil Present in the World?*. Seoul: Yeolinseowon, 2005. Print.]

제3부

성과 속, 그 사이에서의 세계 문학

움베르토 에코의 『장미의 이름』*:
종교적 신비의 세계

김 명 주

"... the mystery behind knowledge is not darkness but shadow"
— Umberto Eco

* 이 논문은 『문학과 종교』 제5권 1호(2000)에 「움베르토 에코의 『장미의 이름』: 종교적 신비의 세계」로 게재되었음.
* 『장미의 이름』은 중세 이탈리아를 배경으로 교황과 황제의 권력다툼이 진행되는 가운데 이를 중재할 목적으로 한 수도원을 방문하는 윌리엄 수사와 그의 수도승인 아드소가 수도원에서 일어나는 괴이한 살인사건의 전말을 풀어가면서 생기는 이야기를 먼 훗날 죽음을 목전에 둔 늙은 아드소가 회상하는 형식으로 쓰여있다. 꼬리를 물고 이어지는 살인사건은 결국 아리스토텔레스의 『시학』중 누락된 부분인 희극에 관한 고문서를 감추기 위하여 책 속에 독을 바르고 그것을 읽는 사람마다 죽게 만드는 눈먼 호르헤의 맹목적인 경건주의 때문에 일어나고 있었다. 윌리엄은 논리적, 기호학적 분석에 의하여 사건을 추리해 가지만 결국 우연히 호르헤가 범인임을 밝혀내게 된다. 그 과정에서 천년이 넘는 세월 동안 간직해온 귀중한 도서관의 책들이 불타 없어지고 수도원 역시 풀만 무성한 폐허로 남게 된다. 오랜 시간이 지난 후 이곳을 방문하는 아드소 수사가 과거를 회상하며 글을 남기게 되는데 바로 이것이 『장미의 이름』이다. 그러나 이 원고를 발레 수도사가 훗날 복원하고 다시 미비뇽이 번역하였고 에코가 손에 넣은 원고는 바로 마비뇽의 원고인데 결국 에코를 이 원고를 분실하고 자신의 번역과 메모를 중심으로 작품을 엮게 된다고 서문에 서술한다. 이것은 물론 모두 허구인데, 자신의 기호학적 이론을 형상화하기 위한 수단이다.

근래 들어 수년 동안 포스트모더니즘에 관한 논의가 학계뿐 아니라 문화 전반에 걸쳐 활발히 이루어져 왔다. 용어의 정의에서부터 시작하여 소위포스트 모더니즘으로 이미 분류된 작가와 작품들에 관한 연구가 유행처럼 우리 학계의 관심을 모아 온 것이 사실이다. 그러나, 용어를 이해하는데 있어, 20세기 후반의 전반적인 문화현상을 묘사적으로 지칭하는 포스트모더니즘을 20세기 특유의 무신론적(無神論的) 세계관과 자연히 연결하여 이해하는 경향이 지배적이다. 즉, 19세기 말엽부터 서서히 서양의 지성사에서 신의 존재가 희미해지기 시작하고 20세기에 이르러 세계를 인식하고 사고하는 배경에서 신이 아예 없어져 버린 것이 일반적 사실이고, 그러한 시대적 흐름의 결정체적 철학인 해체주의의 극단적인 회의주의도 한 몫하여, 포스트모더니즘을 정의하는데 있어서도 마찬가지로, 무신론적인 입장은 너무도 당연한 부분으로 받아들여지고 있다. 이는, 모든 존재의 근원으로서의 제1원인인 신을 부정하고, 현전보다는 부재에 초점을 두며, 영원보다는 변화와 유동성, 그리고 불고정성을 부각시키는 포스트모더니즘의 철학적 전제가, 절대적이고 영원한 존재로서의 신을 부정하고 있을 거라는 통념 때문이다.

그러나, 필립파 베리(Phillipa Berry)가 자신이 편집한 책인 『영혼의 그림자』(*Shadow of Spirit — Postmodernism and Religion*)의 서문에서 지적하듯이, 극단으로 치달은 허무주의는 오히려 그 동안 무시되어 왔던 종교적이고 정신적인 세계에 대한 관심을 높였다고 본다면, 포스트모더니즘을 전혀 비종교적이고 무신론적이라는 종래의 규정적인 (prescriptive) 개념에 수정이 가해질 필요가 있다. 베리의 서문중 중요한 부분을 대략 간추려 보면 다음과 같다.

예전의 시각 중심적인 사고 안에서 잊혀지거나 주변화되었던 상징적인 그림자의 영역에 최근 많은 관심이 주목되고 있다. 이러한 철학적 그림자에 대한 관심은 포스트모던적인 사고에 뜻하지 않았던 영향을 주고 있는데, 아마도 가장 예상 밖인 결과중의 하나는, 대체로 정신적이라거나 종교적이라 이름하여 한때 터부시되어 왔던 '철학의 이면'에 대한 관심이 되살아났다는 사실이다. (2-3)

존재하는 것은 모두 인식할 수 있고 개념화할 수 있다는 낙관적 합리주의와 인간의 이성에 대한 오만한 신뢰가 낳은 과학주의가 언어 자체에 대한 회의를 시작으로 송두리째 해체되어지면서, 인간의 이성으로 인식할 수 없고 인간의 언어로 표현할 수 없는 신비의 세계에 대해 새로운 관심이 생기기 시작한다. 죽음이 삶에 대한 인식의 출발이듯, 인간의 한계에 대한 인식은 절대적 존재에 대한 '향수'를 불러일으키고 그를 향한 순례의 시작이 된다.

포스트모더니즘의 대표적인 작품의 하나로 여겨지며, 종교에 대한 신랄한 비판으로 보이는 움베르토 에코(Umberto Eco)의 『장미의 이름』(*The Name of the Rose*)은[1] 다른 어떤 작품보다도 종교적이다. 단순히, 중세 기독교 수도원을 작품의 배경으로 사용하고 당시의 신학적 논쟁을 작품의 소재로 사용하기 때문이 아니라, 작품을 다 읽은 후 독자편에서의 충격과 감동 자체가 종교적이며, 작가의 집필의도 역시 종교적이라는 의미에서이다. 여기서 '종교적'이라는 의미는 결코, 어떤 제도화된 (institutionalized)

---

1) Mark Parker는 "The Name of the Rose as a Postmodern Novel"이라는 에세이에서 이 작품이 포스트모던 소설로 인식되는 세 가지 이유에 대해 설명한다. 고급한 순수문화와 저급한 대중 통속문화(mass culture)를 뚜렷하게 구분한 것이 모더니즘의 한 특징이라면 포스트모더니즘은 이러한 구분을 없애고 mass culture를 받아들인다. 작품 속에서 "the simple" 들이 오히려, 개개 사물에 대한 직관력이 뛰어나다는 William의 옹호는 배운 자와 그렇지 못한 자와의 간격을 없애고 있다. 두 번째 이유로, Postscript에서 보는 바와 같이 모더니즘과 포스트모더니즘의 관계에 대한 비평적 논쟁에 참여하고 있다는 사실이다. 마지막으로 세 번째는, 포스트모더니즘에서 빈번히 사용되는 "미로"를 작품의 중심적인 상징으로 사용하고 있다는 점이다. 이 점에 대해서는 이 논문에서 후에 더욱 구체적으로 다뤄질 것이다.

종교의 교의를 의도적으로 작품 안에서 전달하려 했다는 뜻은 아니다. 다만, 개인의 삶과 우주의 궁극적인 의미를 천착하고 있는 그의 태도가 종교적이며, 인간의 한계를 깨닫고 그 한계를 넘어서는 영역이 존재함을 인정한다는 면에서, 또한, 그 신비의 뒤편에 궁극적인 존재가 있음을 인정한다는 면에서 종교적이다. 에코는 『후기』(*Postscript*)에서, "인간이 만들어 낸 질서를 덧없게 하는, 신의 무한한 전능함에 대한 전율"을 독자가 느끼도록 의도하고 있다고 스스로 밝히고 있다. 인용하면,

> 이때, 독자는 나의 의도대로 되어서 인간이 만들어 낸 질서를 덧없게 하는, 신의 무한한 전능함에 대한 전율을 느끼게 될 것이다. 그리고는 능력 있는 독자라면, 내가 어떻게 그런 느낌을 갖게 하는데 성공하는지 알게 될 것이다. 왜냐하면, 작품의 곳곳마다 내가 이를 말하고 있기 때문이다. (53)

그럼에도 불구하고, 이 작품의 종교적인 측면에 대해 언급하는 비평은 찾아보기 힘들다. 작품에 대한 연구의 상당수가 에코의 기호학적 이론과 작품의 연관이라든지, 기호학자인 동시에 중세학자인 그가 방대한 중세문화 연구를 주석 없이 인용하는 사실에 착안하여 그 출전과 전통을 밝히는 일에 주력하고 있거나, 혹은, 작품의 내용이 형이상학적인 문제인데 추리소설이라는 소위 통속의 범주에 속하는 문학 형태를 취하는 이유와 배경 등에 관심을 갖고 있다.2) 어디에 주안점을 두고 있든 간에 에세이들 모두, 에코의 『장미의 이름』이 포스트모던적 아포리아(aporia)와 중심이

---

2) Joseph P. Consoli가 쓴 "Navigating the Labyrinth: A Bibliographic Essay of Selected Criticism of the Works of Umberto Eco"를 보면 The Name of the Rose 의 작품에 대한 비평이 어떤 경향을 갖고 있는 지 잘 요약하고 있다. 또한, 그가 이 작품의 기본적인 비평서로 제일 먼저 다루는 Thomas Inge의 Naming the Rose 라는 비평서는 작품에 대한 에세이를 세 가지 부류로 분류하고 있는데 ("Traditions," "Detectives," "Semiotics"), 이로서 비평의 경향을 위에서처럼 요약할 수 있겠다.

없는 공간에서의 미로 ("rhizome labyrinth")를 상징적으로 극화(dramatize)
하고 있음에 동의한다. 그러나, 대립되는 개념의 경계가 무너지고 궁극적
의미를 찾아가는 여정이 본질적으로 끝이 없는 미로에서의 헤맴이라는
그의 결론이 사실상 많은 비평가들이 생각하듯 허무주의나 불가지론으로
이어지지는 않는다고 본다. 작가가 작품에서 상징적으로 그리는 그림은
분명히 길이 없는 공간에 무너져 내린 폐허더미지만,3) 작가가 작품 안에
서 말로 설명하지는 않아도 그가 제시하는 그림이 노리는 바는 단순한 허
무주의나 불가지론이 아니라 오히려 "형이상학적 전율"이고, 또한, 종교
적인 체험이다. 에코는 『후기』에서, "나는 소위 형이상학적 전율이라 부
르는 것, 두렵고 놀라운 그것을 독자들이 즐겁게 느낄 수 있기를 원했
다"(53)고 말한다. 작가가 의도하듯이 작품을 읽은 후 독자가 느끼는 충격
과 감동은 이런 의미에서 분명히 종교적이다. 작가의 방대한 독서량도 놀
라운 충격이라 할 수 있지만, 무엇보다도 놀라운 것은, 명쾌한 논리로 설
명하기 어려운 형이상학적 신비를 그리기 위해 작품전체가 하나의 메타
포어가 되고 있다는 사실이다. 작품의 어디에도 신비의 내용이 무엇인지
정확히 설명되지 않지만, 그 신비를 느낄 수 있는 상황을 극화(dramatize)
함으로써 독자 스스로 그 신비를 느낄 수 있게 만든다.

물론, 작가가 그리고자 하는 포스트모던적 신비(mystery)가 전혀 새로
운 발견은 아니다. 어둠의 끝과 빛의 시작이 어스름한 새벽의 혼돈 속에
맞닿아 있듯, 하늘과 땅의 경계가 바다 안개 속에 아스라이 감춰져 있듯,
극과 극은 본질적으로 정 반대에 위치하면서도 동시에 서로 일직선상에
놓인다는 인식이 결코 새로운 통찰이 아니듯이 말이다. 진통이 극한에 이
르러야 비로소 새로운 생명이 탄생되고, 혼돈이 절정에 다다를 때 마침내

---

3) 작품의 끝에 Adso가 다시 찾아간 수도원은 실제로, 어디가 어디인지 길도 없고 형체
도 알아보기 힘든 폐허더미이다. 에코가 작품 전체를 통해 그려낸 상징적 의미의 그
림은 마지막 이 장면에서 요약된다고 할 수 있다.

개벽이 온다. 어둠이 깊을 대로 깊어 져야 드디어 새벽이 오며, 생명이 다하는 죽음의 마지막 고통 끝에 또 다른 생명의 시작이 있음은 굳이 철학적 증명으로 사변화 되지 않는다 하여도 이미 널리, 또 익히 진리로 인식되어 왔다.

그러나 20세기에 들어서면서, 이원론이라는 고질적 한계를 벗어나지 못했던 서양의 철학적 담론 안에서 이러한 직관적 통찰이 구체적으로 논의되기 시작한 것은 과히 혁명적이라고 보는 견해가 많다. 현상과 실재를 철저히 구분하는 형이상학적 이원론과, 주체와 객체를 분리시키는 인식론적 이원론은 다시 기표와 기의를 구별하는 언어학적 이원론으로 이어지다가 마침내, 그 대립이 깨어지고 부서지는 부분들에 관심이 주목되기 시작한다. 이러한 변화는 언어 자체에 대한 반성에 의해 초래된다. 철학이든 문학이든 모든 담론이 언어를 통해서만 가능한데, 언어가 지칭하고자 하는 개념을 지칭하는데 실패하고, 문화적으로 또 개인적으로 전혀 다른 의미를 내포할 수도 있다는 인식이다. 결국, 언어로만 보면 전혀 상반됨에도 불구하고 본질적으로 비슷한 것, 때로 똑같은 것을 지칭할 수도 있기 때문에, 언어는 더이상 절대적으로 신뢰할 만한 매개체가 되지 못한다. 뿐만 아니라, 존재하는 것은 모두 개념화되고 인식할 수 있다는 낙관적 합리주의 역시 이러한 맥락에서 무너지고 만다. 이렇게 언어가 표현할수 없는 영역, 대립과 상극이 부서지는 지점에 대한 관심이 20세기 철학의 주제가 되었고 소위 포스트 모더니즘의 철학적 기반이기도 하다.

세계적인 명성이 있는 기호학자로서 에코 역시, 상호이해와 전달의 토대로서의 언어가 제대로 그 구실을 다하지 못하며 따라서 신뢰할 수 없다고 믿는 학자이다(Bennett 121).4) 언어를 더 이상 신뢰할 수 없는 사람이

---

4) Helen T. Bennett는 "Sign and De-Sign: Medieval and Modern Semiotics in Umberto Eco's *The Name of the Rose*" 라는 논문에서, 14세기 철학자인 William Ockham의 언어에 대한 견해와 에코의 기호학이 어떻게 유사한지에 대해 연구하고 있다. Bennett`는 두 사람 모두가 언어가 신뢰성이 없고 안정성이 없음에 공통적으로 주목하고 있

그 사실 자체를 알리고 언어가 미치지 못하는 영역까지 설명하고픈 바램과 필요성을 느꼈다면 어떤 매개체가 가장 효과적일지, 딜레마가 아닐 수 없다. 教外別傳, 不立文字, 直指人心, 등이 암시하듯 매개체란 전혀 소용이 없을 수도 있다. 하이데거의 "존재의 신비"(Mystery of Being)처럼, 진리란 잠잠히 기다리는 가운데 형체없이 다가와 자리잡는 것인지도 모른다. 그러나, 그러한 하이데거가 어떤 철학서에서보다 휠더린의 시속에서 진리를 더욱 확연히 깨달을 수 있었듯이, 에코는 이론서보다 이번엔 비언어적 기호로서의 소설을 택하여 본래 진리에 다다르기 위한 도구로서 필요했던 인위적인-종종 대립되는-개념들이 더 이상 사물의 본질을 꿰뚫지 못한다는 인식을 극화하고 있는 것이다.

실제로 에코는 이러한 견해를 직설적으로 작품 안에서 피력하기도 한다. "그렇게 다의적인 개념들이 단의적인 방법으로 표현된다는 것이 가능한가요?"(295) 라고 아드소가 회의적인 질문을 하자, 윌리엄은 성인 토마스를 인용하며 다음과 같이 말한다.

> 한 개념이 비유의 형태로 남아있을 때, 그 유사함이 더욱 상이한 비유로서 표현되고 전혀 직설적이지 않을 때, 오히려 그 비유는 더 많은 진실을 드러내게 된다. (295)

진리란 본질적으로 다의적(equivocal)이라서 단의적인 언어로서 표현되기 곤란할 때가 많다. 이때, 비유는 이런 다의적 진리를 표현하기에 가장 적절한 도구인지도 모른다. 철학이나 과학보다 문학이 더욱 효과적으로 진리를 전달할 수 있는 것은, 문학이 본질적으로 하나의 비유이기 때문이다.

에코는 이 작품에서, 신앙과 이성, 보편성과 개별성, 과학과 신비주의, 정통과 이단, 신앙과 광신, 사랑과 정욕 등의 대립적 인식이 무너지는 지

다고 말한다. ". . . both share common concerns about the instability or unreliability of language" (121).

점에 특별한 관심을 갖고 있다. 이러한 대립된 개념들이 사실상 고정적이 아닌 언제든지 유동적으로 변화될 수 있고 아예 그 위치가 뒤바뀔 수 있다는 사실에 주목하고 있다. 작품 안에서의 도서관은 이런 의미에서 대표적인 상징이 아닐 수 없다. 진리를 보존하고 보급하는 도서관의 역할이 전도되어 오히려 진리의 출현을 연기하는 역기능을 취할 수도 있다는 사실은 다분히 상징적이다. 아드소는 윌리엄에게 묻는다. "그렇다면 도서관은 진리를 보급하는 수단이 아니라 진리가 나타나는 것을 보류하는 하는 수단에 불과한가요?"(343) 근본주의자인 호르헤(Jorge)가 아리스토텔레스의 시학 중 코미디에 관한 부분이 불경하다고 판단하여 수도승이 읽는 것을 금하고 도서관의 깊은 곳에 숨겨 두며, 살인조차 마다하지 않는 오만하고 비정한 신념을 보인다. 도서관은 더 이상 지식의 산실이 아니라 이러한 금서를 묻어 두는 장소에 불과하다고 윌리엄은 도서관의 아이러니를 지적한다. 종래의 개념과는 전혀 상반된 의미를 동시에 지니게 되는 도서관은 이야기가 전개되는 과정에서 핵심적인 상징이 된다.

뿐만 아니라, 수도원 교회의 현관에 그려진 그림 역시 의도적인 묘사이다. 천상의 아름다움과 추악한 욕정들이 한데 어우러진 모습, 거룩한 것과 추악한 것들이 경계 없이 섞여 있는 모습—대립되고 모순된 것들이 기둥에 인각된 그림들처럼 어느 정도 구역이 정해진 듯하면서도 정확한 경계를 찾기란 어렵다. 칼로 자르듯 규정할 수 없는 진실의 본질적인 성격을 상징적으로 형상화한다고 볼 수 있다. 에코는 그림을 단적으로 "위대한 천상의 대학살"(46) (a great and celestial massacre) 라고 표현하는데 말 자체가 모순된 단어들의 결합이다. 대학살은 위대할 수도 없고 천국에 속한 일일 수도 없는 까닭이다.

첫 번째 희생자인 아델모가 그리던 바분(Baboon)역시 이것과 저것의 구분이 없어져 버린 전도된 세계를 그리고 있다. 즉,

시냇가에서 물고기를 잡는 독수리, 하늘을 나르며 매를 쫓는 곰, 비
둘기와 함께 날아가는 게, 그물에 걸려 수탉에게 먹히고 있는 세 사람
의 거인이 있는 곳. (87)

이성이나 논리가 더 이상 적용되지 않는 마치 꿈과 같은 비논리적인 세
계를 말하는데 근본주의자인 호르헤는 인정할 수 없는 세계이다. 왜냐하
면, 이런 세계는 논리 정연한 일상적 세계의 질서를 망가뜨리는 위험스러
운 존재이기 때문이다. 호르헤는—어쩌면 보통 사람들처럼— 옳고 그름
의 경계는 명확하고 불변하다고 확신하고, 질서의 이면에 엄연히 존재하
는 이러한 혼돈을 인정하길 두려워하고 있다. 이에 대해 윌리엄은 그림이
괴이할수록 도덕적인 훈계 면에서 효과적이라고 반박한다.

비유가 서로 전혀 연관성이 없으면 없을수록 무시무시하고 점잖지
못한 비유 속에서 더욱 많은 진리를 담아 낼 수 있고 상상력이 정욕에
빠져드는 정도를 덜할 수 있다. 그래서 이러한 배덕한 그림속에 숨겨
진 신비를 감지할 수 있게 된다. (89)

이어서 베르난티우스(Vernantius)도 아델모의 그림을 옹호하기 위해 아
퀴노(Aquino)를 인용하면서, 신성한 것은 귀한 몸보다 천한 몸을 그 형상
으로 취하며 신으로부터 먼 것일수록 오히려 신에 대한 보다 정확한 개념
으로 인도한다는 역설을 주장한다(91).

호르헤가 웃음을 두려워하는 것도 같은 맥락에서 이해될 수 있다. 긴장
을 느슨하게 하고 삶의 여유를 주는 웃음이 그에겐 경박함에 불과하고 긴
장된 질서를 파괴시켜 버린다고 믿는다. 반면에, 윌리엄은 이성을 거스르
는 어떤 불합리한 명제의 권위를 쓰러뜨리는데 웃음이 효과적이라고 말
하고 그 파괴성을 인정하되 긍정적인 파괴로서 받아들인다. 스스로 옳다
고 믿는 확신 때문에 살인까지도 정당화할 수 있는 호르헤는 그의 경건한

신앙에도 불구하고 윌리엄에게 적그리스도로까지 보이게 된다. "적그리스도는 신을 지나치게 사랑하여서 혹은 진리를 지나치게 사랑하는 경건함에서 생겨 날 수도 있다. 마치 성인으로부터 이단이 발생하고 선각자로부터 광신자가 나오듯이 말이다"(598). 즉, 진리를 사랑하는 것과 파괴하는 것의 경계가, 이단자와 정통신앙을 구분하는 경계가, 신앙과 광신의 경계가 사실상 애매 모호해짐을 볼 수 있다. 수도원의 모든 수도승이 고해신부로 삼을 만큼 그 신실함이 인정된 호르헤가 바로 그 신실함 때문에 적그리스도적 인물이 되는 사실은 매우 아이러니컬하다. 진리가 베일에 가려진 채 세상 끝날 까지 보이지 않도록 되어 있다면, 확실치 않는 것에 대한 확고한 신념이란 맹목적인 완고함에 지나지 않고, "존재하지 않는 유령의 노예"(598)에 지나지 않는다. 정말 인류를 사랑하는 사람이라면 그가 해야 할 일은 "진리를 발견하고 고수하는 일이 아니라, 사람들이 진리에 웃도록 하여, 진리에 대한 광적인 집착으로부터 자유로울 수 있도록 돕는 것"(598)이라고 윌리엄은 말한다.

교황과 황제사이의 권력과 이권 다툼 가운데 이단과 정통은 끊임없이 새롭게 정의되면서 오늘의 이단이 내일 정통으로 인정받기도 하고, 오늘의 정통이 내일 이단으로 처형 받는 역사적 시기를 작품의 시대적 배경으로 에코가 삼은 것은 대단히 의도적이다. 예로부터 이단과 정통에 대한 논란은 항상 정치적인 경향이 많았고 따라서 그 경계가 매우 모호하다. 권력유지에 도움이 되면 정통이고, 그렇지 않고 기존의 권위나 질서에 도전하면 이단으로 취급받는 것이 보통이다. 기준이 이렇듯 인위적일 때, 이단을 처단하기 위해 엉뚱한 죄목을 덮어씌우기도 하고 엄청난 희생이 따르는 전쟁조차 마다하지 않게 된다. 똑같은 사람을 지칭함에도 불구하고 어떤 이들은 정통교단 안에서 성인이라 부르고 또 다른 이 들은 이단자라고 불렸던 예는 역사 속에 얼마든지 있다. 순교자의 신앙과 이단자의 광신도 마찬가지로 구분하기 힘들 때가 많다. 이단으로 처형되는 프라 돌시노와 순교자로 인정되는 마이클에 대한 이야기는 이런 의미 안에서 이해된다. 두 사람 모두 신념 때문에 죽음을 선택한다. 폭력과 성적인 문란함을 미화시켰던 프라 돌시노도 죽음 앞에서 끔찍할 만큼 의연한 모습을 보이고 마지막 순간에 "내가 삼일만에 부활하리라"(283)고 외칠 만큼 신념에 차 있다. 마이클 역시 "내 안에 있는 진리를 위하여, 오직 죽음으로서만 선포할 수 있는 진리를 위하여"(283) 기꺼이 죽음을 택한다고 말한다. 확실치 않은 것에 대한 신념과 확신 때문에 죽음까지도 불사하는 그들의 모습은 과연 무엇이 진정으로 옳고 그른지에 대해 회의하게 한다.

윌리엄은 우베르티노(Ubertino)와의 대화에서 신앙과 광신이 본질적으로 같음을 다음과 같이 말한다. "천사의 열정과 악마의 열정은 거의 다를 바가 없다고 보네. 왜냐하면, 둘 다 모두 인간의 의지가 극도로 발화한데서 생겨나기 때문이지"(61) 우베르티노는 흔히 프라 돌시노와 잘못 동일시되는 자신이 속한 종파의 순수한 종교적 열정을 옹호하면서, 프라 돌시노를 광적인 이단으로 규정해 버린다. 그러나 윌리엄은, 클래어 성녀에 대한 우베르티노의 열정이 순수한 종교적인 차원을 넘어서 성적인 끌림과 사실상 다르지 않음을 꿰뚫어 보고 있다. 윌리엄이 말하길, "그들 소수파는 클래어와 똑같은 환상에 열광하고 있었다고 보네. 그리고 종종, 종교적 법열과 사악한 광란은 거의 같은 것이라네"(61). 마찬가지로 우베르티노가 주장하는 "차이"란 실제로 가름하기 힘들다고 보고 있다.

한편, 수도원장과의 이단에 대한 대화에서는 반대로, 종파 사이의 미묘한 차이들을 무시한 채, 모두 함께 이단으로 매도하는 수도원장에 맞서서 종파들 사이에 분명한 차이가 존재하므로 함부로 이단으로 규정할 수는 없다고 설득한다. 언뜻 상반되어 보이는 두 개의 주장이지만 어느 하나가 옳으면 다른 하나는 당연히 틀릴 수밖에 없는 흑백 논리는 여기서 적용되지 않는다. 서로 상반되면서도 동시에 모두 진리로서 입증되는 것이다. 옳고 그름의 상식적인 경계는 여기서 무너져 버린다. 이마와 눈, 코와 입등의 확실한 구분이 없이 일그러진 살바토르(Salvatore)의 얼굴처럼, 바빌론의 창녀 속에서 발견되는 성녀 마리아처럼, 무엇이 독약이고 무엇이 몸의 질병을 치료하는 약이 될지 불분명한 것처럼, 진실과 거짓의 경계는 불분명하다.

경건하고 존경받는 수도승인 아드소가 노년에 이르러 자신이 수련수사시절 저질렀던 죄를 고백하게 하는 것은 이러한 맥락에서이다. 소녀와의 육체적인 만남은 수도승인 그의 입장을 고려할 때 어느 모로 보나 사악함에도 불구하고, 그후 소녀에게 대한 그의 걷잡을 수 없는 사랑은 지고하고 순수한 종교적 법열과 다름없음을 스스로 고백하고 있다. 또한 그의 사랑의 황홀경이 종교적 황홀경과 같은 언어로 묘사되어 있음을 깨닫고 있다.

> 내 기억의 은밀한 곳에 눌려져 있던 말들이 입술의 표면으로 되살아왔고, 그리고 그 언어는 성경이나 혹은 전혀 다른 좀더 경건한 진실을 표현하기 위해 성인의 책들에나 씌어질 언어들이었음을 잊고 있었다. 그러나, 성인들이 말한 종교적 기쁨과, 그 순간 흥분된 내 영혼이 느끼던 것과 어떤 차이가 있더란 말인가? 그 순간 차이점에 대한 나의 경계심이 완전히 허물어져 버렸다. (290-91)

사랑과 정욕, 이단과 정통, 신앙과 광신, 진실과 거짓을 구분하는 명확한 경계는 이처럼 매우 모호하다. 이러한 대립적 개념들을 정확하게 구분하여 정의할 수 있는 보편타당한 법칙(universal law)이란 존재하지 않는다. 개별적인 케이스들 속에서 공통적으로 나타나는 법칙을 추출하는 과학적, 귀납적 사고의 한계가 여기서 드러난다. 윌리엄이 아무런 사전 지식 없이 수도원사람들이 담장 밖에서 찾아 헤매던 것이 말이었고 그 말이 간 위치를 정확하게 예견할 수 있었던 것은 그의 귀납적 사고 덕이었다. 같은 방식으로 아델모의 죽음이 타살이 아닌 자살임을 밝히며, 베르난티우스의 암호를 해독하고, 마침내 미로의 끝인 피니스 아프리케 (Finis Africae)에 이른다. 예상했던 대로 모든 사건의 원인을 제공하는 호르헤를 그 안에서 발견함에도 불구하고, 그러나 막상 진실에 이른 방법은 그의 귀납적 논리에 의해서가 아니라 우연의 일치였음을 깨닫는다. "범인의 행적을 해석하는데 있어 난 잘못된 패턴에 의존하고 있었고, 그 범인은 그 패턴 속에 우연히 들어 있었을 뿐이었어"(572). 이단에 대한 잔인한 처형에 커다란 충격을 받은 아드소가 진리와 거짓을 구분할 수 있는 기준이 무엇이냐고 회의적으로 질문하자 윌리엄은 "어디에도 정확한 규칙이란 존재하지 않는다. 진리란 단지 개별적인 케이스에 의존하고 상황에 따라 변하는 것이다"(239). 개개의 사실은 진실이라 하여도 그 개별적 사실들이 어떻게 서로 관련되어 있고 반복적으로 일어나는 사실을 패턴으로 일반화하기란 불가능하다. 설사 만들 수 있다하여도 주변 상황이 변하면 개별적 사실들로 함께 변화하기 때문에 전체를 포괄하는 규칙이란 존재하지 않는다. 애초부터 과학에 대해 맹목적으로 신뢰한 것은 아니었지만, 과학에 대한 막연한 회의주의가 더욱 분명하게 증명된 것이다.

> 그렇다면 나의 지혜는 다 어디 있단 말인가? 이 우주에는 질서가 존재하지 않는다는 사실을 잘 알면서도 나는 질서[규칙]을 추구하면서 고집스럽게 행해왔지. 내가 상상한 질서란 무엇인가를 포획하기 위한 그물이거나, 무엇인가에 오르기 위한 사다리와 같을 뿐이네. 즉, 결국 버려야 할 것들이지. 유용하긴 해도 그 자체만으로는 무용하기 때문이지. (599-600)

어떤 현상을 이해하기 위해 일반화(generalize)시키는 규칙을 만들 필요는 분명히 있다. 자연과학이나 사회과학에서 만들어 내는 규칙들은 자연, 사회의 제반 현상들을 이해하는데 큰 도움이 되는 것은 사실이다. 그러나, 그물이 본래 잡고 싶은 것만을 걸러내는 도구이고 사다리 역시 오르고 싶은 곳에 이르게 하는 도구이듯이, 규칙 역시 도구일 뿐이다. 에코의 말대로 규칙이 사다리라면, 그 사다리로 지붕에 이를 때 우리의 시야는 더욱 넓어져 있을 것이다. 더욱 넓어진 시야로 평소 못 보던 것이 보여 질 수 있다면 그것은 무엇인가? 우선은 자주 오고가며 마음속에 그려진, 혹은 실제 지도를 보며 짐작하고 추론하던 주변을 더욱 총체적으로 인식할 수 있을 것이다. 그 총체적인 인식은 논리보다는 직관을 통하는 것이기에, 말로 표현될 때엔 이미 총체적이 아닌데, 그렇다면 총체적인 인식의 대상은 무엇인가? 그것은 인간의 한계를 뛰어넘는 신비의 세계인 신의 영역에 대한 깨달음이며 말로 논리화될 수 없는 세계이다.

포스트 모더니즘 소설에서 자주 등장하는 왜곡된 거울의 이미지가 이 작품에서도 사용되는데, 위에서 언급된 귀납적 사고의 한계와 명목주의(nominalism) 의 무익함을 지적하는 상징물로 사용되며, 궁극적으로 모든 것의 한계 저편의 신비를 인식하게 하기 위한 장치로 사용된다. 작품의 첫머리에서 에코는 다음과 같이 말한다.

> 지금은 거울을 통해 보듯 희미하나, 진실을 맞대면하여 [거울이 아닌] 확실히 볼 수 있을 때까지 우리는 세상의 왜곡된 표면[거울]에 비친 조각난 진리의 단편만을 볼뿐이다. 그러므로 우리는 그 조각난 단편들만을 신실하게 그려내야 할 것이다. 그것들이 불분명하게 보일지라도. . . . (3)

아드소가 후에 다시 찾은 수도원이 그 실체는 찾아 볼 수 없고 화재에 타고남은 흔적뿐이듯, 우리가 볼 수 있는 것은 서로 연관 없이 세상에 흩트려져 있는 진리의 기표들뿐이고 기표가 가리키는 궁극적인 진리는 역사의 어느 순간까지 베일에 가려져 있을 뿐이다. 아드소의 원고를 잃어버리고 원고에 대한 기억의 파편과 다른 책에서의 인용에 의존하여 이 책을 쓴다고 고백하는 서문은 이런 맥락에서 또한 상징적이다. 이야기의 원인

(origin)은 없어져 버리고 그 흔적만 남아 우리가 보는 것은 그 흔적뿐이다. "지난날의 장미는 이제 그 이름뿐, 우리에게 남는 것은 그 덧없는 이름뿐"(610). 범인을 찾아가는 미로의 종착 지점이라 할 수 있는 피니스 아프리케로 들어가는 입구가 거울로 가려져 있음은 이와 관련된 상징물이다. 또한 그 거울은 그나마 보통 거울이 아니라 물체를 형편없이 왜곡 굴절하여 실체를 해체시켜 버리는 거울이다. 세상, 혹은 인간이라는 왜곡된 주체에 비춰진 진리란 형체 없이 일그러진 모습이고 일부 조각 조각 안에서 드러난 형체 속에서 원래의 실체를 어림잡아 추측할 수 있을 뿐이다.

그러나, 이러한 해체주의적 입장은 이 작품을 허무주의로 몰아 가지는 않는다. 거울에 굴절된 물체의 파편들이 왜곡된 모습이더라도, 뭔가 실체가 존재하는 것은 분명하다. 위에서 본 산의 모양과 옆에서 본 산의 모습이 제각각 달라도 산이 거기 존재함은 엄연한 사실이다. 윌리엄이 "세상을 비출 거울이 있기 위해서는 먼저 세상이 존재해야 하는 것이다"(136)라고 말한 것은 이러한 의미일 것이다. 거울의 표면이 일정하지 못해 실물을 원래 모습 그대로 굴절하지는 못한다 하여 실물의 존재 자체가 부정되지는 않는다. 일반적으로 이해되는 해체주의는 궁극적인 실체의 존재를 부인하지만 에코는 다르다. 궁극적 실체는 존재하나 총체적으로 인식되는 것이기에 다만 언어로 표현함이 불가능하다고 그는 보고 있다. 이 점에서 에코는 스스로 "인간의 질서를 무의미하게 하는 궁극적 존재"를 인정하고 "신의 전능함에 대해 독자가 전율"하도록 만든다.

합리적이고 이성적인 추리로 사건의 전모를 파악할 수 있다고 믿고 그 비밀을 추적해 가지만 엉뚱하게도 도서관은 불타 버리고 만다. 거대한 불을 끄기 위해 작은 양동이로 물을 나르고 있는 윌리엄의 모습은 아드소에게 어거스틴의 이야기를 상기시킨다.

나는 어거스틴 성인의 이야기가 생각났다. 바닷물을 스푼으로 모두 떠내려하는 한 소년을 보았을 때 하던 이야기이다. 그 소년은 천사였고, 신의 영역에 속하는 신비를 이해하려 했던 성인을 비웃기 위해 이같이 했던 것이다. 마치 그 천사처럼, 문에 기대어 지친 모습으로 내게 말했다. "불가능해. 수도원의 모든 수도승들이 다 동원된다 하여도 불을 끌 수 없을 거야. 도서관은 이제 끝장이다." 천사와 다르게도 그는 울고 있었다. (492-93)

불가능한 것은 불을 끄는 일만이 아니다. 과학적인 논리로 사건을 이해하는 것도 한계가 있고, 신앙과 광신, 정통과 이단을 구분하는 기준을 찾는 일도 불가능하고, 보편타당하게 적용될 수 있는 법칙도 찾기란 불가능하다. 냉철하고 이성적인 윌리엄이 우는 장면은 가히 충격적이고 그의 절망이 얼마나 큰 것인지를 짐작케 한다. 그러나, 윌리엄이 절망적으로 인식하는 인간의 한계는 절대자와의 만남을 위한 필수적인 예비단계이다. 바닷물을 작은 스푼으로 떠내려는 소년의 노력이 헛되듯이 윌리엄의 모든 노력도 헛됨을 독자는 느낄 수밖에 없다. 절망하는 윌리엄에게 아드소가, 어쨌든 최선을 다했지 않느냐고 위로하자, "인간이 할 수 있는 최선이지, 그러나 [신의 입장에서 보면] 너무나 작은 최선이지)"(600). 이어서 윌리엄은 말한다.

우주에 어떤 질서가 존재하지 않는다는 아이디어를 인정하기란 쉽지 않지. 왜냐하면, 인정한다는 것은 신의 자유와 전능함에 위배되기 때문이지. [신은 자유롭고 전능한 까닭에 질서는 존재하지만 인간의 이해의 한계를 넘어선다.] 그래서, 신의 자유롭다는 사실은 우리를 절망케하고, 최소한 우리의 교만을 꺾어뜨리고 마는 거지. (600)

질서에 대한 열망과 탐색은 거의 본능적이다. 자신의 주변을 확실하게 이해하고 싶고, 예외 투성이일지라도 임시적으로나마 질서를 만들어 내지 않으면 견디기 힘든 것이 인간이다. 그러나, 우주의 창조자인 신은 그의 피조물인 인간이 우주 안에서 추출해낸 질서에 따라 움직이거나 그 질서로 인해 제한 받지 않는다. 이렇게 인간이 만들어 낸 질서에 구속되지 않고 자유로운 신의 존재를 깨달을 때 인간의 교만함은 무너져 내린다.

그러나 여기서 아드소는 흥미 있는 질문을 던진다. "그렇다면, 신과 태초의 혼돈과 어떤 차이가 있단 말입니까? 신의 절대적인 전능함과, 신이 선택함에 있어 절대적으로 자유롭다는 사실을 인정한다는 것은, 결국 신이 존재하지 않는다는 것을 증명하지 않나요?"(600). 아무런 규칙 없이, 최소한 인간의 눈에 일정한 규칙이 없이 제멋대로 돌아가는 세상이라면, 모든 이면에 인간의 이해 한계를 넘어서 일하는 신의 존재를 인정하기보다는 오히려 아예 신이 존재하지 않는다고 말하는 편이 낫지 않겠느냐는 말이다.

인간이 한계에 부딪혔을 때 그가 가진 자유의지에 의해 두 가지 선택이 가능하다. 하나는 한계를 넘어서 존재하는 신을 인정하는 것이고, 또 하나는 아예 부정해 버리는 것이다. 아드소의 질문은 허무주의로 빠질 수 있는 가능성에 대한 언급이고 실제로 많은 현대인들이 택한 무신론을 대변하고 있다. 이에 대해 윌리엄은 매우 모호한 대답을 한다. "만약 그렇다고 인정하면 학식 있는 자들이 어떻게 자신의 지식을 교환할 수 있단 말인가?"(600). 이에 아드소는 다시 되묻는다. "무슨 뜻입니까? 진리의 기준이 없을 때 어떤 식으로도 존재 가능하거나 상호교환할 수 있는 지식도 없다는 뜻입니까? 아니면, 다른 사람들이 지식을 교환하는 것을 금하기 때문에 당신이 생각하는 것을 더 이상 말할 수 없다는 뜻입니까?"(600). 여기서 아드소의 물음은 매우 의미심장하다. 그의 물음은, 궁극적인 진리가 결국 존재하지 않기 때문에 소통할 수 없는 것인가, 아니면 진리는 있으되 소통이 불가능하기 때문에 전할 수 없다는 뜻인지를 분명히 하고자 한다.

윌리엄은 더 이상 대답하지 않는다. 이렇다 저렇다 확실하게 결론 내릴 만한 논리적 근거가 여기서도 마찬가지로 부재하므로 그는 대답하지 않는다. 인간의 한계를 인식하는 그로서 신의 존재를 밝히는 일 역시 그의 한계밖에 속한 일이기에 대답할 수 없기도 하고, 신의 존재가 거의 절대적인 중세시대에 어느 형태로든 회의적이고 미온적인 회색지대를 인정하는 발언을 할 수 없는 두 번째 이유가 동시에 사실이기에 그는 대답하지 않는다. 무엇인가에 확실한 답을 내린다는 것은 제외된 다른 가능성을 잠정적으로 제한하기 때문이기도 하고, 확실한 답변을 원하기에 인간사회가 종종 빠지는 획일의 오류를 경계하고 있기도 하다. 결정을 보류하고 열려 있어야만 지식의 진정한 발전이 가능하다. 확실하지 않은 상태에서 내린 결론은 허황된 신념만을 낳을 뿐이다.

윌리엄이 신의 존재를 긍정하기를 머뭇거린다. "이런 난장판에는, 이런 난장판에는, 주님이 계시지 않아"(Non in commotione, non in commotione Dominus)(601)라고 윌리엄이 말하며 아드소의 옛이야기는 끝을 맺는다. 윌리엄의 표면적인 부정에도 불구하고, 독자들에게 이 말은 정반대, 즉 신의 존재를 긍정하는 발언으로 절묘하게 암시된다. 에코 스스로가 밝힌 이 부분에 대한 주석에 의하면, 열왕기상의 "그러나 야훼께서는 지진 한 가운데도 계시지 않았다"(19:11-12)를 참조하도록 되어 있다. 성경의 이 부분은 엘리야가 갈멜산에서 기적을 행한 후 이세벨이 자신을 죽일 것을 두려워하여 동굴 안에 피신하고 있을 때 일어난 일이다. 하나님이 자신의 존재를 드러내고 엘리야에게 용기를 주기 위해 산을 가르고 바위를 부수는 바람에 지진과 불을 일으키지만 엘리야는 듣지 못한 채 하나님을 발견하지 못한다. 불길 가운데 분명히 존재하는 하나님을 보지 못하는 엘리야처럼, 윌리엄도 역시 "주님은 계시지 않아"라고 말한다. 그러나 엘리야가 보지 못해도 엄연히 신이 존재하듯이, 에코는 굳이 이 구절을 삽입함으로써 포스트모더니스트인 윌리엄이 발견하지 못하는 신의 엄연한 존재를 독자가 느끼도록 만들고 있다.

독자의 감정적 동의를 주도하는 작품의 주인공인 윌리엄이 신의 존재를 부인하는 현대적 합리주의자인 것은 매우 절묘한 선택이 아닐 수 없다. 독자는 그를 읽으면서 합리성에 근거하여 종교적 독선과 맹신을 경계할 수 있게 되고, 동시에 그 합리성의 한계에 도달하면서 윌리엄으로부터 벗어나게 된다. 윌리엄을 넘어서 그간 가려졌던 시야에 들어오는 공간은 바로 영원한 존재가 있는 신비의 공간이다. 비록 그곳이 빛으로 가득한 대명천지가 아니더라도, 산 그림자로 드리워진 그 공간은 그 산너머 빛의 존재를 짐작케 하는 공간인 것이다.

전통적인 신학도, 인간이 신을 이해하기 위해 인간이 만들어낸 하나의 질서(order)라고 본다면 신은 그러한 신학에 제한 받거나 구속되지 않는다. "인간이 만들어 낸 질서를 덧없게 하는, 신의 무한 전능함에 대한 전율"을 독자가 느끼도록 한다고 에코 스스로 작품의 의도를 밝힐 때, 그가 의미한 신은 전통 신학 안에서 정의된 신과 정확하게 일치하지는 않는 것이 분명하다. 인간의 사고와 언어의 한계 저편에 베일로 가려져 보이지 않는 신비 그 자체이거나 그 신비까지도 다스리는 어떤 존재를 에코는 의미한다.

죽음을 목전에 둔 노년의 아드소는 이제 말 대신에 침묵해야겠다고 말한다. 이것이다 저것이다를 구분하는 진리에 대한 열정조차 죽음 앞에서 무의미함을 깨닫는다. 죽음은 인간의 역사가 시작된 이래 해결되지 않는 미스터리이다. 죽음은 모든 대립과 다름이 종식된 곳, 태초의 혼돈과도 같다. 죽음은 여기서 에코가 이제까지 말한 신비의 세계에 대한 메타포어이다. 좀 길지만, 신비의 세계가 집약적으로 묘사된 곳이기에 인용하기로 한다.

> 나는 곧 나의 시작과 합쳐질 것이다. 이 거대한 황무지, 완벽하게 평평하고 끝이 없는 이 곳으로 나는 곧 들어가게 될 것이다. 진정으로 경건한 영혼이 더없이 행복한 그 곳으로 말이다. 무감각한 침묵과 말로 표현할 수 없는 결합 안에서 신의 그림자 안으로 침몰할 것이다. 침몰하면서 모든 같음과 다름이 종식되어질 것이며, 그 혼돈의 심연 속에서 내 영혼조차 잃어지게 될 것이고 무엇이 다르고 무엇이 같은지 알지도 못하게 될 것이다. 고요하고 인간이 살아 본적이 없는 神性안으로 떨어지게 된다. 그곳에선 [진리를 위해] 애쓸 것도 없고, [진리의 뚜렷한] 형체도 없는 곳이다. (611)

에코가 말하는 신비의 세계는 암흑이 아닌, 규정지을 수 없는 신의 그림자(the divine shadow)인 것이다. 인간의 언어로 표현할 수 없어 "침묵하고," 인간의 능력이 미칠 수 없는 곳이기에 "인간이 살아 본적이 없는"(uninhabited)세계이다. 지식의 뒤편에 알 수 없는 미스터리는 암흑이 아닌 그림자이다(The mystery behind knowledge is not darkness but shadow). 이 세계는 포스트모던적으로 해체된 세계이면서도 궁극적인 존재 없이 내던져진 세계가 아니라, 베일에 가려 보이진 않아도 그 존재를 충분히 짐작케 하는 그림자에 드리워진 세계이다. 이 신비를 비언어적 기호인 소설 안에서 형상화하는데 에코는 성공하고 있다. 그리고 이 신비를 독자는 느낄 수 있게 되며, 작품을 읽고 난 후의 충격과 감동은 궁극적 존재에 대한 암시에서 오는 것이기에 작가의 의도대로 종교적이다. 기존의 신학적 교리를 주장해서가 아니라, 신비의 세계를 암흑으로 보지 않고 신의 그림자로 보고 있다는 면에서 그러하다.

앞서 말했듯이, 기호학자로서 언어의 한계를 인식하며 그 한계로 인해 모든 대립과 갈등이 만들어지고 있음을 지적하는 에코의 철학적 전제는 포스트던적이지만, 신비를 그저 암흑으로만 보는 일반적 의미의 포스트모더니즘과는 상당히 다르다. 에코는 분명히 "인간이 만들어 낸 질서를 덧없게 하는, 신의 무한한 전능함에 대한 전율"을 독자가 느끼도록 하는 종교적 의도를 갖고 있으며, 전율의 대상인 신비를 작품 속에서 잘 극화(dramatize) 함으로써 실제로 종교적 체험을 가능하게 하고 있다.

Works Cited

Bennett, Helen T. "Sign and De-Sign: Medieval and Modern Semiotics in Umberto Eco's *The Name of the Rose.*" *Naming the Rose: Essays on Eco's* The Name of the Rose. Ed. M. Thomas Inge. Jackson: UP of Mississippi, 1988. Print.

Berry, Philippa and Andrew Wernick. Ed. *Shadow of Spirit: Postmod- ernism and Religion.* London: Routledge, 1992. Print.

Catania, Thomas M. "What is the Mystery of *The Name of the Rose.*" *New Catholic World* 228 (1985): 157-61. Print.

Consoli, Joseph P. "Navigating the Labyrinth: A Bibliographic Essay of Selected Criticism of the Works of Umberto Eco." *Style* 27.4 (1993): 478-514. Print.

Eco, Umberto. *The Name of the Rose.* New York: Warner, 1984. Print.

_____. *Postscript to The Name of the Rose.* Orlando: Harcourt Brace Jovanovich, 1984. Print.

Flieger, Verlyn. "The Name, the Thing, the Mystery." *The Georgia Review* 38.1 (1984): 178-81. Print.

Hutcheon, Linda. "Eco's Echoes: Ironizing the (Post)Modern." *Diacritics* 22.1 (1992): 2-16. Print.

Liddelow, Eden. "Eco, Thinking and Faith." *Meanjin* 50.1 (1991): 120-28. Print.

Parker, Mary. "The Name of the Rose as a Postmodern Novel." *Naming the Rose: Essays on Eco's* The Name of the Rose. Ed. M. Thomas Inge. Jackson: UP of Mississippi, 1988. Print.

Railsback, Celeste Condit. "Beyond Rhotorical Relativism: A Structural-

Material Model of Truth and Objective Reality." *Quarterly Journal of Speech* 69 (1983): 351-63. Print.

Schiavoni, Franco. "Faith, Reason and Desire: Umberto Eco's The Name of the Rose." *Meanjin* 43.4 (1984): 473-81. Print.

헨리 본의 종교시에 나타나는 자성(磁性)의 이미지

장 인 수

I

헨리 본의 종교시에서 보여주는 가장 독특한 모형의 이미지는 신의 세계의 모습과 그 세계를 지향하는 인간 삶에 대한 대조적 상징의 모형이다. 다시 말하면 인간의 영혼은 신의 세계로의 복귀를 희망하는 것으로 나타나고 있다고 보았던 것이다. 이것은 시인이 자연의 형상에 대해 어떠한 인위적인 의미를 가미한 것이 아니고 자연 그 자체를 직접적으로 표현하면서 그 자연 안에서 나타날 수 있는 감각과 현상을 인간 영혼의 활동과 비교하여 인간이 자연을 통해 신의 세계를 자연적으로 발견할 수 있도록 유도하려 하였다는 것이다. 한편 본은 종교시에서는 물론이려니와 세속시에서도 자연의 외형적 형상의 직접적인 묘사를 통해서 신의 세계와의 접근을 이루려하였고 아울러 자연 속에서 나타나는 제반 현상을 통해서도

---

* 이 논문은 『문학과 종교』 제4권 1호(1999)에 「헨리 본의 종교시에 나타나는 자성(磁性)의 이미지」로 게재되었음.

신의 세계로의 접근을 시도하였다. 이러한 자연 현상 속에서의 접근이 바로 자성(磁性)의 이미지로서 나타나고 있다. 그는 이 자성의 이미지를 통해 인간을 포함하는 모든 신의 창조물들이 신과 어떻게 교감하는가를 보여주고 있다. 캘훈(T. Calhoun)은 이에 대해 "시인의 내부적인 간절한 바램은 피조물과 창조자 사이에 나타나는 자성에 의한 활동과 아울러 자성의 연합을 창조해 내는 것이다."(199) 라고 설명해 주고 있다. 한편 이 자성의 이미지는 본의 시의 결론이라고 할 수 있는 종말회귀사상으로 연결되어진다. 즉 인간에게 나타나는 신의 세계로의 지향이 지상세계의 존재들과 어떻게 연결되며 죽음 이후에 천상 세계로의 성취는 어떻게 이룩되어지는가를 보여주는 한층 적극적인 모습의 이미지로 나타나게 되는 것이다.

자성의 이미지의 주안점은 창조물과 창조자 사이의 관계를 어떻게 묘사하고 이를 알아 낼 수 있게 하는가에 달려 있다. 본의 시가 자연신비주의를 표방하고 있다는 관점에서 본다면 시인은 이를 자연을 통해서 알아내려 하였음을 유추해 볼 수 있다. 그런데 이 자연의 모형은 가시적인 모형일 뿐 아니라 비가시적인 측면도 동시에 갖고있기 때문에 이 두 가지 모형을 이해하고 분석하는 데에는 나름대로의 사상이 뒷받침되어야 한다고 생각한다. 헨리 본은 이 사상적 배경을 연금술사상에서 차용하였는데 그의 쌍둥이 동생 토마스 본(Thomas Vaughan)의 영향과 역할이 바로 그것이다. 쌍둥이 동생 토마스는 헨리 본에 있어서 연금술 사상에 많은 영향을 준 인물로 평가되고 있으며 시인 자신도 이를 인정하고 있다. 토마스에 의하면 자성의 이미지의 개념은 지남철이나 자석을 띤 돌에 대한 그 자력의 품질을 논하는 것이 아니다. 철이나 자석이라 함은 그 안에 음모성의 꾸러미들이 있어야하며 또한 아주 미묘한 독특성이 그 안에 내재해야한다는 것이다(Waite 192). 그래서 플라톤 주의자들에 따르면 우주적인 자성이란 거대한 틀을 하나로 응집시키고 나아가서는 그것들이 간직한 내재적인 상호성을 서로에게 돌려 주어야 한다는 것으로 집약된다. 여기서의 우주적인 자성이라 하는 것은 모든 사물들은 상승 작용이나 또는 개별적인 영향이 없다고 할 지라도 물질적이거나 형이상학적이거나 간에 상호 끌어당기고 또한 끌려가게 되어 있다는 것을 말한다.

20세기 초에 들어오면서 비평가들에 의해 형이상파시가 새롭게 인식 되면서부터 1920년대와 1930년대에 본에 대한 해석 비평들은 주로 헨리 본의 시가 자연 신비주의적이거나 또는 종말회귀사상적인 철학으로 가득 차 있다고 보았다. 이것은 20세기 초기의 본 연구가인 마틴(L. C. Martin) 에 의해 주로 주창되어졌다. 마틴의 뒤를 이어 더욱 이를 특별하게 연구 한 사람이 바로 마릴라(E. L. Marilla)였다. 초기의 마틴을 중심한 비평가 군에서는 본이 우주적인 자성을 그의 시에 표현하고 있다고 믿고 있었고 그 이후 마릴라를 중심한 비평가 그룹에서는 본이 그의 시의 모형을 만드 는데 있어서 자성의 이미지를 사용하고 있다고 점진적으로 평가해 나가 기 시작했다. 본의 시에서는 천상 세계의 구현이라는 궁극적 목적이 실현 된다고 볼 때에 이와 연관되는 자성의 이미지가 확실히 나타나고 있음을 알 수 있다.

헨리 본은 이러한 자성에 의해서 열등한 대상과 고등한 대상사이에 서 로 상호적인 대화가 가능하게 될 수 있다고 보았다. 그리고 이 자성이 지 구상의 영향력 있는 힘 중에서는 대략적으로 중간정도의 위치를 점한다고 믿었다. 자성의 이미지나 자성이라는 단어 자체는 본의 시에서 보여주는 독특성에 비추어 볼 때 절대로 우연한 느낌을 전달해 주지는 않는다. 이러 한 우연성은 역시 다른 이미지에서도 마찬가지로 찾아 볼 수 있기 때문에 헨리 본이 자성의 이미지를 사용했다고 하는 것은 그의 자연 현상을 바라 보는 철학적인 사상이 시속에 적절하게 보여지고 있다는 사실을 알게하는 수 있는 중요한 단서가 된다고 보아야한다. 본 논문에서는 그의 종교시 중 에서 자성의 이미지가 나타나고 있는 몇몇 작품을 중심으로 헨리 본의 종 교시에서 나타난 자성의 이미지의 실체와 그 이미지가 궁극적으로 보여주 려는 이미지의 구현이 어떻게 묘사되고 있는가를 알아내어 헨리 본 시에서 나타나는 자성의 이미지의 기초적인 이론을 만들어 보고자 한다.

헨리 본은 동시대의 종교시인 조지 허버트(George Herbert)에 의해 상당한 시적 영향을 받았다. 그러나 헨리 본의 시에서 보여지는 나름대로의 독창성있는 독특함으로 인하여 두 사람의 시 사이에는 같은 종교적인 입장을 견지하고 있음이 틀림없으나 선배시인은 교회(Temple)라는 구체적인 형상을 통해 신의 세계를 보았다고 한다면 본은 자연 현상의 묘사라는 다른 방법을 모색하고 있다. 특별히 본의 신의 세계의 표현 방식에 대한 특이성은 허버트의 그것과는 전적으로 다른 모습으로 나타나고 있다. 허버트는 성직자이었기에 그가 신봉했던 영국교회에 대한 정통파 그리스도교의 교리를 갖고 시를 썼으나, 헨리 본은 정통파 적인 것을 따르기보다는 자신의 개별적인 종교적 믿음과 상상을 통해서 시를 썼다고 평가 할 수 있다. 바로 이러한 시적 태도가 신과 인간 사이에 교감하는 현상들을 더욱 짙게 묘사해 줄 수 있었던 힘이 되었다고 생각된다. 헨리 본의 자성의 이미지의 근거는 신플라톤주의 사상에서부터 출발하고 그리고 종말회귀사상으로 발전하게 된다. 이 사상은 초기 영지주의자들에 의해서 영향을 받았는데 그들은 인간을 신의 세계로부터 온 영적인 존재로 보았다. 그러므로 인간의 마음과 영혼을 정화시켜 신에게 귀의함으로써 영혼의 본향인 신의 세계로 돌아갈 수 있다고 보았던 것이다. 그렇기 때문에 종말회귀사상은 기본적으로 신과 인간 그리고 자연 사이에 일어나는 관계를 강조하고 있으며 이것이 바로 자성의 이미지를 통해 그 토대를 만들어 주고 있다고 볼 수 있는 것이다. 앨런 러드럼(Alan Rudrum)은 이 사상이 보여주는 이러한 상호적인 관계에 대해서 종말회귀사상은 신과 인간 그리고 자연간에 나타나는 관계의 중요성을 강조하는 하나의 시스템과 같은 것이라고 말하면서 거기에는 또한 보이는 세계와 보이지 않는 세계, 육적인 세계와 영적인 세계 그리고 천상세계와 인간세계 사이에 나타나는 유사성에 대해 강조하고 있다(Rudrum, "Aspect" 137).

그러므로 본의 시에서 기본적으로 나타나고 있는 자성의 이미지에서는 보이는 세계와 보이지 않는 세계, 천상과 지상 그리고 영과 육의 교감이 어떻게 이루어지는가 하는 것에서부터 출발하고 발전되어졌음을 알 수 있다. 이런 면에서 자성의 이미지의 도입은 종교적으로 한층 성숙한 시에서 찾아 볼 수 있다.

II

헨리 본의 자성의 이미지는 세 가지 형태로 나타나고 있는데 제일 먼저 신과 창조물 사이의 교감을 일반적 형태로 다루고 있는 것으로서 이것은 넓은 의미의 교감현상을 의미한다고 볼 수 있다. 이것은 신이 이 세상을 창조하였다는 창조의 섭리에서부터 출발하여 오늘날에 이르기까지 창조자의 섭리 속에 창조물인 자연의 존재가 어떤 실상으로 존재하고 그리고 살아가고 있는가를 보여주는 것이다. 여기서의 자성의 이미지는 역시 자연을 그 대상으로 삼고 있으며 그 안에서 이루어지는 교감의 상황은 여러 형태로 나타난다. 헨리 본의 자연에 대한 신비적 관점은 인간보다도 오히려 자연의 최하위층에 있는 창조물들이 신과의 교감에 있어서 더욱 잘 교감을 이루고 있다고 본 것이다. 무생물 중에서 최하위에 존재하는 돌도 자연의 한 부분으로서 신과 교감을 이루고 있다고 보았다. 그의 시「돌」("The Stone")에 보면 이러한 교감이 어떻게 나타나고 있는가를 알 수 있다.

> 그러나 나는 (아아!)
> 어느 날 유리창에서 보았다
> 비록 보이지는 않지만, 신과 창조물
> 사이에 바쁘게 행해지는 교감을.
>
> But I (alas!)

Was shown one day in a glass

That busy commerce kept between

God and his Creatures, though unseen. (ll. 20-21)

    이 연의 바로 앞에서 최하위 창조물인 돌은 자신의 현재적인 위치를 어둠 속에 갇혀있는 상황과 같다고 표현하면서 그럼에도 창조의 섭리에 의해서 끊임없이 이루어지고 있는 신과 창조물과의 교감을 보여주고 있다. 그러나 그 교감은 표면적으로는 드러나지 않음을 알 수 있다. 창조자와 그의 피조물 사이의 교류는 지속적으로 이루어지고 있으면서도 비가시적인 방법으로 전개되고 있다는 것을 알 수 있게 하는 부분이다.

    「수탉의 울음」("Cock-Crowing")에서는 밤의 어둠 속에서 신과의 교감이 은밀한 중에 이루어지고 있음을 시인은 다음과 같이 노래한다.

그들의 자기력은 온 밤 내내 작업하였고

그리고 낙원과 빛을 꿈꾼다.

Their magnetisme works all night,

And dreams of paradise and light. (ll. 1-6)

    여기에서는 피조물인 수탉이 밤이라는 신비한 시간대를 이용하여 자신의 창조자와의 교감을 이루어냄으로써 신의 세계를 갈망하고 있음을 그려준다. 특별히 이 시에서는 피조물 자체가 신과 교감할 수 있는 자석의 요소를 지니고 있는 것이 더욱 주목된다.

    자성의 이미지의 모형을 보여주는 두 번째 형태는 지상세계의 소우주에 대해서 신의 세계인 대우주의 영향이 어떻게 이루어지고 있는가를 보여주는 것이다. 이것은 현상 세계인 지상세계와 영원세계인 천상세계와의 교감이 어떻게 이루어지고 있는가 하는 것을 보여주는 것을 말한다. 여기에는 양자간 개별적으로 교감 할 수 있는 영혼의 매개물이 상호 존재하고 있어야 만이 그 교감이 이루어 질 수 있다는 전제조건이 뒤따른다.

「별」("The Star")에서는 천상세계와 지상세계의 두 영역간의 교감과 흡인력이 묘사되고 있다. 먼저 시인은 독수리를 등장시키면서 그 동물이 지닌 강한 이미지를 통해 천상세계의 의미를 부각시킨다.

> 비록 그들의 닫혀진 교감이 전일 이루어지지 않아도
> 나의 지금의 탐색은, 별들이 아닌 독수리의 눈으로,
>> 최상의 것으로 최저의 것을 남게 했으니
>> 가장 높은 선이 은혜가 되는도다.

> Though thy close commerce nought at all imbars
> My present search, for eagles eye not stars,
>> And still the lesser by the best
>> And highest good is blest: (ll. 5-8)

독수리는 본래 새 중에서는 왕의 위치에 있는 새이다. 고대의 연금술에서도 독수리는 태양의 새라고 명명하면서 독수리에 대해 "태양의 영향력과 동일한 일을 수행하는 피조물"(Rudrum, "Aspect" 136)이라고 강조하고 있다. 강한 새의 상징은 신의 교감에 있어서 흡인력이나 영향력을 대변해 주는 것이고 자성이란 끌어당김과 끌림의 상호 작용이 있어야한다는 점에서 흡인력의 의미는 중요한 역할을 한다고 볼 수 있다. 따라서 독수리의 상징은 바로 이러한 힘의 의미와 함께 창조자와 창조물 사이에서 일어나는 교감 속에서 보여지는 끌어당김의 강도를 엿볼 수 있게 해 준다.

그러면서 시인은 이와는 대조적으로 나타나는 지상세계를 보여준다. 그것은 곧 변화와 파멸의 의미를 갖고 있으며 따라서 별은 지상적인 것에 감염되어 죽음과 쇠잔함의 의미를 엿보게 한다.

먼저, 나는 확신하기를, 높이 평가된 주제가
가장 마음에 내키고, 왜냐면 육체는 감염되어,
　타락하거나 죽게되도다, 그대와 함께 하는 것은
　　지속도 아니고, 연민도 아니다.

First, I am sure, the Subject so respected
Is well disposed, for bodies once infected,
　Deprav'd or dead, can have with thee
　　No hold, nor sympathie. (ll. 13-16)

그렇지만 신의 섭리는 인간을 그러한 죽음의 쇠잔함에 그대로 버려 두
지 않는다. 교감을 통해서 이를 알아내고는 별에게 모든 것을 위임한 채로
(commissions from divinity) 지속적인 교감을 계속하고 있음도 알 수 있다.

이것들은 강하게 움직이고 그대의 빛과
사랑으로 온 밤을 역사하는 자성이다.

These are the magnets which so strongly move
And work all night upon thy light and love, (ll. 21-22)

이렇게 헨리 본은 천상과 지상을 대비하면서 양 세계간의 교감을 자성
을 이용하여 연결시키려 하였는데 다만 그 자성의 이미지는 자연의 여러
형태를 통해 구현되고 있다. 이러한 자성의 모형은 점진적으로 종말회귀
사상으로 발전하고 이동하게 되어 새로운 헨리 본의 시의 양상을 알 수
있게 해준다.
　마지막으로 자성의 이미지는 인간의 감각과 그들의 개별적인 영혼들
이 어떻게 세계정신과의 조화를 이루면서 연합하고 있는가를 보여준다.
이것은 지상의 의미인 자연과 그리고 인간들 사이에서 일어나는 교감의

범위와 그 확장을 묘사하는 것을 말한다. 「확실히 거기엔 육체의 구속이」
("Sure, There's a Tye of Bodyes")에서는 개별적인 육체의 감각들이 상호적
인 조화를 이루고 있으며 한편으로는 이런 조화를 통해 교감이 이루어지
고 나아가서는 세계정신으로 다가갈 수 있음을 묘사하고 있다.

>   확실히 거기엔 육체의 구속이 있다! 그리고 그것들이
>   점토로 (그것과 함께) 분해 될 때,
>   사랑은 시들고, 그 찬 육체로 가려져
>   기억은 무디어 진다;
>   광선이나 행동이 없이 그렇게 사물들은 고정되었고
>   접촉을 주지도 받지도 않는다,
>   그렇게 인간은 금잔화이다. 문을 잠그고, 머리는 매단 채로
>   이것들은 질주하며 달아났다.

>   Sure, there's a tye of Bodyes! and as they
>   Dissolve (with it,) to Clay,
>   Love languisheth, and memory doth rust
>   O'r-cast with that cold dust;
>   For things thus Center'd, without Beames, or Action
>   Nor give, nor take Contaction,
>   And man is such a Marygold, these fled,
>   That shuts, and hangs the head. (ll. 1-8)

첫 행의 '구속'(tye)이라는 시어는 시 전체의 의미를 집약시키는 중심적
시어로 나타나고 있다. 이것은 바로 육체의 연합을 통해 가져다주는 두
사람의 영혼 사이에 보이지 않는 교감을 그려주고 있다는 것이다. 스티비
데이비스(Stevie Davies)는 이에 대해 "연합에 있어서의 '구속'은 두 사람
사이에 보이지 않는 상호간의 기호만큼이나 견고하고 영원하다"(87). 라
고 설명해 주고 있다.

그러나 시가 계속 전개되면서 한가지 생각해 볼 문제는 교감의 상태는 지속되어가지만 육체들 간에 일어나는 교감의 상태는 육체가 쇠하여지므로 약화되고 있음을 보여줌으로서 제한적인 의미를 제공한다. 따라서 빛의 역할도 점차 감소되고 육체적 활동마저 저하되어 상호간 접촉이 둔화되어 감을 알 수 있게 된다. 그러나 비록 육체적으로는 거리를 두고 있다 할지라도 인간 영혼의 감각은 교감의 연합을 지속적으로 도모하고 있음을 알 수 있다.

> 삶의 영역 속에서의 부재와, 그리고 감각은
> 　　　멀리 떨어진 것들을 결합한다,
> 약초는 동쪽에서 잠자고, 닭들은 거기에서
> 　　　빛의 회귀를 본다.
> 그러나 마음은 그처럼 자연스럽지 못하다: 거짓된 순간의 쾌락들은
> 　　　이 세상이 아름다운 것이라 우리에게 말해준다,
> 그리고 믿을만한 무덤 넓이만큼의 상상의
> 　　　비약으로 우리들을 감싸준다.

> Absents within the Line Conspire, and Sense
> 　　　Things distant doth unite,
> Herbs sleep unto the East, and some fowls thence
> 　　　Watch the Returns of light;
> But hearts are not so kind: false, short delights
> 　　　Tell us the World is brave,
> And wrap us in Imagenary flights
> 　　　Wide of a faithful grave. (ll. 9-16)

여기에서 자성의 이미지가 보여주는 궁극적인 목적은 신과의 교감을 통해 천상을 지향하는 것으로 집약 할 수 있다. 이것은 헨리 본의 자연신비주의를 대표하는 이미지인 빛의 이미지와 연결되면서 종말회귀사상의

기본 원리인 신플라톤주의 사상에서 말하는 우주적 상호교감으로 확장되어진다. 그리고 한편으로는 자성의 이미지의 확장을 보여준다. 교감의 폭이 더욱 크게 변화함을 볼 수 있는 것이다.

「폭풍」("The Tempest")에서 보면 이러한 우주적인 상호교감의 사상이 더욱 극명하게 드러난다.

> 뿌리를 지닌 *식물*들은 땅과 어울리고,
>   그들의 *잎*은 물과 습기로 어울리며,
>   *꽃*들은 공기와 영묘하게 다가서게 되고,
> 그리고 *씨앗*들은 친족의 불로 하늘과 연결된다.

> Plants in the *root* with earth do most comply,
>   Their *leaves* with water, and humidity,
>   The *flowers* to air draw near, and subtlety,
> And *seeds* a kindred fire have with the sky. (ll. 33-36)

여기서 시인은 독특한 형식의 이탤릭체를 이용하여 시의 의미를 증폭시키고 있다. 여기서의 이탤릭체는 식물을 시의 의미를 대표하는 모형으로 만들어주고 있다. 그리고 시의 문맥상으로 볼 때도 씨앗(seeds)이 땅에 떨어지게 되면 뿌리(root)를 포함하는 식물(plants)로부터 출발하여 잎(leaves)으로 옮겨가고 그것이 다시 꽃(flowers)으로 발전하면서 결국은 씨앗(seeds)으로 마감하는 시계열 적인 식물의 성장과 마감을 보여준다. 이것은 삶의 생태적인 요소를 나타내는 것으로서 식물의 성장과 마감을 통해서 우주적인 교감을 인식하도록 하는 시인의 의도로 볼 수 있다. 천상으로부터 인간 영혼에 떨어지고 그것이 활성화됨으로써 그 결과 영혼은 식물처럼 싹이 트게 되고 영혼의 싹틈이라는 형이상학의 본질이 생성된다. 그리고 그 영혼은 지상세계에서 식물의 생성과 변화와 그리고 쇠퇴함

과 마찬가지로 생에서부터 죽음으로 나아가고 그리고는 천상으로 재 복
귀한다는 것을 보여준다. 그리고 또 한편으로는 이미지의 확장을 통해 신
의 세계로 나아가는 종말회귀사상의 궁극적 목표에 도달하는 것이다.

III

헨리 본의 종교시에서 나타나는 자성의 이미지에서는 일반적인 주제
의 발전적 측면에서 볼 때 초기 자연의 현상에서 느꼈던 신의 세계의 갈
망이 하나씩 점진적으로 성취되고 있음을 알 수 있다. 이것은 시에 있어
서 이미지의 발전이며 나아가서는 주제의 발전과도 같은 의미를 지닌다.
따라서 헨리 본 시의 자성의 이미지는 본의 종교시에서 나타나는 이미져
리 발전에 가교적인 역할을 수행하고 있다고 말 할 수 있다.

또 한편의 시 「기묘함」("The Queer")의 마지막 연에 등장하는 신성함
(holyness)은 아주 단순한 메타포이면서 자성의 이미지를 내포하고 있음
을 보여준다.

> 확실히, 자성은 신성함이며,
> 구혼하도록 하는, 사랑과 유혹이다:
> 그댈 알게하는 아주 탁월한 지복을
> 만들어서는, 거의 알 수 없게 하는구나.

> Sure, *holyness* the *Magnet* is,
> And love the lure, that woos thee down:
> Which makes the high transcendent bliss
> Of knowing thee, so rarely known. (ll. 13-16)

이 연의 처음 행에서 신성함과 자성의 이미지 모두가 영적인 힘을 갖게

된다는 사실을 알수 있다. 여기서 '유혹'(lure)의 의미에 대해 시인은 이 시어를 매 사냥꾼이 자기의 새를 다시 돌아오게 만들 때에 쓰는 하나의 기술적인 장치를 보여줌과 동시에 또한 새를 돌아오게 만드는 자신의 새에 대한 부르짖음을 의미한다는 양면성을 묘사하고 있다. 따라서 이 서술은 확실히 강한 비유적인 의미를 포함하고 있으며 이를 통해서 자성의 의미를 인지 할 수 있도록 해 준다.

자성의 이미지를 보여주는 또 다른 시 「인간」("Man")의 네 번째 연은 인간과 무생물의 신에 대한 교감을 다음과 같이 보여주고 있다.

> 그는 모든 문을 두드리고, 길을 잃고 헤멘다.
> 아니 그는 돌들이 지닌 만큼의 지혜도 갖고 있지 못하다.
> 그 돌들은, 창조주가 준 감춰진 감각으로
>   캄캄한 밤에 그들의 고향을 찾아낸다;
> 인간은 북이다, 탐색하며 돌아다니고
>   베틀 속을 왕래하는,
> 신이 움직이도록 명령했지만, 휴식은 정하지 않는.

> He knocks at all doors, strays and roams,
> Nay hath not so much wit as some stones have
> Which in the darkness nights point to their homes,
>   By some hid sense their Maker gave;
> Man is the shuttle, to whose winding quest
>   And passage through these looms
> God ordered motion, but ordained no rest. (ll. 22-28)

이 묘사에서 확실하게 질의되어지는 것은 여기에 등장하는 돌들(some stones)이 확실하게 자성을 띠고 있는 물체인가 하는 점이 아니며, 다만 시인은 그것이 자성을 갖고 있건 아니건 간에 돌들이 가진 지략이 사람보다 못하지 않다는 점을 지적하려 의도했다는 점이다. 「섬광의 부싯돌」("Silex Scintilans")의 다른 시에서도 돌은 창조물 중에서 가장 생명력이 결여된 물체이지만 신과의 상호관계가 지속되어지는 물체로 등장하게 된다. 그러나 이 시에서 나타나는 인간의 모습은 신과의 직접적인 관계가 성립 될 수 있는 길을 상실한 대상으로 묘사되고 있다. 여기서 보여주는 '길을 잃어 방황하며 배회하는'(strays and roams) 인간들과 확실히 한치의 오류도 없이 자기들의 거처를 가리키고 있는 돌들(some stones)은 확실한 비교가 되고 있다. 이것들이 바로 내재적 상호작용이 아닌 또 다른 방법을 통해 길을 안내해주는 자료들이 되고 있다. 헨리 본은 확실히 자성의 정점에 대해 말하고 있음을 알게된다.

　　이와 유사하게 「수탉의 울음」("Cock Crowing")에서 묘사되는 자성의 이미지는 비유적인 의미로 사용되는 초기의 실례가 되기도 한다.

　　　　빛의 아버지여! 어떤 빛의 종자나,
　　　　어떤 한낮의 눈짓을 그대는
　　　　이 새 속에 가두어 놓았는가? 모든 종족들에게
　　　　그대는 이 생기 넘치는 광선을 배당했었다;
　　　　　　그들의 자기력은 온 밤 내내 작업하였고
　　　　　　그리고 낙원과 빛을 꿈꾼다.

　　　　Father of light! What Sunnie seed,
　　　　What glance of day hast thou confin'd
　　　　Into this bird? To all the breed
　　　　This busy Ray thou hast assign'd:
　　　　　　Their magnetism works all night,
　　　　　　And dreams of Paradise and light. (ll. 1-6)

　　헨리 본이 자성의 이미지를 의식하면서 비유적인 의도로 시를 썼거나,

아니었거나 간에 여기서는 본의 시가 묘사 할 수 있는 내재적 의미의 어떤 모형도 만들어 줄 수 있는 가능성은 보이지 않는다. 서술의 구조적 측면으로 볼 때는 이들이 형이상학적인 해석은 가능하게 만들 수 있을지도 모른다. 그러나 같은 관점에서 이 시편들이 종말회귀사상의 의미를 많이 담고있다고 볼 때에 시인은 다분히 시의 전체적인 문맥에 있어서 자성의 이미지를 조심성 있게 채용하고 있음을 알 수 있다. 한가지 특이할 사항은 본에게 있어 종말회귀사상을 완성시키기 위해서는 자성의 이미지의 구현이 선행되어야 한다는 것이고 따라서 그의 자성 이미지는 그의 시의 단계적 발전의 모형을 만들어 가고 있다고 볼 수 있다.

*섬광의 부싯돌*의 전체 시를 통해서 볼 때 헨리 본은 태양과 빛의 이미지를 신과의 대화를 암시하는 대상물로 사용했고 또한 구름이나 어둠의 이미지를 통해서는 대화의 단절을 보여주려 했었다. 빛은 본의 시에 있어서 가장 보편적인 메타포로 나타나는데 이것은 가장 열등한 것과 가장 고등한 것과의 상호 유대를 유도하는 비유적인 의미로 쓰여진다. 따라서 자성의 이미지는 어둠 속에서도 신과의 교감을 활발하게 이룰 수 있게 하기 때문에 어찌보면 빛의 이미지의 대리적인 의미가 아닌 보완적인 관계로 생각해 볼 수 있다.

아울러 위에 열거했던 시편들은 모두 본의 자성의 이미지를 보여줌과 동시에 밤과 관련이 있음도 함께 보여주고 있다. 역설적인 의미에서 헨리 본의 시에서 나타나는 밤의 의미는 신과 대화 할 수 있는 가장 좋은 시간이기 때문에 신비하고 알 수 없는 흥분을 느끼게 하는 시간으로 묘사된다. 그러므로 기도를 통해서 신과의 교감이 지속되는 시간인 것이다. 스티비 데이비스는 "본의 시에 나타나는 밤의 시간대는 신비한 시간이며 장엄한 자극이 있는 순간이다. 또한 밤은 끈기 있는 기도를 요구하는 시간이 되기도 한다"(108)라고 본의 시에 나타나는 밤에 대한 의미를 강조해 주고 있다. 그러므로 본의 종교시에서 자성의 이미지는 그의 빛과 어둠의 이미지를 대리해서 사용할 수 있는 가장 적절한 이미지로 생각해 볼 수 있다. 그것은 빛과 어둠의 이미지가 보여주는 신과 인간 세계의 관계를 자성의 이미지가 적절하게 연합시키고 관련시켜 줄 수 있기 때문이다.

헨리 본이 그의 시속에서 어떻게 이 자성의 이미지를 특별한 모형으로 사용하는가 하는 것을 알아내는 데는 과학과 자연의 법칙을 응용하는 방법이 있다. 자석의 방향 침이 보여주는 경이로운 현상은 모든 항법장치들이 안개 속에서나 어둠 속에서 무용지물이 되었을 때라도 그 방향과 갈 길을 확실하게 가리켜준다는 사실을 응용하는 것이다. 헨리 본 시에 나타나는 자성의 이미지도 역시 같은 양상으로 나타난다. 빛이 차단된 밤이나 또는 안개와 구름이 가려진 세계라 할지라도 신의 영향력은 변함이 없다는 것이고 이것이 바로 그의 자성의 이미지로서 구현되고 있다는 것이다.

헨리 본의 자성 이미지 형성에 가장 직접적인 영향을 준 윌리암 길버트 (William Gilbert)의 『자성』(De Magnete)에 나타난 '어둠이 깔린 하늘이나 깜깜한 밤 아래에서도, 나침반은 자성을 갖고 있는 바늘이 동서남북 세계 어디이던지 간에 가리킬 수 있다는 것이다'(210) 라는 자성의 이미지의 기본적인 이론을 예로 들지 않더라도 헨리 본은 그의 시속에서 안개와 구름 또는 어둠을 뚫고 새로운 세계를 바라보는 시적인 감각을 계속 지속시켜 나갔다. 그에 의하면 자석은 주변의 환경적 변화를 무릅쓰고도 확실한 영향력을 행사 할 수 있다는 것이다. 이러한 관점으로 자성의 이미지가 사용되어지기 때문에 본은 계속해서 그의 시속에 자성의 이미지를 넓혀가고 있었고 그것은 한편으로 신과 인간 사이에 단절되었던 관계를 회복시켜주는 면으로 작용하고 있음을 알 수 있다. 헨리 본이 그의 종교시에서 특별하게 자성의 이미지를 사용하는 것은 그의 이러한 문제점들을 보강하고 또한 그가 길버트에 의해서 영향받았다는 점을 다분히 강조하기 위한 부분도 없지 않다. 결국 이러한 그의 의도는 일반적인 자석이 나타내는 자성의 의미와는 약간 동떨어진 면에서 일면의 발전적인 모형을 그려주고 있음을 알 수 있다.

IV

　본의 자성의 이미지는 그 출발점이 종교시에 국한 된 것이 아니었다. 그의 종교시의 사상과 배경이 이미 세속시에서 기본적으로 형성되어졌다고 볼 때에 자성의 이미지 역시 세속시에서부터 서서히 생성되고 발전되어졌을 것임에 틀림이 없다. 본은 초기 세속시에서도 자성의 이미지를 채택하였는데 그 이미지들은 모두 본 자신의 정신적인 지략이나 교육을 통해서 습득되고 형성되어졌다고 특징지을 수 있겠다. 다만 이 세속시에서는 일반적으로 종교시에서 보여지고 있는 자성의 암시라는 측면에서 볼 때 특별한 모형들은 찾아 볼 수는 없다. 초기 세속시 중에서 「아모렛에게, 그와 다른 연인들 간에 차이, 그리고 진실한 사랑은」("To Amoret, of the Diffrence' Twixt Him, and Other Lovers, and What True Love is")은 자성에 대해 직접적인 유추를 그 목적으로 하고 있음을 보여주고 있다. 이 시의 마지막을 장식하는 두 연을 읽어보면 사랑이라는 단어를 통해 창조자와 창조물 또는 창조물과 창조물 사이의 자성에 대한 관계를 볼 수 있게 된다.

　　　힘찬 사랑으로 내가 세련되어지는 동안,
　　　　나의 부재한 영혼과 같은 것이,
　　　　　그녀에게 무관심,
　　　　　일견이나, 입맞춤,
　　　그런 정욕과 감각의 요소로서
　　　　자유롭게 분배하고
　　　　마음을 구애한다.

　　　그래서 자석은 북쪽을 향해 움직이고
　　　매혹된 강철들은 그들을 열망한다:
　　　　그래서, 아모렛,
　　　　나는 감동했다,

날개 달린 광선과, 공생하는 불로서
　　영혼과 별은 공모한다,
　　　이것이 바로 사랑이니.

Whilst I by powerful love, so much refined,
　　That my absent soul the same is,
　　　Careless to miss,
　　　A glance, or kiss,
Can with those elements of lust and sense,
　　Freely dispense,
　　And court the mind.

Thus to the north the loadstones move,
　　And thus to them the enamoured steel aspires:
　　　Thus, Amoret,
　　　I do affect,
And thus by winged beams, and mutual fire,
　　Spirits and stars conspire,
　　And this is LOVE. (ll. 22-35)

　　죠안 베넷(Joan Bennett)은 이 시구들이 형이상파 시인의 대부라 할 수 있
는 죤 단(John Donne)의 「고별사: 금지된 슬픔」("A Valediction: Forbidding
Mourning")과는 그 어떤 연관성도 찾아 볼 수 없다고 정의하면서 헨리 본
시의 독창성을 설명하고 있다(76). 한편 마릴라는 29행의 "그래서"(Thus)가
이 시에 있어서 절대적으로 필요한 요소라고 강조한다. 이 시어를 통해야
만이 전체적인 내용들이 진정한 사랑과 더불어 두 연인간에 자성으로 끌리
는 기본적인 정체성에 대해 명백한 주장을 이룰 수 있다고 보았다(138).
　　마릴라의 해석에 대한 권위는 본의 시속에서 사랑과 자성의 정체성에
대한 내용들을 발견해 내었다는 것에 있다. "그래서"는 확실히 유추를 불

러일으키고 있음이 확실하다. 상상의 날개를 독자들에게 부풀게 만들고 있는 것이다. 아주 먼 곳에 위치하고 있는 북극이 자석에게 영향을 미치는 것과 같이 연인의 구애가 먼 곳에 떨어져 있음에도 불구하고 서로의 마음속에 작용하고 있음을 암시적으로 보여주고 있기 때문이다. 한편 30행의 "그래서"는 돌과 철의 평형성에 대한 유추를 만들어준다. 그리고 그것은 이전에 보여 주었던 연인에 대한 끌림과는 조금 다른 모형으로 비쳐지고 있다. 31행과 32행은 연인들의 애정 감각에 대한 새로운 유추가 생겨나게 되는데 철이 자석에 대해 끌려가는 향상심의 모습이 나타난다는 것이다. 여기서 유추의 순환적인 연속성을 보게된다. 그것은 인간의 마음속에서 나타나는 구애가 자성이 보여주는 끌림의 현상과 연인간의 애정 감각과 너무나 유사하다는 것이다. 33행과 34행에서 묘사되는 마지막 유추, "그래서"는 앞의 두 행과 함께 앞의 연에서 보여주었던 것들을 다시 한번 상기하게 만드는데 여기에서는 영혼과 별들간에 나타나는 상호적인 영향이 연인간의 상호 마음속에 그려지는 구애의 모습과 동일하게 나타나고 있는 것이다. 유추의 연속에서 볼 때 각운이 보여주는 A－B－A－B의 운율의 패턴에서 A가 연인간의 사랑의 행위라고 본다면 B는 그들에게서 보여지는 동류의 그 어떤 것들을 나타낸다. 그리고는 마지막 주장이 다가오는데 그것이 바로 결론구인 '이것이 사랑이라'(And this is LOVE)인 것이다. 즉 상호간의 끌림, 바로 그것이 사랑으로 귀결되어지는데 이것을 자성의 이미지를 이용하여 결론 맺고 있는 것이다. 이에 대해서 마릴라는 사랑이란 바로 자성의 힘에 의해서 작용하는 것으로 보면서 "여기 마지막 두 연의 함축적인 의미는 사랑이 자성으로 서로 끌어당김과 함께 영혼과 별 간에 끌리는 본성적인 우주적인 연합을 설명하는 가장 적절한 표현으로 나타나고 있다."(139) 라고 설명하고 있다.

종교시에서 보여준 헨리 본의 자성의 이미지는 비유적인 요소를 다분히 담고 있으며 또한 문맥상으로 볼 때 연금술적인 요소들이 다분히 게재되어 있음을 알 수 있다. 그리고 한편으로는 연금술적인 우주적인 자성의 이미지로 발전되고 있다는 것이다. 그러나 본의 자성의 이미지의 사용은 그의 전체 시를 대변할 수 있는 자연신비주의에서 보여주는 독특함이 확실히 내포되고 있음을 알 수 있다. 그리고 이 자성의 이미지는 본의 종교시 속에서 나타나는 대표적인 이미지인 빛의 이미지의 대리적인 의미로서도 쓰여지고 있다. 여기서 그가 주안점으로 다루려는 것은 바로 신과 인간의 관계 설정에 있다. 그것은 곧 돌이나 나무 같은 하등한 것에서부터 인간과 신의 세계 표방에 이르기까지 상호의 관계는 지속되어져야 한다는 것이고 본은 바로 그의 시에서 이러한 상호적인 교감을 자성의 이미지로 묘사해 주고 있다. 본은 길버트의 영향에 의해서 이전에 다른 자성의 이미지를 파악하려는 철학자들이 보여 주었던 이론들은 포기하고 자신의 독특한 이미지를 구축하는데 더욱 노력을 기울였다. 다만 본은 자신의 자성의 이미지가 바로 길버트의 영향에 의해 영향받은 사실에 대해서도 자신있게 설명하였고, 그것이 결국은 자신에게 있어서 광대 무변한 질서있는 자성의 이미지로 고착되었다고 확신했다.

헨리 본은 그의 종교시나 세속시 모두에서 철과 자석의 물리적인 관계 현상을 논하려는 의도는 아니었다. 단지 그는 모든 물체들은 물질적 또는 형이상학적을 막론하여 나름대로의 끌림과 당김이 있다는 것이고 그것이 바로 자성의 이미지의 연금술적인 해석이 된다고 보았다. 본의 자석에 관한 철학적 논리는 비록 영향은 받았지만 그의 연금술사 동생인 토마스와는 다소 구분되어진다. 본의 자성의 이미지는 신과 대화할 수 있다는 관계론과 함께 또 한편으로는 신의 세계에 대한 새로운 인상을 더욱 짙게 만들어 줌으로서 동생 토마스보다 더욱 정통적인 신앙을 보여 주고있다. 한편 이 자성의 이미지는 비록 다른 형태의 모형들이 보여지고는 있지만 세속시에서 먼저 형성되었다고 생각한다. 다만 그의 세속시가 아직 활발하게 연구되지 못한 현실에서 종교시와 세속시에 나타나는 자성의 이미지의 분석과 해석상 차이가 있기 때문에 차후 연구과제가 되어야 할 것이다. 그리고 다른 한편으로 자성의 이미지는 그의 종교적 전환과도 밀접한 관련이 있음이 확실시됨으로 이 역시 또 다른 연구과제 중의 하나가 되어야 할 것임에 틀림이 없다.

결국 본의 자성의 이미지는 창조자와 창조물간의 영적인 교감과 창조물 사이의 상호 교감을 그려주는 이미지로 나타나고 있으며 이것은 또한 인간의 신의 세계의 회귀라는 신플라톤주의와 더불어 신의 세계의 지향을 추구하는 종말회귀 사상과 관련지어진다. 따라서 자성의 이미지는 인간의 신의 세계 구현을 연결하는 매개체적 역할을 보여주고 있는 것이다.

Works Cited

Bennett, Joan. *Five Metaphysical Poets.* Cambridge: Cambridge UP, 1964. Print.

Calhoun, Thomas O. *Henry Vaughan: The Achivement of Silex Scintillans.* Newark: U of Delaware P, 1981. Print.

Clements, Arthur L. *Poetry of Contemplation.* Albany: State U of New York P, 1990. Print.

Davies, Stevie. *Henry Vaughan.* Wales: Poetry Wales, 1995. Print.

Hutchinson, F. E. *Henry Vaughan: A Life and Interpretation.* Oxford: Oxford UP, 1947. Print.

Kermode, Frank. "The Private Imagery of Henry Vaughan." *RES* 1 (1950). Print.

Marilla, E. L., ed. *Henry Vaughan, Secular Poems.* Uppsala: Lundequistika, 1958. Print.

Martin, L. C., ed. *The Works of Henry Vaughan.* 2nd ed. Oxford; Oxford UP, 1957. Print.

Pettet, E. C. *Of Paradise and Light: A Study of Vaughan's "Silex Scintillans."* Cambridge: Cambridge UP, 1960. Print.

Post, Jonathan F. S. *Henry Vaughan: The Unfolding Vision.* Princeton: Princeton UP, 1982. Print.

Rudrum, A., ed. *Henry Vaughan: The Complete Poems.* New Haven: Yale UP, 1981. Print. (*HVCP*로 약기함)

_____. "Aspect of Vaughan's Hermeticism: The Doctrine of Cosmic Sympathy." *Philological Quarterly* 57 (1979): 469-80. Print. ("Aspect"으로 약기함)

_____. *Henry Vaughan: Writer's of Wales.* Cardiff: U of Wales P, 1981. Print. (*HV*로 약기함)

Simmonds, James. *Masques of God: Form & Theme in the Poetry of Henry Vaughan*. Pittsburgh: U of Pittsburgh P, 1972. Print.

Waite, A. E., ed. *The Works of Thomas Vaughan*. London: Theosophical, 1919. Print.

헤르만 헤세의 문학과 종교 연구

정 경 량

살아가면서 사람을 만나는 일보다 더 중요한 일이 어디 있을까? 우리가 어떤 사람을 만나느냐에 따라 우리의 인생이 결정되고 운명이 결정되기도 한다. 나의 경우는 독일의 시인이자 소설가인 헤르만 헤세를 만난 것이 나의 인생이 되고 운명이 되었다. 1946년도 노벨문학상 수상작가인 헤르만 헤세는 1877년 독일의 칼브에서 태어나 1962년 스위스의 몽타뇰라에서 서거하였다.

내가 헤세를 처음 알게 된 것은 내 나이 14살 때 그의 시 한 편을 통해서였다. 그때 나는 중학교 1학년 학생이었다. 당시 내가 살던 고향의 집에는 몇몇 외국 시인들의 번역시를 액자에 넣어 벽에 걸어두고 있었다. 나는 기회가 있을 때마다 종종 벽에 걸려 있는 그 시들을 감상하곤 했다. 그때 나는 헤르만 헤세의 「방랑 길에」라는 시를 처음 만난 것이다. 여기에서 그 시를 함께 감상하고 싶다.

---

* 이 논문은 『문학과 종교』 제8권 2호(2013)에 「헤르만 헤세의 문학과 종교 연구」로 게재되었음.

방랑 길에
크눌프를 회상하며
　　　헤르만 헤세

슬퍼하지 말아라, 곧 밤이 되리니,
그러면 우린 창백한 땅 위에
몰래 웃음 짓는 싸늘한 달을 바라보며,
손에 손을 잡고 쉬게 되리라.

슬퍼하지 말아라, 곧 때가 오리니,
그러면 우린 쉬게 되리라. 우리의 작은 십자가 둘이
밝은 길가에 나란히 서면,
비가 오고 눈이 내리며,
바람이 또한 오고 가리라.

Auf Wanderung
Dem Andenken Knulps
　　　Hermann Hesse

Sei nicht traurig, bald ist es Nacht,
Da sehn wir über dem bleichen Land
Den kühlen Mond, wie er heimlich lacht,
Und ruhen Hand in Hand.

Sei nicht traurig, bald kommt die Zeit,
Da haben wir Ruh. Unsre Kreuzlein stehen
Am hellen Straßenrande zu zweit,
Und es regnet und schneit,
Und die Winde kommen und gehen.

"슬퍼하지 말아라"고 두 번에 걸쳐 반복적으로 권면하는 이 시는 어린 시절의 나에게 아주 강한 인상과 영향을 주었다. 이 시를 통해 처음 만나게 된 헤르만 헤세는 일단 나에게 권고부터 했던 것이다, 살면서 아무리 힘들고 어려운 일들이 있을지라도 슬퍼하지 말라고. . . .

어린 시절 철없이 뛰어 놀며 행복하게 지냈던 나는 초등학교 고학년 시기를 전후하여 이런 저런 어려움을 겪게 되면서 정신적으로 힘든 청소년기를 맞게 되었다. 그리하여 나는 상당히 우울한 학창시절을 보내고 있던 터였다. 바로 그 때 나는 운명적으로 헤세의 이 시 「방랑 길에」를 만났던 것이다. 헤르만 헤세는 이 시 한 편을 통하여 힘겨웠던 청소년 시절의 나에게 커다란 위로와 힘을 주었다. 지금 생각해 보면 나는 당시 이 시로부터 시 치료 혹은 문학 치료의 효과를 본 것이다. 헤르만 헤세는 그렇게 나를 위로하고 내 마음의 상처를 치유해주는 시인으로 다가왔던 것이다. 내가 그 동안 낙천적인 인생을 살아왔다면 그 출발점은 바로 어린 시절 내가 헤세의 시 「방랑 길에」를 만난 시점이 아닐까 생각한다.

그런데 이 시에서 헤세가 슬퍼하지 말라고 하면서 제시하는 이유가 참으로 인상적이다. 왜냐하면 시간은 빨리 지나가 하루해도 금방 저물어 밤이 되어 쉬게 되고, 세월도 빨리 흘러 인생도 이내 죽음에 이르러 안식하게 되니까 슬퍼하지 말라는 것이다. 슬퍼하지 말라고 위로하고 권고하면서 제시하는 이유치고는 참 우습다는 생각이 들지 않는가? 헤세는 어차피 세월이 빨리 흘러 우리는 모두 다 어느덧 죽을 때가 다가와 쉬게 되니까 슬퍼하지 말라는 것이다. 나는 당시 14살의 어린 나이였지만 이 시를 통해 인생은 짧은 것이리라는 예감을 하게 되었다. 그리고 그로부터 어느덧 45년이라는 세월이 흐른 지금 나는 인생이란 참으로 짧다는 것을 실감하게 되었다. 그러니 예감과 실감 사이에서 그렇게 내 인생은 지나온 것이다.

헤세의 「방랑 길에」 시로부터 받은 강한 인상과 영향으로 말미암아 나는 그 후 문학 작품을 대할 때 주로 철학적이거나 종교적인 면에 커다란 관심을 두게 되었다. 말하자면 문학작품을 대할 때 재미나 즐거움의 요소보다는 우리의 정신적 삶에 도움을 주는 교훈이나 가르침 면에 더 큰 가치와 비중을 두게 된 것이다.

헤세의 시를 처음 만난 지 6년이 지난 스무 살 때에 나는 그 유명한 헤세의 소설 작품『데미안』을 만났다. 그리하여『데미안』은 내 인생의 방향을 결정짓는 작품이 되어 버리며, 헤르만 헤세라는 작가는 내 삶의 운명이 되어 버린다. 사실은 중학교 3학년 때 누나가 권유하여『데미안』을 처음 접하게 되었었는데, 그때는 이 작품이 너무나 어렵고 재미가 없어서 70쪽 정도까지 읽다가 중단해 버린 적이 있었다. 그런데 스무 살이 되어 이 작품을 다시 읽게 되었을 때는 참으로 엄청난 감동과 충격을 받게 된 것이다. 이것은 한 편의 문학 작품이 그것을 읽는 독자의 나이와 상황에 따라 엄청나게 달리 수용될 수 있다는 것을 극단적으로 보여주는 예일 것이다.

당시 나는『데미안』작품에서 나를 감동시키는 소중한 구절들에 열심히 밑줄을 그어가며 읽었으며, 그로부터 받은 커다란 감동과 흥분으로 인하여 내 가슴을 치는 그 숱한 구절들을 오랜 세월 동안 구구절절 수도 없이 외우고 다녔다. 그러니 이 작품이 나의 젊은 날에, 그리고 이어지는 내 삶 전체에 얼마나 많은 영향을 미쳤겠는가. 그렇게 나는『데미안』작품과 만나면서 헤세를 통하여 젊은 시절 내 정신적 삶의 고뇌와 문제들을 해결할 수 있는 기반을 얻게 된다. 그러니 헤세는 나에게 한 사람의 작가를 넘어서서, 나의 삶을 이끌어준 정신적 스승이요 멘토인 셈이다.

『데미안』의 많은 구절들 중에서 특히 나에게 강한 인상과 영향을 준 구절은 다음과 같다.

새가 알을 깨고 나온다. 그 알은 세계이다. 태어나고자 하는 자는 하나의 세계를 파괴해야만 한다. 새는 신에게로 날아간다. 그 신의 이름은 아브락사스다.『데미안』

Der Vogel kämpft sich aus dem Ei. Das Ei ist die Welt. Wer geboren

werden will, muss eine Welt zerstören. Der Vogel fliegt zu Gott. Der
Gott heißt Abraxas.

『데미안』의 이 구절은 청소년 시절 여러 해 동안 내 자신의 정신적 고
뇌 속에 갇혀서 우울하게 지냈던 나를, 나의 껍질을 단번에 깨뜨려 버렸
다. 내가 얼마나 오랫동안 내 안의 좁은 세계 속에만 갇혀서 암울한 마음
으로 헤매고 있었는지를 결정적으로 깨닫게 해준 작품이 바로 『데미안』
이었던 것이다. 그러므로 나의 진정한 정신적 삶은 바로 이 『데미안』과 더
불어 출발했다고 해도 과언이 아닐 것이다.

『데미안』은 우선 나의 편협한 고정 관념이나 오래된 고민거리들을 깨
드릴 수 있는 용기와 지혜를 주었다. 그리하여 나에게는 확연하게 달라진
삶이 펼쳐지기 시작했다. 우선 삶의 진리를 열린 마음으로 추구하는 탐구
적인 자세와 의지를 갖게 되었다. 그리고 『데미안』의 주인공 싱클레어가
진정한 자기 자신을 찾아나가면서 "자기실현"의 길을 걸어 나갔듯이, 나
역시 그 때부터 진지하게 나 자신의 고유한 삶과 행복을 추구해 나가기
시작하였다.

그런데 헤세가 『데미안』에서 주인공 싱클레어를 통해 보여준 자기실
현은 궁극적으로 종교철학적인 차원의 자기실현이다. 헤세는 이 작품에
서 기독교와 심층 심리학이 한데 어우러지는 가운데 대단히 심오한 종교
적, 종교철학적 문제들을 다루었다. 『데미안』과 더불어 "내면으로 가는
길"이라는 중기 문학의 새로운 길을 걷기 시작하는 헤세는 이 작품에서
자신의 종교관과 종교철학적 견해를 제시한 것이다.

이러한 헤세의 『데미안』작품 영향으로 말미암아 나는 그 후 대학에서
독일 문학을 전공하게 되었으며, 그 중에서도 헤르만 헤세의 문학과 종교
를 전문적으로 연구하는 헤세 전문가의 길을 걸어왔다. 아울러, 헤세 문
학의 영향을 받아서인지는 몰라도, 나는 내 자신의 삶도 기독교 신앙을
중심으로 상당히 종교적인, 종교철학적인 삶을 추구해왔다.

헤세는 『데미안』에서 궁극적으로 우리는 모두 종교철학적인 관점에서 자기 자신을 발견하고, 자기 자신을 실현시켜 나가야하는 운명적인 숙제를 지니고 있다는 것을 주장했다. 누구나 진정한 자기 자신을 발견하고 실현시켜 나가려면 종교철학적인 관점에서 고유하고 확고한 자기 삶의 자세를 세워 견지해야 한다는 것이 『데미안』작품의 핵심적 주제인 것이다.

헤세는 1931년 자신의 신앙에 대해서 피력한 글 「나의 신앙」에서 "나는 결코 종교 없이는 살아본 적이 없고, 또 종교 없이는 하루도 살 수 없을 것"이라고 말했으며, 1930년에 쓴 어느 편지에서는 "종교적인 충동을 나의 삶과 작업의 결정적인 특징으로 생각한다"고 말했다. 이것은 그만큼 헤세의 삶과 문학에서 종교가 대단히 중요하고도 결정적인 역할을 했다는 것을 단적으로 보여준다. 그만큼 헤세는 평생 동안 종교적인 문제와 주제들을 자신의 삶과 문학에서 심도 있게 다루었던 것이다.

헤세는 독실한 경건주의 기독교 가정에서 태어나 기독교 교육을 받으며 자라났지만, 당시의 편협하고 배타적인 기독교 세계로 인하여 특히 청소년 시절에 기독교 신앙과 심한 갈등을 겪었다. 그리고는 인도와 중국을 중심으로 하는 동양의 종교(사상)에 관심을 가지게 되었으며, 헤세는 동ㆍ서양의 많은 종교 사상들을 접하게 된다.

그러면 헤세가 평생 동안 섭렵한 동ㆍ서양의 종교사상은 어떤 것들일까? 헤세는 우선 젊은 시절에 노발리스를 중심으로 하는 독일의 낭만주의 종교 사상과 경건주의 기독교 사상에 심취하였으며, 이어 마이스터 에크하르트를 중심으로 하는 중세의 독일 신비주의 사상을 접하였다. 그리고 동양의 종교사상으로서는 먼저 인도의 불교, 『바가바드 기타』와 『우파니샤드』를 중심으로 하는 힌두교의 범아일여 사상을 접하게 되었으며, 이어 노자와 장자를 중심으로 하는 중국의 도가사상에 심취하게 되었으며, 70대 노년에 이르러서는 선불교에 빠져들게 된다.

이렇게 헤세가 평생 동안 만나 섭렵한 동ㆍ서양의 여러 종교 사상들을 보면, 헤세가 한 가지로 일관되게 추구한 핵심적 종교사상이 드러나는데, 그것은 바로 신비주의이다. 헤세가 여러 동·서양의 종교 사상으로부터 받은 결정적인 영향은 신비주의이며, 그것은 결국 헤세 자신의 핵심적인 종교 사상이 되는 것이다. 종교적인, 종교철학적인 관점에서 헤세는 한 마디로 말해 신비주의자이다.

『데미안』은 바로 이러한 헤세의 신비주의 사상이 본격적으로 표출되기 시작하는 이정표와 같은 의미가 있는 작품이다. 작품 속에서 나오는 "아브락사스"[1]라는 신비주의적 신성이 바로 헤세의 문학에서 신비주의 사상이 본격적으로 나타나는 최초의 상징인 것이다. 작품에서 이 아브락사스는 종교적 관점의 전일성을 상징하는 것으로서 "신적인 것과 악마적인 것을 결합시키는 상징적 과제를 가지고 있는 신성"이다. "[…] 우리의 신은 아브락사스다. 그리고 그는 신이자 악마이며, 밝은 세계와 어두운 세계를 자기 안에 내포하고 있다"고 작품에서 피스토리우스는 싱클레어에게 말한다. 그러니까 아브락사스는 모든 신비주의 사상의 공통점인 일원론, 즉 단일사상을 보여주는 상징적 신성이다.

작품 『데미안』에서 주인공 싱클레어의 자기실현을 도와주고 이끌어주는 인물은 누구보다도 데미안인데, 이 데미안은 바로 신비주의 사상을 보여주는 신비적 인물이다. 데미안은 시공을 초월한 듯한 신비적 인물이며, 양극성을 포괄하고 초월하는 일원론적 세계를 상징하는 인물이다. 모든 신비주의는 이러한 일원론에 바탕을 두고 있는데, 헤세 스스로도 역시 자신의 가장 중요한 신앙은 바로 이 단일사상이라고 고백한다.

한편 모든 신비주의의 공통점 중의 하나는 우리 안에 신성이 존재하고

---

1) 이 신의 이름은 기원 후 130년경 알렉산드리아에서 활동했던 안티오키아 출신의 심령주의 철학자 바실리데스의 교리에서 처음 등장한다. 사람의 몸, 장탉의 머리, 뱀의 발을 가진 상상의 존재를 나타내는 후기 고대의 아이콘을 그렇게 부른 것이었는데, 이 이름을 구성하는 그리스 문자 6자가 가지는 수치를 합산하면 365가 된다. 결국 아브락사스는 태양을, 한 해를, 전체를, 완전성을 상징한다.

있다는 내재적 신비주의 사상이다. 말하자면 우리는 모두 우리 스스로 안에 신성, 즉 절대자의 속성을 내재적으로 지니고 있다는 것이다. 신 혹은 절대자와의 신비적 합일을 추구하는 모든 신비주의는 바로 이 내재적 신성을 인정하고 인지하면서, 신과 신비적으로 하나가 되어 영원한 신의 속성에 참여하게 되는 것이다. "내면으로 가는 길"이라는 종교철학적 이정표를 내세웠던 헤세의 중기 문학은 바로 이러한 내재적 신비주의 문학과 종교 사상을 궁극적으로 표출한 것이다.

스무 살에 내가 이러한 신비주의적인 종교철학적 헤세의 작품을 만났기 때문일까. 그 후 나는 문학 연구에서 무엇보다도 종교철학적인 면에 커다란 관심을 가지게 되었다. 대학에서 본격적으로 헤세의 작품을 공부할 때도 나는 이러한 종교철학적인 주제에 가장 큰 관심을 가지고 연구하였다. 그래서 학부를 졸업할 때 나는 「헤르만 헤세의 종교관」이라는 주제로 졸업논문을 썼으며, 석사 학위 논문으로는 헤세의 두 작품『페터 카멘친트』와『싯달타』를 중심으로 한 「헤세의 자연관」에 대해 썼다. 그리고 독일 뮌헨대학에서 쓴 박사학위 논문은『헤르만 헤세의 작품에 나타난 동·서양 신비주의 요소』(*Mystische Elemente aus West und Ost im Werk Hermann Hesses*)라는 주제로 썼다. 그야말로 헤세의 핵심적 종교사상인 신비주의에 초점을 맞추어 박사학위 논문을 썼다. 그러므로 나는 학사, 석사, 박사 학위 논문에서 모두 일관되게 헤르만 헤세의 문학을 종교적인, 종교철학적인 관점에서 연구한 것이다.

헤세가 서양 사람이기 때문에 서양 쪽의 신비주의 사상들에 접하게 된 것은 그렇다 치더라도, 헤세가 동양의 여러 종교 사상들을 섭렵하면서 동양의 종교사상에 그토록 해박하고 깊이 있게 통달하고 있다는 것을 알았을 때 나는 커다란 충격을 받았다. 말하자면 서양 사람인 헤세는 이렇게 다양한 동양의 종교 사상에 대해 깊이 알고 있는데, 정작 한국 사람이요 동양 사람인 나는 그러한 동양의 종교 사상에 대해 잘 알지 못하고 있다는 것에 나는 부끄러움을 느꼈던 것이다. 그리하여 헤세의 문학과 종교 사상을 연구하던 나는 그러한 연유로 인하여 더욱 더 헤세가 섭렵한 동양의 종교 경전들을 읽고, 열심히 동양의 종교 사상들에 대한 연구를 하게 되었다.

박사학위 과정에서 여러 해 동안 그렇게 동·서양의 종교서적들을 탐독하면서 나는 헤세의 문학과 종교 사상 연구를 위한 기반 연구에 몰두하였다. 그러다가 계속적으로 이어지고 확대되어 가는 이 동·서양의 종교철학적 공부와 연구에 언젠가는 내가 도대체 종교를 연구하는 종교학자인지 아니면 문학을 연구하는 학자인지 분간이 안 될 정도로 느껴지는 때가 있었다. 헤세가 섭렵한 동·서양의 종교철학 사상에 대한 연구는 그만큼 방대했으며 그 자체로서 또한 대단히 매력적인 것이었다.

그리하여 나는 어느 순간 정신을 차리고 이러한 종교철학 사상 자체에 대한 연구에 어느 정도의 한계선을 그어야만 했다. 말하자면 종교철학에 대한 연구는 우선 내 박사학위 논문에 필요하고 또 활용할 수 있을 정도의 분량만 공부를 해야겠다고 마음을 먹었던 것이다. 그리하여 나는 독일 뮌헨대학교의 박사학위 논문에서 헤세의 중기, 후기 문학을 종교철학적인 관점에서 연구하여, 결국 헤세의 문학에 표출된 핵심적인 종교철학적 사상은 바로 신비주의 사상이라는 것을 밝혀냈던 것이다.

독일에서 박사학위를 끝냈을 때 나는 내 평생의 핵심적인 연구 주제를 "문학과 종교"로 결정하였다. 말하자면 무엇보다도 종교적인 관점에서 나는 문학을 연구해야겠다는 것이었다. 그리하여 기회가 있을 때마다 나는 독일 문학 작품과 작가들 중에서 종교와 연관이 있는 작가의 문학과 종교 관련 자료들을 수집하였다. 적지 않은 자료들을 수집하였지만 막상 그 자료들을 소화하여 독일 문학과 종교라는 방대한 주제의 연구 결과물들을 내놓는 데에는 힘이 들었다. 그리하여 나는 그 동안 대체로 헤르만 헤세의 시와 소설 작품들을 중심으로 주로 종교적인 관점에서 연구를 해 온 셈이다.

이처럼 거의 평생에 걸쳐 헤세의 문학과 종교를 집중적으로 연구해 온

나의 직업적 활동은 나의 삶과 신앙에도 어떤 영향을 미쳤을까? 어려서부터 교회에 나가면서 기독교 신앙을 지닌 기독교인으로 살아온 나는 무엇보다도 기독교 신앙과 사상으로부터 가장 강한 신앙적, 사상적 영향을 받으며 살아왔으리라고 본다. 그런데 오랜 세월 동안 헤르만 헤세의 문학과 종교를 연구하면서 헤세의 종교사상과 종교성을 심층적으로 접하게 된 나는 알게 모르게 헤세의 신앙과 종교관으로부터 적지 않은 영향을 받았을지 모른다. 내가 만약 헤세의 문학과 종교 사상으로부터 어떠한 영향을 받았다면, 나는 우선적으로 다음 몇 가지를 꼽을 수 있을 것 같다.

첫째, 헤세의 기독교 신비주의 사상으로부터 받은 영향이다. 나의 기독교 신앙과 사상은 근본적으로 헤세처럼 신비주의적인 기독교 신앙과 사상에 가깝다. 말하자면 하느님, 혹은 신이라는 절대자는 유한자요 피조물인 우리 인간으로서는 그 초월적 존재를 완전히 규명하거나 이성적으로 파악하기가 도저히 어려운 신비스러운 존재라는 것이 하느님에 대한 나의 생각이다. 이것은 신에 대해서 명백하게 언어로 설명하거나, 논리적으로 완벽하게 파악하기가 불가능하다고 보는 신비주의적 신관에 해당한다.

둘째, 평생 동안 상대주의적 종교관을 견지해 온 헤세처럼, 나는 배타적이거나 편협한 종교적 태도를 싫어하고, 다른 종교를 열린 마음으로 존중하며 종교 간의 대화를 추구한다. 종교라는 것은 근본적으로 사람을 위한 것이요, 함께 사는 사회에 도움을 주어야 할 텐데, 종교라는 이름으로 오히려 사람을 해치거나, 혹은 종교나 신앙이 다르다는 이유로 어떤 폭력과 무력을 행사한다면 그러한 종교는 과연 무슨 의미가 있는 것일까? 또 우리가 다른 종교나 종교인들에 대해 거부감이나 편견을 가지고 혐오감을 가진다면 그러한 종교나 신앙은 또 무슨 의미가 있는 것일까?

우리가 속해 있는 이 우주에는 천억 개 곱하기 천억 개의 무수한 별들이 있다고 한다. 우리의 상상을 초월하는 이러한 천문학적 규모의 별들과 우주 속에서 우리가 살고 있는 이 지구는 상대적으로 그 얼마나 작은, 티

끝과도 같은 규모란 말인가. 그러니 이 조그마한 지구촌에 함께 살고 있는 우리는 서로 다른 종교로부터 열린 마음으로 겸허하게 배우는 자세를 가진다면 그 얼마나 풍요롭고 좋은 일이겠는가? 이러한 관점에서 나는 교회일치 운동이나 종교 간의 대화에 큰 관심을 가지고 있다.

셋째, 나는 헤세가 인생을 바라본 것처럼, 우리의 삶과 정서적 차원에서 슬픔과 기쁨, 행복과 불행 등으로 나누는 양극적인, 대립적인 판단을 가능한 한 지양한다. 진정한 기독교 신앙은 자신의 삶을 온전히 하느님께 의지하고, 삶의 모든 여건과 상황을 하느님이 주신 행복한 선물로 받아들이는 것이라고 나는 믿는다. 그러므로 우리는 모든 삶의 조건을 초월하여 무조건적으로 하느님께 감사하고 언제나 기뻐하는 인생을 살아야만 한다고 나는 생각한다. 우리가 이러한 일원론적 신비주의 기독교 신앙의 자세로 인생을 살게 되면, 우리는 눈물과 슬픔, 혹은 고통과 불행으로 보이는 것마저도 하느님이 주신 선물로 받아들이는 성숙한 신앙적 삶을 살 수 있을 것이다.

우리 중에 자기 스스로가 이 지구상에 태어나기를 원하여 이 땅에 태어난 사람은 단 한 사람도 없다. 그러므로 우리의 생명과 인생은 둘 중의 하나일 것이다. 말하자면 우리의 삶은 우연의 산물이거나, 하느님의 섭리에 의한 것이리라. 만약 우연의 산물이라면 우리는 너무도 허무한 존재일 뿐이며 우리의 인생 또한 덧없고 허무한 것이 된다. 그러나 하느님의 섭리에 의한 것이라면, 우리의 존재 자체와 인생 전체는 바로 하느님의 선물인 것이다. 그렇다면 우리는 이 땅에 우리를 보내주신 하느님께 겸허할 수밖에 없는 존재이며, 모든 삶의 여건 속에서 무조건적으로 하느님께 감사하며 기뻐하는 삶을 살아야 할 것이다.

문학 작품은 우리에게 즐거움과 교훈을 주는 기능이 있다고 그 옛날 호라티우스가 말했다. 이 견해는 오늘날에도 수긍할 수 있을 것이다. 문학을 학술적으로 연구하는 것은 일반적인 대중이 하는 독서 활동과는 다르다고 할 수 있겠지만, 근본적으로는 문학을 연구하는 학자도 일차적으로 독자가 되어 문학 작품을 읽고 감상하면서, 그 작품에 대해 다양하고 심도 있는 해석과 견해를 제시하는 사람이다. 그러기에 문학 작품은 문학을 연구하는 학자에게도 일차적인 즐거움을 준다. 또한 문학이 교훈을 준다고 하는 견해도 마찬가지로 오늘날에도 공감할 수 있겠다. 왜냐하면 우리는 문학 작품을 통해서 작가를 만나고 작가의 삶과 정신 혹은 가치관이나 종교 사상 등을 만나게 되기 때문이다. 이러한 과정에서 우리는 문학 작품으로부터 여러 가지 삶의 가르침과 지혜를 배울 수 있다.

이 외에도 문학의 기능과 역할은 오늘날 아주 다양하겠지만, 내가 헤세의 문학을 평생 동안 전문적으로 연구하는 일을 해온 것은 아주 행복한 일이었다. 왜냐하면 나는 헤세의 문학으로부터 참으로 많은 것을 배울 수 있었기 때문이다. 그 중에서도 나는 특히 헤세의 문학과 종교를 집중적으로 연구하였기 때문에, 헤세의 심오한 종교사상을 접하게 되었으며, 헤세의 신앙과 종교 사상은 나의 삶에 적지 않은 종교적 지혜와 가르침을 주었다.

나의 젊은 시절 정신적 스승이요 멘토였던 헤세와 오랜 세월을 함께 한 후 오늘에 와서 헤세는 내 인생의 오랜 친구가 되어 있다는 느낌이다. 헤세는 자기실현을 주제로 하는 그의 작품들 속에서 주인공이 종교철학적 관점에서 신비주의적인 자기실현의 길을 완성할 수 있도록 안내자와 지도자의 역할을 하는 신비적 인물들을 등장시켜 주인공의 자기실현 과정을 도와주고 이끌어주게 하였다. 헤세의 문학을 평생 동안 연구한 나에게 헤세라는 작가는 바로 나의 삶에서도 나의 자기실현을 도와주고 이끌어준 안내자와 지도자의 역할을 한 것이 아닐까 생각한다. 노년의 헤세처럼 이제 어느덧 나이가 든 나 역시 헤세가 평생 동안 추구한 신비주의적 신앙과 사상의 모습을 많이 닮게 되지 않았을까 생각해 본다. 헤세는 내 평생에 잊을 수 없는 단 한 사람의 작가요, 이제는 나의 삶과 운명으로 하나가 되어버린 작가이다. 오랜 세월 동안 나의 정신적 스승이자 이제는 친구가 되어 버린 헤세에게 말로 다 할 수 없는 감사와 사랑과 존경의 마음을 드린다.

상호텍스트성으로 살펴본 에밀리 디킨슨과
포크너의 삶, 죽음, 그리고 영혼불멸의 문제

이 경 화

I

죽음은 미국 문학에서 꾸준히 다루어지는 주제들 중의 하나이다. 종교
적 구원의 문제와 관련하여 죽음의 공포를 묘사한 초기 청교주의 시인들
로부터 괴기스럽고 몽환적인 죽음을 다룬 포우(Edgar Allan Poe), 제한된
자아의 특이한 감수성으로 죽음을 체험적으로 제시한 디킨슨(Emily
Dickinson)을 거쳐 인간의 실존적 상황을 삶속의 죽음이라는 주제로 표현
한 20세기 모더니스트 작가들에 이르기까지 죽음은 지속적인 관심을 받
아왔다. 이 중 디킨슨의 업적은 가히 독보적이라 할 만하다. 그녀는 1775
편에 달하는 그녀의 시 중 500편 이상에서 죽음을 주제로 다루고 있으며,

---

* 이 논문은『문학과 종교』제11권 1호(2006)에「상호텍스트성으로 살펴본 에밀리 디
  킨슨과 포크너의 삶, 죽음, 그리고 영혼불멸의 문제」로 게재되었음.

450 / 성과 속, 그 사이에서의 문학 연구

뛰어난 직관력과 감수성으로 죽음의 모든 양상들을 시에 담아내고 있다. 존 피커드(John B. Pickard)는 디킨슨의 문학적 위치를 규정하면서 "미국 문학에 그녀가 공헌한 것은 시적 통찰력을 가지고 죽음의 본질을 관찰한 점"이라고 말한다(101). 특히 디킨슨의 죽음에 대한 관심은 그녀가 죽음을 통해 비극적 인간 조건에 대한 해답을 구하고 있다는 점에서 이전과는 다른 새로운 의미를 띤다. 청교주의에 대해 회의를 품은 디킨슨에게 영혼 불멸의 문제는 종교에 의해서가 아니라 죽음을 통해서 접근할 수 있는 것으로 이해되었다. 그러므로 영혼불멸의 가능성을 타진하기 위해 죽음의 세계를 탐구하던 디킨슨은 이러한 과정에서 죽음이 인간의 인식능력을 확장시킴으로써 삶의 의미를 더욱 철저히 깨닫게 함을 발견한다. 이런 점에서 보면 디킨슨은, 현대의 영적 상실감 속에서 죽음을 통해 삶의 진실을 대면하려고 한 20세기 모더니스트 작가들과 맞닿아 있는 것이다. 따라서 디킨슨과의 상호텍스트성을 바탕으로 『내가 죽어 누워있을 때』(As I Lay Dying) (1930)에 나타난 포크너(William Faulkner)의 삶과 죽음에 대한 인식을 연구해 보고자 한다.

에드먼드 볼프(Edmond L. Volpe)가 "이 소설의 주제가 죽음이고 그 중심 이미지가 인간의 시체"라고 지적하듯이, 포크너의 『내가 죽어 누워있을 때』는 애디 번드런의 죽음과 그 죽음으로 인해 그녀의 가족이 겪게 되는 일련의 사건들을 다루고 있다(127). 포크너는 애디의 유언에 따라 번드런가 사람들이 그녀의 시체를 제퍼슨 읍까지 운반하는 이야기 패턴을 취함으로써, 장례여행이 진행되는 동안 죽은 애디가 살아있는 가족의 의식의 중심에 자리잡도록 만든다. 이로써 포크너는 애디를 통해 죽음의 본질을 고찰하고 또한 그녀의 죽음에 반응하는 가족의 태도를 통해 삶의 아이러니를 드러낸다. 죽은 애디가 살아있는 가족의 의식의 중심에 자리잡고 있어 그들에게 영향력을 발휘한다는 의미에서, 그녀는 살아있는 시체이며 죽어있는(dead) 것이 아니라 끊임없이 죽는(dying) 것이다.

이 소설의 제목인 *As I Lay Dying*은『오딧세이』(*Odyssey*) 제11장「죽음의 세계」에서 아가멤논의 유령이 오딧세우스에게 한 말을 인용하고 있다. "내가 죽어 누워있을 때 개의 눈을 가진 그녀는 내 눈조차 감겨주지 않았소. 내가 죽음의 세계로 내려가는 동안 말이오."(160) 이것은 상호텍스트성과 관련한 이 소설의 성격을 단적으로 보여주는 것으로서,『내가 죽어 누워있을 때』는 이 외에도 호손(Nathaniel Hawthorne)의『주홍글씨』(*The Scarlet Letter*) (1850)와 엘리엇(T. S. Eliot)의『황무지』(*The Waste Land*) (1922)와의 영향 관계가 자주 언급되어 왔다. 1957년에 가진 한 인터뷰에서『내가 죽어 누워있을 때』가『주홍글씨』를 의도적으로 모방하고 있는 것이 아니냐는 질문을 받았을 때 포크너는 다음과 같이 대답했다. "아닙니다. 작가는 의식적으로 모방할 필요가 없습니다. 왜냐하면 그는 그가 쓰거나 읽거나 보았던 모든 것으로부터 훔치거나 강탈할 자유가 있기 때문이지요. . . . 호손이 그의 작품에서 사용한 수법이나 구성방식을 어디로부터 빌려왔는지 우리는 물론 알지 못합니다. 그러나 그는 그렇게 했을 것입니다. 왜냐하면 작가가 사용할 수 있는 구성방식은 매우 제한되어 있기 때문이지요"(Bleikasten 19). 포크너의 답변은 문학 작품이 놓여있는 실존적인 상황을 설명한 것으로 풀이된다. 즉, 한 작품은 의도적이건 아니건 간에 다른 작품들로부터 영향을 받을 수밖에 없다는 것을 의미한다.

해체주의의 대표 주자라 할 수 있는 쟈크 데리다(Jacques Derrida)는 그의 텍스트 이론과 관련하여 이와 같은 입장을 지지하고 있다. 데리다는 서구 형이상학의 로고스 중심주의를 비판하면서 근원과 현존의 부재를 주장하는데, 그에 따르면 텍스트의 의미는 맥락적인 관점에서만 추구되어질 수 있다. 즉, 언어를 구성하는 기의(signified)와 기표(signifier)의 관계가 실재와 실재로부터 유리되어 있는 기호의 관계가 아니라, 기의와 기표가 모두 실재가 아니기 때문에 실재를 재현하는 것이 불가능하다는 것이다. 그래서 텍스트의 의미는 재현적인 관점에서가 아니라 맥락적인 관점, 즉 기의와 기표가 만들어내는 관계를 통해서 연구되어져야 한다는 것이다. 데리다는 이에서 한발 더 나아가 이를 텍스트 간의 관계를 설명하는 상호텍스트성으로 발전시킨다.

> 말해지는 언술행위에 있어서나 씌어지는 언술행위에 있어서나 간에 그 어떤 요소도 현존하지 않는 또 다른 요소와 연결되지 않고서는 기호로서의 기능을 발휘할 수 없다. 이러한 내적 연결은 각 요소−음소나 구조소−로 하여금 다른 요소들과의 연쇄적 연결이나 체계를 내부에서 추적하도록 해준다. 이러한 내적 연결, 이러한 피류의 결은 곧 또 다른 텍스트의 변형과정에서 생겨난 텍스트가 된다. 요소들 중에서 또는 체계 내부에서의 그 아무것도 단순히 현존하거나 부재하지는 않는다. 거기엔 어디에나 다만 자취의 흔적과 차이만이 있을 뿐이다. (*Positions* 26)

사실, 상호텍스트성이란 데리다에 의해서 창조된 개념이 아니다. 문학 연구에 있어 한 작품이 다른 작품과 맺고 있는 관계를 연구하는 것은 하나의 관행으로서, 예를 들면 셰익스피어(Shakespeare)의 『햄릿』(*Hamlet*)은 토마스 키드(Thomas Kyd)가 쓴 『햄릿』(*Hamlet*)이나[1] 『스페인의 비극』(*The Spanish Tragedy*), 혹은 덴마아크 전설과 관련하여 그 상호 관계가 이미 많은 학자들에 의해 연구된 바 있다. 그러나 최근 들어 상호텍스트성에 대한 인식이 새로워짐에 따라 작품 상호간의 관계는 단순한 인용이나 영향 관계를 넘어 보다 복잡한 개념들로 변형되었다. 이와 관련하여 한 텍스트가 다른 텍스트의 흔적으로서 존재한다는 데리다의 견해는, 한 텍스트가 다른 텍스트(들)의 영향을 받아서 이루어질 뿐만 아니라 그 영향 관계는 완결된 텍스트의 일부분으로서 존재하는 것이 아니라, 그 영향 관계의 일부분으로서 텍스트가 존재함을 시사한다. 이를 다른 말로 표현하면, 텍스트들은 그물망처럼 연결되어 있고, 한 텍스트는 그 그물의 한 교

---

[1] 토마스 키드가 쓴 『햄릿』은 현재 소실된 상태이며, 학자들은 이를 셰익스피어의 『햄릿』과 구분하여 *Ur-Hamlet*이라고 부른다.

점에 놓임으로써 의미의 한 부분으로 작용한다는 것이다. 이때 텍스트 간의 관계는 "이식"(graft)이라는 말로 보다 적절히 설명되어질 수 있는데, 이는 마치 유기체의 한 부분이 다른 유기체로 이식되어 그것의 한 부분을 이루듯이 한 텍스트와 상호적 관계를 이루고 있는 텍스트들은 그 텍스트의 혈액에 녹아들어 그것의 세포와 기관을 형성하게 된다는 뜻이다 (Derrida, *Dissemination* 355). 이런 관점에서 보면 상호텍스트성은 텍스트를 이루는 필수적인 요인으로서, 독자나 문학 비평가는 거시적인 관점에서 텍스트의 잠재적 의미들을 연구하여야 할 것이다. 특히 디킨슨의 죽음의 시와2) 포크너의 『내가 죽어 누워있을 때』는 모두 죽음을 삶의 끝이 아니라 삶의 연속선상에서 삶의 의미를 고찰하는 것을 가능하게 하는 사건으로 다루고 있으며, 죽음을 공포를 가져오는 동시에 안식과 평화를 가져온다고 제시하는 등 유사성을 지니고 있어, 상호텍스트적 연구가 더욱 요구되는 것으로 보인다.3)

II

청교주의 전통이 깊이 뿌리내린 메사추세츠 주의 한 뼈대있는 가문에서 성장한 디킨슨은 종교적 배경과 전통으로 인해 인간의 영혼이나 죽음, 영혼불멸과 같은 문제에 대해 진지하게 생각하지 않을 수 없었다. 그러나 캘빈의 예정설을 바탕으로 하나님에 의해 선택된 소수만이 구원을 얻을 수 있으므로 인간은 하나님을 두려워하며 늘 죄의식을 갖고 행위를 반성

---

2) 앞서 언급한 바와 같이, 디킨슨은 500편 이상에서 일관되게 죽음의 문제를 다루고 있으므로, 학자들은 이러한 시들을 분류하여 죽음의 시(death poetry)라고 부른다.
3) 포크너의 단편소설 「에밀리에게 장미를」("A Rose for Emily")(1923)이 에밀리 디킨슨을 모델로 하고 있다는 연구 결과(최연화, "Comparison of Faulkner's 'Emily and Emily Dickinson'," 『영어영문학』(1991)는 포크너와 디킨슨의 작품이 서로 영향 관계를 맺고 있다는 주장을 뒷받침한다.

해야 한다고 설파하는 청교주의를 그녀는 온전히 받아들일 수 없었다. 청교주의에 대한 비판의식이 디킨슨으로 하여금 당시에 유행하던 초절주의(transcendentalism)에 관심을 갖도록 이끌었지만 결국 그녀는 거기에서도 인간의 구원에 대한 궁극적인 해답을 얻지 못하였다. 종교적인 회의와 비판은 오히려 디킨슨으로 하여금 자신의 영혼 구원에 대해 불안감을 갖도록 만들고 이로 인해 사후세계와 죽음에 더욱 집착하게 만들었던 것으로 보인다. 디킨슨의 전기 작가인 토마스 포드(Thomas W. Ford)에 따르면, 그녀는 죽음의 공포를 벗어나기 위한 방편으로 현실 속에서 죽음의 모든 양상들을 최대한 가까이 접하려고 했다(53). 그녀의 삶은 곧 죽음을 준비하는 과정이었으며 그녀는 삶을 통해 체험한 죽음의 제 양상을 시를 통해 표현하고 있는 것이다.

다음의 시는 죽어가는 사람이 생의 마지막 순간에 경험할 수 있는 상황을 묘사하고 있다.

제가 죽을 때— 파리가 웅웅대는 소리가 들렸습니다—
방안의 고요함은
폭풍이 몰아치는 사이의
정적과 같았습니다—

둘러앉은 사람들의 눈은— 너무 울어 눈물이 말라버렸고—
숨소리는 굳어져 한데 모였습니다
만왕의 왕이 방에— 납시는
그 마지막 순간을— 보기 위해—

나는 유품을 나누어주고—
할당할 수 있는 내 몫을 나누어주는
유언장에 서명했습니다—
그때였습니다 한 마리 파리가 끼어든 것은—

푸르고- 분명치 않은 비트적거리는 소리로-
빛과- 나 사이에-
그리고 이내 창들이 가리워졌습니다-
나는 보려야 볼 수 없었습니다-
I heard a Fly buzz— When I died—
The Stillness in the Room
Was like the Stillness in the Air—
Between the Heaves of Storm

The Eyes around— had wrung them dry—
And Breaths were gathering firm
For that last Onset—when the king
Be witnessed— in the Room—

I willed my keepsakes— signed away
What portion of me be
Assignable— and then it was
There interposed a Fly—

With Blue— uncertain a tumbling Buzz—
Between the light— and me—
And then the windows failed—and then
I could not see to see— (465)[4]

    죽음을 맞이한 사람의 최후의 순간을 사로잡은 것은 다름아닌 한 마리 파리로서, 난데없이 들려오는 파리 소리가 그녀의 의식을 교란시키더니 이내 그녀와 세상 사이를 가로막는다. 디킨슨은 임종의 자리에 파리를 등장시킴으로써 죽음의 순간을 지배하는 엄숙한 분위기에 해학을 깃들이고

---

4) 본 논문에서 사용되고 있는 디킨슨의 시는 모두 *The Complete Poems of Emily Dickinson* 에서 인용하며, 시의 인용은 이 책의 편집자가 사용한 순서의 번호만 기재함.

있으며, 또한 죽음을 추상적인 관념이 아닌 구체적인 현실로 제시하고 있다. 이 시에서 파리의 날갯짓 소리(buzz)는 방 안의 쥐죽은 듯한 고요(stillness)와 대조를 이룬다. 너무 울어 울음소리마저 그쳐버렸으며 모두들 임종의 순간을 기다리며 숨죽이고 있는 폭풍전야와도 같은 고요함 속에, 화자에게 들려오는 파리의 날갯짓 소리는 그녀의 약해진 감각을 압도한다. 여기서 파리의 날갯짓과 그 소리가 구현하는 동적인 이미지는 이 시 전체를 지배하는 죽음인 정적인 이미지와 함께 제시되어 삶과 죽음의 복합적인 관계를 드러내고 있다. 이는 제3연에서 화자가 이 세상을 떠나면서 마지막으로 남기는 것이 영혼의 메시지가 아닌 재산 분배를 명시한 하찮은 종잇장이라는 사실을 통해 환기된다. 또한 이 시에서 디킨슨은 파리를 사용함으로써 죽음을 감상적인 태도가 아닌 냉정한 현실로서 다루고 있다. 즉, 파리는 지상의 생명을 의미하는 것으로, 화자가 죽어도 세상이 멈추는 것은 아니라는 사실을 보여준다.

『내가 죽어 누워있을 때』에서 살아있는 시체로서의 애디의 죽음은 관과 말똥가리의 이미지를 통해 지속적으로 나타난다. 살아있는 상태로서 애디가 병석에 누워있는 동안에 그녀의 죽음은 장남 캐쉬가 그녀의 관을 만드는 소리와, 그녀의 죽음을 기다리며 주위를 맴도는 말똥가리에 의해 예고된다. 척, 척, 척! 캐쉬의 톱질 소리는 애디가 죽기까지 모든 장을 통해 들려온다. 톱질 소리는 번드런가 사람들에게 애디의 숨소리인 듯 느껴진다. "그녀[애디]가 들이쉬는 숨소리마다 그의 망치질과 톱질 소리로 가득 차 있다"(Where every breath she draws is full of his knocking and sawing)(11).[5] 살아있는 듯 들려오는 톱질 소리는 애디가 죽어가는 과정과 병행되어 죽음을 생명력있는 것으로 나타낸다. 또한 이미 "썩은 막대기 다발"(a bundle of rotten sticks) 같이 되어버린 애디의 주위에는 말똥가리가 곧 시작될 육체의 부패를 기다리며 날아다니고 있다 (30). 애디가 죽

---

5) 『내가 죽어 누워있을 때』의 본문 인용은 페이지 숫자만을 기록함.

은 후 관 속에 들어가 보이지 않는 시체의 상태에서도 그녀의 존재는 시체가 부패하는 냄새를 좇아 관을 맴도는 말똥가리에 의해 상기된다. "작고 검은 원을 그리며 일곱 마리의 말똥가리가 날고 있다"(Now there are seven of them, in little tall black circles)(131). 리처드 애덤스(Richar P. Adams)에 따르면, 포크너의 소설에서 웅웅대는 소리를 내며 날아다니는 곤충의 떼는 홍수, 화재, 냄새 등과 더불어 보편적인 움직임의 감각(the sense of universal motion)을 전달하는데, 이때 움직임이란 살아있음 혹은 삶을 의미한다(4-5). 말똥가리란 파리와 같이 시체나 부패물을 찾아다니는 동물이므로 이 작품에서 죽음을 의미하기도 하지만, 동시에 애디의 시체에 역동적인 이미지를 부여함으로써 생중사(death-in-life)의 의미를 구현한다. 이와 같이 살아있는 시체로서의 애디의 죽음은 관과 말똥가리의 이미지를 통해 제시되고 있으며, 움직임을 창출하는 시체, 삶을 창조하는 죽음이라는 아이러니를 형성하여 죽음을 통해 역설적으로 삶의 의미를 고찰하는 것을 가능하게 한다.

애디의 죽음을 대하는 번드런가 사람들의 태도는 포크너가 죽음을 감상적인 태도로 받아들이지 않고 냉정한 현실로 직시하고 있음을 보여준다. "쥬얼과 나는 한 줄로 서서 들판으로부터 길을 따라 올라오고 있다"(Jewel and I come up from the field, following the path in single file)라는 말로 자신의 독백을 시작하는 다알이나, 아내가 죽어가는 동안 길에 대한 불평을 늘어놓는 앤스, 그리고 엄마의 임종을 마치 남의 얘기하듯 "우리 엄마가 돌아가셨다고 한다"(I heard that my mother is dead)라고 말하는 듀이델 어느 누구에게서도 애디에 대한 애도의 그림자는 찾아보기 힘들다(3, 78). 애디의 사랑을 독차지해온 쥬얼이 가족의 무심한 태도를 보고 불편한 감정을 드러내지만, 그의 독백은 단 하나의 장으로 제한됨으로써 애디의 죽음을 둘러싼 전반적인 분위기에 영향을 미치지 못한다. 사실 번드런가 사람들은 장례여행을 통해 각자가 추구하는 목적을 가지고 있으며, 이것이 그들이 장례여행을 강행하는 이유인 것이다. 가장 앤스는 의치를 하기 위하여 그리고 딸 듀이델은 읍내 약방에서 낙태약을 구할 욕심으로 제퍼슨에 가기 원한다. 캐쉬에게는 어머니를 제퍼슨 공동 묘지에 묻는 일에 못지않게 그곳에서 축음기를 사는 일이 중요하다. 막내아들 바더만도 어머니의 장례보다는 읍내 가게에 진열되어 있는 장난감에 더 마음이 쏠려있다. 이는 애디가 죽는다고 해서 모두가 그를 애도하는 것이 아니며, 그녀가 죽어도 세상은 이에 관계없이 돌아갈 것이라는 사실을 보여준다. 포크너의 설명은 이를 뒷받침하고 있다.

> 『내가 죽어 누워있을 때』의 번드런 가족은 애디의 죽음에 잘 대처했다. 아내를 잃은 남편은 새 아내를 필요로 하기 마련이다. 그래서 그 [앤스]는 새 아내를 얻었다. 한방에 그는 가족을 위한 새로운 요리사를 구했을 뿐만 아니라, 가족이 휴식을 취할 동안 그들 모두에게 즐거움을 선사할 축음기까지 얻었다. 임신한 딸은 이번 기회에 낙태에 성공하지 못했지만, 이에 용기를 잃지 않았다. 그녀는 다시 시도하기로 마음먹었으며, 비록 그 모든 시도가 수포로 돌아간다 해도 그 결과는 아기를 얻는 것에 지나지 않았다. (*William Faulkner: Three Decades of Criticism* 87)

III

『내가 죽어 누워있을 때』에서 애디의 죽음은 15명의 화자들에 의해 쪼개지고 불완전한 모습으로 제시된다. 하나의 장에서 애디가 목소리를 내기는 하지만, 이 역시 다른 장과 마찬가지로 완전한 그림을 제시하지는 않는다. 로버트 와고너(Robert Waggoner)도 이 점을 지적하고 있다. "애디를 묘사한 부분에는 해결되지 않은 애매함이 있다. 이 애매함은 만약 이것이 주제와 기능적으로 연결되어 있지 않다면 이 소설에서 결점으로 여겨질 것이다. . . . 그녀의 장은 다른 장들과 마찬가지로 애매하다"(80).
따라서 애디에게 죽음은 어떤 모습으로 다가왔는지, 웨딩드레스를 입고
입관하는 그녀의 모습은 무엇을 의미하는지, 또는 포크너가 왜 애디의 독
백을 사후적인 것으로[6] 구성했는지 등은 여전히 의문으로 남는다. 한 텍
스트는 다른 텍스트의 영향을 받아서 이루어지므로 다른 텍스트와의 관
련성 속에서 의미를 갖는다는 상호텍스트성의 관점에서 볼 때, "내가 그
분을 위해 일손을 멈출 수 없었기에―"로 시작되는 디킨슨의 시는 『내가
죽어 누워있을 때』와 관련한 이러한 의문들을 해소하는 데 도움을 주는
것으로 보인다.

앨런 테이트(Allen Tate)가 영어로 쓰여진 완전한 시들 중의 하나라고
격찬한 이 시에서 디킨슨은 삶과 죽음, 영혼불멸의 의미를 죽은 사람의
독백을 통해 다루고 있다(19). 이 시가 장례여행이 진행되는 동안 죽은 자
가 자신의 삶을 회고하는 형식을 취하고 있다는 점과 죽음을 결혼의 이미
지와 연결시키고 있는 점 등은 이 텍스트가 『내가 죽어 누워있을 때』에
대해 가지고 있는 상호적 관계를 더욱 견고하게 만든다.

> 내가 그분을 위해 일손을 멈출 수 없었기에―다
> 죽음께서 친절하게도 나를 찾아 주셨습니다―
> 마차엔 단지 우리들과―
> 영생만이 있었습니다.
>
> 우리는 천천히 달렸습니다― 그가 서두름을 모르기에
> 나는 나의 노고와 휴식마저도
> 뒤에 두고 왔습니다
> 그의 친절하심에―

---

6) 애디의 독백을 그녀가 죽기 전 앓아 누워있는 동안에 행해진 것으로 이해하는 경우
가 더러 있으나, 이를 사후 독백으로 받아들이는 입장이 지배적이다. 그러므로 전대
웅 교수는 애디가 "죽은 후 관 속에서 그녀의 심중을 토로하고 있다"고 말하며, 김명
주 교수도 이 책의 제목을 『내가 죽어 누워있을 때』라고 번역하고 있다 (137).

우리는 천천히 달렸습니다— 그가 서두름을 모르기에
나는 나의 노고와 휴식마저도
뒤에 두고 왔습니다
그의 친절하심에—

우리는 아이들이 휴식시간에—
링에서— 씨름하는 학교를 지났습니다—
우리는 무르익은 곡식의 들판을 지났습니다—
우리는 지는 해를 지났습니다—

아니 오히려— 해가 우리를 지나갔습니다—
이슬이 내려 차갑고 떨리는데—
명주로만 짠 내 가운—
내 어깨장식— 내 베일—

우리는 어느 집 앞에 멈추어 섰습니다
대지가 부풀어 오른 듯—
지붕은 거의 보이지 않고—
박공은— 땅 속에 묻혔습니다—

그후로— 수 세기가 흘렀지만—
그날보다 짧게 느껴집니다
말머리가 영원을 향한다고
처음 생각했던 그날보다—

Because I could not stop for Death—
He kindly stopped for me—
The Carriage held but just ourselves—
And Immortality.

We slowly drove— He knew no haste
And I had put away
My labor and my leisure too
For His Civility—

We passed the School, where Children strove
At Recess— in the Ring—
We passed the Fields of Gazing Grain—
We passed the Setting Sun—

Or rather— He passed Us—
The Dews drew quivering and chill—
For only Gossamer, my Gown—
My Tippet— only Tulle—

We passed before a House that seemed
A Swelling of the Ground—
The Roof was scarcely visible—
The Cornice— in the Ground—

Since then— 'tis Centuries— and yet
Feels shorter than the Day
I first surmised the Horses' Heads
Were toward Eternity—

　　제1연에서 화자는 '내가 그분을 위해 일손을 멈출 수 없었기에 죽음께
서 친절하게도 나를 찾아 주셨습니다'라고 말하고 있다. 이로 미루어보아
그녀는 가사에 쫓겨 자신의 죽음을 준비할 시간적 여유조차 없는 바쁜 생
활 중에 갑자기 죽음을 맞이하게 된 것으로 보인다. 이런 갑작스러운 죽
음의 방문에 그녀는 절망하지 않고 오히려 이를 고맙게 받아들이며, 이승

에서의 노고와 휴식을 뒤로 한 채 그를 따라나서 함께 마차여행을 떠난다. 이 여행은 제4연에서 신부 가운의 이미지에 의해 에로틱한 분위기가 강조됨으로써, 무덤으로 향하는 화자의 장례여행은 마치 죽음과 함께 떠나는 신혼여행처럼 묘사되고 있다. 전통적으로 죽음은 인간적 공포나 종교적 두려움과 결부되어 묘사되어 왔다. 그러나 이 시에서 형상화된 죽음의 이미지는 고단한 삶을 마무리하고 안식을 가져다주는 고마운 존재이다. 제2연에서 삶을 같은 두운을 가진 'labor'와 'leisure'로 파악한 화자의 태도에서 삶을 천천히 죽어가는 노동으로 이해하는 디킨슨의 태도가 엿보인다(Chase 250). 죽고 난 후에야 비로소 화자는 자신의 삶을 되돌아보는 여유를 갖게 된다. 화자가 자신의 유년시절, 성년기, 그리고 인생의 황혼을 회상하는 것은 제3연에서 그녀가 탄 마차가 아이들이 뛰노는 학교와 곡식이 무르익는 들판, 그리고 지는 해를 지나가는 것으로 형상화되어 있다. 이 장면에서 암시되는 것은 "심지어 어린이의 세계에도 사회규범과 인습의 굴레(Ring) 속에 기쁨과 고통의 현실이 대치하고 있으며 휴식(Recess)과 투쟁(Strove)이 혼합되어 있다는 것이다. [또한] 'We passed'의 숨가쁜 반복은 인생이 이처럼 신고(辛苦)에 휩싸여 덧없이 지나감을 뜻하는 외에 인간의 생명은 자연의 생명과 비교해서 너무도 보잘것없이 짧음을 상대적으로 강조하기도 한다"(김형태 90). 이와 같이 디킨슨은 죽음을 삶에 지친 인간에게 즐겁고 편안한 여행을 제공하는 친절한 신사로 묘사함으로써[7] 삶이 가지고 있는 노고와 괴로움을 드러내고 있다.

번드런가는 'white trash'라고 불리는 소작농의 일원으로서, 백인 쓰레기라는 표현이 보여주듯이 이들은 경제적으로 남부 사회의 최하층을 구성한다. 이러한 번드런가의 삶이 얼마나 고단한지는 애디의 임종 시에 잘

---

[7] 또 다른 시에서 디킨슨은 죽음을 은밀한 구애를 시도하는 유순한 구혼자라고 이야기한다. "죽음은 유순한 구혼자 / 마침내 사랑을 쟁취한 / 그것은 은밀한 구애 / . . ."(Death is the supple Suitor / That wins at last— / It is a stealthy Wooing / . . .) (1445).

드러난다. 의사 피버디가 도착했을 때 애디는 오랫동안 앓아누워있어 죽은 지 이미 열흘이나 된 것처럼 보인다. 왜 좀 더 일찍 자신을 부르지 않았느냐는 피버디의 질책에 앤스는 옥수수를 거둬들이는 등 그 전에 끝내야 할 일들이 많았기 때문이라며, 그냥 아내가 좋아질 거라고 생각했다고 말한다. 이 말은 진료비가 아까워 죽어가는 아내를 의사에게 보이려 하지 않았던 앤스의 이기적인 성격을 드러내는 한편, 남부 소작농이 겪는 삶의 애환을 보여준다. 경제적으로 궁핍하고 일손이 부족한 그들에게 질병이란 '그냥 저러다 좋아질' 어떤 것으로서, 병의 치료를 위해 일손을 늦출 수 없는 것이다. 이와 같은 번드런가를 안팎으로 책임져야 했던 애디의 삶이 어떠했는지는 이웃사람 털의 고백을 통해 간접적으로 드러난다.

> 사실 여자에게 이곳 생활이 힘들다. 어떤 여자들에겐 특히 그렇다. 우리 어머니는 일흔이 넘도록 사셨다. 비가 오나 눈이 오나 매일 일하시고, 막내가 태어난 이래로 한 번도 앓아누우신 적이 없었다. 마침내 어느 날 주위를 둘러보고는 사십 오년 동안 한 번도 입지 않고 장롱에만 넣어두었던 레이스 달린 잠옷을 꺼내 입고 침대에 누워 이불을 끌어당기고 눈을 감으셨다. "너희들 모두 아버지를 잘 돌봐드려라. 이제 피곤하구나." 어머니가 말씀하셨다.

> It's a hard life on women, for a fact. Some women. I mind my mammy lived to be seventy and more. Worked every day, rain or shine; never a sick day since her last clap was born until one day she kind of looked around her and then she went and taken that lace trimmed night gown she had had forth-five years and never wore out of the chest and put it on and laid down on the bed and pulled the covers up and shut her eyes. "You all will have to look out for pa the best you can," she said. "I'm tired." (20)

일손을 놓을 수도 없이 바쁜 삶을 산 털의 어머니는 어느 날 죽음이 자신을 방문했다는 사실을 알았을 때 그동안 아껴두었던 잠옷을 꺼내 입고 자리에 눕는 것으로 임종 준비를 대신한다. 이는 가사에 쫓겨 자신의 임종을 준비할 시간적 여유조차 없이 바쁜 와중에 갑자기 죽음을 맞이하게 된 디킨슨의 화자를 떠올리게 한다. 애디의 사정은 이보다 더 안 좋아 그녀는 게으르고 이기적인 남편으로 인해 육체적 정신적으로 이중의 고통을 겪는다. 이와 같이 그녀의 삶이 고통스러웠음을 생각하면, 죽음이란 그녀에게 삶이라는 무거운 짐을 내려놓을 수 있는 계기를 제공하는 고마운 존재였을지 모른다. 이를 증명이라도 하듯, 이 작품에서 초자연적인 직관력을 지니고 있어서 다른 사람들보다 더 예리하게 사건의 진실을 꿰뚫어보는 다알은 바더만에게 죽은 애디가 이제 그만 그녀의 삶을 포기할 수 있게 해달라고 하나님께 애원하고 있다고 말한다.

"들리니? 귀를 가까이 대봐" 다알이 말한다.

귀를 바싹대니 관 속에서 엄마가 말하는 소리가 들린다. 그런데 무슨 말인지 알아들을 수가 없다.

"형, 엄마가 뭐라고 말하는 거지? 누구에게 말하는 거야?" 내가 말한다.

"엄마는 하나님에게 말하고 있는거야. 자신을 도와달라고 부탁하는 거지" 다알이 말한다.

"하나님에게 뭘 해달라고 부탁하는 거야?" 내가 말한다.

"사람들의 눈에 띄지 않게 해달라고 부탁하는 거야" 다알이 말한다.

"엄마는 왜 사람들 눈에 띄고 싶지 않지?"

"그래야 엄마는 자신의 삶을 내려놓을 수 있기 때문이지" 다알이 말한다.

"Hear?" Dark says. "Put your ear close."

I put my ear close and I can hear her. Only I can tell what she is saying.

"What is she saying. Darl?" I say. "Who is she talking to?"

"She is talking to God," Darl says. "She is calling on Him to help her."

"What does she want Him to do?" I say.

"She wants Him to hide her away from the sight of man," Darl says.

"Why does she want to hide her away from the sight of man, Darl?"

"So she can lay down her life," Darl says. (144)

아내와 어머니로서 주어진 삶을 살았던 애디는 죽은 뒤에야 자신의 삶을 되돌아보는 여유를 갖게 된다. 유년시절에 아버지로부터 들은 "살아있는 이유는 오랫동안 죽어있을 준비를 하기 위해서"(the reason for living was to get ready to stay dead a long time)라는 말씀은 일생동안 그녀에게 시금석과 같은 역할을 했으며, 젊은 시절 교사로 근무했던 학교에서 그녀는 학생들과의 관계를 통해 자신의 존재를 상대의 마음속 깊이 심어주는 인간관계를 추구했지만 어디에서도 만족을 얻지 못했다(114). 이후 앤스를 만나 시작한 결혼생활을 통해서 그녀는 삶의 의미를 찾을 수 있기를 바랐지만, 캐쉬를 낳고부터 인생이 무섭다고 느낀다. 삶의 무질서와 혼란을 초래하는 말과 행동 사이의 간극이 그 무엇에 의해서도 극복될 수 없음을 알았기 때문이다. 이 모든 것들을 기억하며 애디는 자신이 일생동안 삶의 의미를 찾기 위해 씨름해 왔음을 깨닫는다. 디킨슨의 시에서 씨름하는 아이들, 무르익는 곡식, 그리고 지는 해를 통해 형상화된 보편적인 인생의 모습은 애디의 독백에서 보다 독특한 모습으로 나타나고 있다.

위에서 다알과 바더만이 죽은 애디가 하는 말을 엿듣는 장면은 이들의 정신 상태와 관련하여 많은 논란의 대상이 되어왔다. 그러나 이 작품과 디킨슨의 시가 보여주는 죽음의 비전이 접점을 이루고 있다는 점을 고려한다면, 이 장면을 사실주의적인 해석에 국한시켜 이 둘의 성신상태만을 논하는 것은 자칫 작품의 의미를 축소시키는 위험을 초래할 수 있다. 많은 시에서 디킨슨은 죽음을 영혼불멸의 문제와 연결시켜 다루고 있다. 종교적인 회의로 인해 그녀는 구원을 받지 못할 경우 자신의 위치에 대한 불안감을 느꼈으며, 이후 죽음과 영혼불멸에 대해 집착하게 된다. 따라서 그녀는 자신의 시에서 인간의 의식을 확장하여 죽음 너머의 세계를 투시함으로써 영혼불멸의 가능성을 타진한다. "제가 죽을 때 – 파리가 웅웅대는 소리가 들렸습니다–"에서 디킨슨은 화자의 의식과 감각기능을 분리함으로써(I could not see to see)[8] 그녀가 육체적으로 죽은 후에도 그녀의 의식이 살아있을 수 있음을 암시한다. 이 점은 "나의 두뇌는 장례를 느꼈습니다"(I felt a Funeral, in my Brain)로 시작되는 시에서 뚜렷이 나타나는데, 이 시에서 화자는 죽음 후에 자신의 육체와 영혼이 분리되는 과정을 생생하게 보고한다. "하늘이 온통 한 개 종이 되고 / 존재는 한 개 귀가 됩니다 / 나와 어느 낯선 인종 같은 침묵은 / 여기서 외롭게 부서집니다– / 다음 순간 이성의 판자 하나가 부러지면서 / 나는 아래로 아래로 떨어집니다 – / 부딪히는 곳마다 다른 세계입니다 / 이윽고– 앎은 끝났습니다–"(As all the Heavens were a Bell, / And Being, but an Ear, / And I, and Silence, some strange Race / Wrecked, solitary, here– / And then a Plank in Reason, broke / And I dropped down, and down– / And hit a World, at every plunge / And Finished knowing– then–)(280). "내가 그분을 위해 일손을 멈출 수 없었기에–"에서도 화자의 의식은 그녀가 죽은 후에도 살아있어 그녀의 장례행렬이 무덤에 이를 때까지의 과정을 서술한다. 이와 마찬가지로 『내가 죽어 누워있을 때』에서 포크너는 죽음이 삶의 끝이 아

8) 이 문장에서 첫 번째 "see"는 단순한 육체적인 시각을 의미하는 반면, 두 번째의 "see"는 보다 포괄적인 의식과 정신적 비전의 시각을 의미한다(Johnson 166).

니며 이후에 또 다른 세계가 존재할 수 있다는 인식을 보여주고 있다. 이 때 또 다른 세계란 임종 후 영혼이 영생을 얻기 전까지 머물러 있는 세계를 의미한다. 이것이 애디의 사후 독백이 가능한 이유이며, 이런 관점에서 보면 다알과 바더만의 대화는 죽음 뒤에 사후세계가 존재한다는 그들의 생각을 드러내는 것이다. 안드레 블라이카스텐(Andre Bleikasten)도 이 작품이 사후세계에 대한 믿음을 보여주고 있다고 주장하면서, 죽은 애디를 마치 살아있는 것처럼 다루는 번드런가 사람들의 행동은 이 믿음으로부터 기인한다고 설명한다(118). 이런 관점에서 보면, 삶이 죽음의 준비 과정이라는 애디 아버지의 말은 죽음이란 삶의 끝이 아니라 또 다른 세계로 나아가는 시작이라는 인식을 담고 있는 것으로 해석될 수 있다. 그러므로 애디가 웨딩드레스를 입은 채 입관하는 모습은 사후세계에 대한 그녀의 믿음을 보여주는 것이다. "애디의 드레스가 구겨지지 않게 하기 위해서 그들은 시신을 거꾸로 놓았다. 그것은 그녀의 웨딩드레스였고 아랫부분이 넓어서 거꾸로 놓아야만 옷이 구겨지지 않았다"(It was her wedding dress and it had a flare-out bottom, and they had laid her head to foot in it so the dress could spread out)(56-7). 애디에게 있어 죽음은 힘든 삶으로부터의 도피처요, 그녀의 삶의 의미를 조망해볼 수 있는 자리이다. 이런 의미에서 죽음은 존재의 끝이 아니라 존재의 중심에서 일어나는 연속적인 사건이라 말할 수 있다.

IV

대부분의 디킨슨의 시에서 영혼불멸의 가능성은 회의되어진다. "내가 그분을 위해 일손을 멈출 수 없었기에—"에서도 화자와 죽음이 탄 마차는 영원을 목적지로 삼고 있으나, 마차가 무덤에 이르렀을 때 그녀는 나는 처음에는 말머리가 영원을 향하는 줄 알았다며 의심한다. 종교적 구원에 대해 확신이 없었던 디킨슨은 그녀의 시적 상상력을 발휘하여 영혼불멸의 가능성을 꾸준히 탐구하였다. 그러나 다음의 편지에서 보듯이, 그녀의 노력은 모두 무위로 끝나고 말았다. "제가 보기에는 모든 사람이 영혼불멸에 대해 생각합니다. 때로는 그 생각에 매우 고무되어 잠을 못 이루기도 하지요. 그러나 영혼불멸이 간직하고 있는 비밀들은 흥미로운 동시에 신성하고 사색적이기 때문에 우리의 모든 능력으로도 규명할 수 없습니다"(*The Letters of Emily Dickinson* 332). 그러므로 디킨슨의 시에서 죽음은 영생의 신비를 열어 보여주는 것으로서 라기보다는 현재와 영원의 중간에서 삶의 의미를 조명하는 것을 가능케 해주는 것으로서 더욱 중요성을 가진다. "디킨슨의 유형학에서, '사후의 삶'이란 '이후'뿐만 아니라 '현재'를 의미한다. . . . '사후의 삶'은 절대적으로 새로운 것이 아니라, 기존의 삶을 완수하는 것, 혹은 완전히 드러내는 것이 될 것이다"(Weisbuch 83). 삶과 죽음의 경계를 통과하며 확장된 의식이 시간의 연속선에서 뒤를 돌아보며 보다 성숙한 태도로 삶의 의미를 깨닫는다는 의미에서 사후의 삶은 기존의 삶을 완수하는 것이 된다.9)

이와 마찬가지로 『내가 죽어 누워있을 때』에서 애디의 죽음은 그녀의 사후세계 체험 이상으로 확장되지 않는다. 죽음은 영혼불멸로 나아가는 과정이 아니라, 애디의 의식 속에서 일어나는 연속적인 사건의 일부로서 다루어진다. 애디의 시신을 담기 위해 사람들이 관을 옮기는 것을 바라보며 다알은 인간의 죽음을 잠에 비유하여 다음과 같이 말한다.10)

---

9) 삶과 영원의 중간지대로서의 죽음이라는 인식은 디킨슨이 무덤을 영혼이 하룻밤 쉬어가는 여관으로 묘사하고 있는 데에서 잘 드러난다. "이곳은 무슨 여관인가? / 특별한 나그네가 / 하룻밤 묵어가기 위해 들르는 곳 / 주인은 누구이며 / 시중드는 사람은 어디 있는가? / 보아라, 이 기이한 방들을"(What Inn is this / Where for the night / Peculiar Traveller comes? / Who is the Landlord? / Where are the maids? / Behold, what curious rooms!)(115).

10) 한 시에서 디킨슨은 어린아이의 눈을 빌려 관에 시신이 담겨있는 모습을 작은 방에 사람이 잠들어 있는 모습에 비유하여 묘사한다. "잠보다 더 고요한 무엇인가가 있

낯선 방에서 잠들기 위해 너는 너 자신을 비워야한다. 그리고 잠들기 위해 네가 비워지기 전 너는 무엇인가. 그리고 잠들기 위해 네가 비워졌을 때 너는 존재하지 않는다. 그리고 네가 깊이 잠들었을 때 너는 존재하지도 않았던 것이 된다 . . . 쥬얼은 잠을 자기 위해 자기 자신을 비울 수 없다. 왜냐하면 그는 자신의 존재에 대해 모르기 때문에, 또한 그 자신이 생각하는 존재가 아니기 때문이다.

In a strange room you must empty yourself for sleep. And before you are emptied for sleep, what are you. And when you are emptied for sleep, you are not. And when you are filled with sleep, you never were . . . He[Jewel] cannot empty himself for sleep because he is not what he is and he is what he is not. (52)

죽음은 존재의 의미를 드러내는 사건이다(before you are emptied for sleep, what are you). 그러므로 자신의 존재의 의미를 모르는 쥬얼은 죽을 수 없다고 다알은 말한다. 애디의 죽음은 그녀에게 삶의 의미를 깨닫게 할 뿐만 아니라, 그녀의 가족에게 그녀의 존재의 의미를 드러내는 계기를 마련한다.[11] 어머니와의 유대를 느끼지 못하는 다알은 '나는 도대체 누구인가?'라고 물으며 자신의 정체성에 의문을 품는다. 쥬얼은 어머니의 시신을 하루라도 빨리 매장하기 위해서 자기의 분신과도 같은 말을 처분함으로써 어머니에 대한 자신의 사랑을 확인한다. 너무 어린 나이에 죽음이라는 충격적인 사건을 겪게 된 바더만은 죽은 물고기와 어머니와 존재를 혼동한다. 한편 아내를 묻은 지 하루만에 새로운 여자를 얻는 앤스와 바나나를 우적우적 먹고 있는 듀이델의 모습은 그들에게 애디의 존재가 의

────────────────

다! / 이 밀실 안에는 / 가슴에 나뭇가지 하나를 올려놓고— / 자기의 이름을 말하려 하지 않는다"(There's something quieter than sleep / Within this inner room! / It wears a sprig upon its breast— / And will not tell its name)(45).
11) 와고너는 "애디가 죽을 때에야 비로소 가족에게 그녀의 의미가 분명해진다"라고 말한다(72).

미없음을 보여준다. 이런 관점에서 보면, 번드런가 사람들의 장례여행은 단순히 "한 소작인이나 가족이 [시체를] 소작지에나 마을에서 옮겨가는" 여행에 그치지 않고, 가족 구성원들이 새로운 자기 인식을 얻는 정신적인 순례의 의미를 띤다(29).

　마이클 밀게이트(Michael Millgate)는 번드런가의 장례여행에 대해 "약속의 땅, 제퍼슨을 향해 가는 반어적인 천로역정"이라고 말한다(110). 그가 반어적(ironic)이라는 표현을 사용하는 이유는 천신만고 끝에 마침내 천성에 도달하는 기쁨을 누리는 존 번연(John Bunyan)의 주인공 크리스천과 달리, 번드런가 사람들은 말과 행동으로 상징되는 대극적인 관계 속에서 인간소외를 경험하며, 여행의 끝에서 결국 부조리한 삶의 실재만을 접하게 되기 때문이다. 애디를 매장한 지 하루만에 새 번드런 부인이 등장하는 장면은 삶의 부조리함을 극적으로 연출하고 있다. 일찍이 톨스토이(Tolstoy)는 이와 같이 부조리와 무의미로 가득찬 삶의 해결책을 종교에서 발견한 바 있다. 그는 타인을 위한 삶 속에서, 자아를 버리고 다른 사람을 사랑하는 가운데서 인간의 실존 이유를 발견한 것이다. 하지만 포크너는 오늘날 종교가 사랑을 잃어버렸으며, 사랑이 없는 종교는 더 이상 잃어버린 영혼들을 인도할 수 없음을 발견한다. 『내가 죽어 누워있을 때』에 등장하는 애디의 이웃이자 친구인 코라는 종교적으로 신실하지만 독선적이어서, 그녀로 인해 애디의 소외감은 오히려 더 깊어질 뿐이다. 따라서 일생을 통해 삶의 의미를 추구하며 씨름해온 애디가 성경 구절을 조롱하며 영적인 구원을 부인하는 모습은 불경스럽기보다, 자신의 문제를 해결해주지 못하는 종교의 무력함을 원망하는 것으로 느껴진다. 포크너는 이와 같이 신앙의 상실과 실존적 불안의 틈바구니에서 고통 받는 인간을 살아있어도 죽어있는 상태, 죽어야만 살아나는 애디의 존재를 통해 표현한다. 이 삶 속의 죽음이라는 주제는 앞에서 언급한 바와 같이 포크너에게 고유한 것이 아니라 당시 작가들에게 공통된 관심사였다. 그러나 이 주제를 다룸에 있어서 포크너는 디킨슨이 보여주었던 상식을 뛰어넘는 놀라운 방법으로 죽음을 묘사함으로써, 다른 작가들과 구별되는 독특함과 깊이를 더하고 있다.

Works Cited

김욱동.『모더니즘과 포스트모더니즘』. 서울: 현암사, 1993. Print.

_____.「삶 속의 죽음」.『서강인문논집』9 (1999). 117-50. Print.

김형태.「Dickinson의 Death Poems」.『한신대 논문집』10 (1980). 85-99. Print.

이영걸.「19세기 미시: 19th Century American Poetry」. 서울: 탐구당, 1990. Print.

전대웅.『윌리엄 포크너의 문학세계』. 서울: 한신문화사, 1993. Print.

최연화.「Comparison of Faulkner's Emily and Emily Dickinson」.『영어영문학』10:1 (1991): 47-75. Print.

호머.『오딧세이』. 김병철 옮김. 서울: 혜원출판사, 1993. Print.

Adams, Richard P. *Faulkner: Myth and Motion*. New Jersey: Princeton UP, 1968. Print.

Backman, Melvin. *Faulkner: The Major Years*. Bloomington: Indiana UP, 1966. Print.

Bleikasten, Andre. *Faulkner's* As I Lay Dying. New York: Indiana UP, 1973. Print.

Chase, Richard. *Emily Dickinson*. Westport: Greenwood, 1973. Print.

Derrida, Jacques. *Dissemination*. Chicago: U of Chicago p, 1981. Print.

_____. *Positions*. Chicago: U of Chicago p, 1982. Print.

Dickinson, Emily. *The Complete Poems of Emily Dickinson*. Ed. Thomas H. Johnson. London: Faber, 1970. Print.

_____. *The Letters of Emily Dickinson*. Ed. Thomas H. Johnson. Cambridge: Belknap P of Harvard UP, 1958. Print.

Faulkner, William. *As I Lay Dying*. New York: Lib. of America, 1985. Print.

_____ . Ed. F. J. Hoffman and O. W. Vickery. *William Faulkner: Three Decades of Criticism*. New York: Harcourt, 1960. Print.

Ford, Thomas W. *Heaven Beguiles The Tired*. Alabama: U of Alabama P, 1966. Print.

Johnson, Greg. *Emily Dickinson: Perception and the Poet's Quest*. Alabama: U of Alabama P, 1985. Print.

Kerr, Elizabeth M. "*As I Lay Dying* as Ironic Quest." *William Faulkner: Four Decades of Criticism*. Michigan: Michigan State UP, 1973. Print.

Millgate, Michael. *The Achievement of William Faulkner*. New York: Random House, 1996. Print.

Pickard, John B. *Emily Dickinson: An Introduction and Interpretation*. New York: Rinehart and Winston, 1967. Print.

Tate, Allen. "Emily Dickinson." *Twentieth Century Views Emily Dickinson*. Ed. Richard B. Sewall. New Jersey: Prentice-Hall, 1963. 15-31. Print.

Robert Waggoner. "Vision: As I Lay Dying." *William Faulkner from Jefferson to the World*. Lexington: U of Kentucky P, 1959. 62-87. Print.

Weisbuch, Robert. *Emily Dickinson's Poetry*. Chicago: U of Chicago P, 1975. Print.

Volpe, Edmond L. "*As I Lay Dying*." *A Reader's Guide to William Faulkner: The Novels*. New York: Syracuse UP, 2003. 126-40. Print.

『까라마조프의 형제들』 주인공들의 천국과 지옥 표상 연구

허 선 화

1. 들어가는 말

본 논문은 19세기 위대한 러시아 작가 도스또예프스끼(Ф. М. Дост
оевский, 1821-81)의 마지막 작품 『까라마조프의 형제들』(*Братья Ка
рамазовы*, 1880)에 등장하는 주인공들의 천국과 지옥 표상(表象)에 대
한 연구이다. 도스또예프스끼의 후기 장편소설들에는 전기와 중기 작품
들에는 거의 나타나지 않는 내세에 대한 주인공들의 일련의 표상들이 묘
사된다. 그런데 『까라마조프의 형제들』 이전까지의 작품들에는 일정한
공간으로 표상되는 그 내세가 천국이나 지옥이라고 이름붙일 수 없는 모
호한 특성을 가지고 있다는 공통점이 있다. 『죄와 벌』(*Пр еступление*

---

* 이 논문은 『문학과 종교』 제15권 2호(2010)에 「『까라마조프의 형제들』 주인공들의
  천국과 지옥 표상 연구」로 게재되었음.

и Наказание)의 등장인물 마르멜라도프는 최후의 심판에 대한 비교적 생생한 표상을 가지고 있지만, 그 심판을 받은 영혼들이 어떤 상태에 처해지게 될 것인가, 그들이 어디로 가게 될 것인가에 대해서는 아무런 표상도 가지고 있지 않다. 같은 소설의 또 다른 주인공 스비드리가일로프는 영원, 곧 내세를 거미가 살고 있는 숨 막힐 듯이 답답한 시골 목욕탕으로 표상한다. 그러나 그는 그 내세를 지옥이라고 부르지 않으며, 독자들의 입장에서도 그것이 지옥에 대한 표상이라고 말하기 어렵다.[1] 한편, 『악령』(Бесы)의 주인공 스따브로긴은 '이곳'(здесь)과 대비되는, 달로 표상되는 '그곳'(там)의 공간에 대해 말하는데, '그곳'에서 행한 어떠한 악행도 '이곳'에서는 아무런 의미도, 평가도 갖지 못한다. 스따브로긴은 일반적인 사람들의 논리적 추론과는 반대로, '그곳,' 즉 달을 현세의 지상으로, '이곳'을 내세로 설정하고 있는 듯 보인다. 그런데 내세는 현세의 삶에 대한 아무런 판단도 심판도 행하지 않는 공간으로서 천국과 지옥을 운위하는 것은 그에게는 아무런 의미가 없다.

이러한 주인공들의 내세 표상은 현세를 살아가는 그들의 삶의 자세와 필연적인 연관성을 맺고 있다. 마르멜라도프의 최후의 심판에 등장하는 신은 그에게 최종적인 자비와 긍휼을 베풀어줄 존재로서 그의 삶을 지탱하는 유일한 위안이 된다. 스비드리가일로프의 음울하고 갑갑한 내세는 살아가는 데 필요한 아무런 희망도 의미도 발견하지 못하는 그의 허무주의적인 세계관을 반영한다. 스따브로긴의 내세에 대한 표상은 자신의 삶

---

1) 러시아의 민중적 의식에서 목욕탕은 마술적, 이교적, 반교회적 공간으로 표상된다 (Иванов 114). 스비드리가일로프가 내세를 목욕탕으로 표상한 것은 이러한 민중적 의식을 반영한 것이라 볼 수 있다. 한편, 이슬람교에서는 죽음 후 영혼이 심판을 받기 전에 무덤 속에서 삶을 영위하게 되는데, 장차 지옥에 가게 될 영혼들이 거하게 될 무덤의 공간이 갈비뼈가 으스러질 정도로 좁을 뿐 아니라, 뱀, 전갈, 거미와 같은 것들이 가득 차 괴로움을 줄 것이라고 한다(Murata 202). 이슬람교의 이러한 무덤 속의 삶에 대한 표상과 스비드리가일로프의 내세 표상은 매우 놀라운 유사성을 보이지만, 그 유사성이 우연에 기인한 것인지, 어떤 영향 관계에 의한 것인지는 별도의 연구를 필요로 한다.

에 대한 어떠한 판단과 평가도 거부하는 그의 자의지(自意志)의 산물이라고 할 수 있다. 이렇듯 인물들의 내세 표상은 단순히 그들의 내세에 대한 염원이나 관념을 전달할 뿐 아니라, 현세의 삶에 그들이 부여하는 의미를 밝혀주는 기능 또한 담당하는 것이다.

『까라마조프의 형제들』에 이르러 비로소 천국과 지옥이라는 보다 구체적이고 일반화된 내세 표상이 나타나는 것은 작가의 기독교 신앙이 성숙해가는 과정과 긴밀하게 연관되어 있다.[2] 그것은 말년에 이르러 기독교적인 내세에 대한 작가의 관심이 점증하는 하나의 증거로 볼 수도 있을 것이다. 이 작품의 다양한 주인공들의 천국과 지옥에 대한 표상이 성경과 기독교적 전통에 많이 의존하고 있는 것도 같은 맥락에서 해석할 수 있을 것이다.

이 작품에 나타나는 천국과 지옥의 표상은 작가의 것이 아니라, 주인공들의 것이다. 그것은 서구 문학 사상 천국과 지옥에 관한 가장 탁월한 문학적 형상화라 할 수 있는 단테(Dante)의 『신곡』(*The Divine Comedy*)이나 밀턴(Milton)의 『실락원』(*The Paradise Lost*) 과 이 작품이 갖는 가장 주된 차이점이다. 단테와 밀턴의 작품에서 묘사되는 천국과 지옥(단테의 경우는 연옥까지 포함하여)은 시인들의 내세에 대한 표상이다. 그러나 『까라마조프의 형제들』에서 천국과 지옥은 주로 주인공들의 말이나 꿈속에서 묘사됨으로써 작가가 아닌 그들의 내세에 대한 표상을 드러낸다. 이 작품의 주인공들의 천국과 지옥에 대한 표상은 그들의 믿음, 혹은 불신을 직접, 혹은 간접적으로 드러낸다. 특히 그것은 기독교 신앙과 관련하여 그들의 믿음과 불신의 문제를 제기하는 여러 차원들 중의 하나로서 기능한다. 이 논문에서는 이러한 주인공들의 천국과 지옥에 대한 표상을 구체적

---

2) 도스또예프스끼가 시베리아 유형에서 돌아온 후 1860년대부터 그의 작품들에는 기독교적인 주제들이 등장하기 시작하며, 시베리아에서 경험한 그의 '회심'의 징후들이 곳곳에서 드러나고 있다. 그의 기독교 신앙의 성숙은 민중들이 받아들인 다분히 이중신앙적인 혼합된 종교에서 점차 정통적인 정교회 신앙으로의 움직임으로 특징지을 수 있다.

으로 분석하고 그것이 그들의 믿음과 불신의 문제와 어떻게 연관되는지를 중점적으로 고찰해 보고자 한다.

2. 지옥의 표상

2. 1. 믿음이 없는 자들의 지옥 표상

이 작품에서 지옥의 표상은 천국의 표상에 비해 압도적으로 많이 묘사된다. 매우 다양한 주인공들이 각기 다른 상황 속에서 지옥에 대해 말을 하는데, 그 주인공들을 크게 믿음이 없는 자들과 믿는 자들로 분류할 수 있다. 여기서 말하는 믿음이란 지옥의 실재와 그에 대한 기독교의 가르침에 대한 믿음을 의미한다. 믿음이 없는 자들은 지옥의 실재를 부정하거나 최소한 긍정하더라도 지옥이 심판과 고통의 장소라는 기독교의 가르침을 받아들이지 않는다. 그들의 지옥 표상과 그들이 지옥을 부정하는 근거가 무엇인지 구체적으로 살펴보도록 하겠다.

이 작품에서 지옥에 대해 제일 먼저 말을 꺼내는 인물은 표도르 까라마조프이다. 그는 막내아들 알료샤가 수도원으로 들어가기를 원한다는 것을 알게 되자마자 이 주제를 곧바로 언급한다. 그는 "언젠가 누가 나를 위해서 기도해줄까?"를 늘 생각해 왔다면서 알료샤에게 죄 많은 자신을 위해 기도해 줄 것을 부탁한다. 그리고는 그가 평소에 품고 있던 지옥에 대한 생각을 이야기한다. 자신을 위한 기도를 알료샤에게 부탁하고 이어 지옥에 대해 이야기하는 것은 그가 죽음 이후 찾아올 자신의 영혼의 운명에 대해 최소한 관심을 가지고 있다는 것을 추정하게 한다. 지옥에 대해 생각하면서 그는 구체적인 하나의 사물에 매우 집착하고 있는데, 그것은 악마들이 죽은 자를 끌고 가는 갈고리(ключья)에 대한 것이다. 그의 논리는 이렇다. 만약에 악마들이 갈고리로 죽은 영혼을 끌고 간다면, 그 갈고리는 어디선가 만들어져야 할 것이고, 그렇다면 지옥에 대장간 같은 것이 있어야 한다. "갈고리라? 그것이 어디서 났을까? 무엇으로 만들어졌을까? 쇠인가? 그것을 어디서 벼릴까? 거기에 무슨 대장간이라도 있단 말이야?"(14, 23).[3] 또한 그 갈고리를 걸어 둘 천장이 있어야 하는데, 그에게는 지옥에 천장이 있다는 것이 도무지 수긍이 가지 않는다는 것이다. "나는 지옥을 믿을 용의는 있지만, 천장만은 없는 게 좋겠어"(14, 23). 그러나 만약 천장이 없다면 갈고리도 없는 것이고, 그렇다면 그를 지옥으로 끌고 갈 도리가 없어지고 마는 것이다. 그러나 그와 같이 파렴치한 죄인을 끌고 가지 않는다면, 이 세상에 진리란 존재하지 않는 것이 되어 버리므로, 결국 그 한 사람 때문에라도 갈고리를 발명해 내야만 한다(Il faudrait les inventir)는 것이다.

표도르의 지옥에 대한 이 말은 그의 언어를 특징짓는 엉뚱한 궤변과 조롱으로 가득 차 있다. 결국 그는 지옥이 있다는 것을 믿는다는 것인지, 지옥이 없다고 생각한다는 것인지 독자는 혼동에 빠지고 만다. 갈고리 이야기는 도대체 어디에서 온 것인지, 그가 들은 것인지, 혹은 그의 상상 속에서 그려낸 것인지도 분명치 않다.[4] 그는 지옥이라는 심각한 주제를 진지한 맥락에서 다루지 않는다. 결국 그는 지옥에 대한 황당한 이야기로 사람들을 현혹하는 수도사들을 조롱하기 위해 이 말을 하고 있는 것은 아닌가 하는 의구심마저 들게 한다. 도대체 이 말을 하는 표도르의 진의는 무엇일까?

표도르는 나름대로 해결을 원하는 내면의 갈등을 가지고 있는 인물이지만 어떠한 상황에서도 진지한 맥락에서 자신을 드러낼 수 없는 인물이

---

3) 본문 인용은 총 30권으로 된 도스또예프스끼 전집에 의거하기로 하겠다. 숫자는 권과 페이지를 의미한다.

4) 12세기 영국의 오웨인 경(Sir Owayn)경이 『성 패트릭의 연옥』(St Patrick"s Purgatory)에서 묘사하고 있는 지옥의 장면에는 악마들이 갈고리 같은 것을 이용하여 죽은 자를 끌고 간다는 내용이 나온다(Spencer 195-96). 이를 볼 때, 중세인들의 관념 속에 이러한 지옥에 대한 표상이 존재하고 있었음을 짐작할 수 있다.

다. 그는 사람들을 혼동시키는 궤변으로 그의 마음의 고민을 은폐시키는 데 귀재이다. 그럼에도 불구하고 그는 지옥은 있는가 없는가, 있다면 그곳은 어떤 곳인가라는 문제로 괴롭힘을 당하고 있다. 다만 그에게는 자신의 괴로움을 직면하고 사람들 앞에서 드러낼만한 정직함이 결여되어 있는 것이다. 그는 자신이 가장 아끼고 사랑하는 막내아들 앞에서조차 솔직하게 자신의 내면의 갈등을 보여주지 못한다. 그는 고통당하고 있는 그의 내면을 숨기고 포장하기 위해 이런 혼돈스런 궤변을 사용하여 희화적으로 표현하고 있는 것이다. 나름대로 심각한 그의 고민은 이렇게 우스꽝스러운 농담의 형식으로 비뚤어져 노출되고 있다.

표도르는 자신이 얼마나 파렴치한 죄인인지 잘 알고 있다. 따라서 그는 지옥을 부정하지는 못한다. 왜냐하면, 그와 같은 파렴치한을 끌고 가서 벌해야 할 곳이 반드시 필요하다는 것을 그가 논리적으로 인정하고 있기 때문이다. 악마, 갈고리로 표상되는 지옥은 형벌의 장소임이 분명하다. 그는 자신의 죄에 대한 처벌이 필요하다는 것을 인정하고 있으며, 그 스스로의 양심이 그것을 요구하고 있다. 그러나 동시에 그는 사람들이 흔히 생각하는 지옥의 존재를 믿는 것에 이성적으로 어려움을 느낀다. 갈고리와 천장, 대장간 등에 대한 그의 혼란스런 말은 결국 그런 지옥을 믿는다는 것이 얼마나 비합리적인지를 논증하고자 하는 시도이다.

그는 지옥에 대한 구체적인 표상을 거부한다. 갈고리나 대장간, 천장 등은 지옥을 묘사하는 디테일들로서 지옥에 대해 구체적으로 표상하기 시작하면 더더욱 그 지옥의 실재를 믿기가 어려워진다는 것을 표도르는 궤변으로써 보여준다. 그에게서는 두 개의 논리가 충돌하고 있다. 그것은 지옥은 죄인을 벌하기 위해 반드시 필요한 것이라는 논리와 실제로 어떻게 죄인에 대한 처벌이 이루어질 것인지를 신빙성 있게 구체화할 수 없다는 논리이다. 그는 지옥은 있는가, 없는가, 있다면 그곳이 어떤 곳인가, 죄의 처벌을 어떤 식으로 내려질 것인가의 문제를 해결하고 싶어하지만 과연 지옥이 있는지, 없는지 그 어떤 쪽으로도 확신하지 못한다. 그래서 그는 "내세가 어떤 곳인지 확실히 알게 되면, 그곳에 가기가 더 쉬워질 것"(14, 24)이라고 말하며 알료샤에게 알아와 달라고 부탁한다.

형벌에 대한 의식이 표도르의 내면 깊숙이 잠재해 있다는 것은 그가 스메르쟈꼬프에게 "그런 거짓말을 하면 지옥에 곧바로 떨어져 양고기처럼 불에 구워지게 될 게다"(14, 118), "네가 파문당했다고 지옥에서 너의 머리를 쓰다듬어 주지는 않아"(14, 120)라고 말하는 대목에서도 잘 드러난다. 그러나 이런 형벌에 대한 의식, 그로 인한 불편한 감정을 표도르는 철저하게 직면하려 하지 않는다. 이따금 벌레처럼 그의 마음의 평온을 갉아먹는 이러한 미해결의 과제를 결국 그는 끝까지 죄를 짓고 살겠다는 식의 고집으로 덮어버린다. 드미뜨리가 자기를 찾아와 죽이지는 않을까하는 걱정을 알료샤에게 토로하면서 표도르는 그의 인생관이라 할 만한 것을 말해준다.

> 나는 나의 추악 속에서 끝까지 살고 싶은 거야. 이 점을 네가 알았으면 좋겠다. 추악 속에 사는 게 더 달콤하거든. 다 그것을 욕하지만 모두 그 속에서 살고 있지 않느냐 말야. 모두들 몰래, 나는 공공연히 한다는 점만 다른 거지.... 알렉세이 표도로비치, 나는 너의 천국에 가고 싶지 않아. 이 점도 알아두어라. 천국이 있다고 해도 점잖은 사람이 너의 천국 같은 데 간다는 것도 격에 맞지 않지. 내 생각에는 눈을 감으면 깨어나지 못하는 거야. 아무 것도 없는 거지. 원하면 내 명복을 빌어줘도 좋지만 싫으면 맘대로 하렴. 이게 내 철학이다. (14, 157-58)

표도르는 더 이상 천국과 지옥이 있는지, 그곳이 어떤 곳인지에 대해서 관심을 갖지 않으려 한다. 그가 내세에 대한 문제를 해결한다면 그는 그에 따라 자신의 삶을 조정해야 한 하기 때문이다. 그는 결코 그럴 마음이 없다. 그는 추악한 삶을 포기할 의사가 전혀 없으며, 죄에 대한 그의 욕망은 형벌에 대한 두려움보다 더 강한 것으로 판명된다. 그는 이런 식으로 그의 내적 갈등을 스스로 해결하고 있다. 내세가 없다는 것을 그가 확신해서가 아니라, 없기를 바라기 때문에, 있다고 해도 현재의 삶의 방식을 버리고 싶지 않기 때문에 '아무 것도 없다'(ничего нет)는 결론을 내려 버린 것이다. 내세가 없다는 그의 결정은 죄를 계속 짓는 그의 삶을 정당화시키고 자신의 양심을 달래기 위한 고육지책이자, 계속 죄를 짓고 살겠다는 일종의 결단의 표현이라 할 수 있다. 이렇게 그는 자신의 불신을 끝까지 고집하고 있다. 아이러니컬하게도 알료샤와의 이 대화는 그와 알료샤의 마지막 대화가 된다. 바로 그 날 밤 자신의 삶이 마감될 줄도 알지 못한 채, 그는 하늘이 보내 준 '천사' 앞에서 그의 불신앙의 '신앙고백'을 한 셈이 되어 버린 것이다.

표도르의 궤변과 노골적이고 악의적인 지옥의 부정은 그의 사생아인 스메르쟈꼬프에게 대물림된다. 그러나 스메르쟈꼬프의 지옥 부정은 지옥의 실재에 대한 부정이 아니라, 지옥의 형벌에 대한 부정이다. 그의 논리는 적의 포로가 되어 기독교 신앙을 버리고 회교로 개종하지 않으면, 사형에 처하겠다는 협박을 받고서도 끝까지 신앙을 지킨 한 러시아 병사에 대한 이야기로 시작된다. 그가 펼치는 논리는 이렇다. 만약 그 병사가 그리스도의 이름과 자기의 세례를 부인한다 하더라도 그것은 전혀 죄가 되지 않을 것이다. 왜냐하면 그가 그것을 부인하려고 생각하자마자 그 찰나의 순간에 이미 그는 파문되어 버릴 것이기 때문이다. 따라서 그가 그런 말을 한다 해도 그는 이미 기독교인이 아니므로 그가 그리스도를 배반한 것은 아니라는 것이다. 그렇기 때문에 내세에서 기독교인도 아닌 그에게 그리스도를 배반했다고 문책하는 것은 공정하지 못하다는 것이다.

스메르쟈꼬프의 이 역설적인 논리는 논리의 완벽한 패러디다(Morson 89). 그의 논리를 반박하는 것은 어렵지 않다. 스메르쟈꼬프는 자신의 논리 속에서 말과 생각을 분리시켜 말에 대한 죄만을 인정하고 생각에 대한 죄는 인정하지 않는 교묘한 은폐를 수행한다. 어떤 사람이 마음으로, 즉 생각 속에서 자신의 신앙을 부정했다면 이미 그 순간에 그는 죄를 지은 것이다. 파문 당한다는 것은 그 죄가 얼마나 중차대한 것인가를 증명하는 절차인 것이다. 그런데도 스메르쟈꼬프는 그 생각의 죄를 은폐시킨다. 그리고 죄를 정당화할 수 있는 논리를 고안해낸다. 이런 식의 논리라면 어떠한 죄도 정당화시키는 것이 가능할 것이다. 스메르쟈꼬프의 이 억지 논리는 논리라는 것이 목적을 위해 얼마든지 악용될 수 있다는 것을 여실히 보여준다. 그런데 무엇 때문에 스메르쟈꼬프는 이런 억지 논리를 써서 죄와 지옥의 형벌을 부정하는 것일까?

그것은 참된 믿음을 가질 수 없다는 스메르쟈꼬프의 깊은 절망에서 비롯된 것이다. 그는 어느덧 배교에 대한 이야기가 병사의 이야기가 아니라 자신의 이야기라도 되는 듯 '나'(я)라는 인칭 대명사를 사용하여 말한다. 그는 마치 무의식적으로 병사의 입장이라면 자신이 행할 행동에 대하여 변호라도 하는 듯하다. 이어지는 말에서 그는 겨자씨 한 알만한 믿음이라도 있다면 산을 명하여 바다에 던질 수 있으리라는 성경 말씀을 인용하면서, 그런 믿음을 가진 사람이 얼마나 되는가를 질문한다. 어차피 그런 믿음을 가진 사람이 이 세상에 한 두 사람에 지나지 않는다면,[5] 하나님이 나머지 모든 인류를 다 저주하실 리는 없으므로 만약 그에게 의심이 있다 하더라도 그는 용서를 받을 수 있을 것이다. 그리고 만약 그에게 산을 옮길만한 믿음이 없다면, 그는 어차피 완전한 천국에 도달할 수 없을 것이고, 천국에 가더라도 그의 믿음을 인정하여 그다지 큰 상을 줄 것 같지도 않으므로 그런 보잘것없는 믿음을 지키기 위해 목숨을 걸 필요까지는 없다는 것이다.

스메르쟈꼬프의 이런 교묘한 논리는 표도르의 경우와 마찬가지로 믿

---

5) 스메르쟈꼬프는 이집트의 사막 같은 곳에서 비밀스럽게 구도(求道)의 삶을 살고 있는 은둔자들에게는 그런 믿음이 있을 수도 있다는 가능성을 인정한다.

을 수 없는 그의 고뇌를 다른 사람들로부터 은폐하기 위한 장치이다. 그는 자신이 참된 믿음을 가질 수 있으리라는 가능성에 대해 극단적으로 회의적이다. 그는 자신의 의심이 믿음으로 가는 길을 방해하고 있음을 잘 알고 있다. 그러나 그는 그것이 스스로 어찌해 볼 도리가 없는 숙명적인 것이라고 생각한다. 그는 자신을 이교도인 따따르인과 동일시하여 마치 자신의 불신이 태생에서부터 비롯된 것인 양 변명한다. "하늘에서도 그가 기독교인으로 태어나지 못했다고 해서 그 때문에 그를 벌하겠습니까?"(14, 119). 스메르쟈꼬프 역시 표도르처럼 형벌에 대한 잠재의식으로 고통 받고 있지만, 그는 자신의 불신과 의심이 자신의 책임이라는 것을 도저히 받아들일 수 없다. "그가 더러운 부모에게서 태어났다 해도, 그에게는 그에 대해 아무런 잘못도 없는 것을 고려한다면"(14, 119). 따라서 참된 믿음을 가질 수 없는 데 대한 책임을 받아들이지 않기 위하여 그는 자신의 불신을 정당화하는 논리를 만들어낸 것이다. 지옥의 형벌을 부정하는 그의 논리는 이렇듯 믿음이 없는 상태를 고집하고 자신의 책임성을 거부하는 삶의 태도에서 탄생한 것이다.

표도르의 둘째 아들인 이반은 표도르가 묻어두고 직면하지 않으려고 하는 형이상학적이고 종교적인 궁극적인 문제들로 고통 받는 '사상의 순교자'이다. 지옥에 대한 그의 논의는 제5권 "Pro и Contra"에 묘사된 알료샤와의 대화에서 전개된다. 이반은 어린 아이들이 당하는 불합리한 고통에 대한 실례들을 생생하게 그려 보인 후, 그에게는 '징벌'(возмездие)이 필요하다고 말한다. 그러나 그는 그 징벌이 "어딘가, 언젠가 무한 속에서 이루어지는 것이 아니라, 여기, 이 지상에서, 내가 볼 수 있도록"(14, 222) 이루어질 것을 요구한다. 이반이 여기서 '어딘가, 언젠가 무한 속에서'라고 말하는 것은 그가 지옥의 형벌에 대한 기독교의 교리를 염두에 두고 있음을 시사한다. 그는 현세에서 인간이 행한 죄악에 대해 지옥에서 형벌을 받을 것이라는 기독교의 가르침을 거부한다. 그것은 형벌의 근거를 약화, 혹은 무효화시킴으로써 지옥의 형벌을 부정하는 스메르쟈꼬프의 논리와는 다른 이데올로기적인 입지에서 비롯된 것이다. 스메르쟈꼬프는 지옥이 형벌의 장소임을 인정하지만, 그곳에서 자신을 벌할 아무 논리적 근거가 없음을 논증함으로써 지옥의 의미를 부정한다. 이반은 형벌의 장소로서의 지옥 자체를 부정한다. 그는 이 지상에서 모든 정의가 행해지기를 원하며 요구하기 때문이다. 따라서 정의의 실현을 내세로 넘겨버리는 것은 그로서는 용납할 수 없는 일이다.

이반이 지옥을 부정하는 또 하나의 이유는 지옥이 아이들의 고통을 보상해 줄 수 없을 뿐 아니라, 그곳이 또 다른 고통의 장소가 되기 때문이다. 그는 "무엇 때문에 내게 학대자들을 위한 지옥이 필요하단 말인가?"(14, 223)라고 질문한다. 이미 아이들이 고통을 당한 후에 지옥은 아무 것도 바꿀 수가 없다는 것이다. 그는 보복을 통해 아이들의 고통이 보상될 수 없다고 말하면서 지옥의 형벌이 무용함을 토로한다. 이러한 이반의 논리는 바로 앞서 그가 제기한 징벌의 요구와 모순된다. 지옥에서의 보복이 고통에 대한 보상이 되지 못한다면, 지상에서의 징벌 또한 아무런 보상이 될 수 없는 것이다. 이반은 그런 자신의 모순을 인식한 듯 "무엇으로 그것을 (아이들의 눈물―필자) 보상한단 말인가? 그것이 과연 가능할까?"(14, 223)라고 울부짖는다. 그는 이어 "지옥이 있다면 무슨 조화라는 게 있겠어? 나는 용서하고 싶고 포옹하고 싶어. 나는 더 이상 사람들이 고통당하는 것을 원치 않아"라고 말한다. 앞서 '미래의 조화'를 거부했던 이반은 바로 그 조화의 이름으로 지옥을 부정한다. 그는 기독교적 세계관이 '미래의 조화'라는 발판 위에 세워져 있다고 단정한다. 아이들의 고통도 그 미래의 조화를 위한 밑거름이라는 것이다. 그는 그런 조화를 거부하면서, 동시에 조화를 목적으로 삼으면서 지옥을 운운하는 기독교의 모순을 지적하고 있다. 물론 이 기독교는 실제의 기독교가 아니라, 이반이 이해하는 그의 논리 속에서 재구축된 기독교이다. 이반은 지옥이 형벌의 장소이자 고통의 장소라는 기독교적 지옥 표상을 역시 부정한다. 왜냐하면 그는 고통에 대한 해소될 수 없는 아픔을 지니고 있는 인물이며, 그가 진정 원하는 것은 고통의 소멸이기 때문이다. 그는 한마디로 그 누구도 고통당하기를 원치 않는다. 그가 원하는 세계는 어떤 고통도 없는 세계이다. 그것은 현세나 내세나 마찬가지다. 따라서 그는 고통이 현존하는 현세도, 그 고통이 지속되는 지옥도 모두 거부할 수밖에 없다. 그가 신이 아닌 '신의 세계'를 받아들이지 않는 궁극적인 이유가 바로 여기에 있다. 그는 고통 때문에, 최소한 고통을 창조하지는 않았을지라도 고통을 인간에게 허용하는 신에게 불만을 품고 있으며, 고통이 제거되지 않은 세계를 수용할 수 없는 것이다. 그가 영원한 고통의 장소인 지옥을 수용하지 않는 것은 너무나 당연한 논리적 귀결이다.

고통의 소멸을 원하는 이반의 염원은 『대심문관 전설』(*Великий инквизитор*)로 구현된다. 거의 독백으로 이루어진 예수와의 대화에서 이반의 또 다른 자아라 할 수 있는 대심문관이 구상하는 세계는 일체의 고통이 제거된 세계이다. 그 전설에 대한 장광설을 시작하면서, 이반은 서문 격으로 「성모의 지옥 편력」("Хождение богородицы по мукам")에 대해 이야기한다. 그 이야기를 소개하면서 이반은 그것이 "단테보다 못지 않은 대담한 장면들을" 포함하고 있다고 말한다. 그것은 "성모가 지옥을 방문해서 대천사장 미카엘의 안내를 받아 지옥을 편력하는" 내용을 담고 있는 극시이다. 이반은 극시의 내용을 매우 간결하게 압축하고 있어 구체적으로 지옥 속에서 죄인들이 당하는 고통이 어떤 것들인지 자세히 묘사하지 않는다. 이는 앞서 어린 아이들이 당하는 고통을 자연주의적으로 지나치게 세밀할 정도로 묘사했던 것과는 사뭇 대조적이다. 이는 이 이야기를 하는 이반의 의도가 앞의 이야기를 했을 때와는 다른 것이기 때문이다. 그는 오직 하나의 디테일에 집중하고 있는데, 그것은 "불타는 호수" 속에 빠져 더 이상 떠오르지 못하는 죄인들에 대한 것으로서 극시는 그들을 "이미 신이 잊어버린 자들"이라고 표현하고 있다. '불타는 호수'는 성경에서 지옥을 묘사하는 데 사용되는 이미지로서,6) 『신곡』을7) 비롯한 많은 문학 작품들에서도 지옥의 대표적인 표상으로 사용되어져 왔다.

그러나 이 극시의 내용은 성경과는 전혀 관련성이 없는 것이다. 이야기의 줄거리는 다음과 같다. 죄인들이 불타는 호수에 빠져 고통당하는 모습을 본 성모가 너무나 충격을 받고 울면서 하나님의 보좌 앞에서 모든 지옥의 죄인들에게 자비를 베풀어 주실 것을 간구한다. 처음에는 성모의 간구를 물리친 하나님은 결국 모든 성자들, 순교자들, 천사들, 대천사들이 성모와 함께 간구하자, 마침내 매년 성금요일에서 성령강림절까지 모든 죄인들에게 고통을 중지시킬 것을 허락한다. 성경에는 전혀 나오지 않고 성경의 내용과는 오히려 모순되는 이 이야기는 자비로운 성모에 대한 민중들의 종교적 의식을 잘 반영하고 있다. 민중의 의식 속에서 성모의 자비는 너무 커서 지옥의 고통조차도 경감시킬 수 있는 힘을 가지고 있는 것이다. 이반이 이 극시의 내용을 알료샤에게 들려주는 이유는 명백하다. 그는 반드시 고통은 소멸되어야 한다는 자신의 관념을 이 극시에 투영시키고 있다. 그는 영원한 고통의 장소로서의 지옥을 받아들일 수 없기에 고통의 소멸까지는 아니더라도 고통을 일부 경감시키는 내용을 담고 있는 극시를 자신의 작품의 서문으로 사용하고 있는 것이다. 이반의 지옥 표상은 이렇듯 인간의 고통에 대한 그의 풀릴 길 없는 고뇌의 프리즘을 통해 형성된다. 인간의 고통은 그의 불신을 정당화시키는 근본적인 원인으로서 그의 지옥 부정 역시 같은 맥락에서 이해될 수 있다.

---

6) "누구든지 생명책에 기록되지 못한 자는 불못에 던지우더라"(계 20:15).
7) 「지옥 편」 21곡에서는 지옥 제 8옥의 다섯 번째 구덩이에 있는 부글부글 끓고 있는 역청에 잠겨 고통당하고 있는 죄인들이 묘사되고 있다(단테 상 133).

2. 2. 믿는 자들의 지옥 표상

표도르와 스메르쟈꼬프, 이반이 이 소설에서 불신앙을 대표하는 인물들이라면 조시마와 알료샤, 드미뜨리, 그루센까 등은 믿음의 편에 서 있는 인물들이다. 이들의 믿음이 모두 정통적인 기독교 교리의 테두리에 반드시 머무는 것은 아니지만, 그들은 지옥의 실재를 믿을 뿐 아니라, 지옥에 대한 기독교의 가르침을 긍정한다. 이들 중 조시마는 그의 유훈에서 특별히 한 부분을 할애하여 지옥과 지옥의 불에 대한 자신의 생각을 표현한다. 그는 "지옥이란 과연 무엇인가?"라는 질문에 대해 "더 이상 사랑할 수 없는 것에 대한 고통"(14, 292)이라고 답한다. 그의 지옥 표상은 공간적인 암시를 전혀 담고 있지 않다. 그는 오로지 지옥에 있는 영혼들의 상태에만 관심을 집중시킨다. 그 영혼들은 단 한번 주어진 "활동적이고 생명력 있는 사랑의 순간", 즉 지상의 삶을 허비해 버리고, 그 가치를 경시했기 때문에 죽음 후에 그것을 후회하지만 이미 더 이상 기회는 주어지지 않는다. 영구히 사라져버린 기회, 그로 인한 회한과 고통이 조시마가 이해하는 지옥의 고통의 본질이다.

조시마는 전통적인 지옥 불에 대한 표상에 대해서 회의적이다.

> 사람들은 지옥의 물질적인 불에 대해 이야기한다. 나는 그 비밀을 연구할 마음이 없고 두렵기도 하다. 그러나 그 불이 물질적인 것이라면, 나는 오히려 진심으로 그것을 기뻐할 것이다. 왜냐하면 물질적인 고통 속에서 단 한 순간이라도 가장 무서운 이 정신적인 고통이 그것에 의해 잊혀질 것이기 때문이다. (14, 293)

조시마의 이 말은 때때로 그의 신앙의 정통성에 대해 의문을 제기하게끔 하는 근거로 이용되기도 한다. 그러나 그는 물리적인 지옥의 불을 부정하는 입장이 아니라, 다만 그것에 대한 자신의 회의를 표명하고 있을 뿐이다.[8] 그는 지옥의 불이 상징적인 의미를 가지고 있을 가능성을 열어 두고 있는 것이며, 이 문제에 대해 유보적이고 조심스러운 입장을 견지한다. 그의 의도는 재차 지옥의 고통의 본질이 물리적인 것이 아닌 정신적인 것임을 강조하는 데 있다. 비록 지옥에 물리적인 의미의 고통이 존재하더라도 정신적인 고통은 그것을 훨씬 능가하는 것이다.[9] 그는 이러한 정신적인 고통을 제거하는 것은 불가능하다고 말한다. "이 정신적인 고통을 그들에게서 제거하는 것은 불가능하다. 왜냐하면 이 고통은 외적인 것이 아니라, 그들 내부에 있는 것이기 때문이다"(14, 293). 이러한 지옥의 고통에 대한 조시마의 인식은 이반의 인식과는 사뭇 상반된다. 이반이 관심을 기울이는 것은 지상에서의 고통이나 내세의 고통이나 모두 물리적인 성격을 띤다. 따라서 그는 그 고통을 제거하기를 원하며 마땅히 제거해야 한다고 생각한다. 그러나 조시마는 고통의 본질이 정신적인 데 있기 때문에 그것의 제거가 불가능함을 말함으로써 이반의 주장에 정면으로 맞선다. 조시마에 따르면, 지옥의 고통은 어떤 식으로든 소멸시킬 수도, 경감시킬 수도 없기 때문에 이러한 조시마의 지옥 표상은 이반의 것보다 더 비극적이라고 말할 수 있을 것이다.

조시마는 지옥에 있는 사람들 가운데 이런 정신적 고통에도 굴하지 않고 끝까지 교만을 꺾지 않는 이들에 주목한다.

---

8) 지옥을 죄인들의 영혼이 거하는 특정한 공간이 아닌 죄인들의 영혼의 상태라고 믿었던 교부 닛사의 그리고리 (Григорий Нисский)는 지옥 불 역시 물질적인 것이 아니라고 주장했다(Макарий 365). 따라서 지옥 불의 물질성을 부정하는 것이 신앙의 정통성을 판단할 기준이 된다고 볼 수는 없을 것이다.

9) 요한 크리소스톰(St. John Chrysostom), 성 그리고리(St. Gregory the Great)등의 기독교 초대 교부들이나 토마스 아퀴나스(St. Thomas Aqinas)등 중세 신학자들은 지옥의 고통을 '상실의 고통'과 '감각의 고통'으로 구분한 바 있는데, 전자는 하나님의 영광스런 임재와 영원한 기쁨과 복락으로부터 분리되는 것을 의미한다. 회복될 수 없는 그 상실이 주는 고통은 감각이 겪는 모든 고통보다 비교할 수 없이 더 큰 것으로 이해되었다(Patrides 220). 지옥의 고통에 대한 조시마의 이해는 이러한 교부 전통의 거대한 흐름 가운데 위치한 것으로 해석할 수 있을 것이다.

오, 지옥에는 논쟁의 여지가 없는 지식을 알고 반박할 수 없는 진리를 관조하고 있음에도 불구하고 교만하고 광포한 채로 머무는 이들이 있다. 그들은 사탄과 오만한 영에 완전히 자신을 맡긴 무서운 이들이다. 그들에게 지옥은 이미 자발적이며 성에 차지 않는 것이다. 그들은 이미 자발적인 수난자들이다. 왜냐하면 그들은 자신을 스스로 저주했으며, 하나님과 삶을 저주했기 때문이다. .... 그들은 영원히 만족할 줄 모르며 용서를 거부하고 그들을 부르는 하나님을 저주한다. 그들은 살아계신 하나님을 증오 없이는 바라보지 못하며 생명의 하나님이 없어지기를, 하나님이 자기 자신과 모든 그의 피조물을 없애버리기를 요구한다. 그들은 자신의 증오의 불 속에서 영원히 타오르며 죽음과 비존재를 갈망할 것이다. 그러나 죽음을 얻지 못할 것이다. (14, 293)

조시마는 이런 사람들을 지옥으로 보내는 주체가 하나님이 아니라, 그들 자신이라고 말한다. 그들은 교만과 하나님과 삶에 대한 증오 때문에 스스로 지옥을 선택했다는 것이다. 그들은 생명과 존재를 증오하기 때문에 지옥에서도 지속되는 존재의 소멸을 원하나 그것은 불가능한 것이다. 지옥에서는 고통이 소멸되지 않는 것과 마찬가지로 존재도 소멸되지 않는다. 그들이 존재의 소멸을 원하는 것은 지옥의 고통을 견딜 수 없어서가 아니라, 존재 자체에 대한 증오 때문이다. 단테의 「지옥편」에도 지옥의 형벌을 경멸하며 "살아있었을 때처럼 죽어서도" 신의 의지에 맞서는 인물들이 등장한다. 그들은 어떤 상황에서도 꺾어지지 않는 의지를 통해 인간의 자유의지의 가장 극단적인 형태를 예시적으로 보여준다(김운찬 69-72).

조시마의 지옥 표상은 단테가 그려 보이는 지옥만큼이나 매우 비극적이고 음울하다. 그가 지옥에 대해 이야기하는 내용은 단 두 페이지에 불과하고 구체적인 묘사도 전혀 없다. 그러나 그는 그 말 속에서 지옥에서의 존재 형태와 그곳에서 겪는 고통이 지상의 삶에 의해 결정되는 것이며, 지옥에서는 아무 것도 되돌릴 수 없다는 강력한 사상을 전달한다. 조시마는 이러한 지옥에 대한 유훈을 남김으로써 사랑할 수 있는 기회로서

단 한 번 주어진 삶이 얼마나 소중한 것인지, 하나님과 삶, 존재를 사랑하는 것이 얼마나 중차대한 것인지를 믿는 자로서 증언하며 깨우쳐 준다.

이 소설의 여주인공인 그루셴까가 알료샤에게 해 주는 이야기 가운데도 지옥에 대한 내용이 나온다. 그것은 그녀가 부엌에서 일하는 마뜨료나 할멈에게 어릴 때 들은 우화의 내용이다. 그 이야기의 내용인즉, 맘씨가 고약한 한 노파가 죽은 후 악마들이 그녀를 불타는 호수에 던져 넣었는데, 그녀의 수호천사가 하나님에게 생전에 그녀가 파 한 뿌리를 적선한 일을 고했다고 한다. 그러자 하나님은 그 파를 노파에게 내밀어 그것을 잡고 불타는 호수에서 나오도록 했는데, 그 파를 붙잡고 나오던 노파가 다른 죄인들도 그 파에 매달리자 그들을 발로 걷어차다가 파가 끊어져 다시 불타는 호수에 떨어지고 말았다는 것이다.[10] 이 이야기는 매우 민중적인 지옥에 대한 표상을 풍부히 담고 있다. 그루셴까가 그것을 부엌에서 일하는 할멈에게서 들었다는 사실부터가 그 이야기가 민중적인 의식을 담고 있음을 말해준다. 이 이야기에 나오는 불타는 호수는 이반의 「성모의 지옥 편력」에 이미 나타난 바 있다. 그 불타는 호수에서 나올 가능성이 있다는 내용 역시 「성모의 지옥 편력」과 유사하다. 이는 민중들의 의식 속에 지옥의 형벌을 면할 수 있는 가능성에 대한 염원이 강하게 자리하고 있음을 시사한다. 파 한 뿌리라는 디테일은 단 하나의 선행이라도 죄인을 지옥에서 천국으로 인도할 수 있으리라는 낙관적인 민중의식을 반영한다 (Бузина 80).

그러나 실제로 그런 일은 일어나지 않는다. 노파는 살아있을 때와 마찬가지로 오로지 자기만을 생각하는 이기적인 태도를 조금도 버리지 못한다. 그 결과 지옥을 벗어날 수 있는 절호의 기회를 놓치고 만다. 이 이야기는 민중들의 기대와는 반대로, 지옥에서 실제적인 변화는 불가능하다는

---

10) 파에 대한 전설은 러시아의 민담 수집가인 아파나시예프(А. Афанасьев)의 선집에도 등장하며 소러시아에서는 그 변이형도 발견된다(Бузина 79).

역설적인 교훈을 담고 있다. 이는 지옥에서는 더 이상 사랑할 가능성이 없다는 조시마의 유훈의 내용과 일맥상통한다. 살아있을 때 사랑을 실천하지 않은 사람이 내세에서 사랑을 행할 수 있으리라는 것은 실질적으로 불가능하다는 것이다.

그루셴까는 이 이야기를 하면서 자신을 심보 고약한 노파와 동일시한다. 그녀는 자신이 행한 선행을 파 한 뿌리에 불과하다고 하면서 그것이 아무 것도 아니라고 일축한다. 그루셴까는 자신의 선행을 자랑하려 하지 않을뿐더러, 그것에 기대어 사람들의 인정이나 더구나 하나님의 인정을 받으려는 기대를 품지 않는다. "나를 칭찬하지 말아줘요, 알료샤. 나를 착하다고 생각하지 말아요. 나는 악해요. 아주 아주 악해요"(14, 319). 그루셴까는 자신을 악한 노파와 동일시하지만, 마음이 없는 단순한 행위뿐이었던 파 한 뿌리의 적선에 기대어 자신만 구원받으려 했던 노파와 그루셴까는 전혀 다른 사람이다. 더구나 그루셴까는 자신이 악하다는 것을 깨닫고 있다. 그녀의 깨달음은 지옥에서가 아닌 이 지상에서 이미 이루어지고 있으므로 그녀의 변화의 가능성이 열린다. 더구나 이 이야기를 한 후 그루셴까는 조시마의 죽음으로 깊은 슬픔에 빠져있는 알료샤를 동정하고 위로함으로써 자신의 문제에만 빠져있는 이기적인 태도를 벗어난다. 그루셴까를 아직은 믿음이 있는 여자라고 말할 수 없지만, 그녀는 이미 믿음을 향한 발걸음을 내딛고 있다. 그것은 지옥의 형벌을 면할 수 있게 해줄만한 어떠한 선행도 자신에게 없음을 깨달은 그녀의 심오한 자기인식에서 시작되고 있다.

그루셴까에게 지옥의 이야기는 더 이상 남들의 이야기가 아닌, 그녀 자신이 어떠한 사람인가에 관련된 지극히 개인적이고 실존적인 이야기가 된다. 드미뜨리는 이보다 더 나아가서 지옥을 자신의 실존적 삶의 현장으로 끌어들인다. 그는 자신이 아버지를 살해했다고 믿고 모끄로예로 가는 도중 마부 안드레이에게 "말해 보게. 자네 생각에는 드미뜨리 까라마조프가 지옥으로 갈 것 같은가, 아닌가?"(14, 372)라는 느닷없는 질문을 던진다. 드미뜨리는 이 소설에서 이 질문을 직접적으로 던지는 유일한 인물이다. 그에게 지옥의 문제는 이반처럼 추상적인 논의의 대상도, 표도르나 스메르쟈꼬프처럼 궤변 놀음의 대상도 아니다. 부친살해라는 엄청난 죄를 자신이 저질렀다고 믿는 그에게 심판과 지옥의 주제는 너무나 절박한 개인적인 이슈로 그에게 다가온다. 마부 안드레이는 그 질문에 대해 "모릅니다. 그건 나리께 달려 있지요"라고 답한다. 안드레이는 소박한 민중을 대표하는 인물로서 드미뜨리에게는 그런 민중의 진솔한 의견이 필요하다. 안드레이는 자신이 그런 문제를 알 수도 없고 심판할 권리도 없음을 표명하면서, 민간 전설 하나를 들려줌으로써 드미뜨리의 질문에 우회적으로 답한다. 그 민간전설에 따르면, 하나님의 아들이 십자가에 달려 돌아가시고 난 후, 십자가에서 곧장 지옥으로 내려가 모든 죄인들을 해방시키셨다. 그러자 지옥은 더 이상 자신에게 아무도 오지 않을까봐 신음했다. 이에 하나님은 지옥에게 말씀하셨다. "지옥아, 신음하지 마라. 앞으로 너에게 모든 고관들, 대신들, 재판관들, 부자들이 올 테니. 내가 다시 올 때까지 오랜 세월 그랬던 것처럼 너는 가득 차게 될 것이다"(14, 372). 이 민간 전설에는 역시 민중들의 지옥 표상이 잘 드러나 있다. 이 전설은 지옥이 언제나 차고 넘칠 것이고, 그곳에 가는 자들은 이 세상의 권력자들이라는 민중들의 생각을 반영한다. 안드레이는 이 전설을 드미뜨리에게 들려줌으로써 드미뜨리가 스스로 자신에 대해 성찰해 볼 수 있는 기회를 제공한다.

드미뜨리는 안드레이와의 대화 후 갑자기 혼잣말로 하나님을 향해 기도를 드린다.

주여, 저를 저의 모든 불법 중에서도 받아주소서. 그리고 저를 심판하지 말아 주소서. 당신의 심판 없이 지나가게 해 주소서 . . . 심판하지 말아주소서. 왜냐하면 제가 저를 심판했기 때문입니다. 심판하지 말아주소서. 왜냐하면 제가 당신을 사랑하기 때문입니다, 주여! 저는 추악하지만 당신을 사랑합니다. 지옥에 저를 보내셔도 저는 거기서 당신을 사랑할 것이고, 영원히 당신을 사랑한다고 외칠 것입니다. . . (14, 372)

드미뜨리는 하나님의 심판을 두려워하며 그것을 면하게 해 달라고 기도한다. 그러나 그의 두려움의 본질은 지옥에 가서 형벌을 당하는 것이 아니다. 그가 하나님의 심판을 두려워하는 것은 그가 사랑하는 하나님을 상실할 것에 대한 두려움, 하나님의 사랑을 상실할 것에 대한 두려움 때문이다. 그는 지옥이야말로 하나님을 영원히 상실한 곳이며 그곳에서는 더 이상 사랑할 가능성이 없다는 것을 생각하지 못하는 듯하다. 그에게는 살아 있을 때나 죽어서나 하나님을 더 이상 사랑하지 않는다는 것은 불가능한 일이다. 심지어 그가 상상하는 지옥에서도 그 사랑은 중단되지 않는다.

죄에 대한 자각과 그로 인한 심판의 두려움은 드미뜨리를 깊은 절망으로 몰아넣는다. 그러나 하나님에 대한 사랑을 포기하지 않았기에, 상징적인 의미의 지옥의 입구에서 그에게는 위대한 회심의 가능성이 열린다.[11] 조시마와 그루셴까의 경우에서 확인했듯이 사랑과 지옥은 서로 양립할 수 없다. 따라서 하나님을 끝까지 사랑하겠다는 드미뜨리의 간절하고 진실한 열망은 지옥으로 질주하던 그의 영혼을 붙잡아 세우고, 그의 삶의 방향을 완전히 돌이키는 강력한 힘으로 작용한다.

3. 천국의 표상

앞서 언급했듯이 『까라마조프의 형제들』에서 주인공들의 천국에 대한 표상은 지옥에 대한 표상보다 양적으로 훨씬 미미하다. 오직 이반과 알료샤 두 주인공만이 그들의 천국 표상을 드러내 보인다. 그러나 그 양적인

---

11) 안드레이와의 이 대화의 장면은 드미뜨리의 영적 경험에서 지옥으로의 하강의 절정을 이룬다 (허선화 9-11).

미미함에도 불구하고 그들의 천국 표상은 매우 강렬한 인상을 독자들에게 남기며 이 소설의 가장 강력한 메시지를 전달하는 기능을 맡는다.

이반과 알료샤의 천국 표상에는 단테의 『신곡』이나 밀턴의 『실락원』과는 달리 천국에 대한 구체적인 묘사가 결여되어 있다는 점이 특이할만하다. 단테와 밀턴은 천국을 묘사하는 어려움을 토로하면서도, 단테는 도식적인 구상과 대담한 이미지들을 통해, 밀턴은 일련의 장면들과 장면들의 힌트를 통해 천국을 묘사하는 모험을 감행한다(Knott, Jr. 487). 특히 밀턴의 경우, 천국을 묘사함에 있어서 성경 계시록의 예를 충실히 따르고 있는데(Knott, Jr. 489), 도스또예프스끼 주인공들의 천국 표상에는 계시록의 디테일들이 거의 등장하지 않는다. 도스또예프스끼는 천국의 공간적 특성에는 전혀 관심을 두지 않는다. 주인공들의 천국 표상에서 중심이 되는 것은 천국에 도달한, 혹은 그곳에 있는 영혼들이 경험하는 바 그 내용이다. 두 주인공 모두에게 공통되는 천국의 가장 큰 속성은 천국이 바로 신의 정의가 완벽하게 실현되고 증명되는 곳이라는 점이다.

이반의 천국 표상은 그의 악몽에 나타난 속물적인 신사의 형상을 한 악마의 말을 통해 드러난다. 악마는 이반에게 천국에 대한 전설 하나를 들려주는데 그 내용은 다음과 같다. 내세를 부정하던 한 사상가이자 철학자가 죽자 그의 앞에 내세가 나타났는데, 그는 그 내세의 존재가 자신의 신념에 반한다고 하여 분노했다. 그 때문에 그에게는 천조 킬로미터를 걸어가라는 형벌이 내려졌다. 그 철학자는 자신의 주의(主義)를 고집하며 길한 가운데 드러누워 천 년을 지냈다. 그 후 갑자기 자리에서 일어난 철학자는 10억년이 넘는 시간을 걸어 마침내 천국의 문에 도착했다. 그런데 그의 앞에 천국의 문이 열리자 그는 채 2초도 지나지 않아 그 2초를 위해서라면 천조 킬로미터의 천조 배, 그것의 또 천조 배를 걸을 수 있다고 소리쳤다. 다시 말해, 그는 '호산나'를 부른 것이다. 이 전설은 이반이 열일곱 살 때 창작한 이야기로 이반은 그것을 잊어버리고 있다가 악몽 속에서 기억해 낸 것이다. 이 전설은 등장인물과 구조까지 갖춘 꽤 생생하고 정교한 스토리를 담고 있다. 그 스토리는 성경에 전혀 의존하지 않는 매우 독창적인 것으로, 심판을 받은 영혼이 형벌을 받은 후에 용서를 받고 천국에 갈 수 있다는 이 전설의 내용은 기독교 교리에 위배된다. 그러나 그것은 앞서 언급한「성모의 지옥 편력」이나 파 한 뿌리 전설과 같이 내세에서도 구원의 가능성이 완전히 닫히지 않으리라는 민중들의 기대와 일맥상통한다. 그리고 그것은 내세에서도 형벌을 통해 속죄할 수 있으리라는 어린 이반의 염원을 반영한다.

이 전설에서 언급되는 천조 킬로미터나 천 년, 10억 년 등 시공간적인 측량 수치는 지상에서와는 전혀 다른 의미를 가지고 있으리라는 것이 암시된다("자네는 계속 우리의 현재의 지상에 대해서만 생각하는군!(15, 79). 중요한 것은 천 조, 10억 등 상상을 초월하는 엄청난 수치가 2초라는 극히 짧은 시간과의 대비를 더 극명하게 하는 효과를 갖는다는 점이다. 천 년 동안이나 자신의 주의(主義)를 포기하지 않는 철학자는 비록 자신이 틀렸더라도 입장을 바꾸지 않겠다던("나는 차라리 보복되지 않는 나의 고통과 해소되지 않는 분노 속에 남아 있겠어. 내가 틀렸더라도 말이야"(14, 223) 이반 자신의 분신과 같은 인물이다. 그러나 그는 천국의 문이 열리자마자 채 2초도 지나지 않아 '호산나'를 부른다. 여기서는 천국이 어떤 곳인지, 그가 과연 무엇을 보았는지 아무 것도 묘사되지 않는다. 독자들은 그로 하여금 호산나를 부르게 만든 것이 무엇인지 알 수 없다. 초점은 오로지 철학자의 심적 변화에 맞추어져 있다. 이 전설이 이반의 창작물이라는 점을 고려할 때 열일곱의 이반은 천국이 어떤 곳일지 상상하는 데 어려움을 느꼈으리라는 것을 짐작할 수 있다. 철학자가 길바닥에 누웠다는 이야기의 대목에서 "그가 거기서 과연 무엇을 깔고 누웠을까?"(15, 78)라는 이반의 질문은 내세에 대한 물질적인 표상을 갖는 것이 어렵다는 점을 시사한다. 이것은 갈고리가 방해가 되어 지옥의 존재를 믿는 데 어려움을 느꼈던 표도르의 일면이 이반에게도 있음을 보여주는 예이다.

천국의 구체적인 모습이 어떠한 것이든 간에 그 천국의 모습은 죽음 후에도 포기할 수 없었던 철학자의 주의(主義)를 한 순간에 압도할 수 있는 것이었음이 분명하다. 이러한 천국의 표상은 자신이 틀렸더라도 부정(不定)의 입장을 고수하겠다고 했던 이반의 내면에 깊이 내재해 있는 긍정의 열망을 반영하는 것이다. 호산나는 바로 이반이 부르기를 원치 않았던 "당신이 옳습니다, 주여"라는 외침의 집약적인 표현인 것이다.

> 알료샤, 어쩌면 나는 그 순간까지 살거나 부활해서 그를 볼 수 있을지도 몰라. 그리고 나도 어쩌면 모든 사람들과 함께 자기 아이를 학대한 자를 얼싸안는 어머니를 보면서 "당신이 옳습니다, 주여!"라고 외칠지도 모르지. 그러나 나는 그때 외치고 싶지 않은 거야. (14, 223, 필자 강조).

이반의 내면에는 하나님이 옳았음을, 즉 그의 정의를 인정하고 싶지 않은 마음과 인정하고 싶은 마음이 끊임없이 투쟁하며 갈등하고 있다. 알료샤 앞에서는 부정의 파토스를 강하게 드러냈던 이반은 악몽 속에서 그의 내면의 반쪽 진실을 노출한다. 이런 식으로 이 소설에서 이반의 악몽에 묘사된 천국 표상은 믿음과 불신의 이중성으로 찢기고 고뇌하는 이반의 가장 깊은 존재의 차원을 조명해주고 있다.

이반의 천국 표상이 악몽 속에서 나타났듯이, 알료샤의 천국 표상 역시 꿈의 형식을 빌려 그려진다. 이반의 천국 표상은 꿈을 통해 과거의 기억을 재생하는 과정을 거쳐 드러나고, 알료샤는 꿈을 통해 천국의 비전을 본다. 이 소설의 클라이맥스(climax)라고도 할 수 있는 알료샤의 꿈은 문학이 그려낸 가장 강렬한 천국의 비전 중 하나일 것이다. 지옥에 대해서는 말을 했던 조시마가 천국에 대해서는 아무 말도 하지 않은 것은 독자의 의문을 자아내기에 충분한데, 알료샤의 꿈에 이르면 그 의문이 해소된다. 조시마는 알료샤의 꿈 속에서 천국에 있는 모습으로 등장한다. 그는 알료샤의 꿈을 통해 이미 천국에 이른 상태에서 천국에 대해 증언하는 역할을 담당하고 있다.

알료샤가 꿈에서 본 천국 역시 그곳이 어디에 있으며 어떤 곳인지 구체적인 묘사를 결여하고 있다. 그러나 이 꿈에는 성경에서 취해온 매우 중요한 천국의 비유가 실제적인 성취로서 제시되고 있다. 그것은 천국을 혼인잔치로 비유한 복음서와 계시록의 구절들을 연상시킨다.12) 알료샤의 꿈은 그가 잠들기 전 조시마의 관 앞에서 들었던 요한복음 2장의 갈릴리 가나의 혼인잔치에 대한 내용에 곧바로 이어진다. 복음서의 혼인잔치에 대한 역사적인 기록이 그 상징적인 의미가 실제로 성취된 천국에서의 혼인잔치로 변형되는 것이다. 그 상징적인 의미란 예수께서 지상에 오신 것은 "인간의 기쁨을 돕기 위한 것"(14, 326)이라는 것이다. 혼인잔치에서 손님들을 대접하기 위한 가장 중요한 품목이었던 포도주는 인간의 기쁨의 상징이다. 알료샤가 본 천국의 혼인잔치에서는 예수 그리스도가 손님이 아닌 잔치의 주인으로서 "손님들과 함께 즐거워하며 손님들의 기쁨이 그치지 않도록 하기 위해 물을 포도주로 바꾸고 있다"(14, 327). 이 장면은 "진실로 너희에게 이르노니 내가 포도나무에서 난 것을 하나님 나라에서 새 것으로 마시는 날까지 다시 마시지 아니하리라 하시니라"(막 14:25)는 복음서의 예수의 말이 실현된 것으로 볼 수 있다. 혼인잔치로 표상되는 천국은 무한한 기쁨의 공간이며, 그곳에서의 기쁨은 끊임이 없을 것이라는 사실이 이 비전을 통해 제시되는 메시지다. 지상에서 인간의 기쁨을 도왔던 예수는 천국에서 영원한 기쁨을 인간에게 선물하는 주체로 등장한다.

한편, 천국의 혼인잔치를 주재하는 예수 그리스도는 "우리의 태양"으

---

12) "천국은 마치 자기 아들을 위하여 혼인 잔치를 베푼 어떤 임금과 같으니"(마 22:2), "천사가 내게 말하기를 기록하라 어린양의 혼인 잔치에 청함을 입은 자들이 복이 있도다 하고 또 내게 말하되 이것은 하나님의 참되신 말씀이라 하기로"(계 19:9).

로 불려진다. 알료샤는 두려워서 감히 그 얼굴을 쳐다볼 엄두를 내지 못한다. 예수 그리스도에 대한 이러한 짤막한 언급은 『신곡』 「천국 편」 제23곡에 묘사된 그리스도를 연상시키는 측면이 있다.

> 수천의 등불 위에 모든 것을 비추는 태양이 빛나고 있었으니
> 마치 모든 빛을 주는 것처럼 보였다.
> 그리고 찬란한 실체가 살아있는 빛으로 얼굴을 환히 비추므로
> 나는 눈이 부셔서 감당할 수 없었다. (단테 하 157)

알료샤는 두려움 때문에, 단테는 감당할 수 없는 빛 때문에 그리스도를 쳐다보지 못하지만, 그들에게 천국의 그리스도는 지상의 예수와 달리 인간이 쉽게 접근할 수 없는 위엄과 영광에 싸인 존재라는 공통점을 갖는다. 그러나 동시에 그리스도는 자비로운 존재라는 점이 두 텍스트 모두에서 똑같이 강조되고 있다("우리 앞에서 그분은 위엄으로 두려우시고 높이 계셔서 무섭지만 한없이 자비하시단다"(14, 327), "오, 저들에게 이처럼 빛을 쏟으시는 자비로운 힘이여!"(단테 하 159).

조시마는 이 천국의 혼인잔치에 참석한 사람들이 단지 파 한 뿌리를 적선했기 때문에 초청받았다고 말한다. 그 자신 역시 파 한 뿌리를 적선했기 때문에 초청받았다는 것이다. 여기서 그루셴까가 이야기했던 파 한 뿌리의 우화가 상기되는 것은 그루셴까와 알료샤가 서로 주고받았던 파 한 뿌리, 즉 동정과 위로라는 선행이 알료샤를 슬픔으로부터 회복시켜 주었기 때문이다. 천국의 혼인잔치에 참여할 수 있는 자격을 부여한 파 한 뿌리는 구체적인 믿음의 선한 행위로서, 아무리 작은 선한 행위라 할지라도 그리스도의 이름으로 사랑으로 행해진 것이라면 하나님께서 잊지 않으신다는 복음서의 가르침을 떠올리게 한다. "누구든지 너희를 그리스도에게 속한 자라 하여 물 한 그릇을 주면 내가 진실로 너희에게 이르노니 저가 결단코 상을 잃지 않으리라"(막 9:41).

알료샤는 꿈을 통해 천국의 혼인잔치에 참여하고 있는 조시마를 봄으로써 하나님의 정의에 대한 의심의 시련에서 완전히 벗어난다.[13] 그는 하나님의 정의가 사람들이 기대하는 식으로 지상에서 이루어지는 것이 아니라는 사실을 깨닫게 되고 그 사실을 수용하게 된다. 이는 이반이 지상의 경계를 넘어선 세계에서의 정의의 실현을 부정했던 것과는 완전히 다른 태도를 보여주는 것이다. 이반은 천국을 실제로 보거나 가게 된다면 그 자신도 기꺼이 하나님을 찬양할 것이라는 가능성을 인정한다. 그러나 알료샤는 천국에 가서 직접 보기 전이라도 얼마든지 하나님의 정의가 지상의 한계를 벗어난 세계에서 이루어질 수 있음을 받아들일 수 있다는 것을 실례로써 보여 준다. 그것은 미래에 성취될 천국을 현재적으로 선취함으로써 가능해진다. 위대한 신앙의 여정을 앞둔 알료샤에게 이 천국의 비전은 하늘로부터 보내진 조시마의 선물이다. 그것은 알료샤를 강한 믿음의 투사가 되도록 무장시켜 흔들림 없이 그 길을 가도록 인도하는 푯대가 되기에 충분한 것으로 입증된다.

4. 맺음말

1840년대 이후 도스또예프스끼의 작품에 끊임없이 나타나고 있는 미래의 이상적인 세계, 즉 낙원의 도래는 마지막까지 포기할 수 없는 그의 꿈으로 남아있었다. 그는 모든 사람이 그리스도와 같아지는 세계를 꿈꾸었으며, 그때가 되면 낙원이 당장 실현될 것이라 믿었다(11, 193). 지상낙원에 대한 작가의 이 오랜 염원은 상대적으로 내세에 대한 그의 관심을 약화시키는 요인으로 작용했을지도 모른다. 그러나 시간이 지날수록 기독교적 세계관과 교회적 삶으로 더욱 깊이 이끌려 들어가면서, 천국과 지옥이라는 기독교적 내세에 대한 그의 관심이 증대된 것은 지극히 자연스

---

13) 이에 대해서는 필자의 졸고『문학과 종교』13.3 (2008): 64-70 참조.

러운 일이라 할 것이다. 더구나 폐기종으로 고생하면서 최후의 대작을 구상하던 작가에게 내세의 문제는 개인적으로도 지극히 현실적인 주제로 다가왔을 것이다.

도스또예프스끼는 내세의 주제를 그의 작품에 도입하면서 늘 그러했듯이 그 주제를 다양한 주인공들의 관념 속으로 분배한다. 표도르, 스메르쟈꼬프, 이반, 조시마, 그루셴까, 드미뜨리, 알료샤 등 이 논문에서 살펴본 주인공들은 내세에 대해 그들이 가지고 있는 관념들을 일정한 표상을 통해 드러낸다. 그 표상들의 주된 두 원천은 전설, 우화 등 민중의식을 담보한 이야기들과 성경이다. 주인공들의 내세 표상은 삶에 대한 그들의 태도의 결과물이면서, 동시에 삶을 살아가는 그들의 방식을 결정짓는다. 어떤 이들은 죄와 불신에 머물기 위하여 내세를 부정하기도 하고, 다른 이들은 삶의 위기의 순간에 내세를 상기함으로써 회심의 계기를 만나거나 믿음의 시련에서 구출되기도 한다. 다양한 성격과 이데올로기적 입장을 지닌 주인공들의 내세 표상을 소설 곳곳에 포진시킴으로써 작가는 철학적 허무주의가 팽배한 당대의 현실에서도 내세의 문제는 인간의 관심을 떠날 수 없다는 평범한 이치를 긍정하도록 만든다.

단테와 밀턴이 독백적 글쓰기로 자신들의 천국과 지옥의 비전을 그려냈다면,[14] 도스또예프스끼는 그의 트레이드마크라 할 수 있는 다성악적 소설 구조를 통해 주인공들과의 대화적 관계에 끝까지 충실하게 머문다. 이 논문에서는 그 대화적 관계를 규명하는 데는 크게 중점을 두지 않았

---

14) 단테의 작품을 독백적이라고 하는 데는 이견이 있을 수 있다. 도스또예프스끼 소설의 다성악적 특성을 이론적으로 정초한 바흐찐(М. М. Бахтин)은 『도스또예프스끼 시학』(Проблемы поэтики Дотсоевского)에서 "동시에 모든 목소리를 듣고 이해할 수 있는 도스또예프스끼의 특별한 재능은 그와 동등한 것을 단테에게서나 찾을 수 있다"고 언급함으로써 단테의 작품이 다성적일 수 있다는 것을 암시한다. 그러나 그는 단테의 다성악이 다만 '형식적'이므로 그의 세계에서는 공존은 가능하지만 상호작용은 일어나지 않는다고 부연한다(Бахтин 36-37). 따라서 엄밀한 의미에서 단테의 세계는 다성악에 부합하지 않는다고 볼 수 있다.

다. 그럼에도 불구하고 천국과 지옥에 대한 주인공들의 다양한 표상들 속에서 작가가 논쟁적으로 거부하는 것들과 그가 동의하는 것들이 무엇인지는 간단히 언급할 필요가 있을 것 같다. 지옥에 대한 표상의 경우, 그는 믿지 않는 자들이 지옥 부정의 배후에 있는 그들의 심리적, 윤리적 취약성을 스스로 폭로하도록 허용함으로써 그들과의 거리를 확보한다. 반면, 믿는 이들의 지옥 표상은 그들이 처한 실존적 상황 속에서 그 진정성이 저절로 드러나고 있음으로 해서 독자들은 작가가 그들에게 동조하고 있다는 것을 읽을 수 있다. 천국의 표상에 있어서는 이반과 알료샤 모두가 작가의 공감을 얻고 있는데, 이 주제에 관한 한 그 두 사람은 논쟁적 관계에 놓이지 않는다.

그러나 도스또예프스끼가 특정한 주인공들의 내세 표상에 공감 내지 동의한다 해도 그것이 작가의 최종적인 결론이었다고 단정 짓기는 어렵다. 그는 천국과 지옥의 실재성을 믿은 것으로 보인다. 그러나 여전히 말해지지 않은 것들이 남는다. 천국과 지옥이 과연 죽은 영혼들이 거주하는 일정한 장소인지, 혹은 다만 영혼들의 상태를 일컫는 말인지, 지옥은 정말 영원한 형벌의 장소인지, 지옥을 벗어날 수 있는 길은 없는 것인지 등등 이 작품의 주인공들이 제기하는 많은 문제들에 대해 작가가 어떠한 해답을 가지고 있었는지 그 궁금증은 쉽게 해소되지 않는다. 이 세상을 떠나기 전 천국과 지옥에 대해 작가가 어떠한 표상을 가지고 있었는지 구체적으로 알 길은 없지만 분명한 것은 그가 영혼의 불멸을 굳게 믿고 있었다는 것이다. 그는 1876년 『작가일기』(*Дневник писателя*)에서 "자신의 영혼과 그 불멸에 대한 믿음 없이는 인간 존재는 부자연스럽고, 생각할 수도 없는 것이며, 견딜 수 없는 것이다"(24, 46)라고 밝힌 바 있다. 그는 "자신의 불멸에 대한 확신 없이는 인간과 지상의 관계는 끊어지고 만다"(24, 49)고 주장한다. 이러한 불멸에 대한 확신은 그로 하여금 영혼 불멸을 긍정하는 존재 형식으로서의 천국과 지옥에 대한 타자들의 표상을 탐구하게 했을 것이다. 한편, 자신의 주인공들의 내세 표상을 탐색하면서 동시에 작가는 그들과 동일선상에서 내세에 대한 질문의 답을 찾아가는 구도자의 자세를 보여주고 있다.

Works Cited

김운찬. 「형벌을 두려워 않는 영혼들」. 『이탈리아어문학』 9 (2001): 51-76. Print.

단테. 『신곡』. 최현 역. 서울: 범우사, 1992. Print.

허선화. 『『까라마조프의 형제들』과 성서의 상호 텍스트성 연구』. 석사논문. 고려대학교. 1996. Print.

_____. 「『까라마조프의 형제들』에 나타난 신 인식의 변화―드미뜨리, 이반, 알료샤를 중심으로」. 『문학과 종교』 13.3 (2008): 47-74. Print.

Knott, J. R. "Milton's Heaven." *PMLA* 85.3 (1970): 487-95. Print.

Morson, G. S. "Verbal Pollution in *The Brothers Karamazov*." *Fyodor Dostoevsky's Brothers Karamazov*. Ed. Harold Bloom. New York: Chelsea, 1988. 85-95. Print.

Murata, Sachiko and William Chittick. *The Vision of Islam*. Minnesota: Paragon, 1994. Print.

Patrides C. A. "Renaissance and Modern Views on Hell." *The Harvard Theological Review* 57.3 (1964): 217-36. Print.

Spencer, Theodore. "Chaucer's Hell: A Study in Medieval Convention." *Speculum* 2.2 (1927):177-200. Print.

Бузина Т. *Мотивы духовных стихов в романе Ф. М. Достоевско го Братья Карамазовы 6 Пб.,: Достоевский и мировая ку льтура.* С, (1996). 62-81. Print.

Бахтин М. М. *Проблемы поэтики Достоевкого. М.* n.d. (1979): n. pag. Print.

Достоевский Ф. М. *Полное собрание сочинений в 30 томах. Л.,* 1972-1990. Print.

Иванов В. В. Юродский жест в поэтике Достоевского. *Русская литерату—ра и культура нового времени*. С. СПб., (1994): 108-32. Print.

Митрополит Макарий(Оксиюк). Эсхатология Св. Григория Нис ского. М., 1999. Print.

몽골 소설 『샤먼의 전설』에 나타난 '네오샤머니즘'의 영성

신 은 희

I

바이칼(Baikal)은 고대 시베리아 샤머니즘의 태고적 영성이 살아있는 영적 요람과도 같은 곳이다. 소설의 주 무대인 바이칼은 시베리아와 몽골 샤머니즘의 전통과 현대를 동시에 품고 있는 북방 샤먼(Northern Shaman)들의 메카이다. 저자 게 아요르잔(Gun Ayurzana)[1]은 바이칼 올혼(Olkhon)

---

* 이 논문은 『문학과 종교』제18권 3호(2013)에 「몽골 소설 『샤먼의 전설』에 나타난 '네오샤머니즘'의 영성」로 게재되었음.

1) 게 아요르잔은 몽골 바양홍고르 아이막(Bayanghongor Imak) 출생으로 현대 몽골 문학을 이끌고 있는 문인이다. 러시아 모스크바에서 수학하였고 2002년 몽골작가협회 우수상을 수상했으며 『샤먼의 전설』로 몽골에서 가장 권위 있는 문학상인 「황금 깃」상과 「고 마랄」상을 수상했다. 시집 『어린 시들』, 『홀로 연한 나뭇잎』, 『세월이 잠시 쉬는 동안』, 『남자 마음』, 『철학 시들』과 소설 『마법의 신기루』, 『열 가지 꿈의 한가운데』, 『살아 있는 새들의 날개』, 『메아리에서 태어난 자들』 등이 있다.

섬을 찾아 그곳에서 자신이 직접 체험한 샤먼적 경험들을 소설의 장르로 풀어낸다. 특히 무당 바위가 있는 올혼 섬은 소설 속 '톨래트 섬'(Tolaett Island)으로 신령의 특별한 만남을 기다리는 '신령 피라미드'의 성스러운 신전으로 등장한다. 실제로 아요르잔은 7년간 바이칼에 머물며 '샤먼의 꿈'을 꾸게 되고 오랫동안 자신의 내면 속에 잠재해 왔던 인간 의식의 무한한 가능성인 '샤먼 의식'(Shaman Consciousness)을 체득하게 된다. 저자는 자신이 만났던 바이칼의 샤먼을 하그대(Hagguidae)라는 인물로 투사시켜 샤먼 의식과 그 안에 담겨 있는 네오샤머니즘(Neo-Shamanism)의 영성을 소설작품으로 재탄생 시킨다. 『샤먼의 전설』(*The Shamanic Legend*)은 바이칼을 배경으로 창작된 최초의 장편 소설로 몽골과 시베리아 샤머니즘의 문화인류학적 통찰과 함께 문학적 상상력이 더해져 이야기의 실재성과 종교적 영성의 깊이를 담고 있다.

『샤먼의 전설』은 저자가 보냈던 바이칼에서의 7년을 압축적으로 설명하듯 크게 7장으로 구성되어 있다. 소설의 화두는 '고통'으로 시작된다. 저자는 마치 신병을 앓는 샤먼의 정신 상태와 같이 내면 속 지독한 고통을 못이겨 무작정 고향을 떠나 바이칼로 향하게 된다. 저자는 '고요한 하늘, 갑자기 창공에서 구름 찢기는 소리'(7)가 들렸다고 고백한다. 소설은 주인공 텡기스(Tenggis)가 바이칼 올혼 섬에서 겪게 되는 일련의 사건들을 다양한 몽골 샤머니즘의 모티브와 연결하여 샤머니즘의 본질과 네오샤먼의 존재론적 의미를 찾아보고자 한다. 또한 본 소설은 몽골의 고전적 샤머니즘을 주요 배경으로 하지만 궁극적으로는 샤먼을 포함한 인간 내면의 무한한 의식의 흐름과 진화의 가능성을 추구하는 네오샤머니즘의 영성 세계로 발전해 나간다. 텡기스와 하그대의 샤먼 의식은 소설에 등장하는 다양한 샤머니즘의 모티브들－흰머리독수리의 토템, 유령나무, 꿈수행, 영혼비상, 우주목, 헹게렉(Hangareck), 무당바위－의 내적 연결망을 통하여 사건마다 극대화되며 새로운 네오샤먼(Neo-Shaman)의 인간상을 그려내고 있다.

『샤먼의 전설』에 나타난 네오샤먼의 인간상은 인간의 의식세계를 주체적으로 극대화할 수 있는 존재로 '일상적 의식'(ordinary consciousness)과 '비일상적 의식'(non-ordinary consciousness)의 간극을 체험하는 자다. 이러한 인간의 고양된 의식세계는 개인의 영적 각성뿐 아니라 공동체의 사회적 · 정치적 각성에도 변혁의 가능성을 제시하는 육체적 · 정신적 · 영적 힘을 의미한다. 저자는 인간 의식에는 수많은 존재방식이 내밀하게 상호연결되어 있으며 이 의식의 각성을 촉발시키는 영적 매개체는 바로 인간의 원초적 고통이라고 본다. 본 소설에서 인간이 경험하는 원초적 고통은 고차적 샤먼 의식을 체득하는 데 필연적인 선험적 파토스로 이해된다. 본 글은 크게 '고통의 영성화'와 '고통의 의례화'라는 두 주제로 『샤먼의 전설』을 네오샤먼적 관점에서 분석하고 해석하고자 한다. 이 과정에서 본 글은 고통과 상처는 극복과 소멸의 대상이 아니라 공존과 합일의 대상임을 시사한다. 치유의 완전성보다는 불완전성을 통해 네오샤먼은 고통을 관통할 수 있는 능력을 얻게 되며 결국 고차적인 의식 세계로 나아가게 된다는 것이다. 또한 이러한 의식을 체득한 네오샤먼의 새로운 인간상은 궁극적으로 인간을 억압하는 사회 · 정치적 모순과 체제에 저항하며 지속적인 변혁을 꿈꾸게 하는 새로운 인식 공동체의 주체자로 그려진다.

II

네오샤머니즘은 전통적 개념의 고전적 샤머니즘2)에서 출발하지만 영

---

2) 이 글에서 논하는 고전적 샤머니즘이란 강신무를 중심으로 행해지는 치유 의례와 신령 체계의 일체를 수행하는 신중심적 종교 시스템으로 네오샤머니즘과 구분하기 위해 일시적으로 차용된 용어이다. 네오샤머니즘은 기존의 샤머니즘과 달리 타종교 · 문화로부터의 '종교적 선택주의'(religious eclecticism)를 수용하고 영성의 주체를 '신중심주의'(theocentrism)에서 '인간중심주의'(anthropocentrism)로 이동시키는 특징이 있다. 네오샤머니즘은 엘리아데(Eliade) 이후의 인물들인 카를로스 카스타네다

성체험의 '주체'(subjectivity) 문제를 특정 샤먼에게 제한하지 않는다는 존재론적인 특징이 있다. 영성이란 수많은 것을 의미할 수 있는데 특히 기존의 종교적 질서나 전통에 무언의 저항을 하는 영적 상태이기도 하다(김용성 6). 이 논문에서 '영성'이라는 용어의 정의를 다음과 같이 제한하여 사용하고자 한다. 네오샤머니즘의 영성이란 '고전 샤머니즘의 자연주의 신관이나 기존의 조상신 개념의 틀에서 벗어나 인간 의식과 무의식의 의식변형의 세계를 다양한 종교적 상징으로 연결함으로 개인의 영적 각성을 통한 사회변혁의 힘으로 승화시키는 인간 고유의 내면적 심혼(心魂)과 영기(靈氣)'라고 할 수 있다.

고전적 샤머니즘에 의하면 인간의 신적 체험의 주체는 신적 영역과 직결되는 '신중심적인 강신현상'으로 파악된다. 머치아 엘리아데(Mircea Eliade)에 따르면, 샤먼이란 "신이나 영들과 직접적이고 구체적인 경험을 지닌 자로서 샤먼은 신과 영들을 대면하고, 대화하며, 기도하고, 애원하는 자이다. 그러나 샤먼은 모든 신과 영들을 통제할 수 있는 것은 아니며 자신과 연결된 영적 세계와 소통할 수 있을 뿐이다"(Shamanism 88). 샤먼의 기본 조건은 영과의 접촉과 접신 현상에 기초하고 있으며 이는 다분히 인간의 의지 보다는 영적 존재의 선택이나 강신 현상에 기인하는 것으로 파악된다. 따라서 샤먼이 경험하는 영적 엑스타시는 샤먼의 입장에서 노력하고 개발할 수 있는 영역이기보다는 영적 존재들의 활동양식이 샤먼의 몸에 체현된 결과물이라는 관점이 지배적이다.

(Carlos Castaneda)와 마이클 하너(Michael Harner)의 사상을 중심으로 새롭게 정립되고 있다. 이들은 샤머니즘을 종교적 시스템이 아니라 인간의 의식변형을 발현시키는 일종의 새로운 종교적 '방법론'(methodology)으로 파악하고 있다. 현재 네오샤머니즘은 서구사회에서 치유의 대안적 영성과 생태학적 운동으로 광범위하게 수용되고 있으며 다양한 타문화적 변이요소들을 흡수하는 종교 · 문화적 뉴 에이지(New Age)현상으로 나타나고 있다. Robert J. Wallis, *Shamans/Neo-Shamans* (London and New York: Routledge, 2010); Thomas A. BuBois, *An Introduction to Shamanism* (Cambridge: Cambridge UP, 2009); Gary Doore, *Shaman's Path* (Boston & London: Shambhala, 1988).

하지만 네오샤머니즘의 샤먼 정의는 훨씬 광범위하다. 특히 네오샤머니즘은 영성체험의 주체 문제에 있어서 샤먼의 존재론적인 특이성을 상대화시키는 특징이 있다. 러시아 민속학자 세르지 M. 쉬로코고로프(Sergi M. Shriokogoroff)의 샤먼 정의는 네오샤머니즘의 샤먼 이해에 근접해 있다. 쉬로코고로프에 따르면, "모든 퉁구스 언어에 샤먼이라는 용어는 남녀 구별 없이 영적 실체들을 이해하는 존재들로서 샤먼은 자신의 의지로 다양한 영들을 초대하기도 하며, 자신의 관심에 따라 영적인 힘을 활용할 줄 아는 자이다. 샤먼은 영적 실체들을 다루는데 특별한 방법론을 습득한 자로서 주로 고통당하는 타인을 위해 영적인 힘을 발휘하는 치유자이다"(269). 『샤먼의 전설』은 고전적 샤머니즘과 네오샤머니즘이 공존하지만, 소설의 발전방향은 인간 의식의 주체적 변혁과 새로운 유형의 샤먼 출현을 예견하고 있다.

종교생리심리학자 마이클 윙켈만(Michael Winkelman)에 따르면, 인간의 의식 세계는 크게 네 가지로 구분된다. 첫째, 일상의식, 둘째, 수면의식, 셋째, REM(Rapid Eye Movement) 의식, 넷째, 통합의식 혹은 샤먼 의식(shaman consciousness)이다(9-11). 샤먼 의식이란 '신비의식'(mystical consciousness)으로 불리기도 하는데 샤먼이 치유의례나 굿을 행하면서 무아경의 상태에 빠지는 접신의 영적 각성 상태와도 직결되는 '의식변형'(Altered State of Consciousness)이다. 네오샤머니즘에 따르면, 샤먼 의식은 일상의식을 초월하여 나타나는 통합의식의 상태로 비일상적 실재의 경험을 가능하게 만든다. 네오샤먼적 관점에서 접신이나 영혼비상은 다양한 영들에 의해 빙의된 소극적 상태가 아니라 샤먼이 주도하는 적극적 의식변형의 상태를 통해 비일상적 실재와 소통하는 커뮤니케이션의 한 방법이다. 이는 샤먼의 접신 경험과 의식변형의 과정을 병리적 현상으로 파악하기보다는 오히려 사회, 자연, 우주와의 관계성 속에서 자아 변혁과 공동체의 갱신을 위한 '자아 구성적 상호작용'(self-constitutive interaction)의 형태로 인식하는 것을 뜻한다.

본 소설에서 텡기스와 하그대가 공통적으로 경험하는 '영혼 비상'(soul flight)의 샤먼적 사건도 샤먼 의식을 체득하기 위한 자아 구성적 상호작용으로 접신의 주체를 신이나 신령이 아닌 샤먼, 즉 인간의 측면에서 파악하고 있다. 신의 강림이나 강신적 상태보다는 샤먼의 의식변형을 통한 영적 소통과 교감의 가능성을 강조한다는 측면에서『샤먼의 전설』에 등장하는 텡기스와 하그대의 샤먼 경험은 네오샤머니즘의 원형적 씨앗을 품고 있는 작품이라고 할 수 있다. 또한 네오샤머니즘은 개인의 영적 각성의 주체성 문제에만 제한되지 않고 사회 · 정치적 변혁과 공동체의 영적 각성에도 샤먼 의식의 지평을 확대하고자 한다. 이는 네오샤머니즘이 추구하는 공생적인 영성 시스템으로 의식변형의 주체적 각성을 통해 보다 더 큰 미래를 창조할 수 있도록 이끄는 가교와 전이의 영성이라고 할 수 있다. 이처럼『샤먼의 전설』은 전통적인 샤머니즘이 고수했던 신적 절대성의 영역과 경계를 상대적으로 희석시키면서 샤먼 경험의 인간 주체를 회복하는 신성과 인성의 합일, 개인과 공동체의 조화를 강조하는 네오샤머니즘의 영성 세계를 추구한다.

III

『샤먼의 전설』에서 네오샤먼의 인간상을 상징하는 텡기스. 그가 바이칼로 떠난 것은 바로 견딜 수 없는 정신적 고통 때문이었다. 그는 일반인보다 영적 감수성이 매우 발달한 인물로 고통을 민감하게 느낄 수 있는 고혼(苦魂)의 소유자이다. 사랑의 실패, 정신적 고뇌, 상처받은 영혼을 담은 추억의 거센 폭풍은 텡기스를 결국 고향으로부터 멀리 내몰고 만다. 철저히 절망적인 상태에 이르러서야 텡기스는 선조 대대로 내려 온 부랴트 전통의 믿음, 바이칼을 지키는 수호신 '흰머리독수리' 주신을 만나기로 작정한다. 인간의 원초적 고통은 신령을 위한 빈 공간을 창조하는 또 다른 차원의 영매일까? 그의 고통은 마침내 신령의 움직임으로 현현되고 새로운 영계의 세계로 입문하는 모티브로 작동한다.

『샤먼의 전설』에서 바이칼은 인간의 원초적 고통이 잉태되고 출산되어지는 영적 산고의 자궁과도 같은 곳이다. 소설에 나타나는 바이칼은 행복과 자유를 찾는 이상적인 영적 장소가 아니라 고통을 수반하는 치열한 영적 생존의 싸움터와도 같다. 많은 무당들은 그곳에서 신령을 만나기도 하지만, 신령으로 인해 죽임을 당하기도 하고, 떠난 신령을 다시 찾고자 절규하기도 한다. 또한 바이칼은 고통과 슬픔의 연행이 계속되는 통곡의 호수이기도 하다. 바이칼의 냉혹한 고통은 그 고통을 마주할 수 있는 강인한 인간만을 수용한다. 오직 그들에게만 신비한 샤머니즘의 영성 세계를 열어 보여준다.

텡기스가 하그대를 만나 샤먼 의식을 찾아가는 장소 또한 바이칼의 톨래트(올혼)섬이다. 이 섬은 과거 칭기즈 칸의 고향으로도 알려진 전설의 섬으로 소설의 주 무대인 무당 바위가 우뚝 솟아 살아 숨 쉬는 샤먼의 신전이기도 하다. 텡기스는 그 섬에서 고통의 기억을 온전히 제거하고자 한다. 하지만 고통은 오히려 그에게 새로운 영적 각성의 계기가 되어 그를 샤먼의 세계로 이끌었다. 텡기스의 정신적 고통은 하그대가 젊은 시절 겪어 왔던 고통의 사건들과 함께 '고통의 영성화' 단계를 완성시켜 나간다.

『샤먼의 전설』에서 하그대를 통해 표현되는 고통의 단계는 신체적·물리적 고통, 심리적·내면적 고통, 세계의 부정성을 통한 사회적 고통으로 이어진다. 하그대는 러시아의 샤머니즘 탄압정책을 가장 혹독하게 경험한 인물 중 하나이다. 하그대는 유년시절 그의 신병이 발견되자마자 강제로 정신병동에 수감된다. 그곳에서 그는 신병을 제거하기 위해 러시아 정부가 실시한 잔혹한 치병의 시간을 보내야 했다. 어린 하그대는 무차별 구타, 약물중독, 고문에 가까운 정신 치료를 견뎌내어야 했다. 그의 유년과 젊은 시절은 그야말로 '트라우마의 영혼' 그 자체였으며 '상처뿐인 치유자,' '고통받은 고통의 치유사'일 수밖에 없었다. 그리고 그는 결국 불구의 몸으로 박수무당이 된다. 어린 시절 정신병동의 경험, 한쪽 다리를 잃는 불구자의 경험, 정치적 탄압, 신병을 정신병으로 앓는 애인의 죽음, 하늘에 있는 아내의 그리움, 고독한 죽음, 그리고 존재의 해체에 이르기까지 인간이 경험할 수 있는 모든 고통을 경험한다.

> 고난의 시기. 그 고통을 회피하지 않고 정면으로 응시하고 자기 내면의 본질을 잃지 않고 모든 어려움을 극복해낼 수 있다면, 진정한 의미에서 그 인간 존재는 힘을 갖게 된다. 마흔이 넘은 박수와 갓 스물을 넘은 무당은 부를 권한이 없는 신령들을 서로의 사랑과 갈망으로 얻었다. 그들에게 힘든 강제 노동의 현실은 그림자가 드리워진 세상의 신기루일 뿐이다.[3]

이처럼 『샤먼의 전설』에서 하그대는 고통을 극복한 희망의 메시지나 치유의 환희를 추구하지 않는다. 오히려 그는 이야기의 마지막까지 고통의 세계, 어둠의 세계를 마주하는 고난을 '샤먼의 특권'으로 이해한다. 하그대는 진정한 샤먼은 고통과 아픔의 반려자이며 샤먼 의식의 체득을 통해 개인적 고통과 사회적 아픔까지 관통함으로써 마침내 포월(包越)할 수 있는 영적 주체자임을 보여준다. 소설에서 저자는 하그대의 삶을 통해 어떻게 샤먼이 고통을 영성화 시켜 나가는지 묘사한다. 하그대는 바로 '꿈'이라고 하는 영적 매개체를 통해 고통의 영성화 과정을 이루어간다. 그가 정신병동에서 모든 고통을 감내할 수 있었던 것은 바로 '영혼 비상'을 통한 '꿈수행' 때문이었다. 하그대는 러시아 정부의 샤머니즘 탄압정책에도 불구하고 자신의 고통을 먼저 목도하며, 영혼 비상을 통해 꿈의 세계로 들어가 다른 세계를 경험하기 시작한다. 그는 시베리아 샤먼들이 공통적

---

3) 게 아요르잔, 『샤먼의 전설』. 이안나 옮김 (서울: 자음과 모음, 2010), 69. 이후 인용 시 괄호 안에 쪽수만 표기함.

으로 경험하는 '육신해체-죽음' 경험을 시작으로 꿈수행의 샤먼의식을 체험하게 된다.

> 그런데 이상하게도 몸이 전혀 아프지 않았다. 네 명의 페도트가 살 조각을 이리저리 흔들어 던져 버리자 떠돌이 개들이 그것을 서로 다투어 빼앗아 먹었다. 또 까마귀들이 모여들어 찌꺼기를 한입씩 낚아 채 가지고 날아갔다. 개들이 자신의 뼈를 날카로운 어금니로 으드득 소리를 내며 부서뜨리는 소리가 들렸다. (87)

하그대의 조상 뿌리인 부랴트 샤먼 전통에는 샤먼 의식을 습득한 이라면 누구나 경험해야 하는 '육신분해'(dismemberment)의 고통이 있다. 이는 타계 여행의 특권을 누리기 위한 성무식 중의 하나로 다양한 수난을 통하여 샤먼은 비로소 자연과 우주의 영과 합일되고 고차원의 의식 세계로 나가게 된다.

『샤먼의 전설』에 나타난 하그대의 꿈은 단순히 비현실적인 무의식 세계의 잔여물로 파악되지 않는다. 꿈은 '또 다른 현실의 문'으로 등장한다. 저자는 인간이 보이는 현실세계를 절대적으로 의지하고 있으나 사실 세상은 양파껍질처럼 겹겹이 존재하는 무수한 일련의 세계들 중 하나일 뿐임을 보여준다. 인간의 인식체계가 현재 보이는 세상을 중심으로 인식하도록 조건화되어 있지만 사실 인식의 의식은 현실 세계만큼이나 절대적이고 고유한 또 다른 세계로의 진입능력을 지니고 있다. 또 다른 세계를 인식하기 위해서는 그 세계를 갈망해야 할 뿐 아니라 그 세계와 소통하고 연결할 수 있는 의식의 에너지 흐름을 증폭시켜야 한다. 이것이 텡기스와 하그대가 보여주는 꿈수행의 샤먼 기술인 것이며 또 다른 세계를 인식할 수 있는 에너지를 조건화하는 과정인 것이다. 하그대는 텡기스가 꿈의식을 경험하기 시작할 때 꿈수행의 의미를 전달해 주었다.

꿈은 다른 세상의 문이고 조상의 신호라네. 다음에 한번 하계에 갈 때 내가 자네 아버지를 수소문해보고, 소식을 가져오도록 애써 봄세. 보통, 사람은 다리 하나는 꿈에, 다른 하나는 이 삶속에 담그고 발을 디딜 때에 자신의 진짜 참모습을 보게 된다네. (171)

하그대는 꿈은 오직 경험으로만 알 수 있다고 강조한다. 특히 샤먼의 꿈은 단순히 꿈을 꾸는 것이 아니다. 몽상도, 소망도, 상상도 아니다. 꿈을 통해 우리는 다른 세계들을 인식할 수 있다. 꿈수행은 하나의 감각이다. 몸속에서 일어나는 하나의 과정이고 마음속에서 일어나는 일종의 '알아차림'이다. 하그대는 영적 각성을 통하여 더 이상 조상신의 도움 없이 스스로의 의식 세계를 변형시켜 영혼 비상을 시도함으로 고통과 마주하게 된다. 그는 정신병동에 투옥되어 자신의 샤먼의식을 분쇄할 것을 강요받았을 때 물리적 고통을 초월할 수 있는 꿈 수행을 시도한다.

처음에 하그대는 자유롭게 골방을 나와 하늘로 날아가기 위해 할아버지를 기다렸다. 그런데 할아버지가 갑자기 오지 않자 한참을 기다리다가 하그대는 마침내 할아버지의 도움 없이 자신의 그림자 육신을 버리는 법을 스스로 터득했다. 그림자 육신의 압박과 고통이 없을 때 세상의 어느 곳이든 갈 수 있었다. 하그대는 서로 다른 방향으로 갈 수 있도록 주사실과 골방 문을 다르게 만들어 구분해 놓았다. 주사를 맞은 다음에는 순식간에 바이칼 바다, 호지르(Hoggir) 마을, 심지어 할아버지와 처음 만났던 바르고진 투훔(Bargogin Tuheum)에도 갈 수 있었다. (88)

하그대는 꿈수행을 통해 샤먼 의식으로 진입이 자유롭게 형성되었다고 고백한다. 꿈수행을 통한 인간의 의식은 학술적인 추론으로 얻는 가설보다도 더욱 무한하며 복합한 실재임을 강조한다. 그의 경험에서 배태된 샤먼 의식은 인간의 이성과 협경하며 일상적 의식과 비일상적 의식과의 에너지 구조를 영속적으로 연결시키는 의식변형을 의미한다. 따라서 샤먼의 꿈수행은 궁극적으로 의식변형을 통한 인식 에너지의 재구성이라고 할 수 있다. 네오 샤먼 연구자들은 만물의 에너지 본질을 인식하는 것이 고대 샤먼들이 이룬 가장 큰 업적이라고 지적하면서 인간 주체적 상호작용을 통한 에너지의 직접적 감지와 교감을 강조한다(Jakobsen 9; Castaneda 24).

하그대는 그 감지의 순간과 찰나를 '빛의 영혼'으로 이해하며 빛과의 교감은 그가 꿈수행에서 병행했던 수행 방식이기도 하다. 그가 만물의 에너지와 소통하는 방식은 태양을 마주하는 것이다. 정신병동의 뜰에서 일상의 삶을 통해 태양을 바라보며 그 빛줄기 속에서 영혼의 선율을 찾아내고 신의 바람소리를 듣는 것이다. 소설 속 태양 메타포는 고통으로 퇴색된 빛의 영혼을 회복하기 위한 의례로서 시베리아 샤머니즘에는 '태양축제'의 전통이 내려오고 있다(Balzer 79-82). 그는 자신만의 태양 축제를 통하여 인식의 통합성을 회복하며 우주만물과 생명의 본질을 온전히 인식할 수 있음을 체험한다. 인간은 에너지를 직접 인식할 수 없기 때문에 어떤 틀 속에 매몰되고 인식을 가공하게 된다. 그 틀은 인식의 범위를 제한하고 그 틀만이 존재하는 모든 것이라고 믿게 만들기 때문에 인간의 인식 에너지는 재구성될 필요가 있다.

하그대는 만물의 실체인 에너지를 직접 인식하고 경험하는 인식체계를 '빛의 알' 혹은 '빛의 필라멘트'로 이해한다. 만물의 실체인 에너지는 무한공간을 향해 상상가능한 모든 방향으로 뻗어가는 영혼의 빛이다. 그는 우주만물의 실체를 '보는 것'으로 시작해서 인간의 실체를 '보는 것'으로 발전시켜 나간다. 인간의 의식 속에는 '빛의 알'과 같은 실재가 존재하며 이는 소설 속에서 '영혼'이나 '마음'과도 유사한 표현으로 사용되고 있다. 하그대가 표현하고자 했던 빛의 인식론은 영혼 비상의 엑스타시 순간에 경험했던 꿈수행의 샤먼의식 상태와도 일맥상통하며 고통의 영성화 과정을 극대화하는 심혼의 결정체이기도 하다.

IV

『샤먼의 전설』은 고통의 영성화 단계와 함께 고통의 '의례화'(ritualization) 과정을 도입한다. 의례화의 첫 번째 상징은 '토템이즘'의 등장과 함께 시작된다. 텡기스의 첫 접신 경험은 바이칼의 전설로 내려온 '흰머리독수리'를 목격한 순간과 함께 신병이 시작된다. 신병은 한 명의 새로운 샤먼이 탄생하기 위한 수많은 고통과 고난의 시간이 시작되었음을 알리는 몸의 사인이다. 텡기스는 오랫동안 자신의 내면적 고통을 치유할 수 있는 신비한 영성을 갈망하여 왔다. 텡기스에게 박수 무당 하그대는 고통을 관통하여 새롭게 창조된 신비한 정신적 공간과도 같은 존재였다. 텡기스가 경험하는 고통과 신병은 극복과 치유의 대상이 아니라 신적 생명의 연결을 상징하는 생명력의 태동으로 묘사된다.

> 자기 자신이 아파보고, 병의 깊은 곳을 꿰뚫어 볼 수 있는 사람만이 다른 환자를 치료할 수 있다네. '아이를 낳아보지 않은 무당에게 아이를 포대기에 싸게 할 수는 없다'는 말이 있지. 아파보지 않은 사람은 병자의 영혼을 쉽게 알아보지 못하는 법이야. (147)

그는 바이칼의 주신으로 알려진 '흰머리독수리' 토템이즘을 비로소 자신의 영적 상징으로 수용하게 된다. 하그대는 텡기스의 정신적 고통이 샤먼 의식의 첫 번째 신적 호흡임을 직감하며 고통과 영혼의 연계성을 설명한다. 『샤먼의 전설』에서는 토템의 영성을 신의 일방적 강림으로 이해하지 않는다. 텡기스가 노무 하그대에게 샤먼의 진정한 스승이 누구인가를 물었을 때 하그대는 진정한 샤먼에게 인간 스승은 없다고 대답한다. 샤먼에게 스승이 있다면 그것은 신적 교감을 할 수 있는 샤먼 의식일 뿐이며 그 의식세계를 소유한 샤먼은 스스로에게 스승일 뿐이라는 것이다. 샤먼의 전설에서 텡기스가 흰머리독수리에 사로잡혀 첫 번째 무아경을 체험한 것 또한 태초의 샤먼의식을 복원하기 위한 상징적 메시지였다. 하그대는 텡기스의 샤먼 의식의 체득과정을 지켜보면서 흰머리독수리의 기원 신화를 전해 준다.

> 신이 세상의 본질을 알리기 위해 자신의 전령사 흰머리독수리를 톨래트섬에 내려 보냈다. 하지만 사람들은 새의 상징을 이해하지 못하였고 신은 인간의 모습을 한 샤먼을 세상에 보내기로 했다는 것이다. 그 때 한 여자가 나무 밑에서 잠을 자고 있었다. 여자는 흰머리독수리에게 사로잡히는 꿈을 꾸게 된다. 그리고 아들을 낳았는데 그가 최초의 샤먼이 되었다. (104)

흰머리독수리는 텡기스가 6년이 되는 해, 바이칼에서 거대한 '명계의 제의'를 참예했을 때에도 어김없이 찾아왔던 토템의 상징이다. 고대 몽골인들은 조상들의 영혼이 동물로 변해 그 동물에 깃들어 있게 된다고 믿는다. 조상들의 신령을 특정 동물로 대표해 그 형상을 보여주는데 그 동물은 부족의 신앙 대상이 된다(Steiger 17). 흰머리독수리는 대장장이 가계의 무당들과 칭기스 칸 가문의 토템으로 숭배되어 오고 있다. 이렇듯 바이칼 톨래트섬의 샤먼 가계는 모두 흰머리독수리 태생의 샤먼이 되어 신과 직접 교감했던 태초의 샤먼들이다. 텡기스 또한 자신 안에 잠재해 있던 샤먼 의식이 발현되면서 바이칼 주신의 흰머리독수리 토템이즘을 의례화 하는 사건은 태초의 샤먼 의식을 회복하는 상징이며 이는 네오샤머니즘이 복원하고자 하는 샤먼의 미분화된 '원형적 존재론' (archetypical ontology)으로 해석된다.

『샤먼의 전설』에 나타난 고통의 의례화의 두 번째 상징은 '우주목'(cosmic tree)과 '오보신앙'(Obo faith)이다. 하그대는 육신해체―죽음 경험을 하면서 할아버지 신령(조상신)에 이끌려 유령나무의 그림자를 본다. 그리고 그는

"씻고 맑아진 마음이여, 물보다 깊고, 이슬보다 고요하네. 당신의 마른 가지를 살아나게 하기 위해 우물에서 그녀가 당신 가까이 오고 있어요. 마시세요. 나무 어머니!"(89) 라고 유령나무에 자신의 영혼을 바친다.

유령 나무의 등장은 몽골 샤머니즘의 우주목 신앙으로 '오보신앙'으로 불린다. 오보신앙의 우주목은 신목, 즉 신성한 나무를 뜻하며 신과 인간의 세계를 소통하고 연결하는 '영원성'의 상징이다. 오보신앙은 하늘과 땅, 자연과 인간의 내적 연결망을 통하여 신성과 인성이 만나고, 몸과 영혼이 결합되는 우주만물의 원리를 상징한다. 이는 샤머니즘 문명의 공통된 기억으로 린다 호간(Linda Hogan)의 『파워』(Power)에 등장하는 '오니'의 개념원리와 유사하다(김영희 229). 소설에서 텡기스가 첫 접신 후 혼절하였을 때 하그대는 큰 호흡을 하며 '오간주나무'를 흔들어 그의 잃어버린 영혼을 되돌아오게 한다. 신간을 사용하는 한국 무의 경우는 물론 유대교의 경우도 모세가 야훼신을 만나게 되는 매개체는 불타는 떨기나무를 통해서였다.

몽골에는 '오드강 모드' 즉, '무녀나무'라고 불리는 나무가 있다. 『샤먼의 전설』에서는 '유령나무'로 등장한다. 유령나무는 물의 신으로 알려진 '로스'(Ross)와 땅의 신으로 알려진 '사브닥'(Shavdak)이 공존하는 신비의 나무이다(장장식 18; Buyandelger 21). 바이칼 사람들은 유령나무가 있는 장소와 공간을 성스럽게 여기며 푸른색 비단천을 헌사한다. 그들은 이 신성한 나무에 이마를 대고 기도하는 일을 일상의 삶을 통한 성스러움의 최고 표현이라고 믿는다. 또한 우주목은 인간의 일상적 실재와 비일상적 실재가 만나는 영적인 정오(High Noon)의 극적 상태를 상징한다.

우주목은 오보신앙과 함께 샤먼의 신전을 구성하는데 오보 신앙은 한국의 서낭당 신앙과도 유사하다. 길 위의 돌무더기 오보 신앙은 시베리아를 비롯하여 몽골과 중국의 동북부에서 서북부에 이르는 유라시아 대륙 북부에 널리 분포되어 있는 영성체계이다(엘리아데 48). 『샤먼의 전설』

에 등장하는 무당바위 신전은 하그대의 표현에 의하면 '신령들이 영원히 살아가는 궁전'으로서 오보 신앙의 최고 지성소로 묘사되고 있다. 바로 그 무당바위 신전에서 텡기스는 5년간 하그대의 조무 톨마쉬(Tolmash)로 지내면서 마침내 무당바위 신전으로 들어가는 '영적인 문'을 찾아내게 된다. 그리고 신전의 신령들을 위한 최고의 제물은 물질적인 것이 아니라 최고로 승화된 인간 정신인 '빛의 정신'임을 깨닫게 된다.

『샤먼의 전설』에 나타난 고통의 의례화의 세 번째 상징은 '헹게렉'과 '무가'이다. 헹게렉은 몽골 샤머니즘의 북으로서 부족의 토템 동물의 가죽으로 만들어 진다. 보통 헹게렉은 자연적인 죽음을 맞이한 토템 동물의 가죽만으로 만들어진다. 헹게렉은 샤먼에게는 '천계로 들어가는 말(馬)'로서 샤먼의 고통과 염원을 하늘에 알리고 슬픔의 연행을 지속할 수 있게 하는 중요한 무구이다(Deusen 143). 몽골의 무당이 자신의 신령을 위해서 진행하는 '차나르'(Chanar)[4] 제의를 거행할 때면 헹게렉의 소리는 더욱 거세진다. 소설에서 하그대는 무차별 총격을 가해 사살당한 곰의 가죽으로 차나르를 위한 헹게렉을 일곱 개 새로 만들게 된다. 하그대는 곰의 영혼을 위무하는 제의를 먼저 치른 후 토템 대신 여인의 형상을 그려 넣는다. 그 여인은 정신병동에서 죽어 간 샤먼의 애인으로 인간들의 무지와 폭력에 무차별하게 사살 당한 곰의 운명과도 같음을 상징한다. 하그대는 불행한 죽임을 당한 곰의 가죽으로 헹게렉을 만들고 곰의 형상 대신 여인의 형상을 그려 넣음으로써 여인의 고통과 이루지 못한 사랑의 아픔을 위로하는 차나르 제의의 무구로 사용한다. 이 사건은 고통과 슬픔을 느끼는

---

4) '차나르' 제의는 '질(質)'을 의미하는 몽골 용어로 부리야트(Buryat) 부족의 성무 과정 중 무당이 반드시 행해야 하는 굿이다. 무당의 품격과 질을 고양시킨다는 측면에서 무당 자격 굿으로 알려져 있다. 부리야트 무당은 평생 열세번의 차나르 굿을 행해야 큰 무당이 될 수 있다고 믿는다. 차나르 제의에는 보통 81그루의 백양나무를 사용하는데 이는 백양나무에는 벼락이 치지 않는다는 부리야트 부족의 신목사상이 자리잡고 있기 때문이다. 장장식, 『몽골에 가면 초원의 향기가 난다』(서울: 민속원, 2006), 37.

인간의 감각이야말로 진정한 주술의 시작이며 샤먼의식의 첫 단계임을 비유하고자 함이다.

> 슬픔은 인간의 가장 고귀한 자질이라 할 수 있지. 우리는 자기 자신으로 슬퍼하지 않는다네. […] 우리는 그 동물들을 지배하고 내몰 권리가 없네. 인간이 세상의 중심은 아니야. 보이지 않은 세상을 알게 되면 우리 마음에 슬픔이 생겨나게 되지. 헹게렉 소리가 슬픔을 사라지게 할까? 헹게렉은 세상의 작은 모형이니까. (159)

헹게렉 음률에 맞춰 하그대는 시를 창작한다. 샤먼의 시는 일반적인 시의 형태가 아니라 샤먼이 교류하는 소위 '몸주신'과의 교감과 감응을 통하여 창작되는 '종교시' 혹은 '주술시'에 가깝다. 하그대의 무가는 슬픔과 고통을 위로하는 차나르 제의의 시작과 마지막을 장식한다. 하그대는 마치 수피 루미와 같이 자신이 경험한 신적 체험을 이야기 형식으로 풀어낸 '산문시'를 창작하기에 이른다(신은희 5). 그가 영적 무아경의 상태에서 창작한 무가들은 샤먼 자신이 속한 종교문화적 전통에 기인한 신화적 표현들을 반영하고 있다. 이러한 시에 영적 음률과 리듬을 더하면 차나르의 무가로서 특별한 기능을 하게 되며 신령을 청배하고 보내는 송시가 된다. 이러한 무가들은 구두로 전승되어 오면서 영성의 의례화를 문학적으로 승화시키며 몽골 구비문학의 중요한 장르로 자리 잡게 된 것이다.

> 바이칼 바다에 좌정하신 일곱 신, 아홉 지신들 모두에게 고하나이다, 모두에게 고하나이다. 바르고진 땅에 좌정하신 아홉 신, 다섯 지신들 모두에게 고하나이다, 모두에게 고하나이다. 온 세상에서 영원한 아름다운 툰키(Tunki) 평원과 맑은 샘물을 바라보며 살고자 하나이다. 갈색 이끼 풀이 자라고 있음을 생각하며 살고자 하나이다. 모든 씨족의 조형들에게 영원히 제사를 받들며 살게 해 주소서, 해 주소서, 에—에—에. 바이칼 바다의 성수 넘치도록 출렁이게 해 주소서, 해 주소서, 에—에—에. (261)

하그대의 바이칼 무가는 염원이며 기도이다. 무가는 다채로운 신화적 이미지와 형상들의 조합으로 구성되어 있으며 샤먼의 내면세계와 영성의 원형적 색채가 상징적으로 표현되어 있다. 하그대가 차나르를 집례하면서 표현한 무가의 양식은 샤먼의 목소리, 표정, 가락, 몸짓, 음악등과 함께 어우러져 일종의 '샤먼 오페라'의 영적 콘서트로 재현된다(Novik 189; Balzer 253; 신은희 131). 영혼의 고통을 담은 무가는 샤먼의 전일적 표현 양식을 통해서만 영성적 · 문학적 가치가 보존될 수 있다. 하그대의 바이칼 무가의 끝은 동물의 소리를 반영하여 구성되는데 이는 샤먼의 수호령을 위한 노래이기도 하다. 이 무가를 통해 샤먼은 자신의 토템으로 숭상되는 특정 동물의 영력과 하나가 될 수 있기 때문에 인간이 지니지 못하는 또 다른 차원의 에너지와 교류할 수 있다고 본다. 샤먼은 특정 동물의 소리를 통역할 수 있는 능력도 있는데 여기에는 각각의 동물들이 지니는 고유한 기능들이 샤먼에게 전이되어 샤먼의례에 동참하기 때문이다(양병현 41). 하그대가 헹게렉 북에 정신병동에서 비참한 죽음을 맞이했던 사랑했던 여인의 형상을 그려 넣은 것은 바로 그녀의 영혼이 조상의 토템이 되어 헹게렉의 소리로, 애가의 노래로 전이될 수 있길 바라는 고통의 의례화 과정인 것이다.

V

『샤먼의 전설』에 나타난 네오샤머니즘의 영성적 특징은 텡기스와 하그대가 공통적으로 경험하는 인간의 원초적 고통에서 출발하여 인간 주체적 의식 변형과 샤먼 의식의 체득, 빛의 영감, 신성의 각성, 개인과 사회 변혁의 사회 · 정치적 신성회복으로 발전해 나가는데 있다. 특히 네오샤머니즘은 고전적 샤머니즘에서 강조했던 신령의 강신 원리를 인간 주체적 각성을 통한 개인 영성의 승화와 사회 변혁의 확장된 의식 상태로 발전시켜 나간다. 특히 소설의 결말 부분에서 사회적 모순과 부조리를 상징하는 인물 페도트(Pettote)와 그의 아들의 비극적 죽음은 각성된 영성이 요구하는 사회 · 윤리적 책임의식을 동반하고 있다. 본 소설에서 상징적으로 표현된 네오샤머니즘의 영성적 특징을 다음 다섯 개의 주제들－'고통의 영성,' '인간 주체적 변성의식,' '자아변혁과 빛의 영감,' '신성의 각성,' '사회 · 정치적 저항'－로 구분하여 정리해 보고자 한다.

첫째, 『샤먼의 전설』에 나타난 네오샤머니즘의 영성은 '고통의 영성'이다. 네오샤머니즘은 신의 강림을 통해 고통의 치유를 수동적으로 기다리지 않고 개인의 고통을 과감하게 수용하고 마주할 수 있는 강인한 샤먼 의식 세계를 추구한다. 샤먼이 된다는 것은 스스로 '아프다'는 것이고 스스로 '앓는다'는 것이다. 소설에서 고통을 느끼는 것과 신령과 소통하는 것은 문학적 동의어로 표현되고 있다. 고통은 그 자체로 지향적 대상을 지니고 있지 않아 특정한 의미 형성을 거부하지만, 다른 것을 인식하게 하는 데에 중요한 역할을 한다. 고통의 경험은 우선 자아를 인식하게 하는 기본적인 경험이다. 바로 느끼게 하는 것, 느끼지 않을 수 없는 것, 부인하고 느끼지 않으려 해도 느껴야 하는 것이 바로 고통에 대한 경험이다 (모리스 229). 네오샤머니즘의 특징은 고통을 감각적으로 느끼게 하는 의식의 주체를 분명히 인식하게 만든다. 텡기스와 하그대의 샤먼 여정은 진정한 샤먼은 자신의 아픔을 타자적 존재나 영매를 통하여 해결하고자 하는 고전적 치유방식을 지양한다. 오히려 고통의 주체가 되어 자신의 내면 세계와 연결되어 있는 조상신과 우주목 신앙을 통하여 더욱 고차적인 의식 세계와의 합일로 승화시켜 나간다. 고통의 영성은 개인적 차원의 각성뿐 아니라 사회 · 정치적 각성의 영적 진화로 연결된다. 텡기스와 하그대가 겪었던 고통의 차원은 고통을 통한 주체적 각성이었으며 고통을 관통해 새로운 차원의 영적 각성으로 진화되는 합일된 고통의 영성, 즉 '토코필리아'(tocophilia)의 영성 세계를 추구하고 있다.

둘째, 『샤먼의 전설』에서 하그대가 텡기스에게 전수하고자 했던 샤먼의 영성은 '인간 주체적 변성의식'이다. 이는 과거 고전적 샤머니즘의 신 중심적 사고에서 인간중심적 형태로 변화된 관점이다. 하그대는 텡기스의 샤먼 체험이 소위 초자연적인 힘과 현상에 직결되어 발생하는 일시적, 환상적 상태로 파악하지 않는다. 오히려 그는 텡기스의 샤먼 체험을 신적 경험의 인간 주체성의 회복으로 파악하며 샤먼 의식의 체계적인 영적 진화 과정으로 발전시켜 나간다. 텡기스는 샤먼 의식의 본질을 이해하고 체득하기 위해 특별한 이론과 수행 방법을 수용하는 톨마쉬가 되는데 이는 과거 '신아버지와ㅡ신아들'의 관계와 같이 종속적 관계가 아니라 텡기스 스스로 자신 안에 잠재된 샤먼 의식 세계를 극대화 하는 주체적 영적 결의로 표현된다.

텡기스가 경험한 샤먼 의식이란 일상의 자연세계(noumena)와 보이지 않는 세계(pheonomena) 사이를 중재하는 '변성의식'이다. 소설에서 보이지 않는 세계는 '초자연'이 아니라 '비일상적 실재'가 된다. 이는 샤먼 의식이 일상의 삶과 연결되어 있으나 삶을 구성하는 또 다른 차원의 실재로서 일상의 삶을 영위하게 하는 현상적 삶의 실재와 동일하게 중요하다는 것이다. 이는 인간 주체적 경험에서 출발한다. 가장 근원적이고 본능적이며 급진적인 정신, 마음, 영혼의 경험을 강조하며 인간 주체적 의식의 영성 세계를 담고 있다. 이러한 영성세계는 자아변혁을 통한 빛의 영감으로 승화되는데 이는 다음 세 번째 특징으로 연결된다.

셋째, 『샤먼의 전설』에서 강조하는 네오 샤머니즘의 영성은 '믿음'이나 '신앙'을 강조하는 것이 아니라 '자아 변혁'과 '빛의 영감'으로 승화된다. 인간은 자신이 스스로 경험하는 '비전경험'(visionary experience)을 신뢰함으로서 진리가 외부나 타자로부터 전해오는 것이 아니라 내면적 실체의 깨어남을 통해 알아차리게 된다. 이러한 영적 실체를 인식할 수 있는 이유는 인간의 영혼작용 때문인데 이는 하그대가 묘사하고자 했던 '이중혼'(soul dualism)의 개념과 유사하다. 인간의 영혼은 끊임없이 변화하는 두 개의 혼이 있는데 하나는 몸, 호흡, 마음을 구성하는 혼이고, 다른 하나는 인간이 꿈이나 트랜스 상태에서 영혼 비상을 할 때 기능하는 혼이다. 영혼 비상의 혼은 '빛의 몸' 즉 광체로 인식되는데 이는 일상의 삶보다는 비일상적 실재의 시간 속에서 더욱 명확하게 나타난다(Meadows xiv). 하그대가 정신병동에 수감되어 있으면서 지속적으로 꿈수행과 영혼비상을 할 수 있었던 에너지의 근원은 태양 빛을 쪼이는 일이었다. 빛의 영혼은 모든 인간 안에 내재되어 있는 내면의 빛이다. 빛은 에너지의 형태이며 인간의 영혼은 빛 에너지의 중심이며 빛 에너지의 몸이다. 비록 영혼이 몸과 통합되어 있고 몸이 존재하는 곳에 함께 머물기도 하지만 영혼은 항상 같은 곳에 있지 않는다. 소설에서 하그대는 그것을 '영혼의 고차원'(dimension of the soul)으로 파악한다.

소설에 나타난 네오샤머니즘은 영혼의 섬광체험을 아무런 매개 없이 수행자가 직접 체험할 수 있는 영혼의 고차적 의식 상태로 본다. 섬광은 영적 본능을 지닌 영혼의 모상이며 우주와 자연 안에 존재하는 신성의 힘이기도 하다. 영혼의 섬광은 인간 내면의 빛이며 결코 객체화될 수 없는 인간의 '절대 자아'이다. 이는 침투하거나 점령할 수 없는 주체로서의 자아인 것이다. 마치 인도 고전 우파니샤드에서 등장하는 인간의 영원한 자아 아트만(Atman)처럼 순수의식으로서의 브라흐만 혹은 아트만과 같은 영혼의 고차적 의식 상태를 의미한다(Doore 220). 네오샤머니즘에서는 이 객체화될 수 없는 빛으로서의 자아를 인간 영혼 안에 비추는 무한하고 영원한 영혼의 빛으로 인식하며 비일상적 실재의 의식 속에서 발현되는 자아변혁과 빛의 영감을 강조한다. 하그대의 우주론은 네오샤먼 수행자들이 강조하듯이 자아와 대우주가 매개자를 통하여 하나가 되는 것이 아니라 원래부터 하나였던 영혼의 원초성을 회복하는 의식변혁의 과정인 것이다. 이는 '실재의 근저'(ground of reality)에서 발견되는 대우주와 영혼의 '절대적 동일성'(absolute identity)에 기초한 합일이다. 이는 영혼의 고차적 질서이며 '형체 없는 영혼'(formless soul)의 영성 체계이다(Vitebsky 290-2). 이러한 네오샤먼의 고차적 빛의 인식은 신성의 각성으로 발전되며 이는 사회 · 정치적 변혁으로 확장되는 의식 상태로 다음에 논의되는 네오샤머니즘의 윤리적 차원을 구성한다.

넷째, 『샤먼의 전설』에서 부리야트 부족의 대장장이 가계를 이은 마지막 샤먼 하그대는 소설의 후반부에서 기존 샤먼들의 물신적 숭배와 종교성의 남용을 신랄하게 비판하며 내재된 신성의 각성을 강조한다. 진정한 샤먼의 삶을 살고자 했던 하그대는 재력가로부터 재물의 복을 빌어 줄 것을 청탁받고 단호히 거절하기도 한다. 그는 "난 어떤 일에든 탐욕스러운 마음 없이 살아가고 시련을 당하는 자의 고통을 줄여주는 방법이 있다면 그것을 찾고, 사람들을 이끌어주며 살겠다고 맹세한 가장 기본적인 뜻을 가진 무당이라네"(246)라고 말하며 자신의 뜻을 밝히고 있다.

과거 바이칼의 톨래트 섬에도 젊은 무당들이 출현하여 마술 쇼를 벌이고 하늘에 오르는 초능력을 벌이다 사망하는 사건들이 종종 발생했다. 또한 영험한 샤먼의 장례식에 찾아가 그 영혼을 매매하고자 하는 이들도 있었다. 하그대는 샤머니즘이 지닌 치명적 영적 남용에 대하여 경고하는 예언자로서의 기능도 담당한다. 그는 새로운 샤머니즘의 출현을 암시하는데 그것은 샤먼뿐 아니라 모든 인간들이 자신 안에 내재하는 신성을 주체적으로 각성시키는 마음의 자각을 통하여 영적 지성을 승화시키는 것이다.

> 신령이 진노해서 사람들이 죽는다고 누가 말했습니까? 죽는다는 것은 이 삶을 다르게 바꾸고 탈것을 바꾼다는 의미일 뿐이죠. 죽는 것에 나쁜 것은 없습니다. 신령을 진노케 한 사람의 삶은 무너집니다. 이것은 죽는 것과는 전혀 다른 것이죠. 당신들은 모든 것을 자신들의 입장에 견주어 이해해서는 안 됩니다. […] 죽게 함으로써 위험을 가한다고 말하는 것은 웃기는 헛소리들이죠. 샤머니즘은 지성의 에너지라

고 할 수 있습니다. 제의에 대한 대가를 바라지 않고 마음을 중시하는 법을 뜻합니다. (279)

하그대는 미래 샤먼의 출현은 바로 샤먼의 가장 기본적인 마음에서 출발한다고 본다. 그는 "몸으로 구름을 통과하는 것이 주된 것이 아니고, 마음으로 뚫고 갈 수 있어야 고차적인 능력인 게야. 인간 마음이 살아있는 것처럼 중요한 것이 또 어디 있겠나?"(235)라고 말한다. 네오 샤머니즘에서 강조하는 신성의 주체적 각성이란 샤먼 의식세계의 '연결—정화—신성화' 과정을 통하여 얻어지는 고차적인 마음의 능력인 것이다.

하그대는 인간 삶의 양식이 지나치게 물질적이며 경쟁적인 사회에 물들여지면서 새로운 자아 성찰의 계기를 필요로 하는데 이는 타인과 자연과 하나가 되는 영성적 경험이 절대적으로 필요하다고 본다. 이러한 갈망을 '미지의 힘'(inexplicable force)의 연결로 파악하며 현대 문명의 시대가 샤먼적 통찰을 통한 대전환의 시기가 될 수 있음을 예언한다. 이러한 시대에 각각의 개인은 미지의 힘을 직접적으로 체현하며 타자, 자연, 우주가 하나됨을 몸을 통해 경험하는 '꿈신체'(dreaming body) 혹은 '샤먼체'(shaman's body)의 경험을 강조한다(Tedlock 104-5; Mindell 8). 소설에서 강조하고 있듯이, 네오샤먼적 통찰이란 일상적 삶을 살아가면서 비일상적 경험을 동반하는 내재적 신성의 각성을 의미한다. 신성의 각성은 소설의 결말 부분에 사회 · 정치적 저항의식으로 사건화 된다.

다섯째, 『샤먼의 전설』에서 네오샤머니즘의 사회 · 정치적 저항을 묘사한 부분은 소설의 마지막 사건에 등장하는 페도트라는 인물을 통해 그려진다. 그는 하그대를 담당했던 정신병동 조무사로 무자비한 폭력을 행사하는 굴절된 권력과 공포정치의 상징이었다. 러시아의 종교탄압 정책을 권력삼아 샤먼들의 무기력한 상황을 악용하여 자신의 사적 이익을 도모하는 자이기도 하다. 페도트는 자신의 필요에 따라 하그대와 샤먼들에게 비밀 차나르를 시키기도 하며, 문제가 되면 그들을 잔혹하게 징벌함으로 정치적 신분상승을 노렸던 파렴치한 규율 감시관이었다. 러시아 정부가 붕괴될 징조가 시작될 때부터 그는 모든 속임수와 술수에 익숙한 인물이 되었고 아들에게까지 자신의 부정한 유산을 물려주었다.

하지만 페도트가 나이가 들어 노인이 되었을 때 그가 그토록 억압했던 하그대에 관한 꿈을 매일 밤 꾸기 시작한다. 꿈속에서 페도트는 자기 자신이 어린 하그대가 되어 스스로에게 잔혹한 육체적 고통을 가하는 경험을 한다. 페도트는 20년 넘게 어린 하그대로 변해 스스로에게 견딜 수 없는 폭력을 휘두르는 꿈을 꾸며 지옥 같은 말년을 보낸다. 페도트의 아들은 탐욕의 노예가 되어 광산의 인부들을 착취하다가 결국 탄광 속에 산채로 매장되어 죽게 된다. 결국, 죽음을 앞 둔 페도트는 불구의 모습이 되어 하그대를 찾아와 자신의 아들을 위한 마지막 차나르를 행해 줄 것을 소원한다. 하지만 하그대는 끝까지 그를 만나지 않는다. 페도트는 죽은 아들을 위해 편지를 남기고 비참한 최후를 맞이한다. 그는 "톨래트 섬에 사는 부랴트 무당에게 천만번 용서를 구하거라. 내가 그를 견딜 수 없이 괴롭혀 원망과 한을 품게 했다. 만약 그 사람이 나를 용서하면 너는 구원을 받게 될 것이다"(285)라고 회고하며 자신의 잘못을 뉘우쳤다. 하지만 하그대는 그들을 위한 차나르를 마지막까지 거부한다. 그리고 이 사건은 러시아 정부가 샤먼을 탄압하면서 샤먼의 땅이었던 툰키평원에 송유관을 건설하고자 했던 정부 정책이 무산되는 사건과 동일한 시점에서 마무리 된다.

소설의 결말은 진정한 영성과 신성이란 인간 주체적 각성과 함께 사회적 각성과 변혁을 함께 추구하는 것임을 강조한다. 소설의 네오샤먼 인간상은 사회적 부조리와 불의를 종교적 연민, 화해, 치유와 같은 고전적 모티브에 얽매인 '값싼 은혜'(cheap grace)로 치환하지 않는다. 진정한 영성은 샤먼의 의식변형을 통하여 과거 쓸모없다고 내몰린 '잉여인간'(surplus people)들에게 신성의 공법과 권리를 회복시켜 주는 사회 주체적 저항과도 직결되어 있다(양병현 3; Jakobsen 232). 이는 네오샤머니즘이 지닌 신성화의 덕성이기도 한데 이는 억압받는 자들을 위한 존중과 관용과 공정성의 덕성을 의미한다. 네오샤먼은 더 이상 타자적 신성을 추구하지 않는다. 스스로 더욱 신과 같이 되는 의식의 무한성을 실현한다. 영적 각성의 실천은 종교적 연민을 사회적 존중으로, 자기희생을 사회적 관용으로, 종교적 자비를 사회적 공정함으로 환원시키는 힘이기도 하다. 이는 주체상실의 무아적 경험이 아니라 자신의 무한성을 발견하고 긍정하는 새로운 주체의 발견이며 주체의 승화로 지속적인 사회변혁을 꿈꾸는 영적 저항의식의 상징인 것이다.

VI

앞서 살펴본 바와 같이 『샤먼의 전설』은 인간의 원초적 고통을 화두로 텡기스가 만난 노무 하그대의 삶을 통해 진정한 샤먼 의식의 의미와 샤머니즘의 본질을 네오샤머니즘의 관점에서 해석해 보고자 한 작품이다. 본 소설을 '고통의 영성화'와 '고통의 의례화'라는 두 개의 주제로 저자가 찾고자 했던 네오샤머니즘의 영성 세계를 살펴보았다. 『샤먼의 전설』은 기존의 고전적 샤머니즘에서 강조하는 영매를 통한 '치유'와 '힐링'으로 마무리 하지 않는다. 저자는 고통의 합일을 통하여 더욱 강력한 샤먼의 출현을 기다리고 있으며 고통의 승화를 위해 무아(無我)의 존재가 아닌 고통을 주체적으로 인식하는 수많은 주체적 '나(I)들'의 존재를 갈망한다. '무집착'의 개념으로 고통을 포함한 모든 것을 '무상'(無常)과 '무자성'(無自性)으로 파악하는 불교식 공(空)사상과는 분명한 차이가 있다(신익호 11).

소설은 인간이 구체적으로 자기의식을 얻는 과정에서 고통의 경험은 나와 너의 경계, 타인과의 경계를 분명히 인식하게 만드는 진화과정으로 본다. 저자 아요르잔은 치유, 안식, 평화 등등의 개념은 인간의 존재론적 고통을 잠시 잊게 해주는 미신적 개념이라고 생각한다. 샤먼 의식의 궁극적 실현은 철저한 자기 고통의 인식을 통한 고통의 확장이다. 소설에서 묘사하는 고통의 영성은 도교적 전통에서 말하는 무위자연의 자연스러운 고통이 아니라 더욱 치열한 존재론적인 삶의 몸부림과 사회구조적 저항으로 다져진 고통을 의미한다. 이는 토마스 굴드(Thomas Gould)표현처럼 "신이든 인간이든 어떤 위대한 인물이 경험하는 파국적인 고통"(ix)으로서의 영적 파토스를 의미한다. 고통은 죽음과 절망의 상징이 아니라 처절한 생명의 역동이며 고차적 의식세계를 향한 변혁과 각성의 상징이다. 『샤먼의 전설』에 나타난 고통의 주체자는 불교식 개념의 무아 상태가 아니라 고통의 주체자가 분명히 강조되는 '주체의 나(I)들'이 모여 각자의 내면적 샤먼 의식을 체득하고 발전시켜 나가는 '몰아'(沒我) 상태를 의미한다. 이는 무아를 향한 자아 비움의 원리가 아니라 자신이 감당해야 하는 고통의 경계와 무게를 분명히 인식하며 고통을 회피하지 않고 관통함으로 타자적 존재와 혼융 일체되는 고차적 의식 세계로의 전환을 뜻한다.

『샤먼의 전설』은 시대의 마지막 전설이 된 하그대의 삶을 통해 인간 고통의 분화와 해체, 치유의 불완전성, 고통의 합일, 고통의 생명성, 성속의 연합, 사회 · 정치적 변혁을 추구하는 네오샤머니즘의 영성을 추구한다. 네오샤먼의 출현은 더 이상 고전적 샤머니즘에서 등장하는 초자연적인 모습이 아니다. 네오샤먼의 인간은 현실적 삶과 동떨어진 초월적인 굿을 행하지도, 더 이상 헹게렉의 무가를 읊조리지도 않을 수 있다. 하지만 승화된 지혜와 지성의 심안으로 자아변혁을 통한 빛의 영감으로 세상을 변화시키는 치열한 수행자의 모습이다. 또한 소설은 영적 실재의 특수성이 아니라 보편성을 강조하는 자아 변혁을 통한 '영적 평등주의'(spiritual egalitarianism)를 추구한다. 고전 샤머니즘과 네오 샤머니즘의 차이점을 다음 도표와 같이 요약해 볼 수 있겠다.

구분	고전샤머니즘	네오샤머니즘
주체	신중심주의	인간중심주의
존재론	신의 강림을 통한 영적 엑스타시	인간의 선택과 수용을 통한 영적 엑스타시
종교현상	접신 현상, 점복, 예지몽	인간의 의식변형 과정, 직관, 꿈수행
의례	초월적 굿, 치유의례	인간의 내면적 수행
고통	개인 치유의 대상, 극복 요소	영적 승화의 근원적 원천, 사회변혁의 힘
샤먼형태	내림굿을 받은 강신무	보편적 영적 평등주의 추구

저자는 소설의 마지막 장면을 하그대의 죽음과 함께 헹게렉의 찢어짐으로 마지막 샤먼의 해체를 상징화한다. 그리고 하그대의 마지막 고백을 통하여 네오샤먼의 인간상을 제시한다.

무당이 없는 시대란 인류 역사상 존재하지 않았네. 앞으로도 그런 식으로 존재하게 될 거야. 미래 무당들은 헹게렉을 들지 않고, 무가를 말하지 않고 버섯주를 마시지 않을 수는 있겠지. 그래도 그들은 신이한 말을 살아나게 하고, 하늘을 날고, 다른 세상을 통과해 들어가고, 무언가로부터 인류를 구원할 수 있는 능력을 얻을 수 있을 걸세. (292-93)

『샤먼의 전설』을 통하여 저자는 치유되고 승화된 강력한 샤먼적 존재로서가 아니라 여전히 고통을 품은 아픈 영혼으로, 이루지 못한 사랑을 그리워하는 불완전한 샤먼으로, 신성의 절대적 합일이 아니라 신성의 해체와 각성을 통하여 오직 순수한 '마음의 눈'으로만 투사할 수 있는 인간 주체의식의 영성을 추구한다. 이는 인간 의식의 확장이며 인식과 삶의 경험을 자연과 대우주 에너지로 변식시키는 순환론적인 세계관이기도 하다. 네오샤먼적 통찰은 인간의 생명력과 감성을 더욱 조화롭게 맞춰나감으로서 인간 내면의 무의식과 잠재력의 발산을 극대화하여 사회·정치적 변혁을 통한 주체의 각성을 이루어 낸다. 동시에 인간이 샤먼이 되고 인간이 곧 신성 그 자체가 되는 지혜의 길을 탐구한다. 소설은 샤먼 하그대의 굴곡진 삶을 통하여 일관성 있게 강조하는 '마음의 힘,' '지혜의 눈,' '지성의 에너지'를 통해 인간 의식의 고차적 정신세계인 샤먼의식과 자아변혁의 주체적 각성을 강조하며 네오 샤머니즘의 영성과 미래 샤먼의 인간상을 그려보고 있는 것이다.

Works Cited

아요르잔, 게. 『샤먼의 전설』. 이안나 옮김. 서울: 자음과 모음, 2010.

[Ayurzana, Gun. *The Legend of Shaman*. Trans. Ahn-Na LEE. Seoul: Jaeumgwa Moeum, 2010. Print.]

Buyandelger, Manduhai. *Tragic Spirits: Shamanism, Memory, and Gender in Contemporary Mongolia*. Chicago: U of Chicago P, 2013. Print.

Balzer, Marjorie Mandelstam. "Sacred Genders in Siberia: Shamans, Bear Festivals, and Androgyny." *Shamanism: A Reader*. Ed. Graham Harvey. London: Routledge, 2003. 242-61. Print.

_____. "Poetics of Sacred Languages Through Time and Space." *Shamans, Spirituality, and Cultural Revitalization*. Ed. Marjorie Mandelstam Balzer. New York: Palgrave, 2011. 79-105. Print.

Castaneda, Carlos. *The Art of Dreaming*. New York: Harpercollins, 1994. Print.

Deusen, Kira Van. *Singing Story, Healing Drum*. Montreal: McGill-Queen's UP, 2004. Print.

DuBois, Thomas A. *An Introduction to Shamanism*. Cambridge: Cambridge UP, 2009. Print.

모리스, 데이비드 B. 「고통에 대하여-목소리, 장르, 그리고 도덕 공동체」. 『사회적 고통』. 안종철 옮김. 아서 크라인만 편. 서울: 그린비, 2002. 223-52.

[Morris, David B. "On Suffering-Voice, Genre, and Moral Community." *Social Suffering*. Ed. Arthur Kleinman. Seoul: Greenbi, 2002. 223-52. Print.]

Eliade, Mircea. *Shamanism: Archaic Techniques of Ecstasy*. London: Arkana, 1989. Print.

_____.『이미지와 상징: 주술적-종교적 상징체계에 관한 시론』. 이재실 옮김. 서울: 까치, 2010.

[_____. *Image and Symbols: Studies in Religious Symbolism.* Trans. Jae-Sil Lee. Seoul: Kachisa, 2010. Print.]

Gould, Thomas. *The Ancient Quarrel Between Poetry and Philosophy.* Princeton: Princeton UP, 1990. Print.

Hultkrantz, Ake. "Shamanism: A Religious Phenomenon." *Shaman's Path.* Ed. Gary Doore. London: Shambala, 1988. 33-41. Print.

Jakobsen, Merete Demant. *Shamanism: Traditional and Contemporary Approaches to the Mastery of Spirits and Healing.* New York: Berghahn, 1999. Print.

장장식.『몽골에 가면 초원의 향기가 난다』. 서울: 민속원, 2006.

[Jang, Jang-Sik. *Mongolia Smells the Fragrance of Prairie.* Seoul: Minsokwon, 2006. Print.]

김영희.「린다 호간의『파워』에 나타난 인디언 영성」.『문학과 종교』 15.2 (2010): 221-42.

[Kim, Young-Hee. "Linda Hogan's Spirituality in Power from a Feminist Theological Perspective." *Literature and Religion* 15.2 (2010): 221-42. Print.]

김용성.「조르조 아감벤의 종교적 사유」.『문학과 종교』 17.1 (2012): 1-19.

[Kim, Young-Sung. "Giorgio Agamben's Religious Reflection." *Literature and Religion* 17.1 (2012): 1-19. Print.]

Meadows, Kenneth. *Where Eagles Fly: A Shamanic Way to Inner Wisdom.* Element, Shaftesbury, Dorset: Castle, 1995. Print.

Mindell, Arnold. *The Shaman's Body. A New Shamanism for Transforming Health,*

Relationships, and the Community. New York: HarperSanFrancisco, 1993. Print.

Novik, Elena S. "The Archaic Epic and Its Relationship to Ritual." *Shamanic Worlds: Rituals and Lore of Siberia and Central Asia.* Ed. Marjorie Mandelstam Balzer. Armonk, London: North Castle, 1997. 185-234. Print.

신은희. 「루미의 『마스나위』에 나타난 '사랑' 모티브와 종교철학적 해석」. 『문학과 종교』 14.3 (2009): 1-37.

[Shin, Eun-Hee. "A Religio-Philosophical Hermeneutics on the Motif of Love in Rumi's *Masnavi.*" *Literature and Religion* 14.3 (2009): 1-37. Print.]

_____. 「오마르 하이얌의 『루바이야트』에 나타난 '와인' 메타포 연구」. 『문학과 종교』 15.3 (2010): 123-148.

[_____. "An Interpretation of 'Wine' Metaphor of *Rubaiyat* by Omar Khayyam." *Literature and Religion* 14.3 (2009): 1-37. Print.]

신익호. 「목불(木佛)에 나타난 유희적 '말놀이'와 반야사상」. 『문학과 종교』 16.1 (2011): 1-22.

[Shin, Ik-Ho. "'The Word Play' and the Heart Sutra in *A Wooden Buddhist Image.*" *Literature and Religion* 16.1 (2011): 1-22. Print.]

Shirokogoroff, S. M. *Psychomental Complex of the Tungus.* London: Kegan Paul, Trench, Trubner & Co., 1982. Print.

Steiger, Brad. *Totems: The Transformative Power of Your Personal Animal Totem.* New York: Harper, 1997. Print.

Wallis, Robert J. *Shamans/Neo-Shamans: Ecstasy, Alternative Archaeologies and Contemporary Pagans.* London: Routledge, 2003. Print.

Winkelman, Michael. *Shamanism: A Biopsycosocial Paradigm of Consciousness and Healing.* Santa Barbara: Prager, 2010. Print.

양병현. 「네오샤머니즘과 하이브리드 영성: 엘리스 워커의 『컬러 퍼플』」. 『미국학논집』 22.3 (2012): 103-32.

[Yang, Byung-Hyun. "Neo-Shamanism and Hybrid Spirituality in Alice Walker's *The Color Purple*." *Journal of American Studies* 22.3 (2012): 103-32. Print.]

『현명한 피』:
죄와 구원, 그리고 펠릭스 쿨파*

최 인 순

I. 들어가며

플래너리 오코너(Flannery O'Connor)의 첫 장편소설 『현명한 피』(*Wise Blood*)는 「착한 사람은 찾기 어렵다」("A Good Man is Hard to Find")와 같은 그녀의 대표 작품들에 비하면 주제의 설득력이나 탄탄한 구성 등의 전형적인 작품 평가의 기준으로 볼 때 작품성이 떨어지는 것이 사실이다. 작가 자신도 『현명한 피』에 대하여 "만약 현대 독자가 너무나 비기독교화(de-Christianized) 되었다면[⋯] 이 책이 수용될 수 있을지 두렵다"고 작가로서의 불편한 심경을 토로하였듯이(*Habit of Being*[1]) 361), 소설에 대한

---

* 이 논문은 『문학과 종교』 제19권 4호(2014)에 「『현명한 피』: 죄와 구원, 그리고 펠릭스 쿨파」로 게재되었음.

* 본 연구는 2013학년도 서경대학교 교내연구비 지원에 의하여 이루어졌음.

1) 이하 *HB*로 축약.

비평가들의 수용은 발표 직후부터 결코 우호적이지 않았다. 프리드만 (Melvin Friedman)은 "소설로 만들기 위해 엮은 단편소설들"로 이루어진 "에피소드적이며 조각난"(233) 구성이라고 저평가하였고, 설리반(Walter Sullivan)은 헐겁게 구성된 소설 밖으로 주제가 "튀어나온다(dribble)"(2)고 혹평한다. 이들 비평의 타당성을 굳이 따지지 않더라도, 어떤 전통적 비평의 잣대로 보아도 작가 수련 기간이라 할 수 있는 대학원 과정을 포함한 5년에 걸쳐 이미 발표한 4편의 단편들을 삽입하여 한 편의 장편으로 힘겹게 완성한 오코너의 첫 장편은 수작이 아니라는 것은 분명하다.[2] 주인공 헤이즐 모츠(Hazel Motes)[3]를 비롯한 대부분의 등장인물들은 현실적 설득력을 행사하기에는 지극히 평면적이고, 특히 소설의 삼분의 일을 차지하는 에녹(Enoch Emory)의 이야기는 스티븐스(Martha Stephens)가 지적하듯이 "이야기의 흐름 속으로 스며들지 못하는 이상하고 억지스러운 보조 플롯이다"(*Question* 44).

그러나 비록 이야기의 구성이나 전개가 고르지 못하고 주제의 일관성이 결여되는 등 겉으로 여실히 드러나는 소설적 결함에도 불구하고, 오코너의 첫 장편소설은 단순한 습작 정도로 치부하기보다는 보다 심도 있는 읽기가 필요한 작품이다. 이는 39년의 짧고 치열한 작가의 생애 내내 전달하고자 했던 오코너적인, 너무나 오코너적인 기독교적 주제의 씨앗이 이 작품에 깊숙이 자리 잡고 있음을 확인할 수 있기 때문이다. 오코너는 "『현명한 피』는 이론에는 선천적으로 무지하나, 어떤 집착들을 가진 작가에 의해 써졌다"(2)고 10년 후 재판된 소설에 첨부한 짤막한 서문에서 자신의 입장을 밝힌 바 있다. 자신을 "기독교적 관심사를 가진 소설가"(*HB* 26)라고 한마디로 정의한 이 작가의 "어떤 집착들"은 인간의 추락

---

2) "『현명한 피』를 5년 간 쓰고 있다 [⋯] 하나의 톤을 유지하는 노력은 상당한 부담이다, 어쩌면 정확히 어떤 톤을 유지하고 있는지 알지 못하기 때문에"라고 작가는 지인에게 보낸 편지에서 집필의 어려움을 토로하고 있다(*HB* 68-69).
3) 이하 소설에서와 같이 헤이즈(Haze)로 축약.

과 구원을 중심으로 하는 기독교적 주제이며, 이 주제는 소설의 주인공 헤이즈의 거리 설교를 통하여 역설적으로 강조된다.

> "그로부터 추락할 무엇이 없었으니 추락이 없었고, 추락이 없었으니 구원도 없으며, 첫 두 가지가 없었으니 심판도 없다는 것을 설교할 것이다"

> "I'm going to preach there was no Fall because ther was nothing to fall from and no Redemption because there was no Fall and no Judgment because there wasn't the first two." (54)

"그리스도에 대한 믿음이 어떤 이들에게는 생사의 문제가 된다는 것이 그것을 대수롭지 않게 생각하는 독자들에게는 장애물(a stumbling block)이다"라고 앞서 서문에서 염려하였듯이, 자신에게는 절대적 주제인 "그리스도에 대한 믿음"이라는 "장애물"을 뛰어넘을 준비가 안 된 독자들에게 이 신진 작가는 너무 일찍, 너무 많은 것을 말하기 위해 너무나 애쓴 듯하다. 주인공의 자해에 의한 실명과 비극적 죽음으로 귀결되는 이 소설을 작가는 "자신도 어쩔 수 없는(*malgré lui*) 크리스천에 관한 희극적 소설"로 정의하며, 주인공의 기이한 죽음은 "구원의 사실로 그를 되돌아가게 한다"(*HB* 70)는 이른바 희망의 메시지를 남기고자 한다. 주인공의 변사로 이어지는 때로는 억지스러울 정도로 비현실적인 상황 설정들에도 불구하고, 끝없는 추락 후에 주인공이 구원되는 해피 엔드로 끝나는 "희극적 소설"로 이 작품이 읽혀지기를 작가는 거듭 촉구한다.

따라서 본고에서는 이러한 작가의 종교적 작품 의도를 염두에 두고 이 작품을 이해하는 작업을 통하여 아직은 무르익지 않은 작가가 죽을 때까지 향후 12년간, 본인의 표현에 의하면, "뼈가 부서지는 투쟁"(Mullins 32)을 하며 치열하게 매달린 추락과 구원의 기독교적 주제가 고통스럽게 발아하는 과정을 지켜볼 것이다. 자신의 두 번째이자 마지막 장편소설『난폭한 자가 거두어 가리라』(*The Violent Bear It Away*)는 "오직 종교적인 용어로써만 이해할 수 있다"(Mullins 34)는 작가의 주장은 그녀의 첫 장편소설에도 그대로 적용될 수 있을 것이다. 특히 오코너에게 추락은 구원으로 이어지는 행복한 추락, 즉 가톨릭교의 모순과 위안의 교리인 펠릭스 쿨파(*felix culpa*)임을 수용함으로써 그녀의 작품 세계로 진입하기 위한 첫 장애물(stumbling block)을 뛰어넘고자 한다. 본고는 오코너 특유의 격렬한 에너지가 박동치는『현명한 피』의 주인공 헤이즈의 추락, 고행, 그리고 죽음으로 이어지는 광기에 찬 행보의 밀착 추적을 통하여 그녀의 첫 장편소설이 여러 소설적 결함들에도 불구하고 인간의 추락과 구원, 그리고 펠릭스 쿨파의 기독교적 신화를 재현하고자 하는 작가의 야심찬 시도의 출발점이었음을 확인하고자 한다.

II. 펠릭스 쿨파: 호손에서 오코너까지

오코너가 "그 어떤 미국 작가보다 더 깊은 혈연감을 느낀다"(*HB* 457)고 지목한 작가는 바로 19세기 뉴잉글랜드의 퓨리턴, 나다니엘 호손(Nathaniel Hawthorne)이다. "오코너에 미친 호손의 영향은 주로 기술적이었다"(Driskell and Brittain 16)는 일부 비평가들의 주장과는 달리, 시대적, 지역적, 종교적으로 너무나 동떨어진 두 작가 사이의 가장 중요한 연결고리는 그들의 문학적 상상력의 중심에 뿌리박고 있는 추락과 구원의 오랜 기독교적 주제이다. 자칭 "호손의 후예"(*HB* 407)인 오코너는 자신의 문학적 조상인 호손과 함께 인간 내면의 '어두운 동굴'을 직시하고, 추락한 인간의 타고난 사악함과 그로 인하여 타락한 세상의 묘사를 일관된 작품 소재로 다룬다.

호손은 그의 마지막 로맨스,『대리석 목신』(*The Marble Faun*)에서 추락과 구원의 주제와 함께, 죄의 속성이 구원의 근거가 된다는 펠릭스 쿨파의 주제를 심각하게, 그러나 조심스럽게 다루고 있다. "죄악은 이상한 위장을 한 축복인가? 아담이 자신과 전 인류를 빠뜨린 바로 그 죄, 그것은 고난과 슬픔의 긴 통로를 거쳐 우리의 타고난 권리보다 더 높고, 밝고, 그리고 깊은 행복을 얻기 위한 운명적인 수단인가?"라는 미리엄(Miriam)의 도발적인 질문에, 소설의 관찰자이자 해석자인 케니언(Kenyon)은 "너는 깊고 위험한 문제를 불러일으킨다. 나는 감히 그 측량할 수 없는 나락으로 너를 따라갈 수 없다"며 펠릭스 쿨파라는 "깊고 위험한 문제"에 대한 답변을 전율하며 회피한다(434-35). 후에 케니언은 "궁극적으로 우리를 그의 것보다 훨씬 드높은 천국으로 올라가게 하기 위하여 아담이 추락하였던 것일까?"(460)라는 질문을 스스로에게 던짐으로써 흔들리는 캘빈주의자 호손의 혼란스러운 심경을 대변한다.

오코너가 일컫기를, "자신의 피 속의 얼음을 두려워했던 저 엄격하고, 회의적인 뉴잉글랜드인"(*Mystery and Manners*[4]) 227) 호손은 자신의 혈관에 흐르는 퓨리턴의 유산이라는 차디찬 얼음을 인간의 타락과 고난이 추락 이전보다 더 높은 상태의 순수함을 획득하기 위해 겪는 교육과정이라는 따뜻한 위안의 펠릭스 쿨파의 신념으로 끝내 녹이지 못하고[5), 소설의 케니언처럼 7년의 유럽 체류를 마무리하고 미국으로 돌아온다. 도나휴(Agnes Donohue)의 표현대로 "부서진 캘빈주의자"(34)가 되어 돌아온 호손의 생애 마지막 4년은 의심과 회의로 점철된 고통스러운 나날이었다. 오코너는 후에 수녀가 된 호손의 딸 로즈(Rose)의 가톨릭교로의 개종에 대하여, "그녀는 그[호손][6)의 진실이 윤곽을 잡은 길로 확고하게 돌진하

---

4) 이하 *MM*으로 축약.
5) 장인식은 "호손의 시각에서 보면 […] 인간에 있어서의 타락은 저주가 아니라 하나님의 은총을 끌어당기는 '다행스러운 타락'(fortunate fall)이 된다"(83)고 주장하며, 본고와는 다르게 호손이 펠릭스 쿨파라는 가톨릭 비전을 수용하였다고 단정한다.
6) 필자의 첨가. 이하 [ ]으로 표시함.

였다"(MM 219)라고 서술한다. 여기서 이 인용구의 "그녀"를 호손의 문학적 후손 오코너로 대체하여도 무방할 것이다. 오코너는 호손이 망설이며 갈등하던 그 "길"(the path)로 "돌진"하여 미리엄이 제시한 "고통의 경험에서 얻은 개선의 더없이 귀중한 보물"(434)인 펠릭스 쿨파의 교리를 전심으로 수용한다.

도덕적으로 예정된 세상에서 한없이 나빠지고, 한없이 커지는 죄의 사이클을 관조하는 호손의 암울한 퓨리턴 비전과는 대조적으로, 가톨릭 작가 오코너는 구제될 수 없는 죄를 필연적으로 저지르도록 캘빈주의적으로 "미리 예정된 세상에서의 문학은 불가능함"(*HB* 489)을 천명한다. 오코너 문학은 "신의 노여움에도 불구하고 자유의지에 의해"(MM 192) 결연히 죄를 짓고 떨어진 추락의 깊이만큼 비상하여 가톨릭의 펠릭스 쿨파의 기적을 몸소 실행하는 인물들을 주인공으로 내세워, "신성한 죄인의 전통"(Stephens 223)을 구축한다. 『현명한 피』의 헤이즐 모츠는 오코너 주인공의 원형으로서 미스핏(Misfit), 맨리 포인터(Manley Pointer), 루퍼스 존슨(Lufus Johnson), 타워터(Tarwater) 등으로 이어지는 "신성한 죄인"들의 계보의 선두에 서있다. 오코너는 『현명한 피』의 집필에 강한 영향을 미쳤던 T. S. 엘리엇의 악의 행위자의 존재론적 우위의 패러독스를 주인공 헤이즈를 통하여 구현한다.[7] 그는 쾌락이 아니라 오로지 죄, 그 자체를 위하여 간음하고, 신성을 모독하고, 신의 사원인 자신의 몸에 자해를 가하고—그리고 살인한다. 왜냐면 그의 몸에 비밀스럽게 흐르는 현명한 피는 구원의

---

7) 『현명한 피』의 집필 기간 중 지근거리에서 작가를 지켜보았던 샐리 피츠제럴드(Sally Fitzgerald)의 증언에 따르면 "그녀의 첫 소설을 시작할 때 상당한 영향을 미치고—어쩌면 심지어 엔진을 걸어준" 작가는 T. S. 엘리엇이라고 한다("Introduction" to *Three* iv). 「보들레르」에서 엘리엇이 제시한 존재의 기본 조건으로서의 악과 선의 행위의 의미를 참고한다: "우리가 인간으로 있는 한, 우리가 행하는 것은 악하거나 선한 것이다; 악하거나 선한 행위를 하는 한 우리는 인간적인 것이다; 그리고, 모순되게도, 아무것도 하지 않는 것보다는 악을 행하는 편이 낫다; 최소한 우리는 존재하기 때문이다. 인간의 영광은 그의 구원을 받아들일 수용력이라는 것은 진실이다; 또한 그의 영광은 저주를 향한 수용력이라고 말하는 것 또한 진실이다"(373).

전제로서의 죄, 즉 펠릭스 쿨파의 의미를 알기 때문이다. 할아버지의 예언대로, 예수는 "죄의 바다를 건너 그를 끝까지 쫓을" 것이라는 것을, "예수는 결국 그를 가지게 될 것"이라는 것을 그는 잘 알기 때문이다.

III. 죄짓기: "속속들이 악"해 질 때까지

오코너는, 『대리석 목신』의 호손과 같이, 인간의 추락 신화의 보편적 주제를 『현명한 피』를 통하여 자신만의 독특한 이야기로 재창조한다. "나는 절대로 우화나 신화와 관련하여 생각하지 않는다"(*The Vagabond* 9)는 작가의 주장과는 달리, 주인공의 구원에 이르는 추락, 즉 펠릭스 쿨파를 중심으로 하는 이야기의 전개는 창세기와 요나를 비롯한 성경과 다른 추락의 신화들을 연상시킨다. "고래의 혀에 거칠게 매달린 요나"(216)에 비유된 다음 장편소설, 『난폭한 자가 거두어 가리라』의 주인공 타워터와 같이, "그에게 돌아서서 어두움으로 들어오라고 몸짓하는 거친 누더기를 걸친 형상"(10)을 한 "그리스도에게 홀린(Christ-haunted)" 주인공이 "그리스도 중심으로(Christ-centered)"[8] 돌아서기까지의 과정은 요나의 신의 부르심으로부터의 도피와 회귀의 과정에 상응하는 일종의 종교적 통과 의례이다.

성서의 요나와 마찬가지로 헤이즐 모츠는 캠벨(Joseph Campbell)의 출발─입문(시련)─회귀의 세 단계로 구별되는 "영웅의 신화적 모험의 전형적 통과 과정"을 거친다. 캠벨은 입문식 통과 의례의 이야기체 형식을 다음과 같이 정리한다:

---

8) 미국 남부 지역의 종교적 성향에 관한 작가의 견해 참조: "남부는 그리스도 중심(Christ-centered)이 거의 아닌 반면, 그리스도에게 아주 확실히 홀려있다(Christ-haunted)"(*MM* 44).

영웅은 평범한 날의 세상으로부터 나와 초자연적인 경이로운 세상으로 들어간다: 가공할 힘들과 마주치고 결정적 승리를 거둔다: 영웅은 이 신비한 모험으로부터 동료 인간들에게 은혜를 베푸는 능력을 가지고 돌아온다.

A hero ventures forth from the world of common day into region of supernatural wonder: fabulous forces are there encountered and a decisive victory is won: the hero comes back from this mysterious adventure with the power to bestow boons on his fellow man. (30)

그러나 "결정적 승리"를 거두고 돌아오는 전형적인 신화의 영웅과는 달리, 오코너의 주인공은 "가공할 힘들"과의 싸움에서 무참한 패배를 맞고 주검으로 돌아온다. 여기서 작가는 그가 "베들레헴으로 되돌아가는" 사후 여정의 입구에서 그의 죽음의 목격자로서 "바이블 벨트 도덕성의 풍자적 초상"(Friedman 241)이며 악과 탐욕의 홍수에 빠진 플러드 부인(Mrs. Flood)을 설정함으로써, 주인공의 타락과 구원, 즉 펠릭스 쿨파의 표본으로서의 영웅적 위상을 확고히 한다. "한 점의 빛"이 되어 "어두움 속으로 멀리, 더 멀리 움직이는" 주인공의 죽음이 플러드 부인과 같은 세속적인 동료 인간에게 "그 무엇인가의 시작"을 "눈을 감고" 볼 수 있는 신비한 능력의 단초를 제공함으로써 작가는 그의 죽음이 승리에 찬 패배라는 모순의 메시지를 남긴다. 따라서 드리스켈과 브리튼이 요약하듯이, "『현명한 피』는 통과 소설이다. 소설의 움직임은 구속에서 자유로, 밤의 어두움에서 시작하여 낮의 밝음으로 끝난다"(45).

니네베의 몰락을 예언하라는 신의 소명을 거부하고 니네베로부터 최대한 멀리 도망치려 했던 요나와는 달리, 헤이즈는 니네베―토킨햄으로 제 발로 들어가 "십자가에 못 박힌 예수가 없는 진실의 교회"를 설파하고 토킨햄의 몰락을 재촉한다. 소설의 대부분을 차지하는 토킨햄에서의 주인공의 행적은 캠벨이 정의한 통과 의례의 중간 단계인 입문(시련)의 과정에 해당한다. "아무도 하늘에 주의를 기울이지 않는" 도시에서 마주치는 "가공할 힘들"과의 충돌의 결과로, 주인공이 점차 죄와 타락의 나락으로 떨어지는 시련을 통해 기독교 신앙으로 입문하기까지의 과정을 본 장에서 자세히 살펴보기로 한다.

토킨햄으로 들어가기 전의 주인공 헤이즈는 이미 죄와 구원의 종교적 문제가 가슴 깊이 박힌 청년이다. "머리에 예수를 벌침처럼 감추고 자동차로 세 개 군을 다니는 말벌 같은 늙은 순회목사"인 할아버지와 "십자가 형상의 얼굴"을 한 어머니는 기독교 정통 신앙을 소년 헤이즈에게 주입한다. 그들은 하나님을 두려워하는 경건한 소년으로 헤이즈를 기르는데 성공하였으나, 그들이 정작 아이에게 심어준 예수의 이미지는 "영혼에 굶주린 포식자"(soul-hungry devourer)이며 "발밑을 확신할 수 없는 어두움"으로 그를 부르는 위험한 유혹자로 소년의 마음에 깊이 각인된다. 할아버지는 군중 앞에서 어린 손주를 가리키며 "저 비열하고 죄로 가득 찬 생각 없는 아이"의 구원을 공개적으로 선언한다: "저 아이는 구원을 받았고 예수는 그를 절대 내버려두지 않을 것이오. […] 예수는 결국 그를 가지게 될 것이오"(10). 소년에게 구원이란 불확실한 어두움에 빠지는 것, "영혼에 굶주린 포식자"에게 잡아먹히는 것이라는 엄청난 공포로 각인되어, 그의 잠재의식에 예수는 기필코 피해야 할 "끔찍한 그 무엇"(something awful)으로 자리 잡는다. "예수를 피하는 방법은 죄를 피하는 것이라는 깊고 까만 말없는 확신"(10)을 가지고 목사가 되겠다는 그의 12살 때의 결심은 예수를 따르려는 의지가 아니라 위험한 미지의 영역으로 그를 부르는 어두운 유혹자인 예수로부터 도망치고 싶은 비밀스런 욕구에서 비롯된 것이다.

18세가 되어 소년은 마치 "유혹으로 이끄는 속임수"인 것처럼 군대로 징집된다. 자신은 할아버지에게서 "악에 저항하는 힘"을 물려받았으므로 영혼을 "타락시키지 않고" 돌아올 수 있다는 오만에 찬 자신감은 부대 동료들의 "그에게는 [타락할] 영혼이 없다"는 조롱에 찬 야유에 부닥친다. 예수가 사막에서 사탄의 유혹에 승리한 것과는 반대로, 사막으로 보내진 헤이즈는 "그의 영혼을 연구하고 [동료들 말대로] 그것[영혼]이 없다는 확신을 하게 된다"(12). 그에게 애초에 영혼이 없다면, 다시 말해 "악 대신에 무(nothing)로 개종"한다면, 그는 "영혼에 굶주린" 예수로부터 영원히 안전할 것이라고 생각하는 순간부터 "무로 개종"하는 것이 악으로 개종하는 것과 동일하다는 것을 깨닫는 그 순간까지, 그는 죄를 짓고 또 짓는다. 「착한 사람」의 미스핏이 "즐거움이 아니라 야비함"을 가져다줄 뿐인 범죄를 강박적으로 저지르는 것처럼, 헤이즈는 영혼이 없는 자신을 증명하기 위하여, 또한 "즐거움을 위해서가 아니라, 그가 죄를 믿지 않는다는 것을 증명하기 위하여 [⋯] 그것[죄]이라고 불리는 것을 행한다"(57). 따라서 헤이즈에게 죄를 짓는 행위는 공포의 하나님으로부터의 자유를 선언하는 일종의 의식과도 같은 것이다.

그가 도시로 가는 목적은 "한 번도 안 해본 일들을 하기"(5) 위해서, 즉 죄를 짓기 위해서이다. 그는 도시로 들어서자 첫 번째 죄의 행위로 사창가를 찾는다. 그의 결연한 의지에 의한 죄의 행위는 도시의 "형제"가 창녀의 침실을 "마을에서 가장 친절한 장소"로 광고하는 죄의 바다에서 한 방울의 불결함을 더하는 일에 불과함을 그가 깨닫는 데는 그리 오래 걸리지 않는다. 그의 머릿속을 꽉 채우고 있는 죄와 구원의 문제에 대하여 "예수가 죽은 지 한참 되었다"고 "심술궂은 의기양양한 목소리"(13)로 응답하는 도시 거주자들에게 그는 단지 시대착오적 인물일 뿐이다. 여자와 친구뿐 아니라 회개와 같은 영적 문제마저 단돈 5전에 사고파는 상품으로 전락한 물질만능주의의 도시에서 주인공의 반 그리스도적 행동 양식은 능욕의 행위이기는커녕, 일상적인 평범한 삶의 방식에 불과한 것이다.

"어두운 심술궂어 보이는 태양"이 내려다보는, 신마저 버린 듯한 타락한 도시의 풍경에 그의 존재는 섞이지 못한다. 그의 "예수처럼 보이는"(Jesus-seeing) 모자 때문인지, 아니면 깊이 꿰뚫어보는 두 눈 때문인지 알 수 없으나, 할아버지가 어릴 적 정해준 소명은 그의 필사적인 부정에도 불구하고 모습을 드러낸다. 그를 창녀에게 데려다준 택시 운전사는 그를 목사로 알아보고, 헤이즈와 친구가 되고 싶은 에녹은 그가 "예수 말고는 아무도 무엇도" 원치 않는다고 불평한다. 무엇보다 거리의 눈먼 목사 호크스(Asa Hawks)는 헤이즈의 불신앙에 대해, "어떤 목사가 그의 표시를 네게 남겨놓았다"(26)고 비웃는다. 결국 죄를 행하는 것만으로는 아무도 관심조차 주지 않는 자신의 "무로의 개종"을 증명하기 부족하다고 깨달은 주인공은 그것을 설교하리라 마음먹는다. 죄와 구원, 심판을 부정하며 "예수가 거짓말쟁이라는 것 말고 아무것도 중요한 것은 없다"(54)는 소위 무의 복음을 설교하는 불경의 죄가 그의 육체적 죄에 더해진다.

여기서 주목할 점은 헤이즈의 "십자가에 못 박힌 예수가 없는 진실의 교회"는 예수가 죄인을 집요하게 추적할 것임을 설교하던 할아버지를 연상시키는 길거리의 눈먼 목사 호크스에 대한 반발로 시작한다는 것이다. "너는 예수로부터 도망칠 수 없어. 예수는 사실이야"(26)라는 호크스의 주장에 맞선, "나는 아무 것도 믿지 않기 때문에 그 어느 것으로부터도 도망칠 필요 없다"(39)는 헤이즈의 무력한 답변은 자기 자신도 설득 못한 채 그의 무에 대한 불안정한 확신을 통째로 휘젓는다. 「껍질 벗기는 사람」("The Peeler")에 나오는 헤이즈와 호크스의 다음 대화는 죄의 행위를 통해 예수로부터 도망치려는 주인공의 필사적인 시도들은 헛된 망상이라는 소설의 주제를 지나치게 노골적으로 담고 있어서 소설의 3장으로 삽입되기 전에 삭제된 듯하다.

> "너는 비밀스러운 욕구를 가지고 있어"라고 눈먼 사람이 말했다. "예수를 일단 아는 자들은 결국 그에게서 도망할 수 없어." "나는 절대로 그를 안 적이 없어," 헤이즈가 말했다. "됐어. 너는 그의 이름을 알고 표시가 됐어. 예수가 너에게 표시를 했으면 네가 할 수 있는 건 아무 것도 없어. 앎을 가진 자들은 그것을 무지와 바꿀 수 없는 거야."

"You got a secret need," the blind man said. "Them that knows Jesus once can't escape him in the end." "I ain't never known him," Haze said. "That's enough. You know His name and you're marked. If Jesus has marked you there ain't nothing you can do about it. Them that have knowledge can't swap it for ignorance. (72)

예수를 부정하는 헤이즈의 미친 듯한 집요함은 역으로 그의 신앙의 깊이와 피할 수 없이 얽힌 예수와의 관계를 시사한다. 「착한 사람」에서 자신의 공허한 신앙심을 수시로 편의상 활용하는 할머니보다는 예수가 죽은 자를 살린 실증적 증거를 요구하는 미스핏이 일가족 몰살이라는 끔찍한 범죄행위에도 불구하고 훨씬 종교적인 인물인 것과 마찬가지로, 죄와 구원이라는 절체절명의 명제 앞에서 비웃음과 무관심, 아니면 기껏해야 당혹감을 드러내는 도시 거주자들보다는 육체의 죄를 짓고, 신성을 모독하는 헤이즈의 신앙이 비할 수 없이 깊은 것이다. 헤이즈의 죄의 깊이는 역설적으로 그의 신앙의 깊이와 비례한다는 것이 또 하나의 오코너적 아이러니이다. 증거만 있다면 "모든 것을 다 던지고 그를 따르겠다"(「착한 사람」 28)는 살인마 미스핏처럼 헤이즈는 죄짓기를 통하여 증거를 찾고 또 찾는다. 결국 그의 죄짓기는 자신 안에 존재하는 신성에 대한 집요한 거부인 동시에, "영혼에 굶주린" 예수에 의한 구원을 갈구하는 종교적 행위인 것이다. 예수를 믿을 수도 없고, 믿지 않음에 편할 수도 없는 고통스러운 딜레마로부터 그가 빠져나올 수 있는 유일한 방법은 유신론적, 혹은 무신론적 확실성의 증거를 찾는 것이다.

이러한 그에게 "예수 그리스도가 그를 구원하였다는 믿음을 증명하기 위하여"(58) 자신의 눈을 멀게 한 호크스는 신에게 자신을 바치는 최상의 제스처를 취함으로써 예수의 구원을 증명한 살아있는 증거가 된다. "증명하기 위하여 자신의 눈을 멀게 한 자는 누구든지 너를 구원할 수 있어"(26)라는 호크스의 딸 새바쓰(Sabbath)의 부추김을 겉으로 무시하면서도, 그가 호크스를 악착같이 쫓는 이유는 고통스러운 불신앙의 딜레마로부터 해방되기 위해서이다. 그러나 구원을 향한 헤이즈의 비밀스럽고도 간절한 호소, "당신은 도대체 어떤 종류의 목사인가요 […] 내 영혼을 구원할 수 있는지 보지도 않다니?"(56)는 호크스의 무관심과 냉담의 벽에 부딪친다.

"이 곳 저 곳 가는 게 좋아 […] 그것이 내가 아는 전부야"(5)라는 외침에서 드러나는 그의 목표 없는 강박적인 육체적 유동성을 입증하듯, 헤이즈는 기차로, 자동차로, 아니면 걸어서라도 쉬지 않고 움직인다. 그러나 "나는 먼 길을 왔어 […] 세상의 절반을 왔어"(26)라는 자랑에도 불구하고 그가 예수로부터 멀리 도망치면 칠수록, 그는 산 채로 매장된 것과 같은 패쇄적인 존재의 감옥 속으로 점점 더 깊숙이 들어가 그 안에 갇히게 된다. 그의 격렬한 잠꼬대는 이러한 감옥 같은 삶으로부터 구원을 갈망하는 그의 무의식 상태를 반영한다: "이런 것에 갇힐 수 없어. 내보내줘! […] 예수 […] 예수"(13). 죽음 같은 삶으로부터 구원을 갈구하는 그의 숨겨진 갈망은 또 다른 악몽으로 연결된다: "그는 정확히 죽은 건 아니고 단지 매장되었다. […] 그는 호크스가 타원형의 창문에 렌치를 들고 나타나길 기다리고 기다린다, 그러나 그 장님은 오지 않았다"(83). 렌치를 들고 와 불신앙과 죄의 감옥으로부터 자신을 구출해야 마땅하지만, "타락한 영혼"을 구원하는 데 일말의 관심을 보이지 않는 호크스를 자극하기 위하여 헤이즈는 그의 딸 새바쓰를 유혹하기로 한다.

그러나 예수를 증언하기 위하여 자신의 두 눈을 바칠 정도로 경건한 호크스의 "순진한" 딸이 사생아라는 충격스러운 사실은 헤이즈를 극도의 혼란에 빠뜨린다. "그[호크스]는 믿게 되기 전에 매우 악해 보이는 사람이었나 […] 아니면 그냥 부분적으로 악해 보인 건가?"(62, 밑줄은 필자강조)라는 헤이즈의 경악에 찬 질문에 대한 새바쓰의 영악한 한 마디 답변은 헤이즈에게 새로운 전환의 계기가 된다: "속속들이 악했어"(62). 만약에 호크스가 예수에게 귀의하기 전에 그랬던 것처럼 "매우"나 "부분적으로"가 아니라 "속속들이" 악해진다면, 그도 호크스처럼 예수에게로 돌아가는 길을 찾을 수 있을 것이고, "그 장님에게 깊은 인상을 주어" 그를 자신의 영적 가이드로 만들 수 있을 것이라는 추론에 이르게 된다. 구원을 향한 비상은 추락의 바닥을 찍은 후에 비로소 가능해질 것이므로 이전보다 더욱 더 맹렬히 죄를 행하고, 불경(blasphemy)을 말하리라 결심한다. 이제 그에게 "불경은 진실로 가는 길"(78)이며 죄는 구원을 향한 지침자임이 분명해진다. 결국 그의 죄짓기는 구원을 위한 추락, 즉 펠릭스 쿨파인 것이다.

"나는 너보다 더 많은 것을 볼 수 있어! … 너는 눈이 있지만 보지 못해"(27)라고 외치는 장님 목사 호크스가 어두운 안경알 너머 볼 수 있다는 소위 구원의 비전을 보기 위하여, 헤이즈는 기다려도 오지 않는 그를 찾아 나선다. 헤이즈가 호크스의 방 깊은 어둠 속에서 성냥을 긋는 순간, "두 세트의 눈들이 성냥이 켜있는 동안 서로를 보았다; 헤이즈의 표정은 더 깊은 공허로 열리는 듯했고 무엇인가를 반영하다 다시 닫혔다"(83). 장님 목사의 위선을 발견한 치명적인 순간 헤이즈는 "공허", 즉 절대적 무의 실체와 정면으로 마주한다. 장님 목사는 헤이즈가 부르짖는 무의 어두운 비전의 실체를 확인시켜 주고, 그의 음탕한 딸은 그를 유혹함으로써 "그것을 좋아하는 법"을 가르친다. "타락함 없이 그것[영혼]을 제거하고, 악대신 무로 개종하기"(11) 위한 지금까지의 그의 모든 행보들은 끝내 그를, 새바쓰가 그를 부르듯이, "짐승들의 제왕"(87)으로 전락시킨다. 결국 무로의 개종은 인간의 존엄성을 포기하는 것에 상응하는 것이며, 인간의 무신론적 실존은 짐승의 삶과 다를 바 없는 것이다.

오코너는 신을 부정하는 인간이 짐승으로 퇴행하는 과정을 고릴라 탈을 뒤집어씀으로써 스스로 "그"(he)에서 "그것"(it)으로 변모하는 에녹을 통하여 풍자한다. 작가의 표현에 의하면, "얼간이이며 주로 웃기는 인물"(MM 116)인 에녹은 주인공 헤이즈에 대한 희극적 대응자 역할을 하며, "그의 오디세이는 헤이즈의 맹렬하게 심각한 오디세이의 희극적 패러디이다"(Feeley 63). "에녹과 고릴라 탈의 에피소드는 헤이즈와 관련 없다"(14)는 하이먼(Stanley Hyman)의 성급한 단정과는 달리, 인성에서 동물성으로 퇴화하는 에녹의 이야기는 주인공 헤이즈가 타락한 죄인으로부터 기독교적 영웅이 되어가는 과정과 대비된다. 작가는 고릴라로 변모한 에녹을 통해 신성을 끝까지 받아들이지 않았더라면 동물성으로 퇴행하였을 주인공의 모습을 제시하고자 한 것이다.

헤이즈가 찾는 신성을 제거한 "새로운 예수 […] 전부 인간이고 그 안에 어떤 신도 없으므로 사람들을 구원하느라 그의 피를 낭비하지 않는 자"(62)는 에녹이 숭배하는 유리장 속에 안치된 "3 피트 길이의 쪼그라진 미라"의 형태로 나타난다. 브라우닝(Preston Browning)이 적절히 표현하듯이, "상징적으로 이 새로운 예수는 무의 사도가 사기꾼의 딸에게 낳게 한, 헤이즈의 자식이다"(30). 생명력을 제거한 인간의 찌꺼기에 불과한 "먼지 한 움큼"의 미라는 호크스의 동공 너머로 본 "공허"의 실체이자, 그의 "예수 없는 교회"가 숭배하는 "무"의 화신이며, 또한 자신이 이제껏 행하고 말한 모든 죄의 결정체임을 직감한 헤이즈는 격분하여 이것을 박살낸다. 이 부분에 관하여 작가는 "에이(A)"에게 보낸 편지에서 다음과 같이 피력한다: "그가 몸과 마음을 다해서 찾은 것, 모든 것이 갑자기 그에게 나타났고 그는 그것을 거부해야한다는 것을 안다, 그것이 자신이 찾고 있던 것이 정말로 아니란 것을 안다"(HB 404). 신의 진정한 형상을 제외시킨 인간 영혼의 공포스러운 공허함과 죽음을 상징하는 미라의 파괴는 헤이즈의 반 그리스도 행로로부터의 완전한 전향을 의미한다. 미라 같은 가짜 우상을 숭배한 에녹이 동물성으로 떨어진 것과 대조적으로, 헤이즈는 갑작스런 신앙의 비상을 하기 직전에 놓이게 된다. 유리장 안에 갇혀있었던 미라의 파괴는 육체의 감옥에 갇혀있는 자신의 낡은 자아를 죽이는 행위이며, 그의 새로운 자아가 발아하기 위한 서막인 것이다.

헤이즈가 예수를 온전히 받아들이는 새로운 자아로 거듭나기 전에 또 하나의 사명이 남아있다. 그것은 그의 복제인간인 솔러스(Solace Layfield)를 제거하는 일이다. 자동차 위에서 설교하는 그의 스타일을 흉내냄으로써 자신과 그의 반 그리스도 복음을 비웃는 솔러스의 야윈 외관에서 헤이즈는 자신의 소름끼치는 자아를 발견한다. 그는 자신의 정신적 분신이자 가짜 쌍둥이인 솔러스를 처형한다. 그 이유는, 그의 말에 따르면, "너는 진실되지 않아. […] 너는 예수를 믿어. […] 두 가지를 나는 견딜 수 없어—진실되지 않은 자와 그것을 비웃는 자"(104-05)이기 때문이다. 상징적으로, 헤이즈는 자신의 분신을 죽임으로써 "진실되지 않은" 자신을 죽인 동시에 자신도 모르게 예수를 원하는 자아를 되살린 것이다. 호크스 부녀, 에녹, 솔러스 등 "가공할 인물들"과의 만남의 과정 중, 간음과 불경의 죄에 덧붙여 살인의 죄까지 저지름으로써 추락의 끝까지 떨어진 주인공의 그리스도에게로의 입문은 이로써 마무리된다.

IV. 고행과 구원: "어두운 터널 끝 한 점의 빛"

그러나 아이러니하게도 살인이라는 최악의 범죄 행위를 저지르는 이 순간이 주인공의 영적 눈 멈이 최고조에 달한 순간이다. 그는 신을 부정한 인간의 공허한 실체를 목격한 두 눈을 고집스럽게 질끈 감고, "예수가 너를 위해 죽었다"는 도로 표지의 경고를 무시한 채 자동차를 몰고 무작정 달린다. "좋은 자동차를 가진 자는 누구든 죄 없음을 증명할 필요 없다"(58)고 외치는 주인공에게 자동차는 이동하는 집이자, 후드 위에서 설교하는 성지이며 신의 정의로부터 피난처가 된다. 자동차야말로 "눈으로 보고 손으로 잡거나 이빨로 시험할 수 있는" 실증적 확실성을 찾는 그의 요구를 충족시키는 유일한 대상이라고 믿으며, 헤이즈는 자동차에 예수를 대체한 맹목적 신앙을 건다. 자동차를 맹신하며 "어디로 달아나는지"

도 모르고 미친 듯 속도를 내는 그에 맞서 마치 온 세상이 공모하는 듯하다: 달리는 자동차 안에서 "그는 조금도 전진하지 않는 것 같은 느낌을 가졌다. […] 그는 도로가 밑에서 정말로 미끄러지며 뒤로 가는 듯했다"(106).

그러나 "벼락도 그것[자동차]을 멈추게 할 수 없다"(106)며 근거 없는 자신감이 넘치던 헤이즈의 교만하고 반항적인 자아는 교통경찰관의 갑작스러운 출현으로 자동차와 함께 산산조각난다. 월터스(Dorothy Walters)는 "많은 현대의 자동차 소유자들처럼 자동차는 실제로 그의 정체성의 투사이며 교통경찰관에 의한 터무니없는 자동차 파괴는 신의 징후로 해석되어야 한다"(57)고 주장한다. 월터스가 표현한 "신의 징후"는, 보다 구체적으로, 사울이 다마스쿠스로 가는 길 위에서 "맞고 눈이 멀게 된 신성한 벼락"(59)에 해당한다(행 9:3-8). 벼락을 맞고 유대교인 사울이 기독교인 바울로 갑자기 개종하였듯이, 자동차의 불가해한 파괴는 신의 부르심으로부터 고집스럽게 도망쳤던 헤이즈가 예수에게로 갑자기 되돌아가는 결정적 계기가 된다.

그가 이제껏 차창 밖으로 내다보았던 세상은 "어떤 거대한 텅 빈 것의 깨진 조각"(38)이었음에 비해, 부서진 자동차 밖으로 나온 주인공 앞에 무를 넘어선 무한히 영원한 세상의 파노라마가 전개된다: "그의 얼굴은 들판건너 그리고 그 너머 원경 전체를, 그의 눈에서부터 깊이 더 깊이 우주로 계속 가는 텅 빈 잿빛 하늘까지 확장하는 원경 전체를 비추는 것 같았다"(107). "둑 가장자리에 다리를 걸치고" 앉은 헤이즈 앞에 펼쳐진 "가장 예쁜 광경(the *puttiest* view)"에 관하여 바움바흐(Jonathan Baumbach)는 다음과 같이 설명한다: "헤이즈는 현현(epiphany)을 경험한다; 그는 악의 얼굴, 즉 참된 세상을 가리는 흉측한 베일 너머 무한한 공간의 광경—무한의 현시를 본다"(96). 이 광대한 무의 한가운데서, 영혼의 어두운 밤의 한가운데서 그는 드디어 구원을 받아들인다. 야니텔리(V. Yanitelli)는 키르케고르(Søren Kierkegaard)의 신앙의 "눈먼 비이성적 도약"에 대하여 "무에

의해 생산된 고통, 개인을 공격하는 허무는 그를 신에게 인도한다"(499)
고 요약한 바 있는데, 바로 이것이 둑 위에 앉아서 예수 혹은 무를 선택해
야하는 필연의 순간을 직면한 헤이즈에게 일어난 것이다. "돌아서서 발밑
을 확신할 수 없는 어두움으로 떨어지라고 몸짓하는 누더기 옷을 입은 거
친 예수"(10)를 선택한 주인공을 작가는 "감탄할 만한 허무주의자"로 칭
하면서 "그의 허무주의는 그를 구원의 사실로 돌아가게 한다"(*HB* 70)고
단언한다.

　신앙의 "눈먼 비이성적 도약"을 선택한 헤이즈는 말 그대로 자신의 눈
을 멀게 함으로써 무로 향하는 죄악의 길에서 "돌아서서 발밑을 확신할
수 없는 어두움으로 떨어진다." 그는 호크스가 사도 바울의 눈 멈을 따라
시도하였으나 실패한 자해 행위를 실행하는 데 그치지 않고, 가시철사를
가슴에 감고 잔다거나 신발 속에 깨진 유리와 날카로운 돌을 넣고 걷는
등 피나는 고행에 들어간다. "고행은 충분히 있었다! 속죄는 없다!"(*The
Scarlet Letter* 183)는 호손의 청교도 주인공들과는 달리, 오코너의 주인공
의 고행은 속죄와 구원을 향한 필연적 과정이 된다. "헤이즈 모츠는 오이
디푸스 형상은 아니지만 명백한 유사성이 있다"(*HB* 68)는 작가의 주장대
로, 주인공의 극단적인 고행은 오이디푸스의 경우와 마찬가지로 속죄의
성격을 지닌다. 오이디푸스와 헤이즈는 도처에 명백히 드러난 진실을 보
지 못한 교만에 대한 속죄를 위해 두 눈을 바친다는 공통점을 가진다. 오
이디푸스의 엄청난 교만(hubris)이 엄청난 속죄를 요하듯이, 헤이즈는 자
신의 극단적인 죄의 행위들에 대한 대가로, 다시 말해 "갚기 위해서," 극
단적인 형태의 고행을 스스로 치른다:

　　"돌을 넣고 걷는 이유가 뭔가요?"
　　"갚기 위해서"라고 그는 거친 목소리로 말했다.
　　"무엇을 갚는다고?"
　　"그건 중요하지 않아요," 그는 말했다.

"나는 갚고 있습니다."

"What do you walk on rocks for?"

"To pay" he said in a harsh voice

"Pay for what?"

"It don't make any difference for what," he said. "I'm paying." (115)

위의 플러드 부인과 헤이즈의 대화에서 볼 수 있듯이 헤이즈의 수수께 끼 같은 고행의 매 순간은 그녀의 경악에 찬 두 눈을 통하여 목격되고 보고된다. 플러드 부인으로 갑자기 이동한 서사적 관점은 이겐슈와일러 (David Eggenschwiler)가 지적한대로 "불확실한 작가적 관점과 연관된 문학적 약점"(114)임에 틀림없다.[9] 그러나 새로운 중요인물이 마지막 순간에 등장하는 소설의 명백한 구조적 결함에도 불구하고, 작가는 헤이즈의 최후의 신앙적 국면을 플러드 부인의 변화하는 관점과 태도를 통하여 간접적으로 제시함으로써 이른바 "일종의 프로테스탄트 성자"(HB 69)[10]로서의 주인공의 위상을 확립하고자 시도하는 듯하다. 플러드 부인에게 헤이즈의 기이한 고행의 자학적 행위들은 "기름에 끓이는 것이거나 성인이 되는 것이거나 고양이를 벽 속에 묻는 것처럼 사람들이 더 이상 하지 않는 그 무엇"(116)일 뿐이다. 이렇듯 우스꽝스러울 정도로 무지한 그녀가 제시한 "사람들이 더 이상 하지 않는" 세 가지 예시들 중, "성자가 되는 것"이 바로 헤이즈의 마지막 신앙적 단계인 것이다. 아살스(Frederick Asals)의 주장대로 "그녀가 필요한 서사적 장치라면, 그녀는 또한 중대한 주제적 기능을 하도록 되어있다"(55). 하숙인의 이해할 수 없는 고행의 본

---

9) 작가가 "A"에게 "관점은 나를 돌게 해"(HB 157)라고 털어놓았듯이, 수사적 전략으로써 서사적 관점은 그녀에게 지속적인 난제였던 듯하다.

10) 인그라피아(Brian Ingraffia)는 주인공이 작가의 호칭대로 "프로테스탄트 성자"가 아니라 자신을 채찍질하는 가톨릭 고행자라고 주장하며 작가가 주인공에게 얀센파(Jansenism)의 가톨릭 신조를 부과하는듯하다는 우려를 표명한다. 그는 주인공의 고행의 행위들에서 "이 세상에서의 삶의 거부 뿐 아니라, 자기혐오만을 본다"(83)고 일갈한다.

보기로 인하여 집주인 플러드 부인이 철저한 물질주의자에서 정신적인 가치를 추구하는 인물로 점차 변화하는 과정을 보여줌으로써 작가는 주인공을 예시적인 그리스도의 참회자이자 선지자로 설정한다. "나는 이제 너희를 위하여 받는 고통을 기뻐하고 그리스도의 남은 고난을 그의 몸 된 교회를 위하여 내 육체에 채우노라"(골 1:24)는 사도 바울의 고난의 복음을 헤이즈는 스스로 가한 고통을 통하여 체화함으로써, 바울처럼 "어머니의 태로부터 [⋯] 택정"(갈 1:15)된 선지자의 소명을 더 이상 거부하지 않고 전심으로 받 [⋯] 아들이는 신앙의 마지막 단계를 실천한다.

탐욕스러운 물질주의자인 플러드 부인은 헤이즈가 도시에서 경험한 모든 세속적 탐욕과 무지한 자기기만을 집약한 인물이다. 그녀의 이름 대신 집주인이라는 호칭을 주로 사용하며 작가는 플러드 부인을 세상적 소유권에 집착하는 현대인의 표본으로 제시한다. 그녀의 자기만족적 ("그녀는 자신이 종교적이거나 음침하지 않아서 별들에게 감사한다")이고 사실주의적 ("그녀는 모든 말을 액면가로 받아들인다")인 관점에서 볼 때, 애당초 헤이즈는 "미친 바보"이거나, 아니면 적어도 "비정상"이다. "나는 깨끗하지 않습니다"(116)라는 헤이즈의 고행의 이유에 대한 답변을 오로지 위생의 문제로만 이해할 정도로 철저히 상식적인 플러드 부인에게 헤이즈의 기이한 자학적 행위들은 당연히 경악과 충격 그 자체이다. 그러나 그녀의 당혹감은 "당신의 두 눈에 바닥이 없으면, 그것들은 더 많이 담을 수 있다"(115)는 헤이즈의 주장에 의해 "그녀 가까이 감추어져 있는 소중한 그 무엇, 그녀가 볼 수 없는 그 무엇이 있을지도 모른다"(110)는 조바심과 호기심으로 점차 바뀐다. 그녀는 눈먼 자만이 볼 수 있는 "소중한 것"이 있음을 어렴풋이 감지하며, 자신은 그런 면에서 불공평한 속임수의 희생자일지도 모른다는 불안감을 갖게 된다. 결국 플러드 부인은 "그 무엇"의 정체를 찾기로 결심하고 헤이즈의 바닥없는 두 눈이 이끄는 신비의 영역을 탐색하기 시작한다: "그녀는 다른 것들은 다 무시하고, 모든 주의를 그에게 고정했다"(115).

"스위치 박스"처럼 자신은 이성과 감정을 조정할 수 있는 특별한 능력의 소유자라고 자부하는 부인의 득의만만한 자기관은 두 눈을 부릅뜨고 목격한 헤이즈의 고행과 "당신은 볼 수 없습니다"라는 그의 통렬한 지적으로 인하여 뿌리째 흔들린다(113-15). 마침내 그녀는 이 "텅 빈" 세상에서의 자신의 고독하고 무력한 존재의 정체성을 인정하게 된다: "우리가 서로를 돕지 않으면, 모츠 씨, 아무도 우리를 도와줄 사람은 없어요, [⋯] 아무도. 세상은 텅 빈 곳이에요"(118). "내 가슴에 당신을 위한 자리가 있어요"라고 "새장처럼 떨면서" 헤이즈에게 청혼하는 플러드 부인은 더 이상 그의 연금이나 탐내며 자신의 이름처럼 "그것[부의 홍수]을 원천까지 좇던" 탐욕스러운 물질주의자가 아니다. 그녀는 헤이즈의 눈먼 암흑의 삶을 "한 점의 빛"을 향하여 "터널 속을 걷는 것과 같다"고 마음에 그린다. 그 "한 점의 빛"을 "크리스마스 카드의 별"에 비유하는 어린 아이의 마음으로 "그가 베들레헴으로 되돌아가는 것을 보고 웃는"(113) 플러드 부인은 더 이상 "목사들이 사용하는 '영원한 죽음' 이라는 구절"을 비웃었던 예전의 세상적인 그녀가 분명 아닌 것이다. 주인공의 고행의 본보기의 결과로 극적으로 변화한 플러드 부인을 통하여 작가는 자신의 눈알을 도려낸 그의 끔찍한 행위가 절망의 자해가 아니라 신앙의 고행이라는 것을 확실히 한다.11) 무지하고 속된 플러드 부인이 변화할 수 있다면 누구인들 가능하지 않으랴? 이것이 앞서 아살스가 주장한 그녀의 "중대한 주제적 기능"일 것이다.

플러드 부인은 주인공의 주검을 앞에 놓고, 비로소 그의 방식대로 눈을 감고 신비의 영역으로 향하는 영적 눈을 뜬다: "그녀는 눈을 감고 그의 눈을 응시했다, 그리고 자신이 시작할 수 없는 그 무엇의 시작에 드디어 도

---

11) 스리글리(Susan Srigley)는 주인공의 고행은 "전적으로 이기적인 동기에 의한 것이며, 신과 타인에 대한 의무가 결여되었고 ('갚고있다'는 경제적인 것 말고는), 타인을 위해 아무 것도 못하게 막는다"(97)고 주장하며, 주인공의 고행과 죽음에 대한 예시적 성격을 부인한다.

달한 것처럼 느꼈다, 그리고 그녀는 그가 한 점의 빛일 때까지 멀리 그리고 더 멀리, 어둠 속으로 멀리 그리고 더 멀리, 움직이는 것을 보았다"(120). 비록 그녀는 "그 무엇의 입구에서 가로 막혔으나", 구원의 빛12)이 되어 신에게로 향하는 주인공의 죽음 이후 여정, 즉 "영원한 죽음"의 마지막 목격자가 된다. "할머니의 제스처가, 겨자씨처럼, 미스핏의 가슴에 까마귀가 가득 찬 거대한 나무로 자라나서 그를 선지자로 돌아서게 하기에 충분한 고통이 될 것이다"(MM 113)라고 작가가 예언한 「착한 사람」의 미스핏처럼, 플러드 부인이 목격한 헤이즈의 고행과 죽음의 본보기는 그녀가 구원을 향한 속죄의 고난과 펠릭스 쿨파의 가톨릭 복음을 기꺼이 맞이할 때까지 그녀를 고통스럽게 할 것이다. 결국 헤이즈의 "한 점의 빛"은 그녀를 구원의 신비로 이끌게 될 것이다. 주인공의 구원은 플러드 부인을 위시한 속된 세상의 구원을 가능하게 하는 예시적인 것이라는 종교적 결말을 암시하며 오코너는 "자신도 어쩔 수 없는 기독교인"의 연대기를 마무리한다.

V. 나가며

지금까지 주인공 헤이즐 모츠의 죄와 고행, 그리고 구원에 이르는 죽음의 과정을 단계별로 살펴보았다. 구원과 가톨릭 신앙에 대하여 작가는 "비록 그것이 일종의 프로테스턴트 성자에 관한 책이라 할지라도, 가톨릭이 아니라면 어느 누구도 『현명한 피』를 쓸 수 없었을 것이다. […] 물론 무신론자나 불가지론자도 그것을 쓸 수 없었을 것이다. 왜냐면 그것은 사

---

12) 소설에 대한 종교적 이해를 전적으로 거부할 때, "빛"에 대한 헨딘(Josephine Hendin)의 다음 주장과 같이 다소 황당한 해석이 가능해진다: "헤이즈의 부서진, 상처입은 몸의 이미지와 합쳐져서, 빛은 죽음의 빛, 즉 부패하는 세포 조직의 인광에 불과하다"(55). 또한 헨딘은 "헤이즈는 끝까지 예수의 존재하지 않음을 고수한다"(55)고 역설한다.

상적으로 완전히 구원 중심적이기 때문이다"(*HB* 70)라고 역설한다. "완전히 구원 중심적"인 소설의 주인공이 행하는 극단적인 죄와 고행의 의미를 구원과 관련하여 이해하기를 거부하는 많은 독자들이 갖는 불편한 심기는 대부분의 프로테스턴트들이 인정하지 않는 가톨릭의 구원적 고통과 펠릭스 쿨파의 교리의 수용을 통하여 일부 해소할 수 있을 것이다. 예를 들어, 헨딘은 『현명한 피』가 "성장의 불가능"(43)에 관한 소설이라고 단정지으며 주인공의 기독교인으로서의 성장 자체를 일축하는 한편, 아살스와 같이 통찰력 있는 비평가마저 구원과 펠릭스 쿨파의 비전을 보지 못하고 "『현명한 피』는 많은 악몽들의 책이지만 비전이 없다"(53)는 충격에 가까운 결론을 내리고 있다.

　소설이 출간된 지 반 세기 이상 지났으나 오코너의 첫 장편소설은 현대인의 감각에 충격과 심지어 모욕감을 불러일으키며, 정서적으로 혼란스럽고, 지적으로 당혹스럽고, 육체적으로는 지치게 하는 전체적인 효과와 힘을 여전히 발휘하고 있다. 신이 작가에게 "꿈과 비전들을 통해서, 발작과 깜짝 놀람으로"(*MM* 181) 말하듯이, 오코너는 "신의 잠자는 아이들"(*HB* 342)을 환상의 달콤한 잠자리에서 발작적으로 일으켜 깨우고 그들의 손상된 암울한 얼굴에 비친 추락의 놀라운 현실을 정면으로 들이댄다. 그러나 그녀가 자신의 예술을 통해 궁극적으로 보여주고자 하는 것은 악몽이 아닌, "희망의 비전"이다: "만약 구원을 믿는다면, 너의 궁극적인 비전은 희망의 비전이다, […] 네가 보는 악을 넘어서서 선을 보아야한다. 왜냐면 선이 거기 있기 때문이다; 선은 궁극적 현실이다. […] 비록 선이 궁극적 현실일지라도, 궁극적 현실은 인간의 추락의 결과로 약해져왔다"(*MM* 179).

　"우리는 인간의 추락에서 우리의 순수함을 잃었고, 그것으로 돌아가는 것은 그리스도의 죽음과 그 안에 서서히 참여함으로써 일어나는 구원을 통해서이다"(*MM* 148)라고 작가는 재차 강조한다. 오코너는 그녀의 첫 장편 소설에서 추락한 아담인 헤이즐 모츠가 극한의 고행을 통하여 그리스도의 수난에 참여함으로써 죄의 씻김으로 정화되어 그가 잃었던 것보다 더 높은 경지의 순수함으로 돌아간다는, 이른바 펠릭스 쿨파의 "희망의 비전"을 제시한다. 신성한 죄인이자 그로테스크한 성자, 헤이즈의 일대기인 『현명한 피』는 주인공의 처참한 죽음으로 끝나는 비극적 소설이 아니라, 그가 "기독교적 확신을 가진 작가가 생각하는 영원하고 절대적인 참된 나라"(MM 27)로 향하는 "희망의 비전"으로 끝을 맺는 "희극적 소설"인 것이다.

"가톨릭이 아니라면 글을 쓸 이유가 없다"(HB 114)며 문학과 가톨릭 신앙의 불가분한 관계를 천명한 오코너의 첫 장편소설은 "모든 이에게 해당하는 신화적 차원의 이야기"(MM 202)이며, 그 신화는 인간의 추락과 구원의 신화이다. 브라우닝의 주장대로, "그녀가 쓰는 모든 것의 배경을 제공하는 인간의 추락의 드라마 말고 단 하나의 오코너 이야기도 존재하지 않는다"(16). 『현명한 피』에서 전개한 추락과 구원의 드라마는 "단 하나의 오코너 이야기"로써 작가의 이십여 년의 집필 기간 중 반복적으로, 그러나 매번 새롭게 각색되어 오코너 특유의 종교적 작품 세계 구축에 기초가 된다. 이러한 의미에서 오코너의 첫 장편소설은 초기 작품의 미숙함에도 불구하고 신진 작가의 습작 이상의 가치를 지니며, 오코너 문학의 한 자리를 차지할 자격이 충분히 있는 중요한 작품으로 재조명되어야 할 것이다.

Works Cited

Asals, Frederick. *The Imagination of Extremity*. Georgia: U of Georgia P, 1982. Print.

Baumbach, Jonathan. "The Acid of God's Grace: The Fiction of Flannery O'Connor." *The Landscape of Nightmare*. New York: New York UP, 1965: 87-100. Print.

Browning, Preston M. *Flannery O'Connor*. Carbondale: Southern Illinois UP, 1974. Print.

Campbell, Joseph. *The Hero with a Thousand Faces*. New York: Princeton UP, 1973. Print.

장인식. 「나사니엘 호손의 『아메리칸 노트』에 반영된 형제애 사상」. 『문학과 종교』 19.2 (2014): 79-96.

[Chang, Ein-Sik. "The Idea of Brotherhood Reflected in Nathaniel Hawthorne's *The American Notebooks*." *Literature and Religion* 19.2 (2014): 79-96. Print.]

Donohue, Agnes. *Hawthorne: Calvin's Ironic Stepchild*. Ohio: Kent State UP, 1985. Print.

Driskell, Leon V., and Joan T. Brittain. *The Eternal Crossroads: The Art of Flannery O'Connor*. Kentucky: UP of Kentucky, 1971. Print.

Eggenschwiler, David. *The Christian Humanism of Flannery O'Connor*. Detroit: Wayne State UP, 1972. Print.

Eliot, T. S. *Selected Essays*. New York: Random, 1950. Print.

Feeley, Kathleen. *Flannery O'Connor: The Voice of the Peacock*. New Jersey: Rutgers UP, 1972. Print.

Friedman, Melvin J. "Flannery O'Connor: Another Legend in Southern

Fiction." *Recent American Fiction: Some Critical Views*. Ed. Joseph Waldmeir. Boston: Mifflin, 1963: 231-45. Print.

Hawthorne, Nathaniel. *The Scarlet Letter of the Centenary Edition of the Works of Nathaniel Hawthorne*. Ed. William Charvat, et al. Vol. 1. Columbus: Ohio State UP, 1962-80. Print.

_____. *The Marble Faun of the Centenary Edition of the Works of Nathaniel Hawthorne*. Ed. William Charvat, et al. Vol. 4. Columbus: Ohio State UP, 1962-80. Print.

Hendin, Josephine. *The World of Flannery O'Connor*. Bloomington: Indiana UP, 1970. Print.

Hyman, Stanley Edgar. *Flannery O'Connor*. Minneapolis: U of Minnesota P, 1966. Print.

Ingraffia, Brian. "If Jesus Existed I Couldn't Be Clean: Self-Torture in Flannery O'Connor's *Wise Blood.*" *Flannery O'Connor Review* 7 (2009): 78-86. Print.

Mullins, C. Ross. "Flannery O'Connor, an Interview." *Jubilee* 11 (1963): 32-35. Print.

O'Connor, Flannery. *Three by Flannery O'Connor: Wise Blood, The Violent Bear It Away, Everything that Rises Must Converge*. New York: New American Lib., 1983. Print.

_____. *"A Good Man is Hard to Find" & Other Stories*. New York: Harcourt, 1983. Print.

_____. *Mystery and Manners*. Ed. Sally and Robert Fitzgerald. New York: Farrar, 1983. Print.

_____. *Letters of Flannery O'Connor: The Habit of Being*. Ed. Sally Fitzgerald. New York: Vintage, 1979. Print.

_____. "Comment on *The Phenomenon of Man.*" *American Scholar* 30 (1961): 618. Print.

Stephens, Martha. *The Question of Flannery O'Connor.* Baton Rouge: Louisiana State UP, 1973. Print.

_____. "Flannery O'Connor and the Sanctified Tradition." *Arizona Quarterly* 24 (1968): 223-39. Print.

Srigley, Susan. "Penance and Love in *Wise Blood:* Seeing Redemption?" *Flannery O'Connor Review* 7 (2009): 94-100. Print.

Sullivan, Walter. *Death by Melancholy: Essays on Modern Southern Fiction.* Baton Rouge: Louisiana State UP, 1972. Print.

Unknown. "An Interview with Flannery O'Connor and Robert Penn Warren." *Vagabond* 4 (1960): 9-16. Print.

Walters, Dorothy. *Flannery O'Connor.* New York: Twayne, 1973. Print.

Yanitelli, Victor R. "Types of Existentialism." *Thought* 24 (1949): 495-508. Print.

존 키츠의 인간화된 종교에서 고통과 구원의 의미

이 은 아

1.

19세기 낭만주의는 이성의 이름으로 규정지었던 객관적이고 절대적인 자연과, 확고부동한 인간 정체성에 대한 회의감이 시대의 주된 흐름으로 나타나던 때이다. 이성의 시대에 신뢰해 왔던 '확고한 진리'에 대한 거부감은 초월적 자연, 절대 존재에 대한 회의로 이어진다. 마크 샌디(Mark Sandy)는 낭만주의의 자연이 더 이상 초월적이고 불변하는 중재자로 해석되는 것이 아니라, 인간의 무상함과 피할 수 없는 죽음의 끊임없는 암시자라고 하였다(1). 이처럼 낭만주의자들이 강렬하게 인식했던 절대 존재의 부재에 대한 공허함은 낙담과 실망뿐만 아니라, 죽음에 대한 갈망으로 확장되기도 한다. 하나님을 버림과 동시에 하나님과 함께 하였던 평화로웠던 과거에 대한 그리움을 지울 수 없는 모순 상태가 낭만주의자들이

---

* 이 논문은 『문학과 종교』 제14권 1호(2009)에 「존 키츠의 인간화된 종교에서 고통과 구원의 의미」로 게재되었음.

처한 현실이었다. 이에 전통적 종교와 새로운 이념 사이의 충돌의 문제가 낭만주의의 핵심적인 문제로 부상한다.

신앙에 대한 끊이지 않는 갈증을 가졌던 낭만주의 시인들은 대부분 '자연'에서 해결점을 찾는다. 윌리엄 워즈워스(William Wordsworth)도, 사무엘 테일러 콜리지(Samuel Taylor Coleridge)도, 퍼시 비쉬 셸리(Percy Byshe Shelley)도, 존 키츠(John Keats)도 그러하다. 그들에게서 자연은 신의 부재로 인한 공허한 감정을 채워주며, 그러한 실망감과 허무감을 달래주는 '위안'의 자연이다. 그러나 본 논문에서 다루고자 하는 시인 키츠는 자연에서 위안을 얻으려하기보다, 오히려 죽음을 피할 수 없는 인간의 고통스러운 삶에 더욱 더 초점을 맞춘다. "미의 사제"(Ford 173)라는 별명으로 우리에게 너무도 익숙한 키츠는 26세라는 젊은 나이에 요절하여 고작 4년밖에 작품 활동을 하지 못하였다. 그의 길지 않았던 삶은 가난과 질병과 사랑의 실패와 야망의 좌절 등으로 인해 너무도 고통스러웠다. 그는 유년 시절에 부모의 죽음을 경험하였고, 진정으로 사랑하였던 동생 토마스 키츠(Thomas Keats)의 죽음을 목격하였으며, 자신은 폐결핵을 앓으며 삶을 마무리하게 된다.

현실의 삶을 반영한 키츠 시의 대부분에는 '고통의 문제'가 나타난다. 그는 선한 마음으로 살려고 애써왔던 자신이 왜 의심과 공포에 둘러싸여 비참하게 죽음을 기다리고 있어야하는지, 그리고 하나님은 왜 이에 침묵하고 계신지를 묻는다(*KC*[1] 197). 어린 시절 기독교 신자였던 그는 10대 후반부터 자신의 삶의 고통에 대해 침묵하시는 하나님에 등을 돌린다. 키츠의 인식은 '삶의 고통'이라는 짐을 벗어버리기를 간절히 바라나, 결코 그럴 수 없는 것이 또한 삶이라는 결론에 이르게 된다. 이는 절대 존재에 대한 믿음으로 유지할 수 있었던 완전한 충족과 위안의 삶이 언제나 환상

---

1) John Keats, *The Keats Circle: Letters and Papers, 1816-1878*, ed. Hyder E. Rollins, 2 vols. (Cambridge: Cambridge UP, 1948). 이하 *KC*로 표기.

일 뿐임을 깨닫는 여느 낭만주의 시인들의 인식과 같다. 삶이란 항상 고통스러운 것이며, 그 어떤 것도 그것을 피하게 할 수 없다. 이러한 인식을 바탕으로 키츠는 고통을 그 자체로만 이해하는 것이 아니라, 개인의 삶의 발달 과정에서 꼭 필요한 것으로 만든다. 그는 고통과 죽음을 피할 수 없는 인간의 삶을 허무주의적으로 낙담하고 절망하는데 그치지 않고, "부정적 수용능력"(Negative Capability)(*Letters* 60)으로 승화시킨다. 삶의 부정적인 부분과 긍정적인 부분을 동시에 수용하는 이 모순적인 성격의 능력은 절대적 존재나 영원한 삶에 대한 한계를 인식하고, 그 속에 존재하는 고통과 슬픔을 있는 그대로 수용한다. 인간이 고통을 벗어날 수 없다는 것을 인식하는 자체가 고통스러운 것이지만, 이러한 한계에 대한 인식이야말로 오히려 삶을 더욱더 풍요롭게 만들 수 있다(이은아 10).

한계에 대한 인식과 더불어 키츠는 인간의 고통의 짐을 덜어줄 수 있는 것은 신이 아니라 시이며, 시의 목적은 인생의 고통을 덜어주고 삶을 고양시켜주는 것이라는 확신에 이른다. 그에게 있어서 시인은 시로 인간의 마음을 위로해주는 "마음의 사제"(Sharp 130)이며, 기독교적인 사제가 아닌 "속세의 사제"(earthly priest)이다. 또한 인간 삶에 있어서 고통이라는 것은 반드시 필요한 것이며, 삶에 대한 희망을 고취시켜주는 역할을 하는 "신비의 짐"(the Burden of the Mystery)(*Letters* 124)이 된다. 키츠를 무겁게 짓눌렀던 낭만주의 시대의 "완전하고도 끊임없는 절망감"(Schenk 49)은 고뇌에 찬 인간이 삶의 어두운 여정을 탐구하고 이에 투쟁하면서 삶에 대한 고귀한 인식에 이르는 것으로 끝을 맺는다.

본 논문은 채워지지 않는 종교적 갈망을 느꼈던 키츠가 인간의 삶에 대한 한계를 인식하면서 고통을 수용하고, 그것으로 삶을 더욱더 값지게 만드는 과정을 다룬다. 이와 더불어 '위안으로서의 시'와 '치유자로서의 시인'의 역할을 살펴봄으로써 키츠가 가졌던 시와 인간에 대한 종교적인 인식을 이해하고자 한다.

2.

인간의 삶은 언제나 고통과 함께 한다. 부유한 자나 가난한 자나, 높은 자나 낮은 자나 삶의 고통을 누구나 다 어느 정도 겪게 된다는 것은 부인할 수 없는 사실이다. 혹자는 인간의 삶의 고통에 대해 침묵하는 하나님에 저항하거나 항거하기도 하고, 혹자는 이를 하나님의 뜻으로 수용하여 묵묵히 견디어 내기도 한다. 특히 기독교에서는 최초의 인간 아담의 원죄의 결과로 후손들은 세상을 고통 속에 살아야 한다는 것을 교리의 기본으로 삼는다. 죄의 결과로 여자는 아이를 낳는 고통을, 남자는 평생 죽도록 일을 해야만 하는 고통스러운 운명을 부여받는다. 인간은 이 운명을 받아들이고, 현세의 고통을 미래의 천국에 대한 소망으로 극복해 나가야한다.

앤드류 모션(Andrew Motion)은 『키츠』(*Keats*)에서 "키츠는 죽으면 육체가 완전히 파괴 되는 것으로 여겼다"(560)라고 하였다. 이는 키츠가 미래의 천국에 대한 소망을 갖고 고통의 현실을 살아가야만 하는 기독교의 교리를 전적으로 받아들이지 않는다는 것을 말해준다. 불행했던 어린 시절을 겪은 그는 세상에 대해서 회의적인 시각을 갖게 되었고, 절대적이거나, 형이상학적인 것에 대한 믿음을 거부하였다. 그가 당대 자유주의와 진보주의의 기운이 활개를 치던 엔필드 스쿨(Enfield School)에서 수학한 것과, 가이즈 하스피틀(Guy's Hospital)에서 당시 실용주의의 의학 지식을 습득한 것은 그의 회의주의의 바탕이 된다. 프랑스 혁명 이후의 자유와 진보의 물결이 흘러 넘쳤던 시대를 겪으면서 키츠가 그의 종교적인 유산이었던 기독교의 교리에 대해 서서히 의문을 갖는 것은 어쩌면 당연한 것이다(Roe 160-81).[2]

---

2) 키츠가 기독교에 대해서 노골적으로 거부감을 드러내는 시에는 「성 아그네스의 전야」("The Eve of St. Agnes")(*CP* 229)와 「저속한 미신에 대한 혐오를 갖고 쓴 시」("Written in Disgust of Vulgar Superstition")(*CP* 53)등이 있다.

키츠는 인간이 처한 현실의 삶은 고통스럽지만, 그것이 기독교인들이 말하는 "눈물의 골짜기"(the vale of tears)[3](*Letters* 290)인 것만은 아니라고 한다. 그에 의하면, 삶이라는 것은 고통스러운 것이다. 어떤 신도 그 고통을 덜어주지는 않는다. 그러나 이 고통스러운 삶의 길을 걷고 나면 영혼은 놀랍게 풍요로워진다. 이는 현실의 고통을 미래의 천국에서 보상받을 것이라는 기독교 교리와 상반된다. 키츠의 관심은 미래가 아니라, 인간 존재가 살아나가야 하는 현실 그 자체에 있다. 그가 "우리가 이 땅에서 행복하다고 부르는 것을 좀 더 고상한 상태로 반복함으로써 미래를 즐길 수 있을 것이다"(*Letters* 189)라고 말하듯이, 미래의 행복은 현실의 행복이 있어야만 보장되는 것이다. 종교나 현실의 개혁으로는 인간의 근본적인 고통이나 고뇌가 해결되지 않음을 확신하는 키츠는 현실을 극복해나가는 인간 영혼의 성숙과 그 변화에 관심을 둔다. 따라서 키츠에게 세상살이는 눈물을 흘리며 살아야하는 고난의 길이 아니라, 그 고난의 길을 걸어가면서 영적으로 성숙해가는 "영혼을 만드는 골짜기"(the vale of Soul-making)(290)가 된다.

> 인간은 본질적으로 이런 저런 고난과 고통을 겪을 운명에 놓여있는 숲 속에 사는 짐승들과 똑같은 고난을 받게 된 "불쌍한 상처받은 피조물"이다. 인간이 어느 정도 몸의 편안함과 안식을 이루고자 하면, 각 단계마다 강도가 다양한 새로운 고난이 그를 기다리고 있다. . . 인간은 본질적으로 세상의 모든 것과 직접적으로 연결되어 있다. 잘못된 길로 이끌린 사람들과 쉽게 미신을 믿는 사람들은 모두, 이 세상을 "눈물의 골짜기"라고 말하면서, 신이 자의적으로 우리 인간들을 구원하여 이 골짜기에서 우리를 하늘로 데

---

3) 구약성경 『시편』 48편 6절에 "그들이 눈물의 골짜기로 지나갈 때에 그 곳에 많은 샘이 있을 것이며 이른 비가 복을 채워 주나이다"(As they pass through the Valley of Baca, they make it a place of springs; the autumn rains also cover it with pools.)라고 되어있다. 원래 '눈물 골짜기'에서 '눈물'은 영어성경에서 'Baca'인데, 이는 '울다'(weep)라는 의미가 있다.

려가게 할 것이라고 말한다. 그러나 그 얼마나 편협하고 단순한 사고인가! 우리가 사는 이 세상을 "영혼을 만드는 골짜기"라고 부르자. 그러면 우리는 이 세상이 어떤 곳인지 알게 될 것이다. ... 그렇다면 영혼은 어떻게 만들어 질 수 있는가? 신의 섬광들인 영혼들이 어떻게 정체성을 부여받을 수 있는 가? ... 나는 나의 이러한 사고가 기독교 종교보다 더 장엄한 구원의 시스 템이라고 생각하기 때문에 이점을 진지하게 생각해보고 싶다. 아니, 그것 은 정신 창조의 시스템이다.

Man is originally "a poor forked creature" subject to the same mischances as the beats of the forest, destined to hardships and disquietude of some kind or other. If he improves by degrees his bodily accommodations and comforts, at each stage, at each accent there are waiting for him a fresh set of annoyances. . . The common cognomen of this world among the misguided and superstitious is "a vale of tears" from which we are to be redeemed by a certain arbitrary interposition of God and taken to Heaven. What a little circumscribed straightened notion! Call the world if you Please "The vale of Soul-making" Then you will find out the use of the world. . . . How then are Souls to made? How then are these sparks which are God to have identity given them so as ever to posses a bliss peculiar to each one's individual existence? . . . The point I sincerely wish to consider because I think it a grander system of salvation than the chrystain religion, or rather it is a system of Spirit creation. (*Letters* 289-90)

키츠는 "영혼을 만드는 골짜기"를 "개인의 인간화의 과정"(the individual process of humanization)(Sharp 125)으로 본다. 그의 "장엄한 구원 시스템" 인 "인간화의 과정"은 인간이 정체성을 획득해나가는 과정이며, 성숙한 영혼을 만들어가는 것을 목표로 한다. 이것은 "지성"(Intelligence), "인간 의 마음"(human heart), "외부세계"(World)의 세 가지 요소로 이루어지는 데, 현실의 고통이 '인간의 마음'에서 작용하고, 그곳에서 '지성'이라는 신의 지혜와 지식으로 교육되어 인간의 영혼이 만들어진다. 개인의 인간화 과정, 즉 영혼 성숙의 과정과 더불어 키츠는 『편지』(*Letters*)에서 인생을 많은 방을 가진 큰 저택에 비유한다. 그는 방을 하나씩 건너가는 과정이 인간 발달의 과정과 같다고 묘사하고 있다. 처음으로 거쳐 가는 방이 "유아의 방"(124) 또는 "생각이 없는 방"(thoughtless Chamber)이다. 이 방을 지나면 두 번째 방, 즉 아름다운 빛과 경이에 찬 "처음으로 생각하게 되는 방"(the Chamber of Maiden-Thought)[4]에 도달한다. 이 방은 아름다운 곳이지만, 곧 세상이 비참함과 실의와 고통과 억압에 가득한 곳임을 깨닫게 되는 곳이다. 암흑의 통로로 향해 있는 두 번째 방을 넘어 "어두운 여정"(the dark passages)을 탐구하는 것이 인생의 목적이 된다. 인생의 어둠은 파악하기 어려운 것이지만, 그 힘든 과정을 겪고 나면 행운을 맞을 수 있다.

> 나는 인생을 많은 방을 가진 큰 저택에 비유하겠다. 나는 그중에서 두 개에 대해서만 말할 수 있는데, 나머지 방들은 아직까지 나에게 닫혀있다. 우리가 들어가는 첫 번째 방을 우리는 '유아의 방', 또는 '생각이 없는 방'이라고 부른다. 우리는 우리가 생각을 하지 않는 동안에 이 방에 남아있다. 우리는 오래 동안 거기에 남는다. 비록 두 번째 방은 밝은 빛이 비치면서 활짝 열려 있지만, 우리는 거기에 서둘러 들어가기를 원하지 않는다. 그러나 마침내 우리 속에 있는 생각하는 원리의 일깨움으로 우리도 모르게 그곳에 들어가도록 강요받는다. 우리는 내가 '처음으로 생각하게 되는 방'이라고 부르는 두 번째 방으로 들어가자마자 빛과 공기에 취하게 된다. 그리고 즐거움만 주는 경이들만 보게 되어 기뻐하며 영원히 그곳에 머물고자 할 것이다. 그러나 . . . 세상은 비참함과 실의와 고통과 억압에 차 있다. 그래서 '처음으로 생각하게 되는 방'은 점차 어두워지고, 동시에 방의 사방에서 많은 문들이 열린다. 그러나 모든 곳이 너무 어둡다. 모든 문들은 어두운 통로로 통하게 되어있다. 우리는 선과 악의 균형을 보지 못한다. 우리는 안개 속에

---

4) '처녀적 사고의 방'으로 번역하기도 한다.

있다. 우리는 지금 "신비의 짐"이라고 느끼는 상태에 있다. . . . 세상에
진실한 무엇이 있다는 사실은 진리이다. 인생에 있어서 당신의 세 번
째 방은 행운을 가져다주는 품위 있는 장소가 될 것이다. 사랑의 포도
주로 가득한 곳, 그리고 우정의 빵이 가득한 곳이 그곳이다.

I compare human life to a large Mansion of many Apartments, two of
which I can only describe, the doors of the rest being as yet shut upon
me—The first we step into we call infant or thoughtless Chamber, in
which we remain as long as we do not think—We remain there a long
while, and notwithstanding the doors of the second Chamber remain
wide open, showing a bright appearance, we care not hasten to it; but
are at length imperceptibly impelled by the awakening of the thinking
principle-within us - we no sooner get into the second Chamber, which I
shall call the Chamber of Maiden-Thought, than we become intoxicated
with the light and the atmosphere, we see nothing but pleasant wonders
and think of delaying there forever in delight. However. . . . the World
is full of Misery and Heartbreak, Pain, Sickness and Oppression—whereby
This Chamber of Maiden Thought becomes gradually darken'd and at
the same time on all sides of it many doors are set open - but all dark -
all leading to dark passages—We see not the balance of good and evil.
We are in a mist—We are now in that state - We feel the "burden of
Mystery". . . the truth is there is something real in the World. Your
third Chamber of Life shall be a lucky and a gentle one, stored with the
wine of love and the Bread of Friendship. (*Letters* 124)

첫 번째 방은 유아기의 상태의 방이므로 고통도 없고, 아무런 생각도 없
는 곳이다. 이곳을 지나면, 우리의 내면에 있는 '생각하는 본성'이 깨어나
처음으로 '생각을 하게 되는 방'으로 이끌리게 된다. 두 번째 방에서 체험
하는 가장 중요한 것은 세상이 고통과 불행으로 가득 차 있다는 것을 알게
되는 것이다. 유아기를 지나 어른이 되기 바로 전 단계인 이 지점은 성숙

한 영혼이 되는데 있어 가장 힘든 시기이다. 키츠는 이 시기의 방의 어둠의 통로를 "신비의 짐"이라 부른다. 세상에 만연해 있는 고통은 부담스러운 것이다. 하지만 이것은 "신비의 은밀한 내부"(Peneralium of mystery)(*Letters* 60)를 알 수 있게 해주는 열쇠가 된다. 키츠에 의하면 인간은 형이상학적인 것이나 종교적인 것이 아니라, 고통에 대한 현실의 진실한 체험을 통해서만이 구원에 이를 수 있다고 한다. 고통을 견디어 낸 후의 인간 영혼은 지혜를 얻게 되고 더욱더 성숙한 면모를 가지게 된다. 이러한 고통의 긍정적인 의미는 앞으로 다룰 시에서 더욱더 자세히 논의해보겠다.

키츠의 고통에 대한 인식은 그의 시 「나이팅게일에 관한 송시」("Ode on a Nightingale")(*CP*[5]) 279)에 잘 나타난다. 천박한 계급 출신으로 가난과 병마와 함께 싸우면서 그가 느꼈던 삶이라는 것은 고통 그 자체이다. 폐결핵으로 인한 육체적 고통뿐만 아니라, 그로 인한 신경 쇠약증으로 상당히 괴로워했던 키츠는 무엇인가로부터 정신적 위안을 받기를 간절히 바랐다. 키츠가 병간호하던 동생이 죽은 후에 쓴 이 시는 그의 정신적 고통이 얼마나 컸는가가 잘 드러나 있다. 그에게 세상은 젊음과 아름다움은 모두 사라지고, 늙음과 추함만이 남아있는 곳이다.

> 여기에선 사람들이 앉아서 서로 신음하는 것을 듣고;
> 중풍환자가 몇 가닥 남은 슬픈 마지막 백발을 떨고,
> 젊은이들이 파리하고, 유령처럼 여위어 죽고;
> 생각만 해도 슬픔과 무기력한 절망으로 가득 차고,
> 미인이 내일을 넘어 빛나는 눈을 간직할 수 없고,
> 혹은 새 사랑이 그 눈을 그리워할 수도 없다.

---

5) John Keats, *John Keat's Complete Poems*, ed. Jack Stillinger (Cambridge: Harvard, 2003). 이하 *CP*로 표기.

Here, where men sit and hear each other groan;

where palsy shakes a few, sad, last gray hairs,

Where youth grows pale, and spectre-thin, and dies;

Where but to think is to be full of sorrow

And leaden-eyed despairs,

Where Beauty cannot keep her lustrous eyes,

Or new Love pine at them beyond to-morrow. (III. 21-30)

온갖 고통이 만연한 세상에서 살아나가야만 하는 인간의 운명은 가혹하기만 하다. 시인은 이러한 현실의 고통을 잊고자 나이팅게일의 노래를 듣고 꿈의 세계로 빠져 들어간다. 꿈속에서는 "죽음조차 안락하며"(easeful Death)(VI. 52), 거기에서 "죽기란 호사스럽기"(rich to death)(55)까지 하다. 모든 시름을 잊고, 죽음과 함께 사랑을 나눌 수 있을 정도로 극도의 황홀함을 느낄 수 있는 곳이 꿈속이지만, 키츠는 이내 꿈에서 깨어나기를 종용한다. 꿈은 영원한 것이 될 수 없으며, 인간이 발을 딛고 살아가야하는 곳이 아니기 때문이다.

쓸쓸한! 바로 그 말은

나를 너로부터 나 자신에게로 불러내는 종 같구나!

잘가거라! 공상은 소문처럼

잘 속이지는 못하는구나. 속이는 요정이여.

잘가라! 잘가라! 네 구슬픈 노래 사라진다

Forlorn! the very word is like a bell

To toll me back from thee to my sole self!

Adieu! the fancy cannot cheat so well

As she is famed to do, deceiving elf.

Adieu! adieu! thy plaintive anthem fades (*CP* 281. VIII. 71-75)

꿈에서 깨어난 시인에게 이제 꿈은 "속이는 요정"이 되고, 시인에게 위안을 주었던 나이팅게일의 노래 소리는 "구슬픈" 것이 되어버린다. 키츠의 시는 대부분이 '현실-꿈-현실'의 구조로 이루어진다. 이는 그가 현실세계를 "영혼을 만드는 골짜기"로 보는 것과 관련이 있다. "세상은 비록 불행과 비통함, 질병, 그리고 억압으로 가득한 곳이지만"(the World is full of Misery and Heartbreak, Pain, Sickness, and Oppression)(*Letters* 124), 그럼에도 불구하고 인간이 살아가야하는 곳은 상상의 세계가 아니라 현실 그 자체인 것이다. 고통의 세상을 잠시 비켜갈 수 있는 곳이 꿈이지만, 꿈이 영원할 수 없다는 것을 인식하는 깨달음이 키츠의 시학에서는 중요한 것이 된다. 인간이 아무리 유토피아의 세상을 꿈꾼다할 지라도 그것은 허상일 뿐이며, "반드시 사라져야만 하는 미"(Beauty that must die)(*CP* 284)에 집착하는 것은 어리석은 일이다.

영원한 것의 한계에 대한 키츠의 인식은 「우울에 관한 오드」("Ode on Melancholy")(*CP* 283)에 잘 나타나 있다. 이 시에서는 만물을 소생시키는 4월의 소나기가 "수의"(shroud)(II. 14)로 묘사된다. 겨우내 움츠렸던 만물이 봄비를 맞고 푸르름을 회복하지만, 삶이라는 것은 곧 죽음을 향해 가는 것이므로 봄비는 곧 "수의"나 다름없으며, "우는 구름"(weeping cloud)(12)이 되는 것이다. ". . . 아침의 장미에서,/ 아니면 짠 모래 물결의 무지개나/ 혹은 둥근 작약의 화사함"(. . . on morning rose,/ Or on the rainbow of the salt sand-wave,/ Or on the wealth of gloved peonies;)(15-17) 또한 아름답지만 그 속에는 슬픔이 깃들어 있으며, 아름다움을 영원히 유지할 수가 없다. 사라지고 말 아름다움은 슬픈 것이며, 영원한 것이 아니다. 진정한 모습을 곧바로 드러내지 않고 "베일을 쓰고 나타나는 우울"(Veil'd Melancholy)(III. 26)은 고통과 절망 속에서 발견되지 않는다. 아이러니하게도 그것은 "기쁨의 신전에서"(in the very temple of Delight)(25) 발견되고, "그녀는 미와 함께 산다—반드시 사라져야만 하는 미"(She dwells with

Beauty—Beauty that must die;)(21). 아름다움이 결코 영원하지 않다는 것을 경험한 사람은 영혼의 성숙에 이른다. 이는 곧 현실의 고통을 꿈이나 환상으로 도피하는 것이 아니라, 그에 맞서 견디어 내고 극복하면 진정한 기쁨을 맛볼 수 있다는 것을 뜻한다.

3.

일반적으로 "부정적 수용능력"으로 알려져 있는 키츠의 상상력 이론은 삶의 부정적인 부분과 긍정적인 부분을 동시에 수용하는 모순적인 능력이다. 이 능력은 확실하고 명확한 이성의 판단으로 갖게 되는 것이 아니라, 불확실, 신비, 의혹 속에 있을 때 갖게 되는 능력이다. 이는 사물을 이성으로 명확하게 구분 지으려 하지 않고, 마음을 활짝 열어서 모든 생각을 마음속에 그대로 받아들일 수 있도록 해준다(Letters 60). 또한 삶이라는 것이 즐거움과 고통, 죽음과 불멸, 슬픔과 기쁨 등의 이분법으로 확연하게 구분되는 것이 아니라, 이 상반된 두 요소가 조화롭게 어우러져야만 아름다울 수 있다는 인식에 이르도록 이끌어준다. 키츠는 부정적 수용능력으로 삶의 상반되는 두 요소들을 조화시키는 일에 몰두한다. 그는 삶의 아름다움이나, 완전함, 절대적인 것 등의 긍정적인 요소만을 인정하는 것이 아니라 삶의 부정적인 요소, 즉 죽음이나 고통까지도 삶에 꼭 필요한 긍정적인 것으로 바꾼다. 고통과 즐거움이 열린 마음속에 같이 공존하는 인생은 '아름다운 것'이며, 이것이 곧 키츠의 '진리'가 된다. "미는 진리이고, 진리는 미이다, 이는 당신이/ 세상에서 알아야 하는 모든 것이며, 알 필요가 있는 모든 것이다"(Beauty is truth, truth beauty, that is all/ Ye know on earth, and all ye need to know.)(CP 282 V. 49-50).

고통에 대한 긍정적인 사색과 함께 이루어지는 영혼의 구원 성취 과정은 상상력을 통한 시 창작 과정과 같다. 이는 또한 성숙한 시인이 되어가는 과정으로 설명할 수 있다. 초창기에는 아무 생각 없는 '유아기의 방'에 머무르면서 감각과 쾌락에 의존하는 시를 썼던 키츠는 이 시기를 지나 '생각하는 방'에 이르면 삶이란 비참한 것이라는 깨달음을 얻는다. 그는 삶이 아름다운 것만이 아니라는 인식을 바탕으로 워즈워스6)가 그랬듯이 삶의 "어두운 여정"(the dark passages)(*Letters* 124)을 탐구하는 시인이 되고자 한다. 인생의 어두움을 탐구하는 것이란 피할 수 없는 삶의 한계들에 대한 것, 즉 고통과 죽음에 대한 탐색이 된다. 두 번째 방을 넘어서는 키츠의 새로운 시의 전제는 "슬픔은 미 그 자체 보다 아름답다"(Sorrow more beautiful than Beauty's self)(*CP* 248. I. 35-36)는 것이다.

키츠는 「잠과 시」("Sleep and Posey")(*CP* 37)에서 "시의 위대한 목적은 친구가 되어주며,/ 인간의 사고를 고양시켜주고, 걱정을 달래줄 수 있는 것"(the great end/ Of poesy, that it should be a friend/ To soothe the cares, and lift the thought of man)(246-47)이라 밝힌다. 이제 키츠 시의 주제는 "처음에 꽃의 여신 플로라와 목양의 신 팬의 영역을 지나서"(First the realm I'll pass/ Of Flora and Pan(*CP* 40, 101-02), "인간 마음의/ 고뇌와, 투쟁"(the agonies, the strife/ Of human hearts)(124-25)으로 이동한다. 키츠의 새로운 지향점은 시가 궁극적으로 인간의 고통을 다루어야하고, 이것을 다시 아름다움과 위안으로 바꿀 수 있어야 한다는 것이다. 기존의 종교가 해결해줄 수 없었던 현실의 고통에 대한 문제는 이제 키츠의 시적 상상력 속에서 긍정적인 것이 되며, 이를 노래하는 시는 삶의 위안을 주는 것으로 변화한다. 이는 곧 기독교 정신의 몰락과 함께 키츠의 "인간화된 새로운 종교의 출현"(Sharp 14)을 의미한다. 키츠의 종교는 "인간 마음의 고뇌와 투쟁"을 긍정적으로 다루며, '고난의 삶'이라는 숙명을 짊어진 인간에게 구원과 위안을 제시해 주는 것이다.

---

6) 그는 『편지』에서 밀튼(Milton)과 워즈워스의 천재성을 논하는 글을 통해 워즈워스가 "신비의 짐"(the burden of Mystery)를 밝히는 일을 하였으므로, 밀튼 보다 훨씬 더 깊이 있는 시인이라고 하였다(124-25).

키츠의 새로운 인간화된 종교는 현실의 종교가 삶에 대한 어떠한 위안도 제공해주지 않는다는 실망감과 함께 절대적 존재에 대한 끊임없는 갈망을 반영한다. 키츠는 신이 아닌 인간을, 내세가 아닌 현실을 중심으로 하는 세속적인 종교의 "시인─사제"(poet-priest)(Sharp 130)가 된다. 비종교적인 임무를 착수하는 '이교도' 키츠는 고대 그리스의 인간중심의 문화로 관심을 돌린다. 특히 그는 그리스 신화에서 많은 시적 소재들을 빌려오는데, 그리스 신화는 비록 신들의 이야기 이지만, 인간이 중심이 되어 서술된다. 완벽한 신이 아니라, 철저하게 인간적인 면모를 갖춘 신에 대한 이야기는 신에 의해 만들어진 세상이 그리 완벽한 것, 영원한 것이 아니라는 사실을 말해준다. 이러한 점은 신비화되거나 절대화된 신의 존재에 대해 거부감을 가졌던 키츠에게 매력적인 부분으로 작용했음이 틀림없다.

키츠가 그리스 신화에서 가져오는 시적 소재들은 키츠의 상상력으로 새롭게 재해석 된다. 특히 「프시케에 부치는 오드」("Ode to Psyche")(*CP* 275)의 소재로 쓰인 '프시케(Psyche)7)와 큐피드(Cupid)의 사랑 이야기'는 일반적으로 정신적인 사랑과 육체적인 사랑의 완전한 결합을 상징하는 이야기로 읽혀진다.8) 울프슨 허스트(Wolfson Hirst)도 프시케의 사랑이야기를 키츠의 시적 상상력에 의해서 감각과 사고, 마음과 지성9)이 하나로

---

7) 그리스어로 '영혼' 또는 '정신'이라는 뜻을 가진 프시케는 사랑의 신 큐피드의 마음을 얻었던 빼어난 미모의 공주이다.

8) 실제 영미 비평에서 이 시를 다룰 때에도 대부분 "육체적인 사랑과 영적인 사랑 사이의 긴장의 해결"(Mayhead 87)을 다룬 시로 읽는다.

9) 키츠는 1819년 4월 동생 조지(George)에게 보낸 편지에서 인간 존재를 세 가지로 구분하였다. 그것은 마음(Heart), 정신(Mind), 영혼(Soul)인데, 영혼은 잠재적으로만 존재하는 것이며, 마음과 정신은 원래 인간이 선천적으로 타고난 요소들이다. 편지에 의하면 마음은 "인간의 열정의 자리"(the seat of the Human Passion)인데, 육체(Body)이기도 하고, 좀 더 넓은 의미로는 본능적인 존재로 볼 수도 있다. 그 다음 정신은 "지성의 원자"(an atom of intelligence)라고 부르고 인간이 의식적으로 사고하는 부분이 된다. 한편, 영혼을 만들기 위해서 인간은 마음에 해당하는 정체성(Identity), 정신에 해당하는 지성(Intelligence), 마음과 정신이 결합하여 영혼이 될 수 있는 외부세계(World)가 필요하다. 키츠는 외부세계를 어린이에게 글을 가르쳐주기

어우러지는 과정, 즉 영혼 형성의 과정으로 읽을 수 있다고 하였다.

　　큐피드(에로스, 사랑의 신)와 프시케(영혼, 정신)의 결합은 전통적
으로 사랑에 대한 영혼의 열림, 감정과 정신, 혹은 육체적 사랑과 정신
적 사랑이 하나가 되는 것을 나타낸다. 뿐만 아니라 이것은 키츠에게
있어 감각과 사고의 융합, 영혼 형성의 계곡에 있어서 지성을 훈련시
키는 마음의 훈련소, 그리고 무엇보다도 마음의 애정이 주는 상상력
에 대한 격려를 상징한다.

　　The Marriage of Cupid(Eros, god of Love) and Psyche(Soul, Mind),
which traditionally represents the openness of soul and the union of
feeling with mind, or physical with spiritual love, would seem, in
addition, to symbolize for Keats the fusion of sensation and thought, the
heart's schooling of intelligence in the Vale of Soul Making and, above
all, the stimulation of imagination by the heart's affection. (Hirst 119)

　키츠는 육체적 사랑과 정신적 사랑, 본능적인 감각과 의식적인 사고의
결합으로 성숙된 영혼에 이르게 되는 프시케를 시적 영감의 근원으로 삼
는다. 그러나 키츠는 그들의 완전한 사랑보다는 인간 프시케가 고난을 극
복하고 사랑을 쟁취해나가는 인간적인 면모에 초점을 맞춘다. 시인은 우
연히 숲을 거닐다가 프시케와 큐피드가 나란히 누워있는 모습을 본다. 꿈
인지 현실인지를 구별할 수 없는 상황에서 그녀가 프시케였다는 것을 알
게 된 그는 프시케의 아름다움에 감탄을 금치 못한다. 큐피드의 사랑을
얻기 위해 온갖 고난을 견디어낸 후에 비로소 영적인 존재, 즉 신이 된 프

위해 만들어진 학교에, 인간의 마음은 학교에서 어린이에게 읽히는 입문서로, 영혼
은 읽는 법을 배워 읽을 줄 아는 어린이로 비유한다. 즉, 학교와 입문서로부터 만들
어진 어린이는 마음과 정신이 결합된 영혼이라 할 수 있다(Letters 290-91). 키츠는
정신과 영혼의 어느 한 요소를 우위에 두는 것이 아니라 두 요소가 잘 융합되는 것에
관심을 둔다. 이것은 그의 상상력 이론인 '부정적 수용능력'으로 이루어지며, 인간의
영혼 형성 과정의 필수적인 과정이 된다.

시케는 아름다움뿐만 아니라, 최고의 영혼을 소유한 여신으로 키츠의 마음에 자리 잡는다. 다른 신들과 같이 신전도 없었고, 신으로 경배를 받지도 못했던 여인 프시케는 키츠의 시에서 당당한 '여신'의 자리에 오른다.

> 오, 모든 올림푸스 산의 퇴색한 계급 중에서도
> 가장 마지막으로 태어난 가장 사랑스런 환상이여!
> 포베의 사파이어 빛깔의 별보다 더 아름답고,
> 밤하늘의 사랑스런 반딧불보다도 더 아름답고,
> 이 모든 것보다 더욱 아름답구나, 네 비록 신전을 갖고 있지 않다고 해도,

> O last born and loveliest vision far
> Of all Olympus's faded hierarchy!
> Fairer than Phoebe's sapphire-region'd star,
> Or Vesper, amorous glow-worm of the sky;
> Fairer than these, though temple thou hast none, (*CP* 276, III. 24-28)

지금껏 아무에게도 찬양받은 적이 없는 프시케는 올림푸스 신들 중에서 가장 마지막으로 신이 되었다. 그녀는 비록 신이 가져야 "제단"(altar)(III. 26)도, "아가씨 합창대"(virgin-choir)(III. 30)도, "어떤 목소리도, 류트도, 피리도"(No voice, no lute, no pipe)(32) 가지고 있지 않다 할지라도, 키츠에게는 아름다운 여신이 된다. 온갖 시련을 견디면서 사랑을 얻고 신이 된 프시케는 키츠의 마음으로 내면화되고 합일의 경지에 이른다(Bloom 401). 그녀의 본질 속으로 녹아 들어간 키츠는 "영감 받은 눈으로, 나는 보고 노래하겠소./ 그러니 나를 당신의 합창대가 되게 해주오,"(I see, and sing, by my own eyes inspired./ So let me be thy choir,)(II. 43-44)라고 말하면서 그녀를 찬양의 대상으로 삼는다. 그는 이상화된 프시케를 자신의 영혼이 성숙해가는 것을 도와줄 신으로 여기고, 그녀의 사제로 다시 태어난다.

그래요, 나는 그대의 사제가 되겠소,
인적 드문 내 마음 어딘가에 성소를 짓겠소,
그곳에선 즐거운 고통 속에 새로 자란 생각들이,
소나무대신 바람에 속삭이도록 하겠소.
. . .
빛나는 햇불, 따스한 사랑의 신을 안으로 들어오도록,
창문을 밤중에 열어놓겠소! (*CP* 277, V. 50-54, 66-67)

Yes, I will be thy priest, and build a fane
In some untrodden region of my mind,
Where branched thoughts, new grown with pleasant pain,
Instead of pines shall murmur in the wind:
. . .
A bright torch, and a casement ope at night,
To let the warm Love in!

키츠는 실제로 종교적인 제의나 의식을 치르는 것이 아니라, 그의 시적 상상력으로 그녀를 찬양하는 '시인—사제'가 된다. 그래서 프시케를 향한 그의 성소는 현실 세계에 세워지는 것이 아니라, 아무도 발을 디디지 않은, 인적이 드문 자신의 마음속에 세워진다. 프시케에 대한 키츠의 경배는 인간에게 고통의 운명을 부여하고 그를 외면하는 신에 대한 것이 아니다. 그것은 혹여나 부질없을 수도 있는 사랑에 대한 희망을 끝까지 고수하면서 시련을 극복한 '인간' 프시케에 대한 경배이다. 새로운 프시케의 사제가 된 키츠는 "밝은 햇불"을 들고 그녀를 맞기를 약속한다. 이는 고통으로 가득한 인생의 "어둠의 통로"에 빛을 비추어 줄 것을 약속하는 것이며, 시인—사제인 그가 이제는 쾌락을 목적으로 하는 것이 아닌 위안의 시를 쓰겠다는 약속이 된다.

키츠는 『편지』에서 인간의 삶을 고통을 통해 길들여지지 않은 지성을 훈련시켜 정신을 형성해나가는 과정이라고 언급한 바 있다(290-91). 「프시케에 부치는 오드」를 통해서 성숙한 영혼이 만들어지는 과정을 보여준 그는 영혼 형성의 골짜기를 무사히 지나 성숙한 영혼에 이르게 된 인간 영혼의 승리를 찬양한다. 고통과 시련을 극복하는 과정이 없었더라면 프시케는 키츠의 여신이 될 수 없었을 것이다. 키츠의 고통에 대한 긍정적인 사색은 삶의 고통에 직면해 있는 인간에게 구원의 길을 제시해준다. 그것은 현재의 고난이 미래의 소망이라는 단순한 의미가 아니다. 고통을 체험하고 있는 바로 그 순간을 좌절하지 아니하고, 긍정적 시각으로 바라봄으로써 현실의 삶에 충실할 수 있을 뿐만 아니라, 영혼의 성숙도 맛볼 수 있다는 데에 의미가 있다. 이는 곧 삶의 고통 때문에 절망하는 인간에게 위안을 줄 수 있으며, 더 크게는 그들을 치유할 수 있는 방법이 된다.

Works Cited

이은아. 『존 키츠의 로맨스: 동일성의 전복과 타자로서의 여성』. 박사학
위논문. 부산대학교, 2007. Print.

Barth, J. Robert. "Keats's Way of Salvation." *Studies in Romanticism* 45.2
(2006): 285-98. Print.

Bloom, Harold. *The Visionary Company*. New York: Cornell UP, 1971. Print.

Ford, George Harry. *Keats and the Victorians: A Study of His Influence and Rise
to Fame* 1821-1895. New Haven: Yale UP, 1944. Print.

Hirst, Wolf Z. *John Keats: Twayne's English Authors Series*. Boston: G. K.
Hall, 1981. Print.

Keats, John. *Selected Letters of John Keats: Based on the Texts of Hyder Edward
Rollins*. Grant F. Scott. Ed. Cambridge: Harvard UP, 2002. Print.

_____. *The Keats Circle: Letters and Papers, 1816-1878*. Ed. Hyder E. Rollins.
2 vols. Cambridge: Harvard UP, 1948. Print.

Mayhead, Robin. *John Keats*. Cambridge: Cambridge UP, 1967. Print.

Motion, Andrew. *Keats*. New York: Farrar, Straus and Giroux, 1998. Print.

Roe, Nicholas. *Keats and the Culture of Dissent*. Oxford: Clarendon, 1997. Print.

Sandy, Mark. "Dream Lovers and Tragic Romance: Negative Fictions in
Keats's *Lamia, The Eve of St. Agnes, and Isabella*." Web. 20 Nov.
2000. <http://users.ox.ac.uk/-scat0385/20sandy.html>

Schenk, H. G. *The Mind of the European Romantics: An Essay in Cultural
History*. Oxford: Oxford UP, 1979. Print.

Sharp, Ronald A. *Keats, Skepticism, and the Religion of Beauty*. Athens: U of
Georgia P, 1979. Print.

Waldoff, Leon. *Keats and Silent Work of Imagination*. Urbana: U of Illinois P, 1985.
Print.

하인리히 하이네의 후기 작품에 나타난 종교관 고찰*

종교관 고찰*

— 신앙과 이성의 문제를 중심으로

김 희 근

I

하인리히 하이네(Heinrich Heine)는 게오르크 빌헬름 프리드리히 헤겔 (Georg Wilhelm Friedrich Hegel)의 역사철학을 수용했다. 그는 역사가 이성적으로 진보해나갈 것이라고 믿었고, 인류는 핍박에서 해방되어 천국에서나 맛볼 자유와 행복을 현세에서도 만끽할 것으로 기대했다. 혁명은 이러한 해방의 날을 앞당길 도구로서 그의 문학작품 전체를 관통하는 이념이었다. 그러나 1848년 2월 파리에서 현실로 나타난 혁명은 기대와는 다른 모습이었다. 민중의 폭력은 그로 하여금 현실에 대한 환멸을 느끼고, 미래에 대한 불안과 함께 시대의 몰락을 예감하게 만든다.

* 이 논문은 『문학과 종교』 제19권 2호(2002)에 「하인리히 하이네의 후기 작품에 나타난 종교관 고찰—신앙과 이성의 문제를 중심으로」로 게재되었음.
* 이 논문은 한양대학교 교내연구지원사업으로 연구되었음(HY-2013년도).

. . . 그 음흉한 성상파괴자들이 권력을 얻게 될 것을 생각하니 나는 두렵고 놀라울 뿐이다. 그들은 거친 손으로 내가 좋아하던 예술세계의 모든 대리석 군상들을 즉각 파괴할 것이고 . . . 월계수 숲을 파 뒤집은 후 감자들을 심을 것이다. . . . 아! 나는 모든 것을 내다 볼 수 있다. 이제 다가올 몰락을 상상하며 나는 형용할 수 없는 슬픔에 빠지게 된다. 나의 시 그리고 옛 세계의 질서 전체가 공산주의에 의해 위협을 받고 있다.

> . . . mit Grauen und Schrecken denke ich an die Zeit, wo jene dunklen Ikonoklasten zur Herrschaft gelangen werden: mit ihren rohen Fäusten zerschlagen sie als dann alle Marmorbilder meiner geliebten Kunstwelt . . . sie hacken mir meine Lorbeerwälder um, und pflanzen darauf Kartoffeln . . . Ach! das sehe ich alles voraus, und eine unsägliche Betrübnis ergreift mich, wenn ich an den Untergang denke, womit meine Gedichte und die ganze alte Weltordnung von dem Kommunismus bedroht ist. (Heine, "Lutetia" 231) [1]

파리 망명 시기의 하이네는 무정부주의적 현실에 절망하고, 혁명으로부터 등을 돌린다. 불안정한 그의 내면은 병으로 인해 더욱 황폐화된다. 이러한 가운데 그는 신의 존재를 인식하기 시작한다. 그는 신을 부정했던 자신의 오만함을 후회하고, 병든 자신에 대한 신의 위로와 고통의 경감을 바란다. 그는 "거꾸로 된 세상"에 의해 역사의 진보는 거짓으로 판명 났으므로, 혁명의 자리에 신을 앉히고, 종교적 열정으로 내면을 채우려 한다.

> . . . 그 일들이 벌어졌던 광란의 2월, 현인들의 지혜는 훼손되었고, 어리석은 자들 가운데 뽑힌 이들이 지도자로 내세워졌다. 가장 뒷자리에 있던 자들이 가장 앞으로, 가장 밑에 있던 이들이 가장 위로 올라왔다. 모든 것들이, 모든 사상들이 뒤집혀 진 것이다. 거꾸로 된 세상

---

1) Heinrich Heine, "Lutetia," *Sämtliche Schriften V*, Ed. Klaus Briegleb (München: Hanser Verlag, 1968), 231. 이후 인용 시 본문에서 괄호 안에 작품명과 쪽수만을 표기함.

이다. . . . 그러나 이상하게도! 광란이 세계를 지배하던 바로 그날 난 스스로 이성을 되찾았다! 몰락의 시기에 지상으로 내려온 수많은 신들처럼, 나 역시 옹색한 모습으로 자리를 떠나 인간 개인의 처지로 되돌아 올 수밖에 없었다 . . . . 나는 신의 피조물들이 모여 있는 우리 속으로 되돌아 왔다. 나는 세상의 운명을 관장하는 지고의 존재가 지닌 권능에 다시 경의를 표하게 된 것이다.

> . . . die Ereignisse in jenen tollen Februartagen, wo die Weisheit der Klügsten zuschanden gemacht und die Auserwählten des Blödsinns aufs Schild gehoben wurden. Die Letzten wurden die Ersten, das Unterste kam zu oberst, sowohl die Dinge wie die Gedanken waren umgestürzt, es war wirklich die verkehrte Welt. . . . und sonderbar! just in den Tagen des allgemeinen Wahnsinns kam ich selber wieder zur Vernunft! Gleich vielen anderen heruntergekommenen Göttern jener Umsturzperiode, mußte auch ich kümmerlich abdanken und in den menschlichen Privatstand wieder zurücktreten . . . . Ich kehrte zurück in die niedre Hürde der Gottesgeschöpfe, und ich huldigte wieder der Allmacht eines höchsten Wesens, das den Geschicken dieser Welt vorsteht, und das auch hin für meine eignen irdischen Angelegenheiten leiten sollte. (Heine, "Geständnisse" 475)[2]

그러나 종교 귀의에도 불구하고, 하이네의 종교성은 경건함만으로 규정하기가 쉽지 않다. 신성모독의 표현들이 후기의 작품 여러 곳에서 발견되기 때문이다. 후기 하이네의 종교성에 대한 논란은 연구를 통해 오랜 기간 동안 지속되어 왔다. 그가 되돌아 간 종교를 제각기 유대교, 로마가톨릭교, 개신교로 규정한다든지, 그의 신앙을 제도로서의 종교를 떠난 개인적 신앙으로 주장하거나, 그의 종교에 대한 입장을 무신론적 입장으로 단정하고, 심지어 그의 종교 귀의를 단순히 정치현실에 대한 좌절과 병고에

---

2) Heinrich Heine, "Geständnisse," *Sämtliche Schriften* VI/I, ed. Klaus Briegleb (München: Hanser Verlag, 1968), 475. 이후 인용 시 괄호 안에 작품명과 쪽수만 표기함.

의한 허무의 산물로 분류하기까지 논란은 끊이지 않았다.3) 그러나 최근의 연구들은 이러한 엇갈린 주장들을 진부한 것으로 간주한다. 하이네가 탄생한지 200주년이었던 1997년은 그의 종교성에 대한 이해의 폭을 넓히는 기폭제가 되었던 해였다. 그동안 종교적, 정치적 이념 등에 가려져 있었던 시인의 면모, 특히 종교성에 대한 조명이 활발하게 이루어진 것이다. 이에 따라 종교관은 하이네의 문학에 있어서 특징을 이루는 중요한 요소로서 역사관, 정치관과 긴밀하게 연결되고 있는 것으로 주장되었고, 이것을 토대로 다각적인 연구가 수행되어 온 결과, 이제는 종래의 편협하고 불충분한 이해의 한계를 벗어나 그의 삶과 문학에 있어서 종교의 중요성에 대한 종합적이고 균형감 있는 평가가 가능해졌다고 말할 수 있겠다.

하지만 종교가 하이네의 이상과 현실의 간극 해소에 지대한 영향을 끼쳤던 것으로 이해되고 있음에도 불구하고, 신앙의 문제와 관련한 내적 변화 그리고 종교와 일체감을 획득해가는 과정에 대한 연구는 아직까지 미흡한 상태라고 판단된다. 특히 하이네에게 딜레마로 남아있던 이성과 신앙의 문제는, 그의 종교성을 심층적으로 이해하는 데 매우 중요한 주제임에도 불구하고, 단지 대립각을 부각시키는 것에 그친 경향이 있다. 소위 '지성을 추구하는 신앙'(Fides Quaerens Intellectum)은 신학의 고전적 명제로서 신앙을 이성으로 끌어들일 수 있는가의 딜레마를 내포하고 있다. 이성은 초자연적인 것에 대한 체계적인 진술을 가능하게 해주지만, 신비 속에 감추어진 존재가 과연 어떻게 드러나는지는 알지 못한다.

본 논문은 다음에서 이성과 신앙을 철저하게 분리했던 하이네가 후기에 들어 둘의 갈등을 어떻게 해소하고 조화시켰는지를 살펴보고자 한다.

---

3) 하이네의 종교성에 대한 논란과 연구 상황에 대해서는 Jürgen Brummack, *Heinrich Heine: Epoche—Wer— Wirkung* (München: C.H. Beck Verlag, 1980); J. A. Kruse, *Der späte Heine 1848-1856: Literatur—Politik—Religion* (Hamburg: Hoffmann und Campe, 1982); Louis Cuby, "Die theologische Revision in Heines Spätzeit" *Internationaler Heine-Kongreß 1997 zum 200. Geburtstag* (Stuttgart: J. B. Metzler, 1999), 336-43. 등 참조.

하이네의 진보적 역사관은 후기에도 여전히 유효한 가치를 지니고 있었는데, 독자들은 그것이 이성과 신앙의 조화를 통한 미래 비전의 선취 때문임을 알게 될 것이다. 이성은 현실의 부정성을 인식하고, 자기반성이 결여된 맹목적인 신념과 목표 지향성으로 치닫는 것을 방지해주는 역할을 했다고 한다면, 신앙은 현실에 대한 좌절을 넘어 부정적 인식이 미래에 대한 믿음으로 대체되어가도록 도모했다. 신앙과 이성은 긴장과 갈등의 관계에 있지만, 서로 배타적이지 않고 상호 보완의 역할을 한 것이다.

II

후기의 하이네가 경건하게 된 것은 부정적 역사를 경험함으로써 얻은 결과였다. 이성의 한계에 대한 인식과 더불어 그의 정신 궤적이 진행되어 나가는 과정에서 종교관의 새로운 변모를 맞이하게 된 것이다. 종교는 그에게 잔혹한 현실을 담담하게 관조하는 정신적 자유를 부여해주었다. 역사의 올바른 방향에 대한 인식을 강화시켜주었던 것이다. 그런데 정신적 자유는 다시 이성의 견지를 도모한다. 이성의 한계 인식은 좌절의 체험임에도 불구하고, 그 의미가 달라진다. 혁명의 실패는 미래에 대한 전망의 부재를 안겨주었지만, 정신적 자유는 새로운 전망을 위한 현실 모색으로 나아가게 한다. 종교는 역사의 비이성적 흐름에 함몰되지 않도록 그의 이성을 일깨워준 것이다. 하이네의 종교성이 이성과 밀접한 관련을 맺고 있는 사실은 신정론(Theodizee)에 대한 그의 언급을 통해 더욱 분명해진다.

하지만 왜 정의로운 자들이 그토록 지상에서 고통을 받아야만 하는가? 왜 재능 있고 명예로운 자가 파멸되어야 한다는 말인가? . . . 욥기는 이 불길한 질문에 대답을 주지 못한다. 이와 반대로 이 책은 회의의 찬미가이다. 그 속에서 무서운 뱀들이 쉬지 않고 쉬쉬 소리를 내며 피

리 소리를 내고 있다: 왜? 에즈라가 수장으로 있는 신심 깊은 사원문
서기록보관위원회가 바빌론 유수에서 되돌아 와서 이 책을 성서의 경
전으로 받아들인 이유는 무엇일까? 나는 종종 이러한 질문을 던진다.
내가 생각하기에 그것은 그 거룩한 남자들이 비이성적이었기 때문이
아니다. 의심은 인간본성에 바탕을 두고 있고 마땅히 그럴만한 이유
가 있는 것임을, 의심을 궁색하게 억누르지 말고 그저 치유되도록 해
야 함을 그들은 빛나는 지혜로써 잘 알고 있었기 때문이다.

Aber warum muß der Gerechte soviel leiden auf Erden? Warum muß
Talent und Ehrlichkeit zugrunde gehen . . . Das Buch Hiob löst nicht
diese böse Frage. Im Gegenteil, dieses Buch ist das Hohelied der Skepsis,
und es zischen und pfeifen darin die entsetzlichen Schlangen ihr ewiges:
Warum? Wie kommt es, daß bei der Rückkehr aus Babylon die fromme
Tempelarchivkommission, deren Präsident Esra war, jenes Buch in den
Kanon der heiligen Schrift aufgenommen? Ich habe mir oft diese Frage
gestellt. Nach meinem Vermuten taten solches jene gotterleuchteten
Männer nicht aus Unverstand, sondern weil sie in ihrer hohen Weisheit
wohl wußten, daß der Zweifel in der menschlichen Natur tief begründet
und berechtigt ist und daß man ihn also nicht täppisch ganz
unterdrücken, sondern nur heilen muß. (Heine, "Ludwig Marcus.
Denkworte" 190) 4)

하이네가 제기하는 질문은 종교 전통에서 고전적인 질문으로 간주되
어 온 것이다. 현세의 악과 고통을 두고 이 세계를 주재하는 신은 존재하
기나 하는 것일까? 이 세계는 정의롭지 못한 자들에 속해있는데, 신은 이
러한 현실에서 벗어날 방법을 왜 인간에게 가르쳐 주지 않는가? 그러나
그의 의문은 욥기에서와 같이 순종과 헌신을 통해 신의 전지전능함을 인

---

4) Heinrich Heine, "Ludwig Marcus. Denkworte," *Sämtliche Schriften V*, ed. Klaus Briegleb
   (München: Hanser Verlag, 1968), 190.

식하는 보다 높은 단계의 신앙으로 나아가기 위한 것으로서 신에 대한 도전을 의미하는 것에 그치지 않는다. 인간의 이성과 지성으로는 해결할 수 없고, 신앙 안에서 모든 것들을 해결할 수 있다고 보는 욥기에 대한 신학의 전통적 해석과는 다른 측면을 그는 여기에서 강조하고 있다. 그는 신앙과 이성의 관계라는 시각에서 인간의 고난 문제에 접근하고, 갈등 해결에 있어서 이성의 역할에 대해 논하고 있다. 이것은 초기 그리스도교로부터 계속되어 온 신앙과 이성 사이의 문제에 대한 것으로서 논란과 변화의 단계를 거쳐 현대 신학에서 자리를 잡은 조화의 문제이다. 비록 종교 인식의 형태는 아닐지라도, 이성은 지식으로부터 독립하여 신의 존재를 증명하는 데 사용되는 것임을 강조한 토마스 아퀴나스(Thomas Aquinas)로부터 이성은 신의 인간에 대한 사랑과 진리를 인식하고 해석하는 중요한 역할을 한다고 폴 J. 본 틸리히(Paul Johannes Tillich)에 이르기까지, 신앙과 이성은 각기 상대편을 필요로 한다는 것이 그 핵심이다. 하이네는 이성은 신앙에 종속하는 것이 아닌 훼손당할 수 없는 가치와 권리를 지닌 자율적이고 정당한 것으로서 신앙과 조화를 이룰 수 있다고 판단하고, 그러한 의미에서 "회의의 찬미가"인 욥기가 "성서의 경전"으로 받아들여졌다고 보는 것이다.

그렇다면 신앙에 있어서 이성의 역할을 중요시하는 하이네는 피안의 세계를 어떻게 받아들일까? 그는 "영원한 소멸에 대한 두려움에도 불구하고, 죽음 이후에도 계속될 삶"(Heine, "Romanzero" 188)[5]을 확신한다. 그러나 그는 현세의 삶을 유보한 내세에서의 행복을 거부한다. 심지어 그는 현세에서 천국의 도래를 앞당기려 한다. 행복한 미래는 혁명으로 보다 빨리 올 수 있다는 것이다. 그러나 그는 새로운 시대의 도래를 조심스럽

---

5) Heinrich Heine, "Romanzero," *Sämtliche Schriften VI/I*, ed. Klaus Briegleb (München: Hanser Verlag, 1968), 188. 이후 인용 시 본문에서 괄호 안에 작품명과 쪽수만을 표기함.

게 맞이하려 한다. 서두르거나 확신이 없는 상태에서 행해진 구원행위는 오히려 미래에 대한 전망을 어둡게 하기 때문이다. 그가 필요로 하는 것은 인내 그리고 현실에 대한 치열한 인식이다. 새로운 시대를 맞이하는 데 필요한 것은 바로 역사 속 이성의 확장이다. 오직 이성만이 미래를 보장할 수 있는 것이다. 이러한 하이네의 이성 개념이 그의 종교에 대한 논의에서 중요한 역할을 하고 있음에 주목해야 한다. 다음의 시는 피안의 세계에 대한 하이네의 시각이 전통과는 다른 독특한 면을 지니고 있음을 알게 해준다.

육체와 영혼

가련한 영혼이 육체에게 말한다:
나는 너로부터 떨어지지 않으리라,
나는 머무르리라
네 곁에―나는 너와 함께 사라지리라
죽음과 밤 속으로, 함께 소멸을 마시자!
너는 항상 두 번째 나였지 않았느냐,
사랑스럽게 나를 감싸고 있었던,
마치 족제비 모피로 부드럽게 안감을 댄
공단으로 지은 축제의상과 같으니―
슬프도다! 이제 나는 벌거벗기고,
몸통도 없이, 형체도 사라진 채,
. . . .
가련한 영혼에게 육체가 말한다:
안심하라, 슬퍼하지 마라!
운명에 의해 우리에게 주어진 것,
말없이 따라야 할 것이니.
나는 등의 심지와 같으니,
태워져 없어질 것이니; 너 영혼은,

저 위에서 선택받은 존재가 되어
별과 같이 빛나리라
순수한 광채로 둘러싸여―
나는 그저 쓰레기이고,
물질에 불과하니,

Leib und Seele

Die arme Seele spricht zum Leibe:
Ich laß nicht ab von dir,
Ich bleibe
Bei dir - Ich will mit dir versinken
In Tod und Nacht, Vernichtung trinken!
Du warst ja stets mein zweites Ich,
Das liebevoll umschlungen mich,
Als wie ein Festkleid von Satin,
Gefüttert weich mit Hermelin―
Weh mir! jetzt soll ich gleichsam nackt,
Ganz ohne Körper, ganz abstrakt,

. . . .

Der Leib zur armen Seele spricht:
O tröste dich und gräm dich nicht!
Ertragen müssen wir in Frieden
Was uns vom Schicksal ward beschieden.
Ich war der Lampe Docht, ich muß
Verbrennen; du, der Spiritus,
Wirst droben auserlesen sein
Zu leuchten als ein Sternelein
Vom reinsten Glanz―
Ich bin nur Plunder,
Materie nur, (Heine, "Gedichte 1853 und 1854" 191)[6]

---

6) Heinrich Heine, "Gedichte 1853 und 1854," *Sämtliche Schriften VI/I*, ed. Klaus Briegleb

피안의 세계에 대한 그리스도교인의 믿음은 현세적 삶을 보완하고, 초월하며, 현세에서의 삶에 대비되는 그러한 삶의 영역에 대한 이미지에 바탕을 두고 있다. 이러한 세계에는 영혼만이 들어갈 수 있다. 그러나 하이네가 그리는 피안의 세계는 영혼과 육체가 분리가 되어서는 안 되는 곳이다. 그가 희망하는 낙원은 인간이 신과 같이 되는 곳이고, 현세에서 이루어지는 천년왕국이다. 이러한 미래의 비전은 그의 문학 전체를 관통하는 중요한 개념이다. 미래의 인간은 신들의 음료와 음식인 "넥타와 암브로시아"7)를 즐기고, 신과 같이 사고한다. 그런데 이러한 생의 욕구가 부정되고 있으므로 육체는 영혼과 함께 파멸을 원하고, 죽음의 잔을 함께 마시려 한다. 그럼에도 불구하고, 하이네는 감각이 배제된 영혼만의 불멸을 주장하는 전통적 의미의 내세관을 거부만 하고 있지 않다. 두 번째 연에서, 그는 1830년대부터 지속적으로 다루어왔던 미래상 모색에 대해 최종적인 결론을 도출해내는 것으로 보이기 때문이다. 시인은 '빛에 둘러싸인 영혼에 비교할 때 쓰레기이고, 물질에 불과한 육체'라는 한탄을 통해 현세에서의 신적 세계 건설을 매우 절망적으로 인식하고 있다. 이상적 미래의 건설을 앞당겨 줄 혁명이 실패로 돌아가자 그는 체념에 빠진 것이다.

시「승천」에서도 이러한 정서는 재현된다. 현세에서 좌절하고, 지친 영혼은 행복과 안식이 기다리는 피안의 세계를 간절하게 염원한다. 그러나 하이네의 거리는 여전히 유지되고 있다. 그는 신의 세계를 풍자하고 있다. 신과 천사들은 아첨받기 좋아하는 인간의 모습으로 등장한다. 피안의 세계를 회화함으로써 그리스도교의 내세관을 전면적으로 부정하고 있는 것이다.

(München: Hanser Verlag, 1968), 191. 이후 인용 시 본문에서 괄호 안에 작품명과 쪽수만을 표기함.

7) Heinrich Heine, "Zur Geschichte der Religion und Philosophie in Deutschland," *Sämtliche Schriften III*, ed. Klaus Briegleb (München: Hanser Verlag, 1968), 573. 이후 인용 시 본문에서 괄호 안에 작품명과 쪽수만을 표기함.

승천

육체는 관대 위에 누워있네,
그러나 가련한 영혼은,
속세의 혼란에서 벗어나,
이미 천국으로 향하고 있네.
영혼은 높은 문을 두드리네,
깊은 한숨을 쉬며 말하기를:
베드로 성인이여, 와서 문을 여소서
인생행로에 저는 지쳤나이다—
푹신한 비단 침대에 누워 쉬려니
천국에서, 유희를 벌이려니
사랑스런 천사들과 장님놀이를 하며
마침내 행복과 안식을 누리리라!

속세에서처럼 천국에도, 가수들은
아첨받기를 좋아한다네—
여기 위에 있는 악장,
심지어 그도, 찬미 받는 것을 즐기네.

Himmelfahrt

Der Leib lag auf der Totenbahr,
Jedoch die arme Seele war,
Entrissen irdischem Getümmel,
Schon auf dem Wege nach dem Himmel.
Dort klopft' sie an die hohe Pforte,
Und seufzte tief und sprach die Worte:
Sankt Peter, komm und schließe auf!
Ich bin so müde vom Lebenslauf—
Ausruhen möchte ich auf seidnen Pfühlen

Im Himmelreich, ich möchte spielen
Mit lieben Englein Blindekuh
Und endlich genießen Glück und Ruh! (*Gedichte 1853 und 1854* 211)
Die Sänger, im Himmel wie auf Erden,
Sie wollen alle geschmeichelt werden—
Der Weltkapellenmeister hier oben,
Er selbst sogar, hört gerne loben. (213)

인간의 불멸을 다룬 시 「육체와 영혼」과 「승천」은 경건함에도 불구하고 종교에 거리를 두고 있는 후기 하이네의 종교관을 잘 묘사하고 있다. 그에게 있어 종교는 체념과 순종을 바탕으로 한 것이 아니었다. 그가 거리를 두는 종교는 제도로서의 종교다. 그는 경건함과 제도로서의 종교를 엄격히 분리하고 있다. "그의 종교적 확신은 교회의 가르침으로부터 자유롭고, 이성은 어떠한 종교적 상징에도 굴복하지 않으려 한다"(*Romanzero* 185). 파리 망명이후 지속되어 왔던 제도로서의 종교에 대한 그의 비판적 거리가 여전히 견지되고 있음을 알 수 있다.

III

경건함과 종교비판의 모순적 관계가 관찰되는 하이네의 종교성을 두고, 독일의 가톨릭교와 개신교는 교회에 대한 도전, 신에 대한 불경 등의 이유를 내세워 그를 거부해왔다. 그의 이름을 빌어 거리와 대학을 명명하는 것에도 이러한 부정적 이미지는 독일사회에 잔존하고 있는 반유대주의적 요소와 더불어 늘 걸림돌이 되었다. 혹자는 그의 종교성을 참된 경건과 대조되는 형식적 경건으로 규정하기도 한다. 종교에 대한 내적 확신이 없는 지적 신앙에 불과하다는 것이다. 하이네의 종교성을 온전하게 이해하는 것은 그동안 독일 사회에서 지난한 과제였던 것이다. 신앙과 이성의 문제는 모순성으로 비판받는 하이네의 종교성 이면에 숨겨져 있는 진정한 면모, 즉 조화를 추구함으로써 현실 인식을 도모하고, 미래의 전망을 견지하였던 점을 발견하는 데 도움을 준다. 계속해서 하이네의 문학에 있어 신앙과 이성의 문제를 논하기에 앞서서 그의 종교관이 지닌 특징들을 살펴보는 것이 필요할 듯싶다.

하이네는 18세기 계몽주의 시대의 이신론을 종교관의 토대로 삼고 있었다. 그는 반계몽주의 시대, 즉 낭만주의 시대에 태어났음에도 불구하고, 계몽주의의 전통선상에 있었던 것이다. 그의 종교에 대한 비판적 태도, 특히 낭만주의의 종교성에 대한 공격은 그의 이신론적 종교관을 가장 잘 보여주는 사례일 것이다. 그는 현실을 외면하고 비합리적인 가상의 세계로 도피했다는 이유로 낭만주의자들을 비판했다. 나폴레옹 해방군의 자유주의 및 공화주의 전파에 거센 저항을 했고, 중세의 가톨릭교와 신분제로 회귀할 것을 주장하는 등 낭만주의자들의 과거 지향적 태도를 문제 삼았던 것이다. 뒤에서 다시 다루겠지만, 특히 후기 낭만주의자들이 모범으로 삼았던 가톨릭교는 인간의 본성을 억압하고, 민중을 착취하며, 체제의 유지를 위한 지배의 도구로 전락한 제도로서의 종교로서 하이네의 종교비판에 있어서 핵심적인 대상이 된다. 바꾸어 말하자면, 이성의 자유로운 사유, 인간애, 인류의 보편적 해방은 하이네가 견지하는 종교성의 핵심이 되며, 또한 역사관의 바탕이 되는 것이다. 하이네의 낭만주의 및 가톨릭교 비판은 이러한 그의 종교성과 역사관에 밀접하게 연결되고 있었던 것이다.

한편, 하이네는 독일 낭만주의의 종교에 대한 입장을 부분적으로 오해한 측면이 있다. 낭만주의자들의 종교관 및 세계관은 근대 서구사회의 분열적 현상에 대한 인식에서 출발했다. 그들은 계몽주의의 출현으로 근대 서구사회의 여러 영역들이 분화되기 시작했다고 보았다. 가장 큰 피해를 입은 것이 종교였다. 지금까지 유효했던 통일적 세계상이 합리주의와 이성에 의해 붕괴되면서 종교는 정치, 경제, 문화 등과 더불어 하나의 개별 영역으로 전락하게 된 것이다. 그런데 종교가 약화되자 예술이 그 자리를 대신하여 본연의 역할과 기능을 떠맡으며 위상을 강화하기 시작한다. 지금까지 예술은 신을 찬미하고 믿음을 견고히 하는 데 쓰일 도구로서의 역할을 수행해 왔지만, 이제부터 예술은 이성이 지고의 형태로 드러난 미적 인식과 행위, 즉 포에지(Poesie)를 통해 세계를 파악하고, 세계를 예술적으로 승화시켜 인류를 구원의 길로 인도하려 한다. 이와 같이 포에지를 통해 종교의 통일적 세계상을 회복하고, 분화와 대립으로 특징지어지는 근대의 부정적 현상을 극복하려 했던 것이 바로 독일낭만주의 운동의 목표였다.

주의할 것은, 하이네의 경우에서 볼 수 있듯이, 낭만주의를 단순히 종교로 되돌아가기 위한 문화운동으로 보기가 쉽다는 점이다. 낭만주의의 종교에 대한 시각은 심미적이라고 할 수 있다. 종교의 본질인 진리와 선의 추구는 미를 통해 하나가 된다. 예술이 종교보다 상위 개념인 셈인데, 예술은 주관적 상상력, 허구적 유희성, 극단적 감수성 등을 통해 조화롭고 균형 잡힌 신의 세계와 종교적 신앙을 예술적으로 치환함으로써 독자적으로 세계를 파악하고 지배하려 했다. 그러므로 낭만주의에 와서 종교는 심미적 종교가 된다. 또한 낭만주의가 열광했던 종교적 대상은 그리스도교에 국한하지 않았다. 요한 크리스티안 프리드리히횔덜린(Johann Christian Friedrich Hölderlin)의 경우에서 관찰할 수 있듯이, 그리스도교 이외에도 이교도의 문화적 요소가 예술의 대상이 되었던 것이다. 비가 『빵과 포도주』(Brot und Wein)에서 횔덜린은 서로 이질적인 그리스도교와 고대 그리스의 세계관이 대립하는 것을 예술을 통해 조화시키려 했다. 여기에서 디오니소스(Dionysos)는 궁핍 속의 인간을 구원할 새로운 신으로 등장하지만, 빵과 포도주로 상징되는 로마 가톨릭교적 요소가 혼재된 신의 모습으로 형상화된다. 또한 낭만주의의 심미적 종교는 신과 인간의 관계를 파격적으로 설정함으로써 인간 속에서 신적 존재를 발견하고, 인간을 중세의 속박에서 해방시키려 한다. 그 사례로 노발리스(Novalis)의『밤의 찬가』(*Hymnen an die Nacht*)가 있다. 이 시는 예술과 종교의 융합을 통해 숭고한 심미적 세계를 지향하는 낭만주의의 전형으로 간주된다. 이 시는 그리스도의 죽음을 찬미함으로써 그리스도교의 정수를 전달하려는 것으로 주로 해석된다. 그러나 좀 더 깊이 들여다보면, 시는 이것과는 다른 측면을 더 치열하게 강조하고 있음을 알게 된다. 시인은 약혼녀의 죽음으로 인한 슬픔을 달래고, 영혼의 영원함 그리고 재회의 갈망을 서술하고 있다. 인간의 죽음과 그에 대한 슬픔을 신적 차원으로 승화시켜 기쁨과 동경으로 변모시키고 있는 것이다. 낭만주의, 특히 "초기 낭만주의의 종교적 동경은 절대자, 신과 만나고자 하는 동경이요, 무한한 것과 하나가 되고자 하는 유한자의 동경"(정경량 462)이지만, 다른 한편에서 낭만주의자들에게 종교는 그 자체가 목적이 아니었으며, 하나의 상징으로서 문학적 형상화를 위한 바탕이 되었다고 말할 수 있다. 우리는 낭만주의운동에서도 시대적, 문화적, 종교적 대립의 해소 그리고 종교로부터 예술의 자율성과 독자성 확보 등의 특징들을 읽어낼 수 있는 것이다. 그러므로 하이네의 낭만주의 비판이 일면 편협하고 오해의 측면이 있음을 지적하게 된다.

하이네의 종교성에 영향을 준 이신론으로 되돌아 가보자. 주지하다시피, 계몽주의의 종교 개념은 이성적 사고에 맞추어 재조정되었다. 계몽주의의 이신론은 신앙에 합리적인 것이 있음을 전제로 하며, 이성과 추론을 통해 신을 파악할 수 있다고 보았다. 또한 이신론은 이러한 이성을 넘는 초월적인 것이 있다는 사실을 포함하지만, 계시가 합리적 이성을 배제하는 것으로 보지는 않았다. 이러한 측면에서, 계몽주의는 개신교의 새로운 종파인 경건주의 운동과 밀접한 관련을 맺는다. 계몽주의와 경건주의는 개인 중심의 종교적 경건함과 도덕적 자세를 중요시했으며, 도그마와 제도 중심의 종교성을 부정했기 때문이다.[8] 이러한 사실로부터, 우리는 하

---

8) 이신론에 대해서는 한인철,「자연종교의 빛에서 본 기독교, 이신론을 중심으로」,

이네가 계몽주의적 이신론에 의해 영향을 받았음을 간접적으로 알게 된다. 그는 제도로부터 떠난 개인적 신앙을 견지하고, 종교적 진리가 현실로 구체화되어 나타난 도덕적 가치들을 중요시했으며, 자신의 종교관으로 자리매김 시켰기 때문이다.

그러나 우리의 관심을 끄는 것은, 계몽주의 시대에도 신앙과 이성의 대립을 조화를 통해 해소하려는 시도가 있었다는 점이다. 낭만주의에 대한 비판과 마찬가지로 계몽주의의 종교관에 대해서도 하이네의 이해는 다소 제한적이었음을 인정하지 않을 수 없다. 크리스티안 토마지우스(Christian Thomasius), 크리스티안 볼프(Christian Wolff), 고트홀트 에프라임 레싱(Gotthold Ephraim Lessing) 등은 "이성과 신앙의 분리를 고수하는 정통주의 루터교의 입장과 신앙을 이성적으로 파악하는 이신론의 입장을 분열이나 갈등이 아니라 조화의 관계로 이끌어내려 논의하고자 했다"(임성훈 81). 이들 계몽주의자들은 신앙과 이성의 문제를 선택의 문제로 보지 않았으며, 긴장과 갈등 속의 자유로운 사유를 통해 궁극적으로 신앙과 이성이 양립할 수 있는 가능성을 찾고자 했던 것이다.

신앙 자체를 부정하지는 않았지만, 신앙을 이성에 종속시켰던 이신론과 종교에 대한 비판적 태도의 견지라는 측면에서 임마누엘 칸트(Immanuel Kant) 역시 하이네의 종교관 형성에 영향을 끼쳤다고 볼 수 있다. 하이네는 칸트가 이성적 신앙의 한계를 명확하게 제시함으로써 철학에서 신이 들어설 자리를 거부했음을 강조하고 있다. 주지하다시피, 칸트는 인간의 이성은 제한적이므로 사물의 진정한 내적 본성에 대한 보편적인 통찰은 불가능하다고 보았다. 이성을 바탕으로 한 인간의 지식은 단지 현상계에 머물 수밖에 없다는 것이다. 칸트는 이러한 논리에 따라 이성으로 우주의 본질을 파악할 수 있다고 본 당시의 볼프가 세운 이성적 신학

『대학과 선교』 9 (2005); 이영림, 「근대 초 유럽사회의 세속화와 신앙의 내면화」, 『경기사학』 4 (2000) 참조.

의 입장을 비판했었다. 칸트의 시각은 계몽주의 이후 철학과 신학 또는 이성과 종교의 구분에 절대적인 영향을 끼치게 된다. 한편으로 종교는 이성의 관찰대상에서 제외됨으로써 고유의 영역을 확보하게 되었지만, 다른 한편에서 종교는 이성에 의해 비합리적인 현상으로 규정되었고, 특히 칸트가 종교의 문제를 인간의 도덕적 실천의 문제로 옮겨 다루면서 종교의 독단성과 자의성이 비판의 대상이 되었기 때문이다.

하이네의 칸트 수용은 명료하다. 그는 "우리가 지금까지 신으로 불렸던 초월적 존재는 꾸며낸 것에 지나지 않은 것"(*Zur Geschichte der Religion und Philosophie in Deutschland* 602)이라고 주장한다. 그는 중세 시대를 지배했던 계시종교를 폐기할 것을 독자들에게 촉구하고 있는 것이다. 다른 한편에서 그는 칸트의 딜레마를 인식해낸다. 이성의 한계와 신 존재의 증명 불가능성이라는 명제 속에서 하이네는 이신론자 칸트 스스로 이신론에 거리를 두고 있음을 읽어냈던 것이다. 그것은 이성은 신앙의 가둠과 종교의 속박으로부터 완전히 자유로울 수 없다는 한계성의 고백이며, 이신론 역시 극복의 대상일 수밖에 없다는 인식을 의미한다.

실제로, 우리는 이신론에서 성장했다. 우리는 자유롭고 호통 치는 어떠한 폭군도 원하지 않는다. 우리는 성숙하며, 아버지처럼 보살피는 배려를 필요로 하지 않는다. 마찬가지로 우리는 위대한 기계공의 작품이 아닌 것이다. 이신론은 노예들, 어린이들, 제네바 사람들, 시계 만드는 사람들을 위한 종교다.

In der Tat, wir sind dem Deismus entwachsen. Wir sind frei und wollen keinen donnernden Tyrannen. Wir sind mündig und bedürfen keiner väterlichen Vorsorge. Auch sind wir keine Machwerke eines großen Mechanikus. Der Deismus ist eine Religion für Knechte, für Kinder, für Genfer, für Uhrmacher. (*Zur Geschichte der Religion und Philosophie in Deutschland* 572)

칸트와 더불어 하이네의 종교관 형성에 영향을 준 또 다른 인물은 루터였다. 그런데 루터의 신앙중심주의는 이신론의 대척점에 서있는 것이다. 인간 이성에 바탕을 두고 현세적 삶의 행복과 효용을 목표로 두었던 계몽주의자의 시각에서 볼 때 루터는 당연히 배격의 대상인 것이다. 하지만 하이네는 루터를 긍정적으로 평가하고 있고, 심지어 비판하는 자들에게 맞서 그를 변호한다.

> 루터의 견해를 편협하다고 주장하는 것은 타당하지 않다. 그는 교황의 권위를 무너뜨렸고, 우리에게 성서 해석의 권리를 부여했다. 이른바 그에 의해서 새로운 시대가 시작되었다. 종교개혁으로 인해 교회의 절대성은 종교적 민주주의로 변했고, 유대교의 전통인 이신론적 요소가 다시 부활할 수 있었다. 가톨릭교에 의해 오랜 시간동안 억눌려 왔던 철학이 비로소 제 자리를 찾을 수 있게 된 것이다. (*Zur Geschichte der Religion und Philosophie in Deutschland* 535)

하이네는 루터가 발전시킨 종교사상의 핵심, 즉 세속의 영성화에 대한 직접적인 비판을 유보한다. 주지하다시피, 루터는 세속의 개념을 재해석했다. 그에게 있어 세속은 신에 의한 것이며, 신을 위한 것이었다. 신의 섭리가 머무는 곳으로서 세속을 만들어내는 것이 종교개혁의 목적인 셈이다. 그런데 하이네는 루터의 위대함을 다른 곳에서 찾고 있다. 세속화의 유혹에 굴복하고, 세속적 권력을 등에 업은 가톨릭교의 절대성을 무너뜨린 루터의 위대함을 종교의 민주화에서 찾고 있는 것이다. 세속적 향유를 부정하는 영성화에 대한 비판을 그가 애써 피하고 있음을 알 수 있다. 또한 그의 루터 평가는 이신론으로 상징되는 사유의 자유로 이어진다. 그는 절대적 권위와 폭력성에 맞서서 자유롭게 사고하고, 자신을 주장한 루터에게서 제도가 아닌 개인 중심의 종교 수용과 더불어 의사표현, 언론의 자유, 학문적 자유를 도출해내고 있다.

지금까지 살펴 본 바와 같이, 하이네의 종교관은 이신론에 바탕을 두면서 자연의 질서를 파악하려는 것으로 규정할 수 있겠다. 하이네의 종교 관련 발언은 매우 혹독했다. 그러나 그는 스스로 신을 부정하지 않는 종교비판자로 자부했다. 하이네의 급진적인 입장은 계몽주의 자체를 다시 종교적 운동으로 역행시키려 한다거나, 무신론, 유물론 등에서 볼 수 있는 것과 같이 종교 없는 세속화를 중심으로 인간 이성의 신격화 및 종교 부정 등을 극단적으로 수행하는 형태와는 차별성을 보인다. 그는 신앙과 이성의 부조화를 거부하지 않았다. 이신론의 본질은 계시종교에 대한 비판이다. 그러나 중요한 것은 신의 섭리에 의해 모든 인간에게 종교를 판단할 합리적 능력이 부여되었다는 것이며, 이러한 전제 아래 계시종교의 독점과 횡포를 거부한다는 것이다. 하이네는 기존의 신학이 점거한 지위를 독설로써 깎아내렸지만, 종교의 본질이 신 안에 있고, 인간의 삶과 예술에 있어서 종교가 중요한 역할을 하고 있는 것을 분명히 인식하고 있었던 인물이었다. 다만, 그는 종교가 특정 종교에 의해 변질되고, 종교에 의해 인간의 이성과 본성이 억압되는 것을 철저히 부정했다.

> 어두웠던 시대에 민중들은 종교에 의해 인도되었다. 마치 칠흑 같은 밤엔 맹인이 제일 훌륭한 길잡이인 것처럼. 그는 볼 수 있는 사람들보다 더 길과 계단을 잘 안다. 하지만 날이 밝아오면, 그 늙은 맹인을 여전히 길잡이로 이용하는 것은 어리석은 일이다.

> In dunklen Zeiten wurden die Völker durch die Religion geleitet, wie in stockfinstrer Nacht ein Blinder unser bester Wegweiser ist. Er kenne dann Wege und Stege besser als ein Sehender. Es sei aber töricht, sobald es Tag ist, noch immer die alten Blinden als Wegweiser zu gebrauchen. ("Aufzeichnungen" 639)[9]

---

9) Heinrich Heine, "Aufzeichnungen," *Sämtliche Schriften VI/I,* ed. Klaus Briegleb (München: Hanser Verlag, 1968), 639.

종교의 중요성과 역할에 대해 서술한 이 이 인용문은, 하이네의 이신론적 입장과 더불어 그가 견지한 역사관의 본질을 간접적으로 설명하고 있다. 그가 긍정적으로 평가하는 그리스도교의 이념은 초기 그리스도교에서 찾아볼 수 있는 것으로서 곤궁과 예속으로부터 민중을 구출하는 것이 핵심이다. 피억압자의 종교였던 초기 그리스도교는 내용면에 있어서 사회주의와 유사성을 보인다. 양자 모두는 사회적 불평등과 삶의 조건을 개선하는 것에 주목했다. 초기 그리스도교의 이상을 사회주의가 모방하고, 그 이상을 실천하려 했다는 것은 다시 하이네의 혁명에 대한 믿음으로 반영되었고, 인류의 보편적 해방을 앞당기는 도구로서의 역할에 대한 확신으로 발전되었던 것이다. 그러므로 하이네는 사회변혁의 이상적 길잡이가 될 수 있었던 그리스도교가 이후로 변질되었고 악용되었던 것을 아쉬워한다.

그 부정적 주체는 바로 로마 가톨릭교다. 로마 가톨릭교는 종교 권력의 유지와 확대를 위해 선과 악의 교묘한 논리를 통해 민족들을 병들게 했다. 로마 가톨릭교는 "국가종교라고 불리는 괴물로서 존재하지도 않은 천국을 내세워 사람들을 현혹시켰으며, 고통 받는 이들을 위해 처방한 사랑, 희망, 믿음은 현실을 이해하고 비판할 이성을 마비시키는 아편에 다름없다"("Reisebilder" 516)[10]라고 보았다. 그러므로 인간은 그전엔 알지도 못했던 죄의식을 지니게 되었고, 교회 권력자들은 종교를 유지하기 위해 애를 쓴다고 하이네는 주장한다. 종교를 도구화해서 민중을 착취하는 교회 권력의 속성을 비판하며 하이네가 마르크스에 앞서 종교는 아편이라고 정의하고 있는 것을 볼 수 있다.

---

10) Heinrich Heine, "Reisebilder," *Sämtliche Schriften II*, ed. Klaus Briegleb (München: Hanser Verlag, 1968), 516.

IV

종교에 대한 하이네의 공격을 주춤하게 만든 것은 혁명의 실패에 대한 좌절과 질병이었다. 이성의 한계를 인식하고, 종교에 귀의한 그는 변화된 자신의 종교성을 고백한다. "과거의 그의 태도가 그릇되고 사려가 깊지 못했다는 것이다. 후기 하이네의 작품 여러 곳에서도 반복되고 있지만, 그는 과거의 태도에 지나친 바가 있었음을 인정하고 있다. 그러나 그가 공격한 것은 사제와 성직자, 현세의 즐거움을 억제하는 그리스도교의 부정적 요소들이지, 그리스도교의 영원불멸한 영혼에 대한 것이 아니었다고 항변한다. 과거의 태도에 대한 반성이지만, 동시에 종교비판의 정당성 역시 그가 주장하고 있음을 알 수 있다"(*Romanzero* 478). 제도로서의 종교와 인간의 본성을 억압한 교회권력에 대한 그의 거부는 여전히 유효하다는 것을 그의 변명 속에서 읽어낼 수 있는 것이다.

하이네의 종교관에 있어서 또 하나 중요한 것은, 그가 그리스도교의 본질을 어떠한 경로를 통해 인식했는가의 문제다. 그는 제도로서의 교회를 통하지 않고 오로지 성서를 통해 신의 존재를 알아갔다. 하이네는 성서를 "인류의 위대한 가정약국"11)이라고 불렀다. 성서는 상처받은 내면을 치유하고, 고통 받을 때 위로를 제공한다. 성서에 등장하는 신은 신앙교리를 가르치는 신이 아니었다. 신은 그에게 극히 개인적인 신이지만, 모든 것을 포괄하는 신이며 또한 심미적 자연으로서의 존재였다.

> 나의 깨달음은 단순히 어떤 책을 읽은 것에서 비롯된다―어떤 책이냐고? 그렇다, 그것은 오래되고 소박한 책이다, 자연과 같이 검소하고, 자연처럼 자연스럽다, 그것은 우리에게 온기를 제공하는 태양처럼 부지런하고 겸허하다, 그것은 빵과 같이 우리에게 영양을 준다―이 책은

---

11) Heinrich Heine, "Bruchstücke 1844," *Sämtliche Schriften VI/I*, ed. Klaus Briegleb (München: Hanser Verlag, 1968), 190.

간단히 말해 책이다: 성서. 당연한 말이지만, 사람들은 이 책을 성스러운 책이라고도 부른다. 신을 잃은 자는 이 책에서 다시 신을 발견할 수 있다. 신을 모르는 자에게 이 책은 신의 말씀이 담긴 숨결을 불어넣어 줄 것이다.

Ich verdanke meine Erleuchtung ganz einfach der Lektüre eines Buches: Eines Buches? Ja, und es ist ein altes schlichtes Buch, bescheiden wie die Natur, auch natürlich wie diese; ein Buch, das werkeltägig und anspruchslos aussieht, wie die Sonne, die uns wärmt, wie das Brot, das uns nährt - und dieses Buch heißt auch ganz kurzweg das Buch, die Bibel. Mit Fug nennt man diese auch die Heilige Schrift; wer seinen Gott verloren hat, der kann ihn in diesem Buch wiederfinden, und wer ihn nie gekannt, dem weht hier entgegen der Odem des göttlichen Wortes. (*Zur Geschichte der Religion und Philosophie in Deutschland* 513)

그러나 하이네는 성서를 자의적으로 그리고 문학적으로 새롭게 표현하는 데 주저하지 않았다. 하이네는 성서에 등장하는 신과 인물들 그리고 성서의 내용을 패러디하고, 시대의 중요한 사안에 맞도록 고쳐 새로운 의미를 첨가하거나 심지어 의미를 완전히 바꾸기도 했다. 성서에 대한 인유가 매우 활발하게 이루어졌던 영미문학의 경우와 비교해 볼 때, 하이네의 성서인유는 독일문학의 대표적인 경우라고 할 수 있겠다. 그러나 영미문학의 경우와 마찬가지로 그 역시 "성서적인 인유를 통하여 기존의 그리스도교 사상을 수용하고, 그것에서 새로운 의미를 해석"(유병구 107)하고 있지만, 신에 대한 도전과 교회에 대한 비판이 하이네의 성서인유에 있어서 핵심적 요소로 간주되고 있다는 것에 주목할 필요가 있다. 시「아담, 최초의 남자」(*Adam, der Erste*)는 낙원에서 쫓겨난 아담이 신과 담판을 벌이는 내용을 담고 있는 유머와 재치가 넘치는 시다. 우리는 여기에서도 하이네 특유의 풍자와 신에 대한 불경에 가까운 표현들을 다시 보게 된다.

당신은 화염의 칼을 들어
천상의 헌병을 보내시고,
나를 천국에서 내치시네,
공정함과 자비도 없이!
아내와 난 떠나네
다른 땅덩어리를 찾아;
지혜의 열매를 맛본 사실은,
그래도 바뀔 수 없네.
당신은 바꿀 수 없네,
내가 알고 있는 것을,
작고 보잘 것 없는 당신인 것을,
당신은 여전히 죽음과 천둥으로
고귀한 존재임을 그토록 보이시네.

Du schicktest mit dem Flammenschwert
Den himmlischen Gendarmen,
Und jagtest mich aus dem Paradies,
Ganz ohne Recht und Erbarmen!
Ich ziehe fort mit meiner Frau
Nach andren Erdenländern;
Doch dass ich genossen des Wissens Furcht,
Das kannst du nicht mehr ändern.
Du kannst nicht ändern,
Dass ich weiß,
Wie sehr du klein und nichtig,
Und machst du dich auch noch so sehr
Durch Tod und Donner wichtig. ("Neue Gedichte" 412)[12]

---

12) Heinrich Heine, "Neue Gedichte," *Sämtliche Schriften VI/I*, ed. Klaus Briegleb (München: Hanser Verlag, 1968), 412.

물론 자의적인 성경 해석은 진리에 대한 인식 측면에서 부분적 오류의 발생 가능성이라는 근본적인 문제를 지니고 있다. 능동적으로 성서를 해석할 때 인간으로서의 탐욕과 편견 등의 개인적 가치관이 위험한 요인으로 작동할 수 있기 때문이다. 그러나 우리는 신앙에 대한 하이네의 문학적 접근을 그것과는 다른 시각에서 관찰해야 한다. 그의 글쓰기는 고통과 절망에 빠진 개인의 치유를 위한 것이다. 고통 중의 하이네는 피할 수 없는 현실, 죽음과 병 등의 시련 속에서 해방되고 싶은 욕망을 신에게로 투영한다. 그는 끊임없이 신에게 불평을 한다. 도대체 신은 나에게 무엇을 원하는가? 의문은 끝이 없이 이어진다. 그러나 그의 신에 대한 불평은 결코 존재하지 않거나 능력이 결핍된 신에 대한 것이 아니다. 오히려 끝없는 의문의 제기는 신의 말씀과 의도를 이해하게 되는 데에 있어서 필수적인 것이다. 그는 신의 불가해성을 통해 자신의 결핍을 인식하고, 고통으로부터 해방될 자유의 가능성을 탐색할 수 있었던 것이다. 신앙은 고통으로부터의 해방과 시련 속에서도 희망을 찾는 삶이 가능하다는 이성적 확신에서 시작한다. 이것은 후기에도 그가 여전히 진보적인 역사관을 견지할 수 있었던 동력으로 작용할 수 있었다. 현실 변혁을 위한 혁명 이념은 여전히 유효한 가치였다. 그는 '새로운 혁명의 시도와 새로운 공화국의 건설은 역사의 불가피한 다음 단계'(*Lutetia* 251)임을 확신하고 있었던 것이다.

이러한 의미에서 하이네의 신에 대한 불평은 신과의 친교이며, 또한 부정한 현실의 극복 의지로 볼 수 있다. 신에 대한 그의 문학적 접근은 이성으로써 신앙을 견지하려는 행위이며, 이상적 현실로의 지양을 의미한다고 할 수 있다.

「라자로」(*Zum Lazarus*)는 후기 하이네의 종교성이 지닌 이러한 특징을 가장 잘 보여주는 시다. 인간에 대한 신의 매정함과 정의롭지 못함에 대한 비난은 신 존재의 유무에 관한 논증이라기보다는, 신을 믿는 이유에 대한 탐색의 과정을 의미한다. 이성은 신앙과 더불어 진리를 향한 인간 정신의 두 갈래인 것이다.

성스러운 비유란 그만두어라,
경건한 가설이란 멀리 두어라—
그 지긋지긋한 문제를 풀어,
단박에 우리를 구원하도록 하라.
왜 정의로운 이는 십자가 아래,
피를 흘리며 가련한 모습으로 지쳐가는가,
사악한 이는 말 높은 곳에 앉아
승자가 되어 기뻐하고 있지 않은가?
죄가 무엇이란 말인가? 우리의 주님은
전능한 분이 아니었던가?
그분이 못된 짓이라도 했다는 말인가?
아, 비참한 일이로다.
계속해서 물어보도록 하자,
마침내 한 줌 흙으로
우리 입을 틀어막을 때까지—
하지만 그것이 답이란 말인가?

Lass die heiligen Parabolen,
Lass die frommen Hypothesen—
Suche die verdammten Frage
Ohne Umschweif uns zu lösen,
Warum schleppt sich blutend, elend,
Unter Kreuzlast der Gerechte,
Während glücklich als ein Sieger
Trabt auf hohem Ross der Schlechte?
Woran liegt die Schuld? Ist etwa
Unser Herr nicht ganz allmächtig?
Oder treibt er selbst den Unfug?
Ach, das wäre niederträchtig.
Also fragen wir beständig,

Bis man uns mit einer Handvoll

Erde endlich stopft die Mäuler —

Aber ist das eine Antwort? (*Gedichte 1853 und 1854* 201)

V

인간은 경험적, 파편적 이해의 한계를 넘어 계시된 신에게 접근할 때 신앙을 필요로 한다. 그러나 신앙은 인간의 유한한 이성에 비해 우위에 있는 것이 아니다. 신앙의 독단이 허용될 수 없는 이유는 신앙에 대한 진술은 상대적일 수밖에 없고, 어느 누구도 초월적 존재를 확실히 알 수는 없기 때문이다. 신앙은 오류에 빠지는 것을 방지하고, 신과의 온전한 관계를 세우기 위해 다시 이성을 필요로 한다. 신앙에서 이성은 직관, 계시 등을 통해 드러난 신의 존재를 인식하고 재해석하여 신의 존재를 증명하는 중요한 역할을 하고 있는 것이다. 그러므로 신앙과 이성은 진리를 알기 위한 두 개의 요소라 하겠다. 둘은 각각의 자율성을 훼손당하지 않은 채로 서로 조화를 이룰 수 있어야 한다.

하이네가 비판하는 신앙은 이러한 이성의 역할이 배제된 맹목적 신앙이다. 또한 그의 종교성은 역사관과 밀접한 관련을 맺고 있다. 역사관의 본질이라 할 수 있는 인류의 보편적 해방의 실현에 있어서 신앙과 이성은 중요한 역할을 한다. 이성은 개인의 유한성과 역사현실의 부정성을 인식하게 해주며, 종교는 그의 내적 본성과 열망에 부합하는 가치를 제공했다. 이상적 미래를 건설할 수 있다는 그의 희망은 신앙을 통해 회복되고 강화될 수 있었다. 우린 이것을 신앙적 이성이라고 부를 수 있다. 후기 하이네에 있어서 이성과 신앙은 배타적인 것이 아니고 상호보완적인 것이었다. 그는 긴장과 갈등의 자유로운 사유를 통해 궁극적으로 신앙과 이성이 양립할 수 있는 가능성을 찾고자 했던 것이다. 이러한 의미에서 후기 하이네의 이성 개념은 '신앙 밖에서의 자율적인 것이 아닌 신앙 안에서의 이성 개념이며 신앙이 전제된 이성 개념'13)이라 하겠다.

---

13) 신학자 니콜라스 월토스톨프(Nicholas Wolterstorff)의 『종교의 한계 내에서의 이성』 (*Reason within the Bounds of Religion*)은 후기 하이네의 종교성을 깊게 이해하는 데 도움을 준다. 월토스톨프는 '이성을 지배하는 신념이지만, 동시에 이성과의 조화를 추구하는 신앙'의 개념으로서 신앙과 이성의 관계를 규정하고 있다. 지금까지 종교와 신앙을 이성과 도덕성의 문제로만 이해하던 하이네가 세계에 대한 인식의 변화로 인해 종교의 역할과 중요성에 눈뜨기 시작했고, 이후로 신앙이 이성적 작업의 전제로서 작동되었다는 것이다. 월토스톨프의 종교사상에 대해서는 안신, 「종교와 과학 그리고 종교학. 관계유형의 다양성과 종교학의 역할」, 『종교와 문화』 19 (2010): 111-29 참조.

Works Cited

안신. 「종교와 과학 그리고 종교학. 관계유형의 다양성과 종교학의 역할」. 『종교와 문화』 19 (2010): 111-29.

[Ahn, Shin. "Religion, Science and Religious Studies: Diversity of their Relationship and the Role of Religious Studies." *Religion and Culture* 19 (2010): 111-29. Print.]

Brummack, Jürgen. *Heinrich Heine: Epoche — Werk — Wirkung.* München: C. H. Beck Verlag, 1980. Print.

정경량. 「독일 초기낭만주의 문학의 종교성」. 『독어교육』 31 (2004): 453-72.

[Cheong, Kyung Yang. "Die Religiosität der deutschen Frühromantik." *Koreanische Zeitschrift fur Deutschunterricht* 31 (2004): 453-72. Print.]

Cuby, Louis. "Die theologische Revision in Heines Spätzeit." *Internationaler Heine-Kongreß 1997 zum 200. Geburtstag.* Stuttgart: J. B. Metzler, 1999. 336-43. Print.

한인철. 「자연종교의 빛에서 본 기독교, 이신론을 중심으로」. 『대학과 선교』 9 (2005): 197-255.

[Han, Ihn-Chul. "Deism: Christianity from the Perspective of Natural Religion." *University and Mission* 9 (2005): 197-255. Print.]

Heine, Heinrich. "Aufzeichnungen." *Sämtliche Schriften VI/I.* Ed. Klaus Briegleb. München: Hanser Verlag, 1968. Print.

_____. "Bruchstücke 1844." *Sämtliche Schriften VI/I.* Ed. Klaus Briegleb. München: Hanser Verlag, 1968. Print.

_____. "Gedichte 1853 und 1854." *Sämtliche Schriften VI/I.* Ed. Klaus Briegleb. München: Hanser Verlag, 1968. Print.

_____. "Geständnisse." *Sämtliche Schriften VI/I.* Ed. Klaus Briegleb. München: Hanser Verlag, 1968. Print.

_____. "Ludwig Marcus. Eine Denkworte." *Sämtliche Schriften V.* Ed. Klaus Briegleb. München: Hanser Verlag, 1968. Print.

_____. "Neue Gedichte." *Sämtliche Schriften IV.* Ed. Klaus Briegleb. München: Hanser Verlag, 1968. Print.

_____. "Reisebilder." *Sämtliche Schriften II.* Ed. Klaus Briegleb. München: Hanser Verlag, 1968. Print.

_____. "Romanzero." *Sämtliche Schriften VI/I.* Ed. Klaus Briegleb. München: Hanser Verlag, 1968. Print.

_____. "Vorrede zur französischen Ausgabe der Lutetia." *Sämtliche Schriften V.* Ed. Klaus Briegleb. München: Hanser Verlag, 1968. Print.

_____. "Zur Geschichte der Religion und Philosophie in Deutschland." *Sämtliche Schriften III.* Ed. Klaus Briegleb. München: Hanser Verlag, 1968. Print.

Kruse, J. A. *Der späte Heine 1848-1856: Literatur – Politik – Religion.* Hamburg: Hoffmann und Campe, 1982. Print.

임성훈. 「신앙, 이성, 감성에 나타난 긴장(Spannung)의 미학, 독일 초, 중기 계몽주의를 중심으로」. 『미학』 63 (2010): 73-110.

[Lim, Seong Hoon. "Die Asthetik der Spannung zwischen Glauben, Vernunft und Sinnlichkeit - in Bezug auf die deutsche Aufkarungsdiskussion des Fruhen und Mittleren 18. Jahrhunderts." *Aesthetics* 63 (2010): 73-110. Print.]

월토스톨프, 니콜라스. 『종교의 한계 내에서의 이성』. 문석호 역. 서울: 성광문화사, 1991.

[Wolterstorff, Nicholas. *Reason within the Bounds of Religion.* Trans. MUN Suk-Ho. Michigan: Wm B. Eerdmans, 1988. Print.]

유병구. 「예이츠의 작품에 나타난 성서적 인유」. 『문학과 종교』 14 (2009): 85-110.

[Yoo, Byeong-Koo. "The Biblical Allusions in Yeats's Poems." *Literature and Religion* 14 (2009): 85-110. Print]

나사니엘 호손의 종교시 연구: 「갈보리의 별」

장 인 식

I. 들어가며

나사니엘 호손(Nathaniel Hawthorne, 1804-1864)은 지금까지 소설가나 단편소설 작가로 널리 알려져 있을 뿐, 시인으로서의 모습은 거의 알려져 있지 않다. 심지어 19세기 미국문학을 전공한 학자들까지도 호손이 시를 썼다는 사실을 모르는 경우가 대부분이다. 이러한 현상은 한편으로는 그가 가장 왕성하게 작품을 집필하던 시기인 1835-1860년 사이에 시보다는 수십 편의 단편들과 『주홍글자』(*The Scarlet Letter*)를 포함한 네 편의 장편소설을 발표하여 세인들의 관심을 사로잡았고, 다른 한편으로는 그가 직접 쓴 시의 편수가 그리 많지 않고 대부분이 초기에 쓴 작품들이라 학자들의 관심 밖으로 밀려났기 때문이다. 하지만 호손은 뛰어난 시인으로서의 자질을 충분히 갖추고 있었다. 그는 어렸을 때부터 시에 대해

* 이 논문은 『문학과 종교』 제17권 1호(2012)에 「나사니엘 호손의 종교시 연구: 「갈보리의 별」」로 게재되었음.

상당한 관심을 가지고 있었고, 실제로 최초의 소설 『팬쇼우』(*Fanshawe*, 1828)를 출간하기 3년 전부터 『가제트』지에 이미 여러 편의 시를 소개하였다. 대표적으로 1825년에 「대양」("The Ocean")과 「달빛」("Moonlight"), 1826년에 「구름에게」("To a Cloud"), 1828년에 「멋진 와인」("The Wine Is Bright")과 「유쾌한 주정꾼」("A Jolly Drinker") 등을 발표하였다. 심지어 그가 쓴 산문에서조차 많은 시적 요소가 발견되고 있고 문체에서 함축성과 뛰어난 문학적 상상력을 보여주는데, 이러한 사실들은 시에 대한 그의 대단한 관심과 시인으로서의 타고난 역량을 잘 입증한다.

현재까지 알려진 호손의 시는 총 80편인데, 리차드 펙(Richard E. Peck)이 편집한 『나사니엘 호손 시집』(*Nathaniel Hawthorne: Poems*)에 29편, 로버트 피터즈(Robert Peters)가 편집한 호손 시집에 51편이 실려 있다. 그런데 리차드 펙이 편집한 책에 실린 작품은 모두 호손이 직접 발표한 시들이고, 로버트 피터즈가 편집한 책에 실린 시들은 호손이 직접 시의 형태로 발표한 작품이 아니고, 편집자가 호손의 『아메리칸 노트』(*The American Notebooks*)에 실린 글들을 시의 형태로 바꾸어 소개한 것들이다. 호손이 직접 시의 형태로 발표한 29편의 시들은 대체적으로 그가 10-20대에 쓴 작품들이라 문학성이 약간 떨어진다는 평가를 받는다. 하지만 40대에 쓴 두 편의 종교시, 즉 「바다 위를 걸어서」("Walking on the Sea")와 「갈보리의 별」("The Star of Calvary")은 문학적 완숙기에 쓰인 작품이라 예술성이 아주 뛰어나고 상상력이 돋보인다.[1]

「갈보리의 별」은 루푸스 그리스월드(Rufus W. Griswold)가 편집하여 출간한 『구세주 생애의 여러 장면들』(*Scenes in the Life of the Savior*)에 실려 1846년에 발표되었다(Gale 470). 이 시는 신약성서 누가복음 23장 44절

---

1) 호손의 종교시 「바다 위를 걸어서」("Walking on the Sea")에 관한 연구로는 장인식, 「Nathaniel Hawthorne의 종교시 연구: "Walking on the Sea"를 중심으로」(『호손과 미국소설연구』 8, 2001)가 있는데, 호손의 종교시에 관한 연구로는 이 논문이 국내외를 막론하고 유일하다.

에 기초하여 11연으로 이루어진 비교적 긴 시인데, 메시아인 예수를 알아보지 못하고 십자가에 처형한 유대인들을 책망하며 이제라도 잘못을 뉘우치고 돌아올 것을 촉구한다. 전체적인 내용을 보면, 예수가 베들레헴에서 탄생했을 때 나타나 동방박사들을 안내한 신비한 별이, 예수가 십자가에서 처형당하는 갈보리 언덕 상공에 다시 등장하여 그 참혹한 현장을 목격한 후에, 유대인들의 무지를 책망하며 신의 자비와 사랑을 일깨워 주는 형식으로 되어 있다. 시간적 배경은 약 2000년 전에 있었던 예수의 탄생 시점에서 십자가 처형 장면으로, 공간적 배경은 밤하늘(1연) → 베들레헴 언덕(1연) → 갈보리 언덕(2연) → 겟세마네 동산(4연) → 갈보리 언덕(5연) → 인간의 사악한 마음(10연) → 갈보리 언덕(11연)으로 이동하며, 끝까지 죄인을 찾아오시는 신의 자비와 사랑을 노래한다. 게다가 고어체를 많이 사용하여 예수의 신성을 더욱 돋보이게 한다.

　본고는 「갈보리의 별」에 나타난 시적 아름다움을 살펴보며 시에 등장하는 상징과 이미지 그리고 은유의 의미, 또 성서와의 관련성을 고찰하고, 시인이 들려주는 메시지가 무엇인가를 탐색하고자 한다. 이러한 과정 속에서 호손 작품의 주제나 생애와의 연관성도 자연스럽게 드러나게 될 것이다.

II. 펼치며

　　I. 드물게 나타나는 그 별이었네
　　　　온통 신비로운 빛,
　　　마치 파수꾼처럼
　　　　밤의 변화를 주시하다가
　　　베들레헴 언덕을 향해
　　　　고독한 비행을 시작했네.

　　It is the same infrequent star, ―

> The all-mysterious light,
>
> That like a watcher, gazing on
>
> The changes of the night,
>
> Toward the hill of Bethlem took[2]
>
> Its solitary flight. (Peck 25)

제1연은 예수의 탄생을 암시하는데, 신비한 별 하나가 나타나 베들레헴 언덕을 향해 비행을 시작하며 독자들을 메시아의 출현 현장으로 안내한다. 분위기를 보면 시각적 이미지가 주류를 이루어 빛과 어둠의 극명한 대조를 보여주는데, 인류의 모든 일과 역사를 주관하는 초월적인 신의 모습을 시사한다. 우선 1행에 등장하는 '별'(star) 이미지를 살펴보기로 한다. 별은 이 시의 전반에 걸쳐 예수의 탄생과 삶의 여정 그리고 십자가에서 처형당하는 순간을 목격하는 감시자로서, 또 이야기를 독자들에게 생생하게 들려주는 전달자로서의 역할을 동시에 담당한다. 성서에서 별은 신비로움의 상징이며, 우주를 다스리는 하나님의 절대적인 섭리와 초월성, 그리고 부활하신 그리스도의 영광스러운 모습을 암시한다(Ryken 814). 천지창조 사건에서 창조주는 하늘에 달과 별을 두어 밤을 주관하게 하셨고(창 1:16-18), 시편 기자도 달과 별들로 밤을 주관하게 하신 이에게 감사하라고 선언한다(136:9). 요한계시록은 예수를 "오른손에 일곱 별을 쥐고 있는"(1:16) 분으로, 또 "빛나는 샛별"(22:16)로 묘사한다. 이 관점에서 보면 본문에 등장하는 별은 인류의 역사를 주관하고 살피는 신의 섭리를 함축하며 동시에 예수의 상징이다.

별 이미지는 2-3행에 등장하는 '온통 신비로운'(all-mysterious), '파수꾼'(watcher), '자세히 응시하다'(gazing on)란 시어들과 멋진 조화를 이룬다. 성서에서는 여러 차례에 걸쳐 하나님을 파수꾼이나 감시자 그리고 보

---

2) 베들레헴은 원래 3음절(Beth-le-hem)로 이루어져 있다. 그러나 시인은 시의 리듬을 맞추기 위해 의도적으로 2음절(Beth-lem)로 축약시키고 있다.

호자로 묘사하는데, 온 세상을 두루 살피시는 분(대하 16:9), 인간이 어디로 가든지 동행하며 인도하시는 분(창 28:15), 졸지도 않고 주무시지도 아니하며 지키시는 분(시 121:3-4), 악한 사람과 선한 사람을 모두 살피시는 분(잠 15:3)으로 언급한다. 구약성서 창세기에 나오는 아브라함의 여종 하갈은 하나님을 한마디로 '살피시는 하나님'(16:13)이라 칭한다. 시적 화자는 4행에서 이 별이 '밤의 변화'를 응시한다고 소개한다. 하늘에서 신비로운 빛을 발하며 어두운 이 땅의 변화를 살피는 놀라운 별의 이미지는, 20세기 미국소설가 F. 스콧 피츠제럴드(Scott Fitzgerald)가 쓴 작품『위대한 개츠비』(*The Great Gatsby*)의 제2장에 나오는 T. J. 에클버그(Eckleburg) 박사의 눈을 연상케 한다. 에클버그 박사의 눈은 안과 의사가 한때 자신의 사업을 선전하기 위해 세웠던 입간판에 그려진 거대한 푸른색의 눈인데, 웨스트 에그(West Egg)에서 뉴욕으로 가는 중간 지점에 위치한 황량한 재의 계곡(valley of ashes)에 서서, 오랫동안 방치되어 주변이 온통 잿빛으로 변해버린 쓰레기 하치장에 높이 솟아올라 의연하게 주변을 내려다본다(21). 피츠제럴드가 에클버그 박사의 눈을 통해 도덕성이 결여된 채 황금만능주의 사고에 빠져 밀수와 탐욕과 부적절한 성관계에 탐닉하는 1920년대의 미국사회를 고발한다면, 나사니엘 호손은 신비한 별을 통해 영적 어둠에 빠져 하나님의 독생자조차 알아보지 못하고 십자가에 못을 박는 인간의 무지를 책망한다.

빛과 어둠의 대조는 1연에서 매우 두드러지게 나타난다. 특히 2행과 4행의 마지막에 나오는 단어가 완전각운을 이루며 이러한 대조를 강조하는데, 이는 어둠과 빛의 대결 양상을 형상화한다. 어두운 밤하늘을 배경으로 신비한 별 하나가 밝을 빛을 내며 비행하는 놀라운 광경을 제시한다. 게다가 6행의 마지막에 나오는 flight란 시어 역시 각운을 이룬다. 이러한 시적 장치는 밤하늘에 빛을 발산하며 베들레헴으로 향하는 별의 움직임이 어둠을 뚫고 인류를 구원하기 위해 다가오는 구세주의 모습을 상징하고 있음을 보여준다. 특히 베들레헴이 예수가 태어난 장소라는 점을 염두에 둔다면, 이는 예수의 성육신을 암시한다. 성서에서는 예수의 성육신을 "빛이 어둠을 뚫고 들어와 어둠 속에서 빛을 발하는 것"(요 1:5)으로 묘사한다. 여기서 한 가지 아이러니컬한 사실은 베들레헴이란 단어가 메시아의 탄생을 예고하지만, 이와 동시에 적대감과 대학살을 내포한다고 하는 점이다. 왜냐하면 신약시대 당시 유대 지역을 다스리던 헤롯이 새로운 왕이 태어났다는 소식을 듣고 예수를 죽이기 위해 베들레헴과 그 부근에 사는 두 살 이하의 사내아이들을 모조리 죽였기 때문이다. 이렇게 보면 시인은 베들레헴이란 시어를 사용하여 2연부터 진행될 예수의 십자가 처형을 예고한다. 이 내용을 4행과 연결시키면 '밤의 변화'(the changes of the night)라는 표현은 메시아의 탄생을 방해하기 위해 시시각각으로 변하며 급박하게 진행되는 악한 세력의 음모를 시각화한다.

마지막 행에 등장하는 '고독한 비행'(solitary flight)이란 구절은 굉장히 함축적인 의미를 지닌다. 문자적 의미에서 보면 '고독한' 비행이란, 예수가 베들레헴에서 탄생했을 때 동방박사들을 이끌고 온, 별의 긴 여정을 의미한다. 성서에서는 별의 출현에 대해 이렇게 언급한다.

> [동방에서 온 박사들이] "유대인의 왕으로 태어나신 분이 어디 계십니까? 우리는 동방에서 그분의 별을 보고 그분에게 경배드리러 왔습니다." 하고 말하였다. . . . 박사들이 왕의 말을 듣고 떠나가는데, 동방에서 본 그 별이 다시 나타나 그들보다 앞서 가다가 아기가 있는 곳에 멈췄다. 그 별을 보고 박사들은 기뻐서 어쩔 줄 몰랐다. (『현대인의 성경』, 마 2:2, 9-10)

고대의 전승에 의하면 동방박사들은 현인들로서 성 발타사르(Balthasar), 성 가스파르(Gaspar) 그리고 성 멜키오르(Melchior)로 알려져 있다(Racy 133). 크레이그 키너(Craig S. Keener)는 고대의 왕들이 종종 다른 나라에서 왕이 탄생한 것을 축하하기 위해 사절단을 보냈다고 지적하며, 동방박사는 아마 페르시아나 바빌로니아에서 왔을 것이라고 추측한다(98-99). 이렇게 보면 동방에서 온 점성술사들은 페르시아나 바빌로니아에서 별을 발견한 후에 낙타를 타고 출발하여 아라비아 반도를 횡단한 다음, 지중해로 가는 대상들과 함께 수천 킬로미터를 여행한 셈이 된다. 시인은 이 현인들을 베들레헴으로 안내한 별의 여정을 고독한 비행으로 표현한다.

상징적 측면에서 보면 '고독한 비행'이란 시어는 이 시의 1연과 2연 사이에 가로놓인, 시적 화자가 본문에서 직접 언급하지 않은, 약 33년이란 기간에 달하는 예수의 생애를 한마디로 요약하는 의미심장한 표현이다. 시인은 이 표현과 별 이미지를 통해 1연과 2연의 내용을 하나로 묶고 있다. 실제로 예수의 생애는 '고독한'(solitary) 삶이었다. 그는 열두 제자들이나 군중과 함께 있다가도 수시로 무리를 떠나 한적한 장소를 찾았고, 홀로 기도하는 시간을 자주 가졌다(막 6:32; 6:46). 더욱이 제자들과 함께 있을 때에도 군중 속에서 고독을 체험하는 경우가 많았다. 이는 그의 제자들조차 그가 하는 말을 이해하지 못하고 불신하며 마지막 순간까지 배신하였기 때문이다. 제임스 프랜시스(James A. Francis)는 예수가 시골 마을에서 태어나 목수의 아들로 성장하여 제대로 된 교육조차 받지 못했고, 자신의 집 한 채 마련하지 못한 상태에서 3년 동안 순회전도자로 활동하였고, 결국 자신의 제자에 의해 배신당하여 수치를 당했으며, 마침내 십자가에 못 박혀 남았던 옷까지 모조리 빼앗기고, 다른 사람의 무덤에 장사되었다고 지적하며, 예수의 생애를 '고독한 생애'라고 평가한다(123-24). 예수는 이 땅에서 고독한 삶을 살면서도 마음은 언제나 하늘나라, 즉 하나님의 나라를 생각하였다. 이 시각에서 보면 그의 생애 자체가 '고독한 비행'이 된다.

6행에서 한 가지 흥미 있는 사실은 '고독한'(solitary)이란 시어가 호손의 삶과 아주 밀접한 관계에 있다는 점이다. 호손은 보우든(Bowdoin) 대학을 졸업한 후에 어머니의 집이 있는 세일럼으로 돌아와, 1825년부터 1837년까지 10년이 넘은 오랜 기간을 고독과 은둔 속에서 책을 읽고 자연 속에서 산책하며 습작에 몰두하였다. 허버트 고먼(Herbert S. Gorman)은 호손이 청년기와 성년기의 초반부를 고독의 품속에서 지냈다고 언급하며, 그는 고독을 즐기려는 충동에 사로잡혀 청교도주의와 칼뱅주의에 젖어들었다고 지적한다(17-18). 버지니아 매시(Virginia Z. Massie)는 호손의 작품에 등장하는 주인공들이 때로는 사회와 친구들로부터 떨어져 고독을 체험함으로써, 자신의 내면과 신을 대면하는 기회를 갖게 되어 사회가 제공하지 못하는 소중한 교훈을 얻는다고 설명하며, 이것을 '고독이 주는 축복'이라고 칭한다(164-65). 호손 자신도 스스로를 '고독한 사람'이라 여겼다. 그는 1837년에 쓴 단편 「한 고독한 사람이 쓴 저널에서 발췌한 글들」("Fragments from the Journal of a Solitary Man")에서 오베론이란 가공의 인물을 통해 자신이 겪은 고독한 삶과 인생관, 그리고 형제애의 중요성을 깨닫게 된 과정에 대해 서술한다.

> II. 드물게 나타나는 바로 그 별이었네
> 어찌나 똑같은지 나를 움찔하게 하네.
> 비록 그 둥근 표면이 피와 같이 붉으나
> 침묵하며 아래를 향하여
> 또 하나의 언덕을 내려다보네
> 바로 갈보리 언덕을!

> It is the same infrequent star;
> Its sameness startleth me;
> Although the disc is red as blood,
> And downward, silently,
> It looketh on another hill, —
> The hill of Calvary!

제2연은 예수가 수난을 당하는 역사적 현장으로 독자를 안내한다. 제1연에서 신비로운 빛으로 메시아의 탄생을 예고하며 동방박사들을 안내했던 그 별이, 이제 기운을 잃고 침묵한 채 고통의 현장을 내려다본다. 2연역시 시각적 이미지가 두드러진다. '별'(star), '둥근 표면'(disc), '피'(blood), '붉은'(red), '움찔하다'(startleth)와 같은 시어들을 사용하여 피비린내 나는 십자가 처형이 이미 시작되었음을 알리며, 이 광경을 보고 놀라는 시적 화자의 심정을 고스란히 전해준다.

시적 화자는 예수가 탄생했을 때에 등장했던 바로 그 별이 예수가 처형당하는 순간에 나타난 것을 보고 소스라치게 놀란다. 시인은 1연과 2연에 등장하는 별이 정확하게 일치한다는 점을 강조하기 위해, 다른 연과는 달리 2연에서 많은 두운을 사용한다. same, star, sameness, startleth, silently 에서 /s/, disc와 downward에서 /d/를 연속적으로 사용함으로써 별의 모양이 같다는 사실을 시각화한다.

2연은 아주 놀라 당황하는 시인의 모습을 시적 장치를 통해 잘 표현하는데, 이는 각운 패턴을 파괴시키는 데서 잘 드러난다. 이 시는 전반적으로 2연을 제외한 나머지 연에서, 2행과 4행과 6행이 완전각운을 이룬다. 그런데 유독 제2연에서는 의도적으로 이 규칙을 파괴시킨다. 이러한 시적 기교는 너무 놀란 나머지 혼비백산하여 정신을 차리지 못하는 화자의 심적 상황을 암시한다. 더욱이 시의 리듬에 변화를 줌으로써 구세주가 십자가에 달리는 장면을 바라보며 놀라서 숨을 죽이고 침묵하는 별의 태도를 묘사한다. 4행과 6행의 마지막 음보에서는 이 시의 기본 리듬인 약강격(iamb)에 변화를 주어 약약격(pyrrhic, lent-ly, va-ry)으로 처리함으로써 침통한 표정으로 묵묵히 바라보는 모습을 생생하게 그리고 있다.

　　　Ⅲ. 낮도 아니고 밤도 아니었네, 이는 서쪽을 향해
　　　　침울한 태양이 빛을 발하기 때문이라네.
　　　게으른 안개는 마치 배처럼

대지 위를 항해하며
광대한 태양과 대지 사이를
이러저리 배회하고 있네.
　　Nor noon, nor night; for to the west
　　　The heavy sun doth glow;
　　And, like a ship, the lazy mist
　　　Is sailing on below;
　　Between the broad sun and the earth
　　　It tacketh to and fro.

　제3연은 예수가 십자가에서 처형되는 장면을 지켜보며 자연계가 보여
주는 반응을 시각적으로 묘사한다. 해가 빛을 잃고, 안개가 마치 배처럼
지면 위를 어슬렁거리며 떠도는 광경을 서술한다. 신약성서에서는 예수가
오전 9시에 못 박히었고, 낮 12시쯤 되어 어두움이 온 땅을 뒤덮어 오후 3
시까지 지속되었다고 기록한다(눅 23:44). 시인은 성서의 내용에 덧붙여
안개를 언급함으로써 슬픔을 증폭시키며 독자의 상상력을 자극한다.
　시인은 1-2행에서 낮도 아니고 밤도 아니라고 진술하며, 온 땅이 어두
운 것은 침울한(heavy) 태양이 서쪽을 향해 빛을 발하기 때문이라고 그 이
유를 밝힌다. heavy는 내리누르는 심적 고통으로 인해 심신이 견디기 힘
든 상태를 암시한다. 따라서 이는 자신의 아들이 죽임을 당하는 장면을
목격해야만 하는 창조주 하나님의 비통한 심정, 메시아의 처형을 바라보
는 시적 화자와 독자들의 애타는 심정, 그리고 그리스도가 십자가에 달려
괴로워하는 상황을 보며 공감하는 자연계의 비통한 심정을 상징적으로
보여준다. 조엘 그린(Joel B. Green)은 그레코로만 문학에서 위대한 인물
이 세상을 떠날 때 자연계에서 특이한 현상이 발생하는 것은 드문 일이
아니라고 지적한다. 그는 이어 성서에 묘사된 어두움이 이제부터 시작될
사건의 엄숙함을 예고하고, 독자들로 하여금 이 특정한 시간에 일어난 사
건을 탐구하여 해석하도록 초청하며, 예수의 죽음으로 인해 하나님의 빛

이 전 세계로 퍼져나갈 것을 예상케 한다고 설명한다(825). 아서 저스트
(Arthur A. Just)는 성서의 이 장면에서 등장하는 어두움이 예수를 죽인 유
대인 종교 지도자들에 대한 심판의 상징이라고 해석한다(367). 그러나 본
문에서 시인이 '침울한 태양'이라고 묘사한 것을 보면, 적어도 이 시에 나
타난 어두움은 일차적으로 예수의 죽음을 애도하는 자연계의 반응으로
보아야 한다.

3연의 3-6행은 안개의 이동 경로에 대해 상세하게 언급하며 마치 영화
의 한 장면을 보여주듯 시각화한다. 성서에는 안개에 대한 언급이 없으나,
시인은 시적 상상력을 동원하여 이렇게 서술함으로써 신비감을 더하게 하
고 독자들로 하여금 이 순간에 벌어지는 일들을 추측하게 하여 참여를 유
도한다. 마치 배처럼 광대한 태양과 대지 사이를 이리저리 배회하는 '게으
른'(lazy) 안개는, 참혹한 현장에서 계속 머물며 메시아의 죽음을 애도하려
는 시적 화자의 비통한 심정을 시사한다. 2-5행에서 연속적으로 사용된 마
찰음 두운 /s/(sun, ship, sailing)는 지면 위로 미끄러지듯이 마찰을 일으키
며 서서히 나아가는 안개의 모습을 형상화하며 음악성을 살린다.

성서에 등장하는 안개(욥 36:27; 예 51:16)는 자연을 다스리는 하나님
의 초월적이며 신비로운 능력을 상징한다(Ryken 562). 호손 역시 안개를
신비한 대상으로 받아들인다. 그는 1842년 11월 8일자 노트에서 안개에
대해 언급하며, "안개에 싸인 분위기가 주변의 모든 자연을 이상적인 모
습으로 만들어, 마치 인간으로 하여금 그 은신처로 들어와 세상의 온갖
근심을 잊고 편히 누우라고 초청하는 듯하다"(Sophia 327)라고 묘사한다.
그런데 호손에게 있어서 안개는 단지 신비감을 전달할 뿐 아니라 꼭 필요
한 부분을 가리는 베일의 기능을 담당한다. 이는 나사니엘 호손의 소설에
등장하는 베일 이미지와 결코 무관하지 않다. 왜냐하면 무언가를 덮고 감
추며 안 보이게 하는 역할을 수행하는 베일이 호손의 작품 전체에서 가장
두드러지게 반복되는 이미지이기 때문이다(한혜경 130). 토마스 무어

(Thomas R. Moore)는 호손의 작품에서 가장 빈번하게 등장하는 이미지가 베일 이미지라고 주장하며, 호손의 문체는 투명한 것 같으면서도 반투명하고, 간소한 것 같으면서도 복잡하고, 직접적인 것 같으면서도 애매하여, 독자로 하여금 의미를 찾아내도록 적극적으로 유도한다고 말한다 (325). 이렇게 보면 3연에 등장하는 안개는 세 가지의 역할을 동시에 수행한다. 첫째로, 신의 초월적인 섭리를 드러내며 메시아의 죽음을 신비로운 차원으로 승화시키고, 둘째로, 예수가 십자가에 못 박힐 때 벌어진 참혹한 사건들을 베일로 가림으로써 독자들로 하여금 적극적으로 참여하여 그것들을 상상하고 해석하게 하며, 셋째로, 예수의 죽음을 애도하는 시적 화자와 독자들의 비통해하는 심정을 함축적으로 표현한다.

> IV. 바람 한 점 없었다네.
>   사악한 박쥐의 날개는
>   침묵하는 올리브나무 사이를 누비듯 지나가네.
>   나뭇잎이 살랑일 때
>   어둠 속에서 장난치는
>   불온한 물건처럼.

> There is no living wind astir;
>   The bat's unholy wing
> Threads through the noiseless olive trees,
>   Like some unquiet thing
> Which playeth in the darkness, when
>   The leaves are whispering.

제4연은 청각적 이미지가 뚜렷한 대조를 이루며 예수가 감내하는 육체적·정신적 고통과 독자들이 느끼는 슬픔을 암시한다. 전체적으로 보면 침묵하는 감람나무 사이를 누비듯 지나가는 박쥐의 비행이 분위기를 압도한다. 어두움 속에서 장난치는 박쥐의 움직임과 침묵하는 감람나무, 그리고 살랑이는 나뭇잎은 현저한 대조를 이룬다. 시인은 3행에서 누비듯 지나가는 박쥐의 비행을 형상화하기 위해 약강격의 기본 리듬을 깨고 강약격(threads through)으로 변화를 주며, 6행의 마지막 부분에서는 약약격(-per-ing)의 리듬을 사용하여 고요한 분위기를 더욱 강조한다.

본문에서 박쥐는 경건치 못하고 불온한 동물로 묘사되는데, 이는 성서의 관점과 일치한다. 성서에서는 박쥐를 부정한 동물로 취급하여 먹지 말라고 경고하며 하나님을 거스르는 우상과 연결시킨다(레 11:19; 신 14:18; 사 2:20). 기독교 전통에서 보면 박쥐는 사탄의 화신, 어둠의 왕자, 악마의 상징이며, 동시에 인간의 위선을 함축한다(Varner 178). 어둠 속에서 '장난치고'(playeth), 침묵하는 감람나무 사이를 '누비듯 지나가는'(threads) 박쥐의 무례한 행동(3-5행)은, 예수를 채찍질한 후에 비웃고 희롱하며 "네가 만일 유대인의 왕이면 네가 너를 구원하라"(눅 23:37) 하고 조롱하던 유대인 군중과 로마 군인들의 외침을 상기시킨다.

박쥐의 행동과 대조를 이루며 '침묵하는 올리브나무'는 극한 고통을 당하면서도 묵묵히 견뎌내는 예수의 태도를 잘 대변한다. 3행에 나오는 올리브나무는 예수가 체포당한 '겟세마네' 동산을 연상케 한다. '겟세마네'라는 용어는 문자적으로 '올리브기름을 짜는 곳'이란 의미를 지니는데, 이곳에 올리브나무가 많이 있었고 실제로 기름을 짜는 틀이 있었다(MacArthur 1178). 신약시대 당시의 유대인들은 이 동산에서 올리브나무 열매를 짓밟아 기름을 생산하였다(미 6:15). 이 관점에서 보면 예수가 겟세마네 동산에서 괴로워 몸부림치며 땀이 핏방울같이 되도록 기도한 후에 체포되었다는 사실은, 이 장소가 지닌 문자적 의미와 결코 무관하지 않다. 올리브나무 열매가 사람들에 의해 짓밟혀 올리브기름을 제공하듯, 예수 역시 유대인의 종교 지도자들과 로마 군인들에 의해 짓밟히고 부서져 피와 물을 다 쏟음으로써 신선한 기름을 인류에게 흘려보낸 것이다.

마지막 5-6행은 예수가 십자가에서 처형되는 장면을 목격하며 숨을 죽이고 바라보는 제자들과, 예수를 따르던 몇몇 안 되던 무리들의 놀람과 전율을 시청각적으로 잘 표현한다. 특히 5행의 마지막 부분이 행말무종지행(run-on line)으로 처리되어 있는데, 어둠 속에서 장난치는 박쥐들의 무모하고 사악한 행위를 보면서도 이에 대항하지 못하고 몸서리치며 지켜볼 수밖에 없는 추종자들의 안타까운 형편을 생생하게 전해준다.

> V. 갈보리 언덕이여! 갈보리 언덕이여!
>   온통 슬픔에 싸여 고요한데
> 그 가엾은 발소리가 가슴을 찢는구나,
>   달갑지 않은 전율로.
> 그들의 가엾은 발소리들이 몰려드는구나,
>   구슬픈 네 언덕으로!

> Mount Calvary! Mount Calvary!
>   All sorrowfully still,
> That mournful tread, it rends the heart
>   With an unwelcome thrill;
> The mournful tread of them that crowd
>   Thy melancholy hill!

제5연은 로마 군병들이 예수를 십자가에 못 박고 이어 군중이 몰려드는 장면을 묘사한다. 특히 1-2행은 리듬을 통해 망치질하는 소리를 그대로 들려준다. 이 시는 전체적으로 약강격이 주류를 이룬다. 그런데 1-2행에서는 이 흐름을 파괴하여 강강(Mount Cal-)/약약(-va-ry), 강강(Mount Cal-)/약약(-va-ry), 강강(All sor-)/약약(-row-ful)의 리듬을 연속해서 세 번이나 사용함으로써 청각적 효과를 극대화한다. 이러한 시적 장치는 일정한 주기로 한 번에 두 번씩 망치로 강하게 내리치는 장면을 형상화한다.

더욱이 1행과 3행, 그리고 5행에서 '갈보리 언덕이여'(Mount Calvary), '그 가엾은 발소리'(the mournful tread)라는 표현을 마치 후렴처럼 반복해서 사용하여 예수의 몸에 가해지는 고통을 더욱 가중시킨다.

3-6행은 예수를 앞세운 채 갈보리 언덕으로 몰려와 처형할 때 드러나는 로마 군병과 유대 군중의 잔혹한 행위와, 고스란히 그 고통을 감내하는 예수의 반응을 대비시킨다. 본문에서 '가슴을 찢다'(rends the heart)와 '달갑지 않은 전율'(unwelcome thrill)은 손과 발에 못이 박히고 옆구리가 창에 찔릴 때 전율하며 괴로워하는 모습을 시각적으로 잘 표현한다. rend 는 고의적으로 강한 힘과 폭력을 사용해 잔인하게 찢는 행위를 의미한다.

> VI. 거기에 십자가 섰으니 결코 하나가 아니라네
>   세어보니 셋이나 되었네,
>   고대 그리스 샘의
>   이끼 낀 가장자리에 서있던 기둥처럼,
>   그렇게 창백하고 황량하게 서있네
>   그 신비로운 언덕 위에.

>   There is a cross, not one alone,
>   'Tis even three I count,
>   Like columns on the mossy marge
>   Of some old Grecian fount;
>   So pale they stand, so drearily,
>   On that mysterious Mount.

제6연은 갈보리 언덕에 서있는 세 개의 십자가를 조망하며 묘사한다. 시인은 갈보리 언덕을 '신비로운 언덕'으로 표현하며, 그 위에 서있는 십자가를 '고대 그리스 샘의 이끼 낀 가장자리에 서있던 기둥'에 비유한다. 3-4행에서 십자가를 표현하는 데 사용된 시어들, 즉 '아주 오래된'(old),

'샘'(fount), '기둥'(column)과 같은 단어들은 신의 은혜와 자비를 암시하는 데, 구약성서 시편 36편 5-9절의 내용을 상기시킨다.

> 5) 주님, 주님의 한결같은 사랑은 하늘에 가득 차 있고, 주님의 미쁘심은 궁창에 사무쳐 있습니다. 6) 주님의 의로우심은 우람한 산줄기와 같고, 주님의 공평하심은 깊고 깊은 심연과도 같습니다. 주님, 주님은 사람과 짐승을 똑같이 돌보십니다. 7) 하나님, 주님의 한결같은 사랑이 어찌 그리 값집니까? 사람들이 주님의 날개 그늘 아래로 피하여 숨습니다. 8) 주님의 집에 있는 기름진 것으로 그들이 배불리 먹고, 주님이 그들에게 주님의 시내에서 단물을 마시게 합니다. 9) 생명의 샘이 주님께 있습니다. 우리는 주님의 빛을 받아 환히 열린 미래를 봅니다. (새번역)

시편 36편은 영원부터 실존하는 하나님의 존재와 그분의 거룩한 품성 및 절대 주권을 언급하고, 이를 무시하는 악인의 경박성과 우매성과 사악함을 대비시켜 제시한 후에, 악인을 통렬히 비난하며 하나님의 은혜를 받아들이라고 촉구하는 내용을 담고 있다. 시편 기자는 5절에서 하나님의 사랑이 하늘에 가득 차 있고 그분의 성실하심이 공중에 사무쳤다고 말하는데, 이는 하나님의 '영원성'(old 4행)과 무한성을 강조한다. 6절은 하나님의 의로우심이 우람한 산줄기와 같다고 말하며 변치 않는 하나님의 성품을 언급하는데, 이는 시의 3행에 나오는 '기둥'(column)을 연상케 한다. 9절은 하나님을 생명의 '샘'(fount 4행)으로 묘사하는데, 이는 그분이 모든 존재의 뿌리일 뿐만 아니라 하나님과 연결되어 있을 때 진정한 삶이 가능하다는 진리를 드러낸다(Weiser 310-11). 성서에서 샘은 생명의 근원으로서 하나님과 지혜를 상징한다(Ryken 307). 시인 호손은 예수가 달린 십자가를 '고대 그리스 샘의 이끼 긴 가장자리에 서있는 기둥'으로 묘사함으로써, 그분이 생명의 원천임을 천명하며, 인류를 보호하는 기둥과 같은 메시아를 처형한 악인들을 통렬하게 고발한다. 더욱이 십자가에 달린 예수가 물과 피를 다 쏟아 인류를 구속하였고, 지금도 그 피를 통해 타락한 인간이 구원받는다는 사실을 생각하면, 4행에 등장하는 '샘' 이미지는 아주 적절하다. 특히 1-3행에 등장하는 두운 /c/와 3-6행에 등장하는 두운 /m/은 이러한 연관성을 더욱 강화시킨다.

    Ⅶ. 보라! 이스라엘이여, 보라!
      너희가 감히 십자가에 못 박은 그는
    평범한 인간이 아니었나니,
      그가 무슨 악을 행하였는가?
    오, 이스라엘이여! 그분은 너희의 왕이었고
      하나님의 독생하신 아들이었다!

    Behold, O Israel! behold,
      It is no human One,
    That ye have dared to crucify.
      What evil hath he done?
    It is your King, O Israel!
      The God-begotten Son!

    Ⅷ. 가시관, 가시관이라니!
      도대체 왜 씌웠는가?
    그 이마는 고뇌로 뒤덮이고
      온갖 비통으로 드리워졌나니,
    너희는 그에게서 찾지 못하였느냐
      비하(卑下)하신 신의 불멸의 흔적을.

    A wreath of thorns, a wreath of thorns!
      Why have ye crowned him so?
    That brow is bathed in agony,

'Tis veiled in every wo;

Ye saw not the immortal trace

Of Deity below.

제7연과 8연은 유대인들을 향해 십자가에 달린 예수가 죄 없는 메시아라는 사실을 상기시키며 그들의 범죄를 심하게 질책한다. 더욱이 감탄사(behold)와 감탄부호를 연거푸 사용하며 굉장히 강한 어조로 그들의 잘못을 하나하나 꼬집는다. 제5연에서 기본 리듬을 파괴하며 '강강/약약격'을 사용하여 갈보리 언덕에서 울려 퍼지는 망치 소리를 들려주었던 시인은, 이제 7연의 1행과 4-5행에서 다시 한 번 이 리듬을 사용하여 메시아를 처형한 유대인들의 가슴을 사정없이 두드리며 회개를 촉구한다.

7연은 예수를 '이스라엘의 왕'(the King of Israel)과 '하나님의 독생하신 아들'(the God-begotten Son)로 소개하는데, 이러한 칭호들은 구약성서 시편 2편 4-7절의 내용과 밀접한 연관이 있다.

4) 하늘 보좌에 앉으신 이가 웃으신다. 내 주님께서 그들을 비웃으신다. 5) 마침내 주님께서 분을 내고 진노하셔서, 그들에게 호령하시며 이르시기를 6) "내가 나의 거룩한 산 시온 산에 '나의 왕'을 세웠다" 하신다. 7) 나 이제 주님께서 내리신 칙령을 선포한다. 주님께서 나에게 이르신다. "너는 내 아들, 내가 오늘 너를 낳았다(this day I have begotten thee)." (『새번역』)

시편 2편은 구약성서에서 하나님의 왕, 즉 메시아를 선포하는 유일한 텍스트인데(Mays 44), 하나님의 나라에서 예수가 대관식을 갖는 장면을 보여준다. 하나님이 예수를 메시아로 임명하는 의식은 하나님이 메시아를 아들로 낳는 것처럼 묘사한 데서 그대로 드러난다. 이 시각에서 보면 시인 호손은 '왕'과 '독생하신'(begotten)이란 시어를 통해 십자가에 달린 예수가 메시아라는 진리를 분명히 한다.

7연의 2-4행은 메시아의 성품에 대해 언급하는데 평범한 인간이 아니었고 악한 일을 전혀 저지르지 않았다고 선언하며, 그럼에도 불구하고 감히 십자가에 못 박은 유대인들의 무지를 질책한다. 이러한 내용은 유대의 총독으로서 당시 예수를 심문했던 빌라도가 "나는 그에게서 죄를 찾지 못하였소"(요 19:6)라고 선포하였는데도 불구하고, 예수를 십자가에 못 박으라고 강력하게 요구한 유대인 지도자들의 사악한 행위를 더욱 부각시킨다.

제8연은 그리스도의 신분에 대해 언급한다. 시인은 가시관을 쓴 채 고뇌에 뒤덮여 괴로워하는 예수의 모습 속에서 낮아지신 신의 이미지를 발견하며, 예수에게서 신의 흔적을 찾지 못한 유대인들을 책망한다. 마지막 6행에 나오는 '비하(卑下)하신 신'(Deity below)이란 표현은 구세주로서의 그리스도의 신분을 설명하는 아주 중요한 신학용어인데, 인간을 구원하기 위해 하늘 보좌를 버리고 이 세상에 내려와 온갖 고통을 당하는 그분의 고뇌를 상징적으로 보여준다(Bavinck 421). 따라서 이 용어에는 성육신과 탄생, 수난, 십자가 처형, 장사되심, 그리고 지옥강하가 포함된다.

IX. 체념한 듯 매달린 세 개의 십자가
　　그중 예수의 십자가가 가장 두드러지네,
　몸을 굽히지 못한 채 바싹 타들어가며
　　가라앉는 저 죽음의 형상들,
　슬픔의 사람, 그가 어찌 견디겠는가?
　　몸부림치게 하는 그 속박을!

It is the foremost of the Three
　Resignedly they fall,
Those deathlike, dropping features,
　Unbending, blighted all:
The Man of Sorrows, how he bears
　The agonizing thrall!

제9연은 갈보리 언덕에 서있는 세 개의 십자가와 그 십자가에 달린 사형수들의 처참한 광경을 시각적으로 묘사한다. 시적 화자는 그중에서도 가장 두드러지는 예수에 대해 언급하며 그를 '슬픔의 사람'(the Man of Sorrows)이라 칭한다. '슬픔의 사람'이란 표현은 구약성서에서 이사야 선지자가 예수를 가리켜 "사람들로부터 멸시와 천대를 받은 슬픔의 사람"(53:3)이라고 칭한 데서 유래한 것이다. 이사야 53장은 인간으로부터 멸시와 외면을 당하는 고난의 종, 즉 메시아에 대한 예언의 시인데, 이 내용은 신약시대에 예수를 통해 온전히 성취되었다. 게리 스미스(Gary V. Smith)는 이사야서에 나오는 '슬픔의 사람'이란 칭호를 주해하며, 이는 예수가 육체적으로나 정신적으로 심한 학대를 받았다는 사실을 알려주고, 그 고통은 예수가 특별한 때에만 겪었던 일시적 경험이 아니라 그의 삶의 중추적인 요소였음을 보여준다고 지적한다(447). 이 관점에서 보면 이사야서에 등장하는 고난의 '종'이란 표현과 마지막 6행에 나오는 'thrall'(노예, 속박)이란 시어는 멋진 조화를 이룬다.

3-4행은 십자가에 매달린 채 몸이 축 처져, 굽히지도 못하고 아래로 가라앉으며 바싹 타들어가는 죄수들의 형상을 보여준다. 십자가형은 본래 형틀에 못 박힌 죄수가 근육 경련과 질식으로 인해 수 시간 내에 혼수상태에 빠지게 하여 고통스럽게 죽게 하는 공개 처형이었다. 따라서 형틀에 달린 죄수는 중력으로 인해 오랜 시간에 걸쳐 몸이 아래로 처지게 되고, 처진 몸이 횡격막을 압박하여 질식사하는 것이 관례였다. 3행은 이러한 내용을 시각적으로 반영한다. 이 시는 전체적으로 각 연마다 홀수 행에 4개, 짝수 행에 3개의 음보(foot)가 있다. 하지만 3행은 Those death/-like, drop/-ping fea/-tures가 되어 맨 마지막에 강음절 하나가 부족하다. 이는 사형수의 육체가 아래로 축 처져 쪼그라든 모습을 시각화한다.

> X. 오, 이스라엘이여, 네 위에 떨어졌구나!
> 그분의 시선이! 너희는 견디기 어려우나

질책하는 하나하나의 표정에
　심원한 자비가 깃들어 있나니,
그 표정이 기어코 너희를 찾아내어 너희 마음이
　말라죽은 상태에서 돌이키게 하리.
　'Tis fixed on thee, O Israel!
　　His gaze! — how strange to brook;
　But that there's mercy blended deep
　　In each reproachful look,
　'Twould search thee, till the very heart
　　Its withered home forsook.

XI. 하나님을, 하나님을 향한 그 울부짖음이
　　얼마나 감동적인가! 비록
　차가운 입술 밖으로 나오지 못한 것 같으나
　　마음 깊숙한 곳에서 솟구치나니,
　"하늘 아버지여, 저희를 사하여 주소서
　　자기의 하는 것을 알지 못하나이다."

　To God! to God! how eloquent
　　The cry, as if it grew,
　By those cold lips unuttered, yet
　　All heartfelt rising through, —
　"Father in heaven! forgive them, for
　　They know not what they do!"

　제10연과 11연은 메시아를 거부하려는 인간의 비정한 마음과, 십자가
에 달려 마지막으로 죽는 순간까지 인간을 포기하지 않고 사랑하여 구원
하려는 예수의 자비와 뜨거운 사랑을 두드러지게 대비시킨다. 특히 10연
은 시인의 시적 상상력이 가장 잘 드러난 대목이다. 시인은 성서에 언급
되지 않은 이 내용을 첨가함으로써 비록 예수가 약 2,000년 전에 십자가

형틀에서 죽었지만, 어떻게 지금까지 영향력을 행사하여 죄에 물든 인간의 마음을 돌이키게 하는지를 보여준다.

10연은 시각적 이미지가 주류를 이룬다. 1-2행에서 예수의 시선(gaze)은 이스라엘 백성의 마음에 굳게 고정되어 있어 그들로 하여금 견디기(brook) 어렵게 만든다. 유대인들의 마음은 메시아의 시선을 극도로 싫어하고, 오히려 예수는 이들에 대해 더욱 강한 애착을 느끼며 집요하게 따라붙는다. 그런데 1-2행에 나타난 예수의 시선은 유대인들의 시선과는 정반대로 자비와 사랑이 깃든 눈길이다. 3-4행이 이를 입증하는데, 유대인들을 질책하는(reproachful) 하나하나의 표정에 심원한 자비가 함축되어 있다고 선언한다. 유대인들을 질책하는 예수의 시선에는 권위적인 태도나 위압적인 분위기가 전혀 없다. 이 점을 고려하면 5-6행은 잃은 양이 돌아오기를 간절히 고대하며 끈질기게 찾는 목자의 심정을 대변한다.

5-6행에 신학적으로 중요한 하나의 사상이 담겨 있다. 바로 '찾아나서는 하나님'(the pursuing God)의 모습이다. 이는 죄를 지어 신을 버리고 달아난 인간을 오히려 신이 더 적극적으로 찾아다니며 구원하기 위해 애쓴다는 사실을 보여준다. 신디 맥메나민(Cindi McMenamin)은 인간이 타락하여 에덴동산을 떠난 이후 상심한 하나님은 인간을 찾아 그들과의 친밀한 관계를 회복시키기 위해 노력하고 있다고 지적하며, 신은 인간이 에덴을 떠났을 때부터 예수를 통한 구원 계획을 마련하였다고 주장한다(25). 이러한 사상은 19세기 영국 시인 프랜시스 톰슨(Francis Thompson)의 작품에서도 나타난다. 톰슨은 자신의 시 「천국의 사냥개」("The Hound of Heaven")에서 하나님으로부터 아무리 도망치려고 해도 "조금도 서두르지 않고 / 전혀 동요하지 않는 걸음으로 / 따라오고 또 따라오는 그 끈질긴 발걸음"(43)으로부터 인간이 피해 달아날 수 없다고 적고 있다.

마지막 11연은 청각적 이미지가 주류를 이루는데 감탄부호와 두 번이나 반복되는 강강격의 리듬(how eloquent, cold lips), 그리고 십자가에서 예수가 외친 최후의 절규를 인용문으로 처리함으로써, 마치 그 소리가 시공을 초월하여 현대인들의 귀에까지 울리는 듯한 효과를 낸다. 그런데 5행에서 한 가지 주의할 대목이 있다. 바로 마지막 부분에서 행말무종지행(run-on line)을 사용한다는 점이다. 시인은 이 시적 장치를 통해 죄인들이 회개하고 속히 돌아오기를 간절히 원하며, 동시에 성부 하나님께서 무지한 인간의 죄를 하루빨리 사해주실 것을 촉구하는 예수의 애타는 심정을 전달한다.

Ⅲ. 나가며

지금까지 나사니엘 호손의 종교시 「갈보리의 별」을 살펴보며 시에 나타난 이미지와 음악성, 각운, 리듬, 사상 등을 고찰하였다. 시인은 예수가 태어났을 때에 등장했던 신비한 별을 통해 그의 탄생과 삶의 전 과정 그리고 죽음을 연결시키며, 영적 무지로 인해 메시아를 알아보지 못하고 십자가에 처형한 유대인들을 책망하면서도 그들이 회개하고 돌아오기를 간절히 촉구한다. 이러한 시인의 메시지에는 파수꾼으로서의 하나님(1연), 생명의 근원으로서의 예수(6연), 그리스도의 비하(8연), 찾아오시는 하나님(10연) 등과 같은 심오한 신학적 사상이 담겨 있다. 아울러 호손 작품의 중요한 특징 중의 하나인 베일 이미지(3연, 8연)가 전체적인 분위기를 압도하며 독자들을 상상의 세계로 끌어들인다.

호손의 단편과 장편소설에 나타난 종교적 신념이나 신학 사상은 다소 애매하고 인본주의적인 측면이 있는 것이 사실이다. 이는 그가 퓨리터니즘의 전통적인 신학 사조와 신념을 긍정적으로 수용하여 인간의 원죄를 심리적 차원에서 다루면서도, 인간 이해와 사랑에 초점을 맞추고 형제애를 강조하며 이것을 구원의 조건으로 제시하는 경향이 있기 때문이다. 게다가 타락한 인간에게 신의 징벌이 따른다고 주장하면서도 징벌을 받는 자에게 오히려 동정심을 베풀고 있다. 하지만 그의 종교시 「갈보리의 별」

에 나타난 종교적 신념을 살펴보면, 호손은 분명히 예수가 메시아임을 인정하고 있고, 십자가를 통한 구속을 믿고 있으며, 하나님의 절대적인 섭리와 은총에 의지하고 있다.

그렇다고 해서 그의 소설에 나타난 사상과 시에 표출된 신념이 서로 상충되거나 조화를 이루지 못하는 것은 아니다. 소설에 나타난 그의 사상이 휴머니즘적 관점으로 비치는 것은 그가, 신앙인임을 자처하면서도 마녀 재판에 가담하여 형제자매들을 교수형에 처한 자신의 조상들의 비인간적인 가혹한 행위에 대해 심한 죄책감을 느끼며 형제애를 특별히 강조하고 있기 때문이다. 이 측면에서 보면 호손의 사상은 결코 애매하지 않다. 그가 타락한 죄인에 대해 징벌을 선포하면서도 동시에 동정심을 보이는 것은, 이 시의 제10연에서 암시하듯이 신의 공의와 사랑이란, 하나님의 이중적인 면을 선포하기 때문이다. 호손에게 있어서의 신은 한마디로 인간을 행복하게 하며 그 인간과 친밀한 관계를 유지하고 싶어 찾아오시는 하나님이다. 호손의 종교시에 나타난 이러한 관점은 그에 대해 균형 잡힌 시각을 갖게 하는 데 절대적으로 필요하다.

Works Cited

한혜경. 「호손의 '감추기' 미학:『블라이드데일 로맨스』를 중심으로」. 『신영어영문학』 21 (2002): 129-47. Print.

Bavinck, Herman. *Reformed Dogmatics: Sin and Salvation in Christ*. Grand Rapids: Baker, 2006. Print.

Fitzgerald, F. Scott. *The Great Gatsby*. Oxford: Oxford UP, 1998. Print.

Francis, James Allan. *The Real Jesus, and Other Sermons*. Valley Forge: Judson, 1926. Print.

Gale, Robert L. *A Nathaniel Hawthorne Encyclopedia*. Westport: Greenwood, 1991. Print.

Gorman, Hebert S. *Hawthorne: A Study in Solitude*. New York: Doubleday, 1966. Print.

Green, Joel B. *The Gospel of Luke*. Grand Rapids: Eerdmans, 1997. Print.

Hawthorne, Sophia. *Passages from the American Note-Books of Nathaniel Hawthorne*. Boston: Houghton, 1883. Print.

Just, Arthur A. *Ancient Christian Commentary on Scripture: Luke*. Downery Grave: IVP, 2003. Print.

Keener, Craig S. *The Gospel of Matthew: A Socio-Rhetorical Commentary*. Grand Rapids: Eerdmans, 2009. Print.

MacArthur, John. *The MacArthur Bible Commentary*. Nashville: Thomas Nelson, 2005. Print.

Massie, Virginia Zirkel. *Solitude in the Fiction of Hawthorne, Melville, and Kate Chopin*. Diss. Louisiana State U, 2005. Ann Arbor: UMI, 2006.

Mays, James L. *Psalms*. Louisville: John Knox, 2011. Print.

McMenamin, Cindi. *When God Pursues a Woman's Heart*. Eugene: Harvest, 2003.

Moore, Thomas R. "A Thick and Darksome Veil: The Rhetoric of Hawthorne's Sketches." *Nineteenth Century Literature* 48 (1993): 310-25. Print.

Peck, Richard E. *Nathaniel Hawthorne: Poems*. Kingsport: Kingsport, 1967. Print.

Racy, Richard R. *Nativity: The Christmas Story, Which You Have Never Heard Before*. Bloomington: Authorhouse, 2008. Print.

Ryken, Leland, James C. Wilhoit, and Tramper Longman III, eds. *Dictionary of Biblical Imagery*. Downers Grove: IVP, 1998. Print.

Smith, Gary V. *The New American Commentary: Isaiah 40-66*. Nashville: Broadman & Holman, 2009. Print.

Thompson, Francis. *The Hound of Heaven*. New York: Dodd, 1934. Print.

Varner, Gary R. *Creatures in the Mist: Little People, Wild Men, and Spirit Beings around the World*. New York: Algora, 2007. Print.

Weiser, Altur. *The Psalms: A Commentary*. Louisville: John Knox, 1962. Print.

쿼이커 도시의 분열:
조지 리파드의 『쿼이커 도시』를 중심으로*

정 혜 옥

1. 필라델피아, '형제애의 도시?'

조지 리파드(George Lippard, 1822-54)의 『쿼이커 도시』(*Quaker City: or, the Monks of Monk Hall: A Romance of Philadelphia Life, Mystery, and Crime*)는 필라델피아(Philadelphia)에 쿼이커 도시라는 별명을 지어준 소설이다. 리파드는 한 때 거의 잊혀진 작가였지만[1] 그의 대표작 『쿼이커 도시』는

* 이 논문은 『문학과 종교』 제17권 3호(2012)에 「쿼이커 도시의 분열: 조지 리파드의 『쿼이커 도시』를 중심으로」로 게재되었음.

* 본 논문은 2011학년도 덕성여자대학교 교내연구비로 조성되었음

1) 1917년 필라델피아의 작가 앨버트 모델(Albert Mordell)은 "조지 리파드는 19세기 전반 필라델피아에 살았던 가장 흥미있는 작가이지만 실질적으로는 알려지지 않았다"고 얘기한 바 있다(Reynolds xx). 피들러(Fiedler)는 *Love and Death in American Literature*(1966)에서 리파드를 문화적인 맥락에서 상당히 길게 다루고 있지만 본격적으로 평가하지 않았다. 리파드에 관한 본격적인 비평작업은 1982년 레이놀즈

『톰 아저씨의 오두막』(*Uncle Tom's Cabin*)(1852)의 발간 이전에 미국에서 가장 많이 팔린 소설이었다. 동시대 작가로서 미국문학의 정전으로 간주되는 호손(Nathaniel Hawthorne)과 멜빌(Herman Melville)의 작품이 발표 당시 거의 대중으로부터 외면당했던 것과 대조적으로2) 1845년 처음 발간되었을 때 6만부가 팔렸고 미국에서만 27판, 이십만 부가 팔린 초대형 베스트셀러였다.

이 소설의 배경이 되는 필라델피아는 대부분 사람들이 알고 있듯이 17세기에 발생한 퀘이커교(Quakerism)3)의 기초를 다지는데 기여한 윌리엄 펜(William Penn)이 '형제애의 도시'(City of Brotherly Love)4)를 건설하겠다는 뜻을 가지고 미국으로 건너가 세운 도시이다. 정치적으로나 종교적으로 진보적이고 평등한 사회를 건설하겠다는 윌리엄 펜의 의지에 의해 설립된 필라델피아는 그의 "성스러운 실험"이 행해지는 근거지였다. 또

(Reynolds)가 *George Lippard* 평전을 발간하고 부터라고 할 수 있다. 레이놀즈 이전의 리파드에 관한 논문으로는 카우위(Cowie, 1948), 월드(Wyld, 1956), 시캠프 (Seecamp, 1970), 리젤리(Ridgely, 1974) 정도에 불과하다.

2) 『퀘이커 도시』와 같은 해에 발표된 멜빌의 『피엘』(*Pierre*)는 일 년 동안 283권이 팔렸다. 『퀘이커 도시』가 발간된 1844년 호손은 올드 맨스(Old Manse)에 칩거하면서 작가의 수입으로는 가족을 부양하기 어려운 문제에 봉착해 있었다(Fiedler 243).

3) Quakerism은 '퀘이커교' 혹은 '퀘이커주의'로 번역이 되는데 본 논문에서는 기독교의 새로운 지파로 보는 의미에서 '퀘이커교'로 번역한다. 퀘이커 교도들에게는 내광 (Light within)을 기대하면서 공동 기도에서 살아계신 하느님을 직접 체험하는 것이 종교적 체험의 극치였다. 이것을 체험할 때 "신의 능력으로 몸이 떨리고 회개하며 환희하는"(*Journal of George Fox* 15-6; 김영태 78 재인용) 감동을 받았을 때 가끔씩 전율을 느껴 몸을 떨었으므로 이들에 대해 조롱조로 '몸을 떠는 사람들'이라는 의미로 'quakers'라는 별명이 붙었다. 그러나 본인들은 자신들을 "People of God," "Children of Light"라고 불렸다가 시간이 지남에 따라 친우회("Society of Friends")라고 부르게 되었다(Brinton 21). 그러나 최근에는 이 종교를 지칭하는 용어로 Quakerism이 많이 사용된다.

4) Philadelphia: a city in Pennsylvania, U.S., from Gk., taken by William Penn to mean lit. "brotherly love," from philos "loving" + adelphos "brother" (see Adelphi)(qtd. from dictionary.com).

한 이 도시는 미국 계몽주의의 본산이며 독립 선언문과 헌법이 작성된 장소였고 남북전쟁 이전 가장 큰 자유 혹인 공동체가 만들어진 곳이며 동시에 가장 극심한 백인 인종주의의 산실이기도 하였다.5)

리파드는 미국 문화와 문학의 중심이 청교주의(Puritanism)에 근거한 보스턴이었을 때 청교주의가 아닌 퀘이커교를 기반으로 하는 필라델피아를 중심으로 문학 활동을 했으며『퀘이커 도시』를 필라델피아가 낳은 선배작가 브라운(Charles Brockden Brown)에게 헌정할 정도로 이 지역에 자긍심을 지니고 있었다.6) 하지만 그가 작품을 발표하던 시기의 필라델피아는 형제애를 나누는 도시가 아니라"이 세계는 부자들과 가난한 사람들이라는 두 개의 거대한 나라로 분열되어 있다"(QCW 31 Mar 1849; GL Prophet 55)고 했던 것처럼 빈부의 격차가 급격하게 벌어지고 종교적인 견해가 충돌하던 장소였다. 미국의 정체성을 "사회적 유동성, 평등 그리고 조화"(252)라고 했던 토크빌(Alexis de Tocqueville)의 전망이나 퀘이커가 지향했던 평등한 사회는 이미 19세기 전반의 미국 대도시에서는 찾아볼 수 없었다. 토크빌이 평등사회라고 찬양한 곳에서 보통사람들은 일터를 잃고 빠르게 변화되는 사회 환경 속에서 삶의 기반이 무너져 내리며 인구 10%의 부자들이 90%의 부를 소유하고 있었으며 1%의 부자가 50%의 부를 차지하는 전혀 평등하지 않은 사회였다(Lawson 1210).

미국작가들 대부분이 노동계층에 대해 관심이 없던 시절 그는 "국민 문학에 대한 우리의 생각은 단순하다. 사회개혁을 위해 실질적으로 작동하지 않는 문학이나 다수의 부정을 그리기에는 너무 위엄이 있거나 너무 좋

---

5) 필라델피아가 가지는 이중적인 의미에 대해 오토(Otto)는 남부와 북부, 노예와 자유인, 수사와 폭력, 약속과 배반 사이의 경계에 존재하는 중심이라고 하였다(108).
6) 리파드는 "펜실베이니아가 뉴잉글랜드 역사가들에게 구차스런 대접을 받는다"(QCW Jan, 6, 1849)고 하면서 '아메리카'를 청교도들의 뉴잉글랜드와 동일시하려는 문학가와 역사가들의 주장이 필라델피아를 비롯한 다른 지역을 주변화 시킨다고 비판했다(Streeby, "Haunted House" 444). 보스턴과 필라델피아의 역사적, 종교적 의미에 대한 비교는 딕비 발첼(Digby Baltzell)의 Puritan Boston and Quaker Philadelphia(1979) 참조.

은 문학은 전혀 쓸모없는 것"(*WB* "American Literature" 148)이라고 주장하며 중산 계층의 부르주아 문학에 반대의 소리를 냈던 작가였다. 노동계층을 상대로 글을 쓰면서 리파드는 점점 심화되는 계층 간 불공정에 책임이 있는 자본주의의 탐욕을 비판하고, 부패한 정치가들을 공격했으며 전문직 중산층과 가짜 도덕개혁가들의 위선을 공격했다. 숙련공과 농업에 기반을 둔 전통사회가 무너지고 임금노동이 확대되며 사회계층이 새로이 재편되는 시기에, 리파드는 노동계층을 위한 씨앗이 되는 목소리였다.7)

『퀘이커 도시』는 발표 당시 『필라델피아 홈 저널』(*Philadelphia Home Journal*)은 이 소설을 "우리의 거대한 도시에서 삶의 비밀을 그리는 최초의 미국소설로 대중의 확고한 인정을 받았다"(*QC* xiii 재인용)고 극찬한 바 있다. 그러나 다른 한편에서는 많은 사람들이 그의 강렬하고 선정적인 스타일을 비난하여 작가 자신이 이 소설 서문에서 밝혔듯이 "지금까지 발간된 소설 가운데 가장 공격을 많이 받은 작품"(2)8)이었고 "이 시대에서 가장 부도덕한 작품"(Seecamp 193)이라는 낙인이 찍힌 작품이었다. 그의 격앙된 목소리, 제어되지 않은 판타지, 과도한 표현, 혁명적인 열기는 절제의 미학을 옹호하는 사람들에게는 혼란스러운 것이었다. 이처럼 그에 관한 평가가 일관되지 않는다 하더라도 서른 두 살에 마감한 짧은 생애동안 100만단어가 넘게 발표한 글을 통해 그가 가난한 이들의 고통을 대변하고, 보다 나은 세상을 만들고자 전투적으로 살았던 작가인 것만은 확실하다(Wyld 6).

---

7) 1842년부터 52년까지 쉬지 않고 글을 발표한 그는 문학 활동에 대한 한계를 느꼈는지 1847년 필라델피아 지방행정관(District Commissioner) 선거에 출마했다. 낙선한 다음 1848년 노동계층을 대상으로 하는 주간지 *Quaker City Weekly*를 창간했다. 자신이 지지했던 자작농 법안이 의회에서 통과되지 않고 서부영토가 도시 노동자들에게 적절하게 배분되지 못했을 때 1850년 Brotherhood of the Union이라는 노동조직을 설립했으며 이 조직은 설립한지 수년 내에 전국으로 확대되었으며 1994년에야 해체되었다(Unger 320).

8) 조지 리파드의 『퀘이커 도시』는 *The Quaker City: or, the Monks of Monk Hall, A Romance of Philadelphia Life, Mystery, and Crime*, Amherst: U of Massachusetts P(1995)를 텍스트로 사용한다. 『퀘이커 도시』의 인용문은 앞으로 페이지만을 표기한다..

이같은 리파드의 격정적인 문학 탐색 뒤에는 빚으로 가족 농장이 은행과 빚쟁이에게 넘어가는 것을 목격했고 15세에 고아가 되어 노숙까지 했던 극빈의 체험, 1837년 불어 닥친 대공황 시절의 노동자들의 비참한 삶과 그들에 대한 사회적인 책임감에 근거한 뿌리 깊은 도덕적 종교적 신념이 있다. 조부 때 종교분쟁을 피해 독일에서 건너와 펜실베이니아의 위사이콘(Wissahikon) 강기슭 저먼 타운(German Town)에 자리 잡은 독일 퀘이커 이민의 자손이었던 그는 가난한 사람들의 비참함과 부자들의 타락을 적나라하게 폭로함으로써 부패한 사회를 고발하고 윌리엄 펜이 꿈꾸었던 "인간의 노력으로 성화를 이루고 지상 천국을 이룩하려는"(김영태 224) 퀘이커교의 이상이 실현되는 형제애의 도시를 모색하고자 하였다. 그러나 자본주의 시장사회로 빠르게 재편되는 미국 사회에서 사회적 경제적 불평등의 양상이 악화되면서, 그는 핍박받는 이들의 최후 보루가 되어야할 종교마저 더 이상 역할을 못하는 것을 목격하였다. 친우들 간의 평등을 중시하고 차별을 야기하는 모든 기존 관습의 타파를 주장했던 퀘이커 교도들조차도 경제적 지위의 변화로 인해 내부적으로 갈등이 발생하게 됨에 따라 분열을 초래하게 되었다.

이 소설에 대한 지금까지의 비평이 주로 대중문화와 도시의 이면을 폭로하는 점에만 주목해왔던 것(Reynolds, *Beneath the American Renaissance* 78)에서 벗어나 본 논문은 이 소설에 제목을 부여한 퀘이커교의 출발과 19세기 초에 발생한 미국 퀘이커 교도의 분열을 알아보고 그 양상이 이 소설에 드러난 사회 분열에 어떻게 반영되는지 알아보고자 한다. 동시에 퀘이커교가 리파드의 사회 비판에 행사한 영향력과, 종교와 사회의 부패에 대한 그의 통렬한 공격 너머 『퀘이커 도시』라는 작품을 통해 작가는 진정 무엇을 원하고 희망했는지 살펴보기로 하겠다.

2. 퀘이커교의 출발

필라델피아를 건설한 윌리엄 펜의 정신적 기초가 되었던 퀘이커교의 출발과 특성을 살펴보는 것은 이 소설에서 보여주는 리파드의 입장을 이해하는데 도움이 될 것이다. 그는 캘빈주의의 영향을 받은 청교주의에 대해 비판적이었던 반면 그는 윌리엄 펜의 상대적 관대함에 대해 높이 평가했었다(GL: Prophet 29).

리파드는 "이웃에게 잘해주는 것이 하느님을 경배하는 것이다"(WB "Three Types of Protestantism" 136)라는 단순한 메시지가 예수의 죽음 이후 복잡한 교리와 오만으로 가려져 버렸다고 주장했다. 중세 가톨릭은 예수의 소박한 종교를 종교의식과 화려함으로 가려버렸고 종교개혁은 "대담하고 필요한 조치"였으나 중요한 결함이 있다고 생각했다. 그에 의하면 루터(Martin Luther)는 가톨릭 교회로부터 대중들을 영적으로는 해방시켰으나 그들의 경제적인 곤경은 간과했다면 캘빈(John Calvin)은 종교를 중세시대보다 다 악화시켰는데 그의 엄격한 신학이 예수의 가르침을 더 심하게 왜곡했기 때문이라는 것이다. 선택받은 자와 저주받은 자를 분명하게 구분하는 캘빈주의가 자본주의 사회 계층을 구분하는데 강한 영향력을 행사했다고 주장했다(WB 134).

종교 개혁의 과정을 "가톨릭에서 성공회로 그리고 청교주의로, 그 다음 안티노미안파(Antinomians), 시커파(Seekers) 그리고 퀘이커로의 확장"(Brinton x)이라고 보았던 니버(H. R. Niebur)는 "종교개혁이 농민들과 기타 피착취 집단들의 종교적 요구를 채우는데 실패했다는 것은 역사를 통해 입증되었다. 종교개혁은 중산계급과 귀족들의 종교로 남게 되었다. 루터주의와 캘빈주의 그 어느 곳에도 가난한 자들과 교육받지 못한 자들을 위한 메시지는 없었다"(32)고 지적한 바 있다. 퀘이커교는 이처럼 종교 개혁에서 종교적인 갈등을 해소하지 못해 진리의 실재를 찾아 헤매는 시커파였던 조지 폭스(George Fox, 1624-91)에 의해 영국에서 시작되었다. 퀘이커교는 종교개혁의 광풍이 몰아치던 당시 영국의 열광주의를 대표하는 종교적 급진사상으로 종래의 형식적인 종교의식이나 교회제도를 일체 배격하고 인간 마음속에 내재하는 내광(Light Within)에 따라 살아가려는 신교운동 이었다.

초기 퀘이커 신도들은 대체적으로 자영농이나 농업에 종사하는, 전통적인 청교주의에 염증을 느끼고 지주들의 지나친 지대와 봉역에 지쳐있던 사람들이었다. 따라서 퀘이커교는 종교적 정치적 사회적 항거와 분리될 수 없는 "아래로부터의 인민운동"으로 그들의 주장은 기존 사회의 압력과 핍박을 동반할 수밖에 없었다(임희완 194).

> 그들[퀘이커교도]은 지위에 관계없이 남 앞에서 모자를 벗는 것을 거절했으며 신분의 고하를 인정치 않았으며 모든 사람들에게 똑같이 친근한 대명사 thee와 thou를 사용했고 […]십 분의 일세 징수를 거부했으며 칼의 사용을 피했고 변호사의 수수료를 폐지할 것과 영주의 납세 등을 주장하였다. 그들은 이러한 사회적 불의들이 주의 왕국이 임하기 전에 제거되어야 한다고 생각했다. (Reay 44)

이처럼 퀘이커교는 모든 신자들을 친우(Friend)라 부르며 가난한 자, 가지지 못한 자, 권리를 가지지 못한 자의 입장을 대변하는 종교였다.

초기 퀘이커파에게 가장 중요한 신앙은 모든 사람이 내면에 지니는 내광인 성령을 그리스도라고 보고 이를 통하여 얻는 생명과 동일시하였다. "모든 사람을 비추는 참 빛"(요 1:9)에 기초한 사상으로 퀘이커교는 신의 형상대로 만들어진 인간은 도덕이나 율법에 묶일 수 없는 완전한 성품을 가진 존재로 모든 인간의 평등함을 강조하였고 의례, 예배절차, 사제 등을 배제하는 등 초대교회의 예언자적인 음성 외에는 일체의 외적인 것을 거부함으로써 원시 그리스도교의 전통을 회복하고자 했다(김영태 91). 요컨대 성령의 복음에 바탕을 둔 퀘이커 교도들은 다시 프로테스탄티즘에 반대하여 참된 기독교로 돌아가고자 한 제 2의 종교개혁자들이었고 윌리엄 제임스(William James)의 말대로 "영적이고 내적인 것에 뿌리박았던 성실한 종교였으며 원시 복음 진리로 회귀하려는 교파였다"(25).

생활과 믿음의 일치를 이루었던 초대 교회로의 회귀를 주장했던 퀘이커 친우들에게 신앙은 곧 실천이었다. 바클리(Robert Barclay)는 "선행 없이도 구원될 수 있다는 프로테스탄트 신학에 반대했다. 즉 믿음만이 아니라 이웃에 대한 선행을 실행하는 행위도 구원에 반드시 필요하다"고 주장하였다(196). 이 퀘이커교는 윌리엄 펜이 미국으로 이주하여 필라델피아에 정착함에 따라 미국까지 확산되어 초창기 미국민의 영성과 민주주의의 확립에 큰 몫을 담당하였다. 필라델피아에서 쓰여진 미국 헌법은 윌리엄 펜의 "성스러운 실험"으로부터 많은 영향을 받았는데 그의 이론은 탁상공론이 아니라 실제로 실행에 옮긴 것이었기 때문이다(Brinton 156). 모든 인간의 평등과 교리의 실천을 중시하였고 생계에 필요한 경제 활동 이외의 세속과 거리를 두는 것을 강조한 퀘이커 교도들은 기본적으로 분리주의자들이었던 관계로 친우들 간의 경제적 변화에 따라 사회와 종교에 관한 입장이 서로 달라지게 되면서 그들 내부의 분열이 발생하게 되었다.

3. 미국 퀘이커 교도들의 분열

필라델피아의 부유한 퀘이커 교우들은 세상으로부터 거리를 두고 하느님 앞에서 평등함과 무엇보다도 단순함을 설교하는 교파의 사람들과 심각한 갈등을 겪게 되었다. 어떤 경우는 갈등을 견디지 못해 퀘이커 교회를 떠나 요구가 많지 않고 시대 흐름을 따르는 영국 성공회 교회로 옮기기도 하였다. 퀘이커교에 남아있는 이들은 "신앙이 요구하는 절대적인 영적, 윤리적인 요구와 사회, 경제, 정치적으로 얽혀있는 세상의 요구 사이에서 타협해야 했다"(Tolls 493). 도시에서 상업에 종사하거나 사회적으로 높은 지위에 이른 퀘이커 교도들과, 초기 퀘이커교의 이상을 간직하고 있던 농촌 지역의 교도들 그리고 경제적으로 어려운 도시 교도들은 서로 마찰을 빚게 되었다. 그간 갈등이 있어왔으나 그들을 분열시킨 가장 심각한 논쟁은 1827년 힉사이트와 정통파(Hicksite-Orthodox)간의 분열이다.9)

  "리파드의 진보적인 자본주의에 관한 비판의 근거를 제공한 힉사이트 퀘이커"(Streeby 444)의 시작은 1819년 롱아일랜드의 퀘이커 목사 힉스(Elias Hicks)가 필라델피아의 친우회 모임에서 그 곳 교우들의 세속성을 성스럽지 못한 행동이라고 공격한 데서 비롯되었다. 힉스는 종교의 척도로서 행동의 중요성을 강조했는데 이러한 그의 의견은 필라델피아의 퀘이커 지도자들에게는 도전으로 생각되었다. 힉스가 자기들 지도력의 정당성을 의심한다고 생각한 그들은 힉스를 징계하고 필라델피아 지역에서의 그의 영향력을 축소하고자 했다. 정통파(Orthodox Faction)로 불리게 된 필라델피아의 지도자들은 힉스의 사회적인 관점보다는 교리적인 관점에 중점을 두었던 관계로 힉스가 요구한 세상과 자신들과의 관계를 재정립하기를 원하지 않았다.

  힉스는 정통파들의 비난에 대해 직접 대응하지 않았으나 힉스를 지지하는 친우들이 그를 방어했으며 정통파의 정당성에 대해 반박하였다. 나중에 힉사이트(Hicksites)로 불리게 되는 이들10)과 정통파간의 논쟁은 1827년에 이르러 필라델피아 친우회의 서기를 선출하는 문제에서 대의원들의 전원 동의를 얻어내지 못하자 연례 모임을 각자 가질 정도로 분열

---

9) 정통파와 힉사이트의 분열 역사에 관한 상세한 설명은 H. Larry Ingle, *Quakers in Conflict: The Hicksite Reformation*; 김영태, 『신비주의와 퀘이커 공동체』; Robert Doherty, "Religion and Society: The Hicksite Separation of 1827" 참조.
10) 모든 면에서 힉스의 견해를 따르지 않았으나 필라델피아의 부유한 정통파를 공격하는 힉스의 주장들을 받아들이고 실천을 중시하며 세상과 거리를 두기 원하는 공통점을 가진 사람들을 모두 일컬어 힉사이트로 불렀다(Doherty 66).

되었다. 이렇게 시작된 분열은 일세기 이상 지속되다가 1955년에 이르러서야 봉합되었다.

겉으로는 단순하게 보였던 이들 분열의 이유는 처음 그들이 생각했던 것보다 복잡했다. 표면 아래 갈등은 퀘이커교의 핵심적인 문제를 포함하고 있었다. 친우회 교인의 자격 기준과 친우회의 조직 문제, 구원의 추구 방식 그리고 세속적 방식의 수용 정도와 같은 근본적인 문제를 불러왔다. 이런 문제들에 대해 두 그룹이 찾은 해답들은 서로 다른 가치 체계와 퀘이커교의 본질에 대해 다른 해석을 내리고 있음을 보여준다.

정통파들은 세상으로부터 격리보다는 세상과 더불어 살기를 원했으며 행동보다는 믿음을 강조하는 종교를 강화하고자 하였다. 이들이 원하는 방향은 정적주의(Quietism)와 교리의 실천에 대한 강조가 야기 시키는 긴장 없이 세상의 일에 참여하게 해주었다. 그들에게 종교적인 인간이란 일단의 구체적인 종교적인 이념을 믿는 사람이었다. 이들의 믿음에 대한 강조는 퀘이커 친우로서 적절한 행동에 대한 상당한 여지를 주었으며 세속적인 행동을 피할 필요가 없게 만들어 주었다. 정통파들은 세속적인 성공이 영적 발전의 안내가 될 수도 있음을 암시했고 부유한 사람들이 친우회의 지도자가 되어야 하며, 회원 자격이나 신앙과 구원의 문제에 대한 결정권을 부로 하느님의 축복을 허락받은 이들이 가져야 한다고 주장했다.[11]

힉스와 힉사이트들은 이러한 정통파의 강령을 반대했다. 그들은 정통파 지도자들의 성공을 지나친 세속의 표지로 보았다. 힉사이트들은 교리에 대한 믿음보다는 교리를 실천하는 것이 구원의 열쇠라고 생각했으며 조직 내에 공식적인 위계질서를 만드는 것을 반대하고 내면에 하느님을 느끼는 모든 사람들이 자발적으로 참여하는 것을 고무했다. 결론적으로

---

11) 도허티에 따르면 정통파들은 경제적으로 여유가 있는 사람들이었고 힉사이트들은 농촌 사람들과 경제적인 하향을 겪은 사람들이었다. 그는 퀘이커 분열에 기여한 가장 중요한 요소는 부(wealth)라고 진단하였다(70-77).

그들은 교우와 세상 사이의 강하고 계속적인 긴장을 유지하는 신앙체계와 조직을 지지했고 자기들이 생각하는 퀘이커의 본질과 관계없는 모든 행동은 무시하였다. 이런 힉사이트의 주장들은 정통파와 날카롭게 대립하게 되었고 서로의 연례회의에 참여를 거부하기에 이른 것이다.

모든 사람에게 존재하는 내적 빛의 존재로 하느님과 직접 교통하고 모든 인간의 평등함을 주장하면서 신세계에서 자기네들의 믿음에 합당한 세상을 열고자 새로운 도시를 건설했던 퀘이커 교도들조차도 사회적 변화와 경제적 발달에 따른 친우들 간의 입장 차로 인해 교리의 해석을 달리하게 되고 분열되는 것에서 짐작할 수 있듯이 당시 필라델피아는 더 이상 퀘이커교가 지향했던 평등 사회라고 할 수 없게 사회의 분열이 심각하였다.

4.『퀘이커 도시』에 나타난 분열

4.1 분열의 양상

그 자신이 노동계층이었고 언제나 노동자들 편에 섰던 리파드는 가난한 노동자와 농민들이 주를 이루고 친우들 간의 평등을 주장했던 힉사이트의 입장에 동의했지만, 힉사이트들이 세상과 거리를 두기 원했던 것과는 달리 그는 글과 행동으로 사회의 부패와 악에 맹렬히 저항하였다.『퀘이커 도시』「서문」에서 그는 "당시 필라델피아의 거대한 악과 끔찍한 기형적인 면들과 형제애라는 위대한 사상을 거부하는 사회시스템의 방식을 드러내기 위해"(3) 이 소설을 쓴다고 입장을 분명히 밝히고 있다.

600페이지에 달하는 방대한 분량의『퀘이커 도시』는 필라델피아를 배경으로 1842년 12월 21일 수요일 밤에 시작해서 24일 크리스마스이브에 끝나는 3일 동안의 이야기이다. 이 소설의 플롯은 사건 발생의 주 무대가 되는 몽크 홀(Monk Hall)처럼 "일단 들어가면 안내자 없이 빠져 나올 수 없을 정도로"(153) 얼크러져 있는데 필라델피아 상류층의 탐욕과 부패, 그에 따르는 하층민의 희생이 축을 이룬다.

이 소설은 지상 3층 지하 3층으로 된 몽크 홀을 중심으로 이야기가 전개된다. 가톨릭 수사(monk)들이 살았다는 소문 때문에 몽크 홀이라는 이름이 붙은 이 건물은 "상류 사회와 하층 사회가 만나는 장소이며 계속 변화되는 사회와 권력관계를 보여주는 소우주"(Unger 324)라고 할 수 있다. 19세기 당시 필라델피아라는 도시의 구조를 형성하는 사회적 관계를 보여주는 이 건물에는 탐욕적인 엘리트가 비참한 하층민 위에 군림하고 있다. 이 소설은 "도시는 균열과 분열을 억누르고 있다는 것을 독자들에게 드러내 보여줌으로써 도시가 일견 보이는 것처럼 파노라마적인 공간이라는 순진한 환상을 전복한다"(Steele 186). 위험하고 은밀한 경제적, 정치적 이권이 숨어있는 대도시에 존재하는 균열과 틈 그리고 접혀진 곳을 간과하는 것은 사회적 약자를 희생시키는 착취구조를 영속시킨다고 생각한 리파드는 독자들에게 이런 숨겨진 공간을 드러내고자 하였다.

리파드는 먼저 사회와 국가의 기본 단위가 되는 가정에서의 부정과 거짓을 통해 이 도시가 얼마나 심각하게 훼손되었는지를 제시한다. "결혼은 종교이다. 남편과 아내 사이의 사랑은 곧 종교"(WB "Religion" 20)라고 결혼의 신성함을 믿었던 작가는 퀘이커 도시의 타락을 부정한 결혼으로 드러낸다. 중산층 가정의 처녀 메리 알링턴(Mary Arlington)과 거스 로리머(Gustave Lorrimer)와의 만남과 사기 결혼 그리고 메리의 오빠 바이어니우드(Byrnewood Arlington)에 의한 로리머의 죽음으로 이어지는 충격적인 파국12)은 보통 정절과 성실함에 대한 궁극적인 보상으로 제시되는 결혼

---

12) 이 소설의 소재가 된 것은 말론 헤버튼(Mahlon Hebeton)이라는 필라델피아의 난봉꾼의 살해사건이었다. 친구들에게 어떤 여자라도 유혹할 수 있다고 자랑한 다음에 새라 머서(Sarah Mercer)라는 처녀를 결혼한다고 속여 유혹하려 했으나 실패하자 총으로 위협해 강간하였다. 이 사실을 알 그녀의 오빠 싱글턴 머서(Singleton Mercer)가 그를 살해하여 살인으로 기소되었으나 정당방위로 풀려나 이 사건은 전

의 의미를 완전히 뒤집는다. 또한 리빙스턴 부부(Albert & Dora Livingstone)의 결혼 생활은 가정의 타락이 어느 정도 인지를 예시하는 또 다른 예이다. 결혼을 약속했던 류크 하비(Luke Harvey)를 버리고 미모를 이용해 부자 앨버트 리빙스턴과 결혼한 그녀는 "치과의사나 사기꾼, 엉터리 변호사, 은행가로 이루어진 시시한 미국 귀족"(186)이 아니라 진짜 귀족이 되고자 영국 귀족이라고 속이는 피츠 카울스(Algernon Fitz-Cowles)와 관계를 가지며 남편의 살해까지 교사한다. 부정한 아내에 대처하는 리빙스턴의 방식 역시 그 부인 못지않게 잔인하다. 부인의 행실을 알게 된 리빙스턴은 크리스마스이브에 아내를 호크우드(Hawkwood) 별장으로 유인하면서 바로 뒤에 아내를 넣을 관이 뒤따라오게 한 다음 그녀를 독살한다.

동생 메리의 정절을 훼손한 로리머에게 복수를 감행하는 버이어니우드 역시 거스와 비슷한 행동을 저지른 과거가 있다는 것은 이 소설에 등장하는 어떤 인물도 도덕적으로 결백하지 못하다는 것을 보여준다. 그는 로리머가 계획하는 사기 결혼의 대상을 몰랐을 때 로리머의 계획을 부추기고 내기까지 했으며 그 역시 어린 하녀 애니(Annie Davies)를 임신시킨 다음에 버린 사람이다. 여동생을 망친 탕아를 추적하는 과정에서 그는 비로소 자기 행동을 뒤돌아보며 애니를 떠올린다. 리파드는 메리와 로리머 그리고 바이어니우드의 이야기를 하면서 중산층 처녀의 정절만 보호할 뿐 가난한 하층 여성의 정절에 대해서는 누구도 관심을 가지지 않는 사회에 대해 일침을 가하고 있다.

> 부잣집 처녀를 유혹한다고? 좋은 가문의 따님에게 잘못을 행한다고? 오 그건 끔찍하지. 그것은 신의 이름에 모독을 가하는 것에 비견할 만한 큰 범죄야. 그러나 가난한 집 딸, 종, 하녀? 오, 그건 그렇지 않아! 그들은 상류사회 신사들의 좋은 노리개 감이지. 그런 잘못에 대해서

<hr />

국적으로 유명하게 되었다(GL 33).

는 훌륭한 숙녀들이 가볍게 웃고 거드름을 피우는 미소를 머금고 바
라보지. (417)

　　사랑이 부재하고 욕망과 복수가 충돌하는 가정의 붕괴와 맞물려 시
장 사회에서의 부정과 사기 그리고 노동자들의 희생은 시장 사회가 어
떻게 조작되고 힘없는 이들을 착취하는가를 극화한다. 사기꾼 피츠
카울스 대령과 공범자 본 겔트(Gabriel Von Gelt)는 리빙스턴 하비 회사
(Livingstone, Harvey & Co.)에 십만 불짜리 신용장을 위조한다. 이 이야기
는 피츠 카울스가 데블 버그(Devil-Bug)의 손을 빌려 동업자 본 겔트를 죽
이고 리빙스턴의 부인 도라를 유혹하면서 가정과 사회의 타락이 얼마나
밀접하게 연결되어있는 가를 보여준다. 루이지애나의 크리올 노예의 사
생아인 피츠 카울스와 그의 동업자 본 겔트는 경찰의 체포를 피하기 위해
여러 신분과 인종을 가장하는 인물들로서 이들이 꾸미는 일련의 위조행
각과 사기행위들은 시장사회의 불안정과 통제되지 않는 시장이 노동자들
에게 가하는 위협의 메타포이다(Helwig 103).
　　경제적 불공정의 피해를 가장 두드러지게 보여주는 사람들은 은행장
잡 존슨(Job Joneson)과 실직한 노동자 존 데이비스(John Davis)이다. 데블
버그가 "미국의 귀족이란 일단의 사기꾼 은행장들에 지나지 않는다"(374)
고 한 것처럼 은행문을 닫은 은행장은 여전히 "말이 끄는 마차에 집과 하인
들과 포도주를 마시면서"(405) 잘 살고 있다. 굶주림을 견디지 못해 돈을
저금했던 은행의 은행장 잡 존슨에게 몇 푼의 돈이라도 돌려달라고 사정
하다 거절당하고 집에 돌아온 데이비스는 "신이 존재하는가? 신은 공정하
신가? 왜 이 사람들은 좋은 옷과 따뜻한 집을 가지고 있는가? 정직하게 일
한 나는 먹을 빵도 따뜻하게 할 땔감도 없는데?"(405)라고 절규하면서 아
이를 낳은 뒤 굶어 죽은 딸 애니를 보고 자살한다. 왜곡된 시장질서는 은
행이 망한 은행장에게는 아무 영향을 끼치지 않지만 일생동안 저축한 600

달러를 잃어버린 데이비스의 가족은 굶어 죽게 만든다. 작가는 이 에피소드야말로 정의를 세상에 보여주는 '유쾌한' 일례라고 비꼬면서 "퀘이커 도시에서 법은 큰 사기꾼에게는 감옥의 빗장을 열어주는 반면에 가난하고 정직한 사람은 자살로 감옥으로 몰아넣는다"(404)고 분개한다.

퀘이커들의 도시에 관한 이야기를 하는 주 무대가 옛 수도사들의 예배당에서 타락의 온상으로 변해버린 것에서 짐작할 수 있듯이 궁극적으로 이 소설은 도덕이 부재하고 부패가 난무하는, 노동자들이 고통스럽게 죽어가는 이 세상에서 종교가 얼마나 도움이 되지 못하는지, 종교 지도자들이 얼마나 타락했는지를 들추어낸다. 이 소설 「서문」에서 "지금까지 구세주 예수님이 설교하고 행하신 모든 원칙들을 가짜 기독교가 얼마나 파렴치하게 타락시켰는지를 보여주기 위해"(4) 이 작품을 쓴다고 했듯이 리파드는 가난한 이의 고통을 외면하고 자기 욕망을 채우는데 급급한 목사를 통해 당시 제도적인 교회에 날카로운 비판을 가하고 있다. 가톨릭 교황과 그 신도들을 개종시키는 것을 목표로 한다는 "보편 특허 복음 선교회"(Universal Patent Gospel Missionary Society)의 회원 파인(F. A. T. Pyne) 목사는 자칭 개혁가이고 가톨릭을 반대하는 집회로 돈벌이를 하는 전도사이며 뻔뻔스런 호색한이다. 기성 종교의 위선과 타락을 상징하는 인물인 그는 거짓 설교로 신도들에게 우려낸 돈으로 몽크 홀에서 아편을 하고 여자를 사는 사람이다.

> 그의 무릎에 놓인 순금과 은행 지폐 모양으로 된, 그날의 노동의 수확을 바라보는 것은 매우 유쾌한 일이었다. 그 광경에 대한 우리의 감탄은 파인 박사에 대한 확실한 존경으로 점점 커졌다. 마차에 치인 불쌍한 남자, 아이 하나는 젖먹이에다 다섯 아이를 거느린 과부, 어깨에 벽돌을 나르는 통을 맨 채 5층에서 떨어진 남자는, 몽크 홀의 방 두 개와 다른 편리한 것을 취하기 위해 전부 이교도 로마의 적[파인 목사]이 만들어낸, 아주 생생하게 꾸며낸 이야기였다. (291)

이 소설에서 가장 대담한 장면이면서 극단적인 종교인의 타락을 보여주는 장면은 그가"딸"로 키운 메이블(Mable)을 강간하려는 장면이다.13) 그는 리빙스턴의 핏줄로 오인해 그에게 돈을 받아낼 심산으로 양녀로 키운 메이블을 범하려 했었고 종국에는 돈을 받고 사원의 제니(祭尼)를 구하는 마술사 라보니에게 팔아넘기는 인신매매까지 하는 인물이다.

이런 팻 파인 목사보다 더 충격적인 종교비판은 몽크 홀의 수문장이며 이 소설에서 발생하는 온갖 악행에 가담하는 데블 버그의 꿈으로 제시되는 1950년의 필라델피아 모습이다. 리파드는 고딕적인 장치를 통해 그가 사는 시대와 도시에 대해 당시 사람들 마음 깊숙이 자리 잡은 불안감을 강렬하게 극화시킨다. 「퀘이커 도시의 최후의 날」("The Last Day of the Quaker City")에 데블 버그는 거대한 도시의 넓은 거리에 서있다. 모든 것이 파괴되고 불타는 도시에서 그를 안내하는 유령은 이 악몽같은 상황의 이유를 이렇게 설명한다.

> "퀘이커 도시의 귀족들이 아버지의 뼈를 황금을 받고 팔았다. 그들은 과부에게 강도짓을 하고 고아를 약탈했다. 아버지의 신앙과 교회를 타락시킴으로서 하느님의 이름을 모독하고, 가난한 이의 땀과 피를 벽돌과 회반죽으로 교환했다. 이제 범죄의 마지막 행동으로 그들은 독립기념관을 파괴하고 그 잔해 위에 왕궁을 세웠다." (373)

그 꿈에서 데블 버그는 미국의 공화정이 무너지고 필라델피아를 지배하는 왕과 귀족들의 모습, 파괴된 독립기념관, 잔해더미 위에 세워진 왕궁들, 그리고 "소돔에게 화 있을진저"(Wo Unto Sodom)(374)라는 글자가 불타고 있는 묵시록적인 환영을 본다.

---

13) 팻 파인 목사는 당시 종교인들의 스캔들을 반영한다. 리파드에게 가장 충격적인 케이스는 교구의 신도들을 유혹하고 살해한 1833년 감리교 목사 티프라임 K. 애버리(Ephraim K. Avery)와 1844년 여러 명의 신도들을 유혹해서 교회에서 추방된 뉴욕의 성공회 주교인 밴저민 T. 온더동크(Benjamin T. Onderdonk)였다(GL 35).

쾌이커 도시의 한복판에서 자기가 죽인 사람들의 환영에 기는 데블 버그는 관들이 떠내려 오는 델라웨어 강과 무덤에서 일어난 죽은 사람들이 손가락으로 가리키는 도시를 본다. 그 도시는 땅이 흔들리고 거리에 유혈이 낭자하다. 쾌이커들이 기도를 통해 하느님을 만나는 감동으로 온몸을 떨며 기뻐했다면 19세기 필라델피아의 밑바닥 인생을 사는 데블 버그는 공화정이 붕괴되고 산자와 죽은 자가 뒤섞여 최후의 날을 맞이한 필라델피아의 미래에 공포의 전율을 느낀다.

4.2 새로운 세상의 가능성과 한계

1950년 필라델피아의 묵시록적인 광경을 보여준 다음 작가는 그가 꿈꾸는 세상에 대한 이야기를 전개한다. 이 소설에 나타나는 가장 큰 아이러니는 리파드가 꿈꾸는 새로운 세상에 대한 가능성이 가장 추악한 행동을 일삼는 데블 버그와 마술사 라보니와 같이 신뢰하기 어려운 인물들에 의해 제시된다는 점이다. 데블 버그는 구원이란 타락을 완전히 인식하는 데서 온다는 것을 보여주는 인물이다. 작가의 사회적인 논쟁의 도구라고 할 수 있는 데블 버그는 창녀촌에서 태어난 하층민으로 경제적인 박탈이 초래한 최악의 결과를 보여주며 범죄자가 열악한 환경에서 발생한다는 개혁가들의 주장을 뒷받침하는 인물이다. 몽크 홀의 방문객들에게 그는 단순한 범죄자가 아니라 "지옥에서 온 범죄자, 개탄할 만한 괴물, 악마의 화신이며 전혀 인간이 아닌 존재"(106-07)로 보인다. 그러나 그의 부하 모기(Mosquito)와 반딧불(Glow-Worm)처럼 데블 버그의 잔인함은 적어도 공개적이고 직접적이다. 대부분 주류사회 인물들의 잔인함이 포장되어있는 것과 반대로 데블 버그는 가면을 쓰지는 않는다. 그의 범죄를 목격한 류크 하비의 말대로 "그는 모든 것에도 불구하고 정직한 건달"(237)에 불과하다.

데블 버그는 처음에는 철저하게 악하게 보이지만 이야기가 진행되면서 자기의 행동을 후회하며 딸을 위해 자신을 희생하는 인물로 변화된다. 미국 문학에서 역할 전복이 그보다 더 극적으로 일어나는 인물은 없다(Reynolds xl). 메이블이 유일하게 사랑했던 엘렌(Ellen)이 남기고 간 자신의 혈육이라는 것을 알게 된 그는 그녀를 사기꾼 파인 목사와 마술사 라보니의 손아귀에서 구하는데 자신을 바친다. 딸을 위한 희생에서 그는 가장 순수한 종교적인 체험을 하게 된다. "하느님은 없다"고 했던 그가 가족과 하느님을 생각하면서 "잠깐 동안 데블 버그의 영혼은 아름다웠다. 지상으로부터의 추방자, 지옥의 화신인 데블 버그는 드넓은 우주의 친구가 된 것"(339)을 경험한다. 리파드는 그를 통해 스스로를 희생함으로써 "신의 존재를 느끼고 잠시 우주의 아버지가 계시다는 것을 느끼는"(339) 종교적인 체험을 하고 구원에 다가가는 인물을 제시하였다면, 마술사 라보니를 통해 좀 더 적극적으로 새로운 세상의 비전을 얘기한다.

다섯 권으로 된 이 소설의 네 번째 책(the Fourth Book)에서 작가는 마술사 라보니[14]를 「새로운 신앙」("New Faith")의 신("Ravoni A God")으로 제시한다. 이 소설에서 가난한 사람들에게 관심을 보이는 유일한 인물이며 굶어죽은 애니를 살려내는 사람은 마술사 라보니이다. 그는 리겔리(Ridgely)의 말대로 "이 책이 제시하는 궁극적인 희망을 주장하는 인물"(92)이라고 할 수 있다. 그는 절망으로 자살한 데이비스의 관을 살 돈을 지불하며 "새로운 신앙의 첫 기적"(414)으로 데이비스의 딸 애니를 죽음에서 살려낸다. 데이비스의 죽음을 목격하고 하는 그의 말은 이 도시에서의 노동자들 참상을 짐작하게 한다. "절망 속에서 자기 목숨을 끊었다고? 경건한 퀘이커 도시에서 이런 일이? 아이에게 줄 빵이 없어서 목을 잘

---

14) 리겔리는 라보니를 "서구문학에 등장하는 인물들의 집합체이다. 고딕 악당의 자손, 깨어있는 혁명가, 방랑하는 유대인, 오만하고 세상을 비웃는 바이런적인 인물이며 추방당한 자"(92)라고 정의한다.

랐다고? 그런 일이 이 경건한 프로테스탄트의 필라델피아에 일어날 수 있단 말인가?"(411)[15]

리파드는 라보니의 모든 말이"작가의 의견이 아니고 인물이 하는 말"(422)이라고 각주를 달고 있으나 그는 라보니의 입을 통해 새로운 세상의 비전을 전하고 있다. 그는 새로운 신앙의 신도들에게"신의 이름으로 행해진 무지와 미신과 광기"(446)로 얼룩진 긴 역사를 고발한다. 사원의 제니로 삼은 이졸레(Izole)로 이름을 바꾼 메이블의 환시 속에서 그는"거리는 자유롭고 행복한 사람들로 가득하고 부자도 가난한 이도 없는 교회도 사제도 감옥의 간수도 없지만 모두가 행복한 도시"(529)를 그린다. 그곳이 바로 리파드가 그리는 형제애의 도시일 것이다. 라보니는 청중들에게 단순하고 아름다운 신앙을 주장하며 "전쟁은 땅에 묻힐 것이고 무정부는 영원히 사라질 것이다. 사람 생명에 대한 모든 음모는 으스러질 것이고 사람은 살고 사랑하며 자기 침대에서 평화로이 죽을 것이다. 사제는 더 이상 없을 것"(424)이라고 설파한다. 이는 퀘이커 친우들이 이룩하고자 했던 기독교 원시 공동체를 연상시킨다. 데블 버그의 칼에 피를 흘리면서 그는 젊은 추종자의 몸에 자기의 영혼을 불어넣어 그 젊은이가 "신앙의 제2 라보니"(537)가 될 것을, 그 재로부터 "새로운 존재가 일어서리라"는 것을 약속하며 눈을 감는다.

자기를 찌른 데블 버그에게도 복수를 가하지 못하게 제지하며 기성 종교를 질타하고 초기 퀘이커 공동체와 같은 사회를 제시하는 라보니야말로 이 소설에 등장하는 인물들 가운데 가장 메시아적인 인물이라고 할 수

---

15) 이 대목은 예수를 가난한 사람들의 편에 서는 노동자들의 수호자로 주장했던 「예수와 가난한 사람들」("Jesus and the Poor")에서 한 말과 거의 같다. "당신은 ─페어먼트에서, 모여먼싱에서, 켄싱턴에서 하는─ 도시의 심장에서 들리는, 질병이 곪아 터지고 죽는 어두운 법정에서 나는 목소리들이 들리지 않는가? 당신은 부와 안락을 청하는 게 아니라 오, 자비의 하느님! 이라고 청하는 소리가 들리지 않는가? 계몽화된 프로테스탄트 도시 필라델피아에서 벌거벗은 몸을 덮을 누더기를 원하고 빵을 청한다는 게 사실일 수 있는가?" (Pitt 재인용).

있다. 그러나 가톨릭인 "프랑스 귀족을 연상시키는 화려한 옷차림"이나 "금화처럼 노란 얼굴과 악마의 화신 같은 눈매를 가진"그의 모습에서는 "미친 의사이며 해부자이고 마술사"(397)를 볼 수 있을 뿐 퀘이커들이 원했던 내면의 빛인 성령이 육화된 모습을 찾기 어렵다. 라보니는 이 타락하고 빈부의 격차가 극심한 필라델피아의 현실에서 리파드가 생각해낼 수 있는, 그러나 그 메시지가 극히 일부 광신도를 제외한 다른 이들에게는 들리지 않는 한계를 지닌 메시아일지 모른다.

새로운 세상에 대한 꿈은 라보니의 죽음으로 일단락되고 사흘 동안의 이야기는 크리스마스이브에 바이어니우드가 델라웨어 강에서 로리머를 사살하는 것으로 끝을 맺는다. 그 강에는 죽음의 천사와 까마귀들이 공중에 떠돈다. "오늘 밤 월리엄 펜이 희망과 명예심을 가지고 건설했던, 그 뿌리는 진리와 평화의 땅에 깊이 심어졌지만, 그 열매는 독과 부패, 소요, 비소, 살인, 사악함인 이 도시는 적어도 여섯 시간 동안 얼굴에 미소를 짓고 술을 마시고 잔치를 즐기고 춤을 추고 기도를 할 것이다!"(540)고 하는 논평에서 리파드의 절망을 읽을 수 있다. 그날 저녁 이 도시 사람들이 기도드리는 신은 타락한 교회의 예수이지 가난한 민중에게 복음을 전하는 인간 예수가 아니다. "언덕 위의 도시"는 지옥의 도시와 같다는 것이 밝혀졌다. 예수 탄생 하루 전을 기념하는 크리스마스이브는 이 도시에서는 예수의 메시지가 죽었다는 것을 강조할 뿐이다.

5. '형제애의 도시'는 어디에?

리파드는 사흘간의 이야기를 맺은 뒤 부록처럼 「결론」("Conclusion")에서 등장인물들이 어떻게 되었는지 들려준다. 딸의 미래를 위해 자기를 희생함으로써 데블 버그는 그간 발생한 사건들이 야기한 공포를 진정시키고 사회의 조화를 다시 확립하는 듯하다. 그는 리빙스턴과 본 겔트 그리고 라보니를 처치함으로써 딸 메이블을 백만장자 리빙스턴의 상속녀 이 졸레 리빙스턴으로 만들어놓을 수 있었다. 그렇게 하여 이 소설은 이 사회의 추방자 데블 버그의 딸을 상류사회의 중심에 밀어놓는 것으로 결말을 낸다.16)

류크 하비와 결혼한 메이블은 필라델피아에 남은 반면에 바이어니우드 가족은 위스콘신(Wisconsin)의 개척지로 옮겨온다. 바이어니우드는 법정에서 정당방위로 방면된 다음 라보니가 살려낸 애니와 그들 사이에 태어난 아이 그리고 동생 메리와 함께 대도시의 부패와 타락이 없는 신천지에 자리 잡는다. 리파드는 이 소설에서 상대적으로 가장 건전하고 도덕적인 가족들을 새로운 땅으로 이주시켜 새로운 출발을 약속하는 것 같다. 홀(Hall)이 "바이어니우드가 여동생의 파멸을 알았을 때 두려움에 떠는 심약한 젊은이에서 강인한 미국의 젊은이로 변화된다"(44)고 주장했듯이 데블 버그의 손아귀에서 벗어나 몽크 홀에서 빠져나간 바이어니우드가 하층민의 사악함을 저지하고 로리머에게 응징을 가함으로써 부자들의 도덕적 부패에 철퇴를 가한 듯이 보인다.

이는 부도덕이 온 사회에 감염되는 것을 근절하고 규범화하는 것으로 결말을 맺고 있는 것처럼 보일 수 있다. 그러나 좀 더 자세히 들여다보면 개척지의 바이어니우드의 집에도 로리머의 초상이 걸려있는 자물쇠 잠긴 방이 있으며 바이어니우드는 필라델피아의 기억에서 벗어나지 못한다. "그는 누이의 과오에 대한 복수를 했지만 그가 몽크 홀과 아버지 집의 응접실 그리고 퀘이커 도시의 거리, 혹은 넓은 강위에서 목격했던 장면에 대한 기억들은 그의 영혼 위에 그림자처럼 자리 잡고 있었다"(574-75). 이 새로운 장소에 로리머의 어머니와 누이가 찾아오고 비밀의 방에 걸려있는 그의 초상화를 보고 메리는 여전히 로리머를 그리워한다. 바이어니우

---

16) 홀(Hall)은 메이블이 리빙스턴의 딸로서 하비와 결혼해 필라델피아의 상류층에 진입하는 것은 리파드가 사회계층의 개념에 대해 이의를 제기하는 것으로 해석한다(44).

드 가족 누구도 필라델피아서 겪는 사건에서 자유로운 사람이 없다.

이 소설의 수많은 등장인물들 가운데 어느 누구도 진정한 행복을 찾았다고 확신할 수 없고 작가가 폭로한 타락과 부패가 척결된 것 같지 않은 것처럼, 19세기 필라델피아는 굳건한 신앙공동체였던 퀘이커 친우들조차도 분열될 만큼 빈부의 격차가 심화되고 그 분열이 일세기 이상 봉합되지 않을 정도로 서로 간에 골이 깊었다. 그런 현실 속에서도 "인간에게 굽히지 않는 희망을, 하느님에게 어린아이와 같은 믿음"(*Paul Anderheim* 1)을 가졌던 리파드는 도시 이면에 감추어진 타락을 폭로하고 공격함으로써 이 땅에 하느님 왕국을 세우는 일에 한걸음 가까이 다가서려 했었다.

공화정이 무너지고 군주제로 돌아간, 죽은 자와 산 자가 뒤섞여 불길에 휩싸인 1950년 필라델피아의 악몽은 지금 이곳에서 현실로 재현되지는 않지만, 금융 위기에 이어 불황이 지속되는 현 세계는 리파드가 목격했던 사회적 경제적 불평등은 더욱 심화되고 가난하고 힘없는 자들의 절망과 고통은 더욱 깊어지고 있다. 리파드의 소설을 읽는 우리는 1950년 필라델피아의 사람들처럼 "데블 버그의 외침에 귀 막고 눈감지"(377) 말고 "해야 할 말을 온 힘을 다해 외치는"(*GL Prophet* 23) 젊은 작가의 목소리에 주목하고 귀를 기울여야 할 것이다. 리파드가 염원했던 형제애로 이루어진 진정한 '필라델피아'라는 도시는, "노동이 적절히 분배되어 모든 인간 가족이 최상의 능력을 배양하는, 이 땅에 세워진 소박한 하느님의 나라를 향해 여기에서 시작하여 다음 세계로 모든 다른 세계로 나아가야 한다"(*QCW* Mar 30 1850; Streeby "Haunted House" 455) 는 작가의 희망 속에 있을 것이다. 그리고 그런 나라를 이룩하기 위해 내딛는 우리의 작은 걸음 속에 존재할 것으로 믿는다.

Works Cited

김영태. 『신비주의와 퀘이커 공동체』. 서울: 인간사랑, 2002. Print.

니버, H. R. 『교회분열의 사회적 배경』. 노치준 역. 서울: 종로서적, 1983. Print.

임희완. 「영국 혁명기의 종교적 급진 사상의 역할: 퀘이커주의를 중심으로」. 『역사 학보』 138.6 (1993): 179-220. Print.

Barclay, Robert. *Barclay's Apology*. New Berg: Barclay, 1991. Print.

Brinton, Howard. *Friends of 300 Years*. Wallingford: Pendle Hill, 1994. Print.

Baltzer, E. Digby. *Puritan Boston and Quaker Philadelphia*. New York: Free, 1979. Print.

Cowie, Alexander. *The Rise of the American Novel*. New York: American, 1945. Print.

Denning, Michael. *Mechanic Accents: Dime Novels and Working-Class Culture in America*. New York: Verso, 1987. Print.

Doherty, Robert W. "Religion and Society: The Hicksite Separation of 1827." *American Quarterly* 17.1 (1965): 63-80. Print.

Hall, Cynthia. "'Colossal Vices and Terrible Deformities' in George Lippard's Gothic Nightmare." *Demons of the Body and Mind: Essays on Disability in Gothic Literature*. Ed. Ruth Bienstock Anolik. Jefferson: McFarland, 2010. 35-46. Print.

Helwig, Timothy. "Denying the Wages of Whiteness: The Racial Politics of George Lippard's Working-Class Protest." *American Studies* 47.3 (2006): 87-111. Print.

Ingle, H. Larry. *Quakers in Conflict: The Hicksite Reformation*. Knoxville: U of Tennessee P, 1986. Print.

James, William. *The Varieties of Religious Experiences: A Study in Human Nature*. New York: Lib. of America, 2008. Print.

Lawson, Andrew. "Class and Antebellum American Literature." *Literature Compass* 3.6 (2006): 1200-17. Print.

Lippard, George. *George Lippard, Prophet of Protest: Writings of an American Radical. 1822-1854*. Ed. David S. Reynolds. New York: Peter Lang, 1986. Print.

_____. *Paul Anderheim: Th Monk of Wissahikon*. Philadelphia: George Lippard, 1848. Print.

_____. *The Quaker City: or, the Monks of Monk Hall, A Romance of Philadelphia Life, Mystery, and Crime*. Amherst: U of Massachusetts P, 1995. Print.

_____. *The White Banner: A Quarterly Miscellany*. Philadelphia: George Lippard, 1851. Print.

Otter, Samuel. "Philadelphia Experiments." *American Literary History* 16.1 (2004): 103-16. Print.

Penn, William. *Some Fruits of Solitude in Reflections & Maxims*. London: Norwood, 1977. Print.

Pitt, Edward. "Monks, Devils and Quakers: The Lurid Life and Times of George Lippard, Philadelphia's Original Best-Selling Author." *Philadelphia City Papers*. Mar. 21 2007. Print.

Reay, Barry. *The Quakers and the English Revolution*. London: Scholar, 1985.

Reynolds, David S. *Beneath the American Renaissance: The Subversive Imagination in the Age of Emerson and Melville*. Cambridge: Harvard UP, 1989. Print.

_____. Introduction. George Lippard's *The Quaker City: or, the Monks of*

Monk Hall, A Romance of Philadelphia Life, Mystery, and Crime.
Amherst: U of Massachusetts P, 1995. vii-xli. Print.

_____. George Lippard. Boston: Twayne, 1982. Print.

_____. Geroge Lippard: Prophet of Protest: Writings of an American Radical,
1822-1854. Ed. David Reynolds. New York: Peter Lang, 1986. Print.

Ridgely, J. V. "George Lippard's The Quaker City: the World of the
American Porno-Gothic." Studies in the Literary Imagination 7.1
(1974): 77-94. Print.

Seecamp, Carsten E. "The Chapter of Perfection: A Neglected Influence on
George Lippard." Pennsylvania Magazine of History and Biography
94.2(1970): 192-212. Print.

Steele, Jeffrey. "The Visible and Invisible City: Antebellum Writers and Urban
Space." Oxford Handbook of Nineteenth-Century American Literature. Ed.
Russ Castrovono. New York: Oxford UP, 2012. 179-96. Print.

Streeby, Shelley. "Haunted House: George Lippard, Nathaniel Hawthorne,
and the Middle-Class America." Criticism 38.3 (1996): 443-72. Print.

Tocqueville, Alexis de. Democracy in America. 2. Trans. Henry Reeve. Ed.
Philips Bradley. New York: Vintage, 1990. Print.

Tolls, Frederick B. "Of the Best Sort But Plain: The Quaker Esthetic."
American Quarterly 11.4(1959): 484-502. Print.

Unger, Mary. "Dens of Iniquity and Hols of Wickedness: George Lippard and
the Queer City." Journal of American Studies 43.2 (2009): 319-39.
Print.

Wyld, Lionel. "George Lippard: Gothicism and Social Consciousness in the
Early American Novel." Four Quarters 5.3 (1956): 6-12. Print.

월트 휘트먼의 여성주의적 영성*

김 영 희

1.

월트 휘트먼(Walt Whitman, 1819-92)은 정치에 관심 있던 신문인쇄공, 저널리스트, 편집인으로서 미국에서 "완전한 민주주의 이상사회"(Allen 52)를 추구하던 청년이었다. 하지만 당시 지도층이었던 정치가나 목사들로는 사회에 만연한 성차별, 인종차별, 빈부 차의 문제해결이 어렵다고 판단한다. 그래서 그는 인간의 영성회복을 통하여 문제들을 해결하고 "민주주의의 실현"(Allen 67)을 이루고자 외로운 시인의 길을 선택하였다. 그는 랠프 월도 에머슨(Ralph Waldo Emerson)과 헨리 데이비드 쏘로우(Henry David Thoreau)와 함께 미국 초월주의(Transcendentalism)를 대표하는 시

---

* 이 논문은 『문학과 종교』 제19권 4호(2014)에 「월트 휘트먼의 산타 스피리타의 노래」로 게재되었음.
* 이 논문은 『월트 휘트먼의 영성 연구: 소리와 음악적 모티프 체현』의 박사논문 일부를 발전시킨 소논문이다.

인으로 알려져 있는데, 이글에서는 그동안 가려져왔던 그의 여성주의적 영성을 고찰해보고자 한다.

휘트먼은 남성과 여성의 근원적 평등을 추구한 시인이었고 특히 여성들의 지위향상에 관심이 있었다. 「나는 앉아서 밖을 본다」("I Sit and Look Out")에서 그는 "가난한 살림에 자식에게 구박받고, 돌봐주는 사람 없어 마르고, 절망하며 죽어가는 어머니를 본다, / 나는 남편에게 소박맞는 아내를 보고, 젊은 여자들을 꾀는 위험한 바람둥이들을 본다 . . . 땅에서 이런 광경들을 본다"(CPCP[1] 411)라며 여성들의 고단한 삶을 공감하였다. 「민주주의전망」("Democratic Vistas")에서도 "여성들이 스스로 숙녀(lady)라는 단어에 깃든 시대착오적이며 건강하지 못한 분위기에서 벗어나서, 강하고 남성들과 동등한 힘을 소유한 사회일원이 될 것"(CPCP 955)을 주장하였다. 더 나아가 "모든 분야에서 여성들이 남성들보다 더 위대하기 때문에, 이것을 알게 되는 순간, 여성들은 장난감이나 허구임을 포기하고 실제적이고 독립적이며 격정적인 삶의 한가운데로 진출할 수 있는 잠재된 힘과 능력"(CPCP 955)을 발견할 수 있다고 말하였다. 이처럼 휘트먼은 모성애적 관점에서 여성들을 남성들보다 더 위대하다고 여기고 여성의 가치를 높이 평가한 시인이었다.

특히 휘트먼은 여성들이 자신들의 가치를 존중하고 위대함을 느끼기 위하여 '가정의 꽃'으로 가사에만 매달릴 것이 아니라, 남성들과 동등하게 직업을 가지고 "정치와 투표에 대한 권리를 결정하며 행사"(PWW 356)할 것을 권면하였다. 또한 "완전한 모성애를 지닌 여성의 출현, 고양, 확대, 활력"(CPCP 939), "여성을 옭아매는 구속과 유린으로부터 완벽한 여성과 어머니들, 그리고 강인하면서 부드러운 여성층을 보호하는 문학"(CPCP 939)의 필요성을 주장하였다. 이는 현대 여성주의자들이 "모성애를 낭만

---

1) Walt Whitman, *Complete Poetry and Collected Prose* (New York: Lib. of America, 1982)는 이후 *CPCP*로 약기한다.

적"으로 여겨 "여성들을 가사일"(러셀 234)에만 매달리도록 억압의 기제로 악용되는 경향을 거부하는 방식과 유사하다. 모성애에 관한 과소평가역시 성차별에 해당되기에, 영성에 관하여 "최근의 페미니스트들과 우머니스트 신학자들이 모성의 체험을 중요한 원천"(러셀 234)으로 보는 시각과도 휘트먼의 사상은 같은 면을 보인다. 그는 "여성들에 대한 끔찍한 사회 시스템에 대한 구제책을 제안하지 않는 것은 악한 일이고, 다른 악의씨를 뿌리는 행동"(CPCP 937)이라고 불평등한 사회체제를 강하게 비난하기도 하였다. 이처럼 휘트먼은 당시 여성들을 격려하고 지지하고, 과거와 현재와 미래의 권리와 권익을 주장한 여성주의적 시인이었다.

1888년 여름 휘트먼은 스스로 "여성의 권리와 외침을 말하는 여성들의책"이라며 『풀잎』(Leaves of Grass)을 소개하였고(Traubel 2: 331) 당시 여성주의자들의 전폭적인 지지를 받았다. 그들 중 엘리자베스 캐디 스탠턴(Elizabeth Caday Stanton)은 여성들이 정치적 경제적으로 억압된 것은 종교에 깊은 뿌리가 있다는 강한 확신을 가지고, 1895년에 『여성의 성경』(The Woman's Bible)을 편찬하였다. 그녀는 그동안 교회의 성경해석이 여성을 비하하고 있었기에 "성경을 다시 이해"(크리스트 45)할 필요가 있다고 여겼다. 휘트먼도 1857년 노트에서 "『풀잎』의 3판을 새로운 성경"(NUPM 1: 353)으로 제안하면서, 1860년부터는 아예 성경의 구조를따라 시집을 새롭게 구성하였다(Sowder 96). 가부장적 제도의 특징들 중하나가 바로 "여성의 목소리를 죽인 것"(러셀 271)으로 그동안 "여성들은사회, 정치, 종교적 구조에서 침묵당하고 무시되어 왔는데"(러셀 271), 휘트먼은 이런 여성들의 억압에 대하여 종교적 영성의 측면에서 해방을 추구한 것이다. 이런 그의 영향을 받은 여성주의자들 가운데 메어 멀린스(Maire Mullins)가 「나의 노래」("Song of Myself"), 「잠자는 자들」("The Sleepers"), 「브루클린 페리를 건너며」("Crossing Brooklyn Ferry")에서 여성들의 성의 욕망과 기쁨을 읽었고, 엘렌 식수(Helene Cixous)가 프랑스

페미니즘의 관점에서 그의 시들을 분석하였다(196). 이런 글들은 휘트먼 연구의 새로운 경향들을 보여준다. 또한 스티븐 워톱스키(Steven A. Wartofsky)는 『풀잎』에서 여성들의 목소리가 "여성의 근원적인 힘과 아름다움"(197)을 보여주고 "상징계의 질서를 넘어선다"(199)고 주장하였다. 울프 커치도퍼(Ulf Kirchdorfer)도 「나의 노래」 11편에 나타난 여성을 "어머니, 신부, 파괴자(mother, bride, destroyer)의 뮤즈(muse)와 달(Lunar)의 여신"(149)이라 주장하며 휘트먼의 여성주의적 영성을 격찬하였다. 이처럼 휘트먼은 당시와 현대의 여성주의자들에게 강력한 영감과 영향력을 주는 시인이다.

　그동안 휘트먼에 대한 수많은 연구가 다각적으로 이루어져왔지만, 앞에서 언급한 것처럼 여성주의, 여성신학과 영성의 측면에서 연구는 아직도 미진하다. 오히려 기존의 연구들은 더욱더 그를 남성적이고 육체적이며 물질적인 미국 시인으로 보는 견해가 대부분이다. 때문에 그를 기독교 영성을 지녔지만 성부와 성자중심의 가부장적 영성을 탈피하여, 기독교가 그동안 소홀히 한 세상의 반쪽, 여성을 새롭게 해석한 시인으로 볼 수 있는 이유를 찾아보아야 할 것이다. 또한 그가 성령 하나님, 산타 스피리타(Santa Spirita)의 여성적 목소리와 여성적 하나님의 사랑을 시에서 부각시킨 이유에 대한 설명도 필요할 것이다. 따라서 본 논문에서는 첫째로 음악과 자연의 소리에 민감했던 휘트먼이 소리들을 듣고 해석하는 방식에서 보이는 그의 신비주의적 여성주의 특성을 살펴보고, 둘째로 그가 주장한 기독교 삼위일체 영성에 바탕을 둔 사위일체 영성과 산타 스피리타의 성령 하나님의 어머니/여신적 특성과 노래/소리가 어떻게 휘트먼의 여성주의적 영성에 기여했는지를 주목해보려 한다.

2.

『풀잎』에 담긴 영감 있는 휘트먼의 시편들은 그가 세상에 충만한 소리를 듣고 신비체험과 황홀경에 잠겨 노래한 결과물들이다. 특히 「나의 노래」는 휘트먼의 자아가 우주 의식으로 발전하고 신과 하나가 되는 신비주의적 전 과정을 상징적 언어로 제시하여 그가 근원의 소리를 체험한 시인임을 보인다. 그의 종교적 체험들은 "사랑에 빠진 상태와 같은 현상으로, 사랑하는 상대인 신과 일체감을 경험하고 갈망하며 그 전율감을 시로 발전"(보르체르트 11-12)시킨 영적 체험이다. 이는 "황홀경, 무아지경에 관한 개념," "육체성과 물질성의 반대의 개념," "인간의 이성과 다른 개념," "어떤 심리적인 흥분에 싸이거나 무아지경(ecstasy)에 이르는 체험을 얻는"(정용석 20) 영적체험과 다르지 않다. 소리를 통한 그의 신비주의적 황홀경은 교회나 절, 또는 다른 종교의 성전에 나가지 않았던 휘트먼이 특유의 종교적 영성을 소유하고 유지하며 임종시까지도 영감어린『풀잎』을 쓸 수 있게 만든 요인이다.

『풀잎』에서 휘트먼이 새소리, 음악, 만물의 다양한 소리들을 통하여 자신의 내면의 영혼과 우주만물을 인식하고 깨달음을 얻는 모습을 자주 볼 수 있는데, 특히 「끊임없이 흔들리는 요람으로부터」("Out of the Cradle Endlessly Rocking"), 「나의 노래」, 「밤 바닷가에 홀로서서」("On the Beach at Night"), 「폭풍의 당당한 음악」("Proud Music of the Sea Storm"), 「신성한 사위를 노래하기」("Chanting the Square Deific") 등이 이와 관련된 중요한 시들이다. 이들 가운데 「끊임없이 흔들리는 요람으로부터」는 휘트먼이 영적 세계를 경험하고 시인이 되기로 결심한 소년 시절의 시작을 살펴볼 수 있는 중요한 시이다. 여기서 그는 라일락 향기가 피어나는 오월의 숲과 구월의 노란 달무리 아래에서 새의 노래에 정신이 팔려 바닷가 들장미 숲을 맨발로 헤매던 소년 휘트먼의 신비스런 순간들을 기억하였다

(*CPCP* 388). 이 시는 독자들까지 새의 노래와 휘트먼의 바닷가, 과거, 신비스런 영적세계로 초대받은 듯한 영성의 체험과정을 겪게 한다.

"끊임없이 흔들리는 요람으로부터, 음악적 베틀 북인 지빠귀의 목청"(*CPCP* 388)에서 휘트먼은 요람, 음악적인 베틀 북, 새의 목청을 같은 소리처럼 한 문장에 나열한다. 그는 베틀 북의 리듬처럼 반복적으로 흐르는 새의 울음소리를 어머니가 아기의 요람을 끄덕이며 끊임없이 흔드는 모습으로 바꾸고, 다시 상상의 바닷가 소리공간의 공감각적 이미지로 바꾼다. 즉, 새의 소리는 우주의 요람이 되고 음악의 베틀 북이 되고 시인이 창조한 우주 의식의 공간, 소리가 파도치는 신비한 바다 공간이 되었다. 이처럼 소리의 청각적인 감각이 공감각적인 환상적 장면으로 바뀌는 체험은 가에타노 도니체티(Gaetano Donizetti)의 오페라에 관한 감동에서도 있었다. 실제로 휘트먼은 아리아를 통해서 "몸과 영혼, 소리와 영혼에 대한 신비한 오버랩"(Rugoff 263)이 되었고, 그 사실들을 1855년 이전 노트들에 자세히 기록하였다. 휘트먼은 주인공의 아리아 목소리가 천국 위 구름처럼 일어나서 "바다처럼 펼쳐지는 경험"(*UPPW* 1: 258)을 했던 것이다.

이처럼 소리를 통하여 신의 바다에 잠기는 황홀경을 그는 "신적인 존재에 담그는 것"(Kuebrich 205)으로 설명한다. 이는 리처드 버크(Richard Bucke)의 우주의식(Cosmic Consciousness)과 동일한 체험인데, 버크는 우주의식을 "불꽃, 장밋빛 구름, 또는 안개에 싸이거나 구름에 빠지는 느낌을 가지거나, 기쁨, 확신, 승리, 구원의 감동에 목욕"(72-73)하는 것으로 설명한다. 버크의 우주의식과 같은 깨달음을 겪은 소년 휘트먼은 "불꽃, 내면의 달콤한 지옥"과 "만족되지 못한 사랑"(*CPCP* 393)에 대한 갈망을 가지고, "인간의 고통에 대한 근원적 깨달음을 그리는 독자들의 마음에도 그 소리들이 반향되게 하고 감정적, 심리적, 영적으로 몰두"(Rugoff 257)시키는 영감을 보인다. 휘트먼은 "그들에게 너무 가까이 가거나 방해하지 않으면서, / 조심스럽게 지켜보고, (노래를) 흡수하며, 번역(*CPCP* 389)"하고, "사랑"(*CPCP* 391)을 절규하며 자신에게 감동을 주는 새를 "고독한 가수"로 부르며, 새의 슬픔에 공감한다. 그러자 자신도 "고독하게 듣는 자"(*CPCP* 393)로서 시인의 운명을 인식하게 되는데, 그는 "대기를 가르고 숲과 지구를 꿰뚫는 날카로운 새의 목청소리"(*CPCP* 391)를 듣다가 이미 주위에 "천 명의 가수들이 천곡의 노래를 더 맑고 더 크고 더 슬프게 노래"(*CPCP* 392)하고 있었음을 알게 된다. 새뿐만 아니라 주변의 수많은 존재들이 태초부터 지금까지 만물과 인간과 신에 대한 찬양을 충만히 그리고 끊임없이 부르고 있었던 것이다. 또한 "새의 울음소리를 통해 자신의 목소리"(*A Child Reminiscence* 27)를 발견한 소년 휘트먼이 영성을 지닌 시인으로 될 운명도 함께 발견한 것이다.

휘트먼은 『풀잎』에서 소리를 통한 황홀경의 체험과정들을 마치 스승이 제자에게 가르침을 주듯이 독자들에게 시로 설명한다. 「나의 노래」 2편에서 그는 "나와 같이 풀밭위에 머물자, 그대 목구멍을 막고 있는 것을 풀어 버려라, / 나는 말도 음악도, 율동도 원하지 않는다, 관습도 강의도 심지어 최고의 것도 원하지 않는다, / 단지 마음을 달래는 소리, 그대가 울리는 목소리로 흥얼거리는 것을 좋아한다"(*CPCP* 192)라며 독자들에게 내면의 소리를 들려준다. 영혼의 흥얼거리는 소리는 말이 아닌 음성으로 "언어 이전의 무엇으로 물소리 같은 옹알이, 바람소리 같은 리듬, 아늑한 자연의 소리로 낙원의 소리 . . . 결핍을 모르던 영혼의 무의식 세계가 자연의 충만함으로 아름답게 빛났던 시기의 소리"(권택영 181)이다. 워톱스키는 『풀잎』에서 제시되는 자장가나 콧노래를 어머니(the Mother)의 목소리로써 "의미 없는 소리"(199)로 설명한다. 그것은 명백하게 원시적이고 근원적이며 상상할 수 없는 목소리로 "그것을 상상한다는 것은 이미 언어의 영역에 닿았다"(Wartofsky 199)는 의미가 되므로, 언어가 아닌 인간의 의식으로는 상상될 수 없는 근원의 소리이다. 이는 줄리아 크리스테바(Julia Kristeva)와 플라톤(Plato)의 코라(chora)의 개념으로 이해를 도울 수 있다. 코라는 운동이 있는 "음성의 리듬, 신체 감각적 리듬과 유사한 것, 모순적이며 통일성이 없고, 무정형적으로 이름을 붙일 수 있는 음성의 리듬"(김인환, 「J. 크리스테바의 시적 언어 연구」 92 재인용)으로, 음성과 소리가 공존하는 존재이다. "시인을 초월적인 세계로 이끄는 음악의 힘"(김영희 12)을 보여주는 시, 「폭풍의 당당한 음악」에서 휘트먼은 "아 작은 아이 때부터 / 너는 아는구나, 영혼이여, 얼마나 나에게 모든 소리들이 음악이었는지를 / 내 어머니의 목소리, 자장가 또는 콧소리를; / (그 소리는 오 부드러운 목소리들—기억의 사랑하는 소리들!"(*CPCP* 527)이라며 영혼의 소리, 어머니의 소리, 자장가와 콧소리가 근원적 소리인 코라임을 암시한다.

휘트먼이 내면에 거한 영혼과 코라를 인식하는 과정은 「나의 노래」 5편에서도 찾아볼 수 있다. 그는 영혼과 육체가 서로 결합하는 모습을 영혼의 혀를 육체의 심장에 꽂고 내면의 소리에 집중하는 모습으로 그렸는데, 제임스 밀러(James Miller)는 이를 "영혼과 육체가 하나로 결합"(137)한 것으로 보았다. 여기서 휘트먼이 영혼에 말하는 혀가 있어서 말을 한다고 표현한 점이 주목되는데, 이는 소리에 관심을 둔 그만의 독특한 표현이다. "나는 한때 그토록 투명했던 여름날 아침에 우리가 함께 누워 있을 때 어떠했는지를 기억한다. . . . 가슴뼈 있는 곳의 셔츠를 벌리고, 내 벌거벗은 가슴에 그대의 혀를 꽂았을 때"(*CPCP* 192)라며, 영혼의 혀가 육체와 접촉한 순간부터 내면에 거하는 신으로부터 머리에서 발끝까지 충만하게 되고 세상의 모든 이치를 깨닫게 된 것을 설명한다. 이 순간에 그는 번개 치는 것처럼 "지상의 모든 논쟁을 능가하는 평화와 지식이 재빠르게 주위에서 일어나서 널리 퍼지"(*CPCP* 192)고 자신의 내면의 영혼이 신과 같은 신성을 지닌 존재였음을, 또한 모든 인간의 존재가 이미 신과 같은 능력과 영성을 지닌 위대한 존재였음을 순식간에 인식한다.

이런 황홀경에서 그는 영혼의 내부의식이 놀라운 빛을 비추며 밖으로 나오고, 경이로운 순수 에테르(the pure ether of veneration)의 상태로 신성한 단계까지 올라가서 신을 만난다(*CPCP* 965). 또한 "한 사람이나 한 물체도 빠뜨리지 않고 그의 노래에 모두 흡수"(not a person or object missing, / Absorbing all to myself and for this song)시키고, "움직이는 곳 어디에나 있는 삶의 위로자가 자신의 내면에 있"(In me the caresser of life where moving)음을 인식하자(*CPCP* 199), 자신이 "신의 손"을 지닌 시인이고 "신과 자신이 형제"와 자매이고, "모든 창조의 내용골이 사랑"(*CPCP* 192)임을 깨닫는다. 그는 인간이 신의 의식세계를 공유하는 신성을 지닌 위대한 존재로서, 더 이상 죄의 노예가 아니라 사랑하는 자녀가 되고, 모든 만인과 만물 역시 서로 형제자매이고 연인임을 인식한다. 바로 소리를 통한 신의 사랑에 대한 큰 깨달음을 경험한 것이다.

「나의 노래」 26편에서는 휘트먼이 소리 듣기를 통한 신과의 만남을 준비하고 정화시키는 모습을 보여준다. 여기서 휘트먼은 아름다운 음악 소리뿐만 아니라 경보기의 소리나 기적 소리와 같이 경고를 주는 시끄러운 소음이나 자라나는 밀의 소리나 불꽃의 소리처럼 미세한 음파의 소리들을 나열한다. "모든 소리와 인간의 목소리가 함께 파도치고 섞이게 하는데"(*CPCP* 214), 이런 소리의 융합은 영혼들의 융합이기도 하다. 즉, 그는 다양한 소리들이 모여 하나의 선율을 완성하듯이 모든 영혼들이 모여 합일을 이룸을 설명한다. 그리고 그 하나된 영혼을 바로 휘트먼이 추구하던 신적 존재, 바다로 언급한다. 이는 「나의 노래」 26편의 후반부에서 모든 소리가 느린 행진곡의 음악으로 바뀌어 첼로, 코넷, 합창소리, 오페라, 테너와 소프라노의 음성과 오케스트라의 소리로 서로 뒤섞여서 들리는 부분에서도 나타난다. 그가 소리에 몸을 담그기 시작하자, 소리는 어느새 바다가 되어 발을 담그고, 발을 기어오르고, 달콤한 모르핀에 도취된 것처럼 숨이 끊어지는 죽음의 순간까지 목을 조른다(*CPCP* 215). 결국 휘트먼은 여기서 신의 존재를 알기 위하여 새롭게 태어나는 자신을 발견하게 되는데 이처럼 소리의 바다는 "젊은 시인을 만지고 휘트먼을 깨어나게"(Faner 88) 한 중요한 요인임을 알 수 있다.

> 그 소리들은 내가 지니고 있는지조차 모르고 있던 내게서 나는 향기를 잡아 뗀다.
> 그것은 나를 항해 시킨다, 나는 물에 맨발을 담근다, 한가로운 파도가 내 두 발을 핥는다,
> 나는 혹독하고 험악한 우박에 노출되어 잘리고, 나는 호흡을 멈춘다.
> 달콤한 몰핀에 도취되어, 나는 죽음에 가깝게 목이 졸린다,
> 마침내 수수께끼 중의 수수께끼를 느끼기 위해 다시 일어난다,
> 우리가 존재라고 부르는 것을 느끼기 위해,
>
> It wrenches such ardors from me I did not know I possess'd them,
> It sails me, I dab with bare feet, they are lick'd by the indolent waves,
> I am cut by bitter and angry hail, I lose my breath,
> Steep'd amid honey'd morphine, my windpipe throttled in fakes of
>   death,
> At length let up again to feel the puzzle of puzzles,
> And that we call Being. (CPCP 215)

소리의 파도는 소리의 바다가 되고, 영감의 깊은 바다가 되었다. 휘트먼은 「폭풍의 당당한 음악」에서도 폭풍의 웅장한 소리가운데, "신성의 큰 물결 아래에서 나를 잠기게"하고 "내가 모든 소리들을 잠게 하소서, (나는 미친 듯 싸우고 울고 있습니다) / 나를 우주의 모든 소리들로 채우소서. / 나에게 그들의 고동소리를 들려주소서"(CPCP 530)라며 우주적 소리의 물결과 맥으로 충만하길 기원한다. 이처럼 휘트먼의 소리의 바다는 살아있는 신적 존재를 암시하고 그것은 다시 산타 스피리타/성령의 존재로 발전되는데, 이는 그의 영성이 당시 제도종교였던 기독교의 교리만을 고

집하지 않고 접근 방식에서 신비주의적 경향과 여성주의적 영성의 특성
을 지닌 것을 설명한다.

3.

월트 휘트먼은 「신성한 사위를 영창하기」("Chanting the Square Deific")
에서 삼위일체의 성령을 어머니/여신(The Mother/Goddess)을 상징하는
"산타 스피리타"(Santa Spirita)로 불렀다. 하나님에 여성성을 더하거나 어
머니로 호명하는 그의 방식은 이미 역사적으로 신학에서 논란이 되었던
주제이기에, 남성적 하나님의 경계를 넘어서 여성적 하나님을 추구하는
휘트먼의 영성은 지극히 여성주의적이다. 1970년대에 시작한 여성신학
은 "여성의 모성 체험에 초점을 두고, 하나님을 어머니로 부르는 데 대한
성서적이고 신학적인 증거들을 발견"(러셀 235)해왔는데, 신은 "아버지"
라는 단 하나의 이미지로 포착될 수 없는 초월적 존재이기 때문이다. 최
근 전통 신학에서도 신의 부성적 특징만을 주장하는 것을 우상숭배로 여
기기 시작하였고, 여성신학은 이미 하나님에 대하여 어머니로서의 이미
지를 포함한 다양한 신과 여신의 이미지를 차용하여 그런 우상숭배의 위
험을 피해왔다(러셀 236). 100년 전에 휘트먼도 『풀잎』에서 하나님 아버
지를 넘어서 신과 우주, 또한 우주의식을 포괄하는 새로운 신과 신의 이
름에 대한 고민을 하였고, 이를 새로운 언어로 재현한 것이다.

휘트먼의 여성주의적 영성은 「끊임없이 흔들리는 요람으로부터」에서
'바다/어머니'와 「신성한 사위를 영창하기」("Chanting the Square Deific")
의 "산타 스피리타"(Santa Spirita)에서 명확히 제시된다. 특히 산타 스피리
타가 소개된 「신성한 사위를 영창하기」는 휘트먼이 "1865년에 24페이지
소책자의 형태로 『북소리의 속편』에 처음 출판했다가, 1867년에 『풀잎』
4판에 덧붙여진 시"(Sixbey 172)로 성부 하나님과 성자 하나님 그리고 루

시퍼와 인간을 포함한 모든 만물에 깃든 성령 하나님의 모습을 산타 스피리타의 어머니 노래에 함축시켜 그린 시이다. 여기서 휘트먼은 하나님의 신성에 관하여 사위일체의 영성을 주장하였는데, 이는 단순하게 기독교의 삼위일체의 영성에 산타 스피리타의 호칭과 사탄의 해석을 새롭게 덧붙인 것이어서 기본구조는 지극히 기독교적이다.

기독교의 "삼위일체는 하나님이 성부, 성자 및 성령의 세 위격을 가지고 있고, 이 세 위격은 동일한 본질을 공유하며, 유일한 실체로서 존재한다는 사전적 의미를 지닌 기독교의 교리"(『두산백과』 "삼위일체")로써, 삼위일체 하나님과 그 대립각에 사탄, 그리고 사탄으로부터 인간을 구원하는 그리스도로 구성된다. 휘트먼은 「인도로 가는 길」에서 "삼위일체의 신성이 영광스럽게 완수될 것이며, 하나님의 아들인 시인에 의해 구성되어질 것"(CPCP 534-35)이라고 노래하며 삼위일체론을 적극 지지하였다. 하지만 그는 전통적인 교회와 목사들이 가르치는 기독교 교리를 그대로 답습하지는 않았다. 인간과 신과의 깊은 괴리를 상정하고 그리스도 이외의 인간의 신성을 부정하는 기독교와는 달리, 휘트먼은 모든 인간 속에 신과 같은 영성이 있음을 발견하였기 때문이다. 따라서 그의 영성의 개념을 이해하려면 반드시 기독교와 삼위일체의 특성에 관한 이해가 필수적이다. 휘트먼의 영성은 삼위일체적 구조를 기본으로 삼고, 성경에 나타난 사탄을 인정한다는 면에서 기독교적 구조 틀을 차용하고 있다. 따라서 「신성한 사위를 영창하기」는 반기독교적 영성의 폭로라기보다 오히려 삼위일체 신성에 대한 그의 기독교적 배경과 지식을 증명하는 시가 된다. 그는 「신성한 사위를 영창하기」("Chanting the Square Deific")에서 성부와 성자 하나님을 바탕으로 악과 사탄의 신성을 인정하고, 세상과 기독교에서 소외되고 버림받은 악인들도 신/우주의 자녀로 모두 수용한다. 휘트먼이 그들을 보는 관점은 현대 철학에서 조르조 아감벤(Giorgio Agamben)의 종교적 사유에서 살해는 가능하되 고도의 종교적 정치적으로 배제된 사람들을 "호모 사케르"(김용성 10 재인용)로 보고 그들을 수용하려는 태도와 유사하다. 휘트먼은 이처럼 삼위에 사탄을, 그리고 사위에 성령 하나님 대신에 네 번째 위격인 산타 스피리타(Santa Spirita)의 이름을 두어 사위의 하나님을 주장한다.

산타 스피리타는 기독교의 성령에 대하여 휘트먼이 여성적으로 해석하고 변형을 준 성령 하나님이다. 산타 스피리타는 자연적 물질로는 바다(Sea, Ocean), 폭풍(Storm)으로 상징되고, 철학적으로는 초령(Over-Soul), 존재(Being), 정신(Spirit), 우주의식(Cosmic Consciousness)을 뜻하고, 신학적으로는 성령(Holy Spirit), 루아흐(Ruach), 어머니(Mother), 여신(Goddess)이다. 즉, 성경에서 성령 하나님이 해방을 주고 "생기를 주는 힘"(욥 33:4), "창조"(시 104:29-30)의 힘, 태초부터 "수면에 거한 하나님의 신"(창 1:2)으로 우주 만물의 생명의 근원이 되는 것처럼, 산타 스피리타도 성령의 힘과 범위를 모두 포함한다. 여기서 무엇보다도 산타 스피리타를 통하여 휘트먼은 성령의 영적개념을 적극적으로 수용한 시인이고, 또한 그 성령이 여성성을 지녔음을 알린 점이 주목된다. 관련된 시로 휘트먼의 일화 속 여인의 사랑의 고백으로 알려져 있는 「한 여인이 나를 기다린다」("A Woman Waits for Me")에서 휘트먼은 "성은 육체와 영혼 모두를 내포하고 있다. . . . 땅위의 모든 희망, 선행, 증여, 모든 정열, 사랑, 미, 기쁨, / 땅위의 모든 정부, 재판관, 신들, 추종 받는 사람들 . . . 이 모든 것들은 . . . 남녀의 성을 포함한다"(CPCP 258-59)라며 인간과 우주만물에 성(sex)이 있음을 설명한다. 그는 인간과 동식물뿐만 아니라 신들도 성(sex)을 지닌 존재라고 주장하였다. 즉, 그는 세상의 인간과 동식물 모두가 남녀의 성이 모두 있어야 이성의 사랑, 임신, 출산이 되고, 세상이 계속 유지된다는 보편적 원리를 신성에도 예외없이 적용하였다.

산타 스피리타는 성령(Holy Spirit)이라는 영어를 "산타 스피리타"라는 이탈리아어로 부른 것이다. 남성적 형태인 스피리토 산토(Spirito Santo)로 써야 된다고 윌리엄 로제티(William Rossetti)가 문법적 오류를 수차 지적

했지만, 휘트먼은 연속 출간된 『풀잎』에 그대로 남겨두었다(Sixbey 191). 휘트먼이 산타 스피리타에서 전통적이고 서양적인 기독교 남성적인 신의 구조를 탈피하여 완전한 우주의 평등성을 투사하는 새로운 하나님의 모습을 발견했기 때문이다. 식스비는 「신성한 사위를 영창하기」에서 휘트먼이 산타 스피리타를 여성적 형태로 사용한 것에 대하여, "그가 산타 스피리타를 기독교의 삼위일체인 성령의 여성형에 해당하는 것으로 보았지만, 성령을 다른 이름으로 지은 것"(190)이라고 주장하였다. 이광운은 스피리스투스 상투스(Spiritus Sanctus)라는 라틴어의 남성어에 해당하는 어순을 바꾸고 다시 여성어로 만들어서 성령(Holy Spirit)을 의미하는 음적인 요소를 강조한 단어로 산타 스피리타를 소개하였다(351). 식스비는 산타 스피리타를 산토 스피리타(Santo Spirita)의 여성형태로 여신과 동등한 존재인 "세라피스(Serapis), 앙상블의 신(God of ensemble)"(NF 153), 금요일의 여신인 "프릭사(Frixa)와 동등한 자"(NF 154)로 여겼는데(190), 이는 산타 스피리타에 성령 하나님의 여성적인 여신의 면을 강조한 휘트먼의 의도가 엿보이는 명칭이다.

산타 스피리타의 특성은 성령의 루아흐로 파악될 수 있다. 루아흐는 "바람, 숨, 호흡, 활기, 기운, 생명의 원리, 하나님의 능력"(정용석 25)이고, 신약에서는 헬라어로 "프뉴마"(pneuma)로, 프뉴마는 라틴어로 "스피리투스"(spiritus)이다(정용석 21). 특히 루아흐는 사람을 황홀상태(Ecstatic state)에 빠지게 하고(민 11:25-29; 삼상 10:5, 6, 10), 경고나 교훈의 말씀을 주기도 하며(민 24:3-9; 삼하 23:2-7), 각종 은사 능력을 보여주는 하나님이다. 기독교의 오순절 성령 강림 사건은 루아흐/성령의 존재를 시각적으로 잘 설명하는데, "하늘에서 바람 소리가 나타나서 온 집안을 가득 채우고, 불꽃 모양의 혀들이 나타나 갈라지면서 각 사람 위에 내려앉아, 각 나라의 방언을 말하기 시작한 사건"(행 2:2-4)이다. 이 "성령세례"의 사건으로 제자들은 예언과 방언의 능력이 생겼고 흩어진 그리스도의 제자들이 회심하고 돌아와서 기독교를 세우는 계기가 마련되었다. 여기서 성령이 불꽃의 혀 모양을 보이고, 성령체험을 한 사람들이 방언의 소리를 내는 증거를 보였는데, 휘트먼도 황홀경 후에 만물과 우주의 소리를 번역해서 시를 쓰는 시인이 되었다는 점에서 영성의 유사점을 찾을 수 있다.

성령을 뜻하는 루아흐는 원래 여성명사였다(이경숙 56). 하지만 히브리어 루아흐가 희랍어로 번역될 때 프뉴마란 중성명사로 바뀌고, 라틴어 스피리투스(Spiritus)란 명사로 바뀌면서, 성령의 여성적 특성이 망각된 채 지금까지 전승되었다(이경숙 56). 여성들이 자신의 여성성을 지닌 신을 잃어버리고 남성적 신만을 섬기도록 강요되었으며, 원죄의 원인으로 교회나 공식적인 자리에서 잠잠해야 하는 존재로 전락된 사실들은 종교 역사적으로 여성들의 억압과 깊은 관련이 있었다. 따라서 여성의 권리에 관심이 있었던 휘트먼이 산타 스피리타에 관한 성령의 여성적 어원의 의미에서 성차별 문제의 근본적인 해결점을 찾으려 시도한 것은 당연한 일이다.

> 산타 스피리타, 호흡하는 자, 생명,
> 빛을 넘어 빛보다 더 밝은,
> 지옥의 불꽃을 넘어서, 즐겁게 지옥 위를 가볍게 뛰어넘는 자,
> 낙원을 넘어서, 나 자신의 향기로 홀로 향기를 내는,
> 땅위의 모든 생명을 포함하고, 접촉하고, 하나님을 포함하고, 구원
>   자와 사탄을 포함하고,
> 천상적이고 모든 것을 포함하면서 (내가 없다면 모든 것은 무엇을
>   위해 있는 것인가? 하나님은 무엇이었나?)
> 형상들의 본질(진수), 진실하고, 영원하고, 긍정적인 특징들의 생
>   명, (즉, 보이지 않는 것),
> 여기에 거대한 둥근 세상, 해와 별들의, 인간의, 나의, 보통 영혼의
>   생명
> 여기 최후의 사위, 견고한 자인, 나 가장 견고한 나는,
> 나의 숨을 숨 쉰다 역시 이 노래들을 통하여.

Santa Spirita, breather, life,

Beyond the light, lighter than light,

Beyond the flames of hell, joyous, leaping easily above hell,

Beyond Paradise, perfumed solely with mine own perfume,

Including all life on earth, touching, including God, including Saviour
     and Satan,

Ethereal, pervading all (for without me what were all? what were
     God?)

Essence of forms, life of the real identities, permanent, positive,
     (namely the unseen,)

Life of the great round world, the sun and stars, and of man, I, the
     general soul,

Here the square finishing, the solid, I the most solid,

Breathe my breath also through these songs. (*CPCP* 560-61).

휘트먼의 산타 스피리타는 활기 넘치는 미적 관념으로써, 빛보다 더 밝고 지옥의 개념을 초월하고, 낙원을 넘고, 신과 인간을 다 포함하는 본질이자 정수로서 모든 생명의 근원이다. 휘트먼은 "이 노래들을 통하여 나는 숨을 쉰다"(*CPCP* 561)라며 산타 스피리타를 숨과 노래로 설명하는데, 이는 "단어도 음절도 아닌 리듬으로 단순한 언어이자 생동하는 언어"가 되고 "시로 전화시켜주는 생명의 숨결"(김인환, 「J. 크리스테바의 시적 언어 연구」 92)이라는 점에서 크리스테바의 코라의 소리와 일치한다.

이처럼 산타 스피리타는 "소리"라는 차원에서 신선한 해석이 가능하다. 휘트먼은 당시 유명한 오페라 여가수였던 알보니의 목소리를 통하여 우주 어머니의 목소리를 상상하였다. 그녀는 아름다운 선율의 벨칸토 목소리로 그에게 "세상 것이 아닌듯한 아름다운 기적의 음성"(Allen 114)을 들려주었다. 특히 아이들의 죽음에 눈물을 흘리며 울부짖는 벨리니 (Bellin)의 『노르마』(*Norma*)에서 분노와 격앙된 목소리의 선율은 휘트먼에게 잊을 수 없는 깊은 감동을 주었다고 한다. 그녀의 아리아에서 영감을 받은 휘트먼은 「끊임없이 흔들리는 요람으로부터」에서 반복되는 "죽음과 삶"의 주제를 다루었고, 애도의 소리와 화난 신음소리로 끊임없이 "구슬픈 목소리를 내는 격렬한 태고의 어머니," "아름다운 옷으로 감싸고 옆으로 구부려 요람을 흔드는 노모 같은 바다"(CPCP 392)의 목소리를 표현하였다. 마치 힌두교의 칼리 여신처럼 휘트먼의 바다 어머니는 사랑하는 자들에 대한 "죽음"의 종말을 거부하고 영원한 "생명"으로 인도하는 해방의 어머니, 인도자 역할을 한다(Miller 118). 슬픔에 차서 부르짖는 만물의 어머니 음성은 거칠고 격앙되고 흥분된 목소리로 그려질 때가 많았는데, 왜 휘트먼은 어머니의 소리를 그런 거친 소리로 묘사해야 했는가라는 질문을 가질 수 있을 것이다. 그 목소리는 바로 휘트먼이 "언어 이전의 원시 기호"이고 "해석이 필요하지 않은 태고의 언어"(Wartofsky 206)를 그린 것이기 때문이다.

휘트먼은 산타 스피리타의 특성을 양가적 목소리, 태고의 음성과 노래로 표현하였다. 이는 사랑스럽고 부드러운 노랫소리와 자장가이기도 하고, 격한 분노의 울부짖음의 소리이기도 하다. 부드럽게 속삭이는 어머니 노래는 「끊임없이 흔들리는 요람으로부터」에서 미묘하게 흉내 내며 놀리는 소리, 늘 속삭이던 소리, 바다가 밤새 지체 없이 속삭인 소리, "낮고 감미로운 말, 죽음을 / 새처럼 아니라, 아이의 상기된 마음처럼도 아니라, 음악적으로 쏴쏴하는 소리들," "서서히 내 귀로 기어 올라오며 내 몸을 부드럽게 감싸는 죽음"(CPCP 393)의 쥬이상스를 불러오는 소리였다. 이런 바다의 소리는 휘트먼과 그의 시를 읽는 모든 독자들을 감미롭고 행복한 황홀경의 바다에 잠기게 만든다. 반면에 「그녀의 죽은 자를 슬프게 응시하기」("Pensive on Her Dead Gazing")에서 보여주는 거칠게 울부짖는 바다 어머니의 음성은 "슬픔에 잠겨, 그녀의 죽은 자들을 응시하면서, 나는 만물의 어머니의 목소리를 듣는다. / 찢겨진 몸뚱어리 위에, 전쟁의 들판을 뒤덮은 그 형체들을 응시하는 . . . 그녀가 그녀의 땅을 헤매며 슬픔에 찬 음성으로 부른다"(CPCP 605)라며 독자들에게 비통하고 슬픔에 가득 찬 쉰 목소리의 공포와 두려움, 슬픔을 고통을 안겨준다. 이처럼 휘트먼은 산타 스피리타/성령 하나님을 사랑이 가득한 어머니와 고통으로 몸부림치는 어머니의 소리로 소개하고 있다.

휘트먼의 산타 스피리타의 어머니 목소리는 앞에서 언급된 크리스테바의 "코라" 개념으로 설명될 수 있다. 코라는 플라톤의 『티마이오스』에서 만물의 창조를 언급할 때, 실체나 실물로서 언급할 수 없는 제 삼자의 것(박일준 135)이다. 또한 "생성되는 모든 것을 받아들이는 자"로서 모든 존재하는 것의 "산파, 유모"(플라톤 134)를 뜻하는 근원적인 신성을 의미한다. 또한 코라는 "형이상학적 틀로서 측정할 수 있는 태초의 물질이 구성되기 이전의 터전이며, 카오스가 생성의 운동을 전개하던 장"(김인환, 「J. 크리스테바의 시적 언어 연구」 92 재인용)인데, 이런 원시적인 코라의 소리는 「나의 노래」 52편에서 지붕 위에서 외치는 휘트먼의 "야만의 고함소리"(CPCP 247)와 짝을 이루고, 산타 스피리타의 거친 원시적 목소리와 오버랩된다. 코라는 남성과 여성의 생성 이전에 있던 모태로서 남성이나 여성이 모두 여성적인 것에서 비롯된다는 것을 의미하는데, "동양의 음양적인 개념을 빌어 표현하자면 음양으로 구분되기 이전의 태극의 상태는 음양 모두를 배태하고 있으므로 태극을 음적인 것으로 보는 것"(김인환, 『줄리아 크리스테바의 문학탐색』 19)과도 휘트먼의 산타 스피리타는 의미에서 일치된다. 이처럼 산타 스피리타는 우주의 만물을 사랑으로 감싸 안은 만물 어머니의 원형으로 휘트먼의 추구하는 이상주의를 표방할 새로운 여신의 새로운 이름인 것이다.

5.

휘트먼은 후기의 산문 「안녕 나의 환상」("Good-Bye My Fancy")에서 "성부 아버지의 시대는 이미 지나갔고, 지금은 성자의 시대이며, 앞으로 성령의 시대가 도래할 것"(*CPCP* 1249)이라는 존 에딩턴 시몬즈(John Addington Symonds)의 글을 인용하면서 미래의 성령 시대를 예언한다. 그리고 『풀잎』 전체에 성령이라는 기독교적 호칭을 사용하는 대신에 여신 이미지의 "어머니," "바다"라는 친근한 용어를 사용하여 그 안에 평화로이 잠기기를 소망하고 즐겼다. 이처럼 『풀잎』에서 성령, 산타 스피리타, 소리의 바다, 어머니는 같은 의미로서 상징화되어 사용되었다. 휘트먼은 성령 하나님을 사위 일체의 사위에 두고 산타 스피리타로 부르면서 성부와 성자, 사탄을 포함하는 모든 신을 대표하는 여신의 이름으로 두었는데, 이는 여성신학에서도 가장 급진적인 주장에 해당되는 영성으로, 휘트먼은 산타 스피리타의 노래 속에서 만물과 세상을 모두 감싸 안고 품는 성령의 어머니의 사랑을 추구한 시인임을 보인다. 여성신학에서 주장하는 "원초적인 진동과 숨에 우리 자신을 조율하여 살아가는 하나님의 힘, 하나님의 향기를 드러내고 살아가는 힘"(정현경 140-64)이 바로 산타 스피리타를 추구하는 영성이고, 시공간을 넘어서 "과거와 현재, 여기와 저기, 나와 이웃, 그 모두가 연결된 하나임을 상징"(김명주 197)하는 성스러운 우주 어머니의 모습이 산타 스피리타의 모습인 것이다. 식스비는 산타 스피리타가 "법, 사랑, 미움을 넘어서는 한 점으로 조화가 영원하며, 견고하고, 영적인 에너지가 융합된 곳"이라는 영적 에너지로도 설명한다(191). 휘트먼은 견고한 영적 에너지, 성령에 대하여 신학적 오랜 논쟁 주제를 변형시켜 하나님의 일면으로 새로운 여신의 이름을 구현한 것이다.

휘트먼은 무엇보다도 소리를 통하여 내면의 영혼과 산타 스피리타의 존재를 인식할 수 있었다. 그는 「끊임없이 흔들리는 요람으로부터」에서 새의 울음소리를 통하여 자신의 영혼의 존재와 영성을 깨닫고 내면의 목소리를 통하여 만물들이 속삭이는 다양한 소리를 들었다. 「나의 노래」에서는 시의 근원을 알기 위해서 "사방에 귀를 기울이고 스스로 듣고 그것들을 여과하라"(*CPCP* 190)고 말한다. 이는 시의 근원이 바로 영혼의 소리이고 산타 스피리타의 노래이기 때문이다. 황홀경 속에서 그는 내면의 영혼/신을 만나면서 자연의 소리, 우주의 소리뿐만 아니라, 현실과 이상 사이의 소리, 영혼의 소리, 인간이 상실한 근원의 소리까지 모두 경청하였다. 이는 "현실세계와 이상세계를 융합"(현영민 64)하려는 휘트먼의 사상이 산타 스피리타의 노래와 소리의 융합에서 이미 완성되어 있기 때문이다. 이처럼 휘트먼의 소리와 성령에 관한 인식들은 새로운 세상의 문을 여는 중요한 계기가 되었음을 알 수 있는데, 이는 여성주의 신학적 관점에서 "서구종교는 다시 재구성되어야 한다고 주장"하는 현대 여성 신학자 메리 데일리(Mary Daly)와 같은 주장을 지닌 것이다. 데일리는 인간이 신의 형상으로 창조되었음을 인식하고, 모든 공동체에서 여성과 남성이 모두 진정한 인간이 되어야 하지만 그런 모델이 심각하게 결여되었다고 보았다. 그녀는 서구 종교가 다시 재구성되어서 메리 베이커 에디(Mary Baker Eddy)가 제안하듯이 아버지 신보다는 "아버지—어머니 신"(the Father—Mother God)이 되어야 합리적이라고 주장한다(크리스트 91). 이처럼 현대 여성 신학자들의 주장들은 100년 전 휘트먼의 『풀잎』에 이미 적용되어 그의 종교적 관심과 체험의 결정체가 되어 있었다. 가부장적 제도의 사회, 정치, 종교적 특징들 중 하나가 바로 여성의 목소리를 죽인 것인데, 휘트먼은 이런 여성들의 억압에 대하여 종교적 영성의 측면에서 해방을 추구하면서 여성의 목소리와 여신의 존재와 소리를 『풀잎』에서 증명하였다.

산타 스피리타의 노래는 『풀잎』과 세상에 관한 새로운 이해의 공간을 제시한다. 과학과 기술, 경제, 실용주의를 선봉에 두고 종교처럼 맹신하는 19세기, 20세기, 21세기를 살아가는 바쁜 현대인들에게 『풀잎』은 도무지 이해되지 않는 언어의 조합으로 보였을 것이다. 대부분 비평가들과 독자들은 종교적인 측면에서 『풀잎』을 기독교의 교리에 충실한 시편들이나 그 반대로 제도종교를 떠나 범신론이나 샤머니즘, 마술서처럼 여겨왔다. 만약 휘트먼의 시들을 오직 남성적 사랑, 동지애나 형제애의 구현, 민주주의를 추구하는 현실적인 시들로만 해석하려 한다면, 『풀잎』은 초월적 이상에 홀린 사람의 헛소리처럼 보일 수도 있다. 의미가 단절되는 형이상학적인 단어들의 나열, 영혼의 소리, 영혼의 비행, 우주의식, 황홀경, 악의 정점인 루시퍼까지 사랑하는 모성애, 신비스럽고 극단적 현상들로 가득 차 있어서, 보는 사람 각자의 관점과 의식이 뒤섞이고 이해의 어려움을 가중시키는 수수께끼가 되었을 것이다. 하지만 소리와 여성주의적 영성의 잣대를 가지고 바라본다면, 혼란스러움과 복잡함이 사라지고 우주를 가로지르는 심오하고 거대한 협주곡과 태고부터 지금까지 영원에 울리던 영혼들의 합창과 웃음소리를 인식한 휘트먼의 독백과 그의 외로운 노래들을 들을 수 있다. 역사적으로 여성의 억압과 더불어 침묵된 산타 스피리타의 목소리를 통해서, 휘트먼은 인간의 존재와 영혼을 재인식하면서, 우주의 거대한 청사진과 악보, 그리고 만물에 충만히 스며들어있는 산타 스피리타 여신의 따뜻한 사랑의 선율들을 『풀잎』에 고스란히 담아서 독자들의 마음속에 반향 시키고 있는 것이다.

Works Cited

Allen, Gay Wilson. *The Solitary Singer*. New York: State U of New York P, 1967. Print.

보르체르트, 브루노. 『초월적 세계를 향한 관념의 역사: 세계의 종교, 문화, 예술에 나타난 신비주의의 근원과 흐름』. 강주헌 옮김. 서울: 예문, 1999.

[Borchert, Bruno. *Mysticism: Its History and Challenge*. Trans. KANG Ju-Heon. Seoul: Yemun, 1999. Print.]

Bucke, Richard Maurice. *Cosmic Consciousness*. Mineola: Dover, 2009. Print.

크리스트, 케롤 P. 쥬디스 플라스코 편저. 『여성의 성스러움』. 김명주 · 김영희 외 번역. 대전: 충남대학교출판문화원, 2011.

[Christ, Carol P., and Judith Plaskow, eds. *Womanspirit Rising: A Feminist Reader in Religion*. Trans. KIM Myung-Joo · KIM Young-Hee, et al. Daejeon: Chungnam UP, 2011. Print.]

『두산세계대백과사전』. 서울: 두산동아, 2000. 『두피디아』. Web. 20 Feb. 2014.

[*Doosan World Encyclopedia*. Seoul: Doosandonga, 2000. *Doopedia*. Web. 20 Feb. 2014. Print.]

Faner, Robert D. *Walt Whitman & Opera*. London: Feffer, 1951. Print.

현영민. 『미국시의 향연』. 대전: 충남대학교출판부, 2011.

[Hyun, Young-Min. *The Banquet of American Poetry*. Daejeon: Chungnam UP, 2011. Print.]

정용석. 『기독교 영성의 역사』. 서울: 은성, 1997.

[Jung, Yong-Seok. *The History of Christian Spirituality*. Seoul: Eunsung, 1997. Print.]

Kuebrich, David. "Religion and Poet-Prophet." *A Companion to Walt Whitman*. Ed. Donald Kummings. MA: Blackwell, 2006. 197-215. Print.

김인환. 「J. 크리스테바의 시적 언어 연구:『시적 언어의 혁명 La Revolution Du Langage Poetique』을 중심으로」.『한국문화연구원논총』 62.1 (1993): 79-103.

[Kim, In-Whan. "Julia Kristeva's Poetic Language Study: Focusing on Revolution in Poetic Language" *Research Ins. of Korean Culture* 62.1 (1993): 79-103. Print.]

_____.『줄리아 크리스테바의 문학탐색』. 서울: 이화여자대학교출판부, 2003.

[_____. *Julia Kristeva's Literature Quest*. Seoul: Ewha UP, 2003. Print.]

김명주. 「여성과 성스러움: 토니 모리슨의『솔로몬의 노래』연구」.『문학과 종교』 13.1 (2008): 185-203.

[Kim, Myung-Ju. "Women and the Sacred: Toni Morrison's *Song of Solomon*." *Literature and Religion* 13.1 (2008): 185-203. Print.]

김용성. 「『해를 품은 달』과 종교」.『문학과 종교』 19.2 (2014): 1-23.

[Kim, Yong-Sung. *The Moon Embracing the Sun* and Religion." *Literature and Religion* 18.3 (2013): 19-53. Print.]

김영희. 「『풀잎』의 소리에 관한 종교적 고찰」.『문학과 종교』 18.3 (2013): 1-18.

[Kim, Young-Hee. "Religious Study on the Sounds of *Leaves of the Grass*." *Literature and Religion* 18.3 (2013): 1-18. Print.]

Kirchdorfer, Ulf. "Whitman's Debt to the Muse." *Walt Whitman Quarterly Review* 10.3 (1993): 149-53. *Walt Whitman Archive*. Web. 20 Apr. 2014.

권택영.『감각의 제국』. 서울: 민음사, 2001.

[Kwon, Teck-Young. *In the Realm of the Senses*. Seoul: Mineumsa, 2001. Print.]

이국진 편집.『NIV 한영 해설 성경』. 서울: 아가페, 1997.

[Lee, Kuk-Zin, ed. *NIV Korean-English Explanation Bible.* Seoul: Agape, 1997. *The Holy Bible, Hankul and Revised.* Seoul: Korean Bible Soc., 1961. Print.]

이광운.『(자연 · 인간 · 우주) 휘트먼의 시적 상상력』. 대구: 정림사, 2007.

[Lee, Kwang-Woon. (*Nature · Human · Universe*) *Whitman's Poetic Imagination.* Daegu: Junglimsa, 2007. Print.]

이경숙.「여성 신학적 관점에서 본 구약성서의 '영' 개념」.『영성과 여성 신학』. 한국여성신학회엮음. 서울: 대한기독교서회, 1999.

[Lee, Kyung-Sook. "'The Spirit' Concept of the Old Testament Viewed from the Perspective of Feminist Theology." *Spirituality and Feminist Theology.* Ed. Korean Assn. of Feminist Theology. Seoul: The Christian Lit. Soc. of Korea, 1999. Print.]

Miller, James E., ed. "'Song of Myself' as Mysticism." *Whitman's 'Song of Myself': Origin, Growth, Meaning.* New York: Dodd, 1964. 134-56. Print.

Mullins, Maire. "*Leaves of Grass* as a 'Woman's Book'." *Walt Whitman Quarterly Review* 10 (1993): 195-208. Print.

박일준.「코라의 이중주, 데리다의 차연과 화이트헤드의 동일성: 사이의 관점에서」.『인문과학』 41 (2008): 135-64.

[Park, Il-Joon. "A Duet of Chora: Difference in Derrida and (Personal) Identity in Whitehead: From a Perspective of Betweenness." *Humanities* 41 (2008): 135-64. Print.]

플라톤.『티마이오스』. 박종현 옮김. 서울: 서광사, 2000.

[Platon. *TIMAIOΣ.* Ed. PARK Jong-Hyun. Seoul: Seokwangsa, 2000. Print.]

Rugoff, Kathy. "Opera and Other Kinds of Music." *A Companion to Walt*

Whitman. Ed. Donald D. Kummings. Malden: Blackwell, 2006. Print.

러셀, 레티 M. J. · 샤논 클라슨 엮음.『여성신학사전』. 황애경 옮김. 서울: 이화여자대학교, 2003.

[Russell, Letty M., and J. Shannon Clarkson, eds. *Dictionary of Feminist Theologies*. Trans. HWANG Ae-Kyoung. Seoul: Ewha UP, 2003. Print.]

Sixbey, George L. "Chanting the Square Deific." *American Literature* 9.2 (1937): 171-95. Print.

Sowder, Michael. *Whitman's Ecstatic Union: Conversion and Ideology in Leaves of Grass*. New York: Routledge, 2005. Print.

Traubel, Horace. *With Walt Whitman in Camden*. 2 vols. New York: Appleton, 1908. Print.

Wartofsky, Steven. "A Whitman's Impossible Mother." *Walt Whitman Quarterly Review* 9 (1992): 196-207. Print.

Whitman, Walt. *A Child Reminiscence*. Collected. Thomas O. Mabbott and Rollo Silver. Seattle: U of Washington P, 1930. Print.

_____. *Complete Poetry and Collected Prose*. Ed. Justin Kaplan. New York: Lib. of America, 1982. Print. (*CPCP*로 약기함)

_____. *Notebooks and Unpublished Prose Manuscripts*. Ed. Edward F. Grier. 6 vols. New York: New York UP, 1984. Print. (*NUPM*로 약기함)

_____. *Notes and Fragments Left by Walt Whitman*. Ed. Richard Maurice Bucke. London: Ont, 1899. Print. Archive. Web. 20 Apr. 2014. (*NF*로 약기함)<https://archive.org/details/fragmentleftwalt00whitrich>

_____. *The Portable Walt Whitman*. Ed. Mark Van Doren. New York: Viking, 1974. Print. (*PWW*로 약기함)

_____. *Uncollected Poetry and Prose of Walt Whitman*. Ed. Emory Holloway. 2 vols. Garden: Doubleday, 1921. Print. (*UPPW*로 약기함)

솔 벨로우의 『오늘을 포착하라』에 나타난 기독교적 종말의식*

임 창 건

I

역사가가 역사를 쓴다는 것은 과거의 자료를 특정한 사관을 통하여 현재속에 재구성하는 작업이라고 볼 수 있다. 과거가 역사가들에게 남겨준 문서는 그것들이 나타내고 있는 사상을 역사가가 재구성하지 않는다면 무의미하며, "역사학이란 역사를 연구중인 역사가의 사상을 그의 마음속에 재현한 것"(Collingwood 45)이기 때문이다. 역사가들이 과거에 어떤 문서와 사건이 중요하고 또 무엇이 중요하지 않은가를 판단할 때에 그 기준은 그들이 가지고 있는 현재의 관심에 좌우된다. 그러니까, 모든 역사는

* 이 논문은 『문학과 종교』 제5권 1호(2000)에 「솔 벨로우의 『오늘을 포착하라』에 나타난 기독교적 종말의식」로 게재되었음.
* 본 논문은 1999년 동의대학교 교내연구비의 지원을 받아 이루어 졌음.

의식적이든 무의식적이든 역사가가 가지고 있는 사관에 근거한 현재의 관점에서 쓰여진 것이다. 크로체(Benedetto Croce)의 유명한 구절에 따르면, "모든 역사는 현대사이다"(19). 이 같은 역사가의 역사기술 방식은 한 개인이 자신의 과거를 기억하고, 재구성하는데도 적용될 수 있다. 또한 소설가가 등장인물의 과거사를 진술하는 방식이나, 비평가나 독자가 작품을 해석하고 그 의미를 마음속에 재구성하는 관점은 과거의 자료를 평가하고 선별하여 현재속에 재구성하는 역사가의 사관과 유사하다. 더 나아가 역사의식을 가진 역사학도는 역사 서적을 통하여 역사가의 사관까지도 비평할 수 있어야 한다. 이런 점에서 과거나 현실의 자료를 허구적 상상력을 동원해 작품속에 재구성하는 소설가와 그 작품을 나름의 관점을 통해 평가하고 재구성하는 비평가의 작업은 역사가와 역사서적을 연구하는 역사학도의 작업과 유비관계에 있다고 볼 수 있다.

솔 벨로우(Saul Bellow)는 『오늘을 포착하라』(*Seize the Day*)에서 44세의 윌헬름이 체험하는 하루동안의 삶을 통해 그의 전 생애를 압축하여 보여주고 있다.[1] 44세된 한 실직자의 하루가 그의 전인생을 재구성하고, 나아가 전작품의 구성에 통일성을 부여할 수 있다면, 이 하루에는 반드시 그의 인생을 바라보는 일관된 시점 또는 사관(史觀)이 존재해야 한다. 만일 윌헬름이 "오늘"이라는 위치에서 과거를 재구성할 수 있는 시점을 가지지 못한다면, 그의 과거에 대한 회상은 파편적 에피소드의 나열로 그칠 것이며, 그의 전 작품에서 가장 짜임새 있는 구성을 가지고 있다는 이 작품은 피카레스크 소설로 전락하게 될 것이다. 작품의 제목이며, 주인공에게 던져진 화두이기도 한 "오늘을 포착하라"는 말은 주인공이 자신의 과

---

1) 본 논문에서 작품의 제목에 있는 "the Day"를 "그날"로 번역하지 않고, "오늘"로 번역한 이유는 "the Day"가 이 작품의 전체적인 주제와 형식에 긴밀하게 연결되었기 때문이다. 즉, "the Day"는 윌헬름의 과거의 삶이 회상되는 시점과 종말에 대한 불안을 예감하는 시점을 제공하는 날인 동시에 그 종말이 완성되는 날을 의미하는 데, 이 작품에서는 이 모든 사건이 하룻동안에 일어나며 그 하루는 바로 "오늘"이기 때문이다.

거를 의미있는 방식으로 구성할 수 있는 관점을 포착하라는 말로 설명될 수 있다. 그러나 만일 시작과 종말의 의미를 선명하게 설명해 줄 수 있는 역사관이 존재하지 않는 상황에서 그 중간 과정인 "오늘"의 의미를 포착하라는 말은 과연 실현 가능할까?

필자는 벨로우가 포스트 모더니즘 계열의 작가와 비평가로부터 작품의 주제와 형식에 있어서 지탄의 대상이 되는 것은 논리적으로 자명한 귀결이라고 본다. 포스트 모더니스트들이 바라보는 현재는 시작과 종말의 의미가 탈색된 현재이다. 현재(오늘)는 시작과 종말의 담론 안에서만 그 의미가 부여된다. 시작도 종말도 없는 사관을 가진 자와 분명한 시작과 종말의 사관을 가진 자는 마치 프톨레마이오스와 코페르니쿠스가 동일한 지구위에 살았지만, 각기 다른 우주를 가진 것처럼, 물리적으로는 동일할지 모르지만 의미상으로는 전혀 다른 "현재"속에서 살아가고 있는 것이다. 포스트 모더니스트 작가들은 시작과 종말을 의미있게 묶어주는 체계적인 역사관을 파괴한 터전 위에 미로와 같은 현재를 설정한다.2) 이에 비해 벨로우는 유대－기독교적 전통에 근거한 시작과 종말의 문맥속에 현재의 위치를 고정시킨다. 본 논문에서 의도하는 바는 기독교적 역사관에 근거한 종말의식의 관점에서 이 작품을 재구성하고자 하는 것이다.

필자는 기독교적 시간관에 근거한 종말의식이 "오늘"의 의미를 이해하는 데 있어서 유용한 문맥을 제공한다는 가정하에서 논의를 전개하고자 한다. 뿐만 아니라 기독교적 종말의식은 작품의 형식을 이해하는데도 유

---

2) 포스트모더니스트들은 모든 존재와 역사의 기원, 즉 시작의 절대성에 대하여 회의적인 태도를 지닌다. 그리고 일단 시작이 불확실성의 기초위에 놓이게 되면 종말은 목적론적 직선의 끝이라는 전통적 개념을 상실하게 되고, 그 가운데 있는 현재는 출구 없는 미로속에 갇히게 된다. 예를 들자면 로브－그리예의 최근 소설에는 주인공이 네 차례나 반복 살해된다. 또한 그의 책 『고무 지우개』에서는 이야기가 시작하던 곳에서, 곧 화자의 직접적인 지각 영역내에서 이야기가 종결된다. 이는 이 책의 제목이 시사하듯이 지우개와 함께 글이 씌여지고, 언제든지 그 시작을 지워버리고 다시 쓸 수 있기 때문이다.

용한 관점을 제공한다. 이미 많은 비평가가 지적했듯이『오늘을 포착하라』는 그의 작품 중 형식면에서도 가장 완벽한 구성을 가지고 있다. 첫 문장에서 종결부에 이르기까지 윌헬름에게 일어나는 모든 사건과 인간관계는 마지막 장면의 충격적이고 단일한 효과를 극대화하기 위한 목적을 가지고 유기적으로 구성되었다. 더구나 마지막 장례식 장면은 세례와 죽음과 부활의 이미지로 가득 차 있다. 기독교적 시간관은 이와 유사한 방식으로 목적론적 종말을 향해 직선적으로 진행된다.

필자는 윌헬름의 인생을 하룻동안에 구성하는 사건의 배열과 진행순서는 기독교적 시간관으로 본 성경의 역사와 일맥상통하는 점이 있다고 본다. 스웨덴 보리(Swedenborg)가 지적했듯이 개인의 생애는 성경역사를 상징적으로 재현하기 때문이다. 이 작품에 나타난 종말의식을 기독교적 관점에서 분석하기 위하여 본 논문의 전개순서 역시 바로 윌헬름의 인생사와 인류 구속사간의 유사성에 근거하여 구속사의 각 단계의 시간의 특징을 윌헬름의 인생사의 제 단계와 비교 대조하는 방식으로 구성하였다. 즉, 원죄와 시간, 그리스도와 시간, 십자가와 부활의 삼단계로 나누어 그 단계에 대응하는 윌헬름의 개인역사의 특징을 분석하였다. 다만 논문의 전개에 필요한 개념의 통일을 위해 기독교적 종말의식의 개념과 특징을 먼저 기술하고자 한다.

II

인간은 태어날 때 사건의 한가운데로 뛰어들고 또한 사건이 진행되는 도중에 죽는다. 인간은 자신의 삶을 이해하기 위해서 인생에 의미를 부여해주는 시작과 종말의 합치를 필요로 한다. 한 인간이 가지고 있는 종말의식은 출생과 죽음 사이에 전개되는 여러 에피소드에 의미와 질서를 부여한다. 왜냐하면 시작과 종말의 한가운데에 처해 있는 인간은 무의미와 분열의 위기속에 있는 현재에 어떤 일관성 있는 패턴을 부여하기 위해 노력하는데, 이 패턴은 어떤 종말을 마련함으로써 시작 및 중간과의 만족스러운 조화를 가능하게 하기 때문이다. 이 같은 종말의식은 시작과 결말을 지닌 소설의 플롯과도 밀접한 관계가 있다. 따라서 시작과 종말의 담론은 비단 한 개인의 인생관이나 한 종교의 신학체계 뿐만 아니라, 문학작품의 구성에 결정적인 영향력을 행사한다. 특히 기독교적 종말론은 서구문학의 형식과 내용에 있어서 지대한 영향을 미쳤는데, 성서의 묵시록과 문학적 허구의 상관관계를 최초로 고찰한 학자는 프랭크 커모드(Frank Kermode) 를 들 수 있겠다. 그는 "묵시록은 그런 허구의 기본적 예이고 다른 허구들의 원천"(18)이라고 주장하면서 성서의 구조와 소설의 플롯과의 유사성을 다음과 같이 밝혔다.

> 성서는 우리에게 친숙한, 역사의 모델이다. 시초에서 시작되고 ("태초에. . . . ") 종말의 비전으로 끝난다 ("주 예수여, 오시옵소서"). 첫째 권은 창세기요, 마지막 권이 묵시록이다. 전체가 이상적으로 합치되는 구조이니, 결말부가 시작부와 조화되고 중간 부분이 시작·결말 부분과 조화된다. 결말부인 묵시록은 전체 구조를 되시작하는 것이라고 전통적으로 간주되어 왔는데, 그것은 역사적으로 계시되지 않은 부분을 예언하는 상징에 의거해서만 가능하다. (19)

성서적 역사관, 특히 본 논문에서 다루고자 하는 기독교적 종말의식을 규명하기 위해서는 먼저 역사를 바라보는 두가지 관점의 차이를 밝히고, 그 다음에는 유대적 종말론과 기독교적 종말론의 차이를 밝힐 필요가 있다. 역사를 바라보는 관점은 흔히 두 가지 즉, 순환적 시간관과 직선적 시간관을 들 수 있다. 동양에서는 불교나 힌두교의 예를 들 수 있겠으나, 서구의 역사관에서 순환적 시간관의 대표적 예는 헬라주의의 시간관에서 발견할 수 있는데 헬라주의에서는 시간을 직선적인 방법으로 생각하지 않기 때문에 역사는 '하나의 목적' 또는 '종말 목표'를 지향하지 않는다. 즉, 순환적인 시간 개념에서는 엄밀한 의미에 있어서 시작이나 중간이나 끝이 없다는 것이다. 다시 말하면 모든 점이 시작이요, 중간이요, 끝이라 볼 수 있는 것이다. 따라서 세계의 창조나 종말도 없게 된다.

이와는 달리 성경적 역사관은 성경을 기초로한 유대적 또는 기독교적 시간관의 직선적 시간관의 형식을 가진다. 헬라적 시간관과 헤브라이적 시간관은 그 형태에 있어 각기 다른 패러다임하에 있기 때문에 헬라적 사상은 성경적 역사와 대립될 수 밖에 없다. 이에 대해 어거스틴은 순환주의적 시간관에 대해 "이교도는 우리들의 단순한 신앙을 손상시켜 똑바른 길에서 우리를 이끌어내 그와 함께 둥근 바퀴 위를 걷게 한다."(80)고 지적하였다. 성서적 역사관에 의하면 시간은 끝없는 순환이 아니요, 시작과 중간과 종말이 있는 유한한 선이어서 연속되는 각 순간 순간은 이 유한선에서 독특한 사건을 이루고 있다. 따라서 구원은 과거는 물론 현재와 미래를 포함하는 연속적인 시간 과정에 제한되어 있다. 계시와 구원은 직선적으로 전개되는 역사의 과정을 따라 일어난다. 여기에서 신약 성경에 나타난 직선의 시간관은 엄밀하게 헬라의 순환적 시간관에 대립되며 철학적 관념에 근거한 형이상학적 시간 또는 신비주의적 무시간성과도 대립된다.

순환적 시간관과 대비되는 기독교적 시간관의 직선적인 시간 개념과 역사의 의미는, 첫째로 하나님에 의한 "무로부터의 창조"라는 사상에 의해 존재론적으로 기초되어 있고, 둘째로는 일회적인 말씀의 성육을 의미하는 메시아의 탄생과 십자가상의 구속적 죽음으로 성취되며, 셋째로는 인간 구원의 완성을 바라는 미래적 소망으로 이어진다. 따라서 세계 역사는 그것을 초월해 있는 세계 창조, 그리스도의 성육, 그리고 역사의 완성이라는 초역사적인 사건에 관계되어 있을 때에만 비로소 그 의미와 통일성을 찾을 수 있다. 성서적 역사관은 인류의 역사를 창조의 시작부터 종국을 향해 나아가고 있는 과정이라고 보는 역사관이라 할 수 있다.

하나님의 창조이후 진행되는 모든 과거에 대해서 이를 "계시적 역사" (revelatory history)로 말할 수 있으며, 모든 계시는 구원을 지향하는 하나님의 사랑의 표현이기 때문에 "구속사"(救贖史, redemptive history)라고 부를 수 있는 성경 역사(the Biblical history)는 모든 기독교 신학의 핵심이다. 왜냐하면 "모든 기독교 신학은 가장 깊은 본질상 성경 역사"(Cullman 23)이기 때문이다.

필자는 본 논문에서 윌헬름이 "오늘"처한 종말론적 상황을 이와 같은 성서적 역사의 문맥에서 조명하고자 하는 것이다. "오늘"의 의미를 밝히는 문제는 부분과 전체의 관계 문제이다. 단어들의 의미는 전 문장의 맥락에서만 찾을 수 있는 것처럼, 윌헬름이 처한 오늘의 의미도 그의 삶이 종말론적 완성을 향해 진행된다는 맥락에서만 제대로 포착될 수 있다. 윌헬름의 "오늘"은 미래 뿐만 아니라 과거와 현재, 즉 탬킨이 말하는 여기 지금(here and now)까지 관련되어 있는 전체의 구속사적 직선(the entire redemptive line)과는 분리시킬 수 없다. 따라서 구속사의 장으로서 이러한 모든 구속사적 직선의 요소들이 중심점에서 일어난 하나의 결정적인 역사적 사건과 관계된다는 것은 이 시간 평가의 특징이 된다. 그리고 이 역사적 사건은 되풀이될 수 없는 성격을 띠고 있으며 또 모든 역사적 사건들에 의미를 부여하며 그리고 구원에 결정적이다. 이 사건은 예수 그리스도의 죽음과 부활이다. 필자는 이 사건이 장례식장에서 윌헬름이 겪게 되는 의식의 변모를 설명하는데 중요한 단서를 제공한다고 본다. 여기에서 유대적 종말론과 기독교적 종말론의 차이를 볼 수 있다. 기독교적 종말론에서 시간의 중심점은 더 이상 미래에 있을 메시아의 출현에 있는 것이 아니라, 오히려 이미 과거에 종결된 예수 그리스도의 역사적 생애 및 사역에 있는 것이다. 이 점에서 기독교적 구속사는 미래에 도래할 메시아에 시간의 중심점을 두는 유대적 종말론적 역사관과 구별된다.

본 논문에서 눈여겨 보아야 할 점은 기독교적 구속사관에 있어서 구원의 중심적 사건은 십자가의 죽음과 부활의 의미를 개인적인 체험으로 내면화하는 월헬름의 현재에 있는 것이지, 더 이상 미래에 있을 메시아의 탄생이나 그리스도의 재림에 있지 않다는 것이다. 즉 이미 과거에 종결된 십자가의 사건과 현재를 살아가는 월헬름의 인생사 사이의 신비적 연결성을 포착하는 것은 바로 "오늘"이기 때문에 "오늘을 포착하라"는 제목이 성립되는 것이다. 유대적인 종말론과 기독교적 종말론 사이의 결정적인 차이는 메시아에 대한 견해차이에서 비롯되는데, 유대교는 장차 올 메시아의 출현과 함께 심판과 구원에 이를 것이라고 믿는 반면, 기독교에서는 메시아가 2000년전에 십자가에서 죽고 부활한 예수라고 믿기에 유대교가 시간의 중심점을 미래에 있을 메시아의 강림에 두는 것과 달리, 오히려 이미 과거에 종결된 예수 그리스도의 역사적 생애와 사역에 구원의 무게 중심을 주는 것이다. 구속사적 시간관은 한쪽은 앞으로, 다른 쪽은 뒤로 즉, "그리스도 이후"(A.D.)와 "그리스도 이전"(B.C.)으로 양분되며, 이 두 시기의 관계는 준비(preparation)와 성취(fullfillment), 계시와 실현, 구약과 신약, 율법과 복음의 대립구조로 설명될 수 있다. 본 논문에서 "오늘"의 의미를 유대적 종말론의 시간관에서 보지 않고, 기독교적 종말론의 시간관에서 바라보고자 하는 것은 이러한 역사관을 배경으로 하고 있는 것이다.

Ⅲ

종말에 대한 예감과 이미지는 『오늘을 포착하라』의 첫 장면에서 종결부까지 지배적인 테마로 자리잡고 있다. 제1장의 전반부에서 월헬름은 오늘 모든 것의 종말을 볼 것이라는 막연한 예감을 갖고 다음과 같이 되뇐다.

그러나 오늘 아침에는 언제까지나 이런 생활을 계속할 수 없음을 깨달았으며 그래서 은근히 겁이 났다. 판에 박은 듯한 그의 나날의 일과가 깨어져 나갈 것 같은 느낌이 들었고, 지금까지는 뚜렷한 형체는 없었지만 오랜 동안 예견되던 큰 불행이 닥쳐오는 것이 피부로 느껴졌다. 오늘 저녁 이전에 확실히 밝혀질 것이다. (8)

마지막 장면은 제7장 장례식장에서 종결되는데, 이 장면의 핵심적 사건은 죽은 자와 윌헬름의 만남을 중심으로 이루어진다. 죽은 자는 "눈썹을 치켜 뜨고 있는 폼이 마치 마지막 깊은 생각에 잠긴 듯이 보였다. 갖은 방해로 말미암아 이루지 못하던 최종적 사고를 이제서야, 살이 썩어가는 지금에서야 터득한 것처럼 보였다"(105-06).

따라서 이 작품 전체를 지배하는 종말론적 이미지 또는 묵시론적 비전을 어떠한 관점에서 바라보아야 하는가? 라는 질문에 대한 답이 이 작품의 주제를 분석하는데 있어 중요한 열쇠가 된다고 본다. 여기에 대한 실마리를 주인공의 사유방식을 통해 살펴보기로 하자. 그는 뉴욕에서 사람들 사이의 의사소통의 부재를 생각하면서 "물 한 글라스에 관한여 남과 얘기를 나누자면 하느님이 지구를 창조한 일로부터 시작하여 선악과(善惡果), 아브라함, 모세, 예수, 로마, 중세, 화약, 혁명, 뉴우턴, 아인슈타인을 거론해야 하고 전쟁과 레닌과 히틀러를 거들먹거리려야 한다."(76-77)라고 말하고 있다. 이러한 그의 사유체계는 하나님의 창조, 선악과, 아브라함, 모세, 예수로 이어지는 기독교적 구속사관을 종말론에 대한 해석의 틀로 가지고 있다는 점이 밝혀진다.

기독교적 역사관은 거시적으로는 인류구원의 역사이지만, 미시적으로는 한 개인이 십자가의 죽음과 부활을 영적으로 체험하면서 이루게 되는 인생사로 볼 수 있으며, 이 때 개인의 역사는 상징적으로 거시적인 인류의 구속사를 반복한다. 따라서 『오늘을 포착하라』에서 윌헬름이 처한 상황, 사건, 인간관계는 구속사에 나타나는 중심적 사건, 즉, 에덴, 원죄, 타락한 세상, 그리스도의 출현과 십자가의 죽음과 부활을 상징적으로 반복한다.

타락한 세상이라고 볼 수 있는 뉴욕에서 윌헬름의 마음속에 자리잡고 있는 에덴의 상징적 등가물은 록스베리(Roxbury)의 작은 아파트로 볼 수 있다. 특히 그가 뉴욕의 증권시장에서 극도의 긴장과 불안속에 사로 잡힐 때, 그의 마음속의 에덴이라고 볼 수 있는 록스베리에 대한 향수는 더욱 심해진다.

> 그는 긴장하고 매우 진지한 두 눈은 잠시 감고 이런 불안을 견디기
> 엔 너무나도 큰 부처님 머리같은 머리를 끄덕였다. 이렇게 잠시 얻은
> 평화로운 순간에 그의 마음은 록스베리의 그의 정원으로 날아갔다.
> 순결한 아침의 단 공기를 그는 한껏 마셨다.
> 새들이 지저귀는 긴 사연을 들었다.
> 그의 생명을 노리는 적이라곤 아무도 없었다.
> 윌헬름은 생각했다―이 도시를 떠나야겠다. 뉴욕은 내가 발붙일 곳
> 이 못된다. 그러면서 그는 잠자는 사람처럼 한숨을 쉬었다. (75)[3]

당시 윌헬름은 한가한 아침이면 등의자에 기대어 평화롭게 햇볕을 쪼였고, 햇볕은 등의자의 그물눈을 통하여 스며들었고 벌레 먹은 접시꽃 사이로 그리고 풀섶에 묻힌 작은 꽃에까지 스며들었었다. 그러나 그 평화로운 생활은 사라지고 말았다. 사실 그런 것은 원죄하에 있는 그에게 어울리지 않는 것임이 분명했다. 왜냐하면 이렇게 부친과 함께 뉴욕 시내에서 대면하고 있는 것이 진정으로 그에게 어울리는 것 같았기 때문이다(41).

---

3) 윌헬름이 록스베리의 전원적 삶을 회상하자, 문체는 산문에서 운문의 형태로 바뀌
었다가 뉴욕의 현실을 자각하면서 다시 산문으로 돌아온다. 벨로우가 록스베리의
추억을 시형식으로 표현한 것은 뉴욕의 타락한 시간을 초월하는 에덴의 시간 이미
지를 표현하기 위한 장치라고 여겨진다. 산문에서 운문으로 바뀌는 장면은 본 작품
에서 세 번 나타나는데, 두 번째는 윌헬름이 대학 재학시 배운 세익스피어의 소네트
를 기억할 때이며, 마지막으로는 탬킨의 자작시를 읽을 때이다. 나머지는 두 시가
다루고 있는 내용 역시 세속적 시간성을 초월하는 영원성, 종말, 무시간성과 같은
시간의 주제를 담고 있다.

월헬름에게 있어서 또 하나의 에덴의 이미지는 죽은 어머니의 사랑속에서 발견된다. 월헬름의 에덴은 그를 진심으로 사랑했던 어머니가 죽은 것과 마찬가지로 회복될 수 없다. 그는 "어머니"라는 단어만 떠올라도 "그의 영혼의 중심부에 무엇인가가 뭉클한 것을 그는 느꼈다"(85). 그는 어머니의 유해가 묻힌 묘소를 찾아 갔지만, 어머니의 무덤 사이에 있는 석판은 십대 깡패들의 해머에 의해 두 동강이 나버린 것을 발견하고 격분하며, "그 석판을 그렇게 두 동강이 나도록 만들었으니 댓자 해머를 휘둘렀을 것이 분명하단 말야. 한 놈이라도 좋으니 네 손에 붙잡히기만 해 봐라!"(34)고 외친다. 월헬름에게 있어서 어머니의 사랑은 곧 에덴의 평화스러움이었고 그녀의 묘소는 그의 마음속에 간직된 에덴의 흔적이자, 어머니에 대한 성소였다.

> 엄마를 위해서 가끔 기도를 올려야 될 일인데 그의 모친은 생전에 개혁파 유태교회의 소속이었다. 부친은 종교가 없었다. 공동묘지에서 월헴은 어떤 사람에게 돈을 주고 모친을 위한 기도를 올려달라고 부탁한 일이 있었다. 그 사람은 공동묘지에서 묘사이를 왔다갔다 하면서, 「엘 몰라이 라카민」 기도문을 외워주고 돈을 받는 사람이었다. 월헬름은 그것이 「그대 자비로운 신이여」라는 뜻일 것이라고 생각했다. 「브간 아덴.」—이것은 「낙원에서」라는 뜻이고. 이것을 노래로 부르자니 「브간 아이덴」이라고 길게 뽑아서 발음했다. 모친의 묘 옆에 있는 벤치가 부서져 있는 것을 보고 그는 손질을 하고 싶어졌다. (85, 이하 밑줄 필자강조)

이제는 그것마저도 파괴된 것이다. 한 마디로 월헬름에게 있어서 에덴은 영원히 상실되고 죄와 타락의 현실, 타락한 인간의 세계인 뉴욕만이 그의 실존적 삶의 무대인 것이다.

성서적 시간관에서 본 타락한 세계는 『오늘을 포착하라』에서는 뉴욕, 그로리아나 호텔(Hotel Gloriana), 증권시장을 통해 암시되고 있다. 타락한 세계의 특징은 바벨탑으로 상징되는 의사소통의 불능성과 우상으로서의 금전으로 대표된다. 뉴욕에서는 "제각기 자기가 고안한 자기 독자의 언어를 사용한다"(76). 그들은 "낮에는 자기 스스로에게 독백으로 말을 걸어야 하고 밤이면 자기 스스로의 이론으로 시비를 가려야 한다. 뉴욕과 같은 도시에 참으로 얘기할 상대가 없다"(77). 심지어 "그림의 세계에도 각자가 스스로의 법이며 언어라고 주장하는 바벨탑이 있는 셈이다"(32). 다음의 인용문은 대화의 불능성에 대한 극단적인 경우라고 볼 수 있겠다.

> 물 한 글라스에 관하여 남과 얘기를 나누자면 하느님이 지구를 창조한 일로부터 시작하여 선악과(善惡果), 아브라함, 모세, 예수, 로마, 중세, 화약, 혁명, 뉴우턴, 아인슈타인을 거론해야 하고 전쟁과 레닌과 히틀러를 거들먹거려야 한다. 이 모든 것을 살피고 정리한 다음에야 비로서 냉수 한 글라스에 관한 얘기를 나눌 수 있다. "나는 졸도할 것 같소. 제발 냉수 좀 주시오." 이래서 겨우 의사 소통이 되면 그래도 오히려 다행이다. (76-77)

언어의 혼란은 그 결과로서 질서와 규범과 판단기준의 혼란을 낳는다. 뉴욕에서는 "정상적인 사람과 미친 사람을 식별 못거나, 어리석은 자와 현명한 자를 식별 못거나, 젊은이와 늙은이를 식별 못거나, 병든 자와 건강한 자를 식별 못한다는 것은 지옥의 업고와도 같은 것이다"(133). 타락한 세계의 또 하나의 특징은 우상으로서의 금전이다. 뉴욕, 즉 "세상의 끝"(the end of the world)(76)에서 금전은 곧 우상으로서 숭배된다.

> 제기랄! 왜 이리들 돈이라면 사족을 못쓰지? 하고 윌헬름은 생각했다. 그들은 돈을 예찬한다! 성스러운 돈! 아름다운 돈! 이것이 도가 지나치게 되니까 이제 사람들은 돈 이외의 만사에 관하여는 바보가 되어가고 있다. 그러니까 돈이 없는 자는 허수아비다! 그런 사람은 지구상에서 하직해야 한다. 돼먹지 않은 일이다. 이것이 세상 움직여 가는 꼴이다. 여기에서 헤어날 도리는 없는 것일까? (35)

금전이 우상이 된 현대 세계에서 돈은 인간을 지배하고 통제한다. "옛날에는 빚을 못 갚는 사람을 감옥에 보냈지만 요즘은 월등히 교묘한 술수를 쓴다. 돈이 없는 것 자체를 수치스러운 것으로 느끼도록 분위기를 만들어 돈벌이에 혈안이 되도록 만들어버린 것이다"(30). 동시에 돈은 살인과 연관된다. 증권시장에서는 "살기와 탐욕이 얽히기 마련"(64)이기 때문이다. 탬킨은 금전에 대한 욕망과 살인이 밀접하게 연관되었음을 다음과 같이 밝힌다.

> 사람들은 살의(殺意)를 가지고 시장에 나오는 거야. 흔히 증권시장에서 사람들이 "오늘은 하나 잡으련다"라고 말하는데 이건 우연한 말이 아니야. 다만 정말로 사람을 때려 잡을 만한 용기가 없으니까 대신에 다른 상징물을 내세우는 것 뿐이지. 돈이 그 상징물이야. 그러니까 환상적으로는 역시 때려잡고 있는 거야. (64)

돈은 피처럼 생명력을 가진 실체로 의인화되기까지 한다. 윌헬름은 "돈! 내가 돈을 갖고 있을 때에는 돈을 흘렸다. 그들은 내 돈을 빨아 마셨다. 나는 돈을 출혈하였다"(39).[4] 돈이 우상이 되는 뉴욕에서는 증권시장이 곧 그들의 성전이 되며 사업가는 맘몬의 제사장이 된다.

그들은 세상의 다른 누구보다도 더 광기에 사로잡힌 자들로서 세상에 역병을 퍼뜨리는 존재들이다. 로잭스(Rojas) 회사에서 수년간 철저히 이용당하고 쫓겨난 경험이 있는 윌헬름은 대부분의 실업인들은 제 정신이 아니라는 생각을 가지고 있었다(59). 동시에 윌헬름의 부인 마가레트(Magareth)이 윌헬름의 목을 죄며, 그를 노예상태로 만드는 것 역시 바로 이 돈을 통해서이다. 게다가 교회는 이혼을 불허함으로서 그의 노예상태를 영속화시켰다. 그는 아내와 자신과의 관계를 다음과 같이 고백한다.

---

4) 원문참조 : When I had it, I flowed money. They bled it away from me. I hemorrhaged money.

"그러나 분명히 말씀드리지만 나는 그 여자를 처음 만나던 날부터 오늘날까지 노예였습니다. 노예 해방 선언은 흑인들에게나 적용되는 것이죠. 저같은 남편은 목에다 쇠고랑을 찬 진짜 노예입니다. 교회의 세력은 주정부(州政府)가 있는 올바니에 압력을 넣어서 법률을 마음대로 주물러서 이혼이 안되게 만들었죠. 그래서 재판소는 「네가 자유를 원한다면 여지껏보다는 적어도 두배 이상 피땀을 흘려 일해야 한다. 돈을 벌어라. 이 빌어먹을 놈아!」라고 판결을 내립니다. 그러면 사내녀석들은 위자료를 낼 돈을 벌기 위하여 죽기살기로 아귀다툼을 벌이게 되고, 자기네를 증오하는 마누라들로부터 해방되는 대가로 회사의 노예가 되는 것입니다. 회사는 사람들이 봉급을 꼭 타야만 살 수 있다는 약점을 알기 때문에 그 약점을 최대한 이용합니다. 자유에 관한 얘기는 하실 필요도 없습니다. (46)

마가레트는 윌헬름에게 있어서 사탄적 인물의 전형으로 등장하고 있는데, 그녀는 돈을 통해 그를 노예화하고, 나아가서는 영적 생명력을 고갈시키고 질식시킨다. 윌헬름은 자신에게 미치는 아내의 악마적 영향력을 다음과 같이 묘사한다.

"글쎄, 아버지, 그 여자는 나를 증오하고 있습니다. 꼭 그 여자가 내 목을 조르고 있는 기분입니다. 숨을 쉴 수가 없습니다. 나를 잡자고 발벗고 나선 여자예요. 멀찌감치 떨어져서도 능히 그런 짓을 할 수 있는 여자입니다. 이러다간 멀지않아 그 여자 때문에 나는 질식하든가 졸도하든가 할 것입니다. 숨을 쉴 수가 없는 걸요." (46)

사탄적 인물인 마가레트트와 대비되는 인물이 록스베리에서 그가 사귄 올리브(Olive)이다. 앞에서 밝힌 바와 같이 록스베리는 에덴의 평화와 사랑의 이미지로 가득차 있다. 구속사적 시간에서 마가레트트와 올리브를 평가한다면, 마가레트트는 사탄의 유혹에 넘어가 그와 결합한 이브의 이미지를, 올리브는 사탄을 극복하고, 죄와 죽음에서 인류를 구원하는 예수를 잉태한 성모 마리아나, 빛과 구원으로 인도하는 천사의 이미지를 반영하고 있다. 올리브와의 결혼은 마가레트과의 이혼을 전제로 한다. 윌헬름은 사탄과 천사 사이에 갇힌 인간의 딜레마를 보여주고 있다.

> 그럼에도 불구하고 그녀는 그를 사랑했고 그가 이혼에 성공했던들 그와 결혼하였을 것이었다. 그러나 마가레트트가 이런 낌새를 안 것에 틀림없었다. 마가레트트는 그가 이혼을 원하는 것이 아니라 오히려 이혼을 두려워하고 있다고 주장했다. 그는 "내가 가진 것을 다 가져가, 마가레트트. 이혼 수속이 간단한 리노우로 갑시다. 당신은 딴 남자와 재혼하고 싶지 않소?"라고 외쳤다. 천만에. 그녀는 딴 남자들과 놀러는 다녔지만 돈은 그의 돈을 썼다. (86)

그러나 윌헬름은 최후의 순간까지 올리브에 대한 사랑과 희망을 버리지 않는다. 올리브는 윌헬름에게 있어서 미래에 대한 모든 희망과 꿈, 새로운 계획의 수호 천사로 등장한다. 그는 마지막 700불까지 날려버리고 완전히 파산된 상태에서도 올리브와의 새 출발을 다짐한다.

> "하고 죽는 한이 있어도 이혼을 성공시키고야 말겠다"고 그는 맹세했다. "아버지에 관해서는—아버지에 관해서는—자동차를 헐값으로라도 팔아서 호텔 비용을 물어 줘야지. 걸어서라도 올리브를 찾아가서 「여보, 올리브, 잠시 동안만 참아줘. 그 여자를 꺾읍시다」라고 말할 도리밖에 없어." 나는 올리브와 새출발을 하도록 애써 봐야지, 하고 그는 생각했다. 사실상 그럴 도리밖에 없다. 올리브는 나를 사랑한다. 올리브는— (104)

사실, 윌헬름이 완전히 파산된 이후에야 비로소 그는 마가레트으로부터 해방될 수 있다. 돈은 그녀가 윌헬름을 예속상태로 만들고 지배할 수 있는 수단이기 때문이다. 윌헬름이 처한 막다른 골목—사회적, 경제적, 가정적인 파산상태—에서 주어진 아버지인 아들러 박사의 역할을 구속사적인 관점에서 조명해 볼 때, 그의 사고방식과 행동유형과 가장 유사한 인물은 예수의 사역당시에 그와 가장 적대적인 위치에 있는 바리새인, 또는 율법학자로 볼 수 있다. 이들은 유대인들의 종교지도자로 하나님의 법인 율법을 연구하고, 율법준수를 유일한 구원의 수단으로 여긴자들이다. 이들은 나약한 이스라엘 백성들이 겪고 있는 죄와 고통을 치유하거나 동참하기보다는 그들의 죄를 율법적으로 판단하고 지적하기만 함으로써, 그들을 죄의 중압에서 놓여나게 하기 보다는 오히려 그 중압감을 가중시켰으며, 이로 인하여 예수로부터 "회칠한 무덤", "독사의 자식들"이라는 극언을 받은 바 있다(마 23:1-33). 이들의 행동양식은 사랑의 결핍, 태도의 경직성, 의식적이고 형식적인 경건성과 심판과 정죄로 특징 지워진다.

절망적 상황에 처한 월헬름에게 대한 아들러 박사의 태도는 죄의 중압에 억눌려 있는 이스라엘 민족에 대한 바리새인이나 율법학자들의 태도와 아주 유사하다. 그들의 공통점은 곤경에 처한 자들을 사랑으로 도와주기보다는 냉담한 태도로 그들의 잘못을 지적하고 비난하기만 함으로써, 그들을 이전보다 더 깊은 절망과 죄의식의 수렁 속으로 몰아넣는다는 것이다. 아들러 박사가 자식을 대하는 태도는 마치 예전에 환자를 대하던 때의 태도와 꼭 같았으며 바로 이 점이 월헬름에게는 크게 원통하고 슬픈 점이었다. 월헬름은 아버지의 냉담한 태도를 비난하면서 다음과 같이 외친다.

> "아, 아버지, 아버지!"하고 월헬름이 외쳤다. "왜 아버지하고 얘기를 하다 보면 끝이 꼭 이렇게 됩니까? 아버지는 얘기를 이런 방향으로 몰고 가십니다. 처음에는 언제나 내 사정에 동의하시고 좋은 조언이라도 해주시려는 취지에서 얘기가 시작됩니다. 그러니까 나도 희망에 가슴이 부풀고 감사하다는 생각으로 자리에 임합니다. 그러나 얘기가 끝날 무렵에는 전보다도 몇 백배 더 우울한 심경이 되고 맙니다. 왜 그럴까요? 아버지는 동정심이 없으십니다. 모든 것을 내 잘못으로만 돌

리시려는 것입니다. 물론 그게 현명한 처사이신지는 모르겠습니다 만." 윌헬름은 차차 자제력을 잃어갔다. "다만 도울 생각이 애초부터 없으시다면 왜 말을 꺼내긴 꺼내시느냐는 점입니다. 뭣 때문에 내 고민을 알고자 하시는 겁니까? 모든 책임을 내게 돌리고, 따라서 나를 도와주지 않아도 좋다는 구실을 찾기 위해서입니까? 그런 자식을 둬서 안됐다고 내가 오히려 위로를 해드려야 하나요?" 윌헬름은 가슴속에 큰 멍우리같은 것이 맺혀 있었고 눈물이 나오려 했지만 억지로 참고 있었다. 그러지 않아도 초라한 모습이었으니 말이다. 그의 음성은 탁하고 불명료하고 더듬기 시작하였고, 복받치는 감정을 제대로 표현하지 못했다. (50)

　윌헬름이 아버지로부터 바란 것은 사실 돈이 아니었다. 사실 그는 마가레트나 또는 그의 아들들이나 또는 자기 자신을 위해서 돈을 달라고 손을 내민 적이 없었다. 비록 아들러 박사가 "금전문화속의 이상적 인물" (Fuchs 80)이지만 자신이 진정으로 바라는 것은 금전이 아니라 조력이었다. 아니 조력이라기보다도 감정이었다. 그들이 비록 동일한 언어를 사용하고 있지만, 그 언어를 구성하고 있는 패러다임 자체가 구조적으로 양립할 수 없기에 그들은 서로의 견해를 상대방에게 전달 할 수 없다(Kuhn 200).[5] 윌헬름은 아들러 박사에게 "허지만 아버지가 단 한마디 빈 말이라도 해주시면 퍽 위로가 될 것입니다. 난 여지껏 아버지에게 대단한 것을 바라지는 않았습니다. 그러나 아버지는 부정(父情)이 없으세요. 얼마 안되는 그것마저도 아버지는 내게 주시지 않으시려니까요"(53)라고 절규한다.

　그는 이제 최후의 희망이었던 아버지의 동정이나 조력마저 거부당한 채 완전한 절망에 사로잡혀 있다. 그의 현재의 모습은 경제적, 사회적, 가정적 파산자의 적나라한 모습이다. 윌헬름이 현재의 이 비참한 상황에 이르게 된 데에는 몇가지 현실적인 이유가 있다. 이를 테면 학교를 중퇴하

---

5) 쿤(Thomas Kuhn)에 의하면 각기 다른 패러다임하에 속한 과학자는 동일한 어휘자체도 다른 의미 구조망속에서 사용하기 때문에 궁극적으로 논쟁자체가 무의미하다.

고 헐리우드로 간 것이나, 마가레트와 결혼한 일, 자존심 때문에 로잭스 회사를 그만둔 일 등이 그것이다.

그러나, 구속사적 관점에서 월헬름의 실패의 원인을 고찰하면, 그의 실패는 일종의 필연적 성격을 띠게 되는데, 이것은 그의 실패가 개별적이고 특정한 잘못에 기인한다기 보다는 원죄적 속성에서 기인하기 때문이다. 다음의 인용문은 그의 실수가 특정사안에 대한 판단 착오라기 보다는 기질적 필연성을 가진 원죄적 성격을 드러내고 있음을 보여준다.

> 월헬름이 하는 짓은 늘 이 꼴이었다. 오래 생각하고 망설이고 내심 시비논란을 벌인 끝에 언제나 그는 자기가 하지 않기로 여러번 마음먹었던 방안을 꼭 채택하고야 마는 습벽이 있었다. 이렇게 그릇된 결정이 열번 겹치면 그의 일생의 역사가 엮어진다. 즉 할리우드로 나가는 것이 큰 잘못이라고 판단하면서도 결국 그는 그 그릇된 길을 택하고 말았다. 그의 아내와도 결혼 안하기로 결심하고서도 결국 결혼했다. 또 탬킨과 함께 증권 투자를 않겠다고 작정하고서도 결국은 그에게 수표를 주고 말았다. (24)

월헬름이 할리우드에 가게 된 발단도 이 같은 경로를 밟은 것이다. 그 것은 뚜장이를 하고 있던 모리스 베니스(Maurice Venice)의 탓이라기 보다는 월헬름 자신이 잘못을 저지를 때가 무르익어서 일어났던 탈이었다. 그의 결혼도 역시 마찬가지였다. 이런 결정이 거듭되면서 그의 생애의 역사가 형성되어 온 것이었다. 그래서 닥터 탬킨의 제안에 특이한 숙명같은 것을 발견한 순간부터 그는 그에게 자기의 돈을 맡기지 않을 수 없었다. 그 숙명은 일종의 실패와 파멸을 향해 자신을 몰아가는 원죄적 충동으로 볼 수 있다.

이 원죄적 중압감은 월헬름의 행동양식에 영향을 미치며, 나아가서는 그의 존재 그 자체에까지도 표현할 수 없는 중압감으로 그를 짓누른다. 생존하는 것 자체가 그에게 안겨주는 특이한 부담감이 짐같이 그를 억눌렀다. "조용할 때, 단순한 피로가 그로 하여금 생존 경쟁에 열을 내지 못하도록 만들때면 이런 이상한 중압감을 느끼는 것이다. 뭣인가 이름지을 수 없는 잡다한 중압감, 이런 짐을 지고 그는 인생을 살아야 하는 것이었다"(38). 윌헬름은 이 같은 중압감과 실패와 고통이 바로 자신의 인생의 본질이 아닌가 하는 생각을 갖게 된다.

> 그러자 윌헬름 자신도 어렴풋하게 느끼고 있는 자신의 사고의 심층(深層) 한 구석에서는 무엇인가가, 사실은 이것이야말로 진짜 인생-자신의 특수한 업고(業苦)를 짊어지고 굴욕감과 무력감을 느껴가며 억누른 눈물의 맛을 보는-이것이야말로 정말 인생을 사는 것이 아닌가, 하는 생각을 그에게 가지도록 만들고 있었다. 어쩌면 과오를 저지르는 것이야말로 그의 인생의 목적과 본질을 나타내는 것인지도 모른다. 어쩌면 그는 이 세상에 태어나 과오를 범하고 그것 때문에 고통을 겪도록 운명지어져 있는지도 모른다. (38)

윌헬름이 겪게 되는 실패와 고통은 우발적인 것이 아니라 일종의 원죄적 숙명성을 띠고 있다. 그의 어두운 과거는 하나님과의 첫 번째 고리가 이탈된 원죄의 결과로서, 성서적 시간관을 기초로 하고 있음을 볼 수 있다. 성서적 시간론은 하나님의 시간창조를 존재론적 기초로 하여 영원자로서의 하나님의 시간과 변화하며 분열되는 피조물로서의 인간이 가진 시간의 대비를 통해 전개된다. 이 같은 시간관에 의하면 하나님은 영원자로서 언제나 동일하고 불변하는 존재이기에 그에게는 시간의 속성이 없고 다만 영원한 현재로서 모든 시간을 초월한다. 반면에 피조물이 지닌 시간은 항상 지나가는 것으로서 무상, 불안정, 분열을 의미한다.

그러나 인간이 창조자인 영원자에게 향하지도 않고 의존하지도 않은 채 스스로 존재하는 것처럼 오로지 변화하는 시간 속에서 빠져서 살게 될 때 그는 하나님을 떠나 깊은 "타락의 심연," "죽음의 밑바닥," 그리고 "삶의 분열"에 빠지게 된다. 다른 말로 표현하면 타락할 가능성을 가진 시간은 원죄로 인하여 인간이 영원자인 하나님을 떠나 불안정하고 변화무쌍한 피조물의 세계로 향하므로 말미암아 타락한 시간으로 되어버렸다는 것이다.

다시 말하면 피조물이 존재와 선의 근원인 하나님으로부터 떨어져 등을 돌릴 때 그 피조물은 자연히 무의 심연으로 더 깊이 빠져 들어 가게 된다. 따라서 시간적인 존재인 인간의 실존적 속성은 불안정, 무상, 붕괴, 불안으로 특징지을 수 있고, 그의 시간성이란 무의미성과 분열을 의미한다. 윌헬름에게 있어서 미래, 현재, 과거라는 시간의 세 양태는 단지 인간존재의 분산과 통일성의 결여를 시사하고 있는 것이다. 태초에 존재의 형상을 부여해 주는 말씀(Logos)은 하나님의 창조적 행위이며, 에덴에서의 아담의 시간은 영원자인 하나님과의 밀접한 관계성 속에서 하나님의 시간 속성인 "영원한 현재"를 향유할 수 있었다. 그러나 원죄를 통한 하나님과의 관계단절로 인하여 인간은 "영원한 현재"의 신적 속성을 상실하고, 피조물적 시간의 속성만을 지니게 되었다. 그러나 인간은 상실과 분열로 특징지워지는 피조물적 속성에 안주할 수도 없는 존재라는데 비극적 아이러니가 있다. 왜냐하면 인간은 원죄로 인하여 타락했음에도 불구하고, 하나님의 형상을 완전히 상실하지 않았기에 에덴에서의 영원한 현재가 회복되기를 기리워하는 존재이기 때문이다. 파스칼에 의하면 인간은 본래의 왕국, 즉 에덴으로부터 세상으로 "추방된 왕"인데, 그 왕국의 기억을 완전히 상실하고 있지 않다는데 인간의 비극성이 있다는 것이다.

윌헬름 역시 원죄처럼 자신을 따라 다니는 숙명적 과오들로 점철된 과거로부터 해방된 새로운 삶을 꿈꾸며, 이러한 고통으로부터 구원을 받기를 하나님께 간절히 기도한다.

"오, 하나님."하고 윌헬름은 빌었다. "이 곤경으로부터 나를 구출하소서. 이 괴로운 생각에서 나를 구출하시고 뭣이든 더 잘 처신할 수 있게 하여 주소서, 내가 허송한 시간을 안타깝게 생각하기 때문입니다. 이 구렁텅이로부터 나를 헤어나게 하고 새로운 삶을 가지게 하소서. 나는 이제 갈피를 잡을 수 없게 되었기 때문입니다. 제발 자비심을 베푸소서." (27)

그가 이름을 바꾼 근본적인 원인은 원죄의 성격을 띤 과거의 중압에 억눌린 자아에 대한 존재론적인 변모의 시도라고 볼 수 있다. 캘리포니아로 나온 뒤로 그는 타미 윌헬름(Tommy Wilhelm)이라고 자칭하였다. 아들러 의사는 물론 그런 개명에 찬성하지 않고 오늘날까지도 그의 부친은 과거 40여년의 버릇대로 그를 윌키(Wilky)라고 부른다. 아들러는 자신이 가진 영향력하에서 아들이 해방되기를 원치 않았던 것이다. 윌헬름은 자신이 이름을 바꾸게 된 동기와 배경에 대해 다음과 같이 생각하고 있다.

사람은 매우 좁은 활동 범위를 가지고 있을 뿐 아니라 내심으로는 그가 본질적으로 바꿀 수 없다는 예감 비슷한 것을 가지고 있는지도 모른다. 그럼에도 불구하고 그는 헛된 제스처를 써서 타미 윌헬름으로 둔갑하기를 시도했다. 윌헬름은 어렸을 때부터 타미라는 이름을 가져보기가 소원이었다. 그러나 내내 그는 타미가 된 기분을 느껴 보지도 못하고 실제로는 변함없는 윌키에 불과하였다. 술에 취했을 때에는 윌키로서의 그를 호되게 꾸짖어 보기도 하였다. "이 바보 멍텅구리 윌키야."라고 자신을 불러도 보았다. 그래서 그는 자기가 타미로서 출세하지 못한 것이 잘된 일인지도 모른다고 생각하기도 하였다. 왜냐하면 그랬을 경우 그것이 진정한 성공이 아니겠기 때문이었다. 윌헬름의 생각으로는 그런 성공은 윌키의 생득권을 짓밟고 타미가 성공한 것이지 그 자신의 성공이 아니게 되는 것같이 느껴졌다. 옳다, 이름을 바꾼다는 것은 매우 어리석은 짓이었다. 그러나 그것은 20세의 나이의 불완전한 판단력의 탓으로 돌릴 수 있다. 부친과 같은 성(性)을 벗어 팽개침으로써 동시에 그에 대한 부친의 평가도 함께 벗어 팽개친 것이었다. 아들러라는 성이 그 종족을 대표하는 칭호인 반면에 타

미라는 이름이 개인의 자유를 나타내는 이름이라는 생각이 그의 마음
을 지배했었던 이상 이름을 바꾼다는 그의 행동이 그에게는 자유를
찾기 위한 노력이었다는 것을 그는 잘 의식하고 있었다. (25-26)

따라서 부친의 성은 자신의 존재 자체를 구속하는 상징적 굴레로써, 이
를 버리고 타미라는 이름을 스스로 만든 것은 인류의 아버지인 아담과의
원죄를 통한 관련성을 부정하고, 자유와 해방을 약속하는 구원의 미래를
갈구하는 윌헬름의 시도로 간주할 수 있다. 동시에 타미라는 이름은 본
논문에서 윌헬름의 이상적 자아, 즉 구원자인 그리스도의 역할을 수행하
는 탬킨(Tamkin)이라는 이름과의 관련성에서 바라볼 수 있다. 즉 "그(탬
킨)의 이름은 타미의 이디쉬어의 애칭에서 파생된 것으로 보인다. 만인
윌헬름이 그의 할머니의 생전에 자신의 이름을 바꾸었다면, 그녀는 아마
도 그를 태미킨(Tammykin) 또는 탬킨과 같은 애칭으로 불렀을 것이다.
만일 그러할 경우, 탬킨은 타미의 자아이다. 분신(alter ego)은 벨로우가
그의 중편소설─『매달린 사람』, 『희생자』, 『오늘을 포착하라』─에서 사
용하는 기법이다" (Goldmann 144).

IV

구속사적 관점에서 아들러 박사의 행동유형이 바리새인이나 율법학자
의 것과 유사하다면, 탬킨 박사의 언행은 그리스도의 그것과 유사한 점이
발견된다. 물론, 사실주의적 관점에서 탬킨 박사를 살펴본다면 그는 아들
러 박사나 펄씨(Mr. Pearl)의 말대로 사기꾼임에 틀림없다. 길레드 모라
(Gilead Moragh)는 벨로우가 자신의 의도를 효과적으로 전달하기 위하여
탬킨의 모호성과 허황되고 과장된 이야기를 사용했다고 주장한다. 즉 사
기꾼으로서의 인간성과 그의 이야기들 속의 사상이 일치하지 않는데서 오

는 탬킨의 모호성으로 인해 오히려 주인공과 독자들이 그의 사상들을 능동적으로 판단하도록 유도한다는 것이다(106). 대부분의 비평가는 탬킨을 윌헬름의 마지막 남은 700불을 갈취하는 사기꾼으로 보고 있다. 그러나 그의 사기 행위가 윌헬름에게 미치는 결과를 긍정적으로 해석하는 학자, 즉 그의 파산상태가 물질적 파산을 통해 오히려 정신적 재생에 이르는 계기를 마련하다고 보는 비평가는 그를 일종의 현실교사(reality-instructor)로 간주한다. 닐슨(Hegel Normann Nilsen)과 같은 학자는 한 걸음 더 나아가 그를 초월적 진리를 가르치는 영적인 스승으로 격상시키기까지 한다. 필자는 구속사적인 문맥에서 그를 메시아를 상징하는 인물로 해석하고자 하는데, 실제로 성경에서도 바리새인들을 위시한 기득권층의 종교 지도자들은 그리스도를 가짜 메시아, 사기꾼, 신성모독자로 간주하였고, 현재에도 유대인들은 그리스도를 거짓 메시아로 본다. 만일, 아들러를 바리새인 또는 율법학자로 해석할 수 있다면, 탬킨에 대한 그의 적개심은, 예수의 생존시 종교지도자들이 그리스도에 대해 품은 적개심에서 쉽게 유추할 수 있다. 본 논문에서는 구속사적 관점에서 등장인물의 상징적 역할에 관심을 모으기 때문에 아들러 박사를 바리새인으로 본 것과 같은 맥락에서 그를 예수 그리스도의 이미지를 구현하고 있는 인물로 볼 수 있는 것이다.

아들러 박사가 바리새인처럼 아들의 고통과 상처에 동참하거나 치유하기보다는 그의 잘못과 죄과를 지적하는데 급급한 반면 탬킨은 그의 말을 들어주고 그의 입장을 이해해 주며, 그에게 관심과 동정을 보여준다. 탬킨이 윌헬름에게 관심을 두고 있다는 점이 그를 흐뭇하게 했던 것이다. 누군가가 자기에게 관심을 두고 그가 잘되기를 축원해 준다는 것이 바로 그가 갈망하고 있었던 일이며, 친절과 자비심이야말로 그가 원했던 것이다. 또한 탬킨 박사는 그리스도처럼 물질적 보상보다는 영적인 보상을 원하며, 인간의 고통을 치유하는 것 그 자체를 사랑한다.

"내 경우에 있어서는 말야."하고 탬킨이 말을 이었다. "진찰료를 받을 필요가 없는 경우에 가장 능률이 나는 진찰을 할 수 있어. 금전의 보상없이 일 자체를 사랑하기 때문에 진찰을 할 경우에 말이지. 그런 경우엔 사회적인 모든 영향을 배제해. 특히 금전의 영향을. 정신적 보상을 나는 바라는 거야. (61)

아들러 박사를 위시한 여러 사람들이 그를 사기꾼이라 믿고 그의 말을 무시하지만, 윌헬름은 그를 신뢰하며 자기가 가진 모든 것을 그에게 맡기고 그를 따른다. 이 같은 신뢰는 기독교적 신앙의 차원과 맥락을 같이 한다. 윌헬름이 아들러에게 보여주는 신뢰는 구원을 얻고자 하는 죄인이 그리스도에게 갖는 믿음을 방불케 한다. 구속사에 있어서 구원의 핵심은 믿음, 특히 십자가의 죽음과 부활의 믿음에 있다. 윌헬름은 자신의 전재산과 존재를 아낌없이 탬킨에게 맡긴다.

그 답을 듣고 나니 약간 안심이 되었다. 그러나 사실은 이것도 별로 의미가 없는 노릇이었다. 아니 전혀 없다 해도 과언이 아니었다. 왜냐하면 윌헬름에게는 다른 재산이라곤 아무것도 없었기 때문이다. 그는 탬킨에게 그의 전재산을 맡겼던 것이다. 그 총 액수라는 자체가 이 달에 치뤄야 할 부채 총액에 어차피 미달하였었기 때문에 다음 달에 파산하나 이 달에 파산하나 매일반이라는 생각이 없지도 않았었다. 부자가 되거나 알거지가 되거나, 그게 그거라는 기분이었고, 그 기분이 그로 하여금 이런 투기에 손을 대보고 싶은 마음이 생기게 했던 것이다. (56)

탬킨이 윌헬름에게 준 가장 중요한 메시지는 "오늘을 포착하라"는 것이며, 그럼으로서 지금 이 순간을 충실하게 살라는 것이다. 이러한 시간관은 클레이튼(John J. Clayton)이 말하는 "현재를 사는 것은 과거의 죄의식의 귀결인 죽음과 미래에 관한 불안을 던져버리는 것"(28)을 의미한다. 또한 이합 핫산(Ihab Hassan)은 '여기 지금'과 '오늘을 포착하라'에 대한 설명에서 "인간의 열정을 과거의 실패의 기억과 미래의 죽음의 예감에 집중시키지 않고 과거와 미래를 다같이 구제할 능력을 가진 사랑과 유사한 격렬한 인식에 집중시키는 것"(313)이라고 한다. 이 메시지는 구속사적 시간관의 맥락에서 보면 인류에게 준 그리스도의 복음과 유사하다. 즉 예수는 "내일 일을 위하여 염려하지 말라. 내일 일은 내일 염려할 것이요, 한날 괴로움은 그날에 족하니라"(마 6:34)라고 말하면서 "오늘"에 집중해서 사는 삶을 강조했다. 또한 "오늘을 포착하라"는 메시지는 성 어거스틴이 주장한 구속사적 시간관의 핵심개념인 "영원한 현재"를 포착하라는 말과 유사하다.

> 이제는 지나간 일들에나 다가올 미래의 일들에 헛갈림이 없이 내 앞에 있는 것들에 집중하면서, 뒤에 잇는 것을 잊어 버리고 오직 한 분만을 따르기 위해 나는 해묵은 세월에서 한데 모아져 통합되기를 원합니다. 나는 이제 흩어진 마음으로가 아니라 마음을 집중하여 하늘의 부름의 상을 얻기 위해 따라갑니다. 거기에서 나는 당신을 찬양하는 소리를 들을 것이요 오지도 않고 지나가지도 않는 당신의 즐거움을 관상할 것입니다. (Confession ⅩⅠ, ⅹⅹⅸ, 39)

신의 영원한 현존으로부터 원죄로 인하여 분리된 인간들이 속해 있는 타락하고 분열된 시간 속에서 그리스도의 십자가상의 죽음과 부활을 통해 얻게 되는 구원받은 그리스도인의 시간개념이 바로 "영원한 현재이다." 탬킨은 다음과 같이 월헬름에게 말한다.

> "뭣이든 현실적이고도 직접적으로 현 순간에 존재하는 것을 하나 골라야 해."라고 탬킨은 말하고 있었다. "그리고 속으로 여기와 현재라는 말을 몇 번이고 되풀이 해야 돼. 「나는 어디에 있나?」 「여기」 「시간은 언제?」 「지금.」 물체나 사람을 하나 지정하란 말야. 아무라도 좋아. 「여기 지금 나는 사람이 의자에 앉아 있는 것을 본다.」 나

를 예로 들어도 좋아. 딴 생각말고 정신을 집중해야만 해. 「여기 지금 나는 갈색 양복을 입은 사람을 본다. 여기 지금 나는 골덴 샤쓰를 본다.」 이렇게 한 번에 한 가지씩 들어가며 범위를 차차 좁혀가되 상상력을 앞세우면 못써요. 현재에 살아봐. 이 시간을, 이 시점을, 오늘을 포착하라." (82)

영적인 보상이 내가 바라는 것이야. 그것은 바로 사람들을 "여기 지금"으로 불러오는 것이지. 그것만이 진정한 우주이거든. 그것은 현재의 이 순간이라구. 과거는 우리에게 아무 소용없고 미래는 단지 불안에 가득차 있을 뿐이지. 단지 현재, 즉 여기 지금만이 사실이야. <u>오늘을 포착하라</u>(Seize the Day). (61-62)

자연은 오로지 하나 밖에는 몰라. 그리고 그것은 바로 현재야. 현재, 현재, <u>영원한 현재</u>(eternal present). 그것은 마치 크고 거대하고 웅장한 파도와 같이 ─ 거대하고 밝고 아름다우며, 생명과 죽음으로 가득차 있으며, 대양 가운데서 솟구쳐 올라 하늘 위로 뻗어 올라가는 것이지. (82)

그러나 윌헬름은 결코 "오늘"을 포착할 수가 없었다. 그리스도의 십자가의 죽음과 부활을 영적으로 체험하지 못한 크리스챤이 "영원한 현재"를 향유할 수 없는 것처럼, 죽음과 부활을 아직 상징적 형태로 체험하지 못한 윌헬름에게 있어서 "오늘을 포착하라"는 탬킨의 말은 실현될 수 없고, 구원받은 인간의 위대한 잠재성을 노래한 다음과 같은 탬킨의 시도 이해될 수 없었다.

「기계론 대 기능주의」
─「이즘 대 히즘」

스스로의 위대성을

그대가 알기만 한다면
그대 환희와 미와 황홀감을 느끼리.
지구와 달과 바다의 삼위일체가
그대 발치에 놓이리.

모든 피조물이 그대 권한에 있거늘 어이타 그대 주저하며
지구의 겉껍데기만을
음미하는 것일까.

고로 그대 목전에 없는 것을 구하라.
이윽고 그대 이름 영광에 빛나리라.
보라. 그대의 권력을.
그대는 왕이로다. 그대는 최고로다.
그대 앞에 곧바로 보라.
그대 눈을 부릅뜨라.
정적(靜寂)의 산기슭에
영원으로 가는 그대의 요람이 있으리. (69)

월헬름은 이 시에서 "그대"가 바로 자기 자신임을 알지 못한다. 그는 탬킨에게 "이 시에서 「그대」라는 것이 누군가 생각하고 있는 중일세"라고 말하자 탬킨은 "그대"는 바로 월헬름이라고 밝히면서, "이 시를 지을 때 나는 자네를 생각하면서 지었어. 물론 진짜 주인공은 병든 인류를 가리키고 있지. 인류가 눈을 뜨기만 하면 위대하게 될 수가 있지"라고 설명해 준다. 이러한 장면은 천국에 대한 비유를 제자들이 이해하지 못하자, 그 비유의 숨은 뜻을 설명해 주는 예수의 모습을 연상시킨다.

따라서 월헬름이 "오늘" 즉 "영원한 현재"를 포착하기 위해서는 그리스도의 십자가의 죽음과 부활을 자신의 내면에서 체험하지 않으면 안되고, 이 사건을 상징적으로 체험하도록 하는 곳이 바로 장례식장이다. 월헬름이 장례식장인 교회안으로 들어가게 되는 직접적인 계기가 되는 것도 탬

킨을 따라가 잡겠다는 윌헬름의 집념 때문이다. 예수가 자신을 따르고 싶다는 한 부자 청년에게 "네가 가진 모든 것을 팔아 가난한 자들에게 나누어 주고 나를 따르라"고 한 말은 이 장면에서, 역설적 형식으로 탬킨과 윌헬름에게 적용된다. 윌헬름은 더 이상 버릴 재산도 없고, 그 동기야 어쨌든 어쩔수 없이 그를 따를 수 밖에 없는 상황에 처한 것이다. 결과적으로 탬킨이 그를 "십자가의 죽음과 부활"을 체험토록 하는 장례식장으로 인도하는 것이다. 이런 점에서도 탬킨은 십자가를 메고 골고다 언덕을 향하는 그리스도의 이미지를 보여주고 있다.

성경에 의하면 태초에 말씀으로 피조물을 창조했듯이, 두 번째는 그리스도, 곧 육화된 말씀을 통하여 인간을 재창조한다. 즉 시간과 역사 안에서 흩어지고 소외된 인간을 다시 불러 제2의 에덴으로 다시 돌아 오도록 하는 행위는 하나님의 구속의 행위(redemptive act) 혹은 재창조의 행위이다. 이처럼 창조와 그리스도의 성육은 영원한 의미를 갖는 것으로서 하나의 고정된 결정적인 시발점을 마련해 주고 있다. 창조는 하나님이 말씀을 통하여 피조물을 무로부터 불러내어 영원과 시간이 처음으로 관계되는 시발점이요, 그리스도의 성육은 하나님이 그 아들을 통하여 타락된 피조물을 또다시 자기에게로 불러 이끄는 점, 즉 영원과 시간이 다시 관계되는 점이라 볼 수 있다. 말하자면 성육은 재창조로서 창조의 기적이 다시 더 강조된 것이라 생각할 수 있다. 이러한 관점에서 볼 때 그리스도의 성육은 일회적이요, 또한 인간 구원에 영원하고도 보편적인 의미를 부여해 주고 있다. 윌헬름과 탬킨과의 관계를 인류와 그리스도와의 관계 속에서 조명한다면 "오늘을 포착하라"의 "오늘"은 재창조된 세계, 제2의 에덴의 시간 속성을 암시한다고 볼 수 있다.

십자가상의 예수의 죽음과 부활을 신앙을 통해 자신의 죽음과 부활로 받아들이는 자는 에덴에서의 아담과 같이 영원한 하나님께 항상 의존해 있고 또한 하나님의 말씀(Logos)을 항상 관상(觀想)하고 있기 때문에 그들의 본래의 가변성이 나타나지 않는다. 다시 말하면 그들이 시간의 지배를 받지 않음은 그들의 본성 때문이 아니라 하나님의 영원성을 항상 관상하기 때문에 시간의 무상성에 빠지지 않는다는 것이다. 따라서 그들은 시간의 질서에 의해 변화되거나 흩어짐이 없이 비록 육체적인 가변성을 겪을지라도 영적인 의미에서 영원한 현재에서 산다고 볼 수 있다.

"오늘"이 영원한 현재의 거룩한 시간을 암시한다면 윌헬름이 발을 들여놓는 교회는 거룩한 공간을, 그가 참여하게 되는 장례식은 골고다의 십자가가 사건처럼 거룩한 사건을 상징한다. 교회안은 타락한 세계인 뉴욕, 허영의 궁궐인 글로리아나 호텔, 맘몬의 성전인 증권시장으로 대표되는 "속(俗)"의 영역과 전적으로 단절되고 구별된 "성(聖)"의 영역이다. 그는 이러한 거룩한 분위기에 휘말려 "잠시 후엔 탬킨에 관한 것은 까맣게 잊어버리고 말았다"(105). 그는 여기서 죽은 자의 얼굴을 보게 된다. 그는 다른 사람들과 함께 벽에 기대어 서서 영구(靈柩)와 그리고 시체의 얼굴을 구경하느라고 서서히 줄지어 움직이는 사람들의 대열을 구경했다. 이윽고 그 자신도 그 줄에 끼어 서서히 한발 한발 움직였다. 불안하게 뛰는 가슴, 무겁고 무서운 가슴의 고동, 그러나 어쩐 일인지 뭔가 흐뭇한 감정을 안고 그는 자기 차례가 되어 관 앞에 다가서서 아래를 내려다보았다. 시체를 대면한 순간 그는 숨을 죽였고, 그의 얼굴은 감정으로 팽창되었고, 두 눈은 솟구치는 눈물로 인해 크게 빛났다(105).

> 그의 얼굴 모습은 눈썹을 치켜뜨고 있는 품이 마치 마지막 깊은 생각에 잠긴 듯이 보였고, 갖은 방해로 말미암아 이루지 못하던 최종적 사고를 이제서야, 살이 썩어가는 지금에서야 터득한 것처럼 보였다. 이 명상에 잠긴 죽은 자의 표정에 충격을 받은 윌헬름은 자리를 뜰 수 없었다. (105-06)

그렇다면 왜 윌헬름은 그의 표정에서 충격을 받고 자리를 뜰 수 없었을까? 왜냐하면 죽은 자는 다름아닌 바로 자기 자신의 영적 분신이기 때문이었다. 그는 그 "죽은 자와 자신을 동일시함"(Kazin 136)으로서, 그의 죽음속에서 자기의 죽음을 체험한다. 사실주의적 독법으로 이 장면을 읽는다면 이 부분은 자기과 관계없는 남의 장례식에 와서 통곡하는 우스꽝스럽고 코믹한 장면으로 해석될 수 있다. 그러나 인생에 일어나는 모든 일을 인류의 구속사에 대한 상징적 재현으로 해석하고자 하는 구속사적 시간관의 맥락에서 볼 때, 이 장면은 윌헬름의 영혼속에서 일어난 십자가상의 죽음과 부활의 사건을 상징적인 형태로 극화하고 있다. 곁에 있던 문상객도 윌헬름을 "뉴우올리안즈에서 온다던 그의 사촌"(106), "퍽 가까운 사이의 사람"(106), "죽은 이의 동생"(107)으로 착각한다. 이것은 "죽은 자가 바로 윌헬름의 또 하나의 자아(alter ego)임을 암시한다"(Dutton 86). 즉 죽은 자는 실패와 과오로 점철된 윌헬름의 자아로 간주될 수 있다.

구속사적 의미로서의 종말은 이미 발생한 예수 그리스도의 사건이다. 바울이 로마서 10장 4절에서 그리스도가 율법의 "마침"이라고 한 것은 율법만 아니라 구속 과정의 모든 면에 적용될 수 있는 것이다. 즉 그 '종말'은 바로 십자가에서 죽고 부활한 그리스도가 된다. "종말" 이전에는 단지 기대이었지만 이제 그것이 성취로서 인정받게 되었다. 마치 십자가상의 예수 그리스도의 모습에서 자신의 죽음을 발견하고, 죽음에서 해방되어 죄악과 심판의 직선적 시간을 초월하여 영원한 현재의 정지된 시간으로 들어가듯이, 윌헬름은 직선적 시간의 형태를 상징하는 조문객들의 행렬에서 "비켜서서 옆에서 이탈한 채로 관곁에 멈추어 서 있었다"(106). 이때 그는 "소리 없이 눈물을 흘리면서 그 시체의 얼굴을 유심히 들여다 보았다. 복받치는 슬픔 거의 찬양에 가까운 슬픔으로 윌헬름은 까닭없이 고개를 끄덕였다"(106).

관에서 약간 떨어져서 윌헬름은 울기 시작했다. 처음에는 감상에 젖어 나직하게 흐느꼈으나 차차 본격적으로 감정이 격하여 울었다. 그는 크게 소리내어 흐느꼈고 그의 얼굴은 일그러지고 달아올랐다. (106)

여기에서 눈물은 과거의 자아의 죽음과 새로운 자아의 탄생을 상징하는 세례의 의미로 해석될 수 있다(Porter 70). 그는 이 순간 "총체적 존재와의 신비적 일체감"(Tratenberg 59)을 느끼고 종교적 황홀경에 빠져들게 되며, 이러한 신비적 합일의 체험속에서 그가 오랜 세월동안 기다리며 마음속 깊이 갈구하던 궁극적 욕망이 완전히 충족되는 것을 느낀다.

눈물에 가리워 앞이 보이지 않는 윌헬름의 눈에는 전등과 꽃이 황홀하게 뒤범벅이 되었다. 바다의 파도 소리와 같은 둔중한 음악이 그의 귀에 들려왔다. 눈물이 주는 위대하고도 행복한 망각에 의하여 그가 몸을 숨긴 군중 한복판에 위치한 그에게 음악 소리는 물밀 듯이 닥쳐 들었다. 그는 그 소리를 듣고, 그의 심정이 궁극적으로 요구하는 극치를 향하여 흐느낌과 울음을 해치고 슬픔보다도 더 깊은 심연으로 빠져 들어가는 것이었다. (107)

바다, 심연, 음악, 눈물 등은 부활, 영원, 생명, 천국 등을 상징하는 대표적인 객관적 상관물로 간주할 수 있다. 그는 "군중 한복판" 즉 여기 지금이 순간에 영원을 체험하고 있으며 새로 탄생한 영혼의 귀와 눈으로 "영혼의 깊은 곳에서 새로운 내적 생의 멜로디를 들으며"(Bergsong 124) 천상의 황홀한 빛과 꽃을 바라본다. 바로 이 순간이 어거스틴이 말한 "영원한 현재" 즉 지상에서 천국을 맞보는 구속사적 시간의 최종단계를 보여주고 있으며, 그리스도의 상징적 재현으로 볼 수 있는 탬킨의 "오늘을 포착하라"는 말이 윌헬름에게 실현되어 사십평생 자신을 짓누르고 있던 종말의식의 위기감으로부터 해방되는 순간이다.

V

버터필드(Herbert Butterfield)는 매순간을 '종말론적'이라고 일컬으며 (45), 볼트만(Rudolf Bultmann)은 "매순간에 그 순간이 종말론적 순간이 될 가능성이 잠복해 있다. 우리는 그 가능성을 일깨워야 한다"(27)고 말하며, 다음과 같이 지적한다.

> 성사교회(sacramental church)에서는 종말론을 방기하는 것이 아니라 내세의 권능이 이미 현재에서 역사(役事)하고 있는 만큼 중화시킨다. '종말'은 이제 절박하지는 않지만 내재한다. 그러므로 종말론적 의의를 띠게 되는 것은 종말에 앞선 시간의 잔재만이 아니며, 전역사와 개인 삶의 진행 과정 또한 '종말'—지금 내재하고 있는—로부터의 시혜(benefaction)로서 종말론적 의의를 지닌다. (121)

현대적 의미의 기독교적 종말론은 미래에 있을 그리스도의 재림에 관심을 기울이기 보다는 이미 현재에 내재해 있는 종말의식에 초점을 맞춘다. 따라서 "오늘을 포착하라"는 탬킨의 말은 오늘이 바로 종말의 날이라는 것이며, "여기 지금"에 관심을 집중하라는 말은 매 순간이 종말의식의 구체적 현현이라는 것을 시사하고 있다. 이 작품에서 발견할 수 있는 종말의식은 그리스도의 재림으로서 완성될 최후 심판의 마지막 날이 아니라, 한 개인의 마지막 순간을 염두에 두고 있기에 매 순간이 종말의 가능성을 내포하고 있다. 성 어거스틴은 '종말'의 가공할 일들을 개인적 죽음의 비유로 보고 있으며, 윙클호퍼(Winklhofer)는 각 개인의 죽음을 반복되는 재림이라고 부르고 있다(Simon 57). 현대의 종말론은 인류의 최후의 날이라는 집단적 종말론을 지양하고, 개인의 죽음을 기독교적 종말의식의 핵심으로 삼고 있다. 그리고 이 같은 성향은 이스라엘민족의 구원을 대망하는 구약적 의미의 종말론을 넘어서 그리스도의 십자가의 사건을 개인적 체험으로 받아들여 "그리스도와 함께 십자가에 못 박히고, 그리스도와 함께 부활하였다"는 신약적 의미의 구원론을 근거로 하고 있다. "나는 날마다 죽노라"(고전 15:31)는 바울의 말을 고려한다면, 이미 신약시대부터 '종말'을 매순간 일어나는 위기로 생각하는 성향이 보인다. 이처럼 개체화된 종말론이 현대적 개념의 기독교적 종말의식의 특징이 된다. 점차 '사이의 시간(time-between)'으로서의 현재는 자기가 처한 순간에서부터 재림까지가 아니라 처한 순간에서 자신의 죽음 사이의 시간을 의미하게 되어 '종말의식'의 무게가 "여기 지금"에 실리게 된다.

프랭크 커모드(Frank Kermode)가 『종말의식과 소설이론』(*The Sense of an Ending: Studies in the Theory of Fiction*)에서 소설가는 전문적인 끝마무리꾼이라고 한 말처럼, 벨로우가 현대인의 한 표상이라고 볼 수 있는 윌헬름의 하루를 의미있게 구성하고 말끔하게 끝마무리하기 위해서는 작가의 종말의식을 기초로한 역사관을 전제로 하지 않을 수 없다. 더구나 포스트모더니즘 진영에서 고전적 사실주의자로 비판을 받는 그로서는 시작과 종말의 뚜렷한 시간관을 기초로 윌헬름의 과거와 현재와 미래의 비전을 넘나들면서 그의 전생애를 하룻동안의 에피소드를 가지고 벽돌을 쌓아가듯이 구성했으리라. 왜냐하면 "문학작품은 시간과 자아의 두 통일체 사이에 상호의존 관계가 있다는 것을 항상 승인해 왔으며(또는 작중인물과 행위는 시간에 따라, 시간을 통하여 묘사되었다), 결국 이것이 예술작품 그 자체의 통일성을 구성하는 것"(Meyerhoff 37)이기 때문이다.

필자가 특히 관심이 있었던 것은 윌헬름의 에피소드를 선별하고 구성하는 역사적 관점이었다. 역사가가 과거의 역사적 사건들을 의미있게 해석하기 위한 해석의 틀로서의 사관이 필요한 것처럼, 한 개인도 자신의 과거의 에피소드를 의미있게 구성하기 위해서는 나름대로 자신의 삶을 바라보고 해석하는 관점이 필요한 것이다. 따라서 이러한 인생사의 관점의 중요성은 삶을 의미있는 구조망속에서 포착하고자 하는 모든 인간에게 절실히 요청된다. 필자는 이 작품에 투영된 종말의식이 그리스도의 십자가상의 죽음과 부활을 한 개인의 죽음과 중생으로 수용하는 기독교적 구원론을 근거로 하고 있다고 본다.

이러한 관점은 휴머니스트적 모랄리스트이며 고전적 사실주의자로 불리우는 벨로우나, 등장인물로서의 윌헬름, 비평가로서의 필자 모두에게 절실한 문제가 아닐 수 없다. 이 관점이야말로 윌헬름이 자신의 실패로 점철된 파편적 과거에 질서를 부여할 수 있는 근거이며, 나아가서 이 작품을 해석하는 비평가의 시점의 일관성과 결부되기 때문이다.

성서적 역사관에 기초해서 한 기독교인의 인생사를 바라볼 때, 그의 삶은 구속사로 본 인류의 역사를 상징적으로 반복하고 있다고 볼 수 있다. 즉, 한 개인의 삶은 그 함축적 의미에서 그리스도를 중심으로 한 인류의 역사를 재현하고 있다는 것이다. 2000년전 인류의 역사에서 발생한 십자가의 사건은 한 개인의 영적 차원에서 "오늘" 일어난 죽음과 부활의 사건으로 연결된다. 필자는 구속사적 의미구조에서 『오늘을 포착하라』를 재해석해 볼 때, 장례식 장면에서 윌헬름이 체험한 죽은 자와의 만남과 교감은 바로 윌헬름의 영적 죽음과 부활을 의미하며, 죽은 자는 바로 윌헬름의 과거의 죄과를 위해 십자가에서 죽은 예수 그리스도를 상징한다고 볼 수 있다.

이런 맥락에서 『오늘』의 의미는 바로 속죄의 날, 구원의 날을 의미하며, "오늘을 포착하고, 여기 지금을 살라"고 외치는 탬킨의 말은 곧 십자가를 통해 과거와 미래로부터 해방되고, 하나님의 시간속성인 영원한 현재를 포착하라는 구속사적 복음으로 해석될 수 있을 것이다.

이미 많은 비평가들이 각기의 관점에서 이 작품을 나름의 정당성을 가지고 분석하였다. 필자는 비평작업에서 작품을 바라보는 관점의 선택도 중요하지만, 그 관점의 일관성을 유지하는 것이 더욱 중요하다고 본다. 필자는 본 논문에서 이 작품을 분석하는 데 있어서 기독교적 역사관에 근거한 종말의식이라는 관점을 일관성 있게 유지하려고 노력했다. 물론 이 관점이 작품의 총체적 가치를 드러내는 가장 적절한 각도를 제공한다고 주장하고 싶지는 않다. 본 논문의 주된 목적은 단지 기독교적 종말의식이라는 패러다임하에서 작품을 다시 읽었을 때 발견되는 새로운 의미를 탐색하는 시론적 성격이 짙다. 그러나 이러한 관점에서 이 작품을 다시 보았을 때, 기존의 연구에서 도외시하였거나, 중요시하지 않았던 부분이나, 혹은 애매하게 남겨졌던 여러 가지 에피소드들의 의미가 새로운 색채를 띠고 살아나기도 하였다.

Works Cited

Bellow, Saul. *Seize the Day.* New York: Viking, 1958. Print.

Bergson, Henri. *Time and Free Will: Essay on the Immediate Data of Consciousness.* Trans. F. L. Pogson. New York: Macmillan, 1910. Print.

Butterfield, Herbet. *Christianity and History.* Oxford: Oxford UP, 1949. Print.

Clayton, John J. *Saul Bellow: In Defence of Man.* Bloomington: Indiana UP, 1968. Print.

Collingwood, R. G. *The Idea of History.* Oxford: Oxford UP, 1946. Print.

Croce, Benedetto. *History as the Story of Liberty.* London: Westminster, 1941. Print.

Cullmann, Oscar. *Christ and Time: The Primitive Christian Conception of Time and History.* Trans. Floyd V. Filson. Philadelphia: West- minster, 1949. Print.

Dutton, Robert R. *Saul Bellow.* Boston: Twayne, 1982. Print.

Edman, Irwin, ed. *Emerson's Essay.* New York: Harpers & Row, 1951. Print.

Fromm, Erich. *Escape from Freedom.* New York: Holt, Rinehart & Winston, 1976. Print.

Fuchs, Daniel. *Saul Bellow: Vision and Revision.* Durham: Duke UP, 1984. Print.

Goldman, Liela. *Affirmation and Equivocation: Judaism in the Novel.* Diss. Wayne State U, 1980. Print.

Hassan, Ihab. *Radical Innocence.* Princeton: Princeton UP, 1961. Print.

Kazin, Alfred. *Bright Book of Life.* Boston: Little Brown, 1970. Print.

Kermode, Frank. *The Sense of an Ending: Studies in the Theory of Fiction*. Oxford: Oxford UP, 1966. Print.

Kuhn, Thomas. *The Structure of Scientific Revolutions*. Chicago: U of Chicago P, 1970. Print.

Meyerhoff, Hans. *Time in Literature*. Berkeley: U of California P, 1974. Print.

Moragh, Gilead. "The Art of Tamkin: Matter and Manner in Seize the Day." *Modern Fiction Series* 25.1 (1979): 98-115. Print.

Nilsen, Hegel Normann. "Bellow and Transcendentalism: From *The Victim to Herzog*." *Dutch Quarterly Review of Anglo-American Letters*. 14.2 (1984): n. pag. Print.

Opdahl, Keith Michael. *The Novels of Saul Bellow*. Penn. State UP, 1967. Print.

Porter, M.Gilbert. *Whence the Power?: The Artistry of Saul Bellow*. Columbia: U of Missouri P, 1974. Print.

Saint Augustine. *The Basic Writing of Saint Augustine*. Edit. W. J. Oates. New York: Random House, 1948. Print.

Trachtenberg, Stanley. "Saul Bellow's Luftmenschen: The Compromise With Reality." *Critique 9* (1967): 48-67. Print.

성과 속, 그 사이에서의 문학 연구

초판 1쇄 인쇄일	2015년 7월 5일
초판 1쇄 발행일	2015년 7월 6일
지은이	정진홍 양병현 이준학 현길언 서명수 윤원준 나윤숙 김용성 정정호 남금희 송인화 기애도 김명석 김희선 차봉준 김명주 장인수 정경량 이경화 허선화 신은희 최인순 이은아 김희근 장인식 정혜옥 김영희 임창건
펴낸이	정구형
편집장	김효은
편집/디자인	김진솔 우정민 박재원
마케팅	정찬용 정진이
영업관리	한선희 이선건
책임편집	김진솔
표지디자인	박재원
인쇄처	은혜사
펴낸곳	국학자료원 새미(주)
	등록일 2005 03 15 제25100-2005-000008호
	서울특별시 강동구 성안로 13 (성내동, 현영빌딩 2층)
	Tel 442-4623 Fax 6499-3082
	www.kookhak.co.kr
	kookhak2001@hanmail.net
ISBN	979-11-86478-31-8 *93800
가격	45,000원